精装典藏版 [No.8]

# 希区柯克悬念故事集

BEST STORIES CHOSEN

BY THE MASTER OF SUSPENSE

# 后窗

王强 王帆 史玉哲 向宏

孟冬冬 等◎编译

时代文艺出版社

**图书在版编目（CIP）数据**

后窗／（美）希区柯克 著；王强等译．—长春：时代文艺出版社，2014.7（2017.8 重印）
（希区柯克悬念故事集）

ISBN 978-7-5387-4601-3

Ⅰ.①后… Ⅱ.①希… ②王… Ⅲ.①故事－作品集－美国－现代 Ⅳ.①I712.45

**中国版本图书馆CIP数据核字（2014）第150730号**

**出 品 人　陈　琛**
**产品总监　郭力家**
**选题策划　高晓诗**
**责任编辑　方　伟**
**助理编辑　李　硕**
**装帧设计　孙　利**
**排版制作　杨纪云**



**后窗**

[美] 希区柯克 著　王强等译

---

出版发行／时代文艺出版社
地址／长春市泰来街1825号　时代文艺出版社　邮编／130011
总编办／0431-86012927　发行部／0431-86012957　北京开发部／010-63108163
网址／www.shidaicn.com
印刷／三河市京兰印务有限公司
开本／710mm × 1000mm　1／16　字数／468千字　印张／27.75
版次／2015年1月第1版　印次／2017年8月第2次印刷　定价／68.00元

---

**图书如有印装错误　请寄回印厂调换**

# 出版说明

希区柯克不仅是著名的电影艺术大师，更是一位对人类精神世界高度关照的艺术家。在长达六十年的电影艺术生涯里，希区柯克拍摄了五十余部电影作品，一生获奖无数。对于后世人来说，希区柯克，已不仅仅是一个名字，他已赫然成为悬疑惊悚的代名词，代表了一种独树一帜的电影手法。

在美国电影协会评出的“百年百大惊悚电影”中，希区柯克的电影有9部入选，并且有3部位列前10名，当然包括第1名。

我社尽全力搜集、整理希区柯克的作品并结集出版，致力于打造国内收录希区柯克悬念故事最多的作品集，以飨读者。

本丛书共8卷：希区柯克导演的电影集两卷，《三十九级台阶》、《后窗》；悬念故事集六卷，分别为《有罪的女人》、《被冤枉的好人》、《不愿离开牢房的人》、《如影相随的人》、《迷雾中的陌生人》和《知情太多的人》，卷名取自希区柯克对其作品的分类。

我社此前出版的希区柯克系列曾受到广泛的欢迎，有很多热心读者还给我们提出了很多宝贵的建议和意见。为满足广大希区柯克作品爱好者的需求，我社重磅推出了希区柯克丛书精装修订版。本版不仅订正了上一版中的翻译和编校问题，同时又重新梳理了选文的顺序，力求接近希区柯克的精神核心，全面体现希区柯克的艺术追求。

虽经认真编校，但由于水平有限，错漏之处在所难免，敬望广大读者海涵，并请不吝指正。

# 前　言

在中国，几乎没有人不知道金庸，他的武侠小说让亿万华人沉醉其间。在全世界，几乎没有人不知道阿尔弗雷德·希区柯克（Alfred Hitchcock，1899-1980），他的悬念和惊悚故事像海啸一样席卷人类的心灵。

这是一位来自阴暗世界的传奇天才。在希区柯克四五岁的时候，他的父亲交给他一张字条，让他送给警察。警察打开纸条，上面写着，把他儿子关上五分钟，以示惩戒。警察照办。惊悚和悬念就这样戏剧性地在希区柯克的心灵上打上了沉重的烙印。他总是一个人关在黑暗的小屋中，缩作一团，瑟瑟发抖。对他来说，恐惧并非一个突然飞过的蛾子，或阴暗角落里爬行的蜘蛛，而是一种感觉，一种来自内心的战栗。任何物体的摆放和存在，对于他来说，都可构成威胁，让他的心灵备受刺激。他喜欢猎奇，对谋杀、下毒之类的事深感兴趣，被无所不在的邪恶现实深深吸引。正是这种来自童年的阴影和经历，让希区柯克理解了黑暗的力量。这种力量伴随他一生，渗透在他的影片中并释放出来。如《惊魂记》（*Psycho*,1960）中著名的浴室暗杀镜头，希区柯克始终用镜头来烘托和渲染恐怖的感觉，却并不表现任何直接的打斗冲突。危机和恐惧就在后面，让人惊悚。这部影片放映之后，成千上万的女性对浴室莫名恐惧，不敢洗澡。而希区柯克却说："对我而言，《惊魂记》是个大喜剧。"

这位登峰造极的悬念和惊悚大师1899年出生于英国的一个蔬菜批发商家庭，从未受过正规的电影和戏剧专业教育。1920年进入电影圈做字幕设计。1926年拍摄《房客》，一举奠定了他在电影界的地位，这部电影当时被誉为"英国有史以来最好的影片”。1939年，应米高梅电影公司的制片人之邀，希区柯克到好莱坞执导他的《蝴蝶梦》一鸣惊人，捧得奥斯卡最佳影片奖。此后，希区柯克一发不可收拾，佳作迭出，拍摄了《爱德华大夫》《美人计》《后窗》等杰作。

希区柯克的故事有自己一贯的模式，绝大多数以人的紧张、焦虑、窥探、恐惧等为叙事主题，设置悬念，故事情节惊险曲折，引人入胜，令人拍案叫绝。根据他的理论，悬疑必须设计成这种紧张气氛：以观众为主线，通过剧中角色陷入危机的情节来发展，但是观众却无法得知这些角色与危险是谁造成的，或是会再造成什么样的危险，但是又必须让身处其中的无辜者不会受到伤害。于是，我们看到了男女角色之间的互动，而他们却毫不知情；我们了解了剧中人物错综复杂的关系，但是却无法推测下一步希区柯克会让他们发生什么事情！这种故事叙述手法，让人们回味无穷；也正因为如此，他的多部片子都成为经典，其中充满了希区柯克元素：足智多谋的拍摄手法、不可思议的男女角色关系、戏剧性的真相、明亮鲜明的色彩、内敛的玩笑戏弄、机智风趣的象征符号以及支配人心的悬疑配乐。这些元素成就了“希区柯克”这个与悬疑、紧张画上等号的代名词——让人感觉无助、惊吓，祈祷着接下来要（或不要）发生什么——而这就是希区柯克！

希区柯克非常害怕跟警察打交道，以至于到了美国后，几乎不敢开车出门。有一次，他驱车去北加利福尼亚，仅仅因为从车中扔出一个可能尚未完全熄灭的烟头而终日惶惶不安。

他也是一个难以捉摸的人。他的知名度极高，几乎到了家喻户晓的程度，却离群索居，怕见生人，整天在家里跟书籍、照片、夫人、小狗、女儿为伍，还同很少几位密友往来。他很少参加各种社交聚会，不跟妖艳的女影星厮混。他除了拍片之外，的确是一心不二用的。有人问他，要是让他自由选择职业的话，那他愿意做什么，或者在他一生中想做什么。他回答说：“我不知道，我爱画，但我不会画。我爱读书，但我不是作家。我只懂得制片。我绝不会退出影界，除此之外，我还能做什么呢？”希区柯克把全部精力都用在准备制片上，他事先筹划一切，直到最后一个细节，并且全神贯注、兢兢业业地去实现他的计划。

对于希区柯克来说，电影只是这么一种手段，它能使惊恐不安、经常被莫名其妙的内疚和焦虑所折磨的人们，通过导演对剧中人物的巧妙安排来排除内心的痛苦。他说："戏剧就是将生活中的枯燥遗忘。"

也许正是由于希区柯克复杂的个性，才使得他的作品具有广阔的阐释空间。其丰富的意蕴，使得阅读他的作品成为一种巨大的享受。

《天才的阴暗面——悬念大师希区柯克的一生》一书中说："他对人类的心理世界和异常精神状态有着深刻的体悟，这使他的作品有力、深刻而迷人，并使他成为一位与卡夫卡、陀思妥耶夫斯基和爱伦·坡比肩而立的艺术大师。"

1979年，希区柯克80岁生日，坐在轮椅上，向前来道贺的人们致意："此刻，我最想要的礼物是一个包装精美的恐怖。"一年后，他在洛杉矶去世。

希区柯克一生导演、监制了59部电影，300多部电视连续剧。曾在1968年获特殊奥斯卡奖，同年获美国导演协会格里菲斯奖。为了表彰他对电影艺术作出的突出贡献，1979年，美国电影艺术与科学学院授予他终身成就奖。1980年，英国女王伊丽莎白二世封他为爵士。

这套书所汇总的故事，均根据希区柯克的电影和电视剧改编。编者竭尽所能，希望将这位大师的故事收集齐全，出版全集，但考虑到难免挂一漏万，故不敢称作"全集"。不过我们相信，这套书肯定是国内收集希区柯克惊悚悬念故事最多的。

在中国，希区柯克的电影、电视和图书一直备受欢迎，畅销不衰。我们相信，这些经典作品，必将像福尔摩斯的侦探小说和金庸的武侠小说一样，代代相传，流芳百年。

编者

# 目 录

*CONTENTS*

# 深闺疑云

一列火车在田野上飞驰，优美、恬静的田园风光从车窗口闪过，引人遐想，令人陶醉。

然而不是所有人都有这份闲情逸致，这不，车窗内的这位女士就在埋头看书，可能她对这类景致已司空见惯，也可能书中的内容更吸引她，总之，她的注意力全在书上。

这是头等车厢的一间包厢，包厢内只有这一位女士，静谧的环境确实适于读书。

“噢，对不起，碰到你的脚了！”

不知什么时候，进来了一位衣着考究的男子，他看起来既潇洒又有些大大咧咧，在往行李架上放手提箱的时候，不小心碰到了同包厢里唯一一位女乘客的脚，他忙随口道歉，但语气上并不太认真。女乘客没有应声，仍然专注地看着书。

“我以为这个车厢空着呢，对不起啊，我那个车厢太可怕了，有个家伙抽雪茄，呛得要命。”原来这个男人是从别的车厢过来的，他坐在女士对面，又问了一句：“你抽烟吗？”

“不。”女士把头从书上抬起来，看了他一眼。

“谢天谢地，在火车上我最受不了烟味儿了，你明白吗？”

女士对这个男人的唠叨并不愿搭腔，冷漠地看着窗外。由于他喋喋不休，她的书读不下去了。

男人自觉没趣，安静下来，从脚下开始，仔细打量起这位旅伴。

这位女士一看就是个很有教养的人，服装讲究得体，虽然不太乐于交谈，但也并非拒人千里之外的样子。她长得很漂亮，深色头发，皓齿明眸，鹅蛋脸，难得的是她神清气爽的气质，配合着柔和的面部线条，让人觉得她是个温和柔顺的女人。她手里拿着一本已经读了快一半的厚书。他仔细看了看，书名是《儿童心理学》。

“请把火车票拿出来。”列车员是个微胖的老头儿，他来检票了。

女士把自己的车票递给列车员。

“谢谢！”列车员看后还给了她，然后转向那个后来的男人。

他拿过男人的票一看，说：“您坐错车厢了。”

“坐错车厢了？”男人装糊涂，狡辩着，“你没看错吧？”

“这是三等车厢的票。”

“这火车可真奇怪，花头等车厢的票钱，给我三等车厢的票。”男人一副被冤枉的样子。

“对不起，请您补票！5英镑46便士。”列车员可能是见多识广，这种事遇见得多了，并不为对方无辜的样子所打动，一副公事公办的表情。

“有零钱找吗？”

“有的。”列车员准备找零钱。

“噢，不必了，我找找看。”男人又改变了主意，在兜里翻找着。

女士听着他们的对话，不时抬眼打量一下这位油嘴滑舌的人，想看他怎么对付过去，但又不好意思总盯着他，生怕这个男人在自己面前觉得尴尬。但是，她已感到这个人挺有趣的。

男人掏了半天口袋，才找出几枚硬币，他把硬币举到列车员面前：“我就只有这些零钱了，差几个便士可以吗？”

列车员用不容商量的表情看着他，既不搭腔也不接钱。男人自觉无法过关，无奈地收回手臂，翻起眼睛看看对面的女士，忽然探身过去对她说：“喂，小姐，对不起，真是不巧，您有没有零钱呀？”

女士连忙放下手里的书，她本来就没有真的在看，男人的请求是女士没有想到的，她不禁有些慌乱，“啊……我可能……我怕……”，她打开小皮包，开始在包里翻找。女士虽然心里有些吃惊，但很乐意为他解围。

男人看着她有些手忙脚乱的样子，不禁笑了，忽然他指着她的包说：“啊！这个就可以了，这张邮票就可以了，非常感谢你啊！”他自己伸手从女士包中捏出一张邮票放在手心里，再次把手伸向列车员，“这就行了，这就付清了，邮票上的数够了。没问题吧？”他这种无所谓的态度令列车员颇为惊讶，他还真没有遇见过这样的旅客，一时找不出拒绝的理由，只得接过钱和邮票，撕下一张车票，用眼睛翻翻这个厚脸皮的人，走出去了。这个男人倒无所谓，冲着列车员的背影说：“谢谢列车员大人啦！”列车员不等他说完，砰的一声，把门关上了。

一场风波过去了，男人好像不胜其烦地转身歪在靠背上，闭上眼睛养起神来。

女乘客已经不想再看书了，便随手拿起当天的报纸翻看着。忽然，社交版上的头条新闻照片引起了她的注意，上边一位风度翩翩的男子和一位贵妇模样的女子并排站在熙熙攘攘的人群前面，笑容可掬。她认出照片上的男人正是自己对面这位不拘形迹的人，这让她有些吃惊，她细看照片下的说明，写着："约翰（约翰尼）先生和海伦夫人在曼彻斯特又出新闻。"

她偷偷地越过报纸看了一眼对面，他没有任何察觉，依然闭着眼睛养神。她觉得非常有意思，想不到今天这有趣的一幕让自己碰上了。看他的外表，形象迷人是不用说了：高高的个子，灵活狡黠的眼神，坚毅的下巴，性感的嘴唇，虽有几分滑稽，但也挺吸引人。身上那身衣服虽不邋遢，可也不利索，因为一看就知道这身衣服该去熨烫了。他坐没坐相，站没站相，一副花花公子的做派，不知有多少浅薄的女人会追随他的鞍前马后，他一定还没结婚。

女士胡思乱想着。她是学心理学的，难得遇到这样一位有趣的人，正好把他当作观察对象，啊，对了，他叫约翰尼。她只管想着，不知不觉被他吸引住了。

狩猎场上，人声喧嚷，马嘶犬吠，汽车穿梭，热闹非凡。每年春季，都是上流社会的狩猎季节。女人们穿着漂亮的衣服，男人们则在获取猎物前，炫耀着自己的骏马。不知多少风流韵事也在此时发生。这时，人丛中走出一男二女，男人一身骑装，手持马鞭，正是火车上坐进头等车厢的约翰尼。三个人兴高采烈地边走边谈着什么，约翰尼在女人面前总是很出风头，极为得宠。一个长相干瘦的摄影师抢步过来，拦住他们的去路：

"约翰尼先生，请你们停一下好吗？啊，太太，请您站前边一点儿，好，就这样。"

"请你们笑一笑好吗？再笑一笑。"

"真没意思。"这个叫约翰尼的男人嘟哝着，但还是站了下来，做出一脸微笑。看得出来，他随时都可以摆出应景的各种表情。

"约翰尼，你们好！"摄影师还没来得及拍照，又有几位女士拥过来与约翰尼打招呼。他马上撇下摄影师，向女士们脱帽致意，显得不失风度。

摄影师无可奈何地再次挤上来对女士们指指手里的照相机："对不起，请你们……"

"噢，不打扰你们了，过会儿见！"女士们匆匆走开。

"请再笑一笑，再笑一笑！"当摄影师再次对准焦距时，一声马嘶，又把约翰尼的目光吸引过去了。

摄影师从取景框中发现自己又被撇在一边，气得要命，无奈之下不由也扭头看去，看看到底发生了什么事。

原来，一匹马似乎受了惊吓，嘶叫着不停地跳跃。而骑在它身上的骑手仍牢牢地伏在马鞍上，双腿夹得很紧，手中的缰绳把马头勒得高高昂起，使得马匹没有一点撒欢的余地，终于不得不驯服下来。

这引起了人们不小的骚动，大家生怕被马撞到，四散躲避。等马驯服地停下来，人们发现，骑在马背上驯服惊马的居然是位女骑手。她穿着上黑下白的骑装，头戴黑色头盔，显出她不但具有一副好身手和处变不惊的风采，还有张迷人的面孔。人们在惊吓之余，不由得发出由衷的喝彩。

不远处，约翰尼也被她所吸引，欣赏着她的英姿。

“真不敢相信，这是火车上那位小姐吗？”他目不转睛地看着这位女骑手，心里说道。

女骑手用手轻拍着坐骑的脖子，像在安抚它的情绪，显得很有经验。

约翰尼问身边年轻的女人：“你认识她吗？”

“当然认识，”女人回答，“不过，你最好别去惹她，她就是莉娜……”

“老实说，我对那些女孩子已经烦了，你替我介绍好吗？”

“才不呢，要见她可难呢。”

“那我还是自己来安排吧。”约翰尼不准备放弃。

这时，响起了一阵号角，一位太太催他：“快点吧，要出发了！”

约翰尼转身离去时，仍不舍地回望着那位女骑手。

这时，各路猎手纷纷鞭打坐骑，向集合地点跑去。狩猎开始了。

从外边看，这是座很大的别墅，环境优美。古典式的建筑与周围景色显得很协调。这个地方少见人踪迹，住在这里的人们独享着这难得的静谧。

这就是那位女乘客，也就是女猎手莉娜的家。与骑马场上的矫健身姿相反，家居的她又恢复到乘火车时的那种样子：一身宽松舒适的长裙，头发盘起，一派娴静和恬淡。宽敞明亮的书房里，一排高大的窗户让屋外的阳光洒进室内。她斜倚在窗前的大沙发上，手里依然捧着那本书在读。

屋内家具不多，但都很讲究：古典式的长桌、短几、酒柜和精致的雕花吊灯与这所高大宽敞的老式书房十分契合；而桌上的鲜花、垂挂的窗帘、立灯，又显得屋内富有生气而不死气沉沉，处处透出主人的高雅品性。看得出这是一个有特殊地位的家庭。

女主人似乎沉浸在书本当中。一阵清脆的敲玻璃声把她惊醒了。

“莉娜，我们可以进来吗？”屋外站着三个年轻女性，看来与女主人很熟。

“啊，对不起，我没看见你们。”莉娜连忙起身开门。

“莉娜，你好吗？”姑娘们向她问候着，却不急于进门，她们在门中间闪开一条路……

啊，只见火车上的那个男人——约翰尼——从姑娘们身后跨出，站在了姑娘们让出的空当儿中，看着莉娜笑着。

“请允许我介绍埃克斯加先生。”

“幸会！”约翰尼·埃克斯加立即上前伸出手去。莉娜对这个不速之客的到来有些措手不及，她下意识地拢拢头发，出于礼貌，与他握了握手。她仍然感到意外：“你们……”

一个女孩连忙解释：“正好路过，看到你……”

“他急着要见你。”另一个女孩插嘴道。

“为什么呢？”莉娜不解地问。

她不得不问，因为她不想让别人看出她的惊喜，那样不是她这种女孩所应表现的，那太没涵养了。可她的确感到惊喜。惊的是这个给自己留下深刻印象的男人总能在她意想不到的时候出现，使她享受到一份心动的快乐；喜的是他居然找到了自己，并主动登门。她们怎么说的？“他急着要见你。”不错，是这么说的，他为什么那么急？难道他对我……她来不及想下去，她心里有点儿乱，也想不清楚，她只要接受这个现实，这个自己乐于接受的现实就够了。

现在他就站在面前，笑吟吟地看着她，那么无所顾忌。她却不敢直视他，只等他回答。

“啊，我听说，这个地方，男士是很吃香的。”约翰尼用一句适时的玩笑，遮掩了一时难以解释的尴尬。应付这种场面，他显得自信并且游刃有余。大家都被他逗笑了。

约翰尼像是一个老手，很会讨女孩子们的欢心。同时，他能见到莉娜，看来是动了一番心思，并经过了一番安排的，不像是不期而遇。

在女孩子们七嘴八舌的笑声里，他和莉娜互相打量着，还是约翰尼先开口：“你最好快点儿喽！”

“快点儿做什么呢？”莉娜不解地问。

“你不想上教堂祈祷吗？”

“你们来是想接我上教堂吗？”莉娜仍有些矜持地问。

“不是，如果……”

“如果你想去的话，可以跟我们一起去。”一位姑娘说。

“你们真好！我想我要去的。”莉娜同意了，虽然这并非她本来的安排。

约翰尼非常高兴：“太好了！戴上那顶你在火车上戴的帽子。”

“好的，对不起，我要失陪一会儿，我马上就下来。”莉娜边说边快步向里边楼梯跑去，看来与他们一起出去使她很兴奋，“那你们坐下来等吧。”

大家纷纷坐在莉娜刚才坐过的长沙发上。

约翰尼随手拿起莉娜看的那本书翻着，忽然，他看到书里夹着莉娜从报上剪下来的自己的照片，这正是莉娜那天在火车上看到的那张。约翰尼有点儿意外。

虽然约翰尼一向对自己很有信心，在众香国中他也一向得宠，但在莉娜面前，在她那既沉静又有学养的气质面前，他不由得略显踟蹰，不像在别的女孩儿面前那么应对自如。然而令他没想到的是，在她的心里，竟然有了自己的一席之地。虽然这仅仅是初步的，也许仅仅是出于好奇，但这毕竟是个不错的开端。

约翰尼知道自己这次是很认真的，心里丝毫没有与别的女孩儿交往时的那种戏谑游戏的念头，而是尊重胜于欲望，这于他是少见的。这一点让他自己都感动。他今天找到她了，而且发现了她的这个小秘密，他暗暗得意起来，受到了鼓舞，他的野心受到了激发，他到底是约翰尼呀！

而此时，这还不足为外人道，他忙把书合起来，见有个姑娘好奇地看着自己，他冲她不自然地咧咧嘴，那个姑娘感到莫名其妙。

莉娜兴冲冲地跑上楼，遇上了妈妈。“你急什么？”妈妈问。

“我要出去。”

“我和你一起去好吗？”

“我和巴洛加丽她们一块儿去。”

“不行，她们……”

“我讨厌她们。”莉娜说着关上了自己房间的门。妈妈不解地看着关上的房门，弄不懂她说的是什么意思。“她的行为真是怪极了！”说罢摇摇头无可奈何地走了。

田间小路走来了这一男四女，他们有说有笑地来到了教堂门口。人们纷纷走进教堂大门，同来的三个女伴也鱼贯而入。趁她们不注意，约翰尼落在了后边，在大门边悄悄拦住了莉娜。

“你真的要去教堂吗？”约翰尼问。

“当然要去。”

“我们为什么不去散步呢？”

“这样不太好吧。”

“我告诉你怎么办，”约翰尼说着把手伸进兜里，“咱们掷硬币决定吧。”

等女友们回头招呼他们时，才发现他们已不见了！约翰尼会信上帝？鬼才相信，她们也就随他的便了。

约翰尼带着莉娜来到教堂不远处的一个僻静的小山坡上，那里有一棵苍老的大树，的确是一个谈情说爱的好地方。然而他们彼此单独面对的时候，倒不知该说什么好了，就连约翰尼，平日里在女人堆里谈笑风生的本事，现在似乎一下子离他而去，他真恨自己不争气，只好看着眼前这个大概是第一次与男人私会，没经验又有些羞涩的女孩儿，脸上不断做出鬼脸，为自己的反常而气恼。所幸莉娜低着头，没有看到这些。

不过约翰尼就是约翰尼，他有自己的方式，既不会故作温柔，也不会屈从于自己所不习惯的东西，就如眼前这个姑娘的高雅与矜持，并不能吓住他，开始只是不习惯而已，一旦习惯，那又有什么了不起。于是他立即发起了进攻。

约翰尼忽然一把搂住莉娜，把脸凑过去，想与她接吻。这种最直接、最原始的方式，当然是莉娜所不能接受的。她从书中看到的可不是这样，自己所期望的和风细雨式的，温柔、充满诗意的恋爱更不是这样的。这突如其来的举动当然遭到她顽强的拒绝。

其实莉娜明白，他想方设法接近自己，并把她带离人群，可见是已经用情于她了。但那副大大咧咧的样子老是让人觉得是逢场作戏。莉娜使劲挣扎着，不让他亲近。但她终究没有挣开，被约翰尼按住了双手。

“你以为我要干什么？杀死你吗？”约翰尼有点嘲弄地看着她，“你紧张的样子，好像我要谋杀你似的。”

“你放开我！”莉娜仍在挣扎。

约翰尼只得放开了她的手，因为不想吓走她。

“噢，现在我才知道，你以为我要吻你，是不是？”

“难道不是吗？”莉娜赶紧整理被弄乱的衣服。

莉娜的娇喘不已让约翰尼陶醉，惹他怜爱。为了摆脱尴尬，安抚她的恼怒，约翰尼把话题转到她的头发上。

“当然不是，我只是想替你整理头发而已。”

“我的头发有什么问题？”

“你别问这个，否则让我觉得自己太没礼貌了。”

“你说的是真的还是假的？”在约翰尼面前，莉娜显得太天真了。

“当然是真的。”

“也许我是古板了一点儿，但我实在不懂你这样的男人。你总让我觉得你好像在嘲笑我。”莉娜有些不悦，其实她并不是在生气，而是感觉在这个男人面前多少有点不安与自卑。

“非常抱歉。但你的发型总有点儿不对劲儿，我有可能成为一个热情的美发师。”

“有什么不对劲儿？”

“我来看看！”说着，约翰尼伸出手去，从后边真的为莉娜整理起头发来。他把莉娜扎在一起的发辫拆开，“唉，别动，你要干什么？”他按住莉娜的头，不让她左看右看。

“我觉得你这个部位很漂亮。”他边说边拿着她的一根发辫摆来摆去，比画着。

“哪个部位？”莉娜天真地问。

约翰尼用手指一点她领口处微露出来的前胸。

莉娜忙用手去掩：“请你不要动手动脚的！”

约翰尼立即缩回手，偷偷地抿嘴笑起来。他有意地逗一下这个有些古板却十分纯真的姑娘，她那敏感的样子，使他觉得很开心。

他继续他的玩笑，把她的发辫固定在她的头顶上，成了一个朝天锥的形状，然后假装很满意地说：

“行了，很好看。”约翰尼知道对她不能开这种有点儿过分的玩笑，在她照镜子之前，马上又把头发放了下去。他其实根本不会整理头发，只是想借机多抚摸一会儿她的棕发。

“母亲喜欢我的发型。”

“你认为我的马术怎么样呢？”约翰尼想起那天莉娜驯服惊马的情景。

“如果你的嘴里也含着马嚼子，我想我也一样能控制你。”莉娜对自己的马术颇感自豪，当然对他的骑术不敢恭维，对能在这个话题上占了上风感到一丝得意。

“也许你认为已经控制我了，你会转过身吻我。”说着，约翰尼扳着她双肩，把嘴凑向她的脸颊。莉娜又一次闪开了：“你已经把我的头发折腾得太久了。”莉娜将外衣递到约翰尼手上，然后跨开身子，转过身去从小皮包里拿出镜子，检查自己的发型，不由得皱起眉头。约翰尼赶忙解嘲地说：

“也许这并不太好看。你看镜子里有一只猴子，你不介意我叫你猴脸吧？”他见莉娜没有在意他这个玩笑，就站到她的对面，端详着。

“我认为我设计的发型最好看。”他自信地笑着，认为时机已到，又一次把脸凑上前去。莉娜把镜子装进包里，把小皮包拿在胸前，啪地将扣扣上了，借机用双臂挡住了约翰尼前倾的身子，使他的企图再次落空。然后毫无表情地看了他一眼说：“我必须走了，吃午饭要迟到了，而且我父亲看见我打扮得这么漂亮回家，说不定要中风的。”说完，撇下约翰尼，大步向山坡下走去。约翰尼并没有觉得扫兴，依然笑着，跟着她走下去。

约翰尼送莉娜回到她的家，在院门前，莉娜拦住了约翰尼。

她现在不想让家人看见约翰尼。因为她只是跟他出去一次，什么也说明不了，何必在父母那里添一个话题呢。她现在的确有些喜欢他，但这也许只是某种好感而已，也许很短暂，过后就完了。约翰尼身边看来女孩子不少，谁知他是不是像对其他女孩子一样跟自己逢场作戏，转头就忘呢。总之，她还是小心点儿好，否则被问起来，自己该如何答对呢。

其实，在她的潜意识中，有一点更重要，那就是她希冀能像书中写的那样，品尝初恋时神秘、相思和心动的甜蜜滋味。

“好，那我 3 点钟再来找你。”

“但我下午不能再出去了呀。”

“当然可以。”

“真的不行，下午我和妈妈要去拜访朋友！”莉娜争辩着，不知她是真话还是拒绝的托辞，抑或是一种矜持。

但约翰尼不管这些，盯着她一字一句地拆穿她：

“你说谎！”

父亲的身影在书房窗后闪过，莉娜真有点儿着急了。

“你真是的！”莉娜抢过自己的外衣向大门跑去。约翰尼追着喊道：

“别忘了，3 点！”

莉娜刚要进屋，忽然听到窗子里传出父母的说话声，父亲嗓门儿很高。原来他们正在谈她，当然他们最关心的是婚姻问题，她听到母亲在用“老小姐”称呼她。

父亲似乎不以为然，他说：“这有什么不好？还不是一样值得敬重？莉娜有智慧，有学识，人格也很健全……”

一般来说，当父亲的只注重声名和荣誉，这当然是对的，这关乎一个人的品格、责任以及家庭的传统。但对于一个母亲来说，女大未嫁，甚至连一个正式男友都没有，那一切不都显得过于空洞了吗？母亲的关爱常常都是具体的、实际的。所以，父母二人为此发生争执简直成了家常便饭，莉娜早已见怪不怪了，她有自己的主意，既然要嫁，就嫁一个能让自己动心，人品出色，能给自己的生活带来快乐，不断增加新鲜感的男人，可不能像自己的父亲，固然爱她，但那么严厉、古板，缺乏幽默感和乐趣。

他们边说边向饭厅走去，听到他们的对话，莉娜受到了刺激，特别是“老小姐”的话撞击着她刚刚萌生的感情。她有些怅惘地回过身去，猛然发现约翰尼还在她身后，父母的话他当然听到了。她情不自禁地上前抱住他，在他嘴边深深吻了一下，然后头也不回地冲进屋里。

她进了家，在前厅放下皮包，放慢脚步来到饭厅门口，稳定了一下情绪，这才推门进去：

“对不起，我回来晚了！”她说着，坐在餐桌前自己的位子上，向侍者要了一块烤肉。从她说话的声音听起来，她已平静下来。

在饭桌上，妈妈关心地问：“你怎么去了这么久？”

“我没有去教堂，我去散步了……和一个男人。”莉娜犹豫了一下，终于还是决定说出实情。

这让她的父母吃惊不小。“男人？”他们不约而同地发问。

“是的，是约翰尼·埃克斯加。”

莉娜竟会和一个男人在一起，这可是他们家的头号大事。怎么事先一点没听说？父母这样想。因为刚才他们还在议论她的婚姻大事，谁料，女儿已经走到了前面。俗话说，女大不中留，果真不错。她竟背着父母与一个男人偷偷来往。这个约翰尼·埃克斯加是个什么人？人品如何？靠得住吗？女儿是父亲的骄傲，刚刚他还夸耀过，这个人配得上她吗？

刚才他们还在为女儿没有男朋友而操心，可现在，他们操心的却是另一个问题了，真是可怜天下父母心。

“约翰尼·埃克斯加，”妈妈插嘴道，“那不是汤姆·埃克斯加的儿子吗？”看来这个约翰尼是个社交名人，否则母亲怎么能知道他。

爸爸马上说：“你是怎么认识他的？只可惜他变坏了。人家怎么说的……一块没煮熟的肉！”听得出来，他很不高兴。

“爸爸，你怎么说他变坏了呢？”莉娜不解地问。

“也许是玩牌作弊。他到这儿来干什么？”父母并不确切知道他是否变坏，只是因为不高兴才信口而言。

“参加狩猎，如果他作弊，是不会让他参加的。”莉娜试图为约翰尼辩解。

“也许不是作弊，也许是玩弄女人吧。他不仅和一个女人来往，他和所有的女人都有来往。总不能让我去问那些细节吧！”爸爸显得很不耐烦。

但是莉娜不在乎这些，她内心已做出了自己的决定，并像是宣布一样，说：“我还是要与他来往。他下午3点来找我。”

女儿这种样子，是他们很少见到的。夫妻二人面面相觑，不知如何答对。

这时女仆推门进来，通报有电话找莉娜。莉娜猜到一定是约翰尼来的，立即兴奋地放下餐具，跑到大厅。门在她身后敞开着，仿佛她有意要父母听到，表示自己准备答应约翰尼的任何约会。

电话果然是约翰尼，但他是要告诉她，下午不能来了。这令莉娜很失望，但她装出表示理解的样子说：“谢谢你打电话来，下次我仍会很高兴跟你出去。”

她压抑着自己的失望回到餐桌前，但已没有了任何胃口。

莉娜时时在想着约翰尼，她把杂志上频频出现的关于约翰尼的消息都摆到自己面前，显然，她爱上他了。她现在已是一个沉浸在恋爱中的女人，尝到了思念与等待的滋味。约翰尼一直未再来找过她。她忍不住打电话去的时候，总是听到他不在的回答。她甚至到邮局去查询过，是否有他的来信，但仍是失望的消息。她忍不住来到与约翰尼第一次散步来过的小山坡，不知道她是想能在这里再次与他邂逅，还是仅仅为了回味那次的情景。这种煎熬弄得她心神不定。

这一天，家里收到一张印制精美的晚会请柬。这种请柬对莉娜家来说是司空见惯的。父亲愿意参加这种聚会是因为可与上流社会中那些朋友交换一下对于时局、对于世界的看法，尽管纯属清谈，但能高谈阔论一番，对他这个退休将军来说是件挺过瘾的事，表明自己并未老迈昏庸。母亲热衷这种聚会，是她可以带女儿一起去，向这个社会圈子介绍自己女儿的风采，其中不乏优秀青年，像他们这种家庭中的孩子按例是要在这种场合找寻自己的伴侣的。尽管自己的女儿参加过无数次这种聚会，至今仍待字闺中，但她仍兴致不减，乐此不疲，相信女儿总会看上某个幸运儿的。

母亲已经换好衣服，但仍不见莉娜的动静。母亲来到莉娜的房间，只见她懒洋洋地躺在靠椅里，一副无精打采的样子，就上前催促：

“莉娜……莉娜，已经7点了，还不快去换衣服！”

“妈妈，我不想去了。”

“不想去？那怎么对别人说呢。”她扳过莉娜的头，看到她的样子，不禁有些担心，“你是不是病了？哪儿不舒服？是不是有点儿发烧啊？”她用手试试莉娜的额头，起身为她去取阿司匹林。

恰在这时，女仆送来了给莉娜的信。莉娜打开一看，是约翰尼发来的，内容是请她去参加晚会。

这个约翰尼，总是令人惊奇，他的出现总是那么出人意料，却总能给人带来惊喜。真想不到，在晚会上又能见到他了。莉娜难抑满心欢喜，一下子从椅子上站了起来，看见妈妈拿来阿司匹林，她好像忘记了刚才的事：“干吗吃药？”

“你不是……”

“啊，我头已经不疼了，我这就换衣服。”

“那我在外面等你。”妈妈说罢摇了摇头走出房间。这个宝贝女儿，情绪怎么反复无常，刚才还愁云密布，现在却已艳阳高照，连她这个当妈的都捉摸不透。

莉娜待妈妈走出房间，立即跳到衣橱前，打开橱门，顺手拿出平常穿的那种深色长裙，忽然意识到什么，立即把它扔在一边，换上了一件漂亮的白色带花边的晚礼服长裙。

晚会上，绅士、小姐、太太们翩翩起舞，只有莉娜没有心思，她穿行在对对舞伴中间，像只单飞的蝴蝶，东张西望。不用说，她在找约翰尼。

舞会上，漂亮、端庄的莉娜吸引着很多男人的目光，有一位个子不高的男士走到她面前，向她发出邀请，莉娜没有理由拒绝，只得随那位男士跳起舞来，只是她心不在焉，眼睛仍在四处张望。舞会的主人对莉娜的父亲夸赞莉娜，这令莉娜的父亲很高兴，但对女儿的表现，他有点儿不解和不满。这时男仆来向主人报告说，一个男人没有请柬，但要进来参加舞会，他名叫约翰尼·埃克斯加。

正说着，约翰尼·埃克斯加已经大步走了进来，依然是那副自信又有些玩世不恭的笑容。对他这样自信又执着的人，他要想去哪里，谁又能拦得住呢？只是出于礼貌，他才没有直接进入舞池，否则的话，他现在恐怕已站在舞池中央了。

主人们似乎对他的到来并不欢迎，因为事先没有邀请他，这时也并不想让他进去。

“可是，我大老远地赶来……”约翰尼对他们的冷淡并不介意，只要能进去就行。他的目光已经开始在跳舞的人群中寻找了。

正在舞池中央的莉娜这时已经看见约翰尼，她那张期待的脸立即展露出笑容，她顾不得向舞伴道一声歉，便撇下他径直向约翰尼走去，她的心也随着迈动的双脚急促地跳起来。她恨不能一步跨到约翰尼身边。

正好一支舞曲终了，女人们都发现了约翰尼，蜂拥而至与他搭话。

“对不起，我来迟了。”他应付着大家，眼睛却只看着跑到面前的莉娜。

这时，另一支舞曲响起，约翰尼不由分说，拉起莉娜就进了舞池，把那些先是热情，后又嫉妒的女人甩在身后。他们跳着舞，眼睛直视着对方，一眨都不眨，会心地反复地问着好，莉娜感到真是幸福。

约翰尼故伎重施，边跳边带着莉娜移向边门，趁人不注意，双双溜了出来。找到莉娜来时坐的朋友的车，他们钻了进去，开车就走，很快就来到了月光下的林荫道。

如水的月光洒满大地，使这无边的田野充满诗意，斑驳的树影在林荫道上婆娑；四周静悄悄的，只有秋虫的鸣叫时起时伏，给这对恋人增添了不少情趣。约翰尼把车停下，忽然问：

“想接吻吗？”

“嗯，我想！”莉娜这时毫不犹豫地回答，经过了长时间的等待和期盼，她终于把自己的热吻送给了约翰尼。

“你是我遇到的第一个不口是心非的女人。”约翰尼对莉娜说。

“那她们怎么说？”

“她们说好啊。”

“她们人数很多吗？”莉娜想知道他有多少女人，试探地问。

“是的，恐怕不少。有一天晚上，我睡不着觉，就从头儿数，就像数绵羊一样，不过数到75就睡着了……”约翰尼笑着回答。他的确很了解女人，所以说话总是用一种亦真亦假的口气，让人猜不透他说的是不是正经话。

果然，这些话把莉娜逗得笑了起来。

不管约翰尼说的是不是正经话，至少验证了父亲说过的话，他与许多女人有过交往。这也不足为怪，约翰尼英俊潇洒，走到哪儿都会引来女人的目光，而他那大大咧咧的做派，对女人常常有令人出奇的举动，更会令女人着迷，所以对莉娜来说，过去并不重要，重要的是现在。

“你对她们都这么坦白吗？”莉娜轻松地问道。

“不，我对她们都没这么坦白。”

“那为什么对我……”

“没关系啦，因为我认为这样对你可能比较容易有结果。”莉娜听了这句直截了当的话，不由得低下了头，然后，带着一丝幽怨，叹了口气：

“我也希望这样，但是……”

约翰尼似乎不愿意听到这个“但是”，重新发动起汽车，打断她的话：“你没说实话。”

“我们要去哪儿？”

“我不知道，随便去哪里都行……我觉得我并没有爱上你，就是怕失去你。你可能不会理解，我怕你。我没想到会成这个样子。”

“我也没有想到自己像变了个人似的。”莉娜仿佛受了感动，口中滔滔不绝起来，“我在想，那天上午咱们见了面，今天晚上又一起开车兜风，然后——啊，我家就要到了，进去喝杯酒吗？”

“噢，不了，我想我还是尽快回去为好。”

约翰尼把车停在莉娜家门口，但莉娜并不想回去，不想现在就分手，她还想继续享受二人世界的温馨，于是她问他为什么把车停下来。约翰尼没有回答，只是把她扶下车，送她进了房子。莉娜好像打定主意不想就此打住，就带约翰尼进了爸爸的书房，对开门的男仆说：“我只是来喝杯酒。”

她让约翰尼坐下来，为他和自己倒了两杯酒。“我想我们需要喝一杯了。”她对约翰尼说，也不知道为什么自己有这样的勇气。可能因为这是自己生平第一次，也可能因为她自己也不知道到底想要些什么。

约翰尼用手臂把莉娜揽到身边，他们又吻到了一起，莉娜觉得无限幸福。沉浸在爱河中的莉娜，眼中所看到的一切都变得可爱起来。这间书房，平时死气沉沉的，四壁高大的书橱就像紧闭的大门，隔绝着历史与现实，人一旦走进它就仿佛被历史的尘埃所掩埋；书橱里排列整齐的一本本厚书整日里板着面孔，对谁都不会微笑一下；还有父亲的那张大画像，表情严肃得令人窒息。虽然莉娜很爱自己的父亲，但她还是不愿看到这幅画像，她更是很少走进这间令人压抑得喘不过气来的房间。然而现在，此时，因与约翰尼在一起，她感到这个房间是那么可爱。

约翰尼也不禁打量起这间书房，他的目光一下就集中到书房正中莉娜父亲一身戎装的大画像上。原来，莉娜的父亲是个退休老将军。学着画像上莉娜父亲的表情，约翰尼也一脸严肃，走到画像前：“喂，老爹，你是不是有些过分呢？”他笑着对莉娜说：“他不喜欢我。”

“我知道。”

“他一点儿也不信任我。”他又转向画像，“你说对不对？也许你是对的，你要赶快来阻止我们，否则就来不及喽！哈哈！”他又转向莉娜，“你听到他在说什么吗？”

“我听得很清楚，我爱他！”

约翰尼把莉娜揽在身边，面对画像，“现在说什么呢，能娶你的女儿是我的荣幸了！”莉娜猛地听到这句话，感到很突然，虽然最后的结果可能会是这样，并且这也是自己的心愿，可现在……莉娜想要说什么，但约翰尼没让她说话，用手一拍画像，差点儿把它打下来，又连忙把它扶好。两个人笑着走到旁边。

“你听到他拒绝了，对不对？”

“没关系，真的没关系！”莉娜安慰着约翰尼，紧紧抱住他，送去了一个深吻。

这时他们仿佛听到了一曲优美的圆舞曲。

“我们跳舞吧，待会儿……”

“别说了。”

他们像是随着那曲心中的旋律，轻轻地、陶醉地移动着脚步，莉娜的双眼始终盯在约翰尼的脸上，任凭他带着自己旋转，旋转……

昨夜的美好时刻，促使莉娜做出了大胆的决定。第二天清晨，她收拾了一个随身小提箱，悄悄走下楼来，把提箱放在门厅，忐忑地打开客厅的门。父亲坐在沙发里看报，悠闲地叼着烟斗，母亲在绣着花，他们根本不知道家里即将发生的事情。

“妈妈，我要去邮局一趟。”莉娜撒了个谎。

“那好，你帮我带一些绿线，”母亲拿出一个样子，“一定要同样的颜色，你最好在太阳下比较一下。”

“知道了，妈妈。”她又来到爸爸跟前，“爸爸，你有什么事要我办吗？”

“我什么也不需要。”爸爸眼皮都没有抬。

莉娜又看了一眼双亲，心中不禁有一丝难过。她快步走出客厅，强忍要流出的眼泪，提起了小提箱，这时，身后的门里传来妈妈要她回来喝下午茶的声音，她不敢回答，匆匆走出家门。

对于莉娜来说，此一去，前途如何，是不可知的。她将独自面对生活。然而，她的心中充满爱，她将把爱和全部身心交给一个男人，她将用爱去面对一切，去开辟新的生活。哪怕会遇到暗礁险滩，她都在所不惜。有一句话说：“恋爱中的女人胆子最大。”此话不假，莉娜的决定为这句话做了注脚。

莉娜就这样离开了双亲，尽管心中有一丝不舍，但是与爱情相比，它又算得了什么呢！她只是希望，有一天她回来时，双亲能够理解她、原谅她。

雨水冲洗着教堂和牧师办公室屋外的花草，空气中弥漫着花草的芳香。屋内，由牧师主持，约翰尼与莉娜举行了婚礼，他们交换了戒指，说出了心中的誓言，终生相守，白头偕老。此刻，身穿白色婚纱的莉娜显得无比激动，巨大的幸福感在她身体里激荡，她的眼睛放射出幸福的光芒；当他们在牧师面前相拥相吻时，莉娜将约翰尼抱得很紧，仿佛要将他融入自己的身体。接下来就是蜜月旅行。这一对爱侣周游了世界，到处都留下了他们相伴的脚印。在威尼斯的水上小艇里，他们相偎相依穿行在水巷之中，热恋的目光时时相聚。诗意的威尼斯为他们添上浓郁的温情；在巴黎，他们流连于塞纳河畔，驻足于埃菲尔铁塔下，徜徉于巴黎圣母院广场前。浪漫的巴黎为他们的蜜月旅行打上了一个彩色的句号……当他们回到家时，箱子上贴满了各国的标签。

终于，他们回到了约翰尼布置好的新家。这是刚刚装饰一新的一所大宅，显得清新而又气派。莉娜当然喜欢，又不禁担心地问："这么豪华的房子，你负担得起吗？"约翰尼没有回答，拉着她各处参观，并介绍了可爱的年轻女仆艾瑟。

约翰尼把莉娜又引到客厅：绿色的小棕榈树，白色的钢琴，华丽的地毯，大餐桌上铺着漂亮的桌布，屋内阳光明媚，阳光透过大窗子给家具洒上一片亮光，显得晶莹剔透，这样的客厅谁会不喜欢呢。约翰尼打开唱机，那个曾在他们心里奏起的旋律响起，他们情不自禁地又翩翩起舞。

莉娜再一次陶醉在约翰尼给她带来的惊喜中。这个约翰尼，他是怎么想出这个点子的？他是怎样背着自己完成这一切的？这一刻，莉娜感到幸福极了。她带着新婚的喜悦，加上这时的惊喜，她感到自己都快承受不住了，在约翰尼的怀里，在一圈圈的舞步的旋转中，她有些眩晕。未来的生活能这样起步，一定是无限美好的。

她感到自己是那么地爱身边的这个男人，倒不完全是因为他给自己创造了这优美的生活环境，她看重的是他总会给他们的生活不断补充新的内容、新的刺激与新的欢乐，她相信今后的生活将丰富多彩。

这时，女仆给约翰尼送来了一份电报，内容是向他索要 1000 英镑。他问莉娜有没有 1000 英镑，要先借用一下。莉娜不明白为什么，约翰尼说："大概我向他借过 1000 英镑。"

"1000 英镑？你为什么要向他借呢？"

"因为我要与世界上最美丽的女孩子度蜜月，我要让她快乐。她不快乐吗？"

"难道你自己没有钱吗？"

“我现在没有啊！”约翰尼一副满不在乎的样子，并不觉得这是什么难为情的事。

“我以为……我以为你是很有钱的！”

“哈哈，别担心，我会想办法，这件事我会解决的。”

“约翰尼，我真的不明白。难道你破产了吗？”自从认识约翰尼以来，除了那次在火车上，他从自己这里要了一张邮票之外，（那次不算，因为那次两个人说不上认识）从来没有让她感觉到他缺钱。他总是大手大脚，给人的印象是他有花不尽的钱。莉娜当然绝不是看中他这一点。一般来说，能花钱的人总是能挣钱的，他肯定有工厂，有商店……总之是很能赚钱的工作。哪一个人为了花钱时的痛快而去借钱呢。难道约翰尼就恰好是这样的人吗？如果他为了讨好自己（她想起这点儿就沾沾自喜）那倒大可不必，她不强求他一定是个富翁，可也不希望他靠举债来实现眼前的一切，因为生活不是空中楼阁，是实实在在的，日子需一天天过，他不是个孩子就是骗子。

约翰尼点燃一支香烟：“是啊，我最近总在破产。”

“那你为什么不早告诉我？几次我谈到这个话题你都……”听到约翰尼的话，尽管他总是那副无所谓的样子，莉娜真的有点担心了，“你怎么会想到要租下这么华丽的房子呢？”

“你总要住房子呀，你总有一天会继承大笔遗产的。”

“等一下，我还不能接受这个说法，你想要的是我父亲给我的遗产吗？”莉娜有点紧张地站起身来，似乎不能想象约翰尼真有这个念头。

“噢，亲爱的，我们不用过早地考虑这个问题，我们现在只需要享乐。”约翰尼理所当然地肯定了她的疑问，并不觉得有什么不好。

莉娜不能想象约翰尼娶她是为了她的钱。她宁愿相信他不过是天真而已，简直就像个娃娃，因为她会告诉他，她的收入是绝对不够支付现在的费用的。

约翰尼还不死心，因为他没有想到是这样，“那你父亲呢？”

“我不可能要求我的父亲，因为那是不可能的事。他到车站接我们的时候，你看到他有多么节省。你总不会要靠他那些薪水过日子吧？”

“噢，不会的。”约翰尼有点心不在焉。

“回答我呀，约翰尼。”莉娜不愿意她的丈夫是这样的人。她仍怀着希望，希望约翰尼给她一个令她放心的肯定的回答。

约翰尼第一次脸上出现了怅然若失的表情：

“我想我已经山穷水尽，没有办法了。只好……只好找朋友借一点儿了，总有朋友会借我一点儿家用钱的。”

莉娜听到这个回答，真是彻底失望了：“我想……我想你一定是疯了！”

“莉娜，跟你结婚是我做过的最感荣幸的事情。”约翰尼说着又要去吻她。他大概以前总是用这种办法躲开那些烦心的事情，但是莉娜躲开了。

女仆送茶来了，约翰尼忙着倒茶，莉娜打定了主意，坐到他的身边，对他说：

“约翰尼，你不要再去借钱了。”

“那我怎么办呢？”

“你必须去工作！”

“工作？”这是约翰尼根本没有想过的，“你让我穿上旧衣服去开矿？”

“你别开玩笑了。”

“我以为你是在做梦，让我们现实一点儿吧，你知道现在失业率是多少吗？你打听过吗？”约翰尼还是根本不愿去考虑这个问题，甚至有些烦，不愿意再讨论这个问题。

这时，莉娜的妈妈来了电话，莉娜的不辞而别让她有些伤心，但她现在已经回来了，听到她很快乐，也就释然了。她告诉莉娜，爸爸要送给他们礼物，很贵重的礼物，莉娜感到这件礼物这时对她真是太重要了，赶忙把这个消息告诉了约翰尼。

做父亲的关心的总是些重要的问题。他在电话里询问他们今后的生活，莉娜不想让他担心，只好对他说，她与约翰尼正在讨论这件事，告诉他工作有很多，机会也不少，他们正在考虑之中。而约翰尼只关心父亲的礼物值多少钱。正说着，父亲的礼物已经送到了。原来是一对老式的雕花座椅。莉娜看了非常高兴，因为这是她家的传家之物，曾有很多人想买，父亲都没有卖。她已经猜到，父亲一定是留着送给她的。今日果然被送到她的家里来，她怎么能不高兴呢。莉娜告诉约翰尼，这两把椅子是父亲最珍贵的财产，自己是第一继承人，父亲一定希望她也把这两把椅子世世代代传下去。

但是约翰尼却大失所望，他现在最需要的是钱，而不是什么椅子，但又没法明确表示，只好言不由衷地说：“的确是最珍贵的财产。”

莉娜没有注意他的反应，又抓起电话：

“爸爸，你对我真好，我真想哭一场！”她确实无法用语言表达她对父亲的感激。这说明父亲不但原谅了她，而且接受了约翰尼，希望他们幸福。能得到父亲的祝福，莉娜怎能不感动呢。她把电话交给约翰尼，要他对父亲表示感谢。约翰尼只得接过听筒：

“你好，将军，你为什么不把这两把贵重的椅子送到博物馆去呢？……我当然喜欢，怎么能不喜欢呢？”父亲在电话里再次问起了工作的问题，约翰尼对他说，确实在考虑，他已收到表哥梅格·盖特上尉的邀请信，没想到莉娜的父亲也认识他。约翰尼说，他准备接受这个工作，老将军这才放心了。

约翰尼放下电话，莉娜对约翰尼在工作问题上向父亲撒谎很不高兴，但约翰尼诡秘地一笑，从口袋里拿出一封信。莉娜一看，果真是他说的那样，这真是一封邀请信。莉娜让他弄得真有点儿哭笑不得，嗔怪他没有早告诉自己。约翰尼不以为然地说，那是因为以前没想到会派上用场，就像从来没想到会有这两张座椅一样。

莉娜简直拿他没有办法了，因为对他说的话不知道是该信还是不该信，但是不管你信不信，最终的结果总让你出乎意料。虽然她已领教过很多次，但还是一次又一次地受他愚弄，当然这是善意的。而偏偏他又是那么善于表演，让你只有相信他，不怀疑他。只有一点，莉娜有点儿不能接受，就是他的这种把戏不分事情，不分场合，随时都会出现。就像工作这种事情，这关系着今后的生计，怎么能拿来开玩笑呢，可他居然就做得出来，就像一件无关紧要的小事一样不在乎，这可怎么好呢？

不过，总算他没敢对父亲开玩笑，像对自己那样，而且既然有了工作，生活应该没问题，莉娜也就放心了。

一场小小的不愉快总算告一段落。

莉娜过了一段婚后的平静时光。这一天，她骑马回来，在房间里看见一个陌生人，他先夸赞了一番这套美丽的房子，然后自我介绍说是叫比奇·杜威，是约翰尼的老同学，今天路过，特意进来喝杯茶。比奇身材胖胖的，有一副和善又有些滑稽的脸，手里总拿着个大烟斗，心宽体胖，看来他是个不爱事事较真的人。

“他常跟我提起你，”比奇说，“上星期在赛马场还看见他呢。”

不想莉娜听了这话吃了一惊。因为她以为他每天上班，不可能去赛马场的。而且，他不是已经戒赌了吗？

“也许你不相信，他不可能戒赌的，”比奇说，“你别介意，约翰尼他就是这样的人。他认为你是一流的，我也有同样的感觉。”

说话间，莉娜忽然发现屋子里那两把老式椅子不见了。她有些着急。比奇看她着急的样子，笑起来：

“哈哈，约翰尼……他干的好事。他趁你不在的时候，把它们卖了。”

“卖了？”这真让莉娜吃了一惊，“为什么？”

“当然是为了钱哪，他必须还赌马所欠的债呀。我告诉你，他可是欠了一大笔债呢，赛马场的记账先生可是不会让他欠太久的。”

“我不信，告诉你，你说的话我一点儿都不信。”莉娜很不客气地向比奇大声说。

“你不能把事情看得太认真了，亲爱的，我们说的是约翰尼，举世无双的约翰尼，这一点用不着我来说。”

但莉娜仍不相信，她认为，不征求自己的意见，他是不会这么做的。正说着，从窗户里看见约翰尼已经回来了。

比奇急忙说：“什么都不要再说了，他回来了。一会儿，你问他我说过的事，只要一秒钟，他就会编出天大的谎言来，无论如何我不会错过这场好戏。”

约翰尼忽然看见比奇，真是喜出望外，热情地寒暄了一番。他看到莉娜的神情有些不自然，忙关心地询问，比奇在旁边嘲弄地对他说：

“你太太好像发现有些东西不见了。”

约翰尼怔了一下，看见比奇手中的烟斗，急忙打岔说：“我去拿火。”

比奇存心想看好戏，又拉回话头：

“那些椅子呢？不见的椅子到哪儿去了？”

“啊，是的，椅子，我遇见一个美国人，今天上午就让他搬走了。”约翰尼闪烁其词地回答。

“什么美国人？”莉娜知道他花招很多，但很想看他这一次到底还能耍出什么花样儿来。

“我没告诉你吗？我真笨！”于是他开始讲起来，如何认识这个美国人，那人如何喜欢这两把椅子，愿出100镑把它们买下，最后他强调，任何人都会接受这个价格的。

“我不接受！”莉娜坚定地说。

“我没想到你会不接受。”

“那你为什么不告诉我呢？”莉娜问。

“我以为我告诉过你了。”约翰尼真会耍赖。

没想到莉娜好像并没有开始那样恼火，反而露出了笑容，也许当着比奇她不想太过分：

“没关系，反正你已经把它们卖掉了。收拾一下，我们去吃晚饭吧。”

“你真善解人意。”约翰尼如释重负。

“等一等！”比奇站起来，看来他不想让这场戏就这样轻而易举地结束。他指出，约翰尼说的肯定都是编造出来的谎话。

然而莉娜却不想再深究下去，并邀请比奇留下吃晚饭，还暗示他，只要是约翰尼的朋友，就会随时受到欢迎。比奇没有办法再说下去，瞪了约翰尼一眼，无可奈何地收了场。他真不明白，只要是遇到约翰尼，任何女人，哪怕是最优秀的，也都变成了温顺的小羊。这个臭小子，怎么这么有福。

又是一个好天，莉娜上街买了两本喜爱的书。往回走的路上，一家商店的橱窗使她停住了脚步。里边赫然摆着她家的那两把老式座椅。她这才知道比奇说的是实话。

她匆匆走回家，看见比奇也在。

“对不起，比奇先生，我想我错怪你了。”

“现在你不错怪我了吧？我由衷地感激，我从心里乐意原谅你。”比奇显然明白莉娜所指的“错怪”是什么意思。不过他发现莉娜的神情有些不对：

“你的脸色不太好看，你不是在生气吧？”他关心地问。

“请你原谅我，我……”

“你用不着为了约翰尼生气，那是浪费时间。如果你是为了我生气，那我没话说了，因为我常惹别人生气，要是为了约翰尼，那就大可不必……”

莉娜抱歉地拍了拍比奇的手臂表示感谢，比奇真是个好人。正说着，约翰尼大喊大叫地走进花园里来。他手里大盒小盒抱了一大堆。

“比奇，快来帮忙。艾瑟……”

他气喘吁吁地把东西放在石桌上，手舞足蹈起来：

“今天是个特殊的日子。你们都站好……亲爱的，你还记得那条你特别喜欢的项链吗？现在它是你的了。”说着，他拿出一个精致的首饰盒递到莉娜手里。他又把一个盒子放在一边，“这是给艾瑟的。”然后拿起一根拐杖，“比奇，这个给你。这是最好的了。”比奇很高兴地接过来。约翰尼又把一摞盒子放在比奇手上，让他举着，打开最下边的方盒，拿出一件貂皮大衣，对莉娜说：

“亲爱的，你还记得这件大衣吗？那天你羡慕得不得了，现在也是你的了！”约翰尼又从比奇手里盒回那些盒子，一股脑放在莉娜手上，“这些帽子都是给你的，我从来也不喜欢我们初次见面时你戴的帽子。”

约翰尼一下子拿回这么多东西，莉娜简直不敢相信，不知他又在搞什么鬼。他这样挥金如土，心血来潮，到底是哪来的钱。

莉娜想问：“你为什么一下子买回这么多东西……”

可是约翰尼打断她:“哎哟，宝贝，你别生气，如果你不喜欢，我还可以拿回去退还哪！噢，我还给你买了件礼物，你们等着。”说着，就跑出去拿。

哈，原来他从外边牵进来一只小狗儿，莉娜真高兴，她很喜欢小动物，立刻张开双臂迎接小狗儿。小狗儿似乎也很喜欢莉娜，两只前爪立起来致敬。

“约翰尼，这到底是怎么回事呀？”莉娜实在忍不住了。

“是啊，这是怎么回事？”连比奇都沉不住气了。

“我今天赛马得了大奖，我总共下了两百镑赌注，赔率可是 10 ∶ 1 呀……”

“你得了两千！”比奇也为他高兴起来。

只有莉娜不作声，一点高兴的样子都没有，约翰尼注意到了，他连忙走到她跟前:

“啊……你一定不高兴我赌博了，但我这全是为了你，笑一个嘛……”约翰尼因为赢了钱，情绪特别好，希望莉娜也为他高兴。

“约翰尼，”莉娜没有笑，一脸严肃地问:

“这两百镑是从哪儿来的？你是从哪儿弄来的？”

“你知道根本没有什么美国人，那是卖了椅子得来的。”原来约翰尼不但撒谎撒得快，坦白也很快，撒谎只是蒙混一时而已。

“你宁可把椅子卖掉，也要去赌博吗？”莉娜严厉地问。

可是约翰尼并不紧张，依然笑呵呵地说，他赌马一向是很准的，说得比奇也大笑起来。

但是莉娜这次真的非常难过，低下头去。约翰尼想尽各种办法逗她笑，比奇也做出鬼脸，装鸭子叫，都没能使莉娜笑起来。

“你笑一笑嘛，亲爱的，”约翰尼做出一副要哭的样子，低声下气地哄着她，“啊，我还忘了一件东西，”说着，从怀里掏出一张纸条，“这是那家商店的收据，赎两把椅子的钱已经付清！”莉娜见到这个，才破涕为笑，感动得抱住约翰尼。

“干得好，老小子！”比奇管约翰尼叫“老小子”，表示他着实佩服约翰尼的本事，真想给他两下才痛快。

莉娜对约翰尼确实无法真的生气，即使他卖掉了那两把椅子，莉娜也仅是有些难过，其实也没有什么大不了的。难得的是自己虽然猜不透他，但他却对自己无不了解，项链、大衣直至小狗儿，这些礼物每件送到自己的心坎儿里，让她欢喜都来不及，哪儿还来气呢。特别是最后，他又把那两把椅子赎了回来，这些事都集中在一天里发生，在一个时辰里发生，真让她应接不暇。看来还是比奇了解他，约翰尼就是约翰尼，如果不是这样，他还怎么是约翰尼呢，让他改变是不可能的，只有自己去适应他了。无奈的是，自己永远也无法追上他的步伐，赶上他的变化，那么，恼火的对象不应该是他，而是自己。

“香槟酒来了，我们庆祝一下吧。”艾瑟这时正把酒和杯子摆放到桌子上。

约翰尼拿出一条狐狸皮围脖送给艾瑟，艾瑟受宠若惊，爱不释手，连声道：“太感谢了！不知道我的男朋友会怎么说呢！”

比奇为约翰尼和莉娜每人倒了香槟，为自己倒了一杯威士忌。约翰尼想阻止他，因为他身体不好。比奇说：“就一杯嘛，不要紧。”

约翰尼举起酒杯，走到莉娜跟前，温柔地说：

“亲爱的，为最后一次赌博干杯！”

比奇接过话头儿，举杯道：“为最后一次赌博干杯！”其实他早就忍不住了，说完一饮而尽，再说他才不会相信约翰尼这“最后一次”呢。

还没等约翰尼和莉娜把酒杯送到嘴边，就听见咣的一声，比奇的酒杯掉到了地上，摔碎了。比奇踉跄着，手捂着胸口，弯下腰来，使劲咳起来，脸憋得通红。

莉娜连忙上前去扶他，让他仰坐在椅子上，一边替他解开领带和扣子，一边喊约翰尼去倒水来。

可是约翰尼紧锁眉头，一动不动：

“不，我害怕去碰他，我爱莫能助。他的病在复发前，要是没有要了他的命，会自动缓解的。”莉娜仍很担心，紧紧抓住约翰尼的胳膊，紧张地注视着比奇。

好像约翰尼很了解比奇的情况，果然不一会儿，比奇像是恢复过来了。他睁开眼睛，看了看莉娜，有些不好意思。

“对不起！”他有气无力地说。

约翰尼尽管冷眼旁观，内心也不无担心，像是自语又像是对莉娜说：“这早晚会要了他的命的！”

男人们总是有他们自己的弱点，从比奇身上就可以看得出来，他对约翰尼的爱赌博只是抱着幸灾乐祸的态度，当然这只是在莉娜面前，想看约翰尼出点儿丑而已，他并不是个心术不正的人，何况他还是约翰尼的好朋友。特别是当约翰尼赌马赢钱的时候，他真心替他高兴，甚至还很佩服他。因为只有约翰尼有这种胆量与运气。同时说明他自己也深爱此道，否则他不会觉得赢钱是件很过瘾的事。他自己还很爱喝酒，只要有机会，他总要想方设法喝上一口，这时，就会把自己的身体抛到脑后。不知他是否在这次事故之后真正吸取教训。

莉娜感到，她想改变自己的丈夫，其实并不是要改变他那些让自己喜欢的特点，只是想改变他赌马的嗜好。她现在为比奇担心，更为自己的丈夫担心。

莉娜上街，总要买一些书回来。这天，她刚从书店出来，手里拿着几本书，看见一位熟人刚好把车停在路边，忙热情地上前打招呼。

那位太太看她拿着书，笑道："你买这么多书，每一本都看吗？"

莉娜解释说："不，这是给约翰尼买的。"说着把左手拿的两本书递给她看。

"约翰尼？约翰尼变得用功啦？"她半信半疑地问，"噢，是侦探小说啊。"

"他很爱看。"莉娜有些自豪地说。

"看来约翰尼终于定下心来过日子啦。"

"这很适合他。"

"他已放弃所有的恶习了吗？"

"恶习？"莉娜不解地说，"太太，你指的是什么？"

"比如说赌马之类的事情啊。"

"他根本没有时间赌马，他要上班哪。"

"是吗？那上星期二下午，他是请假去的喽？我在赛马场看到他了。"这位太太扬扬得意地说。

"噢，是吗？那可真是有趣。对不起，再见。"莉娜再次从别人嘴里听到约翰尼去赌博，心里十分生气。她强压着怒气，告别了这位长舌的女人，快步回家。一路上，她脸色很不好看，气愤和失望交织，使她恨不得立刻见到约翰尼，亲自质问他。

她来到约翰尼工作的地方，从窗子里没有看见约翰尼。她推门进去，向秘书打听他的去向，秘书不知道，请她去找老板梅格上尉谈一谈，莉娜同意了。

梅格热情地把莉娜让进办公室，莉娜开门见山地说：

"梅格上尉，我不想给你添麻烦，但你是约翰尼的表哥，也是他的老板，我想跟你谈谈他的事情，我很担心。"

"是的，这个我明白。但是话说回来，我也告诉过他，我不会控告他的，但是呢……"梅格停下来，看了看莉娜的反应。

莉娜一听这话，下意识地从椅子上站起来：

"你在说些什么？"

"你不知道他被开除了吗？"梅格终于告诉了她真相，"我开除他的时候，他怎么对你说的？"

“你是什么时候开除他的？”

“六个星期以前了！”

莉娜不敢相信这个事实，急切地说：

“梅格上尉，我不会开玩笑。如果这是开玩笑的话，你一定要老实地告诉我！”

“这个事情对我来说并不好笑，埃克斯加太太。六个星期以前，我们意外地接到一张订单，付款的时候，整整少了两千英镑，我去查了约翰尼的记录……我很抱歉，这件事情他应该告诉你呀！”

“啊，没关系，”莉娜似乎明白了这笔钱是怎么回事，同时担心另一件事，“你是说，你要控告他吗？”

“暂时不会的，我尽可能给他机会让他把钱还回来。但是呢，毕竟……”

“是的，我明白，谢谢你，”莉娜站起身来告辞，“再见，梅格上尉。”

莉娜这次受到了沉重的打击。她万没想到会出这种事情，这是她绝不能原谅的，更不能容忍。她气冲冲地进了家门，女仆告诉她约翰尼还没回来，她头也没回就上了楼。

女仆艾瑟不知发生了什么事，她也从没见过太太发这么大的火，只好直瞪瞪地看着莉娜的身影消失在楼梯上。

房间里，莉娜正在收拾自己的东西，决心要离开他。他简直是一个游手好闲的无赖。把一些衣服装进一只提箱，她压抑不住心中的怒火和悲伤，觉得有些话必须发泄出来，就扔下手里的衣服，来到梳妆台前，飞快地给约翰尼写了一封短信，装进信封。这时忽觉悲从中来，忍不住要流下眼泪。她内心这时虽然被一股怒火和悲伤所笼罩，但仍很矛盾，拿不定主意是否真要离开这个她仍很留恋的家。她犹豫着……终于慢慢撕碎了手里的信。

身后传来了开门声。约翰尼默默走了进来，没有了往日那种风风火火的样子。

“你听说了？”约翰尼问道，他严肃的表情有些让人同情，“我很难过，是的，亲爱的，我非常难过。”他递过来一张纸，“医生发了这封电报来，上面讲得很详细。”原来他与莉娜想的不是一回事，但这对莉娜来说同样是一个极重要的消息，那就是电报报告了莉娜父亲去世的消息，莉娜终于忍不住靠在约翰尼身上失声痛哭。

莉娜娘家的老宅里，齐集了他家的所有人。大家肃静地坐成一圈，静听家庭律师宣读老将军生前立下的遗嘱，这时已经进入到财产分配的部分，尽管每个人都怀着悲痛的情感，但现在涉及到每个人的利益，所以大家都聚精会神地听着，渴望将军会给自己留下一些什么。

只有莉娜，背向着律师，一身缟素，仍沉浸在哀伤里。她人虽然在这里，但看得出来，她的心里仍在想着父亲。他曾是那么地爱她，以她为自豪，尽管平时他显得严肃，甚至有点儿严厉，因为他曾是位将军，但心里非常珍视他的膝下爱女，对她怀着温柔怜惜之情。莉娜也同样爱自己的父亲，虽然里边包含着敬畏，但时刻都在依恋着他。他是她的榜样，是她内心的支柱。现在，这根支柱轰然倒下，她感到不安，感到自怜和悲痛，她一时无法自拔。

律师仍在认真履行自己的职责，他念着：

“我要留给我的妹妹艾米丽每年一千镑的年金，至其终老；留给我的外甥女艾尔西为数五千镑的遗产；留给我两位亲爱的表弟罗伯特和尼尔逊每人五百镑；其余财产留给我的爱妻玛莎，希望她能每年提出五百镑供给我的女儿莉娜。另外，留给我的女儿莉娜和她的丈夫约翰尼·埃克斯加由著名画家乔西·华纳特所画本人的画像。”

遗嘱念完了。律师摘下眼镜，如释重负，好像终于完成了一件重要使命一般。约翰尼始终伸着脖子注意地听着，特别是念到最后，他更是目不转睛地盯着律师的嘴。现在，他似乎有点失望地看了看坐在他前面的莉娜。

他感到有点儿闷，对莉娜说：“我去喝水。”

“我去给你倒，亲爱的。”

“不，我自己去，书房里就有。”说着，约翰尼打开身后的门，进了将军的书房。他走到小几前，倒了杯酒，拿到将军的画像前，站了一会儿，行了个举手礼，“算你赢了，老家伙！”端起酒杯向着画像上的将军举了举，然后一饮而尽。不知他所说的赢了是什么意思，但他的失望是显而易见的。

约翰尼夫妇的小汽车沿着海边公路飞快地开过。他们一路上一直沉默着。还是约翰尼打破了沉默。

“莉娜！”

“什么事？”

“你嫁给我以后，有没有丝毫后悔的意思？”

“你为什么这么问呢？”

“你父亲只给了我们一张画。”

“你得的是最少的……那你呢，你有没有后悔呢？”

“跟你结婚是我最开心的事情。”

莉娜笑了笑："你说这话是真心的吗？"

"是的，是真心的……我是想看到你幸福……而且希望我死后……"

"我会先死！"莉娜打断他的话，在说话时她充满了爱意，同时，用温柔的目光看着约翰尼的脸，"即使我想不爱你，也没有办法。"

"有过这想法吗？"

"有。有一次。"

"什么时候？"

"当我发现你失去了公司工作时。"

这句话让约翰尼暗吃一惊，他没想到莉娜会知道这件事，显得很紧张。

"你知道了多久了？"

"上星期。"

"谁告诉你的？"

"梅格，我遇见他了。你能告诉我是什么原因吗？"

这种谈话令约翰尼很难应付，他一转方向盘，把车拐向路边，打岔说：

"好久没看见海了，把车停下看看海好吗？"也不等莉娜回答，就把车停下了。

"他那个人保守一点儿，要赚钱应该赚大钱……多少美丽的景色，如果我要是有一万英镑……或是两万镑就好了，我就来这里投资开发。"

莉娜见他不愿意告诉自己真话，不想戳穿他，轻轻叹了口气，顺着他说："你需要的就是两万镑吗？"

"嗯，也许要三万镑，再多些也无妨。"约翰尼似乎已被前景所鼓舞，不住地说着。

看来，约翰尼确实想干这件事，并且说干就干，几天的工夫，那片海岸的照片、设计草图都已完成。他与比奇为这个项目激动着，兴冲冲地一直讨论着方案。

莉娜从门外走进来，在桌旁坐下。看见他们的样子，忙问他们在谈什么，约翰尼告诉她要成立一个海湾投资公司，由比奇投资，然后申请银行贷款，就可以干起来了。

莉娜瞥了一眼比奇，他还不知道约翰尼以前被公司开除的原因。

"我说给你听。"约翰尼拿过一张纸，用笔在上面准备画图向她说明自己的想法。

"但是……"莉娜想说什么，但被约翰尼打断了，他看看比奇，生怕莉娜说出什么来，忙说：

“亲爱的，我给你画图，你会明白的。”

“比奇，你明白吗？”莉娜问比奇。

“我想应该明白。”

就在这时，女仆艾瑟进来告诉约翰尼，梅格上尉打电话找他。约翰尼表情有些不自然，站起身来，告诉艾瑟，他到书房去接电话。

莉娜要比奇解释给她听听。比奇得意地说：

“啊，亲爱的小姐，我喜欢他有做大生意的胆子，这是非常刺激的。”

书房里，约翰尼在接听梅格上尉的电话，不用问，是催促他还钱，约翰尼语气肯定地告诉他：

“我不是跟你讲了吗，我有钱，几个星期就会到手了，到时我就会还给你的。”

客厅里，比奇还在向莉娜解释他和约翰尼的计划：

“我们先把整块地买下来，然后再出售一部分土地，转手之间就可以得到百分之百的利润。余下的土地，我们在上边盖些建筑物……”

“是的。但是你们相中了哪些地呢？要用多少钱，把地卖给谁呢？……”

“哈，这没什么困难的。”

“比奇呀，你怎么永远也长不大呢？”莉娜倒不反感比奇，而且挺喜欢他，但是总觉得他过于天真，不禁为他担心。

“小姐，你是在责备我吧？我去角落站着，接受处罚吧。”比奇说着，真的走到了角落。

“比奇，你这样对约翰尼不公平。”莉娜走到比奇身边，带着责备的口气说。

“我这是对他好呀，让他当公司的总裁，有薪水领，还可以开支票。”比奇觉得有点儿委屈了。

“我怕的就是这样！”莉娜看着比奇，她知道比奇能理解她的意思。

“这有什么不好的？”但这次，比奇真是没明白，他觉得约翰尼的设想挺有吸引力，自己已被他说服了。正说着，约翰尼接完电话，推门进来。比奇急忙对约翰尼说：

“老小子，莉娜在劝我打消念头呢！好啦，小姐，这个念头挺不错的。”

约翰尼不想当着比奇的面再为此事争执，忙催促比奇去换衣服，因为时间不早了，该吃晚饭了。他趁机告诉莉娜，比奇这几天要住在家里。

乘比奇上楼换衣服之机，约翰尼很不高兴地问莉娜：

“你有什么权力来干涉此事呢？”

“没有啊，我只是……”莉娜其实并不想当面打击约翰尼的积极性，所以只希望做做比奇的工作，但是心直口快的比奇向约翰尼捅了出来，这会儿莉娜有些尴尬，不知如何解释。

“只是什么呢？”约翰尼语气显得很严厉，看来他是真生气了。

“我只是告诉比奇，他不应该把所有的事情都交给你，万一有什么差错，他也需要承担责任，并不是因为你没有经验才劝他打消念头的。”

“你对生意又懂得多少呢？”

“很少，但是……”

“如果我当真听你的话，那整个计划就泡汤了，你知道吗？”这次约翰尼一点儿也不打算让步，莉娜还是第一次看见约翰尼用这种态度跟自己说话，感到有些不安。但是她有自己的主见，而且不想让约翰尼冒这种风险，所以，仍坚持着：

“这个计划本来就不是好的计划嘛！”

“这是我的计划，又不是你的。我说它好就是好，我要把自己的生意做成，不许任何人阻拦！你清楚吗？”

他们争论的声音很低，但口气都强硬起来，一边说，一边沿楼梯向楼上走着。最后，莉娜只得说：

“是的，我清楚了。”他们不愉快地结束了谈话。

莉娜心里的矛盾没人能理解。她为此苦恼。她希望约翰尼从事正经的工作，但又怕约翰尼的品性无法胜任或面对未来的各种挑战，结果连她自己都不知道到底希望他干些什么。看来这次约翰尼是真动心了，他真想干成这件事。自己的阻拦伤了他的心，也铁了他的心，他是想向众人，特别是向她证明自己，所以她无法再阻止他了。只是希望他不出事情就好。

她觉得约翰尼和比奇都像孩子，而且天真得可气。她不明白，比奇已有了自己的事业，证明了他的成功，可他却那么信任约翰尼，这个一事无成的约翰尼，为他的异想天开所左右。男人的事真弄不明白，而且他们有那么强又那么易受伤害的自尊心……

这天清晨，莉娜在庭院里修剪花木，约翰尼慢慢走到莉娜跟前，告诉她：“一个小时前，那项交易取消了。”

莉娜听了感到意外，忙问："发生了什么事？"

"没发生什么。"

"比奇知道吗？"

"他还不知道。"

"你为什么这样做？"

"我也不知道。也许因为那块地根本不好，谁知道呢，或者因为我不想拿比奇的钱担风险，或者因为工作太匆忙……"约翰尼强笑着，显然没有把真实的想法说出来。现在事情出现了这样的结局，莉娜才重提昨天的争吵。

"你还在为昨天的事生气吗？"莉娜问。

"我没有生气啊！"

"你知道吗？我昨天没法入睡。因为你从来没那么严厉地对我说话，我好害怕。"

"害怕什么？"

"我怕……你不再爱我。"

"不会的，亲爱的，我不会生气的，而且我很爱你。"约翰尼虽然嘴上这么说，但是并没有往日那种热情的目光与表示，只是用手抚了抚莉娜的头发，就转身出去了，一副心事重重的样子。莉娜看出了这一点，她望着约翰尼的背影，慢慢转回身，陷入了深深的忧虑中。她猜不透约翰尼心里到底在想些什么。

晚上，约翰尼夫妇与比奇一起玩拆字游戏。比奇不知道曾发生在他们夫妻间的争吵，只是听约翰尼说放弃了计划而觉得惋惜，强调他并没有觉得这个计划有什么不好，如果约翰尼觉得有开发价值的话，尽可以放手去做，没必要实地察看一番后又放弃这个计划。

但约翰尼坚持要他一起去再看一下那块地。否则的话，自己就必须负全责，而比奇不用承担任何责任。似乎他并未彻底放弃。

比奇不想再跑一趟，他认为没有必要，因为那是约翰尼自己看上的地，而且想出了开发它的主意，表示了对他的信任。

"无论如何，明天我们一起去看一看。"约翰尼仍坚持自己的想法。

比奇觉得奇怪："为什么一定要我去看呢？"

"我告诉你啦，我要负全责的。"约翰尼说。

莉娜默默地听着他们谈话，虽然满腹疑虑，但还是一言未发，她看看这个，又看看那个……

“我真不想去那儿，天气太坏，又湿又冷。”

“比奇，如果真的要去，那什么时候出发呢？”约翰尼问道。

这时，比奇手里拼出了一个词，赫然摆在桌面上，“‘MURD’加上‘ER’就成了‘谋杀者’了吗？”比奇不知为什么拼出了这么一个词。

莉娜猛然抬起头，她似乎从这个字上感到了某种不祥的兆头儿，她看着约翰尼的侧影，约翰尼好像并没有受她的影响，说：“越早越好，7点好吗？那时候路上的车不会太多。”莉娜觉得他脸上露出一丝冷笑。

“7点钟对我来说是太早了，你不知道我早晨起不来吗？”比奇很不情愿为这次没有必要的旅行而放弃晨睡的好时光。

莉娜心中的不祥感觉陡然加重了，她低头从比奇拼出的那个词转向桌上那张实地照片：高高的悬崖，下边是汹涌的恶浪，似乎预示着某种凶险。这令她吃了一惊，心中不由打了个寒战。幻觉中，她好像看到约翰尼站在比奇背后，乘他不备，猛然将他推向大海，比奇的笑声突然化作惊叫，挣扎着向崖下坠落……她不敢想下去，使劲闭上眼睛，突然感到一阵眩晕，摔倒在地板上，两个男人赶忙跑过来扶她……

莉娜自昨晚晕倒被约翰尼和比奇抬到床上后，一直昏睡着。她这些天来，听说了约翰尼的种种作为，心里一直很乱，她把这些事情强压在自己心里，并没当面向约翰尼说破。她还是爱他的，不想伤害他，并希望他能好好工作，弥补过失。所以，她对他的开发计划并不赞同，还试图劝阻比奇放弃，这样，约翰尼一个人就无法进行下去，但是约翰尼知道后，向她发了那么大火，这是从来没有过的。这使她不安的心理更加紧张了。最使她无法控制的是，忽然凭空感到一种莫名的恐惧，约翰尼为什么一直坚持要比奇一起去实地考察？她害怕看到她所担心的事情发生。这些焦虑、慌乱和不安搞得她心神不定，疲惫不堪。直到第二天早晨一缕阳光透过窗帘的缝隙，晃到她脸上，她才猛然醒来。

莉娜回头看看身旁，约翰尼早已不在了。她好像意识到了什么，立刻起身，抓起睡衣套在身上，拉开窗帘。外面已是阳光明媚。她顾不得梳妆就跑出房门，想去看一看比奇，不用说，昨晚的不祥之感仍笼罩着她。正好碰上女仆艾瑟，她忙问，比奇是否在楼下吃早餐，艾瑟告诉她，比奇很着急，都等不及吃早餐，就到车上去等约翰尼。他们大约一小时前出门的。她也不知他们到哪儿去了。

莉娜来不及细问，跑回房间，换上一件外套就慌张地跑下楼来，她拿不准到哪里去找他们，就来到昨晚谈话的书房，发现那张悬崖的照片后边写着那个地方的地址，不由分说，驾驶着汽车就飞快地朝那里赶去，她想他们一定是去了那里。

风吹乱了莉娜的头发，也吹乱了她的心。

莉娜下了车，沿着崖边寻找着。她不明白，她是要证实自己的担心成真，还是害怕看到昨晚幻觉中的事情。她探头向崖下看去，急浪拍打着礁石，溅起大片高高的浪花，发出慑人的声响。她感到晕眩，不敢再向下看。

忽然，她赫然看到两道清晰的汽车轮胎印就横陈在自己前面，它笔直地消失在悬崖边上。不用说，肯定是一辆汽车冲向了崖下的大海。她好像看到了一件罪恶的发生，这使她惊栗不已。

莉娜开着车往回走，神情凝重，不知将要面对的是什么。

终于回到了家。她拖着迟滞的脚步拾阶而上，悄悄推开房门，蹑脚走进屋里，眼睛搜寻着。对面窗外的树荫把她的脸映得阴暗不定。这时，客厅传来了一阵轻松的口哨声。原来，约翰尼已经回来了。

莉娜移动脚步，随着口哨声来到客厅，只见约翰尼背对着房门，在小柜里鼓捣着什么。忽然他说话了：

"应该可以了，你试一下。"

"可以啦，有了吗？"忽然从屋子的角落里传来比奇回答的声音，他正在把一个插销插进电门里，说着直起腰来。

这对紧张的莉娜来说不啻是一个意外的惊喜。原来两个男人都在这里，自己纯粹是虚惊了一场，脸上一下子露出了抑制不住的笑容，但她不想打扰他们。

可是比奇发现了她。

"回来了，小姐？"比奇看了她一眼，随口打了个招呼。

约翰尼也抬起头来，随意地问候着："你好，亲爱的。"

他们在忙着自己的事，哪里知道莉娜刚刚度过了一个惊心动魄的早晨。

莉娜的心一下子放了下来，觉得屋内阳光是那么明媚，生活是那么美好。她无比激动地走到约翰尼面前，一下子抱住他，把脸紧紧地贴在他的面颊上，久久不愿松开。

约翰尼见妻子这么动情，很受感动，但总觉得她的举动叫人摸不着头脑。

"你这是干吗？我们只不过才去了几个小时而已。"他还以为是莉娜在替他担心。

"我感觉好像已经好久了。"莉娜说的是实话，因为在这几个小时中她经受了多么可怕的煎熬啊。

比奇在旁边打着哈哈，约翰尼打断他：“比奇，你少说话！”

比奇说：“我的车掉下悬崖，你还不让我说呢。”

莉娜一听，刚放松的心又紧张起来。约翰尼怕她担心，不让比奇说下去，但莉娜坚持要听，比奇就把事情的经过讲给莉娜听。

原来，他们一起到了那个地方，两人因意见不一致而争论起来。比奇认为那个地方不理想，因为那个地方碳岩的成分太多，不适合开发。争执不下时，比奇就上了汽车。因为他对开车并不是太在行，在倒车的时候，汽车滑向了崖边，幸亏约翰尼跳起来一下拉住了刹车，为比奇跳车赢得了时间，比奇才没有跟车一起掉到悬崖下边去，否则莉娜就见不到他了。

“事情真是这样吗？”莉娜对这惊险的一幕都有点不敢相信，又转过头来向比奇证实。

比奇说：“确实如此，我差点送了命。”

约翰尼则现出一副轻描淡写的样子。

可是这对莉娜来说就不一般了，她激动地说：“约翰尼，你知道你这样做对我有多大的意义吗？”

“亲爱的，”约翰尼还没来得及说什么，比奇抢着说，“这对于我也有极大的意义呀。这个家伙值得嘉奖一番，我们进城去狂欢一夜，以资庆祝。我做东，怎么样呢？”

约翰尼亲热地搂着莉娜笑着对比奇说：“不去了吧，你不是要去巴黎吗？”

“去巴黎？”莉娜问。

“是啊！我的证券在那儿。我必须做出妥善的安排，你还不如同我一起去呢。约翰尼，怎么样，要不要去呀？”

约翰尼笑眯眯地看着莉娜：“我是个有家室的人哪，你不要忘了。我告诉你一个另外的办法，我可以开车送你到伦敦。你认为呢，莉娜？”

“一起去吧，莉娜！”比奇很高兴这样的安排。

“可是我……”

“你一定觉得很闷，一起到伦敦轻松一下，你会很高兴去那儿。”约翰尼拥抱着莉娜说。

比奇也一再劝她去。

“我知道，怎么也阻止不了他的。”莉娜幸福地笑着说。其实她此时高兴还来不及呢，因为她满心的阴霾已经一扫而光了。

“啊！”比奇高兴地欢呼起来。他为约翰尼有这样一位好妻子而高兴。

“你们最好跟我一起到巴黎去，我可以告诉你们我的艳遇。我在香榭丽舍大街遇到一位漂亮的女子，我还和她一起吃了顿晚餐呢！后来，我们——咳，对不起，小姐，我又……我又得意忘形了，就当我没说好了。”莉娜都有点儿不好意思了。比奇自己也不好意思地走开了。

约翰尼和比奇去了伦敦。莉娜没有同去，她与女仆一起在家。

这天清晨，莉娜正在整理房间，自家小狗的叫声吸引了莉娜，正在这时，女仆艾瑟进来报告说，门口来了两位警官要找约翰尼，听说约翰尼不在，就要求见莉娜。莉娜低头想了一下，叫艾瑟带他们到书房去。

警察跟着女仆来到书房，见到了莉娜：

“埃克斯加太太吗？”

“是的。”

“我是奥得逊警官，是警察局派来的。这位是我的同事班森先生。”

“你好，班森先生，请坐。”莉娜请他们在沙发上坐下来。

“我们找你的丈夫。他不在家？”

“是的，他到伦敦去两天。”

“这样，这两天你可以帮我们的忙。”警官说。

“当然了。你们要喝点什么吗？”莉娜客气地说。

“不用了，我们喝过了。我相信你一定认识比奇·杜威先生吧？”

“是的，他是我丈夫的老朋友。”

“真不知如何启齿呀。也许你看了这个就会明白的，这是今天下午的报纸。”说着，警官把手中的报纸递给莉娜。

莉娜接过报纸，走到另一张桌子旁，戴上眼镜，这才打开报纸，一条消息映入眼帘：

“发现一具男尸，已证实死者是英国人比奇·杜威。”

莉娜看到这里惊呆了，原来的担心又一次翻腾了出来，她有些失神地怔在那里。

莉娜觉得自己的幻觉终于成为了现实，她现在的思想混乱极了。她为比奇难过，那是个多么好的人哪，宽厚、开朗、风趣、谦恭，和自己相处得那么好。为了帮助约翰尼成就理想，毫不犹豫地用自己的钱去支持他，这次就是到巴黎去出卖自己的股票，准备全部用来投资这个项目。可是现在却离他们而去。她也为约翰尼难过。她是那么爱他，他也给过自己那么多的欢乐，可是他为什么要对比奇做出这种事来呢？比奇在支持他，这还不够吗？她不理解，比奇是约翰尼最好的朋友，约翰尼为什么要如此对他。她相信，如果比奇死了，一定是约翰尼干的。她有了这个定见，思想也紧紧围绕着这个定见无法解脱。她不知如何对警察说。

警官看着莉娜的反应，然后对望了一眼，站起身来，走到莉娜身旁。

莉娜对警官说："真是太令人震惊了。我们和他很熟的，为什么会发生这种事呢？"

"很抱歉，我们不得不这样做。我们是代表法国警察局来调查这个案子的。他们在他的皮包里发现了一份文件，显示他最近和你丈夫刚成立了一家公司。"

"法国警方认为他的死因是什么呢？"莉娜问。

警官从口袋拿出一份报告。"这是我们接到的从法国巴黎发过来的一份报告的副本。"说着，他打开一张纸念道："杜威与另外一英国人同行抵达此间，两人均有明显喝酒迹象。杜威一抵达就吩咐要一瓶白兰地，根据这里一名服务生的证词，这位同伴要求用大杯子来喝酒，显然是这两个人打赌的结果。杜威把白兰地倒入大杯中，倒得几乎要漫出杯来，然后一口喝掉。他的同伴在事件发生的时候并不在场，他在几分钟之前先行离开了。法国警方还没能够查出他的身份，根据服务生的证词，那个人的名字可能是欧根或欧金。"

警官看着莉娜一脸悲伤的表情，带着歉意说：

"很抱歉让你这么难过，夫人。但是你知道你丈夫的朋友当中有谁叫这个名字吗？"

莉娜未及答话，那位班森警官接过来说：

"或者告诉我们一些他们合开公司的事情。"

"是的，可以。"莉娜觉得这个问题没必要隐瞒什么，就说，"我丈夫本来计划和他一起开发土地。他到巴黎是准备为公司筹款的。显然事情还没有办好就已经死了，这实在是太令人遗憾了。"

警官们再没有什么可问的了，再次表示抱歉，然后起身告辞。莉娜几乎没有理会到他们要走了，好一会儿，才惊醒过来，赶紧送他们出门。在门口，奥得逊警官问约翰尼什么时候可以回来，希望在他回来以后，莉娜能让他往警察局打个电话，莉娜答应了。

奇怪的是，他们说话的时候，班森警官一直盯着墙上一幅不大的画儿在看，不知道哪一点吸引了他，经奥得逊警官提醒，才一起走出门去。

莉娜在他们身后关上房门，无力地靠在门上。待了一会儿，她慢慢走回书房，既悲痛又狐疑，不明白比奇为什么就这么死了。她走到父亲的画像前，像是想与父亲说说自己的心事，可是父亲只是毫无表情地看着她，她不由得烦躁起来，因为约翰尼只说要去伦敦，并没说也去巴黎。

“他们要到巴黎去！我告诉你，他们要去巴黎！”

莉娜回身拿起电话，要通了约翰尼住的旅馆。服务台的一位服务员接了电话。

“我要找埃克斯加先生……他什么时候会回来？……他一早就离开了？……啊，没关系，谢谢你。”原来约翰尼已不住在那儿了，也就是说，她现在根本无法找到他。莉娜无奈地放下电话，随手拿起刊登那条消息的报纸，走到沙发前，无力地靠在沙发里，不知怎么办才好。

这时，忽然一个声音传来：“你好。”莉娜不敢相信地转过头来一看，是约翰尼，他就站在门口。莉娜肯定是因为心里沉重，所以才没有听到开门声。

约翰尼一脸凄容，慢慢走过来：

“我在报上看到了他的消息。我很喜欢比奇。”

“是吗？”莉娜觉得听他说这话有些滑稽。

“是的，我喜欢他，傻傻的，胖得出奇的笨蛋。”

“是吗？”莉娜依然冷冰冰地对他，她已不再信他的话了。

“当然是。除了你之外，世界上我最喜欢的人就是他。”

“除了我之外吗？”

“我只想到我自己，从没有关心他。你也喜爱他，对不对？”约翰尼坐在沙发旁边，关切地看着莉娜。

莉娜现在完全被悲痛笼罩着，喃喃地说：

“我一直很喜欢他，”她抬眼看了约翰尼一眼，“警察来过了。”

“他们有什么事吗？”

“他们希望你能帮忙。他们接到了巴黎来的电报，有一个叫欧根的人，他们说……”莉娜没说完，约翰尼就打断了她：

“我知道了。报纸全登出来了。还有什么事吗？”

“他们希望你打电话到警察局。也许你能帮忙查清这个英国人……”

“嗯，”约翰尼哼了一声，站起身，显得有些不安，“你都告诉了他们哪些事情？有没有说开公司的事？”

“当然说了。我告诉他们，比奇正打算为公司筹款。”

“这件事不如由我来说。你还说了些什么？”约翰尼不知为何显得有些紧张。

“差不多就是这样。我还告诉他们你随时都会从伦敦回来。”莉娜说着，用眼睛冷冷地看着约翰尼。

约翰尼立刻走到电话旁，接通了警察局的电话。他告诉警官，他与比奇一起开车到了伦敦，一块儿吃了晚饭，然后送他到了飞机场。自己一直留在伦敦。以后有需要的话，自己乐意帮忙。

约翰尼这样说，让莉娜暗暗吃惊，他们明明说一起去巴黎，怎么……莉娜忽然瞥见桌上放着一本书——《谋杀者》，这是约翰尼看的。她把书翻过来，看见了作者伊莎贝尔太太的照片。

这一连串的事情，使莉娜不知如何应付。她爱着约翰尼，可是又感到很多疑点都与他有关，她不由得陷入深深的忧虑之中。

于是，她决定先拜访这位作者。

第二天，莉娜来到了伊莎贝尔太太家，她正好在家。

“伊莎贝尔太太，我最近读了您的新书，真是太吸引人了，我必须和您谈谈。”

伊莎贝尔非常高兴见到莉娜，忙请她坐下来，“这是我听到的最好的恭维。我从不知道你还是谋杀故事的忠实读者。”

“我也是最近才感兴趣的。”莉娜坐在伊莎贝尔身边，她们原来就是认识的，但莉娜很少读她的书。“尤其是对坏人的作案手法……”

“不是坏人，是男主角，”伊莎贝尔纠正她的措辞，“我总是把谋杀者当成我的主角。”伊莎贝尔并不是一个犯罪行为的崇拜者，她只是对这类题材和情节感兴趣，并且有她独特的理解，因此她的书里，并不表达好人与坏人、正义与邪恶之类的社会性定语和评判，“对不起，我打断了你的话，你刚才说，你对犯罪的手法很着迷？”

“是的，”莉娜接着说，“特别是他把被害人引到桥上，而他事先已经知道桥被锯断了……”

“你别忘了，他还知道被害人不会游泳。”

“像这样的情节，你认为是否是谋杀呢？”

“照我的观点来看，毫无疑问，这当然是谋杀。约翰尼怎么看呢？”伊莎贝尔忽然问。

“约翰尼？噢，我还没和他讨论过。”

“我想他一定会感兴趣的，因为这与报上登的他朋友在巴黎死去的情节是一样的。”

“是吗？”莉娜对伊莎贝尔的敏感暗暗惊奇。

“桥和白兰地都是陷阱，问题在于是谋杀还是意外，这种预设陷阱的手法一点儿也不新鲜。”

“曾经有人这样做过吗？”

“是的，而且是真实事件，我这里就有。”说着，伊莎贝尔站起身来，走到书架前找书，说道：“理查·帕玛就用这招解决了被害人——在哪儿呢——他害了六七个人以后，终于被处以极刑。以白兰地杀人，他是不是太傻了呢？”

“的确太傻了。”莉娜随口应和着。

“白兰地，这是很有趣的想法。也许你可以去找我哥哥，他是验尸官，遇上这方面的问题，我都去请教他。”伊莎贝尔没有找到那本书，只得这样说。

“没关系，不麻烦了，其实也没什么重要的。”莉娜不想让伊莎贝尔觉得自己好像有什么目的，连忙起身告辞。忽然，伊莎贝尔大声说道：

“啊，我想起来了，这本书就在你们家。这本关于理查·帕玛案件审理的书，里边就有用白兰地杀人的情节。几个星期前，约翰尼把它借走了。”

莉娜证实了自己的想法，达到了自己的目的，便匆匆离开了伊莎贝尔的家。回到家中，莉娜在书架上没有找到那本约翰尼借回来的书，她拉开约翰尼书桌的抽屉，看见那本书就放在里面。显然，约翰尼确实看过了。她把书拿出来，发现书里还夹着一封信，就抽出信纸……

忽然，电话铃声响了，是找约翰尼的。对方是保险公司的人，对莉娜说：“请转告埃克斯加先生，他的查询我们在回复上有点延误。我们的回答都写在信里了，明天一早就会送达。”这更证实了她对约翰尼的怀疑。

第二天，莉娜早早地就起来了，她站在窗前，等待着邮差送来的邮件。她决心查明约翰尼对保险公司的查询到底是什么内容，她怀疑这与比奇的死有关。果然，远处邮差骑车的身影出现在大门口。不一会儿女仆来送早餐，莉娜像是很随便的样子，用平淡的语气问女仆：

“有信来吗？”

“有三封埃克斯加先生的信和你的杂志。”女仆果然没在意，把早餐放到桌上就转身去拉开窗帘。莉娜坐在桌前，像准备要吃早餐，把那三封信摆在餐具的旁边，偷眼寻找有没有她想找的信。

约翰尼被室外射入的阳光弄醒了。起身后他像往常一样，热情地跟莉娜和女仆问候了早安，也像是随口一问：“有信吗？”

“有三封。”莉娜为他送过去一杯咖啡，顺便把信递给他，约翰尼接过信，神情有些拘谨，等莉娜坐回到桌子上，又偷偷看了两眼莉娜，见她没有注意，这才打开信封，取信来读。

莉娜打开自己的杂志，趁找眼镜的机会，偷偷看到约翰尼把一封信匆忙塞到外衣兜里。

“噢，太好了！”约翰尼高兴地大声说。

“有好消息吗？”

“史波第到印度去了。他喜欢刺激的生活。他真是个好朋友啊。”说着，他把杯子放到床头柜上，这才去洗漱。

趁这个机会，莉娜赶忙从约翰尼外衣口袋里掏出那封信，忽然，洗澡间的门响了，吓得莉娜急忙转过头，还好，约翰尼并没出来，只是嚷着：

“亲爱的，没有肥皂呀，这块马上就用完了，不够用啊！”

莉娜告诉他：“洗手池旁边的柜子里有。”洗澡间的门又砰地关上了。

莉娜喘了口气，虚惊了一场，赶忙把信看完。

约翰尼洗完澡出来，看见莉娜抱着双臂站在窗前。他走过去柔声问：“亲爱的，你觉得冷吗？”

“是的，是有点儿冷。”

约翰尼用双手把她搂在自己胸前：“这样就会暖和一点儿。现在觉得怎么样？”

“嗯，好一点儿了。”

“这样就会更好了。”说着，约翰尼低下头去与她亲吻，这次莉娜没有像往常那样温情地回应，匆匆做了个样子就把脸扭开了，但是约翰尼没有察觉出来，笑着问：“亲爱的，今天晚上我们做什么？”

“上伊莎贝尔家吃饭。”

听了这话，约翰尼一怔，他不明白为什么会有这个晚餐，但未动声色地轻轻“噢”了一声。

晚上，伊莎贝尔家。屋外栅栏旁停了两辆汽车。一棵老树的巨大枝干在月亮映照下，洒下一地暗影，风吹动着枝干和树叶不停地摇摆，影也随之晃动。

屋内，宽敞的大客厅没有点灯，只有餐桌上的烛光照着吃饭的人们。

约翰尼、莉娜和伊莎贝尔的哥嫂在这儿共进晚餐，伊莎贝尔坐在主人的位置。客人们不住地称赞晚餐的味道，看来，他们吃得很尽兴。

约翰尼坐在伊莎贝尔旁边，一边吃，一边与她讨论小说的情节。

“伊莎贝尔，我们再谈谈你的新书好吗？”约翰尼问道，“有一个人走进房间里，把门锁上，坐到钢琴前面，然后隔着门对他开枪，是不是这样？这样不合情理嘛！为什么进来后就把门锁上，然后再弹琴？是不是琴弹得不好，怕丢脸哪？哈哈……”

他的话引起了大家的兴趣，都等着看伊莎贝尔怎么回答。莉娜当然在约翰尼一谈起谋杀话题的时候就一直在注意地听着。

“我是这样安排的，”伊莎贝尔回答，“钢琴上的某个键与暗藏的手枪上的扳机是相连的，当他弹到这个键时就没命了。”她对自己安排的这个绝妙的情节很为得意。

“为什么这样安排呢？太失策了。”约翰尼提出了反驳意见。

“有什么不好呢？”伊莎贝尔问。

“太复杂了。如果你想杀某个人，就用一个简单的手法嘛！你们说呢？”约翰尼看看大家。

“很不错，”伊莎贝尔的哥哥赞同他的主意，“还是简单的好。”

“你要用什么简单的方法杀人呢？”莉娜似有所指地问约翰尼。

“我不确定，我喜欢简单明了的方法，不过最重要的是不能让人对我起疑心。”

“你举个例子来说吧。”莉娜紧追不舍。

“比如说用毒药，我会用我最常想到的砒霜。”

伊莎贝尔的哥哥这时插嘴道：“我记得格拉斯哥的一桩命案，尸体在事发四年之后才被找到，但在指甲和头发里依然发现了少量毒药的痕迹。”

“是这样的呀。那抓到杀人凶手了吗？”约翰尼问。

“我想想看——好像没抓到。”

“我说得没错吧？”约翰尼见自己的观点得到证实，有些理直气壮。自信是他的特点。

“但是，约翰尼，你认为这个凶手会快乐吗？”莉娜的话里有话，她盯着约翰尼，满腹心事的样子。

“我不知道，但是他没有理由不快乐。”约翰尼颇不以为然。

“现在，任何留下的痕迹、弹道、细小的头发都可以证实他的身份。”伊莎贝尔说道。

“不错，但是现在一定还有医学无法查出的药啊。”约翰尼依然沉浸在自己的思路里，好像他在力图证明些什么。大家对他的想法不知如何作答。

“医生，你的看法呢？”约翰尼察觉伊莎贝尔似乎与她的哥哥对视了一眼，忙问道。

“这个——我不知道。”伊莎贝尔的哥哥拿起餐巾擦嘴，想躲过这个话题。

“大家离开餐桌休息一会儿吧。”伊莎贝尔也想把这个话题岔开。但是，约翰尼依然兴趣十足，不达目的不罢休的样子。

“一定有这种毒药，我从你们交换的眼神中看出来了。”他看着他们兄妹俩的眼睛，紧紧逼着追问。

“胡说，哪有这种东西呢。”伊莎贝尔矢口否认。

“我相信一定有的，你说呢，医生？”

“我就是知道也不会说。”伊莎贝尔的哥哥是个不会说谎的人，话中露出了马脚，但他有自己作为医生的原则。

“这又何必，难道我像杀人凶手吗？”约翰尼嘲笑道。

这时伊莎贝尔的嫂子插进来反问约翰尼：

“这是个有趣的问题，你觉得看着一个人的脸就可以知道他是不是要杀人吗？你呢？伊莎贝尔，你能吗？”

“不是我自夸，通常我真是有这个能力。”伊莎贝尔对此颇为自信。因为她研究过很多案例，而且在自己的书中写过各式各样的犯罪人的心理。

“那你看我呢？我会杀人吗？”约翰尼来了精神。

“你连只苍蝇都不会加害，”伊莎贝尔开心地说，“你装出一副神秘的样子，但我看得出来，再给你一百年，你也学不会谋财害命的。埃克斯加太太，你相信吗？”

莉娜笑笑，没有说话。约翰尼接过话茬儿说：“我想，我确实不敢。”

吃完晚餐，约翰尼、莉娜回到家里。约翰尼特意把门插上了插销。莉娜顿时有些紧张，甚至觉得他的下一个目标就是自己，刚才餐桌上关于毒药的谈话，让她害怕。

“约翰尼，你为什么把门插上？”

“今天艾瑟休假，要明天早晨才能回来。”约翰尼笑着说。

“她会有什么事呢？”

“没什么事，她只是休假去了。”说着，约翰尼把室内的灯关上了。

他们摸着黑往楼上卧室走去。莉娜在楼梯口迟疑地停了下来，约翰尼觉察到了，返回身轻轻拉住她的手，一起走上楼去。

他们走进卧室，约翰尼打开电灯，扶着她的腰的手感到她在发抖，他忙关心地问：“你在发抖，亲爱的，是不是感冒了？”

莉娜只得承认可能是感冒了。

“那赶快上床睡觉吧，把衣服脱掉。”说着要替她解扣子。

莉娜紧张地拦住他，“不要，约翰尼，请你不要……”

约翰尼笑了起来：

“这让我想起我们在山坡底下的第一次见面，你坚决不让我碰你，你还记得吗？”

莉娜依偎到约翰尼胸前，深情地说：“那一天我永远也不会忘记！”

好一会儿，她转过身，对约翰尼说她想今晚自己一个人静一静，希望他到隔壁去睡，“你介意吗？”

约翰尼很感费解，也有些不高兴，“我当然介意呀！”

“拜托你，我这几天睡不好觉……”莉娜力图解释。

“我不明白，从前是我不在家时你才睡不好，现在你……”约翰尼愈加不高兴起来，道了声晚安，走了出去。

莉娜看着约翰尼的背影走出了卧室，紧张的心情再也绷不住了，一下子瘫倒在沙发旁边，再也无力站起来。

连日的心力交瘁，莉娜终于病倒了，她躺在床上昏睡着。待她醒来时，看到约翰尼和伊莎贝尔都守在床边，用关切的目光注视着她。

她昏睡了一整天，伊莎贝尔告诉她，已请医生给她好好检查了一下。医生说只要好好补充睡眠就会好的。

约翰尼似乎放下心来，站起身去吩咐艾瑟准备晚餐。伊莎贝尔安慰她道：

“你的约翰尼真是好担心你呀！”

“是的。你一下午都在这儿吗？”

“我一接到电话就赶过来。我警告你，你最好赶快好起来，再让我跟你丈夫单独在一起，我的事业就完蛋了。”伊莎贝尔见莉娜好多了，就开着玩笑逗她开心，同时也流露出她认为约翰尼是个非常好的人。莉娜听了她的话，会心地笑了起来。

“跟他在一起很愉快吧？”莉娜知道约翰尼很会讨女人欢心。

“比这个更糟糕。他快把我的秘密全挖出来了，我怀疑他是否要写侦探小说呢！”

原来约翰尼还没死心，这不禁又让莉娜紧张起来，她欠起身，问：

“什么秘密呀？”

“他真让我为难，开始我不想告诉他，但最后还是说出来了。”

“那今天你告诉他什么了呢？”

“唉，老实说，你有办法拒绝约翰尼的任何要求吗？”伊莎贝尔无可奈何地摊开双手。

“是关于毒药的事对不对？”

“是呀，我真是大傻瓜呀，他要是抢在我之前把这个手法写进侦探故事里，也是我活该。你想想看，如果把它放进日常饮品里，一服下去，马上就没有命了，而且找不出一点蛛丝马迹，这是多么可怕的事啊！”

“被杀的人痛苦吗？”

“一点也不会。而且这种手法是不会被发现的。”

时间一分一秒地过去，约翰尼还没有回来。莉娜躺在床上，没有一点儿睡意，她像在等待着某一时刻的到来。

楼下，所有的灯都黑着。忽然大门被打开了，外边的月光一下子射进来，地下现出一条惨白的光带，约翰尼拉着细长的影子走进来，他手里托着一个托盘，上边是一杯牛奶，他拾阶而上，向卧室走来。

他把牛奶放到莉娜的床头柜上，吻了她，说声“我爱你，莉娜！”就转身出去了，显得很冷漠。

莉娜瞪大眼睛，盯着这杯牛奶，想起伊莎贝尔说的那种杀人手法，真切地感到结局就要到来了。

又开始了晴朗的一天。莉娜的床头柜上摆着一杯牛奶。显然，莉娜并没有去喝它。

莉娜正在往手提箱里装衣服，她准备回娘家去。

“你还在生我的气，亲爱的。”约翰尼很委屈地说。

“不是的，我只是不舒服而已。”

“你觉得在你母亲家要比在自己家舒服吗？”

“不，是我母亲打电话来要我回去一趟。”

“今天一早就打电话来了？”

“她起得早，一个人又很寂寞。我告诉她我精神紧张，她就要我回去住几天。”

“好吧。我下去把车准备好。”

“不用了，我自己开就行了。”莉娜急忙阻拦。

但是她知道约翰尼的要求是无法拒绝的，因为约翰尼严肃的脸上表现出了一副坚定的神情：

“你一定要让我送你回去！”说着就去备车。

不知为什么，莉娜认为自己是下一个牺牲者，虽然她不明白为什么会是这样，她只是感觉一定会是这样。因此，她现在一看见约翰尼就紧张，看见他那缺少笑意的眼睛就会全身战栗。她开始处处提防，尽可能减少与他接触的机会，她不想让他开车送自己回去也是因为这个原因。其实细想起来，这样一点儿道理也没有，但她哪里还有心情去细想呢，紧张使她丧失掉很多理智。何况，约翰尼对毒药那么感兴趣，千方百计地从伊莎贝尔那里得到了药的名字。这是为什么？如果不是为了杀人，不是为了杀自己，那又是为了什么呢？

汽车沿着海边公路飞驰而去，这是一段危险的弯路，但约翰尼把车开得越来越快。莉娜紧张得坐立不安，她认为约翰尼会把车撞下山崖。于是，悄悄把车门锁打开，准备随时跳下车去。然而这也被约翰尼发现了，他探过身把车门重新关好。在这种车速下，想跳也不可能了。何况，外边就是悬崖峭壁。莉娜紧张地注视着约翰尼那毫无表情的脸，恐惧使她快要发疯了。

她再次把车门锁打开。他想伸过手去关车门，不想被莉娜死死抓住，惊叫起来。约翰尼在情急之下把车开进了一条岔路。他死死踩住刹车，汽车停下了。莉娜不顾一切地冲下汽车向前跑去。约翰尼明白了莉娜的意图，追上去抓住她的双手，大声喊着："你听我说！"制住了使劲挣扎的莉娜。约翰尼怒不可遏地对她叫喊着：

"你这样会把我们两人都害死的！你是我的妻子，我不想让你从车门里被甩出去！你再也不要羞辱我了！"说完，甩开莉娜，转身回到了车上。

"约翰尼，你到哪儿去？"

"我现在送你到你母亲家去。"约翰尼冷冷地说。

"然后呢？"

"我以后再也不会来打扰你了！"

这时，莉娜猛然明白了，她拽住约翰尼不撒手，大声说：

"约翰尼，你得说，你为什么问伊莎贝尔毒药的事，你到底干什么用，你打算要自杀吗？"

说着，莉娜扑到约翰尼的怀里，哭叫着：

"亲爱的，我的亲爱的！"

约翰尼铁青的脸显出一丝绝望：

"是的，这是体面的解决办法，否则我将面临牢狱之灾呀！"

"你是说你到底还是跟比奇在一起吗？"

"我们出门了，就是想去做最后一搏……"

“到巴黎去？”

“我本来是想利用你的保险去贷款的，但是没有成功。”

“比奇死的时候你是在利物浦，你没有去巴黎？”

“如果我去了巴黎，你想我会放弃开发吗？”

莉娜恍然大悟，她拍打着自己的头，后悔莫及：

“约翰尼，我要是早点知道就好了！你和我一样都有错。我只想到我自己！你为什么会做这些错事，是我使你改变的，你该告诉我的，但你觉得不好意思，你不敢来找我。但愿我能明白这一切。约翰尼，我会改变的，情况会变好的。”莉娜痛苦得不能自已，恨不能立刻挽回这一切。

约翰尼像是自尊心很强，无法一下子转过这个弯儿来似的，仍斩钉截铁地说：

“哪能说变就变呢！我不是好人！”

“我们回头，约翰尼，我们回家去，一起想办法好吗？”莉娜恳求道。

“不，没有用的，我送你回你母亲家去。”

“我们会成功的，求求你，约翰尼？”莉娜意识到自己的错误是多么严重，她无论如何不会再错下去，她央求着约翰尼。

“这不是你的问题，莉娜。”

“但你不能把我排除在外呀！”

约翰尼转身上了车。

经过这些天惊心动魄的折磨，莉娜需要一个温暖的港湾，那就是她的家，她与约翰尼的家，所以她紧随约翰尼上了车，双眼闪烁着愧疚的目光，这让约翰尼深受感动。这一刻，尽管约翰尼没有答应什么，但误会似已冰释。这对夫妻恢复了信任，依然恩爱如初，或者可以说，他们从没有这么相互信任过。约翰尼伸出手臂，揽住莉娜的肩膀。但愿他们回到他们开始时的路上去，但那是一条宽阔的大路吗?

（高伟）

# 爱德华大夫

错误……并非出自我们的星球，而是出自我们自身。

——莎士比亚

佛蒙特州。一幢哥特式白色建筑孤零零地坐落在群山包围中，那是格林迈纳斯精神病医院的主楼。适逢冬季，四处飘舞的枯叶不时侵袭着由护士陪伴外出散步的病人，这使他们本就郁闷的心灵愈加凄凉和烦乱。尽管最近出现了连续几日的好天气，但那照在白色小楼和光秃大地上的和煦阳光在充满苦痛和迷乱的人们眼里，却透着不可捉摸的邪恶用意。

二楼的病人活动室里，玛丽·卡尔和几个姑娘正在兴致勃勃地玩纸牌。她一头浓密的黑发，五官俏丽，身材窈窕，一看就是个人见人爱的主儿，不知道的还以为她是混在病人堆里的护士呢。几人正玩得高兴，一个表情刻板的女护士走过来叫："卡尔小姐，彼得森大夫在等你呢。"

卡尔小姐满脸不情愿地站起身来，离开牌桌时扭头跟牌友们说："抱歉，我得走了。这一局真带劲，祝你们好运。"接着便扭动腰肢向门口款款走去。

护士见此情景，立刻贴近准备带她走的哈利，低声说道：

"小心这个女人，别让她抓了你的手。"

哈利点头答应，斜眼戒备地瞅了卡尔小姐一下，后者正矜持地等他过去开门。

哈利和卡尔小姐一起来到白色走廊上。卡尔小姐见四周没人，立刻亲昵地靠到他身上，不由分说地搂过他的胳膊，娇笑道：

"今天过得好吗？"

哈利有点不自在，犹豫了一会儿，最后还是放弃了抽出胳膊的努力，毕竟这是个动人的女人。他“嗯”了一声作为回答。

卡尔小姐把他的胳膊贴近自己的胸脯，关切地说道：

“你脸色不太好嘛。”

哈利心中微微一动，和蔼地回答说昨天睡晚了。

卡尔小姐立刻定定地看住他，无比温柔地说道：“亲爱的，我很挂念你的身体。”

哈利紧绷的脸上终于露出了笑容。卡尔小姐趁机表示不愿去彼得森医生的办公室，并提议和哈利找个地方单独聊聊。面对如此迷人的妙龄姑娘的盛情邀请，一向木讷的哈利有点不知所措了。他迟疑地回答她，如果自己有时间的话，一定奉陪。这下可中了卡尔小姐的圈套。她一把抓住还在犯晕的哈利的手，狠狠在他手背上挠了几下。疼得龇牙咧嘴的哈利，不由分说一把拽住她来到彼得森医生的办公室门前。他按门铃的时候，卡尔小姐在一旁得意地笑个不停。

里面传出柔和的声音：“进来。”

康斯坦丝·彼得森医生的办公室里拉着窗帘，烟雾缭绕。康斯坦丝正伏案专注地写着病例分析笔记。她刚从哈佛医学院毕业没多久，对心理学的一腔热爱驱使她投身到这个地处偏远山区的医院。由于职业的需要以及她本人的性格因素，她往往给人造成已经工作多年的沉稳印象。其实一旦除去她的眼镜和白大褂，再把那规规矩矩拢在耳后的金发散开，人们会发现，眼前是一位气质典雅的美女。然而她那冷静而深邃的眼神、若即若离的笑容和从容不迫的风度却令人不敢造次。

卡尔小姐进屋，扭身一屁股坐在门边沙发的扶手上，十分不耐烦地说道：

“知道吗？你搅了一场很有趣的牌局，彼得森大夫。”

她对眼前这位女医生有种本能的反感，也许因为她是个女人，而且是漂亮的女人。卡尔小姐私下认为，换位男大夫听自己倾诉心事会比较好，至少男人不会忌妒。

康斯坦丝对卡尔小姐的挑衅口吻充耳不闻，她示意哈利离开，然后夹着香烟起身，和蔼地说道：

“玛丽，希望你今天会感觉好些。”

对方从鼻子里重重地“哼”了一声，表示否定。她看也不看康斯坦丝，骄傲地在病床上躺下，开始发泄心中的怨怒：

“我看哪，这种事情简直荒唐。什么心理分析，你们纯粹是为了赚我的钱。你一直让我把什么都告诉你，实际上你要能从我那懵懵懂懂的童年找出病因才怪呢！”

彼得森大夫冲她安慰地一笑："最初几次谈话往往不能深入了解一个人的内心世界。"

玛丽把嘴一噘："我知道我的潜意识里有种好斗的东西，即便如此，它也没逼着杀人啊。"

彼得森大夫很认真地说："不是这样的。你不能总沉浸在病态之中。我们的工作就是让你明白，为什么你会做出对自己不利的事情，这样你才会痊愈。"

玛丽半信半疑："你是说我撒谎？"

"某种程度上可以这么说。"

"没错！我像个疯子似的撒谎。我憎恨男人！厌恶男人！如果有男人碰我，我就抓伤他，把他打跑。我刚才就这么干的。你仔细瞧瞧哈利的手吧。"

彼得森大夫不理她，继续说道："把你能回忆起来的事情告诉我。"

玛丽脸上浮现出一副甜蜜的表情，以梦幻般的口吻说道："啊！我们在跳舞，他一直在我身边喋喋不休地要我嫁给他。我突然装着要吻他，顺势揪过他的胡子，把他击倒在地。"玛丽若有所思地看了一眼表情严肃的女大夫，突然一骨碌从床上翻下来站起，叉着腰气势汹汹地大喊："你们粗暴地抓住我，然后就逼着我到你这里。你没权力管我的事儿。你一心想要我把什么都告诉你，你就可以控制我了。你打着科学的幌子，算什么东西！我再也不要见到你！"她顺手抓过一本书朝彼得森大夫狠狠扔过去，幸亏后者闪躲及时，才没有被击中。不过，还是把康斯坦丝吓了一大跳，她摘下眼镜，既无奈又厌恶地瞧着她，大声招呼门外的哈利进来将这位女病人赶紧带走。玛丽边往外走边兀自咕哝着"心理分析一钱不值""你真愚蠢""你只会让我上火"之类的牢骚，同时也没忘记大扭特扭她那迷人的腰肢。恰在此时，福拉若医生—— 一个留着小胡子、叼着烟斗的瘦高男子正要走进来。玛丽一看又来了劲儿，像橡皮糖似的黏在他身上，娇滴滴地诉苦："啊，福拉若医生，我受不了这个女人了，我想单独跟你谈谈。"福拉若医生老练地拍了拍玛丽的手，做出一副贴心的样子，温和地说道："过一会儿我去看你。玛丽小姐，你先跟哈利过去。"玛丽抛过一个媚眼，才恋恋不舍地走了。

彼得森医生惊魂未定，回到椅子上坐下，抬头打量了一下福拉若医生，等他开口。

福拉若医生说道："莫奇逊医生今天恐怕都快气疯了。"

"你是不是打算向新主任报告你的这一发现啊。"

福拉若显然早就对这种口吻刀枪不入了，他在书架前的沙发上坐下，伸出一条腿搭到茶几上，把自己安顿得舒舒服服的，这才慢条斯理不急不恼地说道："你这样讽刺一个如此深爱你的人，未免有点不近情理了吧。”

康斯坦丝透过眼镜瞅了他一眼：“你根本不懂爱情。对于恋爱中遇到麻烦的人们的情感我做过大量的研究。”

福拉若不禁扑哧一乐：“这应该由我来研究才对。我希望你的生活别那么刻板。生活嘛，本来应该有些情趣。而你的脑子里除了学问几乎就没有其他东西。”说着站起身绕过康斯坦丝的书桌来到她跟前，暧昧地冲她微笑。

康斯坦丝略略侧过头，脸上微微荡漾着笑意，故作认真地问：“你这是在跟我表白吧？”

福拉若看到康斯坦丝由严肃变为缓和的俏脸，一时大为心动，凑近康斯坦丝一本正经地说道：“当然啦，不过我得先扫清我们之间的障碍。我一直试图使你明白，缺乏情感方面的经历对于做医生的很不利，而对于如何做女人则简直是个致命的弱点。”

康斯坦丝被说得有点不好意思了，她垂下眼睛说道：“我从许多精神病学医生那里都听说过类似的话，他们都想要我成为更优秀的医生。”

“但我有更好的理由来支持我的观点，”他顿了顿，用相当认真和清晰的语调说道，“我非常喜欢你。”

“为什么？”一丝红晕飞上康斯坦丝的脸颊。

福拉若伸出手搂住康斯坦丝的双肩，作势欲吻，康斯坦丝把头一侧躲开了。福拉若不禁有点沮丧地说：“我觉得自己像在跟教科书谈情似的。”

“那你干吗还要这样呢？”康斯坦丝感到自己难堪极了。

“因为你不是教科书。你是个真正的女人，甜蜜，优雅，令人陶醉。每次接近你我都能感觉到这一点。”

“你感觉到的不过是自己的欲望罢了。我碰巧成为了它的目标。”

“别说了，我都快为你发疯了。”福拉若说到这里，按捺不住，拉过康斯坦丝，在她唇上深情地印上一吻。

接下来的一幕十分有趣：两人脸对脸彼此打量了足足有十几秒钟，空气在那一刻也十分尴尬地凝固了。康斯坦丝奇怪地将福拉若左看右看，搞不明白他干吗这样。而福拉若刚从一片几近空白的心荡神迷中恢复过来，见对方居然丝毫不为所动，反而像审视病人一样端详自己，不禁感到十分没趣，说道：“恐怕我让你厌烦了吧？”

康斯坦丝一笑：“不，你的样子挺有趣的。”

这话刺得福拉若十分不快。

“我确实有点失态，”福拉若随手拿起卡尔小姐刚才用过的那本书，“但我总不至于用书本砍你。我能借走这本书吗？”

“当然。”

福拉若向门口走去，又停了下来，转过身：“请你包涵我对你的批评，我想你还是由书本陪伴好一些。”他正要继续往下说，突然医院的主任莫奇逊大夫推门而入。他是个精干的老头儿，总是蹙着眉头，一双眼睛不大，看人的目光却十分犀利。

“对不起，我没敲门，我有点事要宣布。”莫奇逊医生说，“我的继任者将随时到达。”

“很荣幸曾在您的指导下工作。”福拉若似笑非笑。

“谢谢。”莫奇逊大夫面无表情。

“你去见爱德华大夫吗？”福拉若扭头问康斯坦丝。

“我倒不急着见爱德华大夫。”康斯坦丝站起身来，她只希望福拉若快快消失。

福拉若走后，康斯坦丝关切地望着莫奇逊大夫，安慰道：“董事会做出这种决定，真叫人始料不及。”

莫奇逊脸上现出一种复杂的表情。“的确，我觉得自己身体还棒着呢。”

“不仅如此，我认为您挺有风度的。这件事多少有些不太公平。”康斯坦丝诚挚地说道。

莫奇逊大夫仔细端详了康斯坦丝一眼，确定她不是在假客套，才笑了笑，用过来人的口气说道：

“你还年轻，工作的时间不长，对科学界的基本规则还没有吃透。告诉你，总是最新的东西最吃香。加上他们已经对老家伙看不顺眼了，所以更会拥护新来的。”

康斯坦丝觉得莫奇逊大夫有点偏激，但她能理解他的心情，于是体谅地说道：“这真是荒唐至极。我认为董事会应该意识到您作为主任的能力，而且您度假回来后气色好多了。”

莫奇逊由衷地感到这个姑娘非常善解人意，可惜在自己的任期内没有给予她充分的器重，想弥补也不知道以后有没有机会。他叹了口气说道：“咱们医院的董事会我行我素，我也不想跟别人再争什么了。我打算最近到布瑞兹拉的赌场玩一把，放松放松。”

康斯坦丝担忧地说：“那对您没有好处。”

“赌博这玩意儿对心无旁骛的人最有吸引力。赌了一次还想赌。”

听到这里，康斯坦丝不无钦佩地对莫奇逊大夫说："我永远都会记得您今天的乐观样子，对于如何接受严酷的现实，您给我上了一课。"

莫奇逊大夫微微笑道："别被我的欢乐蒙蔽了，康斯坦丝，这只是我向二十年的职业生涯告别的一种方式。"

"这个我能理解。"康斯坦丝点点头，表示心中有数。正在此时，门铃响了，哈利拿着一封信走进来："您的邮件，莫奇逊大夫，另外，冈斯先生来了。"

康斯坦丝一面招呼冈斯进来，一面对莫奇逊大夫说："您不会今天就走吧？我们待会儿再见。"

"我还会逗留一阵，另外你得见见新来的爱德华大夫。"说完，莫奇逊大夫转身离去。

冈斯是个面色苍白的瘦小病人，连日来持续不断的幻觉一直折磨着他，使他越来越畏惧周围的世界。活下去只有痛苦，不如早点了结自己，从他那仿佛空洞的眼神中明显地流露出这种希冀。

康斯坦丝和蔼地问道："你今天感觉怎么样？"

"好多了，医生。情况比以前好多了。"说是这么说，病人还是掩饰不住写在脸上的无精打采。

康斯坦丝取过一把裁纸刀，正要开信。冈斯突然提议："我帮你做，好吗？"康斯坦丝立刻十分戒备地看了看他和手中的刀子，婉言谢绝，请他先坐下等一会儿。冈斯既十分懊悔自己刚才的话，又因遭到拒绝而备感沮丧，便一声不响地在一边的沙发上坐下来。

康斯坦丝裁着信，无意中向窗外一望，看到一个身穿灰色大衣头戴礼帽的高个子男人正从马车上下来。想必他就是新来的头儿爱德华大夫。没容她看个真切，负责接待的人员已把他迎进了大楼。

此时此刻，几个大夫在主任办公室里临窗站着，彼此正交头接耳地议论。福拉若说道：

"你们对爱德华大夫有什么看法吗？"他饶有兴味地问在场的人。

一位年长的大夫答道："他比我们想象的要年轻得多。他只带了一只皮箱，也许不打算在这里待很久。"

福拉若幸灾乐祸地笑道："使莫奇逊大夫夜不能寐的人能在这儿待多久？"

众人顿时爆笑。

恰在此时，门开了。大夫们连忙忍住笑意，换上正常的表情迎接新来的上司。爱德华医生约30岁，身材挺拔，有一头引人注目的浓密黑发，相貌出奇得英俊，尤其是他那双黑亮的眸子格外引人注目。他就是在精神病学方面有过大量令人信服的论著的医学名人爱德华教授。众人不禁暗中惊羡。爱德华和大家互相寒暄。领他进来的人说道："还有一些工作人员不在这里，爱德华大夫。以后，这里就是你的办公室了。"

爱德华环视四周，不禁感叹："对于医院来讲，这间屋子可真够富丽堂皇的了。"

爱德华正在打量墙上赏心悦目的装饰品时，莫奇逊大夫推门进来。接待人员忙做介绍，爱德华冲着莫奇逊尊重地微笑："我听说了很多关于您本人的情况。"

"我也是。你比我想象的还要年轻。"莫奇逊以十分平淡的口气说道，"我很高兴把这个地方托付给你，包括图书馆，其中不乏我感兴趣的好书，当然，里面有你最近出版的《犯罪情结》一书。我希望你会喜欢我们医院。"

"的确，它很不错。"

"我不知道怎么跟你用例行公事的口吻进行交接，"莫奇逊突然掩饰不住内心的激动，打量了一眼昨天还属于自己的办公室，摊开双手，耸了耸肩说道，"我在这儿干了20年，现在这间屋子是你的了。"未等爱德华答话，他说了句"抱歉，我得走了"，便转身匆匆离去。众人一时面面相觑。

新主任到来的当天傍晚，众大夫凑在一起用餐。莫奇逊大夫称病没有出席。大家给爱德华大夫留了个空位，就在康斯坦丝旁边。

新主任尚未出现，关于他的一切自然便成为人们的谈资。

搞人际关系向来很有一套的福拉若首先发言："我和爱德华大夫相处了半个小时，他给我的印象好极了。"

康斯坦丝对尚未谋面的爱德华大夫颇为敬佩，说道："我觉得爱德华大夫相当有才华，他治学严谨，在精神分析研究方面有大量独辟蹊径的心得。"

一位叫黑米基的大夫插嘴："你熟悉他的作品吗？"

康斯坦丝认真地说道："是的。我是他的热心读者，读过他的全部著作。他眼光犀利，分析问题头头是道。"

福拉若撇了撇嘴说道："这样的人物对莫奇逊大夫恐怕是个不小的打击。"

康斯坦丝不理睬他，正要往下说，忽然有人压低声音道："他来了。"

餐厅的门开了，爱德华走进来。摆脱了旅途疲惫的他显得更加容光焕发。康斯坦丝第一次近距离地打量爱德华。他们四目相对，彼此心中突然产生了一种莫名的战栗，说不出的幸福感觉漫溢开来。康斯坦丝的心底升腾起一股热流，刹那间，她感到爱德华那双黑亮的眼睛直逼着自己，似乎穿透了她的心房，将她的心事一览无余。康斯坦丝不禁慌乱地低下头。爱德华将视线在她脸上停留了几秒钟，才努力把它们收回来，暗自在心中说道：世上竟有如此甜美的女人。

两人的短暂失态并没有落入其他大夫的眼中。黑米基医生把爱德华介绍给康斯坦丝，两人互相问候。爱德华在康斯坦丝身边坐下来，开始用餐。两个人都发现周围的嘈杂声又响了起来，他们之间差点爆发的那种东西不知不觉已经消解了。一切归于平静，但两个人还有些甜蜜的恍惚。

“您将医院全部巡视过了吗？”有人问道。

“还没有，”爱德华试图使自己的口吻显得正常些，“黑米基医生带我转了转，这真是一所一流的机构。夏天风景一定很美。”

“我主要带爱德华大夫看了看外景。”黑米基解释道。

“莫奇逊大夫曾告诉我应该经常去散散步。我很赞同他的看法。”康斯坦丝微笑着插言。

“告诉你吧，莫奇逊大夫很少去体育馆，提起运动他就头痛。”福拉若扬扬得意地说道。

康斯坦丝十分不满福拉若损人的口气，不无嘲讽地说道：“而我们的福拉若医生呢，在体育馆里待着的绝大部分时间不是坐着就是站着。”福拉若被人说中，心底十分不快。鉴于打趣自己的是康斯坦丝而不是别人，福拉若情愿放弃反唇相讥的机会。“女人嘛！”他心中暗想，随后低头吃饭，不吭气了。

“我猜你一定很喜欢运动。”爱德华侧过脸对康斯坦丝说道。在彼此对视的一瞬间里，两人心中又是微微一动。

“是的，特别是冬季运动。”康斯坦丝略红着脸飞快地说道，“黑米基大夫，你带爱德华大夫参观过我们的游泳池没有？”

“我看过了。”爱德华说。

“希望以后在游泳池里见到你。”康斯坦丝恢复了自然的神色。尽管心潮起伏，康斯坦丝决意不让自己流露出什么。女人驾驭情感一向是高手，康斯坦丝更是。

“啊哈，我在游泳池里一向如鱼得水。”爱德华笑道。

“游泳池的形状很美，不是一般的长方形，而是不规则的。喏，像这样……”康斯坦丝拿起叉子在白色的桌布上画出道道曲线，形成一个不规则的椭圆形，“瞧，这儿有座红房子，是淋浴的地方……”

爱德华在一旁看着，神情逐渐异样起来。他紧锁着眉头大喘了几口气，终于不能再容忍康斯坦丝拿着叉子画来画去，厉声说道：“这种格局有问题，叫人不舒服。”众人被他的样子吓了一大跳，都停止了用餐，抬起头来莫名其妙地看着他。爱德华稍稍平静了一下纷乱的心绪，歉疚地说道：“请原谅。”

康斯坦丝赶忙笑着打圆场：“你使我想起我从前学习时的一位教授布鲁诺夫。他一向不能容忍在餐桌上搁调味瓶，它们得放到他看不见的地方。在一次为他举行的宴会上，他拒绝坐下来说话，因为他的四周全都是——”康斯坦丝若有所思地瞧了爱德华一眼，心底突然涌起一种无以名状的恐怖，“番茄沙司的瓶子。”

众人一时都尴尬得不知说什么好。

第二天上午，福拉若闲得没事，又踱到康斯坦丝的办公室。一天往这里跑几次，在他已成了家常便饭。进门后，他径直在康斯坦丝书桌前的病床上躺下来，点上一支烟，懒洋洋地说道：

“昨晚，一位男士出现后，气氛大不一样啊。你就像个快乐的母亲似的说个没完，是不是想在爱德华大夫面前表现表现？”

康斯坦丝十分嫌恶地抬头望了他一眼：“我讨厌你这些幼稚的念头。”

“你的反应印证了我的小小担心。等着瞧吧。像你这样动人的心理分析家，一定会得到新主任的重用。”福拉若不无忌妒地说道。昨天被康斯坦丝抢白的事如鲠在喉，总得寻找机会让自己畅快一下吧。

“如果我要是你说的这种人，我很早以前就会爱上你了。”康斯坦丝毫不客气地说道。福拉若一向不是来撩拨自己，就是来搬弄是非，康斯坦丝早就腻歪他这一套了。

门铃响了。

康斯坦丝示意福拉若坐起来，才说：“进来。”

男护士拿着一封信走到书桌前，对康斯坦丝说：“爱德华大夫的信。”

“瞧瞧！这就开始写情书了。真是一见钟情啊。”

康斯坦丝打开信，上面写着：

你的病人冈斯先生来了，请尽快过来。

安东尼·爱德华

字迹俊秀挺拔，正如爱德华其人。康斯坦丝不禁再次感觉到自己心底的那股热流。

爱德华医生的办公室。冈斯正和新主任谈话。

“我不愿意到医院来，但我的哥哥坚持要我来。我觉得这没多大意义。我坚信我现在根本不受幻觉的干扰，因为我的罪行千真万确。我知道，我杀死了自己的父亲。我愿意接受应有的惩罚。”

爱德华皱着眉头听着。

康斯坦丝敲门进来。

“谢谢你来得这么快。我正在听冈斯先生讲话，你快来帮我的忙吧。”再次见到康斯坦丝，爱德华感到由衷的愉快。

康斯坦丝责备冈斯：“你不应该打扰爱德华大夫休息。”冈斯有点委屈地退到一旁。

爱德华忙安慰他：“没关系。我对冈斯先生的病例很感兴趣。”

康斯坦丝冲他钦佩地一笑：“应该是这样。你著作中有关犯罪情结的论述真是完美极了。”

“可以告诉我你们在谈些什么吗？”冈斯插话。

“你将看到，我们会用精神分析的方法来消除你的犯罪情结。”康斯坦丝十分自信地说。

“可是我根本没有什么犯罪情结，我很清楚我知道什么。我杀了我父亲……”

“不！你没有杀死你父亲，”康斯坦丝打断他，“一些错误的意念控制了你，导致你出现幻觉。”康斯坦丝很不好意思地扭头对爱德华说：“对不起，爱德华大夫，我打断了你们刚才的谈话。”

“不！请继续下去。”爱德华很感兴趣地要求。

康斯坦丝靠近冈斯，亲切地拉着他坐下，开始娓娓道来：“人们往往对他们没做过的事情感到内疚，有负罪感。”

冈斯迷惘地听着。

“这要追溯到他们的童年。小孩子总希望一些可怕的事情发生在他们讨厌的人身上。当事情真的发生后，小孩子就会相信自己是罪魁祸首。”

爱德华大夫在一旁倾听，他脸上表情复杂，像沉思，又有些恍惚，还有一丝不易觉察的紧张。

“于是他就在犯罪情结的阴影下长大，其实那不过是个噩梦罢了。”康斯坦丝说到这里，仔细观察冈斯的反应。

冈斯似懂非懂，迟疑地说："这么说，我的想法是不真实的？"

"是的，当然。分析一下自己，你就明白了。现在回到你房间好吗，冈斯先生？"康斯坦丝说完便叫哈利进来把病人带走。

爱德华仍然沉浸在康斯坦丝方才的那一段话中，似乎若有所悟。对于一个刚度假回来的人来说，他的精神状态称不上很好。

康斯坦丝没有察觉到爱德华的怔忡，急切地对他说道："我想我们得给他吃几天另一种药。他看来有点不安。"

"他的情况很古怪。"爱德华像是对着康斯坦丝又像是自言自语地说。

"可在你的书中对于这种病例已经分析得很详尽了。"康斯坦丝感到很奇怪。

"是的，是的，"爱德华蓦然转身，尽量不看康斯坦丝，"能否赏个光？"

康斯坦丝等他说下去。

"我有点头痛，想下午出去走走。你能不能和我一起去？我知道你下午不当班。"

这个提议对康斯坦丝来说有点突然，她不禁为难地说："我下午打算把笔记打出来……"

"我需要新鲜空气，"爱德华急切地说，"你看上去也需要到户外活动一下，不是吗？那对你很有好处。"

"我要和黑米基医生共进午餐，他对一个患盗窃癖的病人很感兴趣。"康斯坦丝还在犹豫。

爱德华走上前去，笑眯眯地对着康斯坦丝说道："患盗窃癖的人连你嘴里掉出的饭渣也会偷。"

康斯坦丝不禁莞尔，冲他点了点头表示屈服。

电话铃声突然响起来。爱德华走过去接。

"你好，我是爱德华大夫。什么？……我就是爱德华大夫。……谁？对不起，我没听说过您的名字。欧玛·克莱默？"爱德华开始不耐烦，"对不起，克莱默小姐，我很忙，我不认识您。"他重重地放下电话，扭头对康斯坦丝抱怨："一个女人声称她认识我，在电话里让别人猜她是谁。我不喜欢恶作剧，你呢？"

康斯坦丝耸耸肩表示此类事情屡见不鲜："也许是你以前的一个病人，他们总喜欢恶作剧。"

爱德华表示可能，但他不愿再去想这件事。室内的空气如此压抑，想跟康斯坦丝在大自然中独处的愿望如此强烈，爱德华都有些迫不及待了。他一把拉住康斯坦丝，以极其兴奋的语调喊道："让我们一起去外面看看没有情结的美好风景吧！”

深冬的阳光叫人陶醉，正如初秋的晚风让人向往一样。假如沐浴在这阳光下的是相爱的人们，那种暖洋洋的幸福滋味恐怕就更刻骨铭心了。医院的周围山峦起伏，中间有个人工湖。两人沿着湖中别致的堤岸边走边谈。

“我认为诗人创造了人类不能创造的最迷人的湖。”康斯坦丝由衷地感叹。

“诗歌不过是大人骗小孩子的把戏罢了。”

“不，它将爱情的幻觉注入人们心中，使他们对爱情的期待富有浪漫色彩。比如，两个人坠入情网的理由也许就是因为他们喜爱同一种头发的颜色。”

“有时候相爱不需要任何理由。”爱德华的目光意味深长，心里突兀地震了一下，但神色没什么变化。

“人们读有关爱情的诗，至于经历嘛，完全是另外一回事。但他们希望自己的爱情具有济慈诗歌的优美和莎士比亚戏剧的伟大。”

“当他们发现一切没有诗歌那样优美时，他们就厌倦读诗了，不是吗？”

“时常会有这种情况。”康斯坦丝对爱德华的现实态度有点泄气，但没有放弃继续说服他的努力。她刚要开口，突然发现面前横着一根铁栏杆。在她迟疑的时候，爱德华弯下腰来，想把她抱过去。康斯坦丝带着忸怩拒绝了，她很快地从栏杆底下钻了过去，却不慎摔倒。爱德华忙过来扶她。康斯坦丝有些狼狈地看了看面前的爱德华，突然闻到他身上沁出的男子气味，不禁感到一种说不出的甜蜜。而爱德华接触到康斯坦丝的柔软肌肤，一时间只想把这个女人揽在怀里，紧紧地拥抱她，直到把她的骨骼揉碎。康斯坦丝温柔地注视着爱德华，站起来转过身去，心不在焉地喃喃自语：“多美的风景啊！”爱德华深情地望着康斯坦丝的耳鬓，情不自禁地低声自语：“是的，美极了！”

沉醉了一会儿，爱德华突然醒过神来大叫：“午饭！午饭！看看我们带了什么？”康斯坦丝低头看了一眼，心情愉快地喊道：“啊哈！”

同一天中午，几个男大夫又凑在一起用餐。

“今天有谁看见过我们的新主任？”一人问道。

“他嘛，已经被拴住啦！”福拉若撇了撇嘴。

“中午他和彼得森医生一起出去了。”黑米基医生说道。

“才到一天就围着彼得森团团转，他简直像个幼稚的大学生。”福拉若愤愤不平。

“这对彼得森没有坏处，可怜的女孩啊，一天到晚只知道埋头医学研究。”黑米基医生有点不满福拉若的态度。

正说着，康斯坦丝火急火燎地闯了进来。几个人一看这情势赶紧站起身来。

“请大家不必站起来，我进来是因为冈斯先生今天下午又发病了。”

“对，我已经给他打了镇静剂。”福拉若说道。

“非常抱歉，我当时不在。”

“看来你的下午很有收获嘛。”

“收获？”康斯坦丝被搞得莫名其妙。

福拉若绕过餐桌来到康斯坦丝跟前，把腰板直了直说：“先生们，看看她的袜子！咱们的女士似乎爬过树。”

“也许是在草地上躺过。”一个大夫打趣道。

“不，是树。她头发里有两片树叶，请允许我……”说着福拉若小心翼翼地将树叶取下。

康斯坦丝既羞愧又气愤地看着这个家伙：“你是不是觉得自己很迷人啊，福拉若医生？”转身欲走。

“不要急着走，喝杯咖啡吧。”有人提议。

“彼得森医生一定和爱德华医生一起吃过了，”福拉若阴阳怪气地笑道，“看看她右手的食指就知道了。一定是在路上吃的热狗。”

康斯坦丝已经跨出门外，闻听此言又转过身来，盯着福拉若，鄙夷地说道：“是吗？你的诊断经常出错，福拉若医生。不是热狗，而是意大利馅饼。对不起，我现在得走了，我要去看冈斯先生。”

她走后，福拉若悻悻地喊道：“瞧瞧！多离奇！每次提到他的名字她就会脸红！”

午夜。康斯坦丝躺在床上辗转难眠，脑海里不断回放着与爱德华在一起的种种情景。“此时他会在干什么呢？他在思念我吗？他喜欢我吗？”杂乱的猜测纷至沓来。康斯坦丝干脆放弃了入睡的企图，让自己彻底沉浸在甜蜜的回忆中。突然，康斯坦丝想起自己曾经拜读过的爱德华的最新著作《犯罪情结》，也许换一种眼光再看它，会有新的收获。至少，在这无眠的夜里，可以在精神上拥抱一下亲切的爱德华。

图书馆在二层，紧临爱德华的房间。康斯坦丝慢慢地沿着楼梯上去，依稀看见爱德华的屋子里还有灯光。康斯坦丝心潮起伏，既希望这时候爱德华能够突然开门出来，又害怕万一真的见到他，自己会语无伦次。然而她磨蹭了半天也没有听到任何动静。

康斯坦丝走进图书馆，里面早已空无一人。她从书架上取下那本书，翻开扉页。

一句话映入她的眼帘：

该版《犯罪情结》仅印有七百五十册，皆由作者亲笔签名。

康斯坦丝坐下来开始阅读。过了大约十几分钟，她发现自己的眼睛依旧停留在最初翻开的地方。康斯坦丝不禁暗叹：究竟是什么使自己对这个男人如此渴慕!

爱德华坐在沙发上，手中拿着一本书正睡眼迷离地看着。他忽然感觉到屋内有人，便抬起头来，站在那儿的不是别人，正是康斯坦丝。她在门外犹豫了很久，才下定决心进来。

“很晚了。”康斯坦丝羞涩地说道。

爱德华点点头。

“我打算把你的书再看一遍。我很想跟你讨论它，在学校的时候我从来没有跟别人讨论过它。当然，教授们讲的跟你的观点很不相同。”康斯坦丝一口气地说着，在爱德华面前，她感觉自己愚蠢透顶。

“我是不是看起来有点紧张？”康斯坦丝突然冒出一句。她觉得自己已经完全失去了先前的沉静，不禁有些慌乱地期盼爱德华能够说点儿什么。

“不，根本不。”爱德华站起身来。

“我想跟你探讨一下你的书。你的观点使我惊叹。”康斯坦丝专注地望着他，突然下定了决心，“不，我现在根本不想讨论了。”她如释重负。

“我明白。”爱德华温柔地说道。

“我不太在乎谁在工作上很出色。我总是清楚地意识到谁对我的心灵产生了震撼。”

“你是这样的。”爱德华的表情一如既往，静静地等候着。

“我显得很荒唐，是吧？在你面前我变得很笨，像个孩子。”

“你非常可爱。”爱德华不紧不慢地说道。

“别这样讲话，”康斯坦丝十分气恼，“你应该知道我为什么来这儿。”

“我当然知道。”

“为什么？”康斯坦丝紧接着问道。

“因为，”爱德华深情地一字一顿地说道，“有某种事情在我们两个人中间发生了。”

“但一天之内怎么可能……”

“有时它发生在一刹那，”爱德华不再抑制心底的狂喜，“今天下午我就想到了。我仿佛被闪电击中了，被击中的感觉真好。”

爱德华将自己心爱的女人紧紧抱住，深情地亲吻着康斯坦丝。两个身体相撞的瞬间，彼此都感觉到了对方不由自主地颤抖。康斯坦丝第一次体会到男性的怀抱竟如此温暖，恨不能赖在他的臂弯里不走。一道道情感之门依次敞开，直到阳光可以大肆进入。康斯坦丝虽然闭着眼睛，却感到面前一片光幻迷离。

“我不明白这一切是怎么发生的！”她叹道。突然，她感到怀里的爱德华紧张地绷紧了身体，一扫温文尔雅的常态，粗暴地将她推开。她眼前的这张脸已经变形，五官有些狰狞。

“怎么了？”康斯坦丝惊慌失措地问。

“你的长袍！”爱德华咬牙切齿地吼道。

“长袍？我不明白。”

爱德华把视线游离开去，使自己平静一下，喘了口气说：“对不起。有种东西刺激了我。刚才有一会儿我的神经很不舒服，你长袍上的黑线使我紧张。”

“你是不是病了？”康斯坦丝焦虑万分。

“我会没事的。”爱德华宽慰地拍了拍她的肩膀。

电话铃突然响起。爱德华走过去。

“我是爱德华大夫。……什么？……他在哪儿？……我马上就到。”他回头对康斯坦丝说：

“冈斯企图杀死福拉若医生，却砍伤了自己的喉咙。”

“现在他在哪儿？”

“在手术室。”

“我和你一起去。”康斯坦丝边说边回屋去取工作服。

手术室。几个大夫正在无影灯下紧张地操作。

“他失血很多，但我觉得还有救。”

“脉搏是多少？”莫奇逊医生问。

“140。心跳很弱。”

戴着口罩身穿白大褂的爱德华走进来，凑近手术台看了看。他突然感到胸口透不过气，周围的人影也模糊起来。他一把扯下口罩，声嘶力竭地大叫："快把灯打开！"

"什么意思？"众人不解其意。

"光线太暗了。这就是他想杀人的原因。因为灯灭了！我把他的门锁上了！他无法自控！"

"爱德华大夫！"康斯坦丝焦急地叫了一声。

"犯罪情结给他的压力太大了。是的！他告诉我说他杀死了他父亲！快把灯打开，快！看不见了！黑暗！黑暗！"爱德华一下子昏倒在地。

莫奇逊大夫停下手中的操作，既狐疑又轻蔑地瞅着他。

众人七手八脚地把爱德华抬走了。

康斯坦丝坐在床边守候，面前的爱德华蜷缩着身体沉睡不醒。想不到学识渊博的爱德华大夫在手术室的表现像个脆弱的孩子，她不禁对他的身份产生了怀疑。

就着昏暗的台灯灯光，她取出爱德华写给她的纸条和《犯罪情结》扉页上的作者署名进行对照。一看就知道两者出自不同的手笔。纸条上的字迹清秀飘逸，俊雅得一如爱德华本人；而书中的签名则老成持重，有精雕细琢之感。康斯坦丝抑制不住心底的失望，烦闷地盯着爱德华。

爱德华做了一通乱梦，疲惫地醒来。发生的事情太多，使他有些不堪重负。他见康斯坦丝完全没有了刚才的亲昵，心中纳闷，忙说道：

"对不起，我刚才失态了。谁把我带到这儿的，是你吗？我的脑子乱哄哄的，仍有在手术室里的一些残留片段。"

"你究竟是谁？"康斯坦丝毫不掩饰自己的戒备。

"我现在记起来了。我杀了他！还有个人在那儿，我不知道是谁。我杀了他！"爱德华惊恐地坐起身来。

康斯坦丝没有料到这个回答，不禁惊慌失措。她无论如何也不相信爱德华会是杀人犯。绝不可能！她反复跟自己说，拼命克制住心底的恐惧——这种感觉竟和那天餐桌上的如出一辙。如果不是他杀死了爱德华大夫，为什么那位赫赫有名的人物迟迟不出现？！

爱德华在屋里踱步良久，遵从康斯坦丝的要求努力地思索。

"我没有任何记忆，就像从镜子里看去，可除了镜子，里面什么都没有。我有些幻象，就在那儿。我好像只在空气里飘浮着。一个人怎么会忘记他的过去和名字以及所有的一切还这样清醒地讲话？恐怕我跟冈斯差不离啦。你不害怕我吗？”

“不，你病了，丧失记忆并不是不能解决的问题。”

“是的，我明白。失忆症而已。也许某种东西太恐怖了，我不愿记住它，就丧失了记忆。我把这团可怕的东西紧紧关闭在某扇门后……”

“我们得打开那扇门。”康斯坦丝急切地叫道。

“我知道藏在那门后的是什么，”爱德华青着脸说道，“谋杀。”

“不！不！”康斯坦丝急切地喊，她的直觉断定爱德华绝对不会杀人，“正是这种幻象导致了你的病症。”

爱德华木然地听着。

“请你回答我的问题，但首先要信任我。”康斯坦丝恢复了医生的镇定口吻。

“我信任你，但没有任何用处。我都不知道自己是谁。我不知道，我不知道啊。”爱德华恼怒地敲敲头，就像一觉醒来，突然发现自己的平静世界被颠覆了，唯一能做的就是等待不知什么人的支配。一切渐渐地灰暗下去，惶惶不可终日。爱德华的心情正是如此。

“昨天是谁给你打的电话？”

“昨天？”

“对，在你办公室的时候？”

“噢，我记起来了。”

“她说什么？”

“她说她是我的办公室助理。她很担心我，但我根本不认识她。”

“你是说她是爱德华大夫的助手，而你根本不认识她。她还说了些什么？”

“她认不出我的声音，当然我不是爱德华。”

“于是你就生气了。”康斯坦丝心中好笑。

“我有点迷惑，头开始痛。”爱德华紧锁眉头，那种感觉似乎又要泛溢上来。

“你怀疑了。”康斯坦丝凝神注视着他。

“这是你第一次对自己的身份产生困惑，爱德华，之前是否还有什么使你感到蹊跷的事情？”

“有。我在旅馆房间里收拾行李准备来这儿时，偶然在自己的大衣口袋里发现了一个烟盒。我肯定它是我的。缩写字母是J.B。我在旅馆里看到它时，就引起了头痛。”爱德华走到橱柜抽屉前拿出一个闪闪发亮的精致烟盒递给康斯坦丝。

“说不定是你名字的缩写。”

爱德华反复地念叨着“J.B”，摇摇头表示毫无印象。

“你必须睡觉。我想当你醒来时，你能告诉我更多的事情，如果你信任我的话。”

“我信任你。你回去睡吧，我没事。”爱德华转身不让康斯坦丝看见自己忧伤的神色。

康斯坦丝没有觉察到爱德华的异样，她温柔地说道：“我估计几天之内警察不会找来。我会尽快在事情暴露之前弄清其中的原委。明早我会派人给你送来早点。”

爱德华一直望着康斯坦丝走出房门。

次日清晨。福拉若等几个大夫正凑在一起议论昨晚新主任的反常表现，忽见三个警察带着一位年长的女人急匆匆地进来。福拉若连忙派人去找莫奇逊大夫。

老女人头戴礼帽，身穿黑色外套，焦虑之情溢于言表。她絮絮叨叨，对众人说明来意：

“我作为爱德华大夫的办公室助理干了5年。他这次休假时让我也休假，等他上任后再通知我。自上星期以来我一直没有他的消息，就开始担心。我想他会不会到了这里还没上班，就打电话问问，但接电话的那个人自称是爱德华大夫，我就起了疑心，便叫警察来调查调查这个冒牌货。”

众人一片哗然。

一个警察让她拿出爱德华的照片给大家看。

“是完全不同的两个人。居然让他钻了空子。”福拉若一面说道，一面暗自得意：康斯坦丝，待会儿你就该傻了。

“应该有人知道爱德华大夫的长相。”黑米基大夫说道。

“你从来没见过爱德华大夫吗？”大家不约而同地将视线投向莫奇逊大夫。

“没有，我从来没见过。但自从那个人出现之后，我总觉得有点不对劲儿。他看上去不像个医学专家。昨晚上他昏倒在地时，我就变得警觉起来。”

“你认为是什么使他精神崩溃的？”福拉若问道。

“现在很清楚了，冈斯呗。这人患有典型的失忆症。冈斯使他立刻回到了现实。他承受不住打击，于是昏倒在地。”

“您认为可能是他杀了爱德华大夫吗？”警察问道。

“毫无疑问，”莫奇逊故意顿了顿，大家全都屏息等待，“他杀死了爱德华大夫，再扮演受害者本人，取代他的职位来掩盖自己的罪行。这种缺乏远见的行为是妄想狂症患者发作时的一种典型表现。”

“先生们，我们在浪费时间，他就在楼上房间里。”福拉若着急地提醒。

康斯坦丝几乎未睡。从爱德华那儿回来已是凌晨3点钟。关于昨晚发生的一切，康斯坦丝的心情真是难以言喻，失望、迷惘、焦躁，交织在一起。想不到事情急转直下，这个冒名的爱德华居然是个神经相当脆弱的病人。而真正的爱德华却踪迹皆无。两件事情怎么如此凑巧！康斯坦丝心里不禁一阵混乱。她用力甩了甩头，努力保持镇定。目前迷雾一片，但有一条十分清晰：她爱这个男人，哪怕他是个疯子；她相信他是无辜的，尽管他口口声声说自己是凶手。康斯坦丝决定全力以赴，搞清真相。

一片嘈杂声在门外响起，有人重重地敲门。康斯坦丝回到了现实中，走出卧房去开门。突然她发现门缝边躺着一封信。未等她及时捡起，几个警察和莫奇逊大夫就闯了进来，其中一个人毫无察觉地将那封信踩在脚下。康斯坦丝意识到大祸已经临头。

“这是警察局的先生们。”莫奇逊大夫说道。

“警察？发生了什么事？”康斯坦丝装作不解。

“没什么大不了的，”莫奇逊面无表情地说道，“我们的爱德华大夫原来是个患有妄想症的骗子。他很有可能杀害了真的爱德华。现在他已经不见了。”

“他不在他的房间吗？”康斯坦丝既惊疑又心痛，转念一想，倒有些庆幸起来。她盯了一眼那封被人踩住的信，一心只想扑过去打开它。

“小姐，您昨天最后一个离开他的房间吗？”为首的警察问道。

“是的。”康斯坦丝面不改色。

“他是否就他自己为什么昏倒谈了些什么？”

“没有。他神志不清，什么也没说。”

为首的警察上前一步，仔细打量了这个女人一眼。多年的经验使他断定，一切绝非如此简单。“这个爱德华是个可能杀过人的冒牌货，而你倒不怎么惊讶啊。”他逼视着康斯坦丝。

康斯坦丝不安地扭动了下身体，略带戒备地说道：“工作中经常会有这种令人惊讶的事情，我已经习惯了。”

“那么你曾有所怀疑吗？”

“不，”康斯坦丝告诫自己千万要稳住，“我以为他昏倒了是由于精神紧张呢。”

“你的诊断对于一个刚度假回来的人来说，倒是挺有趣的。”警察不无气恼地嘲讽道。

“当他昏倒时我感到震惊，根本没多想。”康斯坦丝一脸不快，暗示再也无法忍受这种询问方式。

跟着进来的福拉若赶忙插嘴:“事发时我们都非常震惊，也都没多想，当然，除了莫奇逊大夫。”这家伙话里有话。今天对他来说是个愉快的日子，对莫奇逊大夫也是，所以福拉若不介意来点小小的幽默。

“关于他去了哪里，你能提供些线索吗？”警察仍不放弃。

“抱歉，不能。”康斯坦丝瞟了一眼那封信。

有人提议，“他可能就在附近游荡，我们先到周围找找看”。

众人匆匆离去，信被人无意中踢到门外，康斯坦丝心下一紧。莫奇逊大夫留下来，和蔼地说道:“很抱歉这件事牵涉到你。我本来应该早点提醒你，但我自己也不能肯定。不要担心，这不是你的错。他们会找到他的。以后我会尽量不让警察打扰你。”莫奇逊走出门口，顺带把地上的信捡起，很自然递给康斯坦丝，旋即离去。

康斯坦丝此时的心都跳到了嗓子眼儿，她急忙闩好门，一把撕开信封。俊逸的字迹映入她的眼帘：

“我不想使你卷入此事，原因之一就是我爱你。眼下，我要去纽约帝国大厦。再见。”

J.B.

康斯坦丝呆立无语，心如刀绞。

晚上，康斯坦丝在屋里心神不宁地踱来踱去，狂乱的心绪几乎要挣脱羁绊。她那珍藏已久的情感毫无保留地献给了一位才结识两天的男子，而他却倏然离去，留给她无数的悬疑和无尽的怅惘。

她犹豫了一下，还是决定上楼看书静一静。她来到图书馆坐下，福拉若正和另外一位男大夫在壁炉前闲聊，见康斯坦丝连声招呼也不打，一副失魂落魄的样子，不禁醋意中烧。即便如此，福拉若仍是一副慢条斯理的语调:“这个假冒的爱德华倒是消失得及时。”

“我看，”另一个兴致勃勃地说道，“他跟其他罪犯一样，当然急于逃走。”

“胡说！”福拉若胸有成竹，“他患了明显的失忆症，他甚至不知道自己是谁，在干什么。”福拉若望着康斯坦丝端丽的背影，很感兴趣地问:“你怎么看，康斯坦丝？”

正沉浸在自己思绪中的康斯坦丝仿佛被人看穿了心事一般，支支吾吾道:“我不清楚。”

福拉若心中火烧火燎，明知康斯坦丝情有独钟，还是忍不住想点她几句。毕竟，他垂涎已久的俏女子，两天之内就心甘情愿地成了别人的俘虏，怎能不叫他上火？好在老天有眼，让那骗子落荒而逃，眼前的康斯坦丝何愁不会到手，只需假以时日……

“你们知道，没有几个人能够抵挡得住人间尤物下凡仙女一样的彼得森的魅力，我是说……”福拉若正要津津有味地说下去，被康斯坦丝不耐烦地打断：“你要说什么？”

“亲爱的，原谅我直言不讳。你说的是实话，我承认。但我要说你隐瞒了一些东西。一个像你这样的女人很可能迷上任何类型的男人，包括疯子。”

“福拉若，我建议换个话题，”坐在康斯坦丝斜对面的莫奇逊大夫看出康斯坦丝的神色不对，连忙制止道。

“我有些问题很想问问他，如果警察能找到他的话。”那个男大夫说道。

“恐怕再也问不成了。”福拉若恶毒地挤眉弄眼。

“为什么？”

“警察们不会把他活着找回来。患失忆症的人为了结束梦魇，说不定哪天会把脑瓜炸个粉碎或者干脆把自己扔出窗外。”福拉若被自己的妙语逗得咯咯直乐。

康斯坦丝的嘴唇剧烈地颤抖着，她努力克制自己，不让溢满眼眶的泪水掉下来。

“福拉若，我恐怕你无意中已经冒犯了彼得森医生。很抱歉，康斯坦丝。他们简直跟孩子没两样。”莫奇逊和气地冲她笑笑。

“他没有冒犯我，”康斯坦丝感激地看了看莫奇逊，随即站起身来，“我想，福拉若医生的想法有一定道理。但我太累了，晚安，先生们。”康斯坦丝慌慌张张地起身走了。

差5分12点钟，康斯坦丝仍未入睡。爱德华的影子在她的脑海里晃来晃去，弄得她疲惫不堪。想到心爱的人在那种状况下离她而去，她悬着的心始终不能放下。

忽然收音机里传来了插播新闻：

“警方宣布，在我们附近没有发现从格林迈纳斯逃出的危险骗子。对该骗子的搜索已向曼哈顿转移。这是WQZK电台，乔治·贝尔将向您继续正常播放节目。”

康斯坦丝终于下定决心，她以极快的速度收拾好行李，随后沉稳地看了看表，盘算了一下时间，接着轻手轻脚地匆匆离去。

纽约帝国大厦一楼大厅。康斯坦丝在来往的人群中左顾右盼。她斜戴一顶别致的黑礼帽，身穿灰色风衣，右手拎着一只皮箱，一副风尘仆仆的样子。她坐了一夜车，现在必须强打精神寻找爱德华。

她慢吞吞地转来转去，尽量避免引人注意。但对于她这样容貌俏丽的女子，稍有逸致的人都不免多看她几眼。康斯坦丝心中焦虑，但表面若无其事。她发现大多数的酒店客人都通过扶手电梯上下，便在正对它的长椅上坐下，装作休息，眼睛却密切地注视过往的人流。

旁边有个略微发福的老妇人扭头透过黑面纱瞅了她一眼。康斯坦丝感觉到了她的疑惑，忙侧过脸，尽量表现得自然些。

一个头戴大礼帽、衔着雪茄烟、长相粗俗的矮胖男人走过来，示意老妇人向旁边让让，然后紧贴着康斯坦丝大大咧咧地坐下。康斯坦丝一眼就看到他那黑色西装上的几道灰渍，心中不无嫌恶，自重地挪开身体。

男人很有兴趣地上下打量康斯坦丝，心说这真是个尤物，或许今天就能钓上手。他歪头涎皮赖脸地笑道：

“来找工作的吧？”

康斯坦丝皱着鼻子，但仍无法闪躲此人身上冒出的一股股低劣烟草的臭味。她不想多言，便“嗯”了一声。

男人不理会康斯坦丝的沉默：“我会无条件地帮你。我来自匹兹堡。本城很适合你发展。”

康斯坦丝出于礼貌冲他笑笑。

“有缘的话，只言片语就够了。如果没有人引导，你会很难找到一个好心人。是否愿意我帮你？我在很多社交圈子里都能说上话。”男人涎着脸笑了两声。

“不用，谢谢。”康斯坦丝冷淡地回答。这男人身上的气味实在难闻得要死。她把头转到一边，用余光继续瞟着电梯上的人。

“别担心，我不是坏人，我敢打赌，我在这儿认识的人比你多得多。”

康斯坦丝心中暗说，你当然不是坏人，你只不过是个想占便宜的小混混儿。我可不能让你黏上。她低头思忖叫这家伙住嘴的对策。

“我相信你一旦逮着机会，一定会成为社会名流。”康斯坦丝嘲弄道。

“你终于说话了，哈哈！”男人厚着脸皮往她身边贴。康斯坦丝差点没给熏死。

“往那边坐一下好吗？”她怒斥道。

“这样不是很好吗？”男人赖在那儿。

“乖乖离开她！”忽然有人断喝一声。一个衣着整洁的男子走过来，冲着他毫不客气地说道。

“我是酒店的客人，你是什么人？”胖男人壮着胆子问。

“我是酒店雇用的侦探，快走吧。”

胖男人惊恐地站起身来，嘟哝了一句：“运气越来越坏了。”随即怏怏地走开了。

康斯坦丝听到“侦探”二字时的惊惧不亚于前者，她急忙站起身，想找个离侦探尽量远一些的地方。

“女士，你不必离开，”侦探恭恭敬敬地说道，“对不起，我没能及时发现并制止这个家伙，让你受骚扰了吧？我们便衣侦探的首要职责是帮助遇到困难的客人。你登记了吗？”

“没有。”

“刚才你走来走去的时候，我还以为你已经登记了呢。”康斯坦丝心虚地别过头去。侦探十分和蔼地拍拍她的手，接着说：“不要怕我。”

康斯坦丝心想，你比那个男人还难对付。

“我猜你遇上困难了。”侦探仔细观察她的脸。

康斯坦丝点点头。

“从别的城市来的吧？”侦探自诩阅人无数，这点一定不会看走眼，“教师，还是图书管理员？”他小心翼翼地问。

“教师。”康斯坦丝戒备地说道。

“我也觉得像。只有教师才有你这样的气质。也许我可以帮助你。”

康斯坦丝拒绝了。她心中焦虑，到目前为止，爱德华依然不见踪影，倒是不相干的男人纠缠个没完。

“我猜你大概在找某个男士，”侦探狡黠地笑了，“从你企盼的目光来看，一定是你很亲密的人，比如说——丈夫。”

“你太叫人吃惊了！”康斯坦丝倏地转头，睁大双眼很有兴趣地瞧着侦探。事已至此，只好将计就计。

“我猜对了吧？”侦探十分得意。

“你怎么猜到的？”

“你想，干我们这行的我也算是个心理学家吧，你愿意提供一些基本线索吗？”

“没什么，只不过吵了一次嘴。”康斯坦丝忸怩地说道。

“你感到难过，于是来找他。按照心理学分析，现在你一定不敢见他。”侦探见到年轻女人一副楚楚可怜的模样，他的男性意识立刻空前高涨。

“不是，我不知道他住在哪个房间，”康斯坦丝的伤心用不着假装，“他跟他的朋友说他要来这个酒店，但他可能用另外一个名字登记，所以我找不到他。我必须见到他，向他道歉，让他觉得好过一点儿。”

“那他什么时候到这里的？”

“昨天上午。”

“你描绘一下他的外貌特征。”

“嗯，很高的个子，迷人，黑头发，”那天下午爱德华扶起自己时的那张关切的脸庞凸显出来，“脸形清晰，棕色眼睛，带一只手提箱。”

“我去查查。”

侦探前脚离开，矮胖男人后脚过来蹭着康斯坦丝坐下。她索性不理他。

侦探没用多大工夫就拿着一叠卡片回来了。胖男人再次沮丧地挪开。

康斯坦丝急忙站起身：“你找到他了吗？”

“我找到了一点线索。昨天有25个符合描述的人在这里登过记。这是卡片，我想你能认出他的字迹。”

“你真聪明。”康斯坦丝由衷地表示感谢。

她凝神翻看卡片。谢天谢地，她很快发现了他的笔迹。

“约翰·布朗。这倒是个常用的名字。”侦探拿起卡片，笑道，“他住3033号房间。”

“太谢谢你了，我就去找他。”康斯坦丝一刻也不愿多待。

“我可以理解你急切的心情，能帮你找到他我也很高兴。祝你们和好如初，就看你怎么向他道歉了。”侦探在她身后仍喋喋不休地高叫。

康斯坦丝抑制住心口的狂跳，快步上了电梯。她沿着装潢典雅的走廊一路找寻3033号房间。

爱德华此刻应该就在她的周围。康斯坦丝突然有几分惶惑：见到爱德华后该说什么呢？

3033号！是这里。

开门的正是她朝思暮想的心上人。

一阵无以名状的战栗涌上爱德华的心头，他蓦然转身，痛苦地责备道：“康斯坦丝，你来干什么？你不欠我什么。”

康斯坦丝快步上前，无比诚挚地注视着他，不假思索地说道：“我要做我想做的事：照顾你，帮助你康复，和你共同应付将要发生的事情！”

“但你不能！你不能帮助一个藏匿的罪犯，这会危及你作为大夫的声誉。我不愿让你因此受到影响。我不会让你干这种傻事！”

康斯坦丝走近他，哽咽着说道：

“离开你我不能忍受，你不知道昨天我是怎么过的。我快要窒息了，仿佛有人在追捕我。我寝食难安，什么也做不成，只是一个劲儿地想你，所以我不得不来。帮助你也就是帮助我自己。房间里没有其他人，这里只有你的医生。这跟爱情没有任何关系。”

爱德华再也克制不住内心的冲动，一把抱住康斯坦丝，深情地亲吻她。两天以来他一直疯狂想念的女人终于又靠在他的臂弯里。他满怀深情地将她吻了又吻，似乎希望挽回这两天的损失，直到两个人的嘴唇都麻木了。谋杀、失忆、潜逃，诸如此类，管不了那么多了。只要康斯坦丝能够和他相依相偎，哪怕短暂也是永恒。

康斯坦丝没有忘记时间紧迫，她必须尽快将事情查个水落石出。她挣脱爱德华的怀抱，劝说爱德华躺下，尝试追溯一下自己的童年。

“你的童年快乐吗？能不能想起一些童年的片段？”康斯坦丝虽然心中着急，但表现得慢条斯理。

“我被一堆杂乱的东西时时侵袭。我无法表述。这没有用，康斯坦丝。”

“你肯定住在某个地方。你的母亲、朋友，难道你不记得？”

“也许还有个老婆。”爱德华装作努力回忆的样子，心中暗自发笑。

“你能记得她吗？”康斯坦丝面无表情地追问。

“我可没说我一定有，也许有，”爱德华瞥见康斯坦丝眼中掠过一丝不易察觉的失望，赶忙冲她抱歉地一笑，“还好，我不记得有个老婆。”

“我想问你医学上的问题。”康斯坦丝决定换个方向进行突破。

“对不起，打断一下。我的记忆被阻死了，除了对你的爱。”爱德华冲她调皮地眨眼。

康斯坦丝一脸严肃地继续问：“对于你每次回忆时都要犯头痛，你自己怎么看？”

“也许失忆症是个挺棘手的病，和病人过去的历史有关。”

“你之前肯定找过大夫。”

“对，叫他 X 大夫吧。”

“只要你能回忆起一点儿，”康斯坦丝恳切地催促道，“就能再回忆出其他东西。”

“一点也回忆不起来，”爱德华神色逐渐凝重，“我脑子里反反复复只有一件事，我怎么也搞不明白其中的逻辑关系。”

“什么逻辑？”康斯坦丝十分糊涂。

“我是谁，谁是爱德华。”他翻身坐起，取过写字台上的报纸，念道：“警方发现从格林迈纳斯出来的那个冒名者是个曾经拜访过真爱德华大夫的病人。自从精神病专家和那个所谓的病人一同前往吉布里奥度假区后，就再也没有发现他的任何踪迹。”

“你记得这些事吗？”

爱德华摇摇头。

“那你为什么相信当时你是和他在一起呢？”

“不管怎样，如果我要查明自己身份的话，我不会去找爱德华大夫。因为我知道他已经死了。我怎么会知道他死了呢？难道他死的时候我跟他在一起吗？”

“是吗？”越来越强烈的恐惧感从康斯坦丝心底升起。她坚信爱德华不是凶手，可是为什么种种迹象对他如此不利？

“我记不得了，但从逻辑上讲，我知道我肯定在场。我还知道尸体被我藏了起来。”

“因此这些天你就一直沉浸在幻觉之中，在没有任何证据的情况下，你坚信自己是凶手。”

爱德华只是苦笑。

“你知道这是怎么回事，不是吗？犯罪情结在你的心头挥之不去，童年往事不断导致你的犯罪错觉出现。”康斯坦丝继续说道。

爱德华难以置信地望着这个女人，她怎么就不能现实一些呢？

“我觉得你也疯了，你比我还不正常，为一个连名字都没有的家伙开脱罪名。”

“警察在报纸上没有登你的名字或病历，这只能说明一件事：在爱德华大夫的档案中没有关于你的材料。”康斯坦丝为这点发现欣喜若狂，她一把抓住爱德华的手，突然感到有点不对劲，“你的手怎么伤的？你从前一定遇到过什么事故。仔细想想，也许它能引起你的记忆。”

爱德华紧张地喃喃自语：“我的手伤了？！”

“你的手就是记忆的一部分，打开你的心扉便能减轻痛苦。”

“我的手伤了！”爱德华惊慌失措地站起身来，企图逃离康斯坦丝的追问。

“发生过什么事儿？”康斯坦丝一把拽住他。

“烧的！”爱德华狂乱地推开康斯坦丝，突然一阵天旋地转使他不由得蹲下身去，紧紧抱住头死命捶着，恨不能一死了之。

康斯坦丝一时间心痛不已，她扑到爱德华身上用力搂住他，泪如雨下：“亲爱的，你还好吧？”

“还好。”爱德华的疼痛稍稍缓和了一点儿，他的声音细微得几乎听不见。

“你弄不清楚以前发生的事故，这很正常。但记忆的开启必须依赖你的身体感觉和思维能力。不过一切才刚开始，放心吧，你很快就会好起来的。”康斯坦丝怜爱地抚摸着爱德华的头。

门铃骤然响起。

两人面面相觑。爱德华用眼睛询问康斯坦丝：会是谁?

康斯坦丝一下想起她来的时候曾要了份报纸。开门一看，果然是送报的人。

爱德华悬着的心刚刚放下，忽听康斯坦丝惊恐地叫道：“糟糕！我的照片登在报纸上了，我们必须马上离开！”两人知道这下子非同小可，急忙打点行装。

两人从电梯中出来，穿过酒店大厅匆匆向外走。康斯坦丝一眼瞥见那个热心的侦探，慌忙压低帽檐拽着爱德华从侦探身边斜插过去。所幸的是，侦探根本没有注意到他俩，他正严肃地聆听着一个酒店侍者的谈话。侍者拿来一份登有康斯坦丝照片的报纸给他看，侦探顿时表现出莫大的愤慨，至于他看到“心理分析医生”几个字时的羞惭，则不便流露出来。

康斯坦丝挽着爱德华在纽约的车站大厅里急速地走着。康斯坦丝贴近爱德华的耳边低声说道：“听着，你离开度假区时一定会经过纽约。不论你从哪儿来到哪儿去，肯定来过这个车站。你一定听到了爱德华大夫买票去某地时是怎么说的。”

“我——不记得了。”爱德华为难地说。

“你会记起来的，”康斯坦丝无比肯定地说道，“你到窗口前一定要尽量重复爱德华大夫对他们说过的话，要同样的票。”

“我试试吧。”

他们来到售票窗口前排队。栅栏上挂着一面牌子，上写：

现在售票

普尔门式火车第16趟

售票员：哈利特先生

爱德华一见这块牌子，突然感到说不出的胆怯和虚弱。人群太嘈杂，空气太窒闷，爱德华脚跟一软要摔倒，幸亏康斯坦丝手疾眼快一把将他扶住。

“你要去的地方就是爱德华要去的地方。”康斯坦丝果断地说道。

轮到他们了。

“去哪儿？要什么票？”

爱德华呆呆地站着，一脸茫然。

哈利特先生问了几遍，见对方不搭腔，便请他让开地方。

康斯坦丝暗中捏捏爱德华的胳膊，他才艰难地吐出两个字：“罗马。”

哈利特先生惊讶地瞅着面前这个脸色苍白的男人：“罗马？去哪儿？”

“去罗马。”爱德华胆怯地小声重复着。

“去哪个罗马？”哈利特先生还是头一次碰到去罗马的来这儿买火车票。

“呃，他的意思是经过佐治亚州。”康斯坦丝急忙说道。

黑色的栅栏竖条在窗口平滑的大理石面上投下道道仿佛尖刺的暗影。爱德华低头一看，觉得明晃晃的有些刺眼。他突然感到难忍的恶心，眼前发黑，连忙抵住窗台，但终于支撑不住，瘫在康斯坦丝的怀里。众人纷纷投来好奇和关注的目光。

一个警察拨开众人，走近问：“出了什么事吗？”

“我丈夫心绞痛病犯了，要回家。”康斯坦丝有些慌乱。这时哈利特先生递给她两张去佐治亚的车票。“他很快就会好的。”康斯坦丝心急如焚，如果在这个节骨眼儿上被警察盯上，将会非常棘手。

“看来他病得很重，要叫医生吗？”警察有点奇怪这个女人的态度。

“不，他很快就会好的，”康斯坦丝俯身贴近爱德华，“你觉得好点了吧，亲爱的？”接着用细得几乎听不见的声音对着爱德华的耳朵命令道：“打起精神来！会没事的！”她回头问哈利特先生：“火车什么时候开？”

“大约 10 分钟内。”

警察提议送他们上车，康斯坦丝婉言拒绝了，架住几乎虚脱的爱德华冲警察一笑：“瞧，他已经恢复过来了，你真是个好人。我自己可以应付，谢谢。”两人快步走开。

警察狐疑地看着他们离去。

人流中。康斯坦丝一边警觉地注视着周围，一边压低声音对爱德华道：“装作我们要坐这趟车的样子，等下了楼梯我们就往回走。”

“为什么不乘这趟车？”

“那个警察已经看了我们的票。”

“他起疑心了吗？”

“不，他是个好人。但等他回到警署，就会发现我们的相貌跟通缉令上的一样。那时他肯定要给佐治亚的警方打电报或电话。”

“但如果我们回酒店，会有一大堆警察在等着。”

“我们不回去了，去罗恰斯。来吧，我们到格兰车站去。”爱德华乖乖地跟着康斯坦丝，一方面他已无力去想什么对策，另一方面他越来越感到身边的这个女人非同寻常。她自信、果敢、坚强，让爱德华既佩服又惭愧。

两人买了票，目不斜视地快速向月台走去。

“顺便问一下，”爱德华低声说道，“我们去罗恰斯干什么？”

“我们去拜访布鲁诺夫教授。”

爱德华略一迟疑，随即哈哈大笑：“噢，那个害怕调味瓶的人。”这事他倒记忆犹新。

康斯坦丝用眼色制止住他，说道：“他是我的老师，像我一样的心理分析医生。”

“是吗？你出了什么问题吗？”爱德华故作惊讶。康斯坦丝以后将有无数机会领教他在火烧眉毛的关头恣意调侃的“癖好”。

“到那儿他可以帮忙解决你的问题。”康斯坦丝嗔道。

“在他那儿你就可以肯定我不太疯了。”

“到亚历克斯那儿可不要跟他开这种玩笑。”康斯坦丝板起面孔。

“对不起，”爱德华站住，满脸堆笑，“我是头蠢猪。”

“不，是我不好，我总是忘记你是个病人。”康斯坦丝冲他一眨眼，表示原谅。

“我也总是忘记你是个大夫。每次当我搂住你，就觉得自己一点病也没有。”爱德华趁机把康斯坦丝揽在怀里，“你觉得我现在正常吗？”

“为了你，我变得不正常了。”康斯坦丝微笑。

“我很正常。”爱德华向月台望去，一对对即将分别的恋人在旁若无人地拥抱接吻，一个年长的检票员正饶有兴致地大饱眼福。爱德华不禁跃跃欲试。“我一点病都没有，一个长吻就可以把我治愈。”边说边把嘴唇凑上去。

康斯坦丝羞涩地扭转脸，使爱德华的嘴唇不得不在半空中刹住。

“我从来没用这种方法治疗过有犯罪情结的人。”康斯坦丝甩开他，走向检票口。

爱德华三步并作两步，不由分说拉住康斯坦丝，心说你无论如何也得批准我的申请。

“我们会引起别人注意的。”康斯坦丝仍在推辞。

“每个人都这样。”爱德华狠狠地亲了康斯坦丝几下，那个检票员瞪大眼睛，在他眼皮底下就这么干的情侣不太多，况且这俩人相貌出众，举止优雅。他不禁贪婪地多看了几眼。

康斯坦丝把票递给他。

“你们两个人都走吗？”检票员十分纳闷。

“是的，是的。”两个人红着脸，飞快地跑了。

明净的隔间式车厢内。两人安顿好行李脸对脸地坐下。没有旁人，他们可以完全放松地交谈。

爱德华随手拿起一份报纸，慵懒地靠在椅背上，心无旁骛的模样叫康斯坦丝既好气又好笑。男人嘛，在女人急的时候总是不急；在女人不急的时候，他更不急。

康斯坦丝一把夺过报纸，温柔地笑道：“让我们接着前面的进行。”

爱德华心说又来了又来了，装糊涂道：“进行什么？”

“努力回想你认为自己是爱德华大夫的第一刻。”

爱德华赌气地盯了她半晌，才缓缓说道：“亲爱的，我要说实话。作为医生，你令我恼火。”

康斯坦丝微微侧了下头，表现出一副虚心聆听的姿态。

“我正沉浸在爱情的幸福中，你一个突袭搞得我很不舒服。我再也不喜欢这样了。你提问时的微笑让我想起婆婆妈妈的中学老教师。”

康斯坦丝毫不生气，依旧笑靥如花：

“我必须微笑，作为心理分析医生我不得不这样。医生在诱导病人说出心中的郁结时，如果总是愁眉苦脸，会使病人的心情抑郁，不利于治疗的进行。你得做好准备。在你病好之前，我会比中学老教师还不厌其烦，或许会纠缠到让你对我产生憎恨。”

“你愿意那样吗？”

“作为医生我必须这样。”康斯坦丝起身脱去外衣。她略显丰满，周身散发着成熟女人的气息。爱德华不禁心神荡漾，对康斯坦丝接下来的话充耳不闻，兀自忘情地注视着她。康斯坦丝正说着，爱德华的嘴唇又凑了过来。

“不行，”康斯坦丝推开他，“我想我们应该开始调查，既然我们手头有些实证。”

“什么实证？”

“你曾经遇上过一个事故，手被烧伤。当时你在罗马。”

“我这辈子从没去过罗马。”

“你也许在罗马待过，也许正要去那儿。你和爱德华大夫在一起时，伤了自己的手。想想罗马吧。你是什么时候去罗马的？你在罗马干什么？想想。”

爱德华在康斯坦丝的不断催促下，不禁有些烦躁。他向窗外望去。道道铁轨飞快地向后退去，时而交叉，时而分离。爱德华沉浸在这种景象里，头晕的感觉再一次蔓延开来，但他竟无力将视线收回。

“罗马……我记起了一些东西。”他感觉自己像在水下，想浮出去吸点空气，却发现头顶上压着一块巨大的透明玻璃，他拼命地抓挠，但却只刮下一些碎片，“一架白色飞机把我们带去的。”

“你们飞去的？”

“从法国港口往南飞，经过罗马，我们被击中了，我的衣服着火了。”爱德华被那块巨大的玻璃压得透不过气来，不禁狂乱地大喊，“你别再追问了。”

“亲爱的，我们才刚刚开始呢，放松些。”康斯坦丝从容不迫地说道。她暗想，对待这种状况的病人就得他松我紧，或者我松他紧。

果然，爱德华渐渐安静下来。

亚历克斯·布鲁诺夫教授的公寓坐落在风景宜人的山区。他们到达的时候，已是傍晚时分。

康斯坦丝在教授的门廊前站住，转身冲爱德华嫣然一笑：“亚历克斯这人温文尔雅，你会喜欢他的。”

“先不要这么说，”爱德华愁眉苦脸地说，“有你一位精神分析医生就够了。你打算跟他怎么介绍我？”

“我就说我们在度蜜月。”

“那再美妙不过了。”爱德华大笑。

开门的是亚历克斯的女管家。

“晚上好。亚历克斯医生在家吗？”

“不，他吃过晚饭就出去了，不过很快就回来。”她一边把他俩往里让，一边歉疚地说，“我不能再等了，我得出去办事。噢，里面已经有两位先生在等着了。”女管家随即离开。

康斯坦丝和爱德华心怀忐忑地走进去，事已至此再躲避已经来不及了。幸亏这是两位不相干的先生。大家彼此问好，然后各自坐下。片刻尴尬的沉默过后，两位先生忍不住闲聊起来。

正对着康斯坦丝的那个男人问：“你母亲最近身体怎么样？”

“唉，她一直在抱怨她的风湿症，她想让我调到佛罗里达工作。我说难道因为你的风湿，就得让我牺牲掉升迁的机会吗？”

“你把这事儿跟你的头儿提过吗？”

“提过。他说可以安排调动，但我也许得从中士重新干起。我说，从个人角度讲，这不公平，我毕竟辛辛苦苦地干了这么多年。”

“你的头儿怎么说？”

“他一语不发。他对‘孝子’一词没有概念。”

康斯坦丝和爱德华极力掩饰他们听到“中士”时的不安。好像老天觉得还没折磨够他俩早已发紧的神经，电话铃又突然响起来。康斯坦丝权衡再三，刚要起身去接，被那个“孝子”制止了。

“请原谅。”他说，“我曾让别人打这个号码。”

他拎起话筒：“你好。我是库利中尉。那边有什么新进展吗？……你们什么时候发现的？……好，我一会儿就过去。”他转身对着另一个人耳语。

康斯坦丝在心中飞快地盘算着对策。

恰在此时，门开了。亚历克斯·布鲁诺夫教授走进来。他是个干瘪的小老头，头发胡子全白了，乱糟糟地耷拉着，乍看去像极了有点小聪明但总办蠢事的卡通人物。康斯坦丝激动地迎上前：“亚历克斯！”

“谁呀？”老头的眼睛立刻放出了光芒，“我的老朋友！我最最亲爱的！”亚历克斯与康斯坦丝热烈拥抱。

“我没来得及通知你，就到这儿来了。”

“没想到会在这儿见到你，我应该早点回来。我在部队的医院做了一场演讲。这些先生是跟你一起的吗？”亚历克斯颇感奇怪。

“不，我是在这儿碰到他们的。”

那两个人忙站起身来介绍自己。他们分别是中心站的库利中尉和哥拉斯比中士。

“有何贵干？”老头客客气气地问道。

“我们想你可能和爱德华大夫有过一面之交。”

康斯坦丝和爱德华彼此交换了一个眼色。她若无其事地聆听着，静观事态发展。

没想到亚历克斯勃然变色，气恼地嚷嚷：“诬蔑！你们这不是在害我吗？昨天我已经告诉过警察关于爱德华大夫的事我一无所知。”

库利中尉问道：“昨天你似乎发表了一点高见？”

“我昨天就跟警察说过了，”亚历克斯恨不能把这两个人立刻轰走，气哼哼地数落道，“他和一个患妄想症的病人一起去度假，还带着枪和子弹。我从来没发现他原来是这么个大傻瓜。”

“你认为是那个病人杀了他吗？”

“我什么都不认为，”老人拧身不看库利中尉，酸溜溜地说道，“我又不是侦探！”

“但爱德华大夫曾是你最好的朋友之一。”库利中尉的口气里带着点不易察觉的嘲弄。

“这简直是无稽之谈！”老头扯着嗓门大喊一声，把康斯坦丝吓了一跳。爱德华倒没有怎么吃惊，因为他一直在琢磨老人说爱德华大夫的那些话，只是无法确定其真实性，所以有些茫然。

“你在纽约时曾跟他大吵一架。”库利中尉不动声色地审视着亚历克斯的反应。

“不是纽约，”亚历克斯得意扬扬地说道，“是在波士顿的精神病学会议上。你们这是什么逻辑？非得把别人牵扯进去并置于死地才肯罢休！”

“我想你曾威胁要揍他的鼻子。”

“我的所作所为不过是站起来走出去，并踢翻了几把空椅子。既然你们了解得这么清楚，就不必再问我什么了。”老头的脸色由难看转为凶恶。

“非常感谢。很抱歉打扰了您。如果有什么事情，我们会通知您。再见。”两人礼貌地鞠躬告辞。

亚历克斯目送两人离去，依旧愤愤不平：“他们究竟在打探什么？也许明天他们就会对我进行三级监视。”

康斯坦丝忙握住他的手：“见到你真高兴，亚历克斯。本应写信给你，可一切发生得太突然了。我结婚了。”最后一句话康斯坦丝不明白自己为什么说得如此顺畅。

老头仿佛没听清楚，盯着康斯坦丝一脸茫然地问：“谁结婚了？”

康斯坦丝脸一红：“亚历克斯，这是我丈夫约翰·布朗。”她紧张地暗中捏了捏爱德华的手，后者拘谨地微笑着点了点头。

“没有什么比你的婚事更让人高兴的了，”亚历克斯亲热地拍拍康斯坦丝的手，眯着眼睛笑嘻嘻地说道，“啊，没有心理分析，没有病例观察，没有犯罪情结。恭喜你，希望你早日生小宝宝。来来来，让我们喝杯啤酒庆祝一番。”

康斯坦丝连忙忸怩地告诉他情况，说他们找不到旅馆房间。所有的旅馆都人满为患，恳请他帮帮忙。康斯坦丝深知亚历克斯头脑缜密，善于审时度势，绝非像他看上去那样全无心计。况且此人向来胆小怕事，不愿结交朋友，所以才会住在这么偏僻的地方。唯有一点好处足以成为康斯坦丝投奔他的理由，那就是亚历克斯为人善良。就算谎言被拆穿，康斯坦丝也有十分的把握亚历克斯不会恼火。

谁知亚历克斯立刻信以为真，并责怪道："到旅馆去干什么？那是给百万富翁而不是给度蜜月的情侣住的。你们就住这儿吧。"他随即乐颠颠地带着他们参观房子，"现在我一个人住一幢房子。我的女管家只是白天来，总算能有人在早晨为我煮咖啡了"。

"太好了。"康斯坦丝勉强挤出一丝笑，走上前来拥抱亚历克斯。说归说，她现在根本没有煮咖啡的心思。

"对我来说，不算太好。能见到我最年轻最出色的昔日助手真高兴，"亚历克斯自顾自地说着，"可是谁知道现在怎么样？我的老朋友桑登堡曾跟我说过，女人能成为最优秀的心理分析专家，可是一旦坠入爱河，她们就会成为最典型的病人。"

康斯坦丝与爱德华含笑对视了一眼，接着走上楼梯，准备到亚历克斯指给他们的卧室去。亚历克斯在身后叫道："晚安，做个好梦。心理分析需要梦。"

爱德华客气地谢过亚历克斯。

"不管怎样，康斯坦丝的丈夫必然会成为心理学的分析对象。"亚历克斯望着他俩的背影微笑道。

两人带上房门，不约而同地舒了口气，彼此会心地相视而笑。

爱德华倚在门上打趣道："你在警察面前那么泰然自若，让我自叹不如。"

"是吗？刚才有一会儿我觉得局促得要命。眼看要露馅，幸亏亚历克斯及时出现。"

"我觉得这个老头不像你说的那么聪明。"

"亚历克斯？"康斯坦丝闻听立刻正色道，"不，不，他是个好人。"

"他的确是个好人。不过，他居然没问我们的行李在哪儿！"

"他总是这样的。"康斯坦丝不想深谈。她对着镜子拢拢发鬓，叹了口气，"这间屋子一点儿也没变，而我却老了许多，真是物是人非。"

爱德华凝视着她，心说美丽的女人啊，感时伤怀的动物。

康斯坦丝环顾四周，继续说道："这里的一切都很美好。"

"除了有点冷，你觉得呢？"

康斯坦丝摇摇头，上前握住爱德华的手，发觉有些冰冷。

"警察的出现有没有让你紧张？"

"当你告诉亚历克斯我们是来度蜜月时，倒叫我不知所措。我想这是你的第一次吧。"爱德华逗弄康斯坦丝。只有在羞涩的时候，她才会流露出可爱的孩子气。

“是的，如果这算蜜月的话。”

两人不禁忘情地亲吻。

“尽管我不知道我是谁，但我记不起曾经吻过别的女人。”爱德华轻叹一声。

“我没什么好回忆的，但我打赌，和你在一起的时候那种心动的感觉让我有大笑或痛哭的冲动。”

“真是甜美的一刻！”爱德华用力搂紧她。他怀里这个女人的身体那么温软和柔滑，散发着淡淡的幽香，让他恨不得醉死在其中，纵然万劫不复，也在所不惜。

“当然我不是小孩。”康斯坦丝突然声明，作为病人的医生必须保留一点矜持。

“绝对不是。”爱德华一本正经地说道。

“我有时真想放弃我的所有野心。”

“让野心去死吧。”爱德华一边恋恋不舍地吸吮着康斯坦丝的双唇，一边在喉咙里咕哝着。

但康斯坦丝始终拂不去内心的一片阴影。她逐渐走神，费力地推开爱德华坚实的臂膀，心神不定地站起身来。

爱德华关切地问：“怎么了？”

“我是作为你的医生来这儿的。”

“好吧，我承认你是我的医生，我到沙发上睡。”爱德华赌气说道。

“何必呢？”

“即使你不摆医生的资格，这个蜜月也够叫人心烦的了。”

康斯坦丝宽容地笑笑，把自己的睡具搬到沙发上。“应该是医生穿戴整齐地待在沙发上，而病人躺在床上。”她的样子既调皮又可爱。

“你真是按规矩办事啊。”爱德华苦笑了一下，朝床边走去，忽然站住了。仿佛有人拿着一个木栅栏似的东西紧紧贴住他的脑门，逼得他连连倒退，而他竟连抬手招架的力气也没有。

“你记起了什么？”康斯坦丝大惊失色。

“没有。”

“这个房间一定使你想起了什么事情！”

“没有。”爱德华呆呆地说。

“你在抵制自己的记忆！”康斯坦丝嘶声喊道，她急急地环顾四周，一边用力摇着爱德华的肩膀，“你在想什么？”

“没有！”

“你在抵制自己的记忆！”

爱德华无比厌烦地推开她："别再说了！我只是站着有点头疼，不要逼我不停地跟你说话！"

康斯坦丝循着他呆滞的视线望去，突然看见了让他恐慌的东西——一张印有平行黑线条的白色毛毯。刹那间许多联想纷至沓来，康斯坦丝恍然大悟。

"你看着这张床，想想是什么使你害怕！白色！线条！上次我用餐叉在白桌布上画出线条时，你骤然不安。而那次你吻我时，你的目光落在我的带暗线条的白色长袍上，你也突然紧张。尽量想想为什么线条使你惊恐，白色使你惊恐！想想白色！"

康斯坦丝用力转过爱德华的肩膀，强迫他看着毛毯。爱德华无比嫌恶地别过头去。

"看着让人不舒服。"他嘟哝道。

"不要逃避！看着白色！看着它就会记起来的。"康斯坦丝斩钉截铁地命令。

那些线条没来由地粗大起来，疙疙瘩瘩地像道道触目惊心的疤痕。那白色则像水波一样荡漾开，明晃晃地刺眼。爱德华感到面前一片迷蒙，强打精神伸手试图抓破那邪门儿的白色，看看后面究竟有什么东西，未料却被一股巨大的力道反弹回来，不由得颓然倒地。

康斯坦丝肝肠寸断，含着泪抱紧他的头，喃喃说道："亲爱的，你非常勇敢。我们总算有所进展了。"

深夜。爱德华从一片乱糟糟的梦境中苏醒过来，疲惫地坐起。他依稀记得自己被一伙警察追赶得慌不择路，匆忙躲入一簇大花丛后。他突然感到眼前模模糊糊地有个人，那人无声无息地背对着他。他正紧张万分，那人倏地向后伸出一只手，握住他的手。霎时间，所有忧愁和心悸烟消云散……

爱德华捂着头默想了一会儿，刚才的不安感觉重新泛起。他站起身走进卫生间，打开灯，然后拿起杯子漱了漱口。他对着镜子照了照自己，里面映出一张眼神恍惚、憔悴不堪的脸。爱德华拿出一把剃须刀，在腮边刷上白色泡沫，开始刮胡子。渐渐地，他发现镜中的自己遥远得近乎不可思议，在刺眼的灯光照射下竟然浮现出几分狰狞。他慌乱地环顾四周，突然心中漾起一种前所未有的巨大恐惧。一切都白得吓人。水池上方的三道竖柱和浴盆旁边的雕纹架子都冲着他嬉笑着，跳跃着。在静寂的深夜，它们恶意的喧嚣将爱德华逼得无处闪躲。他不禁倚在门框上大口地喘气。

惨淡的月光透入房中，照着恬然安睡的康斯坦丝。她身上盖着那张惹祸的白色毛毯。爱德华手中攥紧那把剃须刀，目不转睛地盯着毛毯。他一步步挪近康斯坦丝，停了半晌，伸出手——那只没拿刀的手——推开房门，慢慢地走出去。

亚历克斯尚未入睡。他坐在正对楼梯口的写字台前读兴颇浓。

时钟敲了 3 下。

他忽然察觉到一阵声音，于是合上书本专心聆听。没多大工夫，只见爱德华悄无声息地走下楼来。他脸色苍白，面无表情，仿佛鬼魅。

亚历克斯根本没去注意他手中的剃刀，热情地说道："是你吗，布朗先生？"

他没容爱德华搭腔，接着絮絮地说道："我猜到是你。我无法入睡，所以就过来看书，唉，人一上了年纪，入睡就不那么容易。"

爱德华怔怔地瞪着他。他不认识这个老人，在暗淡的灯光下，老人的嘴空洞地一张一合，像条鱼。

亚历克斯并没在意爱德华的无礼，显然他对能有个伴儿十分高兴。

"我正在喝牛奶，吃饼干。请你也喝一杯，我这就去倒。"

老人乐颠颠地起身，毫不戒备地经过爱德华，拐进厨房，打开灯。

爱德华内心混沌一片，亚历克斯的声音温柔地抚摸着他的耳鼓，使他宛若置身另一个世界。

老人从厨房伸出头来，热情地唠叨着："没有人比我更喜欢牛奶和饼干。"他突然话题一转，"在我年轻的时候，我总是希望能够独自一个人待着，而不是跟别人闲聊，现在则正好相反。其实万事万物都在走向自己的对立面"。

亚历克斯瞥了爱德华一眼，见他背朝自己一动不动地站着，毫不介意地继续说道："你知道什么人最好奇吗？老年人。他们总爱琢磨自己谢世以后，世界会变成什么样子。这对他们最有研究价值，因为现实世界中再也没有什么新奇的东西能够引起他们的激情。"

亚历克斯走回来，把牛奶递给爱德华，后者机械地接住。

"来，为你干杯！为我们的青春时代干一杯！"亚历克斯走到写字台后，转过身微笑道。

爱德华举起杯子，透过白色迷蒙的杯子静静地观察老人。亚历克斯在杯底的那一端渐渐地自动缩小，直到凝成一个黑点。最后在一片混浊的白色中这黑点也消失得无影无踪……

清晨。康斯坦丝一觉醒来，发现爱德华的床上空空如也，慌忙三步并作两步跑下楼去。在楼梯口，眼前的一幕使她不禁惊呆了：她的朋友和老师亚历克斯瘫倒在写字台后的扶手椅中，垂着头，俨然已经死去多时。康斯坦丝没有料到自己的苦心经营居然导致亚历克斯的无辜遇害，不禁五内俱焚。

“亚历克斯！亚历克斯！”康斯坦丝跑上前去，拼命摇动老人的肩膀，“你没事吧？”康斯坦丝看到亚历克斯全身上下并无伤痕，顿时心生希望。

亚历克斯睁开眼睛，慢悠悠地说道：“早上好。是的，我还好，谢谢。”接着解释说自己实在困得不行，就在椅子上睡着了，并问康斯坦丝时间。

康斯坦丝忙告诉他已经 7 点钟。

亚历克斯舒舒服服地打了个哈欠：“我猜今天早上我能喝上真正的咖啡吧。”

康斯坦丝急忙诉说丈夫一早就不见了，问亚历克斯有没有见过他。

亚历克斯“哼”了一声，把头一歪。康斯坦丝循着他的视线看去，才发现爱德华蜷缩在屋角的沙发上，睡得正香。康斯坦丝慌忙上前察看。

“亲爱的，”亚历克斯跟着她走过来，嘲弄道，“你是不是把我当成精神分析界的最大傻瓜，觉得我连 20 除以 4 得几都算不出来了？”

“我早该猜到你不会相信我的。”康斯坦丝赧然说道。

“我第一眼看到你丈夫时，就觉得他的沉默有点不对劲儿。他见到中尉时很紧张，而你们结婚居然不带行李。还有，他的名字又是大众化得要命的约翰·布朗。我就知道怎么回事了。”

“昨晚出了什么事？”康斯坦丝担心地问。

亚历克斯绕到沙发背后，盯了一眼熟睡中的爱德华，缓缓说道：“跟我预料的一样。你想拯救一个有杀人冲动的病人，简直是跟自己开玩笑。所以我根本没睡觉，就待在这儿等着，万一你尖叫，我就冲上去。后来他下了楼，一副魂不守舍的模样。我从他脸上看出危险的征兆，于是就不停地跟他闲扯，并在牛奶里加了足以放倒三匹马的安眠药。当他躺下后，我上去看你，而你睡得像个婴儿，我就回到这里一直守着他。”

“每次我对他进行治疗，都会在一定程度上引发他的情绪激动。”康斯坦丝诚恳地说道。

老人拿起沙发旁边的剃须刀，气哼哼地挥舞着：“这是我昨晚在他手里发现的。”

“他不知道自己拿了这东西呀！”康斯坦丝急忙抓住亚历克斯的肩膀，反复解释爱德华绝对不会伤害任何人。

老人耸耸肩，表示根本不愿相信：“别忘了，亲爱的，他无法对自己负责。”

“不，这不对！”康斯坦丝冲动地叫道。

“在这种事情上，我比你多了点经验。”

“我承认你在弗洛伊德学说方面比我知道得多，但是，这种病例——”亚历克斯摆摆手，表示不耐烦听下去，康斯坦丝不禁有几分气恼。

“你说这句话时带着女性特有的矛盾，一方面你承认我比你懂得多，另一方面在单个病例上你又强词夺理。唉，女人的小小心眼儿啊。”亚历克斯转过身去。

“你要干什么？”康斯坦丝一把拦住他。

“主要为你考虑，我要报警。”

“不，不，请不要。”康斯坦丝哀求道，她没有料到亚历克斯说翻脸就翻脸。

“你是在害自己！”老人厉声喊道。

“你不了解这个人！你只了解科学！你清楚他的思想，但你不明白他的心。”

亚历克斯被康斯坦丝拽得脱不了身，只好先坐下，摆出不与她一般见识的架势，摇头晃脑地说道：“我们要头脑清醒，不能带着情绪和感情来谈论问题。”

“可是我们谈论的是一个人！”康斯坦丝突然抑制不住激动，猛地赌气背过身去。

亚历克斯偷偷瞄了她几眼，发现康斯坦丝眼圈红了，不由得心中一软，用哄孩子的口吻说道：“噢！爱情！看看你那模样，彼得森大夫！一个大有前途的精神分析学者现在突然陷入了浪漫的爱情之中，跟一个危险人物，还不是别的！”老头兀自“啧啧”称奇。

“亚历克斯，现在我来跟你谈谈他。”康斯坦丝抹掉泪珠，正色说道。

“你还有什么好说的，我和你都知道恋爱中的女人智商最低。”亚历克斯颤巍巍地站起身来，大清早咖啡没喝着倒被气得不轻，“医生叫我不要在早上抽烟，可我太激动了。”老头点燃一支烟，气鼓鼓地闷声不语。

“你是对的，”康斯坦丝无力地看着他，“我现在不是以精神分析医生甚至不是以医生的身份与你讲话，但我得说出我的感觉。精神和思想不是万能的，有时爱心可以识穿人的本性。”她充满怜爱地摸摸爱德华的头，后者依旧酣睡不醒。“只要能躲过一段时间警方的干扰，我就可以找到机会使他康复，我可以拯救他。”

“万一爱德华大夫是他杀的呢，你怎么帮他？”

康斯坦丝坚决地摇头。

“你怎么能证明他没有杀爱德华大夫呢？”

“总有办法的，你自己不是常说弗洛伊德认为一个人再丧失记忆也不会干出有悖他本性的事情吗？”

“你又怎么知道他的本性呢？”

“我知道，我知道。”

亚历克斯眼望这个执拗的女人，既好气又好笑：“你知道？！为什么科学停滞不前，你就是阻力之一。谁告诉过你他是谁？弗洛伊德，还是哪位大师？”

“我不可能为一个邪恶的人感到痛苦。”康斯坦丝说此话的时候，心头无比愁苦。

“你比他还疯狂20倍。你的爱情能判断正义与邪恶？这是孩子话。”亚历克斯无可奈何地耸耸肩，“说吧，你要我怎么办？”

“在警方发现我们之前，给我时间治愈他。”

“这要花1年！”

“不会。”

“少说也得半年。我们坐在这里等上半年，直到最后警察发现他割断了你的喉咙，割断了我的喉咙，还放火烧了这幢房子。即使对于恋爱中的女人，这种情况下也该理智一点。”亚历克斯想象自己的头被人割下，不禁后脑勺一阵发凉。

“只要几天时间，亚历克斯，”康斯坦丝温柔地要求，“给我几天时间，问题就会理出头绪。如果那时我们两个人还毫无办法，”康斯坦丝思忖再三不得不说，“你再去报警。你知道举报一个罪犯要有证据，而他只是有犯罪的幻觉。警察不过想从他嘴里知道爱德华大夫的去向，但从他目前的状况来看，他根本无法告诉警察任何东西。”康斯坦丝抓住亚历克斯的双臂恳求道：“难道你看不出我们在做正义的事情？以医生的身份对病人展开调查是在帮警方的忙。谁都知道医生比警察更加渴望知道真相。”

亚历克斯被康斯坦丝的一通正理和歪理游说得无可奈何，只好长叹一声：“去给我煮咖啡，我就当这几天自己也发疯了。”

康斯坦丝充满感激地上前拥抱他，哽咽着说道：“太谢谢你了。”

她起身向厨房走去。

爱德华依旧昏睡不醒。

亚历克斯走近他，皱着眉头，嫌恶中带点好奇地端详了他一会儿，才伸出一根手指把他戳醒。

爱德华歪着头打量着老头，问：“你是谁？”

亚历克斯一听，无名火顿时蹿起三丈，没好气地答道：“我是布鲁诺夫医生。”

爱德华捧着脑袋将“布鲁诺夫”念叨了几遍，才恍然大悟道：

“噢，对，罗恰斯的。”

一提“布鲁诺夫”，爱德华就憋不住想乐。他费了好大劲儿才忍住没说“原来是那个害怕调味瓶的”。

亚历克斯见爱德华五官抽动，似乎在自得其乐，疑心他也许偷听了自己和康斯坦丝的谈话，心中怒道：好小子，竟敢拿我开涮！

他不动声色，慢条斯理地问：“那你叫什么名字？”

爱德华奇怪地看看他：“我不知道。彼得森大夫不是已经告诉你了？”

亚历克斯迅速盘算了一下，确定爱德华不是在开玩笑，才压住火气耐心地说道：“没有告诉我。如果我不能知道一个患失忆症病人的基本情况，我就没法帮忙。你难道不记得你的父母、妻子或情人吗？”

“不！”爱德华初醒的声音显得硬邦邦的。

“别跟我斗气。我会尽我所能来帮助你。我希望你把我看成你的父亲，信任我，依赖我。”

“好吧。”爱德华用力晃了晃头。

老头绕过沙发在他身边坐下。

“也许你有些想法要说出来，尽量搜索你脑海中的各个角落，出现什么就说什么。”

“什么也没有。”

“你总梦见了什么吧？”

“是的。”

“是什么？”

“首先，”爱德华慢条斯理地说道，“我根本不相信弗洛伊德的释梦理论。”

“你是我最后一个不相信梦的病人，”亚历克斯用手指戳着爱德华嘲讽道，“你有失忆症和犯罪情结，你不知道自己从哪儿来，要到哪儿去，弗洛伊德是谁你倒清楚。哼，小伙子真聪明呀！”

爱德华侧脸瞅了瞅面带愠色的亚历克斯，将头疲惫地靠在沙发靠背上，仰头冲着天花板叹了口气：“你不喜欢我。”

亚历克斯闻听此言怒气大为平息，咕哝了几句“我凭什么帮你呀”“瞧你那态度”等诸如此类的话，爱德华也赶紧表示歉疚，两人之间的空气才趋于缓和，交谈得以继续下去。

亚历克斯用食指点住爱德华胸口，认真地说道：“我来给你解梦，让你了解弗洛伊德学说不是骗人的把戏。”

“你是谁，是什么使你远离自己，所有这些秘密都被你藏匿在脑海之中。人们经常不愿知道有关自己的真实故事，因为那会使他们难受。可是企图忘掉它的不懈努力只有使他们更加难受。你明白吗？”

爱德华点点头。

厨房里溢出一股热咖啡的浓香，康斯坦丝端着托盘走进来。她关切地询问爱德华感觉怎么样，后者苦着脸说：“难受极了。”

亚历克斯告诉康斯坦丝病人愿意讲出他的梦，康斯坦丝急忙找来纸笔，准备记录。

亚历克斯呷了口咖啡。

“梦会透露你想隐藏什么，但梦就像一堆杂乱无章的拼块。分析梦的人经过一番研究后把这些残片恰当地拼接起来，便能找出关于你的有意思的东西。”

爱德华背对着他俩呆呆地坐了半晌，才缓缓说道：“我一直在想我做的梦有什么含义。”

康斯坦丝倒了杯咖啡，走到爱德华面前递给他，然后安抚地拍了拍他的肩，鼓励道：“我们会明白的。”

亚历克斯凑近他，神色凝重地倾听着爱德华叙说他的残梦。

“我无法描述出那是一个什么类型的地方。”爱德华的大脑仿佛一片灰蒙蒙的泥浆地，某处地方渐渐凸起，仿佛被一根尖刺不停地扎戳，直到一点微光透射进来。

“大概在一个赌场。没有固定的墙，只有一些黑丝绒幕布，上面印着许多丑陋的眼睛，不停地眨着，像刚从活人脸上挖下来拼贴上去似的。一个男人拿着一把大剪刀走来走去，不停地把那些眼睛剪成两半。一个穿得很少的姑娘走进来，在赌场里荡来荡去，吻每一个男人。她首先来到我的桌前。”

“你能认出这个献吻小姐吗？”亚历克斯问。

爱德华面带羞色：“我想她看起来有点像康斯坦丝。”

“啊哈！这很平常，我们经常梦见心里思念的人。”亚历克斯冲康斯坦丝调皮地眨眼，后者板起面孔装作没有看见。

“我坐在那里打牌，”爱德华脑中闪现出一张光滑的大理石桌面，无休无止地延伸开去，几道黑影在上面变幻莫测地移动着。桌子的那一端是谁？爱德华费力地在记忆中张望，“对手是一个长着络腮胡子的人。我和他对阵，翻出一张梅花 7，他说：‘21 点，我赢了。’他翻开他的牌，全是无花色的白牌。”

“这时赌场老板进来，指责他作弊：‘这是我的地盘，如果再捉住你作弊，我就叫你尝尝厉害。’”

“这个老板你认识吗？”亚历克斯问。

“他戴着一个白色面罩，紧绷在脸上，给人一种相当锋利的感觉。”爱德华回头冲康斯坦丝一笑，“很抱歉把你梦作献吻小姐。”

“没什么，能被梦见和我的病人一样不停地献吻，我很高兴。”康斯坦丝露出一丝微笑。

“什么意思？”爱德华故作迷惑。

“没什么。”

“我的梦对你有启示吗？”

“还没有。你正试图说明一件事情，等你完整地描述后，才能知道那是什么。”

“还有很多。”

亚历克斯冲着爱德华俯下身去：“说吧，尽量详尽些，这样分析起来会容易得多。”

“一个长络腮胡子的男人站在一座高大建筑的斜屋顶边上，我远远地看过去，就见他慢慢地翻落下去，脚上还套着滑雪板。我看见赌场老板戴着面具，躲在高大的烟囱背后，手里提着一个变形的轮子，轮子的轴心漆黑得可怕。我看见他把轮子丢在屋顶上。突然我奔跑了起来，我听见有东西在我头顶上空拍击，是一对巨大的翅膀在追赶我。当我跑下屋顶时，那对翅膀几乎将我整个人都覆盖了。”

爱德华说到这里，下意识地回头看看，发现自己是在现实中，才按捺住恐惧，呷了一口咖啡说道：“我肯定在逃跑，后来的事我记不得了。”

康斯坦丝和亚历克斯两人沉默不语，各自在心中飞快地理着头绪。爱德华突然抬起头来，瞪大眼睛说道：“不好！我要出事！”他狂躁地捂住头，身体剧烈地抖动。

康斯坦丝急忙环顾四周，看看究竟是什么吓着了爱德华。她突然感到窗外一片刺目的光亮。原来昨夜下了一场大雪，太阳出来后把一切照射得分外耀眼。

“他畏光！”亚历克斯说。

两人手忙脚乱地把百叶窗放下。在此过程中，康斯坦丝不经意地瞥见几个滑雪的孩子从窗外的山上飞驰而下，在雪中印出道道深色的痕迹。康斯坦丝刹那间明白了。

“不是光，是雪！还有那些滑雪痕迹！”

亚历克斯迷惑不解。

康斯坦丝连忙把有关白色桌布上餐叉的划痕、长袍上的暗线条以及带平行黑纹的毛毯的种种故事讲述给亚历克斯，并得出结论：“我认为这些都是雪中深色轧道的象征。”

“这和爱德华大夫有什么关系呢？”

“爱德华大夫很喜欢运动。他在他的书中曾提到过滑雪，讲述运动和健康的关系。”

康斯坦丝关切地看了一眼无精打采、似听非听的爱德华，继续说道：“每当病人看到白底上的黑纹，就会不自主地联想到雪中的深印，由此产生恐惧，久而久之，便得了失忆症。”

亚历克斯点点头：“没错，这就是问题的症结。”

爱德华惊奇得说不出话，他仿佛感到天灵盖被人打开，一股清新的冷风旋即灌入。一件件往事如天马行空般地飘来，令爱德华不堪重负。他手一松，杯子落到地上，顿时摔个粉碎。他昏了过去。

窗外依旧飘扬着雪花。在康斯坦丝和亚历克斯的悉心呵护下，爱德华逐渐苏醒过来。他感到虚弱不堪，全身乏力，于是静静地躺着听两位医生的谈话。

“我们一定要找出爱德华大夫去滑雪的原因。”康斯坦丝坚定地说道。这个女人的执着叫人钦佩。

爱德华直着眼，没有反应。

康斯坦丝着急地问：“你能告诉我们是在哪儿滑雪吗？试试看。”

亚历克斯阻止住她：“他已经通过梦境告诉了我们一些情况，让我看看你的笔记。”

康斯坦丝递给他：“我们怎么才能帮助他呢？”

“不要着急，让他单独想想，他就会想起来的。”关键时刻，亚历克斯的老练沉着有稳定军心的作用。他把眼镜推到头上，细细地研读笔记。

“斜屋顶只能意味着山坡，对，还有滑雪。进一步想想，留络腮胡子的人就是爱德华大夫。”

“那么他的滑雪可以解释为给病人治病的一种疗法。”

“病人跳下屋顶可能意味着他从山谷中逃出来。”

康斯坦丝兴奋地看着亚历克斯。一切进展神速，似乎谜底即将揭开。她不由得加快了思索。

“他被一个长翅膀的东西赶着，也许是希望得到快乐。”

“不，那是你，要是你长了翅膀，就是天使。”

老人的打趣非但没有逗笑康斯坦丝，反使她灵机一动。

"循着这条线索，可以把这个地方追出来。"她俯身急切地询问爱德华："你记得天使山谷吗？"

"不。"爱德华目不转睛地说道。看得出他也在努力思索，在这个当口不愿别人打扰。

"我们可以给旅行社打电话查查这个地名。"

爱德华突然大声叫道："不是天使山谷！我记起来了，那是一个叫吉布里奥山谷的地方。"

两位医生大喜过望，赶紧乘胜追击：

"你还记得别的什么吗？"康斯坦丝问。

"在你梦中戴面具的人是谁？"亚历克斯接着问。

"你记不记得那次滑雪事故？"

"够了！我再也不能忍受了！"爱德华头疼欲裂，暴躁地跳起身来，推开二人向电话走去。

"我们得去报警。"他说。

"不，现在我们动身去吉布里奥山谷，"康斯坦丝拦住他，以不容商量的口吻说道，"你得跟我同去。"

此时，罗恰斯的警局里，一位警官正将一张大幅照片递给下属："纽约总部通知，一旦发现这个女人，立刻捉拿归案。"

男警员饶有兴趣地打量着照片上的女人，除去眼镜的康斯坦丝显得格外俏丽端庄。"只要稍加注意，"警员心想，"这样的女人在人堆里我一眼就能认出来，我倒愿意见见她本人。"

亚历克斯走开，让两人单独商量。

康斯坦丝订好火车票后转身对着爱德华说："一小时后上火车，就可以到吉布里奥山谷。"

"我知道我们得干什么，"爱德华激动地说道，"我不能再继续危害你了，我知道昨晚的事。"

"什么事也没有发生。"

"但会出事的，我的精神快要崩溃了。"爱德华抓住康斯坦丝的肩膀，无比真挚地说道，"我爱你，但我不值得爱。亲爱的，你以后可以帮我。"

康斯坦丝见爱德华如此自暴自弃，心都快碎了。无论如何不能让他落入警方手中，否则自己的爱、希望、信念和幸福就都付与冥冥未知了。她斩钉截铁地说道："没有什么以后。如果你去找警察自首，你的情况就再也无法挽回了。我能治好你！"

"你不能！"爱德华觉得事到如今，康斯坦丝还在极力袒护自己，不禁既感动又羞惭，"你不可能救治杀人凶手。"

"你不是杀人凶手！"

"别说了！昨天晚上我就对你构成极大的危险。我要尽量控制住自己，我得走了。"

"杀人的内疚已经折磨你很久了，是吧？"康斯坦丝突然冷笑道。爱德华的一意孤行让她大失所望，但紧急关头绝不能流露出泄气的情绪，她得稳住爱德华。

"是的。"爱德华停住脚步。康斯坦丝的态度突变使他难受。

"是的！童年就开始了。"

"什么？"

"从你的童年就开始了，你试图回避一些东西。尽管你不愿记起，一定发生了什么事情——可怕的，令人讨厌的事情。它一直使你认为自己有罪，使你认定自己是杀害爱德华大夫的凶手。你得想尽办法回忆起你童年时发生过什么事故！"

"够了！"爱德华不知道自己为什么对"童年"一词如此过敏和厌恶。

康斯坦丝不顾一切地拉住爱德华，贴住他的肩头，泪水盈盈。她愿意不惜一切代价拯救面前的这个男人，为什么他竟如此执迷不悟呢？"你说你爱我，看着我。"爱德华在康斯坦丝的催促下转过头，心中顿时柔肠百结。

"我一直在为你奋斗，因为我爱你，因为我需要你！"康斯坦丝声音颤抖。

爱德华盯了她半晌，才缓缓说道："我们去吉布里奥山谷去干什么？"

"你一看到吉布里奥山谷，你就会回忆起发生了什么事。"

爱德华执意不肯。

康斯坦丝恳求道："我们就像你和爱德华大夫一样去滑雪。"

"我在那里杀了他。"爱德华阴郁地说道。

"不，你会看到你的清白，你也会看到实际发生了什么情况。"

"你的意思是有些事情可能再发生。"

"是的。"

"万一我杀了他呢？"爱德华斜眼瞥见亚历克斯从楼梯上下来，显然老人对目前的情况不大放心。爱德华心里明白，冲着亚历克斯自嘲道："面对同样的环境也许我会再做和以前一样的事情。"

他回身对康斯坦丝:“你怎么知道我不会再杀人呢?”

“因为我一开始就相信你没有杀过人。”

亚历克斯不禁暗自叹道:痴心的女人啊，一沾到“爱”的边儿，你就很可能判断失误。

“去了一趟后你就不会再相信我了。”爱德华威胁道。

“当然，我会的。回到那个地方我们就会找出困扰了你一生的童年记忆。”

爱德华不禁感动地拥抱康斯坦丝。此刻，他开始怀疑自己是否真的杀害了爱德华大夫。

亚历克斯知道阻止康斯坦丝根本就是螳臂当车，只好无奈地摇了摇头。他的举动被伏在爱德华肩头的康斯坦丝一眼看见，压抑在她心头的疑惑、慌乱和悲伤刹那间涌现出来。爱德华毫无察觉。亚历克斯却看在眼中，他感到一阵揪痛和不安。

警局里。几个人在研究地图。另一个人拿着康斯坦丝的照片端详了一会儿，然后给她画上眼镜，对众人说:“就是她。”

“事不宜迟，我们出发去捉她吧!”几个人异口同声。

此时康斯坦丝和爱德华正在开往吉布里奥的火车上用餐，一路上爱德华神情抑郁，常常恍惚不语。康斯坦丝知道他顾虑重重，但这样一味地沉溺势必导致他重演冈斯的惨剧，到时候即使他没杀害爱德华大夫恐怕也有口难辩了。

“我很喜欢穿晚礼服，但从来没有机会穿。”康斯坦丝快活地望着爱德华，期待他能说话。

爱德华只是笑笑，低头继续想心事。

“吃完晚饭后，我要穿上最适合我和你的衣服。”康斯坦丝叉起一块牛排放进嘴里。

“平时难得出来旅游，你知道，”她突然发现爱德华神情异样，急忙低头察看，略一思索把叉子扔到一边去，然后说道，“这里的自然景观很能让人迷醉。”

火车隆隆地穿过隧道。爱德华眼望窗外，车厢里忽明忽灭的灯光投射在他憔悴的脸上，变幻出几分狰狞和冷酷，叫人不寒而栗……

白雪皑皑的吉布里奥山谷。

两人身着滑雪装，手提滑雪板沿着山坡吃力地向上爬。

两个钟头过后，他们到达山顶。爱德华向下俯瞰白茫茫的雪坡，不禁心里发怵。在康斯坦丝的反复催促下，他才磨磨蹭蹭地套上滑雪板。

两人向谷底滑去，速度逐渐加快。爱德华紧锁眉头努力搜寻往事的影子，康斯坦丝在一边充满期待地偷眼观察。

一种说不出的复杂表情浮现在他脸上。他嘴唇颤抖，五官扭曲，仿佛在极力克制恶心欲呕的感觉。康斯坦丝的心头顿时袭来一阵巨大恐慌，莫非他真的要……

“现在我想起来了，那是我童年的事。”爱德华看见离他们几十英尺远的地方横着一道悬崖，突然大叫道。那件掩埋心底多年的往事再也不服从他的压制，鲜活地跳了出来——

落雪的冬天，5岁的爱德华坐在台阶旁的扶梯顶部玩耍，一不留神滑了下去。爱德华忽然看见弟弟正背对着自己待在底座上。他拼命喊叫，弟弟却没注意，一切来得太快了。弟弟被他一脚踹飞，头朝下扎在栅栏的黑色尖刺上，鲜血迸溅在白雪上，分外醒目——

“我杀了我弟弟，”爱德华急促地说道，“不，我没有杀他，那是个意外。”他一把抱住康斯坦丝斜着翻滚，在离悬崖仅仅几英尺处戛然而止。

“这就是困扰你的事情，这就是令你畏惧的回忆！”康斯坦丝无比兴奋。

一切终于有了眉目，梦魇终将结束。望着阳光下闪着一道金光的悬崖边沿，康斯坦丝有种纵身飞下的冲动。

一天以后。吉布里奥警署接到一份紧急命令：

> 康斯坦丝·彼得森医生与嫌疑犯现在吉布里奥山谷附近。根据他们的报告发现了新证据。先将嫌疑犯看押，以备后审。

吉布里奥山谷附近的一家小客栈里。康斯坦丝和爱德华正沉浸在苦尽甘来的幸福之中。壁炉前，爱德华手撑炉台和倚墙而立的康斯坦丝深情地长久对视。他们都在对方眼眸里发现了一个容光焕发的自己。爱德华虽然仍有些憔悴，但流淌在他心底的愉悦这会儿使他与以前判若两人。康斯坦丝略带羞涩地享受着他不加掩饰的爱慕眼神。爱德华充满自信的成熟男人气质一次又一次地激荡着她的心扉。这时的爱德华既不狂躁也不狰狞，他温柔，可爱，就像康斯坦丝第一次见到他时那样英俊。康斯坦丝暗叹，谁说时光不可以倒流？当它倒流的时候，一切弥足珍贵。

“就像一个老年人在翻旧相册，熟悉的画面一齐涌现出来。我就学于哥伦比亚医学院，有个总爱傻笑的姑娘叫迈克琳。”爱德华顿了顿，观察康斯坦丝的反应。后者抚腮而笑，耐心地等着。心心相印的时候，两个人的世界最纯净。

“她嫁给了我的室友肯。哦，顺便提一句，我叫约翰·贝兰特因。”

康斯坦丝故作夸张地说道：

“很高兴认识你。”长时间的相处使她得以融会贯通爱德华式的，或者说约翰式的幽默。

“还有一件事。我在部队服役期间当过航空兵。我驻扎在康比兰山时，曾写信给爱德华大夫，想请他帮我治疗我在一次坠机事故中造成的精神过度紧张。当时他正准备去度假，但我再三恳求，于是他约我一起去滑雪。我记得我们途经纽约时，还在一个地方吃过午饭。后来我们来到此地，就是在这里发生了事故。”

康斯坦丝温柔地说道：“就是在这里你救了我。”

“究竟谁救了谁，这一点很清楚，不要搞混。”约翰·贝兰特因爱抚地摸摸她的头。

“想想还有什么，仍然有点模糊。我依稀记得爱德华大夫在我前面约 15 英尺的地方，只听见‘砰’的一声，他就翻了下去。”

康斯坦丝伸出双手搂住爱德华的脖子，甜蜜地微笑：“这就是你的症结，是造成你心中犯罪情结的原因。你从那里逃出来，扮演爱德华大夫的角色，使自己相信你就是爱德华大夫，因此绝对不可能是杀人凶手了。”

“教授小姐，我从来没有觉得你如此聪明，如此可爱。”

康斯坦丝将头抵在约翰的胸口，羞涩地笑道：“现在的你已经回到你原来的角色，我们得重新开始了。”

爱德华以无比遗憾的口吻说道：“太晚了。现在无法重新开始，我离不开你了。作为一名出色的心理医生，你有何感受？”

“挺不错。”

“你是一位大侦探。”

“好极了。”

“我疯狂地爱着你。”

“棒极了。”

“你看上去既聪明又动人。”

康斯坦丝狡黠地笑了：“你说这些甜言蜜语的用意是不是和求婚有关？”

“你真是个伟大的心理分析学家，医生小姐。”

两人拥吻。

爱德华温柔地握住康斯坦丝的手，爱意无限地摩挲着。

“知道吗？我和你留宿在亚历克斯家里的那天夜里，曾经做了一通乱梦，其中最后的一幕就是有双手握住我，制止了我的骚动。当时我就想，这双手是我一生一世要找寻的……”

房门突然被打开，三个身穿大衣的警探风尘仆仆地走进来。其中一个指着另外两个人说道：“你们好！是否认识来自罗恰斯的库利中尉和哥拉斯比中士？”

“是的，我们见过。”约翰说。

“你们怎么找到我们的？”康斯坦丝问。

“那得感谢你的老朋友亚历克斯，他去火车站问了几次，暴露了一些蛛丝马迹。我们经过分析，划定了方圆一英里的搜索范围，这才找到你们。”

“我们是昨天才到这里的。你们的行动真够神速。”康斯坦丝暗自倒抽一口冷气，幸亏在警方到来之前将凶杀之谜及时揭晓。

为首的警探淡淡一笑：“人们经常这么说。我们在你们向警方报告的那个地点附近发现了爱德华大夫的尸体，你们记得一点不错。”

康斯坦丝感到十分欣慰：“感谢上帝，现在一切都清楚了。”

警探冷笑道：“还有一点不清楚，彼得森医生。我们在爱德华大夫的尸体中发现了一颗子弹头。”

这对康斯坦丝和约翰犹如当头棒喝。两人面面相觑，呆呆地站立着。

“这不可能！”康斯坦丝突然脱口而出。

“背后中弹，本案属于谋杀，”警探说着亮出一副手铐，“我们必须拘留你，先生。我有责任告诫你，你所说的一切都可能在法庭上成为不利于你的证据。”

“不，”康斯坦丝紧紧握住约翰的手，“你千万不能说你杀了他。尽力想想爱德华倒下前发生了什么事！”

约翰机械地穿上衣服，他万万没有料到命运的逆转只在瞬间。

“你说他栽下去的时候，绝不是他自己要栽的。他没有任何精神障碍！”

警探示意约翰跟他们走。康斯坦丝上前一把攥住约翰的胳膊：“你得保持头脑清醒！你的供词至关重要！”

约翰点点头，准备离去。

康斯坦丝眼含泪花，声嘶力竭地喊道：“你们不能把他带走！不能！你们难道不明白？”

警探们置若罔闻，毫不留情地押走嫌犯。即使他们知道他们刚刚粉碎了一个女人的最甜蜜最真挚的梦，也顶多不过是耸耸肩一笑了之。

“再见，亲爱的。我们决不放弃。我要继续战斗到底，争取你的自由。”康斯坦丝暗暗发誓。

格林迈纳斯医院。康斯坦丝的办公室里。

她的老朋友亚历克斯早已闻讯赶来。见到康斯坦丝既憔悴又伤心的模样，亚历克斯不禁心如刀绞。

“我亲爱的姑娘，你别再老敲着自己的头说这不公平。证据确凿，我们无法仅凭心中的愿望改变一个犯罪事实。”

“他信任我。我却把他引向法庭，我向警察报告的结果却是使他锒铛入狱。我做的蠢事难道还不够吗？”

“没什么好埋怨的。本案不会因为你的影响而改变结果。”

亚历克斯偷眼瞧瞧康斯坦丝，心想事情已经这样，这姑娘还要痴迷到什么时候啊？他狠了狠心说道：“你必须相信一件事：你们之间的一切都已结束。”

“不！”康斯坦丝猛地抬起一双泪眼，“没有结束！”爱德华的清白尚未讨还，真正的凶手还不知躲在何处逍遥法外，一切怎能结束？

“你还有其他病例要处理。”亚历克斯忽然感到，在这个执拗的姑娘面前，自己的劝说显得那么无力。

康斯坦丝痛苦万分地继续说道：“事情没有结束，永远也不会结束。别要求我停下来，不能停。”

她说着说着不禁伏案痛哭，亚历克斯默默地走上前，无限怜爱地注视着她。

康斯坦丝擦干眼泪，歉疚地说道：“对不起。谢谢你。还有莫奇逊大夫以及所帮助我的人。”

亚历克斯无比诚挚地说道：“爱上一个人又失去他是很令人伤心的。但你目前必须忘掉这个人和这件事，继续努力工作，在辛勤的工作中也会有快乐的。”亚历克斯清楚，自己和康斯坦丝都懂得，源自事业的快乐再多也无法占据属于情感的角落，但当下对于康斯坦丝来说，工作未尝不是一种灵魂的安慰剂。

几天过去了。康斯坦丝的情绪一直相当低迷。她已经把事情的来龙去脉在心中理了几百遍，始终没有发现任何疑点，难道约翰真的要当替罪羊？康斯坦丝反复告诫自己不能绝望，时间紧迫，机会错过势必会葬送心上人。

有人敲门，是亚历克斯。

他有要事今天必须赶回去，所以特地来辞行。眼见这姑娘终日呆呆不语，亚历克斯感到痛心无比。他说了几句不着边际的安慰话，便陷入尴尬的沉默。

莫奇逊大夫进来催促亚历克斯："车子在等你，该走了。"

亚历克斯不好意思地说道："我总是忘记时间。"

他怏怏离去。康斯坦丝强打精神和莫奇逊大夫一起将他送至车上。

莫奇逊大夫陪同康斯坦丝一起回来。

"他真是个出色的人。"莫奇逊大夫叹道。

"我应该到车站送他的。"

莫奇逊大夫见康斯坦丝一副恹恹的模样，心想这样的女人居然也有被打垮的时候，忙安慰道："你太累了，我知道筋疲力尽的感觉。我太知道了。我愿意从各个方面给你提供帮助。你要好好照看自己。对于该忘掉的事儿，最好还是忘掉，你明白吗？"

两人走到康斯坦丝的门口，康斯坦丝稍微定了定神，回身打趣道："谢谢，至少有一件事对你来说是好事，你又恢复了以前的生气。谁知道这个医院在爱德华大夫的手里会变成什么样子？"

莫奇逊不假思索地答道："我多少也认识爱德华大夫。我一直不很喜欢他，但他确实是个好人。晚安，希望明早你恢复得很好。"

康斯坦丝回身进屋，突然觉得有点不对劲儿。"多少认识爱德华！""多少也认识！""认识！"这些字眼猛烈地撞击着她的胸口。莫非？！

她急忙翻找那天的笔记，戴上眼镜细细地阅读。"和一个长着络腮胡子的人打牌……赌场老板进来……'这里是我的地盘……'白色面罩……"

康斯坦丝看到最后，猛然摘掉眼镜，脸色煞白，一切从来没有像现在这样清晰和恐怖。

康斯坦丝站起身来，打开门，一边沿着楼梯从容不迫地走上去，一边飞快地思索。

莫奇逊大夫今天晚上感觉非常不好，他拉开抽屉吃了一片镇静剂，正在闭目养神，忽听有人敲门。莫奇逊不耐烦地说了句"进来！"如果他猜得不错，必是康斯坦丝无疑。

果不其然。

"我想跟你谈谈，莫奇逊大夫。"

"太晚了，你也需要休息，彼得森大夫。"莫奇逊冷冷地说道。他站起身来，毫不掩饰自己的戒备和疏远。当然他并没有忘记半个钟头以前他是如何表现出一副关怀体贴的姿态的。

“我必须跟你谈谈。”康斯坦丝不动声色地说道。

“这样下去，康斯坦丝医生要由护士来照看了，”莫奇逊嘲弄道，心中却在咒骂，爱情居然把这个女人变成了最有杀伤力的武器，“是和你的工作有关吗？”

“是的。”

“不能等到明早吗？”

“是的，不能。”康斯坦丝的口气里完全没有商量的余地。

“坐下，说吧，你的问题是什么？”莫奇逊略略缓和了一下口气。

“想请你分析一下我的一个病人主诉的梦。”

“我可以问病人是谁吗？”

“约翰·贝兰特因。”

“我猜就是，你还在为他莫须有的清白费劲儿，他是你花费精力最多的一个病例，康斯坦丝。他梦见了什么？”

“他梦见了一个赌场，里面全是玩白色纸牌的古怪人。”

“白色纸牌。显然病人拒绝有关赌场的记忆。”

“赌场里面有个男人不停地把印有眼睛图案的帘子剪成两半，另外还有一个穿得很少的姑娘在吻每个人。”

“这些情况让人联想到格林迈纳斯。”

“我也这么想，莫奇逊大夫。”康斯坦丝冷冷地说道。她和莫奇逊都已经意识到这将是场险恶的心理战。

“真是有趣的幻象。继续吧。”

“病人正在玩牌，对手是个络腮胡子，样子和爱德华大夫差不多。”

“对，人们经常梦见管辖自己的人是个大胡子。”

“他向爱德华大夫分了一张梅花 7，爱德华大夫马上说他的牌 21 点了。”

“病人想暗示一些东西。梅花 7 只能意味着俱乐部[①]。”

“是的，”康斯坦丝继续说道，“一个梅花三个瓣，梅花 7 意味着 21。在纽约有一个俱乐部，名字正是 21 点。”

“我也听说过。”

“病人说那个地方的主人进来，开始指责爱德华大夫作弊，他说：‘这是我的地

---

① 英语“club”一词既有梅花（纸牌里）又有俱乐部的意思。——编者注

盘，我要让你付出代价。'”康斯坦丝的弦外之音再明显不过了。

“梦中的两个内容可以得到印证。第一，21点俱乐部就在纽约；第二，我想说，”莫奇逊把烟头扔进壁炉，双手插进裤兜，镇定自若地说下去，“那个恐吓爱德华大夫的‘主人’就是我本人。”

康斯坦丝只觉一股热血直冲脑门。亲爱的约翰，我马上就能为你洗刷罪名了。她抑制住兴奋，微微一笑道：“我也觉得是这么回事。”

莫奇逊走上前来：“我猜你今天晚上就可以分析出结果。”

康斯坦丝心头掠过一丝恐慌，她稳住神儿，摘下眼镜，不紧不慢地点了点头。

“而且你的结论还没有告诉除我之外的任何人。”

“是的。”

莫奇逊慢慢挪回写字台前，拉开抽屉把手放进去，故作平静地接着问：“梦中还有其他内容吗？”

“有，”康斯坦丝从容地说道，“病人梦见爱德华大夫蹬着滑雪板从一个高大建筑的斜屋顶上掉下去，他还看见愤怒的赌场主人藏在烟囱后面，手中提着一个轮子，他把轮子丢在屋顶上。”

“我猜不透这个轮子的象征含义。”

“是左轮手枪。曾在21点俱乐部威胁过爱德华大夫的‘主人’开枪打死了爱德华以后，把左轮手枪丢在了吉布里奥山谷的雪地上。手枪仍然在那里的一棵树附近，上面有凶手的指纹。”康斯坦丝始终目不转睛地盯着莫奇逊。

“我不能赞同你的推论，一个很好的理由是，”莫奇逊从抽屉里拿出一把手枪，“它现在在我手上。”

莫奇逊见康斯坦丝毫无惧色，不由得心中忐忑，继续说道：“我料到事情会败露的，我犯了个致命的错误就是承认我认识爱德华。我虽然阻止了他的到来，却没想到一个年轻人会冒出来。”

“你听说爱德华大夫将要取代你的位置，”康斯坦丝掩饰不住的愤怒中夹着丝丝轻蔑，“在一阵惊慌中，你想方设法查到他最喜爱的餐馆。当他在里面和约翰·贝特兰因一起吃饭时，你跑到那里指责他抢了你的饭碗。你威胁要杀了他，谈话中你得知他要去吉布里奥滑雪度假，你就跟踪到那里，从树后面开枪打死了他——”

“够了！”莫奇逊用枪指住康斯坦丝，“这个故事荒诞透顶，把你自己都搞傻了。为了救你的心上人就这样释梦吗？”

“对于警察来说这就不是单纯的释梦了，”康斯坦丝冷笑道，“他们调查一下21

点俱乐部的侍应生就可以证明你去过那里，也会证实你就是那个和爱德华大夫发生口角的人。在去吉布里奥的火车上肯定有人见过你，这个案子不再需要梦了。”

一席话说得莫奇逊汗水涟涟。他攥紧手枪，大声嚷嚷道：“我知道，彼得森医生，你是一个出色的分析家，但却是一个相当蠢的女人。你把这些全都告诉我之后，你想我会做什么？向你表示祝贺吗？不要忘了，你是在以事业为代价献身于一个病人。对于杀人犯，杀一个和杀两个惩罚是一样的。”

康斯坦丝沉稳地一笑：“你不会再犯杀人罪了，莫奇逊大夫！”

莫奇逊抹掉额头的汗珠，声嘶力竭地说：“我是没这打算，因为你在这里，你走不了的。”

“一个具有你这等智力水平的人，绝不会犯这样愚蠢的谋杀罪，”康斯坦丝缓缓说道，尽量保持平静的口吻，虽然她觉得自己剧烈的心跳声好像已被莫奇逊听见，“你在想你对雪地里的谋杀不负有任何责任，他们在周围环境中没有发现任何牵连到你的证据，自然就不会让你为爱德华大夫之死遭受折磨。你仍然可以活着，读书，写作，从事研究。你现在在思考这些事情。”

康斯坦丝站起身来。莫奇逊的脸上阴晴不定。没等他有任何思考的余地，康斯坦丝又飞快地说道：

“如果你开枪，那就是谋杀无疑。警方必然会顺藤摸瓜，查出两个案子是同一个凶手所为，”康斯坦丝拼命克制住快跑的冲动，往门口慢慢蹭去，“然后你的罪行就会暴露无遗。我现在就去给警察打电话，莫奇逊大夫。”

她用颤抖的手拧开门把手，走出去。有一阵儿她感到全身几乎虚脱，不得不靠在门边的墙上歇歇气。好险，亲爱的约翰，我刚才害怕极了，康斯坦丝心说，一边甩掉额上的汗珠。

屋内突然传来砰的一声枪响。莫奇逊大夫在他心爱的办公室里魂归西天。

车站。

神采飞扬的约翰·贝兰特因和康斯坦丝正在亲热地吻别亚历克斯。这次他们要去度一次没有犯罪情结的真正蜜月。

“想想我说过什么话，”老头兴高采烈地说道，“康斯坦丝的丈夫必定成为心理分析的对象。”

“是受益者。”约翰含笑更正。

他俩向检票口走去。康斯坦丝立刻认出检票员正是上次那个窥看兴趣极浓的男人，不禁脸一红。约翰回头望见，忽然记起以前的趣事。他满不在乎地瞄了检票员一眼，然后大大咧咧地一把搂住康斯坦丝，长久而热烈地在她鼻子底下吻了一会儿，然后把两张票递给他，拉着康斯坦丝扬长而去。

检票员自从上次他俩走后就再也没有受过如此的刺激，见他俩这次还是同去，而且接吻一改昔日的羞涩，颇有些大张旗鼓的意味，不禁环顾四周。当他确信没有比他更热心的观众后，不由得既纳闷又愤懑。不过，他还是暗地里嘀咕了一句：

看上去很美。

（刘月）

# 迷魂记

## 上 篇

“是这样，”埃尔斯特说，“我想让你盯我妻子的梢。”

“见鬼！她有什么出轨行为吗？”

“看你想到哪儿去了。”

“那是出了什么事吗？”

“一言难尽。她有点儿怪……我为她担心。”

“确切讲，你担心她什么呢？”

埃尔斯特欲言又止。斯科蒂很清楚他的顾虑：埃尔斯特不知对他这位知己应该信任到什么程度。他基本上还和15年前在法学院认识时一样。表面上看，他友好，花钱大方；但他心里正相反——多虑、多怨。表面上他会非常热情，伸出双臂，大呼小叫道：“斯科蒂，老弟！再次见到你，我太高兴了。”

斯科蒂看出这种友好是做故意出来的，好像演出之前的排练，总是有点儿过。埃尔斯特心中不安：他的笑声太高了。不过分吗？过分了点儿。如果说声调不对头的话，只是高了或低了半度，而斯科蒂一听就觉出那半度其实是心有不安。他真想挥去从前那15年时光——岁月把他俩都改变了。埃尔斯特几乎秃顶了，下巴上堆满了赘肉，双眉呈灰色，鼻翼现出斑点。而斯科蒂呢，岂止是瘦了，自从患病后，他腰都弯了。一想到埃尔斯特会问他为什么现在开业当律师，他两只手都麻了，因为他原来学法律是为了进入警界的。

“我也说不清担心她什么事儿。”埃尔斯特答道。说着，他掏出一只精美的雪茄盒。他的衣服是定做的，很阔气；他取出印着大饭店名称的火柴盒，擦着一根细细的粉头火柴，手指上的戒指闪闪发光。他双颊深陷——狠吸了一口雪茄，然后慢慢吐出一团烟。

“那其实是个气氛的问题。”他说。

的确，他变化太大了。他染指过权力，可以看出他是个在董事会上坐首席、与高层人士交往的人。他的眼睛永远在探寻着，但并不准备接受那些低垂的眼睑下卑微的目光。

“气氛？”斯科蒂反问道，带点讥讽的口气。

“我觉得用这个词儿最合适，”埃尔斯特说，“我妻子十分幸福。我们结婚四年了，对，还差两个月。我们有我们想要的一切，我在勒阿弗尔的工厂开工以来经营一直很好。其中原因，我都说不清楚。你看，我们在现在这种形势下可以算幸运了吧。”

“孩子们呢？”斯科蒂问。

“没有孩子。”

“说下去。”

“玛德琳那时已具备了使一个女人幸福的一切。然而现在，有些不对头了。她总有点儿怪，有点神经兮兮的，忽冷忽热，最近几个月恶化得很快。”

“你们看过医生了吗？”

“当然，看了好几次，找最好的医生。她没有事儿，什么事儿也没有。”

“你是说身体，那精神上呢？”

“那个方面也没事儿。至少……”他显得很烦躁，挥了一下手，碰掉落在衣襟上的烟灰，“还是有点儿事吧。我告诉你的是个特殊情况。起初，我以为那是她心里让什么事给烦的，比如，让这场战争吓着啦。她会突然陷入沉默，几乎听不见别人叫她，要不然就凝视着某个东西——我还真说不好那是种什么怪现象。我知道，这听起来很荒唐，可她就像在看一件别人全都看不见的东西……后来，她恢复常态了，脸上流露出别人难以察觉的狂乱神情，仿佛她需要一点儿时间才能认出她的环境，甚至她自己的丈夫……”

他又点上一支雪茄，任其自燃。他茫然地凝视着前方，那种外人不可接近的神态，斯科蒂老早以前就熟悉了。

“要是她的身体和脑袋都没有病，”斯科蒂说，“那她就是在做戏。也许她——”

埃尔斯特抬抬手，不让他讲下去。

“我想到过这个，还偷偷侦查过她。一天，我尾随她……她走进布洛涅树林，坐在湖畔，一动不动望着水面沉思着。”

“水里什么都没有？”

“啊，对，没有……虽然不容易说清。她一往情深地望着水面，仿佛那片水有多么重要似的……后来，那天晚上，她若无其事地告诉我，她那天没有出家门。当然，我也没让她知道我跟踪过她。”

斯科蒂觉得，他的这个老同学真是难以捉摸，躲躲闪闪的，让他感到心烦。

“听着，”他说，“你妻子不是病了，就是在耍什么把戏呢。肯定是这样。如果是后面那种情况，大有可能背后有个男人。”

埃尔斯特向桌上的烟灰缸伸出一只手，无意中，小指头把它碰翻了。他苦笑着。

“你的想法我也有过。可我绝对相信玛德琳不是一个不忠的妻子。拉瓦雷纳教授也向我保证她绝对正常。她有什么必要对不相干的人做戏呢？想得到什么？人不会只是为了开心整天作假吧？不会没事去布洛涅树林傻傻地看两个钟头水面吧？这好像不是个孤立的现象，这类事还多着呢。”

“你曾经在她身上发现过吗？”

“对，当然发现过……我问过她，当她突然如入梦时是什么东西控制了她。”

“她怎么说的？”

“她说我根本不必为此着急，说她没有做梦，还说她像别人一样，为世界的现状担忧。”

“你的问话惹恼她了吗？”

“对，有一点儿。可这越发叫人困惑不解了。”

“你不觉得她是在撒谎吗？”

“没有，一点不觉得。我倒觉得她有点儿……你记得——这叫你笑话了——一部20年代的德国电影《雅可布·伯麦》吗？”

“记得。”

“记得他被一种幻术捉住时脸上的神秘表情吗？他老想找借口掩盖幻觉这一事实。喏。玛德琳的脸就很像这个德国演员脸上迷蒙、捉摸不定的神情，简直可以说是一副醉态。”

“别说了！你是不是想告诉我你妻子有幻觉？”

“我知道你会像我一样这样想的。很久以来我自欺欺人，不愿相信我所见到的情形。”

“她去教堂吗？”

“和大多数人一样，去——因为这是很平常的事情。”

“她干过占卜看相这类心灵术的事吗？”

“从来没有，她从不干那种事，正好相反，她会忽然出了什么事似的，让你觉得她成了另一个人。”

“你认为那会是无意做出来的吗？”

“我确信这一点。我监视她时间不短了，还是知道这一点的。在她预感到要出现这种情况的时候，她就用说话，或让自己忙于事务，或打开收音机，来转移注意力。她常走到窗前打开窗户，好像需要呼吸空气。这时，我要去帮忙，没话找话，或说个笑话，为的就是让她接过话茬儿，或能够保持正常的状态。可惜，我往往唠叨得时间过长，但让别的人理解她的情况可真是不容易……如果，我反而装作自己在沉思，她也能渡过这一关。我这个办法从未失算过。她似乎很坚强，两眼好像在注视着某个移动的物体——至少我以为是个移动的物体，因为她的目光也在移动。她叹口气，用手背擦擦前额，然后过5分钟，也许10分钟，但不会更久，她像一个梦游者那样完全进入另一个世界。”

“她有痉挛地动一下吗？”

“不……至少……很难说……其实，我从没见过人梦游，但你并不觉得她真在睡觉。她心不在焉，仿佛身子已不属于自己，她好像变成了另外一个人。啊，我知道这很可笑，可是我只能这样认为：她已变成了另外一个人。”

埃尔斯特的眼里充满痛苦。

“另外一个人！”斯科蒂吼道，“这不说明什么。”

“你不相信是有来由的吗？”

可埃尔斯特不往下说了。他把雪茄放在烟灰缸边沿，两手绞在一起。

“既然我已经开了头，还是说下去吧，”他终于开口说，“在玛德琳的先祖中有一个奇怪的女人，叫卡洛塔。这位曾外祖母，你看，离现在并不太远，在她十三四岁的时候，得了一种怪病。我真不知道该怎么解释这种病——奇怪的惊厥。人们听见从她屋里传出奇怪的声响……”

“敲击墙壁？”

“对。”

“拖拉的声音，好像在挪动家具吗？”

“对。”

“我知道了。那是在这个年龄段的女孩儿身上常常发现的病症，虽然至今人们还没有找出病因。这种病一般不会持续太久。”

“虽然我不太懂这些问题，”埃尔斯特接着说，“可卡洛塔一生都有点儿怪异，至死没有变。她想出家为修女，后来放弃了这个念头，终于结婚，过了几年，自杀而亡，没有任何理由。”

“她当时多大？”

埃尔斯特掏出手帕，擦了一下嘴巴。

“25岁，”他小声说，“和玛德琳现在这么大。”

“见鬼！”

两个男人沉默不语。斯科蒂心里反复琢磨着这件事，最后说：“我想你妻子已经知道卡洛塔的事了？”

“她实际上不会知道。我是从岳母那儿知道这件事的。我们刚结婚，她就告诉我了。我当时根本意识不到它的严重性，只是礼貌地听着而已……如果早知道多好啊！……我岳母现在已经过世了，我没有可以打听更多情况的人了。”

“她跟你说这件事的时候，你认为她会不会是别有用意呢？”

“我可不这么看。这话头儿纯粹出自偶然。我清楚地记得，她要我不要告诉玛德琳这件事，她觉得家族里出了这么个怪病患者有伤门风，认为最好别让自己的女儿知道。”

“你说的那个卡洛塔毫无理由地自杀了，这叫人难以置信。”

“没有人能找出其原因来。她显得很快乐，几个月前刚生了个孩子，大家都以为她会就此康复起来。这时，突然有一天就出了这等事……”

“就算是这样，我还是看不出这件事和你妻子有什么关系。”

“你会看出来的，”埃尔斯特长叹一声，“她母亲去世后，她继承了许多家里的东西，包括从她曾外祖母那里传下来的一些珠宝首饰，其中有一串琥珀项链。这些珠子在她眼中有特殊意义。她总是在手里把玩它们，用一种回忆的神情瞅着它们。我家曾有一幅卡洛塔的画像，是她的自画像，很像玛德琳。她是业余画家。玛德琳在这张画像前，一看就是几个小时，着迷似的。更过分的是，有一回我撞见她正对着镜子，用琥珀项链按那个画像中的女人的样式打扮自己……”埃尔斯特带着大惑不解的口气说：“她把那串项链套在脖子上，跟画中女人的挂法一模一样。”

“她和她曾外祖母哪儿相像？”

“有点儿，也许……说不很清……”

“回到我提的问题上来：你具体害怕的是什么？”

埃尔斯特拾起烟灰缸上的雪茄，忧郁地看着它。“我实在不愿告诉你……有一点可以肯定：玛德琳不再是以前的那个她了……并且……我总忍不住想——”

“想什么？”

“同我生活在一起的这个女人不是玛德琳。”

斯科蒂强忍住笑，从椅子上站起来。

“说呀！如果她不是你妻子，会是谁呢？卡洛塔吗？我的亲爱的埃尔斯特，你越说越邪乎了。来，喝一杯吧。喝点什么呢？”

“波特酒吧。”

斯科蒂走进餐厅拿饮料，埃尔斯特在后面叫住他。

“你怎么样呢？我还没问，你结婚了吗？”

“没有，”斯科蒂干巴巴地答道，“我没有这种欲望。”

“我偶然听说你已离开警察局了。”

餐厅里一片寂静。

“我可以帮你一把吗？”

埃尔斯特起身走向通往隔壁的大门。斯科蒂打开瓶盖，埃尔斯特倚在门柱上。

“你现在自己开业挺不错……因我的事儿麻烦你，我心里挺过意不去的……再见到你，我很高兴……我事先给你打个电话就好了，可我这些天活得太狼狈……”

斯科蒂站直身子，平静地取下瓶塞。尴尬的时刻过去了。

“你说你正在造船，是吗？”他斟满两个杯子，问道。

“一只小船，但影响却不小，连部里都看上了这块肥肉……”

“依我看，部里没看错！我们不能永远陪着这场该死的战争吧。马上就到五月了……喏，埃尔斯特，祝你好运。”

“祝一切顺利，斯科蒂。”

当他俩碰杯时，互相望着对方的眼睛。埃尔斯特站起身来，显得又矮又胖。战争将要把这个家伙造就成一名百万富翁……斯科蒂赶紧打消这个想法，并为自己这么想感到可耻。他本人没有从那些应征入伍者的远征里得到好处吗？他没有通过入伍体检，但那借口过硬吗？他把杯子放回托盘。

“我能看出这件事正搅得你心神不安。你妻子有可能为前线上的什么人担忧吗？”

“有几个远亲，我们从没见过……没有她真正操心的人。”

“你怎么认识她的？”

“偶然，特浪漫。”

埃尔斯特看着他的杯子，心里在掂量着用词儿。他总是害怕自己出丑。这曾使他没有通过口试，成了一个半拉子学生。

“我在罗马谈生意时认识她的。我们住在同一个旅馆。”

“哪个旅馆？”

“大陆饭店。”

“她当时在罗马做什么？”

“学习画画儿。她有绘画天赋，人们都这么说。我对绘画这行没有鉴赏力。”

“她是为了教书才学绘画的吗？”

“哪儿呀！只是出于爱好而已。她从没想过靠绘画谋生。喏，她 18 岁就有了私人小汽车，她父亲是个大企业家。”

埃尔斯特转身回到办公室。他走路的那股劲头儿，多少显出他颇有底气。而他从前即使走碎步也会上气不接下气。他妻子的钱转变了他。

“她现在还画画儿吗？”

“不画了。她逐渐放弃了这个爱好。她发现自己没有时间画画儿。这些巴黎女人就是这样！”

“可是……你跟我讲的这些麻烦……总得有个起因吧。你不认为是一桩不起眼的小事引发出来的吗？譬如，一次争吵，或一条坏消息什么的……你一定曾经想到过这个。”

“我当然想到过，并且绞尽脑汁想发现其中的原因。别忘了我在勒阿弗尔待过半个星期。”

“这些你叫作‘发作’的病症同你离开半个星期有关系吗？”

“我想没有。第一次发作是在我回来后不久，是个星期六。我发觉她精神亢奋；就在那天傍晚，我觉得她有些异样。我当时没有特别在意，尤其是周末我已很累了。”

“在那之前呢？”

“她可能偶尔情绪波动，但总的看并不反常。”

“那个星期六，你肯定没有发生什么反常的事情吗？”

“绝对没有。我们一直待在一起。我早上 10 点回来的，玛德琳刚起床。我们聊了一会儿。你可别以为我记得住那天的每一件事啊，我也没有理由什么都记住。我记得我们是在家里吃的午饭。”

“你现在住在哪儿？”

埃尔斯特先是一惊，继而笑了。

“当然，我忘记咱们完全失去联系已很久了。我在克莱贝尔大街买了一套住宅，离星形广场很近。我们现在就住在那里。看，你最好拿一张我的名片。”

“谢谢。”

“那天下午我们出门了。在路过部门口时，我进去了几分钟，她一个人在外面等我。然后我们在歌剧院周围徘徊了许久，后来嘛，那个下午同平时没什么不同。”

“犯病了吗？”

“晚饭过后犯的。”

“能告诉我具体的日期吗？”

“真是的！我应该记得吗？”

不过，他还是认真地翻看律师桌上的日历。

“我记得是在2月，月末的一天。我看见了，2月26日，是星期六，那天肯定是2月26日。”

斯科蒂坐在转椅扶手上，离埃尔斯特很近。“你怎么想起要来找我的？”他问。

埃尔斯特又把两只手绞在一起。这是他过去年代有过的老毛病。他还有一些其他的老毛病，现在只剩下这一个了。这是他拿不定主意时，控制自己的办法。

“我永远把你当作我的一个老朋友，”他小声说，“而且记得你总是对精神和心理方面的问题感兴趣。虽然，你怎么也想不到我会撇开警察局，是不是？”

斯科蒂皱了一下眉头，埃尔斯特注意到了。

“正是因为你离开了警察局，我才来找你的。”埃尔斯特说道。

“是的，”斯科蒂拍着皮扶手，说：“我不去警察局了，离开那儿了。”

他严肃地抬起头，“你知道为什么吗？”

“不知道，可——”

“你迟早会知道的。事因不会永远被埋没。”

他想笑一下，想以此证明他的镇定，但他的话音里已透出一丝凄凉。

“我栽了跟头——再来一杯好吗？”

“不，谢谢。”

“一个老掉牙的故事了。我是个侦探。在警察局，即使你有背景，也要经受考验。我根本不喜欢这个工作，但是我父亲硬把我推进来。他是个部门的探长，对他来说，这是唯一的职业。我本来应该拒绝。强迫一个男孩子进入这个行业，根本就是一个错误。可现在说什么也没有用了，言归正传。一天，我去逮捕一个家伙。他并不是一个危险的家伙，只是忽发奇想——从屋顶上逃跑。我带一个叫勒里什的助手去抓那个家伙。勒里什是我认识的一个好样儿的警探。”

他喝光了杯中物，泪水涌上眼角。他咳嗽得双肩发抖。平静下来后，接着说：

“你看，这件事是突发的，我滑倒在屋脊上。楼顶是倾斜的，我可以听见下面街道上的车辆来往声。那个汉子躲在烟囱后面。他手无寸铁，按说可以一下就抓住他，可是我却没有抓住。”

“我记得，”埃尔斯特说，“你是从来不怕高的呀。”

“勒里什成了我的替身，他滑倒后掉了下去。”

“啊！”埃尔斯特谨慎地瞅着地毯。斯科蒂注意着他的面孔，但没能看出他心里在想什么。

“你知道就好了。”

“谁也受不了这种刺激。”埃尔斯特说。

“我知道这个。”斯科蒂的回答有如发吼。

一时间两人都不说话了。最后，还是埃尔斯特做了一个不知什么意思的手势，说：

“太不幸了。可这并不是你的过错，因为是你的朋友自己滑倒的。”

斯科蒂打开一盒雪茄。

“来一支吧，老兄。”

每当他给人讲起这次遭遇，对方总是大不以为然，以为完全不可相信，只是姑妄听之而已。他能让人听见勒里什的尖叫声吗？那声尖叫随着勒里什落下高楼，越来越远。也许，埃尔斯特的妻子也忍受着某个不可告人的隐痛，但未必抵得上斯科蒂所受痛苦的一半呢。撕裂她的梦的东西有那声惊叫可怕吗？她有过让别人替自己去死的事吗？

从那之后，他每临高处便感眩晕——患了恐高症。医生们对此也束手无策。这使他不得不离开了警察局。他对这事讳莫如深。

埃尔斯特打断了他的冥想。

“我可以指望你吗？”

“你想让我做什么呢？”

“监视她。现在就看你的意见了。跟你谈了这么多，受益不少。你愿意帮忙了，是吗？”

“但愿能帮上你。”

“你不要想得太多。今天晚上有空吗？”

“不行。”

“遗憾。我想请你去家里吃饭，只好改天了。”

“不必了。最好别让她认识我，那样更好办事。”

“也许你说得对，但我明天必须让你见到她。”

“一块儿去剧院吧。我可以仔细看看她，又不让她知道。”

“好主意。咱们明天去马利尼剧院吧。我们订个包厢。”

“好，我一定去。”

埃尔斯特握住斯科蒂的手。

“谢谢你，斯科蒂。你看，我找你是找对了。你总是有办法的。我就没想到去剧院。”

他在口袋里摸来摸去，犹豫地说：

“你可别生气……我们先谈谈钱的事儿吧。你帮我这个大忙……”

“哪里，哪里，”斯科蒂说，“先不谈这个。”

“反正都一样——”

斯科蒂拍着他的背说：“我对这个案子感兴趣，而不是对钱。我已经觉得我与你妻子有共同的地方了。噢，对了，这是我发现她有所隐瞒的一个机会。”

“我相信她没有隐瞒任何事情。”

“我们会看到的。”

埃尔斯特拿起他的灰毡帽和手套。

“业务还好吗？”

“相当好。我没什么可抱怨的。”

“如果有用得着我的地方，尽管说话。你只需说一句话，我会不胜荣幸。我和几个相当有影响的人有关系，尤其同这场战争有关。”

“发战争财的人。”斯科蒂心里想。

“我恐怕你又要走楼梯了，因为电梯坏了。”

他们从狭窄的过道走到办公室门外。埃尔斯特信任地对他朋友说：“按你自己的方式处理这件事吧。我会全力协助你。你只要有事想告诉我，随时给我往办公室打电话，或者，最好来见我。我们驻巴黎的办事处就挨着《费加罗》杂志社。我的要求是，绝对要对玛德琳保密，不能让她有一丝一毫的怀疑。万一让她知道自己被监视，后果不堪设想。”

“请相信我吧。”

“谢谢。”

埃尔斯特走下楼梯。他两次转身挥手告别。斯科蒂回到办公室，走到窗户前，看见一辆挺大的黑色轿车倒退到公路上，然后加速驰向远方。玛德琳，他喜欢这个名字，它的发音柔和、哀怨。可她怎么会自愿嫁给这蠢笨、肥胖的男人呢？当然了，她正在和另一个人偷情……那些发作的病！东拉西扯一些不相关的事来分她的心……他活该！埃尔斯特活该让老婆愚弄一下——为一点儿小成就而自满，为了他的雪茄、他的造船合同——为了这一切。斯科蒂不喜欢太自信的人，至少从表面上看，埃尔斯特很富足了——虽然他还应当充实自己。

他坐下，喝了几口白葡萄酒，拉开抽屉取出一个绿色文件夹，在右上角写道："埃尔斯特案卷。"然后在夹子里放进几张白纸，茫然地望着前方。

"我一定显得特傻。"斯科蒂自忖道。

"我坐在这里真的觉得自己特傻。"他努力装出尊贵和冷漠的样子，不安地拿着看戏望远镜，却没能举到眼前仔细审看玛德琳。他周围全是穿军装的，军官们的太太全摆出一副傲慢和满足的神气。斯科蒂讨厌她们。这时他才知道，他太厌恶军队和这场战争了，还有这个装饰恶俗的剧院，令人窒息。

他得稍稍偏一下头，才能看见埃尔斯特。埃尔斯特叉着双手坐在包厢边沿。玛德琳向后靠在椅背上。她显得忧郁，纤小。斯科蒂看不清她的五官，但有一个印象：她漂亮而脆弱。这大概是她的脸在那一头浓发遮盖下的原因吧。像埃尔斯特这样的男人怎么会娶到这样一个雅致的女子呢？她又怎么会接受他的追求呢？令斯科蒂感到味同嚼蜡的戏还在演着。他闭上眼睛，回忆起为了省钱而与埃尔斯特同住一室的往日时光。那时，他们害羞，拘谨，女生们常常嘲笑他俩，装着用色相要弄他们，可他们一点儿色胆都没有。别的男生似乎都可以勾搭上自己想要的姑娘。有那么一位，女生们叫他"马可"，此人才貌平平，斯科蒂曾经向他取经。马可笑着说："好像你已经跟她们睡过似的那样跟女生说话。这就是窍门。"

说来容易做来难！斯科蒂甚至不敢觍着脸跟女生打招呼。他在警察局时，同事们常常拿他开玩笑，而玩笑并不是真正友好的：他们不愿接近他，认为他狡猾。他们有时候还有点儿怕他。埃尔斯特最终是什么时候鼓起勇气的呢？追的是哪种女人？会是玛德琳吗？斯科蒂已经在心里用教名称呼她了，好像他俩早有关系似的，好像他俩都跟埃尔斯特有仇似的。

他尽量想象大陆饭店中的餐厅。他把自己想成埃尔斯特，第一次同玛德林一起用餐，招呼领班，点菜……当然荒唐可笑：他非常清楚，领班的那一瞥足以令他怒不可遏……后来，他同玛德琳一起走过餐厅漫长的过道……上楼梯，进卧室，玛德琳宽衣解带，最后……

斯科蒂睁开眼睛，他还坐在他的座位上。他很想立即退席，可他在座排当中，离席意味着要打扰很多人。要这样做必须脸皮厚，可他偏缺少这一点！他身边响起一阵笑声，一两声鼓掌迅速向四方扩散开去，然后又戛然而止。演员们在谈情说爱。演员们！斯科蒂厌恶得要死。他悄悄地从眼角望了一眼玛德琳。在半明半暗的灯光中，她俨然如一幅肖像。她颈上和耳垂上的珠宝闪着光，两眼炯炯有神。

他想，最好还是离开剧院。他随人流走进侧廊和休息厅。在衣帽间外面，一两分钟里他几乎被挤坏了。他挣扎着挤出人群，却差一点儿同埃尔斯特夫妇撞上。他和玛德琳擦肩而过。近处看了一眼，但也是过去后才认出是她。他想回头再看一眼，可是让拥向酒吧的年轻军官们挤住了。他走了几步，想找到她，但随即放弃了这个念头。他想独自待一会儿。

他喜欢那些战时之夜，喜欢那些长长的无人的街道，喜欢被拂过草坪、带着马兰花香气的柔风一吹，精神为之一爽。他一声不响地走在大街上，回想着玛德琳的面容，她略带棕色的黑头发，她若有所思的两只眼睛。她的眼睛深蓝但又苍白得没有生气，看不出任何激情。两颊微微下凹，突出的颧骨下的阴影现出倦意。她的小嘴（一张多梦的孩子的嘴）上几乎看不出抹了口红。啊，玛德琳这个芳名肯定适合于她。她幸运地获得了一个贵族的姓，虽然没用但好听！真有埃尔斯特的！她是忧郁的。埃尔斯特看不出她已经厌烦同他在一起了，反而编造出一个荒唐的故事。她太脆弱，太多愁善感，用一种外表奢侈的生活掩饰自己。这就是她放弃绘画的原因吗？问题不再是监视她了，而是要帮助她，保护她。

“我正再次走上歧途，”他自忖道，“要是我不加注意，准会落入她的情网。埃尔斯特太太需要的是刺激，原来如此！”

他快步往回走，渐渐恼怒起来，感到有种被侮辱的感觉。等他到家后，他真的想给埃尔斯特打电话，告诉他自己被紧急调走，不得不放弃他的案子。他何必为了一个根本不关心自己的人去牺牲自己内心的平静呢？没有这个人，他不是也平平安安地工作了 15 年了吗？当然，他干得不算好。埃尔斯特见鬼去吧！

他沏好菊花茶，自忖道：“如果她看到我现在这个样子，会怎么看我呢？一个孤寂隔世、少见多怪还没有思想的老光棍。”

这一夜他睡得很不好，醒来时，他才想起应该去跟踪玛德琳，继而又为自己因为能跟踪而心中暗喜她感到羞愧。然而，他越是这样想，这种愿望反倒越加强烈。这个愿望缠绕着他，像一条撵不走而又甩不掉低贱的狗。

他在一个小饭馆吃了午饭。那儿的顾客全是当地居民，即使他们面露鄙夷之色，他穿着民装并不感到不好意思——他没有通过入伍体检毕竟不是他的过错。他在克莱贝尔大街上的那幢大楼外面徘徊。虽然阴了一个星期的天已经转晴了，街上仍然没有行人。两点钟时，一辆塔尔伯特牌汽车在大楼前停下，他立即认出这辆大个的黑色轿车。他装作悠闲的样子从这车的旁边走过。

他看见一家小咖啡馆——在马路边摆着三张桌子，在一对桃叶茅树下。他坐下。

“来杯咖啡。”

他面冲那座大楼落座，以便于观察它。窗户高大，带有20世纪初风格的复杂饰线；一个阳台上摆着花盆；楼顶上开有天窗，天窗上是蔚蓝的天穹。当他的视线回落到地面时，那辆塔尔伯特车正在启动。是埃尔斯特。玛德琳不会离得太远。

他一口喝光烫嘴的咖啡，悄悄笑了。他怎么知道她这天下午会出门呢？有什么理由吗？有，当然有。她心情好多了。因为阳光，因为新生的绿叶，因为飘浮在早春空气中的飞絮。最后，她出来是因为他在等着她！

她突然出现了，站在马路边上。斯科蒂放下报纸，起身走到马路对面。她穿一身束腰灰女装，一只臂弯上挽着一个黑提包。她边戴手套边张望着。她脖子上飘着白色饰带——这条白纱巾半掩住她的前额和眼睛。啊，像肖像画《狼与女人》！

她顺着大街直向特拉卡代罗广场走去，然后又走上夏乐宫的台阶。她好像在迟疑着，不知自己该干什么，她在博物馆前站住，然后就像让一股看不见的激流冲击了似的，随之飘走了。她穿过特拉卡代罗广场，在亨利—马丁大街的尽头且行且止，最后才像是下了决心，走进了帕西公墓。

在这些幽灵和石头墓碑中间，玛德琳缓缓地走着。她的身影投射到墓石上，在一个墓穴那边的小小殡仪馆台阶上留下折折叠叠的影子。她沿着小路一直走到墓地中央，拾起不知哪个花束里掉下来的一朵郁金香，然后依然以同样的悠适心情走到一个墓前，停下脚步。斯科蒂躲在一个大墓碑后面，能够方便地看清她的一举一动。玛德琳脸上既无喜悦也无悲伤，反而透露出平和与欢愉之情。她在想什么呢？她双臂垂在身体两侧，手中捏着那朵郁金香。她又一次像是一幅肖像画了。她整个进入内心世界，沉浸在深思当中。

“出神”这个词闪过斯科蒂的脑子。埃尔斯特说的“发作”是这样吗？玛德琳跌进了某种神秘的睡眠状态？不是。神秘的睡眠状态有其一定的症状，不是这个样子。事情其实很简单：玛德琳在为一个人祈祷。这个人是她家族中她还记得的一个成员，虽然碑石和碑文看上去已很陈旧。挺奇怪。

斯科蒂看了眼手表。她站在那里已经有15 ~ 20分钟了。后来，她转身沿旧路往回走了，脸上的表情平和、安详，仿佛她从来不知道丧葬为何物。斯科蒂等她过去后，来到她刚才在前面深思的那座墓碑前。碑文很短，只写着：

卡洛塔

(1840—1865)

这个名字虽然他已经预料到了，但仍然使他深深地感到震动：埃尔斯特说得对，玛德琳的举动有时让人难以理解。例如，她站在墓前的方式，既不鞠躬低头又不合掌，其表现更像是一个人凝视着她出生的房子。

他赶快抛开这种怪诞的想法（这种想法让他心里很不舒服），赶忙去跟踪玛德琳。她走向塞纳河，手里还捏着那朵郁金香。她显得精神不佳，也许她累了。在河畔，她似乎是毫无目的地乱走着，望着倒映着灯光的水中涟漪，又好像在沉思中。天气热起来，男人们用帽子扇着风。在灰白色的岸堤映衬下，河水更显碧蓝。堤上睡着几个流浪汉。第一批燕子在桥的四周呢喃。她穿着惹眼的灰色女装和高跟鞋，像是游园会上的陌生人，或一位等候火车的过客。她在手指间翻来覆去地捏弄着那朵郁金香。

她要过河，来到桥上，忽然驻足不前，胳膊肘支在桥栏上，同时拿起那朵郁金香抚摸自己的脸蛋。她和什么人有约会吗？或者，她只是在此小憩？抑或她只是排遣无聊，就像她观看轮船溅起的漩涡，或沉迷于水中的倒影？她倚栏观看映在远处水中的自己，水中她头顶上的整个天空以及从她肩头抛出去的桥的长长的弧线。

斯科蒂不觉中已经快走到玛德琳身边了。玛德琳站在那儿，丢下郁金香，一个红点随波逐浪，在堤岸附近慢慢打转儿，然后漂远，没入流水，不见了。斯科蒂猛然发现自己对那朵花的命运有所觉悟。玛德琳还在呆呆地望着河水。斯科蒂看出她的嘴角微微露出一丝笑意。

她直起身，继续走路。从另一座桥返回右岸。她的步子仍然不慌不忙，带着对周围环境冷漠无知的神情走向回家的路途。她转身进了家门，不见了。这时是4点半钟。斯科蒂一下失去目标，一时竟不知该怎么办了。剩下的时间做些什么呢？他跟踪了玛德琳几个小时，反有不堪孤寂之感。他走进咖啡馆，给埃尔斯特打电话。

“喂，是你吗，埃尔斯特？……我是斯科蒂……我可以去你那儿几分钟吗？……不，没出什么事儿，我只想问你几个问题……好的。我马上就到。”

埃尔斯特曾说他的办公室像个大庄园。实际上，他的办公室占了这幢大楼中的整整一层。

“您等一会儿吧，他正在开会。”打字员把斯科蒂领进装潢十分舒适的客厅。过了一会儿，他看见埃尔斯特送客人出来。

“见到你很高兴，”只剩下他俩时，埃尔斯特又说，“抱歉，让你久等了。我们这儿今天有点儿乱。”

他的房间又大又亮。按照美国风格配置的家具：钢管转椅、公文柜、烟灰缸。墙上挂着一张欧洲大地图，用红线标出目前前线的战争形势。

“见到她啦？”

“见到啦。”

“她干什么事了？”

“去墓地了。”

“帕西公墓吗？”

“对。”

“你看到了吧，斯科蒂！你明白了吗，斯科蒂？”

在办公桌的一角，靠近电话的地方，有张玛德琳的照片。斯科蒂不禁多看了她几眼。

“墓石上只有名字，不是她的父母……”

“不是。他们葬在阿登的某个地方。我们家这边在圣多昂一带有处祖坟。卡洛塔是她在帕西公墓的唯一一位亲戚。这事叫我感到害怕……坦诚地说，你怎么看她这次的墓地之行？你能看出其中的道理吗？你可以肯定她不是头一次去那里。”

“肯定不像头一回。她没有向任何人问路，虽然有点乱走的样子，但她显然知道自己要去哪儿。”

“她当然知道。我告诉你，她绝对是让这个卡洛塔的魂儿附身了。”

埃尔斯特手插在口袋里，在桌子后面走来走去。他脖颈上露出一圈肥肉。电话铃响起来，他不耐烦地拿起话筒，用手捂住通话口，平静地说：“她认为她就是卡洛塔。我的担心你应该不觉得奇怪了吧？”

然后他才对着话筒说：“喂，我是埃尔斯特。啊，是您呀，亲爱的朋友，我正要跟你联系呢。事情是这样的——”

斯科蒂回避，仔细端详照片上的玛德琳。一尊雕像式的面孔，两只眼睛给这张照片注入了生气。埃尔斯特吼叫着回电话，紧锁双眉，最后扔下了话筒。斯科蒂为来了这儿感到后悔。忽然，他认为玛德琳的秘密一定和她本人的独处有关：埃尔斯特大概忽视了这一点。他有一个荒谬的想法挥之不去：假如卡洛塔的魂儿……

“我对他们失去了耐心，”埃尔斯特吼着说，“你想象不出我们现在有多乱。你最好还是别知道！太叫人丧气了。”

“卡洛塔是你妻子出嫁前的姓吗？”

“不是。她原来姓吉沃尔，玛德琳·吉沃尔。她三年前丧母，父亲早就不在世了。他在梅齐埃尔附近有个造纸厂，一个大厂子，是她祖父创建的。”

“可我觉得，卡洛塔一定在巴黎住过。”

埃尔斯特用手指敲着文具，说：“这可不太清楚，恐怕……有天我岳母指着圣皮埃尔街——至少我记得是那条街上的一所旧宅子说，她的曾外祖母卡洛塔在那里住过。底层开着商店，老古董喽！不过，告诉我：见过她以后，你现在怎么看她？”

斯科蒂耸耸肩：“还说不上对她有看法。”

“但你同我一样，认为她有点怪，是不是？”

“我觉得嘛……是的。你认为她真的完全放弃绘画了吗？”

“完全放弃了。她的画室已改成会客厅了。”

“她为什么放弃绘画？”

“为什么？当然，她多才多艺嘛——兴趣广泛，人总在改变着。”

斯科蒂伸出一只手，与埃尔斯特握别。

“不能多占你的时间了，我看出你很忙。”

“你可别那么想，这不算什么。不能和玛德琳比——老实说，你认为她疯吗？”

“当然不疯，”斯科蒂答道，“告诉我，她读书很多吗？”

“不多。她都说不上是个读书人。像大多数人一样，她阅读畅销书，还有杂志。”

“她有什么特别的爱好吗？”

“我想不起来。”

“我来密切注意吧。”

“听这话，你还挺热心这件事的。”

“我有种强烈的感觉：咱们在瞎耽误工夫。”

他不愿告诉埃尔斯特他已决定每周一天不落地跟踪玛德琳，如果必要的话，可以连续跟踪她几个月。不彻底查清这个秘密，他不会恢复心中的平静。

“让你费心了，抱歉，抱歉，”埃尔斯特说，“不过你看见我多么忙了。我缠身于这个办事处和勒阿弗尔，没有时间办自己的事。你能担起这件事，我心里就卸下了一副重担。”

他先于斯科蒂走出电梯。

“有什么新情况，马上给我打电话。”

“好的，一定。”

来到大街上，斯科蒂才发现已经到了下班时间：6点钟。他买了份晚报。卢森堡前线又击落两架敌机。文章专题报道德国人在失利，他们被封锁，被遏制。总参谋部已经想到了每一种可能性，只等同敌人做最后的拼死一搏了。

斯科蒂打个哈欠，把报纸塞进口袋。他对这场战争没有更多兴趣，重要的还是玛德琳。他在咖啡馆茶座上坐下，要了杯矿泉水。玛德琳在卡洛塔墓前做白日梦……思乡病！向往阴间！……不对，不可能。但谁又知道这可能不可能呢？

他回到家里时，头痛得厉害。他翻阅他的大百科全书，查K打头的那一卷，自然是一无所获。他明明知道书里不会提及卡洛塔这个名字，可不落实这一点，他就睡不着觉。万一有呢，万一查到呢。他已经感到，从这一刻起，他会抱着这种侥幸心理干出许许多多傻事。只要想到她，他就心理失衡。“郁金香夫人！”——她倚在桥栏上，凝视着河水。他试图画一张她的速写，但画不成。他揉掉那张纸，吃了两片阿司匹林。

玛德琳走过议会大厦。门口有个刺刀上枪的哨兵在走来走去。头一天下午，埃尔斯特刚走，她就离开了家。但是这一回她走得很快，斯科蒂紧跟其后，唯恐跟不上，让她走掉。因为她连在过马路时都不看一眼来往的车辆。她这么急匆匆地是要到哪里去呢？她今天的穿着不大一样了。非但没有穿那身灰女装，反而穿了身十分普通的棕色便装，头上戴着一顶简朴的贝雷帽。不过这倒使她显得年轻了，有点独身者的派头。她走在圣日耳曼大街有阴影的一侧。她这是去卢森堡花园呢还是去地质宫呢？是去参加一次神秘学讲座呢还是去参加一次聚会？

斯科蒂猛地回过神儿来。为了确保不把她丢掉，他从她身后慢慢靠近她。

他已经闻到她身上的香味儿了。一种复杂的香味儿，混合着浓浓的泥土与落花的味道。她此前去过哪儿呢？啊，头一天去过帕西公墓。他喜欢这种味儿。这种味儿使他想起他祖父母在索米尔附近的老家：房子盖在一个陡峭的岩石坡的一侧，坡上有许多山洞。人们就住在那些洞里。他们像漂流的鲁滨孙一样，得爬梯子才能回家。岩石坡上这儿那儿全是烟囱，把周围的白石头熏成黑糊糊的一片。人们夜里会听到鼹鼠打洞的声音，也许还会听见虫子在屋顶上蠕动的声音吧。后门已经歪歪斜斜，通向充满腐臭味儿的“地下室”。他不敢再深入其中了，那些错综复杂的回廊、过道形同禁区，而那扇后门外面已长满成堆成堆，并且还在蔓延的毒菌。

这个地方就充溢着那种味儿——玛德琳带的这种味儿。在这条阳光灿烂的林荫道上，树叶正在抽芽，斯科蒂又一次感到那些幽灵般令人恐惧的诱惑。他第一眼就明白了个中的原因——是玛德琳打动了他。

他的脑海里浮现出另一个形象。年仅 12 岁的他在那片心的阴影里读一本吉卜林小说《消失的光芒》的翻译本，令他难以忘记的是该书卷首插图：一个男孩儿和一个女孩儿靠在一个转炉上。他一想起可笑的解说词就泪水盈眶："巴拉隆大街通向南部非洲。"那个身穿黑色服装的姑娘给他印象最深——他现在觉得她可真像玛德琳啊。他曾在入睡时想到过她，并且在睡梦中听见过她的脚步声。

埃尔斯特说过的那个老宅子就在那儿。一定是它，因为底层开着商店，因为玛德琳曾从其一侧进去过。只有一件事同埃尔斯特说的不符合：这幢宅子二层以上是一家旅馆。从外表看，它不会超过 20 个房间。门口挂着牌子，上面写着"客满"。斯科蒂走了进去。一个老妇人坐在柜台后面正在织毛线活儿。她两眼从眼镜后面打量他。

"不，我不要房间，"斯科蒂说，"我只想问问刚才进去的那位女士的大名。"

"您是谁？"

斯科蒂递上私人侦探的名片。那位老妇人仍带着询问的眼光看看他，回答说："叫玛德琳·埃尔斯特。"

"您不是第一次看见她吧？"

"啊，不，她常来。"

"她来自己的住处……找人？"

"她是一位最尊贵的太太。"

老妇人低头编织着，得意地笑着说。

"您能回答我一个问题吗？她来这里找的人是朋友还是其他什么人？"

"不知道。没人来这里看过她。"

"那她来这儿干吗？"

"不知道。我不盯客人的梢。"

"她住几号房间？"

"19 号，三层。"

"是这里最好的房间吗？"

"不是，但设施挺舒服。我推荐她住 12 号，可她不愿去看房。她要住在三层，可以通到后院的房间。"

"为什么？"

“她没说。那间屋子朝阳，或许就是这个原因。”

“她永久性占住那间屋子吗？”

“她按月订房。她至少订了一个月。”

“她什么时候开始来的？”

“三周之前。我查查。啊，找到了，是4月5号。”

“她一般待多长时间？”

“有时一小时，有时两小时。”

“她随身带来什么东西吗？”

“不带，从来不带任何行李。”

“她是天天来吗？”

“不是，一星期来两三次吧。”

“您没有看出她有点儿怪吗？”

老妇人把眼镜推到额头上，揉揉布满皱纹的眼皮。“谁都有点儿怪，不是这样，就是那样，”她说，“如果你在饭店里站过柜台，就不会提这样的问题了。”

“她打电话吗？”

“不打。”

“这幢房子当旅馆已经多长时间了？”

“15年了。”

“以前做什么用？”

“私房，我和别人都这么认为。”

“您听说过一个叫卡洛塔的人吗？”

“没。你想查查住客登记簿吗？”

“查了也没用。”

他们互相看看，都不说话了。

“谢谢。”斯科蒂说。

“不客气。”对方有点不高兴了，埋头编织去了。

斯科蒂没有马上离开。他把胳膊肘放在柜台上，手在口袋里玩弄打火机。

“看来不用点儿小手腕，我是问不出真实情况的。”他想。

他可以径直上楼，从19号房间的钥匙孔窥视屋里，但他知道会什么也看不到的。他向老妇人点点头，转身走出大门。

难道三层那个房间是间密室吗？除非它曾是卡洛塔的卧室。即使是这样，玛德琳也不可能会知道的呀，她连那个女人是在什么情况下自杀的都不知道。是什么神秘的力量把她带到这个宅子的这个房间来的呢？各种各样的解释袭上他超凡的脑袋，可他一个又一个地否定了它们。玛德琳是一个完全正常的女人：许多专家诊断后都这么说。答案必须从别的方面寻找。

当他走到圣日耳曼大街的拐角处，无意间回头看见玛德琳正在朝与他相反的方向向塞纳河走去。他几乎小跑着去跟踪她。此时离她进旅馆已经半个多小时了。她沿着堤岸走，走过奥尔塞码头，然后突然叫住一辆出租汽车。斯科蒂也及时叫了一辆。

“跟上那辆雷诺牌车。”他叫着跳上出租汽车。

或许他本应开着自己的希姆卡车来，差点儿就让玛德琳给走掉了。

在协和桥上和整个香榭丽舍大街，交通仍像战前最繁华时那样拥挤。玛德琳坐的出租车直朝星形广场开去。显然，她是往家去。到处是士兵和飘扬三角旗的大汽车，好像在过节日。啊，不，她不是回家。出租车绕过凯旋门往南开上纳伊大街，直朝马佑港而去。路上的小汽车川流不息，全开着车窗和顶篷。

“看来要减少汽油配给量了，出租车也不例外。”司机说。

斯科蒂暗自庆幸：幸亏认识埃尔斯特，他想要多少都会有的。他又自责自己的这种念头，然后又安慰自己的良心——在整个用量中，多了或少了一两加仑汽油根本不算回事。

“我在这里下车。”

玛德琳已走出纳伊大街的另一端尽头。斯科蒂手里随时拿着零钱，以便不耽误工夫。但这回玛德琳是迈着头一天那样的步伐走着。她只是沿街散心而已，显然没有明确的目的。真想不出圣皮埃尔大街上的饭店和这库伯瓦堤有什么关系。假如她只是想散步，干吗跑这么大老远的路呢？巴黎市中心的码头区都很美，用得着远离人群吗？假如她出来想做什么事，白日做梦的话，才会来这个河水静静流淌的地方。他想起他在卢瓦尔河河岸游荡的日子。河中的小岛，水中的沙岬，青蛙在柳林里难听地叫着，以表达它们活着的快乐。玛德琳跟他一样，他很确信这一感觉。他想冲上去，赶上她，他们应该不必交谈，只要肩并肩地走，看着驳船破浪行驶就可以。这样做当然是使不得的。他极力克制自己的冲动，想完全停下脚步让她走在前面。他甚至想扭头回家去。但是在这次跟踪中，有一种令人产生醉意的东西（不仅仅是可疑）迷住并控制了他。他继续跟着她走。

斯科蒂渐渐感到一种隐隐的恐惧在袭来。不，她不是出来散步。是在搞一出怪诞的恶作剧吗？还是一次健忘病在发作？他对健忘病略知一二。他在警察局时偶尔同丧失记忆力的人打过交道，那些人像梦游者似的说着奇怪的话。他又一次加快步子赶上她。他们走近一座孤零零的建筑物，即专门为船员服务的饭馆。小饭馆外面摆着三张铁桌子，桌子上方各有一柄褪色的遮阳伞。她在一张桌子旁坐下。斯科蒂躲在堤岸上一排大木桶背后，但眼睛一秒钟也没有离开过玛德琳。

她从口袋里取出一张纸和一支自来水笔。她在手背上试试笔下不下水。店主没有出来，她认真地写起来，脸上的一丝表情若有若无。

"她爱上了一个人，"斯科蒂想，"找过那个人。"

但假设就是假设，解释不了她为什么跑这么远来这里写一封她本来可以在家里写的信——其实，在家里写信更保密。她往下写着，从不用停下笔来想词儿。或许她在走路时，或在饭店待的那半个小时里早已打好了腹稿。又是假设！他真的无事可做了。她正在同埃尔斯特绝交吗？这倒可以解释她不知歇息地老是走路的原因。不过，她不是去卡洛塔的坟墓。

还没有人出来招待她。店主无疑也像其他人一样，上了前线。玛德琳叠起信，放入信封，写上地址，认真地用舌头沾湿后粘上信封。她四下望望，猛拍了两下桌子，意在叫人。还是没人出来。她终于拿着那封信站起来。她要顺原路回去吗？她犹豫着。斯科蒂真想看清楚写在信封上的收信人姓名。

她在迟疑中缓步走到堤岸边，从斯科蒂躲在其后的大木桶旁走过。斯科蒂又闻到了她身上的香。一阵微风吹过，撩动她的裙角。她的脸、她的侧影是镇静的。如果硬说有表情的话，那就是略显沮丧。她低下头，手里翻弄着那封信，突然将信撕成两半，进而撕成四半、八半，直到撕成无数的碎片。最后，挥手撒向风中。碎片翩翩飞舞，然后落下。落在石头上、水面上，顺流而下。她严肃地站着注视着这一幕。她的大拇指和食指紧紧地捏在一起，仿佛要除去什么。她用脚尖狠踢，踢出落在草地中的碎纸片。然后，她非常平静地向前迈出一大步！

激起的水花溅向堤岸，差点溅湿了斯科蒂的脚。

"玛德琳！"

斯科蒂在木桶后一时竟不知所措。最后一些纸屑随风落入水中，只有一个纸团在堤岸上随风发抖，像一只不肯下水的小白鼠。

玛德琳！

他脱下上衣和背心，冲向岸边。波纹在河面上一圈圈地扩大。他跳下了河。寒冷使他喘不上气来，但这并不能阻止他从内心深处启动他的双唇呼唤出她的名字。

玛德琳！玛德琳！

他在脏水里浮沉了两次，才开始浮出水面。玛德琳已随水流漂出去几码远了。她像溺水的人那样仰面朝天，浮在水上。他浑身发疼，眼睛尤其难受，两肋沉重，却用尽全力赶上去救她。她似乎什么事也没有，只是在慢慢地往下沉，睡觉似的。他拉住她的衣裳，挽住她的脖子。对，还有，他必须不顾一切地仰起她的头。

他找到她的头，用一只胳膊搂住它，向岸边游去。他游得很慢。她太沉了！难道她已经在河里扎根了吗？他们被水裹挟着冲向下游，离开了堤岸。他用力划水，大口大口地呼吸。离岸又近了，他看见几级台阶，一只船系在那里。他必须全力先到台阶处，不然它们就会擦肩而过。这是可以办到的，他想办法探手抓住了那根系缆，终于不再随水流动了，脚才踏到水下的台阶。

把玛德琳从河中拖出来费了他很大的力气。他吃力地站住脚跟，一步一个台阶地走上岸。水从他俩的衣服里潺潺地流下，形成片片小瀑布。等她身上的水都流掉以后，他让她躺在台阶上。他必须想办法把她弄走。最后，他把她用力扶起来，半扛半拖着把她弄到平地上。然后，他瘫倒了——他已筋疲力尽。倒是玛德琳先动了动身体。他觉到她在动弹，便爬起身来，坐着看她。她一副可怜相，头发散乱地盖在脸上，身上一片肮脏，眼睛大睁着望着天，好像在辨认什么。

“你没有死。”斯科蒂简单地说了一句。

她的眼睛转向他，思绪好像正从另一个世界里回来。

“不知道，”她轻轻地说，“死了更好。”

“胡说！”斯科蒂叫道，“来，醒醒吧！”

他两手放在她两肋处，扶她起来。她身材十分苗条，他一举就把她扛上了肩。他这会儿一点儿也不觉得她重了。不远处有家咖啡馆。尽管不远，走到那里时他的双腿已在发抖。他把她扛到屋里。

“喂，这儿有人吗？”

他把玛德琳在柜台前放下，扶她站好。她已能勉强站住了，但牙齿还在打战。

“噢，有人，有人！”

“来了，来了。”先是答应声，然后从里面出来一个怀抱婴儿的女人。

“出了个事，”斯科蒂说，“你能借我们几件衣服吗？不在乎什么款式。你看我们这副模样。”

他尴尬地笑道，尽力让那个女人相信。婴儿哭起来。

“孩子在长牙呢！”女人轻轻拍着婴儿。

“如果我们能穿上干衣服，我就叫辆出租车回家。我的皮夹子在上衣兜里，上衣放在堤岸那边了。我这就去取来。这会儿你可以给玛德琳一些热酒吗？”

他说这些话时，尽量做出轻松的样子，一方面为女人着想，减轻她的疑虑有利于玛德琳恢复常态，在他自己这方面，他心中这时正充满喜悦，同时在恢复他的男人派头。

“坐下。”他用命令的口气对玛德琳说。

他快步穿过无人的堤岸，到那堆大木桶处找到他的上衣和背心。他跑回那家小咖啡馆。跑是为了暖和起来。那个女人抱着婴儿给他们倒满了两杯酒。

“她呢？”

“隔壁换衣服呢。”

“可以打个电话吗？”

“可以。电话在那边。”

她对着咖啡馆的那一头头努努嘴。他打电话叫出租汽车。

“我穿了条蓝裤子和卫生衫。”她在他放下电话时说，“好看吗？”

“好看。”

说话间，玛德琳走出了厨房，他却又吃了一惊。穿着一身廉价的印花布女装，光脚穿着拖鞋，她整个变成了另一个玛德琳，一个一点儿也不叫人害怕的玛德琳。

“去换衣服吧，”她说，“我真的很抱歉，下次我一定多加小心。”

“但愿没有下一次。”斯科蒂抱怨道。

他料到她会向他道谢，那会是个相当动人的场面。可她却说出这种话来！他生气了，换衣服时暗暗地骂街。几件衣服都太大了，穿着样子一定很可笑。两个女人在外屋小声地交谈着，亲密无间！他的高兴劲儿霎时全没有了。当他发现那条蓝裤子上缀满了黑色羊毛条纹时，更是气坏了。埃尔斯特呀埃尔斯特，你活该如此！你迟早得让别人盯上你的老婆。屋外传来喇叭声，出租汽车到了。他气恼地走进咖啡馆。

“准备好了吗？”

玛德琳正抱着那个婴儿。

“嘘，”她说，“别把孩子吵醒了。”

她把孩子轻轻地交给母亲。这个恭敬的动作使斯科蒂更加不愉快了。他拎起湿衣裳，往桌子上扔了几个钱，就大步走了出去。玛德琳从后面追上他。

“你在哪儿下车？”他冷冷地问。

她钻进汽车。

“咱们最好先去你那里，”她说，“我看你急着回去换上像样的衣服，我倒不在乎。”

“那你也要告诉我你住在哪儿。”

“克莱贝尔大街，我是埃尔斯特太太，我丈夫是造船厂主。”

“我是律师，斯科蒂先生。”

他拉开他和司机中间的玻璃隔板。

“芒贝什街。我们在拉尔马提尼街拐角那儿下车。”

“恐怕你在生我的气吧，”玛德琳说，“我真不知道出了什么事。”

“你知道，你想杀死你自己。”

他停了一下，等她找借口。看她不回答，他才接着说：“你可以信任我。我善解人意。你有什么悲伤事？是不是遭到了什么挫折？”

“没有，”她柔声和气地说，“根本不是你想的那样。”

她又一次变成斯科蒂在剧院看到的那个人了——“拿扇子的女人”，又变成了站在那座碑文已经剥蚀的坟前沉思的人。

“喂，喂，那封信是怎么回事儿？”

她脸红了。

“是写给我丈夫的。我努力向他解释事情最后竟是这么奇怪……”

她把脸转向斯科蒂，一只手放在他臂上。

“你认为人可以再活一次吗，先生？我的意思是，一个人死了，后来又变成另一个人活了，你明白了？我不要你回答，你认为我疯了。”

“我注意到了。”

“我没疯，我向你保证。但我总是不由自主地想回到过去，回到我童年时代以前的过去。我记得我是个小姑娘之前，好像还有过一次生命。我正在极力回忆那次生命。我怎么跟您说这些呢。”

“说下去，”斯科蒂说，“说下去。”

“我能想起我肯定没有见过的事情：不是我见过的东西，常常有一些人脸，有时是一些场景，偶尔，我清楚地看见我是一个很老的老太太。”

她用女低音的声音说这些话，斯科蒂一动不动地坐着听她叙述。

“我认为这是一种病，”她叹口气，说，“可要是病的话，怎么会记得那么清楚、生动呢？它们应当是模糊的，不连贯的。”

“但今天下午的事你是一时冲动失控，还是事先就想好的？”

“我认为是一次蓄意的行为，虽然不是很清楚……我越来越觉得自己是个陌生人，我活过但并不美满。要是这样的话，这一次生命还有什么意思？对你、对每一个别的人来说，活着是死的对立面，可对我来说……”

“不要说这样丧气的话，想想你丈夫。”

“可怜的埃尔斯特！但愿他知道！”

“他不会知道，咱们两人必须保密。”

斯科蒂不禁缓和了说话的调子，说话和气了许多。她突然冲他一笑，做出一种不和谐的轻松劲儿。

“你说得对，”她说，“这件事必须特别保密。我要谢谢你的提醒。你当时正巧在堤岸上是我不幸中的大幸。”

“确实是这样。我正在去拜访一个委托人，他的工作地点就离那儿不远。要是天气不好的话，我就开车去了。”

“那我现在已经死了。”

出租汽车停下。

“到了，”斯科蒂说，“你最好进屋去吧。我屋里挺乱，别见怪，我是单身汉，忙得连自己都没时间照顾。”

他们在门厅和楼梯上没有遇到人。斯科蒂甚感庆幸。他不愿别人看见他穿这么一身衣服。电话响时，他正把玛德琳让进屋里。

“应该是我的委托人打来的，坐下稍候。”

他赶忙走进前屋办公室。

“喂。”是埃尔斯特来的电话。

“我已经给你打了两次电话了。我突然想起有件事还没有告诉你，关于卡洛塔的自杀，她是跳河死的。不知这条信息有没有用，但我想我应该让你知道。你那边怎么样？有消息吗？”

“我过一会儿告诉你咱们何时见面，”斯科蒂回答，“我现在必须挂断电话，有个委托人在这里。”

斯科蒂在办公桌后面坐下，打开为埃尔斯特准备的档案材料，目光散漫地浏览最近这些日子的日记：“4 月 27 日，在布洛涅树林散步。28 日，派拉蒙电影院。29 日，郊游，朗布依埃和谢夫勒斯山谷。30 日，马里尼安。在拉法耶特画廊顶上的阳台上饮茶，这么高，有点眩晕，只好走下来。她连连发笑。5 月 1 日，去凡尔赛。她车开得不赖，但反复无常，没有定见。2 日，枫丹白露宫。3 日，下午没见到她。4 日，在卢森堡花园漫步。5 日，到乡间长时间开车散心。瞥见夏尔特尔教堂。”

然后到了今天，5 月 6 日。他后来写道：“我爱上她了。没有她，我活不了。”从现在起，这事会变成怎样的情形呢？——忧郁的爱情像被闷在废弃的矿井中的火。表面上看不出玛德琳有什么察觉，她仍以朋友待他，一个她可以向其倾吐心里话的伙伴。斯科蒂尽量装成一个业余揽私活的玩票律师，一个乐于帮助漂亮女人的闲暇之徒。

发生在库伯瓦堤的事件（如果可以叫作事件的话）已被忘却，至少不再被提起了。虽然，这个事件后他对她具有了权威性。她知道，再见到他时，说话要简单明了，就像他搭救她时那样。她好像是去见一位大叔或监护人，谨慎，殷勤。唉，这个词太不文雅了！再说，还有埃尔斯特呢。斯科蒂每天晚上定时向埃尔斯特汇报，说明他们干了些什么。埃尔斯特一定是皱着眉头听的，然后，他俩会再一次讨论一番玛德琳的奇怪痛楚。

斯科蒂合上档案夹，伸展一下四肢，然后两手叠放在办公桌上。玛德琳的痛楚……他在心里一天翻腾二十次，细想她的一举一动、一颦一笑、她说的每一句话。她没有病，只是有些不对劲儿。她一面看上去是在享受生活：她爱熙熙攘攘的人群，她是高兴的，有时喜悦，与人谈话时活泼、诙谐。开始谁都会认为她是一个幸福的人。这是那幅画儿的光明的一面。另一面是看不见的黑夜，深不可测。

埃尔斯特说得对：只要你不逗她快乐，让她长久地待在现实生活中，她就会陷入一种既不是沉思也不是忧郁，而情绪有些微妙变化的麻木状态。似乎她的魂魄片刻间飘然而去，在风中消散。斯科蒂几次看见她与他坐在一起时默默间沉入这种状态。她的真正部分升入另一个世界，在现实中的她只是一个躯壳。

“有什么事儿吗？”他问。

她的脸上掠过一丝觉醒的表情，一丝隐约的笑靥挂上嘴角，仿佛在收回远去的力量与灵魂，过一会儿，她才回过神儿来，说：“没事儿，我挺好的。”

看了看她的眼神，斯科蒂才安下心来。

某天，她也许会心情极好，跟他多谈一些自己的事情。这时，他是有戒心的。例如，他很少让她开车——她开车极棒，但有种不管不顾的劲儿，缺乏自我保护的本能，不管前面是什么都开下去。他想起他那次患高血压。最轻微的挪动都会耗尽他的力气。要是他看见地板上有张百元法郎，他都懒得伸手去捡。玛德琳也是这样，开车就像一个弹出去的弹簧，其实，即使她开车好，他也拂不去这种担心——如果前面突然出现一个障碍，她会因嫌绕过去麻烦而直愣愣地冲上去……就像她在库伯瓦堤那样，在水里连挣扎都没有。

另一件事：他们驾车外出时，她从不选择去处。如果他让她挑个地方，她会推托，说去哪儿都行。可她这种冷漠态度很快又会变成欣喜。她笑得两颊泛红，会拉住他的胳膊使他感到她体内充满活力。他有时忍不住小声说："你真好。"

"真的吗？"

在这样的时刻，她看着他，那双淡蓝色的眼睛看上去好像是被白日的天光冲淡的。他会感到心中有种东西在紧缩。

她很快就累了，老是觉得饿。4点钟时，她已在四下张望，寻觅喝茶的地方了。斯科蒂不愿带她上点心铺或茶室。这就是他尽量多带她到乡下去的缘故。在战争期间，坐在一个这样的地方，吃着点心或千层糕，会唤起他强烈的自我意识——觉得那些丈夫或情人在前线的女侍正在轻蔑地看着他。另一方面，他非常明白玛德琳比其他人更需要吃东西才能活下去。一次，他们一同喝茶时，他说：

"你使我想起了埃涅阿斯[①]，城破后，背父长途流浪至意大利，传说罗马即为其后代创立。"

"为什么？"

"你不记得了吗？当他下到阴间的时候，把血洒满自己周围。幽灵们闻味儿围过来，血腥味儿使他们一时间做出一致的表现，一起叽叽喳喳叫起来……"

"这和我有什么关系？"

他把一盘面包推到她面前。

"吃吧，吃吧，全吃光。我总感到你吃得太少了，所以应该不停地吃，小欧律狄刻[②]！"

她笑了，嘴角还沾着面包屑。

"你就拿这个神话里的名字叫我吧！"

然后，沉默了一阵后，她放下杯子问："不管怎么着，欧律狄刻，多好听的名字啊！你把我从阴间救了回来，不是吗？"

他的思绪没有飘向塞纳河和那泥泞的堤岸，而是回到卢瓦尔附近那些洞穴居住地。只有滴水的声音打破那里死一般的寂静。他把自己的手放在她的手上。

从那天起，他就戏称她欧律狄刻了。他或许不敢叫她玛德琳。玛德琳是个已婚女人，是他人的妻子，欧律狄刻则是属于他的、他一个人的：他曾把她抱在怀里……在水中！自然而然地抱着她，那时的她脸上掠过死亡的阴影……

---

① 埃涅阿斯，罗马神话中，特洛伊战争里的英雄。

② 欧律狄刻是希腊神话中歌手俄耳浦斯的妻子，被蛇杀死，其夫用歌声感动冥王，准其复活，条件是在引她还阳的途中不得回头看她。

电话铃响了。他一把抓起话筒，已知是谁打来的了，便说："喂，是你吗？……有空吗？……好的，我想我也许可以办……啊，对，我要办的事太多了，可没有一件不急的……你肯定要吗？好，可我5点钟得回去……咱们去哪里呢？……时间么，你决定吧……好吧。去博物馆或画廊怎么样？……我看不必非原作不可。……罗浮宫里一次多情的散步？……不，他们没有拿走所有的东西，剩下的好东西还很多呢。趁咱们还有机会，更得去啦……对，谢谢。那就两点钟吧。"

他轻轻放下电话。话筒里仿佛还回响着对方的话音。这天会有什么收获呢？八成一无所获。也就是说，于问题解决毫无进展，一个办法也没有，进入了死胡同。玛德琳的病是无药可治了，假设是没有用的。她的心里现在大概不会想到自杀，可她绝不会有根本的改变。一个灵魂附体的人。应该向埃尔斯特说什么呢？应该告诉他她已经无望了吗？

他拿起帽子出了门。委托人，你们改天来吧——干脆就别来了！一点儿没有关系。干些什么呀？巴黎迟早要变成一堆瓦砾。战争再打下去，他会感到有义务参军了。未来总是未知的，只有眼前事才是实实在在的。他本能地奔向林荫道大街，因为他需要喧嚣与吵闹，需要到人群中去摩肩接踵。那样，他或许会忘记玛德琳片刻。他需要用别的事来忘掉这件事！他在歌剧院附近乱走，到最后才认识到他还没走出她的怀抱。她名副其实地吮吸着他。他成了献血者，不，这是用词不当，应当是精神奉献者。

一个人时，他不知道该怎样思考下去，只是一任自己的思绪在脑子里放荡……不管他在这场战争中遭遇到什么，他都自信自己可以活下来。后来他又梦想：埃尔斯特死了，玛德琳自由了。这当然是白日美梦，他在这个美梦里享福，想象到每一个具体的幸福的细节……不久，他又在享受超凡脱俗的美妙无限的自由了，有如吸食鸦片烟后的飘飘然的感觉。他决定放纵自己一次，放下尘间凡事，给自己放一天假。

他不看商店橱窗，不是他不想买东西。他喜欢呆呆地看摆在深色天鹅绒上的珠宝首饰闪闪发光。他突然想起玛德琳的打火机坏了。玻璃架上有好几个香烟盒，都是用贵重材料制作的。她不会生气的，他进去买了一个金色的小打火机，还有一个俄国产的皮制烟盒。就这一次，他花钱花得挺高兴。他要了一张卡片，写上"欧律狄刻复活了"，然后投进烟盒里。他想在罗浮宫送给她这个小包，然后一起吃饭，再分手。这个上午会因为这一举措生些光辉。他一想到这个用蓝带子系着的小包，就由衷地笑笑，亲爱的、亲爱的玛德琳啊！

两点钟时，他在星形广场等她。她永远是守时的。

“啊，”他叫了一声，“你今天一身黑呀。”

“我喜欢黑色。如果由着我的性子穿衣服，我只穿黑的。”

“为什么？有什么丧事吗？”

“没有，什么东西一加上黑色，就会显得更重要。黑色使人的思想显得重要，使一个人更郑重地看待自己。”

“要是穿蓝色或绿色的呢？”

“不知道。大概我会把自己想成一条河，或一棵白杨树。我小时候常把颜色看作神秘的东西。也许是这使我想画画儿吧。”

她毫不顾忌地挽起他的一只手臂，像那次沉在水里时那样软绵绵的。

“我也试着画过画儿，”他说，“可惜总画不好。”

“那有什么关系，涂上颜色就好了。”

“我想看看你的画儿。”

“它们画得不怎么样。你不会看懂的，它们是梦。你梦见过颜色吗？”

“没有。都是灰色的，像一张照片。”

“那你还是没懂，你还没入门儿呢！”

她笑着说，拉紧他的胳膊，表示她只是在说笑话。

“梦比它们梦到的实际东西美好得多，”她继续说，“想象多种颜色编织到一起，大片大片直穿透到你的身子里，你被完全填满，变成那些使自己与爬在上面的叶子分辨不出来的一个昆虫。每天晚上我都梦见……梦见另一个国度。”

“你也这样！”

他俩紧挨着，沿着协和广场的边缘旁若无人地走着。斯科蒂简直不知道自己的双脚要把他送到何处。他的心沉迷在这种亲密的甜美之中，虽然他的另一部分保持着警惕，没有忘记他的问题。

“我小时着迷那个未知的世界，如果这儿有张地图，我可以指给你看它具体在哪里。”

“不是一回事。”

“嗯，是一回事。我说的那未知世界到头儿是一片黑暗，你的则充满颜色，但它们是相通的，是一个世界。”

“那是你小时候的事，你现在不再相信了，是不是？”

斯科蒂有些迟疑。她信任地瞅着他，好像把他的回答看得很重。他不得不答道：“是的，我还相信……认识你以后，我更相信了。”

他俩沉默着走了一小会儿——同样的步伐好似使他们也在同样地思考。他们穿过罗浮宫前面的大广场，走上台阶，穿过黑暗的进口处，很快就来到一个展厅，在埃及神像当中散步了。大厅里空气清凉。

“相信我，没错儿，”她又开口说，“我知道，那个世界和这个世界一样实在，只是，人们不便这么说罢了。”

两脚一前一后地站着的神像们用无珠的眼睛瞅着他俩。这儿那儿的石棺像玻璃纸似的泛着光，其上的铭文已经不可辨认。在宽大、深长的展厅里，面目狰狞的怪兽已被岁月腐蚀，变成整群的魔鬼。

“我挽着一个男人的胳膊穿行在这些展厅里，”她喃喃地说，“那是很久很久以前……他像你，不过他是个络腮胡子。”

“一个幻觉，没错儿。是有名的‘如在眼前’幻觉，最为常见的幻觉。”

“我不这么看。我可以给你描绘出真真切切的每一个细节。例如，我常常看见一个城镇，它的名字我不能告诉你。我甚至不知道它在不在法国——我在幻觉中见过这座小镇，好像我曾在那儿住过。一条河从镇中心流过。在河的右岸有一个罗马帝国时的凯旋拱门。如果顺着巨大的悬铃木树林走上街，在左侧可以看见一个竞技场，有看台和台阶。竞技场后面，我看见三棵白杨树和一群羊……”

“可是……可是我知道那座镇，”斯科蒂说，“那是桑特，河名叫夏朗德。”

“也许吧。”

“可人们廓清了竞技场四周，你现在看不见白杨树了。”

“我活着的那个时代还有……还有个小喷泉，还在吗？姑娘们总往水里扔发卡，希望当年就能嫁出去。”

“圣埃斯泰勒喷泉！”

“竞技场后面那个教堂，高高的，有个古老的塔楼，我永远喜欢老教堂。”

“圣厄特吕佩教堂！”

“你明白了！”

他放慢脚步，经过废墟似的神秘文物，周围漂浮着一股蜡味儿。他们不时碰见别的参观者。那些人关注着展品，不时发问，可是这两个人只想他们自己的事。

“你叫它什么来着？”玛德琳问。

“城镇吗？叫桑特，离鲁瓦扬不远。”

“我从前肯定在那里住过。”

“小时候吗？”

“不是，”玛德琳平静地说，“是上一辈子。”

斯科蒂忍不住要和她争几句。她的话勾起他想要说的话。

“你在哪儿出生的？”他问。

“阿登。离前线很近，战略要地，你呢？”

“我是祖母带大的，离索米尔不远。”

“我是独生女，”玛德琳说，“我母亲常生病，我父亲老在外面工作。生活说不上快活。”

下一个展厅挂着许多画，镶在闪着金光的画框里。肖像们死死盯着他们，目送他们走到展厅另一头——那里的一张画上一个贵族一手持剑，一手挽着马鞍。贵族面容消瘦，脖子上紧紧系着一条金丝带。

“你年轻时，”斯科蒂柔声地问，“已经有过你的……你的梦想吗？”

“没有。我和其他小女孩一样，只是不爱说话，总愿意一个人待着。”

“一个人待着，你怎么开始与人交往呢？”

“特别突然。不久之前，我觉得我没在家里，我同一个陌生人住在一起——你体验过醒来后不知身在何处的感觉吗？就是那种感觉。”

“我想问你另一个问题，但怕你生气。”

“问吧，我没有秘密。”玛德琳沉思着说。

“可以问了吗？”

“当然可以。”

“你想没想过……试试再消失一回？”

玛德琳停下脚步，看着他。那双眼睛似乎永远在对人有所恳求。

“你没理解。”她小声说。

“这不是回答。”

一幅画前聚集了一小群人。斯科蒂瞥了一眼：一个十字架，一身白色，右乳下滴着血，一张女人的脸朝着天空。

“你不必坚持要我回答。”

“我要坚持，必须坚持。为你好，就是为你我好。”

“请别……斯科蒂……”

这句话说得很轻很轻，他刚刚可以听见，可他的心已经全乱了。他抱住她的双肩，搂紧她，说：“你看不出我爱上你了吗？我不能忍受失去你。”

他们走在圣母玛利亚和耶稣像之间，像两个自动装置。她久久地握着他的手。

“你吓坏我了，”她说，“可我需要你。或许是我需要被吓一吓……教我小看小看自己……”

"我们走吧。"

他们穿过两个空荡荡的展厅，寻找着出口。她一直紧紧地靠在他胳膊上。他们跑下几个台阶，觉得喘不过气来。来到草坪前，草坪中间有个喷水池，现出一道彩虹。斯科蒂停下脚步。

"我怀疑咱俩是不是有点儿疯了？你记得我刚才跟你说什么了吗？"

"记得。"

"我告诉你说我爱你。你听见了吗？"

"听见了。"

"如果我把同样的话再说一遍，你生气吗？"

"不生气。"

"太好了！咱们再走一会儿好吗？我们有太多的话要互相倾诉。"

"不，我累了。我想，我该回家了。"

她面色苍白，好像胆怯了。

"我叫辆出租车，"斯科蒂建议说，"同时，我希望你接受我的一件小礼品。"

"什么礼品？"

"打开看看。来，打开吧。"

她打开那个小包，慢慢地摇头。她看见打火机和烟盒，又打开烟盒，读卡片上的题词。

"我可怜的朋友。"她说。

"走吧。"他拉她走上里沃利大街。"我不要你谢我，"他说，"我知道你需要一个打火机。咱们明天见面吗？"

她点点头。

"好，咱们去那个国度吧——不，不。什么也别说。让我原样记住这个下午吧——车来了——欧律狄刻，亲爱的，你不知道你让我多么幸福啊！"

他拉住她的一只手，吻她戴着手套的手指。

"停止回顾往事吧。"说着，他为她关上车门。

他累坏了，平静了，但已筋疲力尽，要知道，他沿着卢瓦尔河岸跑了整整一天啊！

整整一个上午，斯科蒂在等玛德琳的电话。两点钟，他来到他们在星形广场的老地方。她没来。

这个白天很糟，晚上也不好过。他睡不着，天刚拂晓，他就起床了，在屋里踱步。他被各种不祥的假设困扰了一宿，都难以一一否定。不，玛德琳不会出事。不可能——但又想不出是为什么。

他攥紧拳头，想打倒心中渐渐升起的惶恐。他肯定是当了一回傻瓜：他本来绝对不应该向玛德琳表白自己的心迹。他俩都对埃尔斯特不忠了。像她这么不稳定的人，谁知她会不会后悔？至于他，他在责备自己。他将因此无颜再见老友。埃尔斯特出于信任，把玛德琳托付给他关照。

是到该取消这项愚蠢业务的时候了。现在正是时候。可当斯科蒂想努力正视没有玛德琳的生活后，他又崩溃了。他低下头，身子靠着办公桌，不然真的会瘫到地上。他想他在得罪上帝和命数，把她丢在路上，就是在得罪冥冥之中的某种力量（不管是什么）。他命中注定要当一个被逐出的人。军队不是已经逐出了他吗，现在又……

他一屁股坐在埃尔斯特第一次来时坐的那把转椅里。是不是他——斯科蒂小题大做、过虑了呢？激情，在两个星期里不会变成真正的感情。他手托着下巴，冷静地考虑着自己。他，一个从来没有爱过人的人懂得什么叫爱情吗？他当然渴望得到爱情，就像穷人渴望得到商店橱窗里的商品。可以说，他只是看见了爱情，但这人生的美事与他之间还横着一块坚硬的冰冷的障碍。从进入警察局那天起，他就受命保护橱窗里的那些好东西了，那些在他看来都是禁品。玛德琳就是其中之一。不，他无权伸手去拿。他不能走进盗贼一边的营垒……对，是这样，他必须放弃她……胆小鬼！如果他在刚刚有点儿困难苗头时就畏缩，那他怎么享受他应享有的那份人生之乐呢？也许，玛德琳就要爱上他了。

“够了！够了！”他大声说，“让我安生吧！”

多么傻!

8 点钟了。他还穿着睡衣和拖鞋，头发散乱。他还没有下定决心采取实际行动。他不能给玛德琳打电话：她考虑到有女佣，不让他打电话过去。再说，假如她不想再见他了，打电话又有何用？也许，她是担心……

他刮脸，穿衣，脑子里乱糟糟地想着其他事。在他做不出一个理智决定的情况下，他觉得他必须尽快见到埃尔斯特。他突然想到要忠诚起来，虽然同时暗中有所愧疚。为什么不找一个既能不愧对埃尔斯特又能继续见到玛德琳的办法呢？

想到这里，他才发现外面阳光已经很灿烂了，从他忘记打开的百叶窗缝隙间射进屋里。他关上灯，打开窗子，让阳光洒满全屋。他又充满了信心，因为天气晴好，因为战况还不太糟。他出门，把钥匙放在垫子下留给来打杂的女工，走到楼梯底层时，同看门人打了个“早安”的招呼。的确，毕竟一切都在好转。他真该嘲笑自己几小时前有过的疑虑不安和莫名的惶恐。

不行，他不能再想她了，不然会重蹈覆辙。为了分神，他环顾四周。巴黎发着微光，像座海市蜃楼。光线从来没这样柔和，这样让人可以感知得到，可以摸到树顶，摸到天庭，可以把整个城市捧在胸前。斯科蒂徒步慢慢走着。10 点整，他走进埃尔斯特的办公室，发现埃尔斯特也刚到。

“请进，老兄，坐吧。我这就回来，先去吩咐我的巴黎主管一句话。”

埃尔斯特显得很疲惫，不出几年，他就会泪囊挂在眼下，皮肉松弛，两颊布满皱纹，50 岁后就会不像样儿啦。斯科蒂想到这儿，不禁心中窃喜。他还没坐稳，埃尔斯特已经回来了。走过他背后时，友好地拍了下他的背。

“要知道，我忌妒你，”埃尔斯特说，“我真想陪一个像我妻子那样的漂亮女人共度一个下午啊！我过的这叫什么生活！我可不是说笑话。”

他重重地坐下，转过转椅，面朝向斯科蒂，“还好吗？”

“没事儿，没啥事。前天我们去了罗浮宫。昨天我没见到她。我盼她来电话给我，我坦白，她的沉默——”

“不算严重，”埃尔斯特说，“玛德琳有点儿不舒服，我今天早早起来，看见她还没起床。明天就会雨过天晴的，我了解她。”

“她没说起我们一起去罗浮宫吗？”

“她只提了一句，就让我看她买的小玩意儿——一个打火机。我想想……我看她挺好的。”

“我很高兴。”

斯科蒂两腿交叉，一只手臂放在椅背上，突然释然的快感简直像疼痛一样让他难受。

“你知道，我不知我照现在这样干下去会有什么效果呢！”他说。

“你说什么呢，你怎么这么想呀！你已经亲眼看出她会干出什么事来了。”

“是的，没错，”斯科蒂尴尬地说，“可是……啊，事情是，我开始发现我同你妻子在一块儿有点不方便。我看上去……像是个……这么说吧，那么做让人说不清道不明。”

埃尔斯特烦躁地拿起裁纸刀。

“那么我呢？”他吼道，“你以为我喜欢那样吗？我赞赏你的顾忌，但我们只能这么办。我要是有时间，会自己去办。可我实在难以脱身。”

他放下裁纸刀，两手叠放在胸前，死死地盯着斯科蒂，脑袋像是贴在肩膀上。

“老兄，再给我两个星期吧。三个星期我都在外头，情况变化很快。我可能会扩大造船厂，全都搬到勒阿弗尔。我希望玛德琳同意搬到那边居住。这之前呢，替我看护着她。我理解你的难处：我既给了你一件棘手的难事，又给了你一件负义的任务。但可不许停下来。下两三个星期，我需要抛开一切身外之事的烦扰，全力实施我们的新计划。”

斯科蒂装作迟疑不决的样子。

“如果你真认为这只是件两三个星期的事……”

“你就记住我这句话吧。”

“好吧。只要你理解我的难处就成。我不赞成老是出去。我是容易受人影响的人。你也看见了，我对你够直言不讳的了。”

埃尔斯特面露商人才有的那种硬心肠表情。这种表情在董事会会议上肯定非常有用。他还是笑了。

“谢谢，”他说，“世界上像你这样的人而今不多了。我十分理解。但玛德琳的安全可是首要的啊。”

“你出于什么具体的理由担心会出事呢？”

“没有什么具体理由。”

“你想过你妻子那天的突发行为，假如我没能来得及采取行动会有怎样的后果吗？”

“是的，我想到了，什么都想到了。”

他垂下眼睑，拳头捏得紧紧的，手骨节都发白了。

“可是并没有来不及，”他接着说，“如果真的你来不及行动，你这会儿就不会和我讲起这件事了。你说的问题肯定是件事。我最不能忍受的事，就是无法肯定的事。我宁可玛德琳生病，哪怕是绝症呢，宁可她做最最危险的手术，起码我知道自己在哪里，好在概率总还是能推算的吧，可现在是在云里雾里。你不理解我所说的话。”

“啊，不，我理解。”

“那么说，你会接着干下去了？”

“会的，别担心。顺便问一句，你知道她去没去过桑特？”

“桑特？”埃尔斯特吃了一惊，叫道，“知道，知道，我肯定她没去过桑特。什么事使你有了这个想法？”

“她仔细地讲述了桑特，好像她在那里住过。”

“这就是你现在的新进展？”

“她会不会是见过那座老城的照片？”

“谁都可以看到一个地方的老照片，但这不能使他们仔细讲述那个地方。我们从来没有去过西海岸，至今没有买过一本那个地区的导游图书。”

“卡洛塔呢？她会在那里住过吗？”

“这个我可答不上来了。”

“这听着似乎不大像，以‘洛塔’结尾的名字很多，什么科洛塔、切尔米洛塔、热尔洛塔，有一大堆。”

“你在想——”

“对，我在想。你妻子可以描述她根本没见过的地方，但卡洛塔却知道这些地方。等等，这件事挺有意思的是，她描述的地方现在早已面目全非，她讲的是该地在一个世纪前的风貌。”

埃尔斯特紧皱眉头。

“你怎么解释这个呢？”

“我不解释。我不能解释，现在还不能。这太特别了……卡洛塔和玛德琳……”

“可是，要知道，我们都活在20世纪！你不要假设卡洛塔和玛德琳了。当然，我知道玛德琳被她自己的曾外祖母附魂过。但这其中一定有合理的解释。这就是我找你帮忙的原因。我自己办，不上正轨。我盼着你扶我走上正轨，用你懂得法律的头脑。”

“我还想撤出呢。”斯科蒂反诘道，有点儿恼了。他觉出自己在生气，知道他和埃尔斯特会打起来，可是他准备讲和。

“我不再浪费你的时间了。”待了好一会儿，他说。

他站起来。埃尔斯特仅仅摇了一下头。

“来吧。老兄，咱们不必为这个吵架，一切都是为了救玛德琳。我不在乎她有病、疯、激动、或着魔，只要她能活下去。”

“她今天出门吗？”

“不出门。”

“她什么时候出门？”

“明天肯定出门，我今天想和她尽量多待在一起。”

斯科蒂觉得一阵仇恨之情冲击胸膛，但他忍住了。“我讨厌他！”他心想，“他真叫我恶心！”

可他嘴里却在说：“明天，那么……如果我有空儿，但我不能保证我有空儿。”

埃尔斯特跳起来，走过去拉住斯科蒂的胳膊。

“如果有所冒犯，请你原谅，”他说，“这件事使我的神经一直特紧张。你也知道，我这个人不会要手腕，可并不是说从来不这样做。听我说，我希望明天你照顾她是有理由的。今天我要试探她去不去勒阿弗尔，不知道她会不会答应去。这大概会使她不高兴，权且当作一次游戏呗！你明天无论如何要抽出一天的时间。晚上给我打电话，或来我这儿一趟。我完全相信你的判断，深深感谢你已做的每一件事情。”

埃尔斯特从哪儿学的这么会说话？咄咄逼人的口气，逼得你不得不接受他的要求。

“好吧。”斯科蒂说。

太着急了——他狠狠地自责。他不屈于埃尔斯特的权势，可是一句恳求，几句好话，他就心软了。

他怏怏不乐地走了。出来后，他听见埃尔斯特在说：“我不会忘记你为我做的事。”

后来的好长一段时间里，他感到空虚、枯燥、无聊。这时，他一想到玛德琳，就想到她在埃尔斯特的身边，每次他都感到锥心的刺痛。

他拷问自己，一会儿责怪自己，一会儿又为自己辩解。有时他沮丧得难以自持，只好在一家小咖啡馆门前的台阶上坐下。现在，他又背上了一个十字架。万一玛德琳同意在勒阿弗尔居住怎么办？应当阻止她吗？他这是怎么啦！

第二天早上8点钟，他打开收音机收听新闻。德国人开始进攻了。奇怪的是，他倒觉得松了口气，真正的战争终于来了。战争将会使他摆脱个人琐事的烦恼，分享大众的烦恼——大众的烦恼既激动人心，也更合理。种种大事件将会使许多件小事化了，为他躲避个人责任的事作一了结。是这样，这场战争是来解救他的。他尽管放任自己，随波逐流。他身上点燃了一个新的生命火花。他饿了，疲劳已经消失。玛德琳来电话了，老地方，两点钟。

他会见委托人，接电话，整个上午工作得很起劲。他从人们的谈话声中能够听出对他的感激。他在法院和一个同事吃了午饭，他们一边慢慢饮着咖啡，一边闲谈着，和每个人，甚至不认识的人都聊两句时事。斯科蒂感到特别自由，自我感觉好得不行。他跳上他那辆希姆卡轿车，直奔星形广场。他陶醉在夸夸其谈、街头的喧闹和阳光之中。

玛德琳正在等他。她怎么选择了那件她那天已经穿过的有点儿棕色的服装呢？配着她那淡棕色的头发。他把她戴着手套的手放在手中握了好一会儿。

“我都快急死了。”他说。

“对不起，我可以开车吗？”

“当然，当然。今天我很紧张，他们在进攻了！你听说了吗？”

“听说了。”

她把车开上维克多·雨果大街。斯科蒂立即感觉出她今天不对劲儿。她笨手笨脚地换挡，踩离合器，把车刹住，脸色很难看。

“咱们一直开下去吧，”她说，“也许这是咱们最后一次了。”

“为什么？”

她耸耸肩：“没人知道今天会出什么事。有没有事儿，我都要离开巴黎。”

这是埃尔斯特提到过的问题。或许他们已经为这件事争吵过了，斯科蒂不说话。他不想在交通拥挤的情况下，让开车的她分散注意力。他们从穆埃特港处离开巴黎，一头扎进布洛涅树林。这时他才开口说：

“你为什么要离开巴黎？空袭的危险？这次德国人到不了马恩。”

没等她说话，他又说：“是因为……因为我吗？我不想打乱你的生活，玛德琳……你不在意我现在这样叫你了，是不？……我只愿你答应我你决不再写你撕碎过的那种信了……你明白我的意思吗？”

她噘着嘴。看得出，她想说的话一定很多很多。在这一带跑车就像在一个大牧场上那样宽敞，尽管撒开了跑。到絮伦桥却塞车了，等了半天他们才前进了几步。

“咱们别再提那件事了，”她恳求地说，“我们暂时忘掉战争吧。”

“可是你在难过呀，玛德琳，我看得出来。”

“我吗？”

她强颜一笑。

“不，我跟平常一样，”她说，“真的。我喜欢开车玩。就是说，道路怎么拐来拐去，我顺着走就是了，啥也不想。我希望停止任何思维活动呢。啊，那我们不就成了动物吗？”

“这不是你的真实意思。”

“是我的真实意思。我丝毫都不可怜动物。相反，它们吃，它们睡，什么都不懂，没有过去，没有未来。”

“挺有哲理的嘛！”

“我不知什么哲理，只是非常羡慕它们。”

在下一个小时里，他们只偶尔交谈了几句。车到布日瓦勒，他们又看见了塞纳河。顺着河左岸开了一会儿。这时，斯科蒂一眼看见了圣日耳曼城堡。在无人的树林里，玛德琳加快了车速。只是在接近普瓦西时才稍稍减速。然后又直开下去。她眼睛盯着前面的路，在默朗远远的一侧，一个女人推着一小车木头走在大道中央。没等那个女人走到路旁，玛德琳就向右拐上一条小路。他们驶过一个临时架起的、用完后又废弃了的锯床，飘着的锯末的气味，告诉人们它最近还使用过。来到一个十字路口，玛德琳向右拐，好像是有一丛盛开着花的树林吸引了她。一匹前额有斑点的马在一个木栏门后看着他们。

玛德琳显得很急，虽然毫无着急的理由，车轮砰砰驶过车辙，斯科蒂悄悄看了一眼手表。大概该停车了，肩并肩地走一走路，也是该向她提提问题的时候了。

"你认识那座教堂吗？"她问，"知道它在哪个方位吗？"

"什么？……对不起……那个教堂吗？……啊，我不知道咱们现在在哪里。先停下车吧。已经3点半了。"

他们在那座教堂前的空场上停下了车。在一侧较低处，几棵大树背后露出一小片屋脊。

"奇怪的混合建筑，"玛德琳郑重地看着教堂说，"部分是罗马式的，部分是现代的，这可不好。"

"钟楼在周围显得太高了。"

他们走进教堂。圣水钵上有一块告示，说牧师要去好几个教区办教务，一个星期只能来此做一回弥撒，即礼拜日上午11点钟。

"所以这个地方看上去好像没人管似的。"玛德琳喃喃地说。

他俩慢慢走在两排座椅中间。从附近农舍传来母鸡的咯咯声。耶稣十字架受难图半卷着，一只黄蜂在圣坛四周嗡嗡地飞来飞去。玛德琳在自己身上画完十字，跪在落满尘土的跪凳上。斯科蒂站在她身旁，一动不动。她要请求宽恕她什么罪呢？要是她自溺成功了，还会下地狱吗？他不自觉地也在她身旁跪了下来。

"玛德琳……你真的相信？"

她稍稍向他侧过面——太苍白了，他觉得她病了。

"怎么啦？告诉我，玛德琳。"

"没事儿，"她小声说，"是的，我相信……我必须相信我们在以为它起作用以后，什么事全都完了……这事太可怕了。"

她用双手捂住脸，好久，好久。

"来，"她终于说，"咱们走吧。"

她站起来，对着圣坛，又在身上画了一次十字。他拽住她的一只袖子。

"好，咱们最好走。我不喜欢看你这个样子。"

"到了外面的新鲜空气中，我就会好。"

他们匆匆做完忏悔。斯科蒂还为这样草率感到歉疚。她需要的是一位牧师。

要是她告诉他她的烦恼，他会怎么办？他听见她在黑暗中摸索门闩。门打开了，通向一道螺旋楼梯。

“开错门了，玛德琳，这楼梯是上钟楼的。”

“我想上去看看。”她说。

“天晚了。”

“用不了几分钟。”

她已经登上楼梯了。他不能待在底下干站着，便勉强跟着上去。他紧紧抓住当栏杆使用的黏糊糊的绳索。

“别走得那么快呀，玛德琳！”

他的叫声在空荡荡的狭窄楼梯间回荡着。玛德琳不理他，加快了上楼的步伐。走到一小块平台上，他从檐口看见了希姆卡车的顶，在一排白杨树后面，有一块田地，有几个头裹手帕的女人在干活儿。站得这么高，他立马有了恐惧感。他赶紧扭过头去，不看底下，继续登上上面的楼梯。

“玛德琳！玛德琳！等等我，等等我呀！”

他喘着气，太阳穴直发疼。又到了一个平台处，那儿也有檐口。这一回他注意不要去看下面。楼梯每盘旋着升高一层，他的恐高症就严重一分。楼梯盘旋上升，中间形成一口井似的空洞，楼梯上端有一条系着钟的绳索垂下。白嘴鸦在钟楼尖上呱呱乱叫着。他不知道自己能不能再走下这个钟楼了。

“玛德琳！”

他的声音因焦急而发哑。他会像一个孩子一样在黑暗中大哭吗？他正走向另一个更高一阶的平台。他看见从檐口处透进来一丝光线。他非常清楚：眩晕在等着他。对，他从一开始眼花缭乱时，就忍不住要看下方。这时他已高高凌驾于那排白杨树的上空，希姆卡车变成了一个小黑团。风从四面吹来，在他四周打旋。在这个平台上，他发现再上去的路前横着一扇门。顺着打钟的绳索，他可以看见上面还有楼梯。虽然这时他在楼梯里面，绕道到那扇门不成问题，可是他不能……

“玛德琳，开门！”

他发疯似的使劲摇着门把手。玛德琳上去了吗？她怎么上去的呢？

“不，玛德琳！”他狂乱地叫着，“你不能啊——听我说，别那样。”

他的叫声撞到钟上，钟发出轻微的金属共振声，音质怪怪的。他转向平台上的檐口，不，它简直成了一个洞口：这个平台的檐口是个很大的口子，被门一分为二，每边的空间可以绰绰有余地挤下一个人。人可以从这边出去，从另一边进来而通过这道门吗？噢，对了，平台上的檐口之宽可以踏上一只脚。对，有可能……她为了一个人但不是为了他！他瘫倒了，他现在知道了……不，他不能面对……

“玛德琳！玛德琳！”他叫道。

她的回答是一声刺耳的尖叫，跟着，一个人影掠过檐口的墙壁，跟着从下面传来一声重物落到地上的沉闷声。这正像他小时候看见闪电后，就咬着牙数数儿，听随之而来的雷声。斯科蒂用一个将死的男人的声音反复念叨着“玛德琳，玛德琳”。

他坐在地上，觉得自己即将昏厥。后来，他就坐在地上，一个楼梯台阶一个楼梯台阶地往下挪。他不敢站起来。他行进得很慢，还小声地呻吟着，因为太恐怖、太失望了。到了最后一个平台处，他才壮着胆子跪着从檐口向外窥视了一眼：左下方，有个破旧的教堂院子；正下方，陡墙底部，难看地堆着不成形的棕色服装。他擦擦眼睛，想尽力看个清楚。甬道上有一摊血，一个大黑手提包张着口儿，里面露出一个闪着金光的打火机。

斯科蒂哭了，他甚至没有想到要帮她一把。她死了，他和她一起死了。

他从远处反复打量着那具尸体。他曾经在墓地里穿行过，可现在竟不能往前迈出一步。他记得玛德琳说过“死了更好”的话。

绝望时他总是想起这句话。不，她不痛苦。这和人们说的勒里什的情况完全一样。勒里什从楼上跌下时像她一样，也是头先着地。没有时间痛苦。真的吗？真像说的这么肯定？勒里什的头在人行道上摔碎，血溅了周围一地……

斯科蒂不敢想下去。他看见过他那位助手在医院中的遗体，也看了医生的报告。勒里什掉下来的地方比她的要低一些，你能想象那惊心动魄的一摔吗？一种令人心碎的血肉横飞，就像一面镜子顷刻间碎成万片。玛德琳几乎什么都没留下，只有无生命的一团衣服，像个稻草人。

他强迫自己走得更近些，自己有义务看看，痛苦，痛苦，因为他对这一切负有责任。他从模糊的泪眼中看见一幅模糊的画面：她的头发没有做好，那淡棕色现在染上了点点血渍。一只手像是蜡做的，一个指头上戴着的结婚戒指还在闪光。如果他胆子大一点，他应该摘下那只戒指，戴在自己的小拇指上，可他只是拾起了那个打火机。

可怜的小欧律狄刻！她再也不会从她一头扎进去的虚无中回来了。

他慢慢地往回走，却一步一回头地望着她，仿佛是他杀死她的。一只白嘴鸦的影子忽然掠过那堆东西，他突然感到这堆东西非常可怕。他匆匆在墓碑当中走掉，手指一直攥着那个打火机。他突然想起，他正是在墓地里最先端详玛德琳的，而最后离开她时也是在墓地里。

一切都已成为过去。没人知道她为什么自杀，没人知道他没勇气越过那扇门。他绕道来到教堂前面的空场，躲进他的轿车。他映在汽车挡风玻璃上的映像让他作呕。他恨自己还活着——如果这也叫活着的话。其实这倒更像是在地狱里。

他开车走了好长的路，不知道要去哪里。后来，令他吃惊的是，他认出了蓬图瓦兹站。在城里，他路过宪兵队。他应该进去报警吗？他要去自首吗？不。从法律角度看，他没任何过错，人们至少会认为他神志不清。当时他能做什么？用一粒子弹打穿自己的脑袋？不可能。他根本就没有这种勇气。他现在更晓得了他是一个胆小鬼。只是活着而已。他一到高处脑袋就发昏。他妈的！这不成借口，还是他缺少意志。哈！玛德琳说得太对了！比动物强多了！好好地养着，到时候再宰吧！

他经阿尼埃尔港驶进巴黎，时间已是6点钟了。当然，他必须告诉埃尔斯特这件事，这是躲不过去的。他在马尔赛布林荫大街的一家咖啡馆前停下来，洗脸，梳头，然后走进电话亭。一个他不认识的声音告诉他，埃尔斯特出去了，并且没有按时在当天回来。他站在吧台前饮了一杯白兰地。悲哀像酒意那样渐渐传遍他全身。他的印象是他正站在一个鱼缸里，别的人在他身边走来走去，像是游动的鱼。他又饮了一杯白兰地。现在他可以再一次告诉自己：玛德琳死了。他不再吃惊——真的不吃惊了。他能吗？怎么不能呢？他一路上不是一个人回来了吗？他本应当用他的全部力量把她留在这个世界上。

“服务员，再来一杯。”

是，他还需要一杯。他救了她一次，那重要吗？他真的不必再责怪自己了。即使他通过了那扇门，他也来不及制止她。她也已经该死了。总之，一句话，埃尔斯特选错了人来做这件工作。他应该挑一位年少英俊、风度翩翩的艺术家来担当此任，他却挑了一个缺乏魄力的人，他不应该局限于自己认识的旧人。但好人是什么样的呢？反正现在说什么也晚了。

斯科蒂付了酒钱走了，天哪，他太累了。他驾着车慢慢向星形广场开去。几个小时前是她扶着方向盘，现在则是他在驾车。

白兰地喝得太多了，这是个错误：他的思想老在那个地方。他拐进克莱贝尔大街，把希姆卡车停在埃尔斯特的大黑车后面。他不再害怕埃尔斯特了。这是他最后一次来见他。他走上楼梯。楼梯铺着红地毯和大理石，相当气派。埃尔斯特的铜制名牌挂在双层门上。斯科蒂按铃，在门打开前摘下帽子，局促地等候在门口。

“埃尔斯特老爷，斯科蒂先生来了。”

玛德琳的家！当他的目光在家具、布帷和摆设物之间溜过的时候，他努力在眼光中加进特别的意义。他在说再见，客厅里的画儿陌生了，看了让人心痛，它们画的大多是独角兽、天堂鸟，用一种叫作杜安尼埃·卢梭的技法画的。斯科蒂走到一幅画前，看到有个签名：埃尔斯特夫人。莫非就是这些疯疯癫癫的小动物正在另一个世界里欢迎她吗？她是在哪里看见这些东西的？——黑湖、好像充满毒汁的杯状花似的水中百合、树干和蔓生作物构成的树林前面飞舞着哼哼鸟。在壁炉架前那一面，有个青年女子的肖像，肖像的脖子上挂着一串琥珀项链。卡洛塔。她的发型和玛德琳的完全一样。她的面孔没有变形，但表情若有所失，好像灵魂正与某个只有她知道的问题作对，斯科蒂全神贯注地站在那里凝视着这张肖像，身后的门开了都不知道。

“你终于来了！”埃尔斯特说。

斯科蒂转过身来，努力寻找一个恰当的语调，说：“她在家吗？”

“什么？是你应该知道她现在在哪儿。”

斯科蒂坐在转椅里，不得不耍点小手腕，装作慌乱的样子说：

“我们今天没有一块儿出去，”他解释，“我在星形广场等她等到4点钟……然后我就回圣皮埃尔街，又去了帕西公墓，到我能想起的所有地方去找她……我刚回来……如果她不在家里……”

他抬头看着埃尔斯特。埃尔斯特脸色白极了，两眼盯着他，嘴微微张着，像个被扼死的人。

“不，斯科蒂，”他结结巴巴地说，“你不是……你不是在告诉我……你不能……”

斯科蒂摊开两手。

“我告诉你我哪儿都找遍了。”

“不可能……你知道……”

他用一只脚跺着地毯，双手绞在一起，然后瘫在沙发里。

“我们必须找到她，”他喘着气说，“我们必须马上就找到她……马上，我受不了了，要是……”

他用全身力气拍打着沙发靠背。看得出他是那样愤怒、那样痛苦、那样暴躁。这惹得斯科蒂也怒从中起。

“一个女人决心逃走，”他愤愤地说，“你是很难看住她的。”

“逃走？逃走？玛德琳才不是个想逃走的女人呢！我但愿是这样……到现在为

止，她会好好儿的……”

他跳起来，险些踢翻茶几。他走到房间另一头，耸着两个肩膀，昂着头，就像一个小心翼翼的拳击手。

“人在遇到这样的情况时该怎么办？”他问，“你应该知道。报警了吗？……看在老天分上，说呀！”

“人家会当面嘲笑我们。如果她走失了两三天，问题就不一样了。”

“问题出在你身上就大了。人家知道你……并且，如果你解释玛德琳一直想自杀，你曾亲手把她从塞纳河里拉出来过，她今天又非得跳进去不可，人家会相信你的话，我肯定……”

“老兄，咱俩什么也别说了。她几个小时前出去，吃饭时会回来的——你会明白。”

“假设她没丢吗？”

“反正报告她失踪不是我的事。”

“你这就想洗刷自己了。”

“不是。要理解，丈夫报警是情理中的行为。”

“对，我这就报警。”

“你这是在愚弄你自己。不管情况怎么样，证据不足，人家不会立即采取行动。他们只是记下一些特殊的情节，答应一旦找到了她一定会告诉你，就是这么办事，明白了吗？”

埃尔斯特慢慢把手插进口袋。

“要是我坐在这里等，我将会被人们忘掉。”

他在屋里来回走着，后来在壁炉架上放着的花盆前停下脚步，伤心地看着花盆中的玫瑰。

“我现在必须走了。”斯科蒂说。

埃尔斯特没有动，继续看着花，一丝震惊从他脸上掠过。

“要是换了我，”斯科蒂急匆匆地说，“我会尽快忘记这件事。刚刚过了7点钟，她可能正在逛商店，或是遇见了一个老朋友。”

“你全不在乎啊，”埃尔斯特吼道，“你怎么会这样？”

“绝对没有必要为这件事太过担心。要是她逃跑了，也跑不远。”

他礼貌地向埃尔斯特讲解警方会用各种办法找到失踪的人。虽然他已经筋疲力尽，仍然强打精神，把这个问题讲得很生动。他好像已经同时分成了两个人：一个急着证明玛德琳不会走失，简直是在向他自己做着解释；另一个恨不得跪在地毯上，哭诉他心中的绝望。埃尔斯特盯着玫瑰花，似乎陷入了沉思。

“她回来后打电话给我吧。”斯科蒂说完朝门口走去。

是呀，现在他必须走了。他怕他控制不住他的表情，那信任的目光。真话在他心里奔突欲出。他随时会吐出真言：她死了，玛德琳死了。

“别走。”埃尔斯特小声说。

“我必须走。要能留下我当然就不走了。可是你要是知道我的工作越堆越多……”

“别走，”埃尔斯特又一次恳求他说，“我一个人在这儿受不了，要是有人把她送回来的话……”

“说吧，埃尔斯特，你已经失态了。”

埃尔斯特的纹丝不动挺吓人的。

“要是你在这儿，可以向来人解释咱们已经尽了力了。咱俩还为此吵过架……”

“当然……可没人会把她送回来。听我一句话吧。”

斯科蒂说话声音都变了。为了争取时间，他掏出手帕，咳嗽，擤鼻子。

“抬起你的脸来，埃尔斯特……就这样吧……别忘了给我打电话。”

他打开门，又回头看了一眼。埃尔斯特低着头，好像快变成石头人了。斯科蒂走出来，轻轻关上身后的门。他踮着脚尖穿过大厅，觉得恶心，难受，但松了口气。最难熬的一关过去了。埃尔斯特档案可以收场了，这件事就会成为过去。他在奥尔良有个委托人，这不是给他离开巴黎提供了一个极好的借口吗?

斯科蒂不知道自己是怎么把车倒进车库里的了。他现在在步行，走到哪儿算哪儿——来到一条沐浴在夕照中的街上。他走进圣奥诺雷街上的一个小饭馆，挑了角落处的一张桌子。

“您要点儿什么？”侍者问。

他本不想吃什么，可是他必须吃东西，必须像以前那样活下去。他手一伸进口袋，就摸到了那个打火机。玛德琳的面形立即浮现在他眼前，还有白色的桌布。

“她根本就不爱我，”他心想，“她根本不爱任何人。”

他机械地吞咽着食物。他和这个世界上的俗务本不相干，像是一个苦行者。他从此会做一个穷人活下去，吞下自己的悲哀，强加给自己苦行以示惩罚。他甚至可以买一条鞭子抽打自己。他唯一的权利是可以憎恶自己。他必须这样经过很长一段时间，然后才有权要求自尊。

“敌方已经突破了列日，”一个侍者说，“比利时人在后退，就像他们1914年时那样。”

“小道消息，”斯科蒂大声说，“别去理会。”

“请上下一道菜。”斯科蒂吩咐道。

人们为什么不让他安静一会儿呢？比利时人！为什么不是荷兰人？蠢驴！他匆匆地用完了饭。虽然心中不快，但他不抱怨了，因为他已下定决心不再抱怨了。什么苦都认了。艰难困苦，玉汝于成嘛。虽然，在他喝了两杯白兰地以后，思想开始从迷雾中理出了头绪。这几个小时里他一直在这团迷雾里迷迷瞪瞪！他两只胳膊肘搭在桌子上，点着了一支烟。当然用的是那个打火机。他吸了一口，也吸进了某些属于玛德琳的东西。他品尝了她，让她在自己嘴里又待了一会儿。一个愚蠢的想法！

现在，他肯定玛德琳在婚前没有做过亏心事。埃尔斯特没准儿已经调查过，他不是那种隔山买牛的男人。另一件事，玛德琳的懊恼来得莫名其妙的迟，因为她这几年的表现一直是正常的。问题是从那个星期天早上开始的，一切都离不开那一天。

斯科蒂按按打火机的弹簧，看小小的蓝火苗燃烧了一分钟才吹灭了它。这块金属拿在手里发烫。不，玛德琳的动机不是寻常的。他思考这个问题太粗略，只想把什么事情都归结为简单的因果关系。他不会再犯那种错误了：洗刷自己，用烧红的针烧灼自己。不，他非要摸到卡洛塔的谜底不可。最后，他又闪过一个念头：想象自己成了出家人，跪在踏平的土地上。这地是他小屋的地，但它不是一个抬头就看见十字架的地方，而是玛德琳的照片，就是她在埃尔斯特办公室见到的那一张。

他走出饭馆。天这时已全黑了，只有一些星星在高高的建筑物之间闪烁。偶尔一辆小汽车驶过，在街头闪亮一下，然后又是一片黑暗。斯科蒂不知道该不该回家去。他害怕家中的电话告诉他已经发现了尸体。他不怕在他这具身体上再施加更多的疲劳，因为他对这场灾难负有责任。他在一种迷茫的状态下无目的地乱走。他要坚持到天亮。有一个尊严的问题。至于别的事情，也是这样：玛德琳跑到什么地方，都会有人惦念着她。小欧律狄刻！

泪水涌上他的眼眶。他竭力把虚无想象成一幅具体的画，这样他才能陪她在那个世界里度过第一夜。他可以接近的最近的地方是灯火全无的巴黎。

斯科蒂在堤岸上一排座位里坐下，用手把着椅背。明天他就要走了……他头发昏，于是闭上眼睛，用一点时间理一理思绪。

“你终于要睡觉了，逃避责任的人！”

他大张着嘴睡了，像个坐在警察局长凳上过夜的氓流。他被冻醒时，已经睡了很久了。他呻吟了一声，转转右腿，走了。在晨曦中，他冷得发抖，口中干渴，难受至极，便走进一家刚刚开门的小咖啡馆栖身。收音机在乌拉乌拉地大声广播，宣告形势混乱，步兵正忙于插进几个敌方的缺口。他蘸着咖啡吃了两块点心，然后就乘地铁回家了。

他刚关上家门，电话就响了。

"喂，是你吗，斯科蒂？"

"是我。"

"我说对了，你知道，她是自杀了。"

最好什么话都不要说。他难过地站在那里听着埃尔斯特喘气，好像正对着斯科蒂的耳朵向里面吹气。

"我昨天晚上知道的，"他终于说，"一个老太太在圣尼古拉斯一所教堂的钟楼脚下发现了她。"

"什么地方？"

"芒特以北……在萨利和德罗库尔之间一个一点都不重要的小村里……我不能相信。"

"她到那儿干吗去了？"

"等等。我干脆把什么都告诉你吧。她从钟楼顶上跳下来，掉在教堂院子里。尸体已经被送到芒特医院。"

"可怜的人呀，你可怎么受得了。你去了吗？"

"我刚回来。当然，我是立即去的。我想找你去，可你不在家。我有几件紧急的事要办，然后再回芒特去。警方已经开始调查了。"

"他们必须调查，然后会说是自杀。"

"有两件事他们搞不懂。比如，她为什么跑那么远去自杀，我不知道怎么向他们解释。我不想让人们知道玛德琳……"

"他们不会看得很远。"

"反正一样，我想请你同我一起去。"

"不可能，我恐怕我在奥尔良有个大案子要去办。我不能再拖下去了。"

"要去很久吗？"

"啊，不，顶多两天。我以为你不必叫我去。"

"我再给你打电话吧……我希望你能参加葬礼仪式。"

埃尔斯特还在喘气，好像刚跑完步。

“我亲爱的埃尔斯特，”斯科蒂真诚地说，“我实在太抱歉了。”

他放低声音问：“她摔得厉害吗？”

“除了脸——她的脸太可怕了！幸亏你没见到。”

他放下电话，一只手扶着墙，让自己挺住，蹒跚着走向床铺。

“我也一样，”他哽咽着说，“我也一样。”

他一下子就睡着了，像块石头一样，睡得死沉死沉的。

第二天，他乘头一趟列车去了奥尔良。他不敢开汽车去。前线传来的消息让人担心，但却大力宣传没有事儿的样子，老百姓可以读到无数条这类标题：德军持续进攻，列日一带在激战，但是并没有任何具体的细节。文章躲躲闪闪，人们装出的乐观掩饰不住心中的焦虑。

斯科蒂在他的座位一角打盹儿。从表面上看，他还是他，但心里已被焦灼、忧郁和沮丧折磨成一堆死灰。他看了那幅肖像画后更痛苦了，但也使他更有了承受力。他为自己居然能够挺得住这场苦难而称奇。

到了奥尔良后，他在车站对面一家小旅馆住下。就在他出来买香烟的时候，他看见满满一车皮的难民，一个大货车上装着落满尘土的行李。有几个女人还睡在车里。他去看他的委托人，可谈的尽是战争。在法院门口人们传言军队正在溃退。人们责怪比利时人，骂他们没有头脑。一个年龄稍大的人回忆说，整整三天时间巴黎人听见马恩那边远远传来枪战声。

斯科蒂发觉奥尔良很随人意。傍晚，他沿堤岸漫步，看燕子擦着卢瓦尔河紫红色的水面飞行。在咖啡馆的台阶上，人们好像都在谈论着一个共同的秘密。白天长的夏天使得长长的夕晖显得哀婉动人。巴黎那边怎么样了？斯科蒂偶尔生出这样的问题，好像在康复期间小心翼翼地揭开绷带，瞅一眼伤痕长好了没有。当然，他还在难过，但最初那几天的剧痛已经让位给冷冻后的麻木，只是偶尔才被突如其来的记忆所刺痛。

他偶尔看见一篇文章。他一边喝咖啡，一边浏览报纸。第四版的头条新闻标题：警方正在就玛德琳的死审问埃尔斯特。他把这篇文章通读了两遍。警方好像已经排除了自杀的可能性。他知道事件的真相，形势一旦好转，他会立即去告诉他们埃尔斯特是无辜的。现在火车的运行还非常不规律。

随后几天的报纸版面全是报道北方平原正在受到激烈战争的摧残。谁都搞不清德国人、法国人、英国人和比利时人在哪里，好像全都乱成了一团，不可开交了。斯科蒂想到埃尔斯特的次数越来越少，即使这样，他仍打算一有机会便去澄清被搅浑了的事实。这种想法多少使他又恢复了一些自尊，使他多分享了一份与国人的同胞之谊。他去教堂参加纪念圣女贞德的弥撒，为法国，同时也为玛德琳祈祷。他这时已把国家的苦难与他个人的苦难不加区别了。法国就是摔在一所教堂钟楼脚下喋血的玛德琳。

后来，某天早晨，奥尔良的居民们开始轮流装车了。斯科蒂的委托人是头一批走掉的人。

“干吗你不也去南方呢？”他的一个朋友问，“你在这里没有什么可惦记的。”

他突然来了一股子勇气，试着给埃尔斯特打电话。没有人接。圣皮埃尔车站被炸毁了。

斯科蒂心如死灰，他上了开往图卢兹的公共汽车。他哪里想得到，他这一走就是四年。

## 下 篇

“深呼吸……咳嗽……再深呼吸……好……为了心脏……憋一会儿气……好！……再好不过了！……你可以穿上衣服了。”

医生看看斯科蒂。他穿着衬衫，不好意思地转过身，扣上按扣。

“结婚了吗？”

“没有，我刚从非洲回来。”

“你原来是个囚犯？”

“哪里。我是1940年入伍当兵的，可医生们说我体检不合格。我以为是我的肺有问题，我原来得过两年胸膜炎。”

“你想得到自己会活着回到巴黎吗？”

“不知道。我在达喀尔有业务，我现在要回我从前的营业所了。”

“律师？”

“对。问题是，我的办公室被别人占了。这些天要找个新地方。”

医生搔搔耳朵，看着斯科蒂。斯科蒂不住地整理着领带。

“你喝酒，对不对？”

斯科蒂耸耸肩，面露不悦之色。

“你的意思是，你可以从一个人的脸上看出他喝不喝酒？”

“当然，那是你的私事。”医生说。

“对，我喝一点儿，”斯科蒂承认，“生活不那么美好呗。”

这回轮到医生耸肩了。他坐在桌前，摘下自来水笔帽。“你总的情况不是令人很满意，”他说，“你需要好好休息。按照你的情况，应该去米迪、尼斯或戛纳休养。至于你跟我说你精神恍惚，这不是我的业务专长，你必须去找这方面的专家。我给你写个条子，去找我的一位同事巴拉尔医生。”

“照您的看法，”斯科蒂问，“严重吗？”

“去问巴拉尔。”

他的笔在纸上划拉着。斯科蒂取出皮夹子，拿了几张钞票。

“去食品部，”医生边写边说，“拿着这个证明书，你会领到额外的肉和钱。不过你最需要的是温暖和休息。避免操心的事，不要通信，不要读书——三百法郎——好，谢谢。”

他领斯科蒂去门口，这时又一个病人从另一扇门进来了。斯科蒂嘀咕着走下楼梯。专家！能挖掘出你心底秘密的专家！他会让你说出玛德琳死亡的真相。没门儿！相反，他就愿意过有梦魔打搅的生活，每天晚上在走廊的迷宫里匍匐梦游，或在黑暗中发狂似的找一个人。那是在达喀尔最热的时候，灼热的阳光能把他晒昏过去。现在，他得救了。

他拉直领带，朝泰尔纳广场走去。他几乎认不出这个巴黎了。它仍沉浸在冬季的迷雾里，有那么多空旷的空地，几乎只能走自行车和吉普车的街道。他觉得有点儿不适应它了，穿得过分讲究了。他像别人一样匆匆忙忙地走着。对这次行程的期待是什么？他认识了另一些女人，表明旧伤已愈。至少，他是这么认为的。

他走进“杜邦”店，挑了个靠窗的座位。寥寥几个职员在宽大的圆形房子里如若无人。除了咖啡渗漏壶的咝咝声外，死一般地安静。一个侍者绷着脸上下打量他，看他穿的衣服的料子，看他的羊皮鞋子。

“一杯科涅克白兰地，”斯科蒂说，“注意，要真的科涅克酒。”

他知道在咖啡馆或大饭店说话要注意用词。他拿起了架子，也许是因为那个侍者的表情激怒了他，他一饮而尽，放下杯子，小声说：“不错，再来一杯。”

他一只手握着杯子，一动不动地坐着。他能感觉到5月初的温暖，可以看到凯旋门周围川流不息的车辆。她来了，腋下夹着提包。她的眼睛里含着忧伤的阴影，仿佛面纱的影子。她凭靠在桥的护栏上，扔下一朵红郁金香……她撕碎那封信，让碎片在风中飞舞……

斯科蒂喝着白兰地，他这会儿感到老了。他还盼什么呢？孤独与疾病！……当别的战争幸存者忙着收拾坛坛罐罐，重建家园，更新朋友时，一句话，重新构想未来时，他却只知无谓地怀旧。他应该放弃的一件事是……

“服务员！再来一杯。”

他有意麻醉自己。他本不喜欢酒精，只是借它来重新点燃自己心底的死灰，让它们发出微弱的希望之光。他出门后，一阵冷风吹过，他咳嗽了。可巴黎已不再对他有敌意了。他到星形广场，在路边站了一会儿，做出等她的样子。雾气轻轻飘过，可是她没有来。她永远不会来了。埃尔斯特也许也离开了巴黎，斯科蒂走进克莱贝尔大街找那所房子。二楼的百叶窗关着，那辆塔尔博特车不用问已被征用。那些画儿呢？它们还挂在原处吗？壁炉架那一面那个梦一般的姑娘、天堂鸟呢？……他走进那房门，发现门房正在打扫门厅。

"找埃尔斯特先生。"

"埃尔斯特先生？"

她一脸迷惑地望着斯科蒂，然后才说：

"他早就死了，可怜的人。"

"埃尔斯特死了？！"斯科蒂惊诧地说。

再找下去还有什么用？他找了半天，就找出这么个结果。死，死，除了死，一无所获。

"您不进去了吗？"门房问。

她放下扫帚，打开她住房的门。

"我1940年走的。"斯科蒂说。

"啊，是这么回事儿。"

窗户旁坐着个戴金丝眼镜的老头。他一手拿着鞋子，认真地仔细看着。他抬起头。

"我没打扰您吧？"斯科蒂说。

"你可别买纸板做底子的鞋啊！"老人颤颤巍巍地说。

"您是埃尔斯特先生的朋友吧？"门房问。

"极熟的老朋友。他打电话告诉我他妻子的死讯，可我当天就得离开巴黎。"

"可怜的人，他一个人回来住受不了，因为当时又没有别的人来，我就亲自陪他。就是我摆放尸体，给她穿衣服的。你想想看……"

斯科蒂很想问她当时给玛德琳穿的什么衣服，也许是那身灰女装……

"坐下，"门房说，"我希望您能抽出几分钟……"

"谢谢……我听说警方传讯了他。"

"传讯他？我想他们会传他的，抓没抓他，我就说不准了。"

"可那是错误的，我认为她是自杀的。"

"她当然是自杀。但你知道警方怎么说的，他们说他有许多敌人——人们忌妒他有钱。在警察局着手调查一个人的历史以后，我都说不清他们来这里多少回了，尤其是他们提的问题！问他的情况，他妻子的情况，他们合得来吗……她出事的那天在这里吗……直问得你不知道自己在说什么。你记得查尔斯吗？”

那个老头用菜刀切割鞋底子。“对，”他唠叨着说，“问题乱七八糟，就像现在这个样子。”

“可他——埃尔斯特先生是怎么死的？”

“被人在勒芒附近的马路上杀死的。那天早上，他大摇大摆地走下来，说‘我受够了这个了，我已搬空了东西了，要是他们要我去，他们可以他妈的来抓我’。他认识我们很久了，你看，总是说他的心里话。于是，他把几样东西往汽车里一丢，就走了。我们后来听见……听见机枪声。他就在被抬往医院的路上死了……真遗憾……”

“如果我在这里，”斯科蒂想，“他就不会被迫搬走了。飞机就会扫射死另一个人，一个无人知道的人，反正不会是他。我现在就能和他说话，向他解释。”

他两手绞在一起。他根本就不该回来。

“命运跟他们过不去，可怜的人啊，”门房继续说，“他们相处一向很好。”

“她不是有点儿……怪癖吗？”

“没有，一点也不怪癖。她总是显得挺忧郁的，尤其是穿上深色服装时，可那仅仅是她的个性。她和他出门时永远是快快乐乐的。”

“就是不常出门。”老头不屑地笑道。

他补充老头的话，说：“东西还是原来的那个样子，他总没有时间，老在巴黎和勒阿弗尔之间来回跑。这你不能否认吧？”

“她埋在哪里？”

“圣康。在那儿，不幸还不放过她。美国人轰炸查佩勒时，挨铁路的那部分墓地被整个儿掀翻，埋在那块儿的尸骨与碑石撒了一地。就我知道的，人们在那里举行了一次仪式，重新埋了那些骨头。”

斯科蒂的身子在大衣里发抖。他拉起衣领遮住自己的半个脸。

“她的坟呢？”他勉强又问了一句。

“和别人的一样，没什么两样。人们填满了墓穴，其实就是弹坑，整平地面，这就是人们还能做到的事情了。”

“不必为死者惋惜，”老头说，“他们比咱们强多了。”

斯科蒂用力压下去那些要浮出他脑际的可怖景象。他觉出没有流出的泪水是苦涩、无力的。现在比任何时候都更应该结束它：把这一页翻过去。玛德琳不复存在。她有古怪的火葬（炸药）仪式，她的骨灰随之散落四方。那张时时来困扰他的脸现在没有了，彻底地没有了。他必须将它推回到它本应去的阴间，准备再生。

“住宅呢？”

“关了一阵子。她的一个表妹已继承了那宅子。非常非常悲惨啊！”

“是吗？”斯科蒂小声重复道，“非常悲惨。”

他拿起帽子，站起身来。

“我理解，叫你非常吃惊，”门房说，“在你突然听到一个老朋友死去的噩耗时。”

老头开始在新鞋底上钉钉子，锤打的声音很难听。斯科蒂差不多是跑到大街上的。蒙蒙细雨打在他脸上，形成一层薄薄的膜。他又一次感觉出一股热浪在他的血脉中升腾。穿过马路后，他在那个小咖啡馆里坐下。在这里他不止一次地准时等待过玛德琳。

“来杯烈性酒。”

“看您就是喝烈性酒的主儿。”侍者四下望望，放低声问，“一点威士忌行吗？”

斯科蒂懒洋洋地靠着柜台。一股暖流通过胃向全身扩散开来，他的悲痛像一块冰那样融化了，变成了一种平静的忧伤。

也许，整个这个故事就是一个梦，在大喜大悲中杜撰出来的梦。不，不会是个梦。他口袋里还装着那个打火机呢。他往两唇间放上一支香烟，从口袋里取出那个打火机，在手里掂了一两秒钟。应该把它扔掉了？或者，要是他没有勇气扔掉，可以遗失它，好像一个人不忍心杀死一条狗，也许，以后……而现在……

他总是这样：一个决定比一个决定没有决心。他放下空了的杯子，老老实实地付了款。他喜欢看人们卑躬屈膝的笑脸。

“能叫辆出租汽车吗？”

“唉，不好叫啊。您去的地方远吗？”

“芒特附近。”

“啊呀！别急，我想我能帮助你。”

侍者一直笑脸相待斯科蒂，拨了三次电话。最后，他说：“古斯塔夫拉您去。当然啦，也许会贵一些。黑市上的汽油价格……”

一辆似乎就要散架的出租车立即开到。离开之前，斯科蒂站着喝了个够。在心中想好了目标后，他已没有任何顾忌。上车后，他对古斯塔夫说：“咱们去芒特北面的一个小地方。在萨利和德罗库尔之间有个小村庄……我会给你指路，我在那里不会久待。”

他们的车开了。斯科蒂坐在车里，感到冷彻到骨，瞅着窗外掠过黑色的田地，心里努力构想着抽出新芽的树林和白色花坛组成的画面。

“萨利到了。”古斯塔夫说。

斯科蒂用手指在蒙着雾气的玻璃车窗上擦出一块空白。

“下一个路口向右拐。大概再走二三百米。”

出租车沿着满是车辙和坑洼的小路颠簸着行驶。从树上滴下变黑的雨水，落在沟壑中的枯叶上。偶尔闪过一所房子，烟囱里还冒着烟。

“前头有个教堂。”古斯塔夫说。

“有高高的钟楼吗？就是那里。”

出租车在教堂前停下，就停在很久以前希姆卡车停放的地方。斯科蒂走出车子，仰望环绕钟楼而开的檐口。他没有激动。可他感到了这辈子都没有感到过的寒冷。他走向他在钟楼上看见屋脊的那些房舍。它们还像从前那样杂乱地挤在山坡上。山坡一侧是栗子树光秃秃的树干。许多母鸡在十几间农舍周围走动，也不啼叫。有一个低矮的商店窗口，上面的字迹已经看不清了。斯科蒂低头走了进去，有蜡烛和石蜡的味儿，货架上有几张发黄的明信片。

“您要买什么？”从里屋走出一个老太太。

“有可能买几个鸡蛋吗？或肉？我有残疾，你知道巴黎的情况吧？”

他的要求卑微，但态度不够讨好。他知道她会拒绝的。他用满不在乎的神情把玩着带画儿的明信片。

“没关系，”他说，“我会要些别的东西。我想买这张有教堂照片的明信片。圣尼古拉斯教堂，是吗？这使人想起一件事。我看到报道那件事的报纸，那是4年前的5月，没有人谈起是自杀事件吗？”

“有。一个女人从教堂钟楼上掉下来。”

“我现在想起来了。是巴黎一个企业家的妻子，对不？”

“对。叫玛德琳·埃尔斯特。我永远不会忘记这个名字，因为是我发现尸体的。从那以后，我们的麻烦可多啦，但我至今认为那是个可怜的人。”

“你这里不会没有白兰地酒吧？我好像冷得快受不了了。”

她用她那阅尽人间苦难的眼睛盯着他，不再有任何拒绝的表情。

斯科蒂把明信片装进口袋，在柜台上放了几个小钱。老太太很快拿着一个瓶子和一只杯子回来了。酒很烈，直烧喉咙。

“从教堂钟楼跳下来，一个好玩的想法。”

她把两手放在围裙里，或许她并不认为那是一个太坏的想法。

“她肯定达到了她的目的，”她往下说，“喏，那个钟楼高60多英尺。她是头朝下掉下来的。”

斯科蒂差点儿脱口说出，“我知道，我看见的”。

他这时不禁直喘气。但他没有意识到这是他在痛苦。他只是觉得玛德琳又一次从他身边溜走了，真的一劳永逸地毁灭了自己。从这个老太太嘴里说出的每一个字都像是从墓穴里铲出的一铲土。

“当时村里只有我一个人，”她往下说，“所有的男人都当兵去了，女人都出去到地里干活去了。6点钟时，我进教堂给我正在前线的法国军团打仗的儿子祈祷。”

她停了一会儿，这个穿着黑衣服的干瘦的小女人。“我抄近道儿从通过圣器收藏室的门走出来，穿过院子。这样我就必然要看见她。她躺在钟楼脚下。我把情况报告到宪兵队，可真费劲哪！”

她盯着在门口一带刨食的母鸡。她肯定在回忆那个黄昏的恐惧与压抑，宪兵队的来来往往和亮着马灯勘察现场。

“那一定是一次让人非常痛苦的经历。”斯科蒂说。

“是的。更糟的是，宪兵队在这里待了整整一个星期。他们推测说那个可怜的女人是让人推下钟楼的。”

“让人推下去的？他们凭什么这样认为？”

“一个在萨利的人说，他看见一个男人和女人乘辆小汽车从这条路走了。”

斯科蒂点上一支香烟。于是，这件事就是那样的了！那个人看见他了，把他当成了丈夫，所以，他更该对死去的埃尔斯特负责。

但是，现在澄清事情的原委还有什么用处？没有人会感兴趣。他喝光杯中的酒，又看看还有什么可买的东西。除了扫帚、一捆捆柴火以及毛线团外，就啥也没有了。

“谢谢您的白兰地。”他小声说。

“不用客气。”

他走出小店，扔掉烟头。香烟让他直咳嗽。回教堂去吗？他犹豫着。再进去一次，跪在她祈祷的那个地方？不了，她的祈祷终归徒然。她的肉体已经散入空中。他想到尸体复活的说法。玛德琳尸体的碎片可以在最后的审判日重新由分散的原子结合复原吗？

“天哪，玛德琳。”他悄声地说，向上望望白嘴鸦在其周围聒噪的十字架。

“回巴黎吗，先生？”

“回去吧。”

就在那天下午，他忍不住去看了巴拉尔医生，像对神父忏悔那样，向他全盘托出这件事的情况。当然会有所省略了：他没说出埃尔斯特的名字，也没提警方的怀疑。不能再捂着这件事了，他几次差点儿哭出来。

“所以，你就到我这里来了，”精神病医生说，“你还在寻找她。你不愿相信她已经死了。”

斯科蒂迟疑着。

“不完全是这样。她死了，这是明摆着的。我知道她死了，可我忍不住总在想——当然，你可以说这是发狂——我忍不住想到她的曾外祖母卡洛塔，在她们之间有比亲戚关系更近的关系。”

“你想告诉我，这个年轻女人玛德琳已经死过一次了。是这样吗？这就是说你相信了这种说法。”

“不是相信，大夫。我是在告诉你我亲眼所见和亲耳所闻的事。”

“不管你见到听到什么事，归结成一句话：玛德琳可能活得挺好，因为她已从坟墓里回来过一次。”

“如果你要这么说的话……”

“你当然不说得这么糟，可你无意中做的事反而搅乱了主要问题——躺在床上，好吗？”

医生用了很长时间检查他的反应能力。他无奈地做鬼脸。

“你从前喝酒？”

“不喝。是从达喀尔一点一点喝上的……”

“麻醉品呢？”

“绝不接触。”

“我怀疑你是不是真的想治病。”

“当然是真的。”

“那你必须马上戒酒。你必须忘掉那个女人。你必须告诉自己她死了，永远死了。你明白吗？是永远。我再问你：你是真的想治病，真心诚意地想治病吗？”

“对，是真心诚意。”

“你必须不畏一切困难，坚定不移。我给你一张条子，去找我的一个朋友，他住在尼斯附近。”

“你不是要把我关起来吧？”

“不，不。你还没有严重到那个程度。我送你去那儿部分原因是气候。你从热带回来，需要多晒太阳。你还有钱吗？”

“有。”

“我先告诉你，那需要很长时间。”

“我尽量多待些日子。”

“太好了。”

斯科蒂觉得腿发软，便坐下了，差不多没再听医生下面在说什么。他只是一个劲儿地说：“我是真心诚意地想治好病。”

“我可以给您叫一辆出租车吗？”医生的助手问。

“走路对我更好一些。”

他去了一家旅行社，订了一张当晚的车票。他现在可以做的事就是给法院和他的银行打电话。把事情都处理完毕后，他在城里闲逛。现在，他在这座城里成了陌生人。他要坐的火车9点钟开。他在下榻的饭店吃了饭，但还有四个小时的时间闲着。他走进电影院，连看都懒得看在放映些什么。现在他只想赶快忘记他看过的巴拉尔医生和被他问过的那些问题。他根本一分钟也没有把他会不会发疯当回事，现在他却害怕了。他觉得他两个肩膀之间发冷。他正在为喝酒死去吗？他又一次因懊悔而痛恨自己。

银幕亮了，在吵人的音乐声中放映新闻片：从戴高乐视察马赛开始，军服、军旗、刺刀，被使劲推搡到人行道上的人群，张着大嘴欢呼（听不见声音）的观众的特写镜头：一个胖子挥着帽子，一个女人转过身体，正好面对摄影机——眼睛苍白，五官纤弱，叫人想起劳伦斯画的肖像画中的某一幅。摄影机移动着，斯科蒂没有及时辨认出她。他半站起来向前探着身子观看银幕。

“坐下，嘿！”一个人叫道，“坐下！”

他提了提领子，胸口闷得直想大叫。他视而不见地望着行进的军队，听见混乱的喇叭声。一只大手把他按回到座位上。

不，那不是玛德琳……他一直待到最后重放一次新闻片。他强迫自己冷静地看画面。他集中全部注意力等着那张脸，决心不仅要看清楚，而且要记住那张脸。突然，是那段镜头，一两秒钟；他像刚才那样半立起来，全弯着腰，另一半身子尽量放低。银幕上那个女人大约30岁，刚刚发胖，别的方面呢？她的嘴肯定不一样。但五官不可否认的一样，特别是眼睛。斯科蒂调动起自己的全部精神，尽力比较两张面孔，但到最后，他只能看见斑点了，仿佛他对着亮着的灯看久了后出现的盲点。

他当晚走不了了。没关系，他明天晚上再坐火车。但是这个晚上他有了一个发现：挨着她的那个男人显然是跟她在一起的，丈夫或情人。他拉着她的一只胳膊，怕她在人群中被挤散了。正是这个场面，他特别注意了前次没看清楚的东西。那个男人穿戴高雅，有一个相当显眼的珍珠领带别针。那个女的穿着毛皮上衣。

新闻片刚放完，斯科蒂就走了。街头灯光昏暗。天下着毛毛雨，他把帽子拉低，遮住眼睛，因为有风。他在这样做时，还想起一些别的事。马赛的那个男人穿着大衣，可光着头。在他身后，离开焦点，一家旅店的正面竖着写着三个字母：RIA。也许这是那家旅店的名字，在夜里亮着光，有点儿像是“阿斯托里亚”，还会是别的地儿吗？

不会是别的饭店。他俩肯定就住在那家饭店，从那儿跑出来看部队经过该地。至于相貌嘛……

肯定有一个是。但是是又怎么样呢？相像——没有什么大惊小怪的，每天都有人被别人联想到另外的人！他又在自寻烦恼。马赛有一个幸福的人，他有一个女友的眼睛碰巧像……幸福的男人在战争过后的现在多如牛毛哇。他早应该习惯这些了，即使这种联想让他感到痛苦。他回到饭店，直奔酒吧间。他向那个医生保证过，可他为了报复阿斯托里亚饭店里那幸福的一对儿，他现在急需喝一两杯。

“威士忌。”他说。

他连饮了三杯。他要正经好好管管自己，现在又破戒了。他发现威士忌比白兰地有劲得多。它几乎是一举就消除了歉疚、疑虑、怨恨。总有些东西是消灭不掉的——永远感到不公正。酒精毕竟不能完全打消一切吧。斯科蒂上床睡了。他延期离开这里的决定并不明智。

次日一早，他给检票员手里塞了几张钞票，便在一节车厢里安顿下来。金钱的力量真是无穷大啊！但他觉悟得太晚了。没有用钱带来尊贵，没有用钱制止他得热病、忧郁或被解职。如果他战前是个富翁，如果他能给玛德琳提供……又来了！他必须立即切断这种种念头。

尽管这样，他还没有扔掉她的打火机。也许是因为那段荒谬的镜头吧。他什么时候都可以扔掉它，现在就行，丢出车窗不就成了。也许他会这么做的。有些东西是有害的放射性物质，慢慢地毒害着它们主人的生命。例如，钻石。

打火机不是吗？为什么不扔掉它？尽管这样，他知道，但他没有扔。它是他曾经幸福过的一个见证。他大概得到棺材里才会放下它吧。到了地底下还捏着一个金色打火机！

又一个荒谬可笑的念头！

斯科蒂把头靠在发皱的座套上，任车辆颠簸，眼睛对着飞掠过的现实世界，却视而不见。他感到他在跟自己玩游戏，乐于疲劳，然后再找到新的自由。在尼斯，他没准儿会为自己在城外买一所漂亮的小宅子。他几乎一整天没睡。后来，当蝙蝠在早晨的空气中扇动翅膀时，他已斜躺在座椅上什么也不想了。啊！不想了！他正在向无意识的深渊滑去，像一个流浪汉加快步伐赶路回家。

火车在马赛停下，斯科蒂走到车外。当然，要在这里待一待。为了证实这点，他咨询了检票员，但那个人的回答没有用。

“你的票允许你旅途中可以下车一个星期。”

好吧，要是真有这么个规定，他就下车住下。也不用住一个星期，只需住一晚就足够查实那件事了。他叫了辆出租汽车。

“阿斯托里亚！”

“瓦尔多夫的阿斯托里亚吗？”

“对。”斯科蒂回道，心里暗暗发笑。

他在饭店宽敞的前厅里留神地张望。他非常清楚他这是在自己玩游戏。他害怕他自己——虽然这个游戏并不出自恶意。他忐忑不安，但感到挺快乐，因为他根本不知道他在祈盼什么。“住一个晚上？还是几天？”

“不知道，反正得住一住的。”

“我们只剩二层那个大套间了——一个大间带个小客厅。”

“正合适，我要了。”

他实际上很高兴。他需要侈奢一下了：这套房间正是他上演喜剧的适合场景。他上楼时问开电梯的小伙子：“戴高乐将军来过这里？”

“一个星期之前的星期四。”

斯科蒂掐指一算。十二天了，时间不短了。

“你见过一个领带上别着珍珠别针的中年男子吗？”

“没……我说不上来……我们这里人太多。”

这里的人当然太多了。没有什么可失望的。他进屋后头一件要做的事就是锁上门。一个顽症似的习惯。他对门锁、门闩之类的保险器具总有点儿着迷。这种痴迷一直有增无减。

他刮脸，换衣服，照镜子，看到自己面目一新才住手。这是这个游戏的重要部分。他看见镜子里人的眼睛一闪一闪的，很像个演员。他信步走到酒吧间，一手插在口袋里，好像随时准备遇见一位昔日的老朋友。他扫视了一下四周，目光只在每个女人脸上稍停一下。他在吧台前一张凳子上坐下。

“一杯威士忌。”

空出一块狭长的地方供人跳舞。坐在高背椅里的人们都在聊天。一群男人站在吧台附近手夹烟卷，小声地密谈着什么。玻璃杯子里插着小旗子，灯光照在酒瓶上，音乐断续、缓慢地回旋着，这些使得生活像篇小说。有点热了。斯科蒂一口气饮完威士忌以后，感到全身都热了。他觉得全准备好了。为了什么事？

“我还要一杯。”

准备毫不畏惧地认识他俩，准备好好地看看他俩。如此而已。他不再问了。也许他们在餐厅里，他走进宽大的餐厅，一个侍者马上来接待他，领他到一张桌子前。

“先生就一位吗？”

“对。”斯科蒂答道，他的心思不在这里。

灯光有些炫目，他有些害怕那些人，没有仔细看他们的面孔，就坐下了。他胡乱要了份点心，然后才多少有点儿不自在地环顾了一下自己的周围，都是男士，没有几个女人。没有人注意他。为什么要他们注意自己呢？他引不起任何人的兴趣。他突然觉得必须得承认他是在浪费时间：他在电影里看见的那对男女可以随便住在哪个旅馆里，难道他还要搜查遍整个城市吗？他俩完全有可能是驾车去某地的途中路过马赛。而且，要是他找见了他们，会使他前进一大步吗？为了找一个好像跟玛德琳长得相像的女人？为了再次点燃他已发誓熄灭了的火焰？

他感到可怕的孤独，强迫自己用餐。他为什么要自己回巴黎，一头扎进遍布整个欧洲的喜悦与仇恨的旋涡呢？不，那仅仅是个借口。他现在觉得自己是被浪潮冲上沙滩的一块遇难船只上的木头。他要做的唯一的事情是，回达喀尔去，重操他的旧业。如果他需要治病，那儿也有门诊部。

“要咖啡还是利口酒？”

“只要杯黄香李酒。”

时钟的指针在慢慢向前移动。他抽完一支香烟，又抽了一支。他的目光忧郁，前额出汗。人们起身走了，丢下一堆狼藉的杯盘。没必要住一个星期。明天就去尼斯小憩几天，然后告别法兰西。他站起来，两肋发疼，好像刚刚结束长途的跋涉。他是最后一个离开餐厅的人。

早上醒来后，他觉得嘴里有血腥味，心里感到自己挺可耻的。他满心沮丧地穿上衣服。他来这儿就是干这个的？这完全是他自己造成的错误！

他穿好衣服，匆匆看了眼时刻表。他觉得马赛是他去不得的禁地：那儿有烟雾、噪声、混乱。他也着急想要受到穿着白围裙女人慈母般的呵护，将要享受安静的乐趣。他正忙着构思另一个艳遇以抵挡住总要千方百计潜进他意识中的可怕念头：我已不中用了。

他走在铺着厚地毯的走廊里时，他的头还在疼着。他慢慢地走下楼梯，来到接待柜台前，呼吸略见舒畅了。右边一间敞开的小屋里，人们正在饮用咖啡和吃蛋卷。身强力壮的那些人张着大下巴吃得津津有味，看了让人顿生厌恶。斯科蒂看见一个矮胖的男人——这是在梦中吗？——在那个人的领带上……

天哪！会是他吗？一个穿戴得整整齐齐的50岁的男人，他正在把一个蛋卷儿切成两半，与对面的女人谈着话。女人背对着斯科蒂。她有长长的黑头发，一部分被毛皮上衣的领子盖住，披在肩上。为了看见那个女人的脸，他必须走进小屋。他应该进去，立即。他心里乱了好一阵儿。这种愚蠢的感情上的震动对他一点儿也不好。他机械地取出一支香烟，然后又急急地放回去。早饭前他不能抽烟。他开始试着说服自己：他对饭桌上的那一对男女根本不感兴趣。跟着，他放弃了这个借口，他放低了声音问柜台后面的侍者：

“那边的那个男人——大块头，正在跟穿毛皮上衣的女人说话的那位，你知道他的名字吗？”

“阿尔马扬。”

“阿尔马扬！他是干什么的？”

侍者眨眨眼，说：“他什么都干一点儿。如果你摸到了窍门，几天就可以挣很多钱。他就知道。”

“那个是他妻子吗？”

“啊，不是。他从来不固定地有一个女人。”

“我可以看看火车时刻表吗？”

“当然可以，先生。”

斯科蒂坐在餐厅里翻弄着书页，但眼光并没有在看时刻表。那个女的稍稍把身子向他这边侧过来。他可以从他坐的地方清楚地看见她了。识出熟人的突然感觉好似在他心中忽地点起一把火。玛德琳！他还有什么可怀疑的呢？当然她变了。脸发胖，显老了一些。是另一个玛德琳，还是同一个人？对，就是那个玛德琳！

他轻轻地靠在椅子里，头枕在椅背上。他竟然连伸手掏手帕擦去脸上泪珠的气力都没有了。他觉得他动一动身子，甚至动一动脑子，都会马上昏厥过去。所以他就那样一动也不敢动地静静地坐着。眼睛是闭上了，但眼帘关不掉突然出现在他脑海里的玛德琳的形象。

“如果那个人真是她的话，我就得死了。”他想，火车时刻表从手中滑落到地板上。

他慢慢地镇静下来了，恢复了常态。他真的不必失去理智，因为他看见的是玛德琳的幽灵。他睁开眼睛，不，不是她的幽灵。确认的定义不就是认出和识别吗？他知道玛德琳现在就坐在那个阿尔马扬的对面；同样，他知道自己不是在做梦，知道他是确确实实的斯科蒂，知道他正在因懊恼而痛苦。他痛苦是因为他同时肯定玛德琳已经死了。

阿尔马扬站起来了，挽住那个年轻女人的手臂。斯科蒂迅速拾起火车时刻表，在他俩经过他坐的地方时，用时刻表挡住脸。他瞄见毛皮上衣的下摆和那双优雅的鞋子。他最后望去时，看见他俩正在走进电梯里。电梯门的影子映在她脸上，就像是她罩着面纱似的。他又一次感到被往日之爱刺痛了。他悄悄站起来，不知她是不是看见了自己。他把火车时刻表交还给柜台。

“您还保留您的房间吗，先生？”

“当然要保留。”

他不得不喝下一杯威士忌，因为闪过他心中的念头太特别了，他需要全力以赴地好好琢磨琢磨。他能想起他们在罗浮宫谈的每一句话。

“我已搭着一个男人的手臂走完了这些展厅，”她说，“他很像你，只是有个络腮胡子。”

这句话突然变得清晰起来。当时他没能明白这句话。他太充满了朝气，被偏见蒙蔽了，还没有开始感到痛苦，还没有得病……现在他才能够接受事实真相，说说世事真是不可想象之类的话来安慰自己。正像卡洛塔的魂儿附在了玛德琳的身子里那样，现在玛德琳的魂儿又……这在他看来是同一回事。也许，在已被遗忘的时代里，他曾死死盯着那片紫色的海，那些褐色的帆……他也有可能死过一次、两次……他愿真有这么回事！但玛德琳已经有过了。

如果他说得对，他为什么还害怕呢？有什么可怕的呢？是害怕醒来吗？是害怕不再相信有这种奇迹？还是害怕愚蠢到追求鬼火？都不是，他只是害怕再次看见她，那时他会忍不住和她说话。但什么也不能阻止他跟她说话。因为，他太想跟她说话了。可是他能够承受得住她的目光和她的声音吗？

那天晚上，他为了晚餐换了一身黑衣服，要自己相信，他在服丧。他一走进酒吧间，就看见她在餐厅。她两手托着下巴，好像在遐想，而阿尔马扬在小声地同领班的侍者说话，好像在挑剔菜谱。斯科蒂坐下，对在吧台后面的侍者打了个手势。那小伙子理解他的意思，随即倒了一杯威士忌。两三对舞伴在跳舞。为了看清来就餐的人，他走向餐厅大开的折门，看见白衣侍者推着盛满开胃小吃的小车慢慢进来。她面带哀伤，正是令斯科蒂着迷的那种哀伤。在当年，虽然埃尔斯特给了她她想要的一切。奇怪的是，想到另一个人继承了她的财产，可她还这么穷，还要依附阿尔马扬这样的男人。阿尔马扬看上去就是一个诡计多端的阿拉伯的哈里发。她的耳环样式低俗，指甲涂着颜色，同另一个玛德琳相差太远了！斯科蒂有一种正在看被严重损坏了的电影胶片的感觉，还有个人正用旁白解说这个影星。她吃了一点儿，又啜了一小口甜酒。阿尔马扬站起身后，她好像松了口气似的，他们一起走进酒吧间，找了一张桌子。斯科蒂掉转他坐的凳子，背对着他们。但可以听见阿尔马扬在要咖啡。就现在吗？他能有这个勇气吗？

他交给吧台侍者一张钞票，就势从他坐的凳子上滑下。他只好转过身来，向前踉跄了两三步。这时，他从心里彻底摆脱了四年之久的苦难。过去和现在会和解为一，玛德琳应当又站在他的面前，就像他们当年凡尔赛之行后离别时那样。也许，她会已经忘记她怎样从他身边溜走的了……

突然，他下了决心。他转过身来，向前走了三步，对着年轻女人礼貌地鞠躬，请求她与自己跳舞。他近距离地看了几秒钟阿尔马扬那张略微发黄的面颊和黑色的眼睛。然后才瞅见玛德琳的脸冲着他抬起来。她那苍白的蓝眼睛里只有烦恼的神情，她绷着脸接受了他的请求。她难道会一点儿也没有认出他来吗？当他们在舞池里来回旋转舞蹈时，他的喉咙一直在哽咽，他觉得他仿佛一下子就违反了十诫，对神圣的禁忌表示了蔑视。

“我叫斯科蒂，”他终于小声说，“记得起来吗？”

她出于礼貌，做出努力回忆的样子。

“记不得了，对不起，我真的记不得了。”

“敢问您的芳名？”他又问。

“朱迪。”

他差点儿就要否认她就是玛德琳了，又觉得那是她的一个新名字。他心里比原来更乱了。他仔细地看她的侧影、额头、眼睛的颜色、鼻子的线条、突出的颧骨——每一个细节都同他熟悉的原先那个人一模一样，同他在记忆中珍藏的一模一样。

“我想你沦陷以前住在巴黎，是吗？”

“不，住在伦敦。”

“啊！……你原先喜欢画画儿吧？”

“不。我在国外期间做过一些小买卖。”

“你去过罗马吗？”

“从来没有去过。”

“你为什么要欺骗我？”

她看看他，用那双让人忘不掉的苍白、略显失神的眼睛。

“我从来不干那种事，我向你保证。”

“今天上午你在餐厅看见我了，你认出了我。所以你现在编瞎话……”

她想离开他，但斯科蒂紧紧搂住她。伴舞的音乐没有间歇下来的迹象。

“原谅我吧。”他说。

毕竟，玛德琳好多年并不知道自己就是卡洛塔。假如朱迪还不知道自己就是玛德琳，也就不奇怪了。

“我喝得太醉。”他自言自语地说。

他猛然把头扭向阿尔马扬，对她说：“他会忌妒我吗？”

“根本不会。”她悲伤地答道。

“我看是黑市。”

“当然，你也在黑市吗？”

“不，我是个律师……他特别忙吗？”

“不忙，他大半时间在外面。”

“那我可以在今天抽个时间见见你吗？”

她不回答。他把手臂下移到她的腰部。

“如果你需要我，”他喃喃地说，“我在17号房间。你别忘了啊。”

“不行，我……我现在必须回到他那儿去了。”

阿尔马扬吸着一支大雪茄，同时在看一本书，书名《解放了的王太妃》。

“我看他在明天之前没有你，也会过得很好。”斯科蒂说。

他鞠躬，然后上楼去了，忘了他还没有吃饭。在电梯里，他问电梯员：

“阿尔马扬先生在几号房间？”

“他住的是个套间，在11号。”

“跟他在一起的那个女人叫什么？”

“朱迪。”

“那是她的真名吗？”

“为什么不用真名？她的身份证上写的就是这个名字。”

他没像往常习惯的那样抠门儿，反而给了侍者一份不菲的小费。要是能知道……他会付给更多的小费。哈！他要是知道多好！他上床之前喝了三杯水，但没能驱散令他如坠五里雾中的疑团。他不得不承认他又被吓住了。她肯定已经认出了他，除非……尽管他装出醉态。有三种选择摆在他面前：她要么是装假，要么是得了健忘症，或者她压根儿就不是玛德琳。

他在愤怒中醒来。照他现在对这件事的观察来看，把他交给尼斯那个医生手中正当其时。他为自己前一天的说法感到脸红。他在马赛已无事可做。健康是第一位的，让这个长得极像玛德琳的姑娘见鬼去吧。

即使这样，他仍在暗中盼望阿尔马扬快快出去。他急着找到了11号房间。他轻轻敲了几下门，装作一个熟人来串门。

"谁呀？"

"斯科蒂。"

她打开门。她的眼睛发红，眼泡肿起，没有穿好衣服。

"好啊，朱迪，现在来有关系吗？"

她哭起来。他关上门，上了销子。

"怎么啦，我的小人儿？全对我说了吧。"

"他已厌烦我了。他在赶我出去。"

斯科蒂审慎地仔细看着她。是玛德琳，当然是为一个对他不忠而跟阿尔马扬或其他任何男人都走的玛德琳了。他把插在裤兜里的拳头攥得紧紧的，他的笑容显得狰狞。

"无事虚惊一场！"他用强装出来的口气打趣地说，"你想跟他要什么？我不是来补这个缺来了吗？"

朱迪听到这里泪如泉涌。

"不，"她叫道，"不……不能是你！"

"为什么不能是我？"他问，说着向她俯下身子。

经理先生：

我荣幸地通知你，所示总数已汇入你在马赛的账户。虽然这次撤资不能说成使公司负债，我仍要正式指出，反复发生操作不规范，大有可能造成严重之后果。我相信你的健康不再使你担忧，我们不久即会在巴黎相见，一切均好，生意兴旺。

笔者确信已把要说的话都写上后，在最后签上了名字：J. 特拉布尔。斯科蒂气得将信撕了。他很容易发火儿，特别是现在。

“是坏消息吗？”朱迪问。

“不是，真的不是。特拉布尔又在胡说八道。”

“特拉布尔是什么人？”

“我的低级合伙人。听他的，你会以为明天就是世界末日。他总是这样。巴拉尔医生叮嘱我需要休息……休息！”

他气呼呼地走了几个来回，然后简略地说：“走，咱们出去吸吸新鲜空气。”

他为不能住在瓦尔多夫·阿斯托里亚饭店的豪华房间惋惜。在这所法兰西饭店住，房间又小又不好，还贵得要命。这个地方唯一的好处，就是他们不怕撞见阿尔马扬。斯科蒂取出一支香烟，擦火柴。他现在不敢用那个打火机……她正坐在穿衣镜前梳头。

“我不喜欢这个发式，”他抱怨着说，“你不能变个做法吗？”

“怎么做？”

“我也不知道怎么做。可以在脖子后面留一个面包圈式的发髻。”

他是一时冲动脱口说出这句话的，刚说完就后悔了。挑起一场旷日持久的争吵有什么好处？他们已经烦了。和解很不牢固。他们像关在笼子里的两只动物，张牙舞爪，相向面对，只有睡觉时梦见笼子外面的广大天地。

“我在楼下等你。”

他直接走向酒吧间，沉着脸对着那个笑眯眯的侍者。站柜台的人都这样假殷勤，小声推销他的物品，好像只有这样才能消除顾客的戒心。斯科蒂要了一种酒。再也没有理由不让他喝酒了——他现在更应该喝酒！她发誓她不是玛德琳！他知道她是。对此，他已不再怀疑。

她走下楼来。他看见她下来时嘴巴因为一个不甚清楚的怪相而扭曲。他不喜欢她服装的颜色。不仅仅是颜色，剪裁得也很糟，还相当卖弄。她的鞋底需要高一点儿，而且，啊……整个面孔需要稍加重塑，脸颊向下凹一点点就可以充分利用那两个动人的颧骨了。眉毛经过淡淡的描画，还原成曾经误入到另一个世界的那个人有过的那种迷人的味道了。唯有那双眼睛完美无缺，唯有它们是绝对的证据。斯科蒂付了酒钱，迎上去会她。他恨不得双臂搂定她，拥抱她，紧得直到让她感到窒息。

“我已经是尽快了。”她说。

他微微耸耸肩。她一时不知道该说什么话了。连她把手伸到他腋下的方式都叫他感到不舒服。她太胆小，太顺从。她有点儿怕他。没有比这个更叫他恼火的了。他们并排默默地走着。他在想："要是一个月前她这样向我保证，我会乐死的。"现在她这样保证，竟让他感到从未有过的难受。

在一家商店的橱窗前，她却步了，这又惹恼了他。

"我想战争期间，你是缺衣少食、勉强度日吧？"他讥讽地问。

"我什么都有。"

"那时候，你就傍上了阿尔马扬，是不是？"

他知道这句话会伤害她，可已经收不回来了。从她抓着他手臂的力量上，他知道她害怕了。

"我有幸遇到了他。"

这次转到他被伤害了。就这样下去吧。这是游戏，但他不能中途退出了。

"喂，喂！"他生气了。

但生气有什么用呢？他拉着她向市中心走去。

"没有必要走得这么快，"她埋怨着，"咱们只是出来走走的。"

他不答话。他正瞅着橱窗。这时，他发现了他要找的东西。

"来吧，你一会儿可以提出要求。"

一个店员向他们鞠躬相迎。

"看看女装。"斯科蒂礼貌地说。

"在二层，电梯在那边。"

他已下了决心。让存心不良的特拉布尔给他使坏去吧。她要承认，她被迫也得承认……电梯员关上门，电梯上升。

"亲爱的。"朱迪小声说。

"安静。"

出了电梯，他走向一位售货员。"给我们看几件女装，拿你们店最好的来。"

"当然，当然，先生。"

斯科蒂坐下，他紧张得有点儿喘气。售货员小姐取出几件服装，拿着看朱迪的反应。

"那一件。"

"黑的？"

"对，黑的。"

拿给朱迪，"你试试吧，让我高兴高兴。"

她迟疑着，在提着衣服的售货员小姐的目光下，她的脸一下红了。她顺从地走进试衣间。斯科蒂起身来回踱步。这和当年完全一样：他在等她。一样的躁动不安，一样的憋气感。他又活过来了。他的手在裤兜里紧紧地捏着那个打火机。这时，他觉得时间过得很慢，觉得心里紧张得快挺不住了。他便在衣架上寻找一身灰色女装。必须是灰色的。服装倒是有好几套，可就是没有那种灰色的女装。当然不会有和他记忆中完全一样的灰色女装了。何以见得这么久了他还认得它呢？他能肯定他的记忆不会欺骗他吗？

试衣间的小门开了。他转过身来，受到的震惊不亚于当初在瓦尔多夫饭店乍一发现她的程度：玛德琳复活了。对，好像认出了他而突然停下脚步的玛德琳；她面色苍白，表情仍是那么忧郁和若有所思。这都是他很熟悉的啊。他刚要伸出手去，又收了回来。不对，好像仍有哪儿不对头。他怎么没有注意到那对耳环呢？

“脱下来吧。”他低声说。

她还没明白过来，他就动手扒下她身上那件高级女装。动作有点儿粗鲁。然后，又退后几步打量她。那种失望的表情是没有能够达到他要求的那种效果的画家才有的。

“好，”他说，“玛德琳总穿那身服装，我们也买这么一身灰色女装吧。如果尺寸一样……是吗？啊，好，请包上吧。请问，哪儿卖鞋？”

朱迪也不推辞。也许，她理解他何以用一种挑剔的眼光仔细观看每一双鞋，为这种或那种理由退还店方。最后选了一双光滑发亮的女鞋。

“好，现在你穿上这双鞋走几步。”

足踏高高的高跟鞋，身穿紧身黑色女装，她看上去简直像换了个人。

“很好。”他捻响了一下手指。

售货员小姐吃了一惊，抬起头来。他立即改变口气说：“这双鞋很好，其他的收起来吧。”

他牵起朱迪的一只手，把她拉到镜子前。

“你瞧，”他小声说，“看看你自己，玛德琳！”

“别……”她恳求似的。

“住嘴！只要再努一下力。你看镜子里那个穿黑衣服的女人……就不是朱迪啦……使劲回忆回忆。”

可以看出她很痛苦，恐惧使她的脸变形。只在偶尔的瞬间，留意观察才能见到这张脸的真相。

他不罢休，又拉玛德琳上电梯。他要再看看发型，因为他忽然嗅到了发油的香气。这大概更容易让她记起过去。他要不顾一切后果地弄清这一切。

他们没有找到他要的那种香水。他徒然形容了半天。

“没有，”香水柜台的小姐说，“我想找也是白找。”

“我肯定你们有。我怎么形容呢？闻着像泥土味儿，枯败的花朵发出的那种味儿。”

“您是指香奈儿 2 号？”

“也许吧。”

“这种香水生产量很少很少，也许您可以在小商店里的旧货存库里发现瓶装的。我们这里恐怕帮不了您的忙。”

朱迪拽拽他的袖子，可他还不走，若有所思地拨弄着香水瓶。缺了香水，复活就不全了。终于，他任她把自己拉走了。但他直到为她买了一个质地柔软的帽子才离开商店。他一边付款一边从眼角偷看站在他身旁的这位令他心动而又熟悉的侧影。一丝温情温暖了他的心。他拉着玛德琳而不是朱迪的胳膊！

“你为什么买这些没用的东西？”她问。

“为什么？因为我想让你发现你自己，因为我想知道你的真相。”

她昂首表示轻蔑。他能感到她的高傲，她的敌意，可是他紧紧地拉着她贴着自己的身子。她终于不再想离开，顺从了他。

“我想让你完美，”他继续说，“阿尔马扬的事一笔勾销，就当他从来没有存在过。”

他们默默地走了一两分钟，虽然他想着不再去想，可他还是扔不下这个话题。

“你不可能是朱迪，”他说，“不是。你必须听我说，你看我可没有生气。我是在心平气和地跟你说话。”

她叹了口气。这总激起他的无名火，可这回他尽量压住自己的火气。

“对，我知道，你是朱迪。你同你的叔叔查尔斯原来住在伦敦。你生在孚日山中一个河边小村当不莱芒。这些你跟我说过许多许多了。但这不是真话，不可能是真话。你还在犯错误。”

“看在老天分上，咱们别再从头说一遍了吧。”

“我不想从头再说一遍。我的要求是请你好好回忆回忆。只要你开开一个小缺口，你就会发现障碍在哪儿了。也许是你在过去的某个时间生了病，重病。”

“我向你保证……”

“人们常常生一些怪病。”

“我不会忘记生过的病。我知道我 10 岁时得过猩红热。”

“不对，根本不沾边儿。”

“我已经受够你这一套了。”

他决定要有耐心，仿佛玛德琳是一个不能再稍稍刺激、为一点点小事儿就会暴怒的危重病人。

“你几乎没有告诉过我你小时候的情况，”他说，“我挺想知道的呢。”

在他们经过格罗拜·巴拉迪博物馆时，他又说：“咱们去这里头，这是个谈话的好地方。”

可是他一进大门就知道自己犯了一个大错误：他的心开始感到加倍的痛苦。的确，他们的脚步声，周围静悄无声的展品、绘画和肖像，都使他一阵剧痛地想起罗浮宫。就在她为了不打破空荡荡展厅里的静穆而压低嗓音说话时，他突然找回了玛德琳的音调。淡淡的女低音增加了他对她的确信。

斯科蒂在听她说话，更是在听她那音乐似的话音。她在向他讲述自己的童年。同玛德琳的很相似：像玛德琳一样，她也是个独生女儿；说到这里，斯科蒂真想把她抱在怀里。他们在维厄港的画图前停下脚步，他用发抖的声音问她：“你喜欢这种画儿吗？”

“不，我不懂。我对绘画一窍不通。”

他叹了口气，带她走进摆满船只模型的展厅——轻快多桅小帆船，单层甲板大帆船，单桅三角帆船，还有一套精致网络式索具且四面带炮眼的三层甲板的船。

“跟我说些别的吧。”

“你想知道什么呢？”

“什么都想知道。你说过的，你曾想说的。”

“啊，我认为我是一个和别人一样的女孩儿。也许性情不活泼……我读了不少书，喜欢古老的童话和传说。”

“你也喜欢这些？”

“小孩儿们都这样。我过去常常在山坡上闲逛，自己给自己讲故事，把生活等同于童话——我错了！”

他们步入古罗马文物收藏厅。全身雕像和半身雕像们留着剪短的头发，瞪着无珠的眼睛站在那里，对着墙壁做着白日梦。斯科蒂的不安加剧了。那几个执政官让他想起埃尔斯特，甚至回忆起他俩说话的片段：“我想请你盯我妻子的梢……我是担心她……”

他俩都死了，可他们的声音还活着。他们的物质形态也是这样——玛德琳像过去那样走在他的身旁。

“你从来没在巴黎住过吗？”他问。

“没。我在去英国时路过那里一次，就这些。”

“我问她，像是怀疑她，”他想，“她像是犯了罪似的。”

这么一想，他就丢掉了刚才的头绪，想不起他原来往下要说什么了。他痛苦，他失望。他心不在焉地听玛德琳讲话。她在撒谎吗？她撒谎的理由是什么？她怎么可能现在就编造出那么多细节讲给他听？最让人可疑的是，万万不能相信她不是别人，她就是朱迪。

“你没听我说话，”她说，“怎么啦？”

“没，没……我只是有点儿累了，这里太……”

他们快步穿过几个展厅，走向出口处。斯科蒂很高兴又听到了外面的车辆声，又看见了太阳。他想一个人待会儿：他想喝一杯。

“我要在这里离开你去食品部，打听打听我的那份补贴是怎么来的，你好自为之吧。你买你喜欢的东西吧。在这儿等我！”

他抓了一大把钞票，立即又懊恼了。他怎么把她当成了自己的夫人？这已弄坏了一切。他把她变成了一种既不是玛德琳也不是朱迪的畸形人。

“别去太久了啊！”她在后面叫道。

他离开她二三十码远后，差点儿又跑回来。她的步态、肩的微微的动作——她沿着阳光照耀的人行道走路的每一个细节都和过去一模一样。这时，她正要横穿马路。天啊，他就要失去她了，这回可是他撒开双手放她走的啊。

不，他这个傻瓜！她才不会跑呢，没有失去她的危险！她不那么傻。她会在他的饭店里耐心地等他回来。

他直接走进一家咖啡馆。他无计可施了。

“一杯法国茴香酒！”

这杯冷饮没有让他冷静下来。就是再饮一杯既不能消去他心头的烦恼，也不能使他想出更好的办法。朱迪是玛德琳，又不完全是玛德琳。假如你的巴拉尔医生们能找出这件事情的谜底的话，他们会不感到奇怪吗？除非他斯科蒂自己一开始就弄错了，那就是他的记忆同他耍了个花招。毕竟，他认识玛德琳的时间太短，加上中间出了事，不，不会都错的。她不是日夜困扰过他吗？她的形象不是总像幅画像似的在他眼前浮现吗？他一闭上眼睛就能看见她，认出她。

事实是，她不同于其他女人。正如玛德琳当中有一点卡洛塔，朱迪当中也有一点玛德琳。她的灵魂在把自己融入另一个新的肉身之前，似乎还有些犹豫……也许，她最后会完全变成朱迪……不，他绝不允许这样的事发生，因为朱迪是一个正在变老的女人，因为她既没有玛德琳的个性，也没有玛德琳的魅力，因为她在他举出的证据面前也没有对上号。

他又要了一杯酒。证据？他能说那些是证据吗？他在她面前摆不出一丝有效的证据！他是在精神上这样确认的。此外就没有别的了。为了挫败玛德琳的死不认账，强迫她承认她是以朱迪的身份隐瞒自己，他需要实在的、实物证据。什么呢？

他体内的酒劲儿上来了。在酒劲儿的鼓励下，他看问题就不那么灰心丧气了。或许，过硬的实物证据并不是那么难拼凑。他不止一次看见朱迪的身份证卡，上面写着："朱迪，1916年10月24日生于孚日，当不莱芒。"

他边想，边付了酒钱。对了，他的想法完全合情合理。他上了开往邮政局方向的电车。他尽力不在这时候思考这件事，怕在一个难点上想不下去。他研究站在自己身边的乘客的脸。他们似乎都无忧无虑，他特别希望自己成为他们当中的一员。

他在邮政局排队，耐心地等着打电话。只要不占线，他可以很快就知道……

"请接当不莱芒。"

"哪个地区？"

"孚日"

"当不莱芒？可能必须经过热拉尔梅，这样的话……"这位职工扭头问另一个邮局职工，"你知道吗——一位先生要打电话到……孚日的当不莱芒。"

那个人抬起头来，说："当不莱芒？那是块平地，德国人把石头都翻了个个儿，那儿有什么事儿吗？"

"一件出生证明。"斯科蒂接过话头说。

"什么都没有留下，就剩下石头子儿了。"

"那我该怎么办？"

那人耸耸肩，又干他的工作去了。斯科蒂走开。那里什么都没有留下，没有记录，但那身份证……那不证明朱迪在那几年以玛德琳的身份在那儿住过。

斯科蒂漫无目的地乱走。他为什么就不能爱这个女人而忘掉那个？他去邮政局，一无所获，什么证据也没有。好啦，好啦，那么，他该去当不莱芒到废墟堆里翻找一通吗？又来了！不可救药，讨厌！假如她厌烦了他的猜疑、他的呵斥、他的坏脾气，她会离开他吗？会，她会收拾行装走掉，那该怎么办？

想到这里，他觉得腿都发软了。他在大街拐角处停下步子，双手下垂，像是一个害怕心脏病发作的病人。待了会儿，他才慢慢地往回走。可怜的玛德琳啊！他觉得自己在为她的痛苦中还有某种快乐。可是为什么、为什么她死不说实话呢？

假如她说出来，假如她突然对她说，"对，我是死了。我从彼岸世界回来了。

我的这对蓝眼睛看见过……”

他会不会像被闪电击中，自己倒下来死去呢？

“我现在真的还在发昏，”他想，“可是如果照这样的逻辑走到极端，不是同发疯一样吗？”

在饭店里，他看见一个卖花的，就去买了一些石竹花和含羞草。这会给他们的房间增添光彩。朱迪会少一些像个囚徒的感觉。他上了电梯，小小的电梯间里含羞草的香气令他想起另一个人。他那股痴劲儿又来了。当他打开门踏进房间后，又变得沮丧、失望了。朱迪躺在床上。斯科蒂把花丢在桌子上。

“好吗？”他问。

不好！她在哭。他拳头攥得紧紧地冲上去。

“怎么啦？快些告诉我。出什么事儿啦？”

他双手捧起她的脸，对着亮处，“我可怜的人儿！”

他从来没见过玛德琳哭过。当他把她拖出塞纳河时，也没看见她脸上有眼泪。他闭上眼睛。“不要哭了，”他小声说，“请不要哭了。立即停下来。你想不到这对我意味着什么。”

跟着，他发火儿了，跺着脚说，“别哭了！我说啦，别哭了！”

她坐起来，把他拉到身边。他俩坐在一起，一时间谁都不再出声，好像在等什么。后来，斯科蒂抱住她的肩。

“原谅我。我的神经太紧张了，原谅我。你知道我是多么爱你。”

“该下去吃饭了。”她小声说。

“不，咱们就这么待着。我不饿。”

一个拖延时间的借口。只要黑夜来临，只要她的脸靠在他肩上，她就是他的玛德琳。他轻轻地沉入一种他从未经验过的平静之中。不，她们不是两个人，不必探试，不必解释……他不再感到害怕。

“我不再害怕了。”他喃喃地说。

她摸了摸他的前额。他觉到她的呼气喷到自己的颊上。含羞草的气味在流溢，流满整个房间。他轻轻推开她的身子。她的体温已传导到他的体内。他攥住摸着他脸的那只手。

“来。”

床铺陷下去一大半。他还握着那只手。他握着它，细细拨弄，好像在数手指。他这时认出了那个多骨的手腕，短短的大拇指，圆圆的指甲。他怎么会忘记呢？上帝！他太困了。他沉入黑暗，他的记忆在这黑暗里仍做着稀奇古怪的梦：在他面前有辆小汽车的驾驶盘，上面有只满是神经元的小手，同一只小手解开用蓝带系着的小包，并取出一张卡片。“欧律狄刻复活了……”他睁开眼睛。他身边躺着一个一动不动的人。他听见她在呼吸，然后抬起一只胳膊，他对着那个视而不见的面孔俯下身去，让自己的嘴唇贴了贴那双睡眼——它们闪动了一下，一个几乎无法觉察的反应。

泪水打湿了眼皮，他尝了尝眼泪的味道，然后在枕头下寻找手帕，却找不到了。

“我这就回来。”

他轻手轻脚地溜到洗澡间。朱迪的提包还放在梳妆台上的化妆品当中。他打开提包，伸手摸摸，没有手帕。他的手指接触到一件光滑的东西——椭圆形的珠子，一串项链。对，是一串项链。他把它拿到窗口，借着透过毛玻璃变成淡蓝色的灯光观看它。琥珀珍珠发出微微的金色。他双手开始发颤。没有任何疑问了，这是卡洛塔的那串项链。

“你喝得太多了。”朱迪说。

她迅速瞥了一眼邻桌，怕刚才说的话声音太高了。她很清楚地知道，这些日子人们对斯科蒂投以鄙夷的眼光。他报之以轻蔑，一饮而尽。除了颧骨处微微显红外，他的两颊都白了。

“这干白甜酒是不是假的呀？”他反唇相讥。

“都是一样的。你这么做是在害你自己啊。”

“说得太对了！我是在害自己。我这辈子都在害自己。不许你用这种话来教训我。”

他蛮不讲理地瞪着她。她为了避开他那对凶狠、埋怨的眼睛，就拿起菜单来看着。侍者走过来问：“要甜食吗？”

“就要一个小果馅饼。”朱迪说。

“也给我来一个。”斯科蒂说。

侍者刚一离开，他就向她靠过去。

“不够你吃的呀……想当年……”他的嘴唇微微发抖，坚持把这句话说完了，“想当年你一次吃掉三四个奶油球蛋糕，根本不在话下。”

“你说什么呢？”

“是说……你吃……不在话下……在拉法耶特画廊……”

“又是老一套！”

“对，就是使我曾经很幸福的那个老故事。”

斯科蒂的呼吸加快。他摸自己的口袋，后来又在朱迪的提包里找香烟和火柴。他找东西时眼睛一直没离开朱迪。

“你也不要抽这么多的烟。”她胆怯地说。

“我知道，这是另一件伤害自己的事。但我刚好乐意生病，喂，喂，要是我不行了……”他点上香烟，在朱迪眼前挥着烧过的火柴棒，说，“要是我不行了，也没有关系。你就曾经跟我说过这样的话，你说过‘死了更好’。”

她快失去耐心了，耸耸肩。

“对，”他接着说，“我可以说出你跟我说这句话的具体地点。在塞纳河边的库伯瓦堤岸。你看，我的记性不错吧。”

他笑了。双肘放在桌子上，眼睛在香烟冒出的烟气后面半眯缝着。侍者端上小果馅饼。

“吃吧，”斯科蒂说，“两个都吃掉。我吃过了。”

“别人都在瞅着咱们呢。”朱迪用恳求的口气说。

“什么？我连说话的权利都没有了吗？我的胃口这么好，刚好给饭店做广告嘛。”

“我真不知道你今天晚上是怎么了。”

“怎么也不怎么，亲爱的。没事儿。我的精神好极了……你怎么不用汤匙吃它们？你从前可是有这个习惯的啊。”

她推开盘子，拎起提包，站起身来，说：“真拿你没办法。”

他也站起来。她没说错：所有的人都在看他俩，但他一点儿也不在乎这个。别人都是不存在的，他根本不在乎别人怎么说他。他们当中谁能像他这样过过一个小时的这种生活？他可是日复一日地忍受着这种煎熬的啊。

在电梯前他追上了朱迪。开电梯的小伙子好奇地偷看他们。她用提包挡住脸擤鼻子，装作搽粉。她马上就要哭出来的样子，的确动人。再说，她也应该分担他所受的苦难，她是唯一有这个义务的人。他们默默无言地走在长长的走廊里。一进到房间，她便把提包丢到床上。

“我们不能再这样下去了，”她说，“这样没完没了地影射某件事情，某件我无法理解的事情，我受不了。我们过这种不安宁的日子还不如分开了好——你快快把我忘掉吧！”

她没有哭，但眼睛已经湿润了。斯科蒂惨然一笑。

“你还记得圣尼古拉斯教堂吗？你刚刚跪拜站起来时，你的脸就像现在这样苍白。”

她重重地一下坐在床上，好像被一只无形的手硬给按下去的。嘴唇在颤动。

“圣尼古拉斯？”

“对，那个教堂建在内地偏远的地方，但离芒特不远。你是在那儿死的。”

“在那儿死的？我？”

她突然趴在床上，两手抱着脑袋。她的双肩因抽泣而抖动。斯科蒂在她身边跪下，他想摸摸她的脸，但她躲开了。

“不要碰我。”她哭着说。

“你害怕我吗？”

“对，害怕。”

“你以为我喝醉了？”

“不是。”

“那是疯了？”

“对。”

他站起来沉思片刻。他用手来回摸摸自己的前额。

“并非不可能……反正一样，那串项链……不，让我说完，你为什么不戴那串项链？”

“因为我不喜欢它。我已经告诉过你了。”

“你是因为害怕我认识它，是不是？”

“不是。”

“你敢发誓吗？”

“当然敢。”

他用脚尖在地毯上划来划去，心里琢磨着怎么对付她。

“那么，照你说，它是阿尔马扬送你的一件礼物喽？”

她一只手臂撑起身体，收回一条腿。他怜惜地看着她。

“阿尔马扬告诉我，他是在巴黎买的这串项链。古董店在福布尔圣奥诺雷街上。”

“多久了？”

“这个我也告诉过你了。你为什么总要我反复重复说同一件事？”

“别在意，再说一遍。多久了？”

“半年前。”

有这个可能，当然……不，不可能！这样巧合的事不可思议。

“你在说谎。”

“我干吗要说谎呢？”

“说下去。你可是刚刚发过誓，不要马上就反悔。你就是玛德琳·埃尔斯特。”

“不对，请你别再提这个了。你只是想折磨我。假如你仍恋着那个女人，你最好离开我。我宁愿你……我将自由，我已厌烦这件事了。”

他犹豫着。他感到极端口渴，用不断咳嗽掩盖喉咙干得发火。压住咳嗽后，他接着说：“要不然，她只是死了一小会儿。只是，可能吗？”

“不，”她悲哀地说，“请别说下去了。”

那种死灰色的苍白又一次布上她的面孔。他拉开与她的距离。

“你没有任何可以害怕的。你可以看出我不想伤害你。我知道我说的事很怪，但那不是我的过错——看看这个，你从前见过吗？”

他把手伸进口袋，把金色打火机往床上一丢。朱迪叫了一声，急忙躲开，好像那是一条毒蛇。

“说呀！看看它——一个打火机。摸摸吧，拿在手里。我告诉你，它只是一个打火机，不会咬你……好吗？看见它，你不会想起什么事吗？”

“不会。”

“没去参观过罗浮宫吗？”

“没。”

“我在你身边不远的地方拾到的。你可能不会记得我拾它了。”

“走开，”她呜咽着说，“让我一个人待会儿。”

“拿着它吧，”斯科蒂说，“收好它，它是你的。”

打火机在他俩之间闪着金光，像是一种不祥的挑战。斯科蒂望望朱迪，他看见一个让他无辜折磨的女人。没有必要吗？他又心血来潮了。他慢慢地走向洗脸池，吞了几口带消毒味儿的温水。他还有一大堆问题要问她，这些问题像虫子一样在他脑子里蠕动着，但它们必须等待。他的急躁、他的粗鲁，已经把玛德琳赶到了门槛边，他必须一点一点地再把她哄回来。他会用朱迪的材料重构玛德琳，一定会等到她能够恢复记忆的那个时候。他扭动放进锁孔里的钥匙，锁上了门。

“我不能在这里待下去了。”她说。

“那你去哪儿？”

“不知道。走到哪儿算哪儿吧。”

“我不问你了，我保证。我绝不再提到过去的事情了。”

他能够听见她的呼吸在加快。当他脱衣服的时候，他就知道她接下来要干什么了。

“拿开那个打火机。”她叫道，声音里充满恐惧。

“真的吗？你不留着它啦？”

“不要。我只想平平静静地一个人待着。在战争年代我非常艰苦，要是我现在已经得到……”

她抹去眼角的一滴泪水后，才去找手帕。斯科蒂把自己的手帕扔给她，可她假装没注意。

“你为什么生气？”他问，“我本无恶意。来，让咱们补救补救吧。”

他拾起他的手帕，坐在床上，擦去她的泪水。他粗人做细事，动作很不自然。她的眼泪不住地淌下来，像从一个不能愈合的伤口流下的血。

“哭是没有用的，”他重复说，“哭是没有用的。”

他把她的头靠在自己胸前，轻轻地摇着。

“好几回了，”他缓和地说，“我都不知道我在做什么，都是记忆中的事折腾得我成了这个样子的……我看你不一定理解……如果她是正常地死在病榻上……当然，那样我也会难过，但是是可以接受的，也许早就忘了。事情是……正像我现在对你说的……她是自杀的。她是从一个钟楼顶上跳下去的。她为什么要那样做，她要逃避什么……五年过去了，我一直在绞尽脑汁为这个问题寻找答案。”

朱迪以压抑的抽泣声作为回答。

“喂！事情已经过去了。你看，我已经把那个故事全部告诉你了……我需要你，我的小人儿。你绝对不能离开我，这一次是我该死。我还爱着她，也是真的，但我也爱你。这种爱是同一个爱，这样的爱我以前还没有体验过……只要你能努一把力，这种爱是会很完美的……如果你能告诉我那之后的情况。”

他摸摸她的头，她想挪开，被他紧捧住。

“别动，让我说下去……我会告诉你一件事。我告诉你我最近这些天亲自认识到了的一件事。”

他摸到开关，关上灯。他的姿势很不舒服，但他不想马上换过来。他俩挤在一起，在黑暗中慢慢移动。周围的家什模模糊糊地，好像漂浮着。他俩是正在拼命挣扎到岸上去的半死的溺水者。

“我永远惧怕死，”斯科蒂这时用并不比耳语高的声音说，“别人的死让我惶恐，因为那是预告我自己。我自己……不，我从来没能甩掉这个念头……我渐渐接近于相信上帝了，因为基督教有复活之说。那具麻布裹着的尸体，那滚向墓门的大石头，士兵们看着……后来，第三天……我那会儿还小，老想着第三天……太早了，我偷偷爬上一个空山洞，冲着里头大喊大叫。里面传来回音，但没有死人站起来啊……太早了。现在，我相信我的喊叫有过回音……我顽固地相信这点。假如那是真的……假如你能够告诉我……你……哈！那该令我多么解脱啊……我会给医生们送去许多生意。你，你会告诉我的……”

他低头看着那张迷蒙不清的面孔，眼窝显得深而空洞。微弱的光只照出额头、颧骨和下巴。他心里充满了爱，凝视着她，等待她哪怕是几个字的回答。外面，又一辆电车在这里拐弯，线杆儿闪出的绿光映射到屋里的墙上与天花板上，同时也照亮了她的眼睛。他一惊。

“闭上眼睛，”他说，“你不要那样望着我。”

睡意袭上他的脑袋。他想再说一句话，向她保证什么，可是他要说什么已经被睡意弄模糊了。他模模糊糊地知道她在动，肯定是在脱衣服。他想对她说：“别离开我，玛德琳！”

可是他的嘴张不开了。他睡着了，但并没有真正安息。只有快到天亮时，他的精神好像才完全平静下来。她在晨曦中看了他好一会儿，他都没有太认出她来。她的眼睛里又涌出泪水。

头疼疼醒了他。他觉得自己全完了。浴室里的溅水声使他又有了信心。当他下床时，感到自己真的一点儿也不行了。

“我这就洗完了。”朱迪大声叫着说。

他的头已不会思想，也感觉不到快乐。他茫然地盯着对面屋顶上露出的蓝天，又是一天！生活还是那样子：又一个跟前一天一样愚蠢的日子！他倦怠地穿上衣服。他像每一个早上起来以后一样，非常想喝一杯。他呷了一小口。这一小口令他清醒了一点儿，但仅仅是令他觉出自己的忧虑依然如故。他的问题一个挨着一个地排列在一起，好像厨房刀架上的刀具。朱迪穿着头一天买的宽大的睡衣出来了。

“你起来了？现在可以去洗澡了。”

“不着急。你睡得好吗？我今天早上觉得特乏。我说梦话了吗？”

“没有。”

“我常说梦话。有时还做噩梦。这倒没有什么，我这辈子都做噩梦。”

他打了个哈欠，然后又认真地看着她。她看上去也不太好，不过现在她比原来瘦了。她开始梳头。斯科蒂忍不住夺下她的梳子。

“嘿！快还给我。”

他把一把椅子拉到穿衣镜前面。

“坐下。我做给你看……你不适宜披肩发。”

他想轻轻捋一捋她的头发，但他的手因为着急而发抖。

“实际上，你的头发真正需要的是一点棕红色，有几缕头发比别处的淡一些，这块儿的头发又与别处的都不一样。”

她的秀发在梳理中闪着光。他摸着，觉得温暖，散发着野火烧后的草灰味儿，又像是新酿的葡萄酒的香气。斯科蒂专注地梳理着头发，好像是种自娱，又好像是种自慰。他不久就在她的后颈用许多卡子做成一个发髻。当然，他没有妄称专家，他只是想重塑一个她的发型。好啦！漂亮的额头，精巧的耳朵。在他别上最后一个卡子后，他站直了身体，端详镜子中自己的作品。

作品的确不坏。在镜框里射进一道斜斜的阳光，清晰，宁静，活脱脱一幅水彩画儿。一张神秘、苍白的面孔显得孤僻而又心事重重。

“玛德琳！”

他喃喃地自言自语。她连听都不听。那真的是他注视着的镜中女人的映像吗？还是像水晶之类的东西幻化出来的影子？他绕过椅子，转到她的正面。不，他没有自欺欺人，是他认识的那个玛德琳。有节奏的慢动作已把她投进了一种梦境，一种深深沉思的气氛。当她觉出他在仔细审视自己后，她长长叹了口气，勉强做出笑容。

“你要是再多用一些时间，我就睡着了。”她说。

她谨慎地望望镜子。

“不坏，”她说，“对，这个样式比原先的那个好多了。但就怕难以保持住它。”

她摇摇头，卡子纷纷脱落。又摇了一下，头发全散开了。她大笑起来。他也笑了。这笑让他释放出了心里的紧张。

“可怜的亲人，亲爱的。”她说。

他抱着头还在笑，但他觉得他不能再在这间屋里待下去了。他觉得闷，他需要阳光、电车的轰轰声和喧嚣的人群，他需要尽快忘掉他刚才看见的情景。他冲进浴室，用两只手拧开龙头，他刷牙时差点儿把杯子掉到地上。

“我先下去了啊！”她提议。

“不，你等我。你可以等一会儿，行不？”

他的声音都变了，她赶紧走到浴室门口。

“你怎么啦？”

“没事儿。你怎么会这么问我？”

他这时注意到她的发型已恢复成平时的样子。他不知是该生气，还是该感到轻松。尽管这样，他还是系上领带，匆匆穿上上衣，挽起她的胳膊。

“你不要担心把我丢了。”她打趣地说。

可是这次他笑不出来。

他们离开饭店时，还不知往哪里去呢，似乎每一个顾客全让他感到讨厌。斯科蒂觉得太累了，他的心像被小锤子捶打那样疼，他们只好在街头公园里坐下。可是他们刚刚坐下，他就说：“真抱歉，恐怕咱们还得回去。我觉得难受。”

她努起嘴，不去看他，但她最终还是听从了他，扶他回到饭店。她在房间里专心致志地补袜子，他则全身心地休息。她要关在这个又是居室又是牢房的可恨房间里跟这个人待多久？他没有权利要她违背她自己的意愿。他猜想他不会说服她，毫无可能。午饭时间到了，他试着起床，可又跌回床上。头晕得厉害。

“要我在你额头上放一块冷敷布吗？”

“不，不……就会过去……你去吃饭吧。”

“真的？”

“对，我是这个意思。我会没事儿的。”

可是，当她关上门出去后，他脸上就露出过度忧虑的表情了。他知道，这是在做蠢事。她的东西都在穿衣柜里，她不会跑掉，不会。

“但是她会去死。”他想。

她出去已经一个小时了，人们会以为她饿慌了！一小时一刻钟的时候，担忧与气愤加剧了他的头疼。无名怒火激起的泪水涌出他的眼睛。当她终于回来的时候，他恶狠狠地瞅着她。

“一小时二十分钟吞下一大块牛排！”

她笑了，坐在床上，拉着他的手。

“有道蜗牛菜，”她说，“我还以为菜来不了呢。你怎么样？”

“我！好像——”

“听着，听着，别耍小孩子脾气。”

他握住她的凉手，渐渐平静下来。他握着她的手，像握着一件珍贵的玩具，昏昏睡去。当他4点多钟又醒来时，觉得好多了，便想出去走走。

“但是不走远，我明天还要去看医生。”

他们走下楼。在马路上，斯科蒂假装已经忘记了刚才的事。

“等等，好吗？我必须去打一个电话。”

他跑回吧台要了杯威士忌。

“快，快。”

他急得直发抖，好像旅客害怕误过了火车。也许她没有等，也许她已经拐过了街角，也许……他饮了一大口，温意扩散到他的胸膛。他的目光落在吧台上的一份菜单上。

“这是今天的午餐菜单吗？”

“是的，先生。”

“我没有看见有蜗牛。”

“根本就没有什么蜗牛菜。”

他在深思中喝完剩下的酒，然后抹抹嘴巴。

“记在账单上。”说完，他匆匆地去会她。

他兴奋地说了很多。在他处理问题时，他很精干。那天傍晚，他带她去一个维厄港的饭馆。他的确很和蔼，可她看不出和蔼背后的用意吗？可能看不出。因为她已经注意到，他的做派太不可捉摸，他俩的关系太虚。

他们回来得很晚，第二天早上很晚才起床。又快到午饭时间了，他又抱怨起头疼。

“你明白是什么耽误了那么长时间了。”她说。

“没关系，我只是觉得对不起你。你今天又得一个人吃饭了。”

“这次不会那么长时间了。”

“那也别着急。”

斯科蒂听着她远去的脚步声，然后悄悄尾随其后。第一眼环顾前厅，第二眼环顾餐厅。没有她的人影。走到外面，他马上看见她已经走到大街的那一边了。

“这就对了！”他自忖，“一切再从头开始吧！”

她穿着的那身灰女装，在酸橙树的阴影里舞蹈着。她眼盯着路面快步走着，没有多加注意周围。她拐到一条岔街上，斯科蒂跟了上去。这是一条狭窄的街，两旁全是商店，大都经营古书和文物。他以前竟然没有注意过。不是这条街，是另一条街，圣皮埃尔街。朱迪穿过马路，走进一家小旅馆。斯科蒂没能跟上。一种迷信引发的恐惧令他在人行道上站住。他看见上面写着中央旅店的石匾和门把上挂着的告示：客满。

他不管这个，仍想过去。他腿发软，但硬是强拖着自己过了马路。他推开她刚才进去的那扇门。他的眼光落在简陋的前厅，又看见柜台后面灯光照耀的木板。她肯定就是从这块木板上取走钥匙的。

“有什么事吗？”站柜台的男子问。

“有个人刚刚进去吗？”

“对。”

“她叫什么名字？”

“叫卡洛塔。”那个男子用很重的马赛口音答道。

朱迪回到饭店时，斯科蒂正躺在床上。

“好些了吗？”她问。

“好些了。我看我可以起床了。”

“你干嘛那样看着我？”

“哪样？”

他坐起来，想笑一笑。

“你肯定给了我一个罕见的表情，”她坚持认为，“难道我做了什么让你心烦的事吗？”

“没，没，真的没。”

他起床，梳头，洗上衣。在这间小屋里两人都跟对方拿着劲儿。他既不能先说话，又不能沉默着。他这时真正想的是一个人待着，一个人想想她那个吓人的神秘行动。

“我还得出去一趟，”朱迪说，“就办几件事。”

“什么事？”

“首先，我必须把头洗了，还得买一双袜子。”

洗头、买袜子，都是寻常家事。而且，她看着他的目光是那样诚恳、率真，不容你怀疑她是在撒谎。

“可以吗？”她问。

他做了许可的手势，可他的动作僵硬，像是盲人的手势。

“你又不是囚徒，”他说，“你很清楚咱俩谁在被监禁中。”

又是一阵沉默。她对着镜子往鼻子上搽粉，斯科蒂站在她身后。

“亲爱的，你让我感到紧张。”她说。

她的头发散开，遮住了耳朵。他注视着她太阳穴上的一根小血管，几乎可以感到血液流动的脉搏。是的，这个身体充满了活力，如果他的眼睛有穿透力的话，他就能够像看透气体一样看穿她的身体。他摸摸她的脖子，光滑，温暖。他迅即缩回他的手。

“真的，你到底怎么啦？”她一边抹口红，一边说。

他叹口气。朱迪——玛德琳——卡洛塔，老问她这些不变的问题，夫复何益？

“跑着去，”他温和地说，“要尽快跑去。”

他递给她手套、提包。

“我在楼下等你。你回来，是吗？”

“别说傻话了！怎么想的！”

他逼自己做了一个笑脸。他太不幸了，他露出一个失败男人的所有神情。他感到她突然变得让人可怜了。是的，她想走又有顾虑，像把一个病危男人扔在路旁不管那样感到内疚。她爱他，没错儿，可从她脸上的表情里，他同时可以看出柔情与残忍。她朝他迈出一步，抬起头，吻他的嘴唇。她这是什么意思？是在向他告别吗？他轻轻地摸着她的脸。

“原谅我，小欧律狄刻！”

她化了妆的脸好像更苍白了。她飞快地眨一眨眼。

“理智些吧，亲爱的。好好休息，快别无谓地浪费自己的脑力了。”

她在门口停了一下，向他挥了挥手，然后走了。他在原地呆着，凝视着门把，但门把没有转动。门把怎么了？对，她还要回来呢。但什么时候呢？他真想冲到走廊里，在她后面大叫：“玛德琳！玛德琳！”

他用那个金色打火机点上香烟，下楼到酒吧间。他还不饿，甚至不想喝酒。但是为了占一个比较舒服的座位，他要了一杯科涅克白兰地。酒吧间里这时尚没有人，只开了一个灯。吧台侍者正在看报纸。斯科蒂靠在椅背上，手握着酒杯，终于可以闭一闭眼睛了。最先浮上他心头的是玛德琳的形象。他从前的行为曾让埃尔斯特蒙羞，那是他活该。无疑，斯科蒂自己现在也处在埃尔斯特的位置，他一定程度上已变成了埃尔斯特。现在轮到他同一个怪异的女人生活了。如果他有一个老朋友，不该让他也像他当年那样做吗？当然，他会要求那个朋友监视朱迪，因为他现在也遇到了那个问题。他仿佛看见埃尔斯特坐在办公室里；他仿佛听见埃尔斯特说：“她有点儿怪，我为她担心……”

他睁开眼睛。

幸亏埃尔斯特从来没有怀疑过事情的真相。要是他……他会怎么办？肯定会像斯科蒂现在这样：借酒浇愁，或者，用一粒子弹射穿自己的脑袋。因为有些事情，你的灵魂不受到天旋地转般的打击，你就不会去细究它们的真相。灵魂受到的痛苦百倍于肉体遭到的任何痛苦。而他，斯科蒂，已经从人能忍受的痛苦中挑选了探究这个秘密的重负。一个不会带来幸福、只会使生活加倍困苦的秘密。

现在他已经完全平静下来了，觉得头脑异乎寻常的清醒。

“服务员！”

这回他真的感到口渴了。他绝望地盯着周围阴暗的室内装饰和吧台后面的一排酒瓶。他还在活人的世界上吗？在。他的额头在冒汗，两手在发热。对，他活着，他的心因为恐惧而发疼。他紧张得直难受，甚至意识到这种情况的荒谬：现在，他不会再和朱迪睡觉了，也不会再跟她说话了。她完全变了。她去过那家小旅店后，他们之间有了障碍。她肯定扑进了另一个男人的怀抱，那个人也一定在盲目地爱着她。那正是她所希望的，在埃尔斯特就要发现的时候，她自杀了。现在……

他让杯子从手里脱落，白兰地洒在他的膝盖上。他用手帕擦拭。吧台后的侍者一脸不屑的神情看着他，然后又去看他的报纸。他拾起杯子。他为自己的失策感到愤怒：她现在显然跑了。她肯定用了一些时间把她的东西转移到那家旅店。她也许正在策划下一个旅程，购买去非洲或美国的票……在他看来，那可是比死都要糟糕的事。

他抓住椅背，晃晃悠悠地站起来。吧台侍者抬起头来。

“您感觉不好吗，先生？”

他走出柜台，扶住他的胳膊。

“放开，我没事儿。”

斯科蒂握住吧台前的金属栏杆，眼睛直直地盯着身旁侍者的白色上衣。

“真的，我现在好多了。谢谢。”

“您喝一杯威士忌提提精神怎么样？”

“对，谢谢，威士忌。”

他一饮而尽。他恨自己这么没有志气，可他觉得威士忌会使他很快恢复精神。他要想一个阻止玛德琳逃走的办法。

他望了一眼时钟：4点半。

“记在我的账单上。”

他放开金属栏杆，还有点儿站不稳，过了一会儿才站住。他走进前厅，对侍者点点头。

“这附近有女子理发店吗？当然是高级一些的。”

“最近的一家叫玛里斯。”

“多远？”

“走路五分钟吧。你沿着这条大街走，在右边第三个拐弯处，它在咖啡馆和花店中间。一下就可以找到。”

“谢谢。”

他眼睛昏花地走出饭店。他又犯了一个错误——还没有吃饭。电车线杆儿反射过来的阳光十分刺眼。街上的生活之流像河水一样滚滚向前。斯科蒂不得不有时全身扒住墙壁，但不是全部路程都这样走路。他不费什么劲儿就找到了那家理发店，像个乞丐那样从窗缝向里张望。她在里面呢，头上顶着一套复杂的发具。

对，是朱迪。坐在那里的是她。

“天哪！”他小声说，“天哪！”

他走过去，走进隔壁那家咖啡馆。

“来一杯啤酒和一份三明治。”

从现在开始他要小心了。也是为了他的健康，他需要补充能量了。他必须有力气才能制止她逃走；他必须谨慎细心才能减轻她的担忧；他必须不要再提使她想到过去的那些话；他必须放弃让她坦白的企图。

他叹了口气，放弃了要吃完三明治的决心。他不爱喝啤酒。他抽烟太多，满嘴臭味儿。他把座位摆来摆去，想找一个合适的位置可以看见理发店前面的人行道，这样就会看见她从里面出来。毫无疑问，她会直接回饭店。他们怎样度过这个漫漫长夜呢？他应该请求她原谅、乞求她忘记他们的争吵吗？……他注视着窗外，有一种感觉：他坐在那里正在进行一场非常艰难的考试。问题是专门难为他的，他根本答不上来。

突然，玛德琳出来了。她出现得很突然，好像是从人行道里突然冒出来的。她的头发梳得很光亮，在头后面做成了一个发髻，微微发出棕色。

斯科蒂冲了出去。她走在他前面，手臂挽着黑提包，迈着悠闲的步伐。她穿着他给她买的那身灰色女装。她这副模样和他在梦中想象的一样。他悄悄赶上了她。这和那天在塞纳河岸非常相像，他甚至都闻到她身上的香味儿了。这股香味儿带着秋意、泥土和枯叶的气息。

她走在前面，显然是无所用心地朝着维厄港废墟那个方向走去。她肯定不是回饭店。她是要去见什么人吗？或仅仅是散步？

从残垣断壁背后传来推土机的吼声，发黑的墙上贴着乱七八糟的小广告，孩子们在废墟当中玩耍。玛德琳轻松地走着，到了贝尔热码头。她在那里站了一会儿，看转运桥的残骸。

玛德琳顺着堤岸朝潮汐的盆地走去。她是去登一艘船吗？还是仅仅去看轮船，梦想她向往的某个国家？一些看不出是哪国人的男人穿着美式上衣和有数不清口袋的裤子，他们在堤岸上和仓库附近胡乱走动，可玛德琳似乎没有看见任何人。她俯视着浮着油花儿的水面，然后抬起头来，看看层层桅杆和旗杆那边的圣让堡的黑色城墙。有个哨兵斜提着枪，守卫着军火库。斯科蒂尽管已经累了，仍不敢稍有怠懈。他在等待必然出现的事情。

这个必然出现的事就发生在乔里耶特码头。那儿，在一个咖啡馆似的房子前，玛德琳坐在一张桌子前。大木桶必然也能让他躲在后面。当船上和仓库里的灯一个一个地亮起来以后，玛德琳又一次开始写信了。她写得很快。这一次，她是在给斯科蒂写信了。她想心平气和地向他解释她从前同埃尔斯特的那些事。斯科蒂则因过度恐惧而感到痛苦。这时，她已在折叠信纸了，又用舌头舔湿信封，然后在桌上放了几个硬币后才走开。

斯科蒂心中充满恐惧地跟上她。还要有一次必然的事吗？她要……不，至少不是在这里。他肯定地感到，她是在找一个更荒凉的地点。不管怎么猜，她此时正走在铁轨之间，已离开了堤岸。这样就不至于发生事情时措手不及了。他俩一前一后地走过了一排排大轮船，轮船的锚链孔像一个个大眼睛似的盯着他俩。在他们头顶上方，一个船员靠着栏杆往下倒烟灰。巨大的锚链从导缆孔向各个方向垂下，形成一个个绳圈。堤岸上的灯光都有晕圈。昆虫在鸣叫。玛德琳这时一手捂着被风撩起的裙子，走得很急。她走近了岸边，走在一个链孔下面。周围阒无一人。在台阶的最底下，两个橡皮筏子互相碰撞着。斯科蒂踮起脚尖，猫着腰偷偷靠近她。他一伸手，先抓住了她的肩膀，把她拉向后方。她叫了一声，挣扎着。

“是我，给我那封信。”

他们争夺她的提包。提包突然开了，信落在地上，被风吹走了。斯科蒂想用脚踩住信，第一脚没踩到，第二脚就晚了。一阵强风把信吹到岸边，一下吹到水上，人够不到了。斯科蒂更快更紧地搂住了她。

“看你干的事！”

“放开我。”

他把提包塞进自己的口袋，把她拉开。

“我从理发店开始，跟了你一路。什么迫使你来到这里？那信里写的又是什么？你是向我告别吗？回答我。”

“对，是的。”

他摇摇她。

“然后，然后你想干什么？”

“逃走，明天……也许……我再受不了这个了。”

“那么，我呢？”

他觉得心中没数，有些束手无策。

“来吧，咱们回去。”

他俩如入无人之境地穿过一条条狭长的居民区。这倒不是斯科蒂不在乎人们看着他俩，而是他根本就没觉得周围还有别人存在。他的手紧紧地捏住她的胳膊。在他的印象中，他好像是从某个遥远的国度、从死人的国度把她带回来的。

“现在，”他说，“我有权知道。你是玛德琳，是不是？”

“不是。”

“那你是谁？”

“朱迪。”

“不是真话。”

“是真话。”

他抬头看看高耸拥挤的房子之间露出的一线天。他真想揍她，恨不得杀了她。

“你是玛德琳，”他气呼呼地说，“证据就是，你去那家小旅店时，用的名字是卡洛塔。”

“那是为了甩掉你放的烟幕。你老想找我。”

“给我放的烟幕？”

“对。因为你已经认定我是玛德琳了，我相信你会去询问，早晚会找到那儿。我想让你保留……对那个人的记忆，忘掉朱迪。”

“那你为什么把你的头发做成那个样式，还涂上棕红色？”

“出于同样的想法，为了还朱迪一个清白。这样给你留下的只有玛德琳了。”

“我想要的是你。”

失望使他更紧地捏住她的胳膊。在昏暗的光线里，他这时已能从她的步态、身上发出的气味确切地认出她了。爱情的力量可以使他准确无误地说出她身上的每一个细节。不知从哪里传来手风琴和曼陀林演奏的含混不清的音乐，在他们身后，偶尔可以听见一声声女声歌唱，听着像是夜猫子的一声接一声的嚎叫。

“是什么使你想到要逃走的？”他问，“你跟我一起不幸福吗？”

“不幸福。”

“因为我老提那些问题吗？”

“是的，那个……还有其他事情。”

“要是我答应放弃这个话题，永远不再用这些问题纠缠你呢？”

“可怜的亲人！你好像守不住这样的诺言！”

“听着，其实很简单：只要你承认了你是玛德琳，咱们就再也不提这件事了，我们将离开这里，一切从头开始。我们生活在一起是会非常幸福的。”

“我不是玛德琳。”

唉，这不可救药的顽固！

“你就是玛德琳，你已经恢复了那种茫然视物的样子，好像漂浮在另一个世界。”

“我的顾虑太多了。”

“你顾虑什么？”

“没有人可以分担我的顾虑。”

他听出她在哭。他们已经走到灯火辉煌的林荫大道，这使他们感到自己又回到了活人的世界。斯科蒂掏出手帕。

“来，咱们来解决这张脸上的问题。”

他用手帕轻轻地擦她脸上的泪珠，并吻那双眼睛。一只手搂住她的腰。

“走吧，别怕。”

他们拐进林荫大街，挤进人群。大型咖啡馆里乐队正在高奏。吉普车全速飞驰，车上坐着头戴白钢盔的士兵。路沿上有几个小商贩在兜售花生，无赖汉们在推销打火机和火石。斯科蒂一看玛德琳，玛德琳就扭过头去不让他看。玛德琳态度冷漠，嘴角显出怨愤。而斯科蒂沮丧至极，也不大觉得她可怜了。

“放开我吧，”她说，“我想去买一些止痛片。现在轮到我头痛了。”

“首先必须承认你是玛德琳。”

她耸耸肩。两人还像刚才那样往前走，像是一对情人。但他拉着她的胳膊更像是警察拉着被捕的人，时时提防她逃走似的。

到饭店后，他们直接走进餐厅。斯科蒂的眼睛仍然在盯住她。在灯光下，她的头发的样子使她看上去跟他头一次在马利尼剧院见到她时几乎一模一样。他把手伸过桌面，攥住她的手指头。

“你不想说些什么吗？”

她低下头，脸色死人般苍白。领班的侍者走过来，等他们点菜。

“您要什么酒？”

“穆兰红葡萄酒。”

他感到自己的身体在瓦解，仿佛在玛德琳面前剥夺了他的存在。

他看着她，一会儿想“不可能！”一会儿又想“我准是在睡梦中”。

她几乎不是在吃东西，她几乎开始进入他曾熟悉的那种沉思状态。他不慌不忙地喝光了一整瓶酒。他觉得玛德琳对他的敌意像是隔在他俩中间的一块钢板。

“得啦！”他终于说，“我已经看出你快挺不住了。玛德琳，你说话呀！”

她立即站起来。

“你走不了。”他说。

这时，她已取走了他们房间的钥匙。他在柜台前及时喝完威士忌，在她上电梯前赶上她。

电梯门关上，上升。斯科蒂搂住玛德琳的双肩，靠着她像要吻她，但只是小声在她耳边说：“承认了吧，亲爱的。”

她紧紧地靠在电梯间的金属墙上，闭上眼睛说：“好吧，我承认我是玛德琳。”

钥匙在门的锁孔里扭动。她的这一被等待已久的、为了澄清事情真相的承认，却又把他丢入了五里雾中。首先，这是她最后的真正坦白吗？说这句话时她是那么勉强，也许，她终于说出这句话只是为了让他高兴，为了获得暂时的休息。他靠着门，说，

“让我怎么相信你呢？”

“你要证据吗？”

“不，但……”

他不知所措了。天哪，他太累了！

“关灯。”她恳求道。

街灯透过百叶窗把一道道栏杆的光和影反射到天花板上。栏杆，对！他们被关在笼子里。斯科蒂扑到床上。

“你为什么不从一开始就告诉我事实真相？你害怕什么吗？”

他不敢看玛德琳，但可以听见她从浴室那边走过来。

“回答我，你害怕什么？”

她还是一言不发。他又说：“你在瓦尔多夫饭店一眼就认出了我，是不是？”

“是，当时立即就认出了你。”

“那你就应该立即很信任我，所有这些都是演戏！是什么指使你做出这样的愚蠢行为！”

他用拳头不断狠狠地砸着床铺，钢丝弹簧发出金属回声。

“他妈的！你以为咱们值得那样吗？还有那封信！不当面告诉我你的遭遇，却……”

她走过去，坐在他身边，在黑暗中寻找他的手，说：“我不想让你知道……”

“可我已经知道……”

“听我说，让我解释嘛，虽然这令我很难堪。”

她的手在发烧。斯科蒂一动不动，他全身都处在紧张状态。终于，他就要听到那个他梦寐以求的秘密了！

“你在巴黎认识的那个女人，”她开始叙述了，“那个你和你的朋友埃尔斯特在剧院里认识的女人，那个你跟踪并从水里捞出来的女人，已经永远地死去了。”

斯科蒂笑了笑。

“当然没有死，”他说，“你只是变成了朱迪。”

“不，亲爱的，不，要是那样就好了！我没有变成朱迪，我一直就是朱迪。这就是我的真名实姓：朱迪。我是朱迪。你已经爱上她了。”

“你这是什么意思？”

“你从来没有认识什么玛德琳·埃尔斯特。玛德琳·埃尔斯特是我扮演的。我是埃尔斯特的同谋。如果你能够的话，请你原谅。你不知道我为了那件事有多么痛苦。”

斯科蒂松开握住她的手。

“你可以给我讲讲钟楼脚下的那具尸体是怎么回事吗？”

“可以。那是玛德琳·埃尔斯特。她的丈夫杀死了她。玛德琳·埃尔斯特是那个死了的人，而我当时还活着——你这不是看着我呢嘛！这就是事实的真相！”

“不，我简直难以相信。在埃尔斯特不能跟你对质的现在，你愿意怎么说都随你。可怜的埃尔斯特。这样，你就跟刚才说的那样，成了他的夫人。你们俩设计了那么个诡计，除掉了他的合法妻子。但你们何苦呢？”

“因为她很有钱。我俩打算到外国去。”

“太棒了！所以埃尔斯特来找我，要我监视他的妻子。”

“别激动，亲爱的。”

“我不激动。我还从来没有这么镇静过呢。说吧，说下去。”

“你看，他妻子没有理由自杀。为了不让人怀疑，他需要一个人站出来证明玛德琳·埃尔斯特有怪病，证明她曾经活着，证明死对她并不是突发事件。这个证人会让人毫不怀疑，因为他已经很了解她有求死的愿望，并且还是个目击者。而您是一位律师，并且，那时埃尔斯特很了解你，知道你会全盘轻易地接受他对你的请求。”

“哈！他把我当成了傻瓜、好摆弄的家伙，真有他的！多么周密的策划啊！你去剧院，去墓地，把你的照片放在他的办公桌角上，故意让我看见……”

“是的。”

“你现在就要告诉我卡洛塔是怎么回事了，说从来就没有那么个人。”

“不，有这么个人。”

“啊，还真有你不能否认的事呢！”

“行了，你要先努力听懂。”她叹口气。

“我完全听懂了，”他吼道，“我全都弄懂了。我现在非常清楚卡洛塔是个子虚乌有的人物，她成了这个阴谋的漏洞。”

“我但愿这个阴谋没成功呢，”她喃喃地抱怨着，“卡洛塔真的是玛德琳·埃尔斯特的曾外祖母。其实，让你的朋友想起这个主意的就是她——让一个奇怪的远祖附魂，去她的坟墓，去卡洛塔曾经住过的圣皮埃尔街上的住宅，假装跳河自杀，因为卡洛塔也是这么溺水死的……”

“你是假装……”

“对，为了给下一个自杀做铺垫。要是你不把我拖出来，我看倒好了。我游泳很好。”

斯科蒂把双手插进口袋，担心会失手打她。

“你的埃尔斯特很聪明，”他讥讽地说，“他好像什么都考虑到了。他建议我去他家见你时，怎么会料到我一定会拒绝呢？”

“他猜到了。你的确拒绝了。此后，我告诉过你绝对不要给我往克莱贝尔大街的家打电话。”

“够了，等一会儿吧。那教堂钟楼是怎么回事儿？他怎么知道咱们会去那儿？让我设想一下：你说你会开车，去事先选好的那个偏僻小村，并且设计好了每一个细节，准时到达那里。他仅仅要求他妻子和他一同出去，并要求她换上他喜欢的这样那样的衣服。不就是这样嘛，你这么说，我也不信。你听见了吗？我不信，埃尔斯特不是个罪犯。”

“我认为他是个罪犯。不可否认，好些事都是他说的。他的婚姻坏透了。玛德琳是真的有病——咱们就这么叫她吧。他带她去看过一个又一个医生，可他们都查不出个所以然来。”

“当然，事后很容易想出种种说辞来，也就不难想出个钟楼来了。埃尔斯特到了那里，站在顶上等你来。那时他已杀了妻子，把她的面孔弄得让人不可辨认。他知道我有恐高症，不敢登高，绝对过不了那道门，因为过那道门要从檐口处绕。这时，等你到了他那里，他就把尸体推下护栏，而你同时发出一声尖叫，并丢下你的提包。那时，你们一定从那儿偷偷看我走向尸体，那身打扮和你完全一样的尸体——一样的发式，还有棕色女装。好了，我也能够编出说法了！在你们看到我走后……”

他直喘气。这个阴谋构成的故事一个步骤一个步骤地钻进他的脑中，每一个细节都非常严丝合缝，很有说服力。他好像是在自言自语地继续往下说。

“我当时应该拉警笛，叫来警察。埃尔斯特算到了这一点，算计到我会大肆宣扬，描述为自杀。可是我没有那样做。我不想再次让人知道我患有恐高症。这是埃尔斯特忽略了的。他没有想到我会保持沉默，一个男人因为陪侍不周而让另一个人死去，为了这个理由，他会沉默不语。”

斯科蒂的这个说法非常空虚。这个阴谋有失严密。他想起他去克莱贝尔大街上的住宅时，埃尔斯特显然在害怕——他当然不能沉默了。还有，他第二天早上在电话里说的那些话（“我说对了，你知道，她是自杀了……警方已经开始调查了……我想请你同我一起……”）。

埃尔斯特最后的企图就是让斯科蒂继续把戏演下去。毁容之类的话是斯科蒂的猜想，因为埃尔斯特知道斯科蒂不会去看那张脸，他多说无益，没准儿还会坏事！不错，斯科蒂的沉默打乱了埃尔斯特的安排。警方开始探听埃尔斯特的婚姻情况。动机一清二楚：他拥有财产继承权……对他提不出犯罪时不在现场的证据，因为他当时正待在钟楼顶上……几个农民举报说他们曾看见一对男女坐在一辆小轿车里云云。现在已经很明显，是埃尔斯特和他妻子坐在塔尔博特牌车里，后来埃尔斯特死于非命。朱迪把头埋在枕头里无声地哭泣着。斯科蒂突然认识到一切已经结束。他睁着大眼睛醒着走过一场噩梦。所以，这个和他现在共处一室的女人就是朱迪，也许她和埃尔斯特就在这座楼里住过，因而她被逼无奈而……她出于软弱，同意在这个阴谋中扮演了一个角色。现在，多年以后，同样出于软弱和一种宿命论，她屈从于和一个小小的可怜的律师私通，而这个律师曾是被她和埃尔斯特愚弄算计过的人。不，不，他是永远不会承认这一点的。她不过是为了摆脱他而编造了这个故事，因为她并不爱他，她从来没有爱过他，不论是过去还是现在。

“玛德琳。”他哀求似的小声说。

她擦干泪水，推开椅子。

“我不是玛德琳。”她说。

这时，他突然两手扼住她的喉咙，咬着牙吼道：

“你撒谎，你从来没有停止过撒谎，但你不会看不出我在爱你，我从一开始就爱上了你——因为卡洛塔，因为墓地，因为你如梦的眼睛……爱情像一块美丽的织锦，一面是美丽的传奇，另一面……我不知道，我也不想知道是什么，但是当我头一次搂住你的时候，我就知道你将会成为我这一生里的唯一女人了。玛德琳，我们常常去乡间开车——你不记得了吗？那些花朵，罗浮宫，消失的国度——玛德琳，我乞求你对我说真话！”

她不再动弹。斯科蒂痛苦地松开他扼在她脖子上的两只手，颤抖着打开灯。随着他的一声惊叫，人们从各自的房间里纷纷跑到走廊里来。

斯科蒂不再哭了。他望着床。他两手在戴上手铐之前，一直交叉地放在一起。探长刚刚读完巴拉尔医生给他在尼斯的同事写的信函。

“把他带走吧。”他说。

这间屋里挤满了人，但没有任何人出声。

“我可以吻她一下吗？”他问。

探长耸耸肩。斯科蒂走到床边，死去的女人显得那么纤弱，脸上的表情无比平静。斯科蒂俯身吻了一下她的额头。

“我将等待你。”他说。

（洪尔铎）

# 后　窗

纽约格林威治村一个僻静又毫不起眼的住宅区里，清晨的阳光正酝酿着新一天的暑热。

紧挨着大街的是幢六层楼房，这种小型公寓楼房在这座城市中随处可见，结构老式，左右对称，楼里没有电梯，进出靠两侧的露天楼梯，楼梯经过常年风吹日晒，已经锈迹斑斑。公寓每层都有两套房间，沿着弯弯曲曲的楼梯走上楼，打开房门，便依次进入小厅、厨房、起居室和卧室。每套房间备有一道防火楼梯，从后阳台直通下面后院。

那幢六层楼房后面不远处，还有幢稍矮些的公寓楼。二楼房间里，一个 30 多岁的年轻人正躺在窗前的轮椅上熟睡着。他睡得很沉，暑热中，豆大的汗珠从他面颊慢慢往下淌着。他左腿从脚腕到大腿裹着厚厚的石膏，上面刻着几个让人奇怪的字:“这里裹着 L.B. 杰弗里斯的断腿。”他就是我们这个故事的主人公，一位精力充沛的 35 岁高个子男人。

屋子里的东西又多又杂，毫无秩序地堆放着，显得凌乱不堪。他身旁是张小桌子，上面放着一台摄影记者用的拍摄高速运动的照相机，从外观上看，这架照相机已经七扭八歪、破损不堪了。这张桌子的一角，还摆放着一张 10 英寸的放大照片。照片上那辆已经失控的赛车正朝着镜头直飞过来。

墙上挂着一张 14 英寸的大照片。这是一幅主题为“暴力”的小品：摄影机捕捉到了被重炮轰击时刹那间的景象，人和物，石块、尘土和弹片，都悬在半空中。照片右下角是个签名: L.B. 杰弗里斯。

这张照片上方，挂着飞机厂工人罢工时与军警发生冲突的照片。照片上，罢工的人、反罢工的人以及警察正在进行混战。棍棒、拳头、警棍在飞舞，人们眼中愤怒的神情，身上的血迹，被击倒的人想挣扎着再站起来……只见照片下角也有个相同的签名：L.B. 杰弗里斯。

挂在墙上的另一幅照片是镶在镜框中的，这是在内华达州平原上进行原子弹爆炸试验时拍下的，既壮丽又令人生畏。

墙角有个木头架子，每一格上都放着各种大小不一的镜头和各种胶卷等摄影用具。在一个观察架上，堆放着一些时装杂志，封面都是千姿百态、妩媚万分的模特儿。旁边，还有一些底片，都是些年轻姑娘的……这就是我们这个故事的主人公摄影师杰夫的房间。

这时，对面六层大楼里慢慢出现了动静。从杰夫家窗口看出去，前面大楼里住着的人们已经开始起身了。这些居民一天的活动，就这样拉开了序幕。时值盛夏，家家户户都敞着窗门，显露出人们在各自小天地里忙碌的情形。

三楼右边的屋子里，一个 40 多岁的作曲家正在刮胡子。桌上的收音机开着，里面传来一位男播音员的声音："……亲爱的听众朋友们，现在的时间是 7 点 15 分……这里是纽约沃尔电台。现在城市的室外温度是 84 华氏度……朋友们，你有没有想到过自己的生命有什么价值？你是否已经到了不惑之年？当你清晨醒来时，是否感到疲惫不堪、情绪消沉？你是否有过焦虑不安的感觉？……"听到这儿，作曲家不由得皱起了眉头。他放下剃刀，带着满脸的肥皂泡走到收音机前。他调过一连串的广告节目，一直到找到一个播放音乐的电台，才又心满意足地回身继续刮他的胡子。

前面那幢楼房防火梯旁的四楼后阳台上，一对露天过夜的夫妇也醒了。挂在防火梯上的闹钟一个劲儿地响个不停。他们有气无力地坐着对视了一会儿，好像两个人整个晚上谁都没有睡好觉。

作曲家住室左边向下一座低矮些的屋子里，一台小电扇正在窗边摆动旋转。电扇安置在桌子右角，左边放着个烤箱，旁边不远站着这间屋子的主人，一位芳龄十八的芭蕾舞演员，名叫托索。她只穿了一件内裤，身材丰满婀娜，正在厨房准备早餐。她一边把早餐用具放在桌上，一边随着录音机里的练习曲不住地踢腿、伸臂、弯腰，做各种舞蹈动作。

五楼右边窗口里，一位妇人探出身子，打开了挂在窗外的鸟笼。几只美丽的小鸟立刻欢叫着冲出笼子，向天空飞去……

杰夫仍在酣睡着，额头布满了细细密密的汗珠。汗珠越聚越大，终于流到了一起，最后顺着他的脸颊淌到嘴边……墙上，温度计里红色的水银柱一动不动地停在 93 华氏度的刻度上。

忽然，杰夫身旁的电话铃响了。杰夫猛地惊醒过来，顺手拿起话筒，睡意未消地对着电话说道：“喂，我是杰弗里斯。”

电话是杰夫的编辑甘尼森打来的。他用热情十足的口气高声说道：“给你道喜了，杰夫。”

杰夫一愣，莫名其妙地问道：“给我道什么喜？”

“你不是该拆石膏了吗？”

杰夫苦笑了一下。“谁说我该拆石膏了？”说着，他懒洋洋地朝窗外看了一眼。

对面大楼专供晒日光浴的楼顶平台上，两个几乎一丝不挂的姑娘又说又笑。她们把浴袍铺在楼顶平台上，躺下身去便看不见了。

杰夫脸上掠过一丝失望的表情。

“今天是星期三，从你摔断腿到现在，已经整整七个星期了，对不对？”电话里的甘尼森用充满自信的口气说道。

“甘尼森，你如此健忘，怎么还能当上编辑？”

甘尼森开玩笑地答道：“靠我的不耻下问、勤奋工作呗。当然，还少不了利用一下出版商的秘书小姐。”他顿了一下，言归正传：“怎么，我记错日子了？”

“日子倒是没错，只不过多了个星期。要再过一个星期，我才能从这个茧蛹里钻出来呢。”杰夫一边恼恨地用手拍了下石膏腿，一边又朝对面望去。

三楼，托索还在继续操练着她的高难度舞步。

听了杰夫的话，甘尼森显然十分失望。“唉，真糟糕！杰夫，算了吧，人不能天天都走运。我也不例外。行了，就算我没打电话来吧。”

杰夫无可奈何地说道：“好吧，当然，我真替你别扭！甘尼森，一想到我还得戴一个星期的石膏枷锁，你就心里不舒服。”他一边说着，一边用眼睛死死盯着对面正跳得起劲的托索。

“杰夫，我的最佳摄影师，这一星期我的损失是派不出最好的记者，而你的损失是丢了一个大好的任务。”

杰夫连忙问：“去哪儿？”

甘尼森开始向他卖起了关子，“唉，现在说也没有用了。”

杰夫一下子给调动起了精神，“不，你说，快说，你打算把我派到哪儿去？”

这时，对面托索小姐迈着轻盈的舞步，走到了冰箱前，不急不慢地从里面取出一只鸡腿。她关上冰箱门，跳回到房间中央，有时啃鸡腿，有时又把鸡腿在手中挥舞着，就好像它是一个道具似的。她打着旋儿转到房子另一端桌子旁边，桌上放着一包切好的面包片和黄油。她摆动着下肢，放下鸡腿，用优美而有节奏感的动作，把黄油抹到面包片上。

电话那头传来甘尼森的声音："本来打算让你去印度支那。今天一早，我从杂志社社长那儿探听到了可靠消息，那个地方很快就要硝烟弥漫了。"

杰夫兴奋地冲着话筒嚷道："还记得吗？我早就对你说过，下个目标就是那个地方。"

"不错，我记得你这么说过。"电话那边甘尼森的声音显得有些不痛不痒。

杰夫激动得早已忘记了自己目前的处境，他忘乎所以地说："好吧，我什么时候动身？过半小时还是一小时？"

甘尼森一口拒绝了他，"你想拐着石膏腿去？不行！"

杰夫急了："喂，你别惹我生气了。你别这么死心眼儿。如果必要的话，我可以坐在吉普车里，甚至骑在水牛背上拍照。"

甘尼森笑了笑，"你对我们杂志社来说太重要了，我们可不能拿你来开玩笑。我还是派摩根或兰巴特去吧。这样更好些"。

杰夫一听，气哼哼地说："派摩根和兰巴特去？好呀，我为你摔得半死，你对我的报答就是把我的一份好差事给搞掉。"

他一边说着，一边又伸长了脖子，朝托索屋子里望去。托索这时一连做了几个漂亮的360度转体，最后一个亮相站住。她慢慢坐到桌前，开始吃早餐。

甘尼森加重语气说："我可没叫你站在那条赛车道上去拍照片。"

杰夫有点生气了，"你没叫我站在那儿？这么说是我自己找死了？你要求的是有戏剧性，要与众不同。反正最后你得逞了，一弄到自己想要的东西，就翻脸不认人"。

说着，他把目光从托索那儿移向作曲家的窗口。他看见作曲家此时正坐在钢琴前，捧着脑袋苦思冥想，还不时用笔在乐谱上飞快地写着。这时从外面传来的音乐声分散了作曲家的注意力。作曲家站起身，走到窗前察看传来音乐的房间，楼下那激昂的芭蕾舞音乐显然让他无法集中自己的注意力。

电话里，甘尼森耐着性子劝道："……就这样吧，好了，杰夫，再见吧！"

杰夫忙叫道："不，等一等，甘尼森。你必须带我出去走走。六个星期了，我整天在这两间屋子里傻坐着。除了透过窗口看看我的邻居，我真的是什么事儿也干不了。这种日子我可再也忍受不下去了，简直就是给关进了水牢。"

这时，作曲家把笔一摔，气愤地站了起来。他那种样子好像是下定了决心要到隔壁去进行抗议，这位一大早就制造噪声的邻居实在让他受不住了。

杰夫向作曲家做了个同情的鬼脸，等待甘尼森答复。

电话里甘尼森不置可否地说道："再见，杰夫。"

"别挂，甘尼森。听着，如果你不把我从这百无聊赖中解脱出来，我可要干出一些异乎寻常的事情来了。"

甘尼森似乎一愣："你想干什么？"

"我……我就要结婚！这样一来，我今后可就哪儿也去不成了！"

正说着，他看见对面那位戴眼镜的推销员，手里提着一只他们这种职业的人常用的那种装样品的铝制手提箱，正沿着大楼右边的楼梯走到二楼自己的房门外，掏出钥匙，打开门走了进去。来到起居室，他把手提箱重重地放在地上，摘掉帽子，用手背抹了抹额头上的汗。他家里面卧室的窗口同样敞开着，可以看见推销员的妻子一脸病容，有气无力地靠在床上。在她的床头小桌上，摆满了药瓶、药盒、羹匙、水罐等长年卧床不起的病人所需要的东西。

大大出乎杰夫意料的是，自己刚才对甘尼森的威胁非但没起到作用，反而招来了对方的嘲笑："杰夫，你是应该结婚了。不然，你会变成一个孤僻、刻薄的怪老头。"

杰夫马上接口说道："是呀。你能想象我就变成这样的一个人吗？我风尘仆仆地赶回家，迎接我的将是洗衣机、洗碗机、垃圾处理机那种机械枯燥的可怕响声，还得听着自己老婆那些没完没了的唠叨。"他这么说着，两眼始终没离开推销员的窗口。

推销员的妻子知道丈夫回来了，故意躺下来，用一块长布条盖住额头。

推销员迈着大步走进卧室。他妻子一见，取下敷在额头上的湿毛巾，翻身坐起来，指着他不知咒骂着什么。她一边说，一边指着手表，好像在责骂他回来得太晚了。这时男子停住了脚步，像是在平息她的怒气，但是她还在继续指责着。

"杰夫，做妻子的现在再也不会无理取闹了，她遇见什么事都会和你商量的。"

杰夫看着对面正在指手画脚地叫嚷着的推销员妻子，不无讽刺地说："是吗？也许在租金昂贵的高级住宅区里，做妻子的会与你商量，但在我周围，这些家庭主妇还是爱唠叨叫嚷的。你要是能来看看就明白了。"

对面，推销员似乎忍无可忍，他变得气急败坏，也大声吼叫起来。

甘尼森不想再聊下去了，"嗯，你当然比我了解。好吧，我以后再打电话来。再见，杰夫"。

杰夫无奈地说道："好吧。不过，下次你可要带些好消息来给我啊。"说罢，他挂上了电话。

推销员仍在和妻子激烈地争吵着。过了一会儿，他一甩手，怒冲冲地走出了卧室。他走到起居室，气冲冲地拿起帽子往墙上一摔，然后砰地关上门，离开了自己的房子。

杰夫不由得摇了摇头。忽然，他感到裹着石膏的小腿一阵奇痒。他赶紧拿起一个木制搔痒耙，小心翼翼地伸进石膏里，轻轻搔着奇痒难忍的小腿。一会儿，他觉得舒服了，又朝窗外看去。

这时，推销员索瓦尔德来到楼下后院里。他一只手拿着小锄和小耙，另一只手拿着一副花剪。他走到一个小花坛旁，跪下身察看着那些花，锄草、耙土，然后修剪下面的枝叶，再弯下腰，在那块花圃里给花培土、浇水。

这时杰夫的注意力又被另一件有意思的事情给吸引了过去。

住在托索楼上的老太太——赫林·艾德手里拿着份《先驱论坛报》，走到院子里一张帆布折叠椅前，动作缓慢地坐了下来。

五楼挂着鸟笼的窗口里，那个喜爱小动物的妇女西弗勒斯太太这时探出头来，朝下面的赫林招呼道："早上好！"

赫林没听见，仍然坐在那儿，似乎出神地想着什么事情。

西弗勒斯太太提高嗓门又叫道："喂，早上好！"

赫林如梦初醒，马上回应道："噢……早上好！"

西弗勒斯太太一笑，伸手取下鸟笼，离开了窗口。

赫林掏出眼镜戴上，开始看起报来。这时推销员在隔壁干活儿的声音吸引了她的注意。她开口对他说着什么，并且指指点点的，好像在告诉他应该怎么做。他一开始看着她，一言不发，听了一阵之后，便正面看着她。他的唇部运动相当激烈，看起来他对她的干扰十分不满。

赫林赶紧从篱笆边走开了，表情是又惊又怕。

杰夫饶有兴致地看着眼前这一切，忍不住笑了。忽然，从他背后传来一个女人的声音："知道吗，在纽约，窥测别人可是要被拘役六个月的。"

杰夫扭头一看，原来是保险公司雇的护士斯特拉来了，忙招呼："嗨，你好，斯特拉。"

斯特拉是个身材结实、相貌平常的黑头发中年妇女。她 40 多岁，从外表看，精明能干，心直口快。她把手中的包放在桌上，摘下宽边凉帽。

她不满地瞪了杰夫一眼，然后从口袋里掏出一支体温表，一边擦拭，一边说："而且，劳教所里是没有窗户的。你知道吗？过去，他们惩罚这种人的办法是用一根烧得通红的铁条，把犯人眼睛抠出来。你觉得从这么一个小窟窿里看到的事情值得你丢一只眼珠子吗？"虽然这样说着，她也忍不住朝外看了一眼。

杰夫歪着头，不动声色地看着她。

斯特拉忽然明白过来，不由得自嘲地笑了：“唉，亲爱的，我们俩成了一对儿了。我看，人们应该走出家门，从窗外看看自己屋里的情形。怎么样，这句话算得上至理名言吧！”她把杰夫的轮椅转了过来。

杰夫脸上浮起一副不以为然的表情，轻轻地笑了笑，说：“好像在1939年4月号的《读者文摘》上登过这句话，这是老话了。”

“我只不过是在引用一段名人名言罢了。”说着，她从小盒里拿出体温表甩了甩。

杰夫还想说什么，一看斯特拉把体温表递了过来，忙说：“今天早晨不必量了。”

斯特拉不由分说，把体温表塞进他嘴里，像哄小孩似的对他说：“别出声，心里要数一百下。”接着，她唯恐杰夫再说什么，忙自顾自地滔滔不绝地说下去：“你知道，我不应该当保险公司的护士，而应该成为一个吉卜赛算命女郎。我的鼻子尖，哪儿要是出了麻烦事，我在十英里以外都能闻得出来。你听说过1929年那次股票市场暴跌吗？”

杰夫腻烦地点了点头。

“那次我的预言就应验了。”

杰夫嘴里衔着体温表，含含糊糊地说：“你是怎么知道的，斯特拉？”

斯特拉一边往沙发上铺床单，一边说：“噢，简单得很。当时，我正在护理通用汽车公司一位总裁。他们说他得了腰子病，我看他得的是精神病。我问自己，汽车公司里有什么事好担心的？无非是生产过剩，或倒闭破产。一般的人才不去关心这些事呢。”

杰夫把体温表从嘴里取了出来，说：“斯特拉，在经济学上，腰子病和股票市场可是风马牛不相及的呀。”说完，他又自觉地把体温表塞进嘴里。

斯特拉铺好床单，从自己包里取出几个小瓶子，放在一旁：“但股票市场确实暴跌了，是不是？告诉你，就是在你这间屋子里，我也能嗅出一些问题来。首先是你摔断了腿，然后，是你从窗口偷看你不应该看的事情。这些都是问题。我可以想象你被法庭传讯的情景。你会可怜巴巴地站在一群正襟危坐的法官面前，苦苦哀求说：‘法官大人，这只不过是一种既无知又无聊的消遣而已。我可是像慈父一样爱着我的左邻右舍哪！’然后，一个法官说：‘好吧，算你走运，只判你三年就可以了。’”她惟妙惟肖地说着，自己也忍不住笑了。

杰夫忙把体温表取出递给她，“妙极了。不过，就眼前而言，我正愁没有麻烦事儿呢”。

斯特拉仔细看了看体温表。

“怎么样？”

斯特拉看了他一眼，“看来，你得了男性荷尔蒙缺乏症”。

“你凭我的体温怎么能看出得了这种病？”

“你偷看那些崇拜日光的下贱女人已经四个星期了，可是你的体温连一度也没升上去。”她甩了甩体温表，用另一只手捏着的酒精棉花给它消毒，然后，把它放回小盒子里。她走到杰夫轮椅后面，把轮椅推到床边。

杰夫松了口气，说道：“太好了。唉，再熬一个星期吧。”

杰夫用一条腿站着，在斯特拉的帮助下，慢慢脱去衬衣，俯卧在床上。斯特拉吃力地搬动着他沉重的伤腿，在床上把它们尽量放平。

杰夫舒适地躺着，说：“你说得不错，我这间屋子里好像真是要出问题了。”

斯特拉漫不经心地附和道：“我知道。”她拿起个小瓶，把里面的一些油状液体倒在手心里，然后均匀地涂在杰夫赤裸的背上。

杰夫猛觉背上一阵灼热，忙问：“喂，你把瓶里的玩意儿放在火上烤过吧？”

斯特拉用力按摩着杰夫背上坚韧的肌肉，答道：“对，这样可以加快你的血液循环。”

“原来如此！”杰夫用嘲讽的口气说道。

斯特拉忽然想起了杰夫刚才说的话，“刚才你说要出问题了，怎么回事？”

杰夫说：“我是说丽莎·弗里蒙特。”

斯特拉很纳闷。“你在开玩笑吧？她是个年轻美貌的姑娘，你是个体格健壮的小伙子，这一天赐良缘还能有什么问题？”

杰夫苦恼地说：“她要和我结婚。”

“这很正常嘛。”

“可我不想娶她。”

斯特拉不解其意：“你这才是反常呢！”

杰夫又接着说道：“我实在不能娶她。我对结婚还缺乏充分准备。”

斯特拉不以为然地说：“对一个男人来说，只要他找到了一位合适的姑娘，那么就再也没什么可准备的了。像你这样没有头脑、粗枝大叶的人，和丽莎·弗里蒙特结婚是再合适不过了。”

杰夫的口气一下子又变得迟疑起来，“她是不错。”

斯特拉双手熟练地在杰夫背部各个部位揉着，又问杰夫：“那为什么？你和她吵架了？”

杰夫艰难地摇了摇头，“没有。”

斯特拉穷追不舍：“那么，是不是她父亲拿手枪威胁你了？”

杰夫被她的话吓了一跳，他不知道她为什么这么说。“你胡说些什么啊？没有这回事！”

斯特拉甩了甩发酸的手指，一本正经地说：“以前确实发生过这种事情。你不是说过吗？世界上许多最幸福的美满姻缘，就是在枪口底下结成的。”说完，她拿起一条毛巾，使劲擦着杰夫油亮亮的背部。

杰夫似乎有苦难言，长长地叹了口气：“唉，她不是我要的那种姑娘。”

斯特拉更加迷惑了：“为什么？她可是百里挑一的姑娘呀！”她放下毛巾，又拿起另一个瓶子，把里面的洗净剂倒在杰夫背上。

杰夫苦着脸，喃喃地说：“是的，她真的是太完美了。太聪明、太漂亮、太老练、太……总之，她哪样都好，却独独缺乏我所需要的东西。”

斯特拉一下子来了兴趣：“能不能把你的需要说出来，我们讨论讨论？”

杰夫想了想，终于说道：“好吧，说就说。其实事情很简单，她属于帕克大道上那种豪华、纯净的环境，属于奢侈的饭店、鸡尾酒会、高档场所……”

斯特拉立刻打断了他，“那是因为她不得不待在那儿。我觉得她能够既来之，则安之，活得心安理得，是个聪明的姑娘”。

杰夫沉浸在自己的心事中，继续说：“你想，她能跟着一个存款从不超过一个星期薪水的穷摄影师，在世界上四处颠簸、浪迹天涯吗？除非她疯了。”

斯特拉用毛巾轻轻擦去杰夫背上的液体，“那你就永远不结婚了？”她扶他慢慢站了起来。

杰夫深深吸了一口气，开始穿衬衣，“唉，也说不定我哪天就会结婚了呢。但是，和人结婚的人不能把生活的意义仅仅看作是穿件新衣服、吃顿海鲜或大谈最近发生的丑闻……”他停了一下，在斯特拉的搀扶下，重新回到轮椅旁，艰难地坐下。他接着说道：“我所需要的女人必须能够四海为家，无事不干，无所不爱。所以，我看目前唯一的办法就是把这件事给了结了，让她找别人去吧。”

斯特拉一边把两个扶手装在轮椅上，一边不满地说：“是呀，我明白你的意思了，你是想对她说：‘走吧，你这个完美无瑕的女人，我配不上你！’”说着，她把那些小瓶子装进包里，转过身来认真地说：“杰弗里斯先生，虽然我没受过高等教育，但我还是要奉劝你一句：一个男人和一个女人相遇并相爱以后，他们应该马上结合，应该是‘砰’的一声，就像百老汇大街上两辆出租汽车撞到一起那样，而不是相对而坐，像研究瓶子里的两个标本一样相互分析，彼此琢磨。”说着，她哗地掀起床上的床单，把它叠起来。

“对待婚姻应该有一种理性的办法。”

斯特拉对他的话不屑一顾：“理性！再没有比理性给全人类带来的麻烦事儿更大的了。现代婚姻，哼！”

杰夫把轮椅掉过来看着她，“我和丽莎在感情上的进展还没有……”

斯特拉立刻打断了他的话：“废话！原来那些年头里，人们也就是相互见见面，一兴奋也就结婚了！这年头呢，一块看本书呀，嘴里说着一套套的成语，你对付我，我算计你，要不就是你对她、她对你进行一通精神分析，到头来谁也弄不清你们是在谈恋爱呢，还是在参加文官考试！”

“人的感情层次是不同的……”杰夫还想辩解，但是又被斯特拉打断了。

“你想找麻烦就非惹麻烦不可！唉，我住的那一带有个挺好的小伙子，他和对面街上的一个姑娘来往了三年，可是后来他不肯娶她了。为什么？因为在《外貌》那本杂志关于婚姻的测试里，她只得了61分！”

杰夫听她这么一说，也忍不住笑了起来。但是他马上又换了一种口气，讥讽地对斯特拉说道：“呵，这就是你对婚姻大事的高见吗？”

斯特拉没理会他的讽刺，放下叠好的床单，走到他面前恳切地说：“杰夫，当我和迈尔斯结婚时，我们俩是情不投，意不合，根本不相配。现在也是如此。然而，这些年来，我们却一直相亲相爱，生活得非常愉快。”

杰夫显然被这没完没了的谈话给搞得不耐烦了。他打了个哈欠，懒懒地说：“这很好嘛，斯特拉。现在，能否麻烦你帮我做个三明治？”

斯特拉哼了一声：“当然可以。而且，我还要在面包上抹上一点常人之见。”她朝厨房走了几步，又回身说：“丽莎从头到脚每一个细胞都在爱着你。我给你的忠告只有两个字：娶她。”

杰夫似笑非笑地问：“她是不是给了你很多钱才买通你的？”

斯特拉一愣，随即气愤地瞪了他一眼，转身走进厨房。

杰夫环视了一下狭小的屋子，轻轻叹了口气。一会儿，他又扭头向窗外看去。

对面大楼的院子里，赫林小姐用报纸把脸遮得严严实实的，正靠在折叠椅上闭目养神。那位摆弄花的男人此刻已经不见了踪影。

杰夫看了一会儿，又抬头把目光移向大楼的各个后窗。

托索小姐正在对着镜子有节奏地梳着她的一头金红色长发。

忽然，六楼左边那扇一直关闭着的窗户打开了。开窗子的人显然是房东，因为在他身后，杰夫看到一对新婚夫妇模样的年轻人走了进来。房东把一串钥匙交给小伙子，小伙子忙接过钥匙道谢："谢谢。"房东转身走了出去。新婚夫妇刚要搂抱在一起，猛然房东提着箱子又推门进来了。两人忙装出一副若无其事的样子。房东放下箱子，客气地说："如果还需要什么，请按一下铃。"说罢，他走了出去，随手将门关上。新婚夫妇立刻迫不及待地紧紧搂抱在一起，不住地亲吻。

杰夫瞪大眼睛，好奇地看着。

一会儿，小伙子松开姑娘，拉开通往起居室的门，招呼道："来，快来！"两人跑出卧室。

杰夫不解地眨着眼睛。忽然，他看见新郎抱着新娘，神色庄重地一步一步走进卧室。杰夫不由得"噢"了一声，会心地笑了。原来他们俩又把刚才碍于房东而没有做出来的亲密举动做了一遍。

新郎不住地吻着怀里的新娘，两人如胶似漆。忽然，新娘像是意识到了什么，往敞开着的窗口看了一眼。显然，她意识到他们这种过分亲密的行为很有可能被别人偷看。新郎忙放下新娘，走到窗前，放下厚厚的帘子。

杰夫忍不住咽了口唾沫，忙把目光移开。忽然，他发现斯特拉已不知什么时候从厨房里出来，正在身后冷冷地瞪着他。杰夫不自然地笑了笑。

斯特拉不屑地撇了撇嘴："光看不练。"说完，她拿起提包，转身出了门。

杰夫的表情僵住了。他转过头，看着斯特拉离开。

杰夫一个人百无聊赖地在窗前坐了一天，困乏不堪。时间不知不觉地过去，也不知在什么时候，他在轮椅上睡着了。

对面大楼渐渐热闹起来。从每扇敞开的后窗里，可以清楚地看到白天在各处工作的人们已陆续回到家中，此刻正在各自屋子里忙活着。

杰夫迷迷糊糊，蒙眬中仿佛觉得屋里有人。他慢慢睁开眼睛，发现原来是女友丽莎来了，正俯身凝视着他。顿时，他睡意全消，坐直了身子。

眼前的丽莎不仅年轻貌美，而且衣着十分讲究，时髦。她穿着一件袒露双肩的黑裙子，披着薄如蝉翼的天蓝色纱巾，手上戴一副白手套，显得非常典雅。她见杰夫醒了，便靠了上去，吻着杰夫的双唇，柔声问道："腿怎么样了？"

"嗯……还是有点疼。"

"你的肚子呢？"

杰夫浅浅地笑了一下，说道："空空如也，快变成橄榄球了。"

丽莎忍不住笑了。她又吻了他一下，继续问："那你的爱情生活呢？"

杰夫摇摇头说道："不太活跃。"

丽莎看了看光线昏暗的屋子，又问："还有什么使你不高兴的事吗？"

"嗯，过来。"杰夫把丽莎拉进怀里。她用手臂围抱住他，快活地亲吻着杰夫的脸，然后充满热情地低声一笑。

他眯起眼睛，凝望着脉脉含情的丽莎，故意问道："你是谁？"

丽莎站起身，把屋子各个角落里的台灯全部打开。屋里顿时亮堂起来。她转过身，对杰夫微笑着，一字一顿地说："我的全名是丽莎——卡罗尔——弗里蒙特。"

杰夫歪着头，上下打量着丽莎的新裙子："就是那位每件衣服只穿一次的丽莎·弗里蒙特吗？"

丽莎放下小巧玲珑的手提包，又取下纱巾，答道："不错。可那是不得已呀。"她一边说，一边摆出各种时装表演姿势，"这会儿，这批衣服已经运到巴黎了。你说，它们会畅销吗？"

杰夫眯起眼睛看了一会儿，说："那要看价格如何了。我们来算一下吧，飞机票的运费、进口税，加上利润……"

丽莎放下纱巾，脱去手套，故意轻松地说："不贵，每件 1100 美元。"

杰夫吓了一跳："什么，1100 美元？我看你应该把它送到股票交易所去！"

丽莎把手套和纱巾一起放在桌上，得意地说："我们按这个价每天能卖十多件呢。"

"来买衣服的都是些什么人？恐怕都是税务官吧？"

丽莎没回答他，继续笑着说："而且，即使这次我不得不掏钱把它买下来，也是值得的，因为今晚可是个不同寻常的日子啊。"

杰夫感到奇怪，问道："怎么，你又要去参加什么重大活动吗？"

丽莎扫了眼桌上的《时装》杂志，说："对，不过就是在这儿。在这儿，一个不同寻常的晚上。"

杰夫有些不以为然："今天是星期三，有什么不寻常的？日历牌上多着呢。"

丽莎并没马上接他的话。她在屋子里找着什么，不一会儿她就看到了那个东西。这是一个旧烟盒。她边看，边说道："今天是 L.B. 杰弗里斯最后倒霉周的开幕式。"

"看来没有多少人买票啊。"杰夫打趣地说道。

她转身看着他，手持着烟盒向他走来，"那是因为我包场了。我说，这只烟盒可是见过昔日的荣华富贵的。"她站在杰夫正前方，直直地看着他。

"这是在上海买来的。那个城市也见过昔日的荣华富贵啊。"

"烟盒已经裂了。你又从来不用。我让人送货给你，送你一只朴素扁平的铝烟盒。那上面要刻上你名字的缩写字母。"

"你的钱来得不易，可别花在这种华而不实的东西上。"杰夫认真地说。

"我愿意。"丽莎在他身旁蹲下，双肘撑在轮椅扶手上，微笑着说，"从今晚起，再过一个星期，绑在石膏中的L.B.杰弗里斯就解放了。"

杰夫恍然大悟。丽莎的细心让他有些感动，"唉，是吗？我自己倒把这事给忘了。"

丽莎还想说什么，猛地像是想起了什么，忙站起身，一边朝门口走去，一边没头没脑地问："咱们去'21饭店'开始今晚的活动，怎么样？"

杰夫看了看自己的断腿，苦笑着摇了摇头："你有没有在外边预备一辆救护车？"

丽莎轻盈地走到门前，一下子拉开房门，"用不着救护车"。

门外，一个身穿红衣黑裤制服的侍者站在那儿，一手拿着大酒瓶，一手托着装有各种菜肴的保暖炉。

丽莎抱歉地对他说："对不起，让你久等了。"她侧过身，把他让进屋，又告诉他，"厨房在左边。"她转身关上门，又接过侍者手中的大酒瓶，"我来吧。"

丽莎看着侍者走进厨房，忙叮嘱他："把菜都放进炉里，稍微热一热。"

侍者点头道："知道了，夫人。"

丽莎把一张大椅子搬到轮椅前，权当是饭桌，然后把酒瓶放在椅子上，自己拉过一个小凳子坐下。"把酒瓶打开吧。"她对杰夫说。

"好的。把那个开塞钻递给我。"

丽莎起身从墙角架子上找出开塞钻，递给杰夫，然后去厨房取酒杯。

杰夫费力地摆弄着酒瓶，可是，由于身体困在轮椅上，无法使劲。

丽莎拿着两个大玻璃杯，回到轮椅前，朝杰夫晃了晃："够大了吧？"

杰夫抬头看了看："好极了。"说完，又低头忙开了。

这时，侍者拿着保暖炉从厨房里出来了。他看见杰夫开酒瓶这么费力，忙从他手里接过酒瓶，"我来吧，先生"。

丽莎同情地看着杰夫，"真不知道你这些日子是怎么过的。而且，最后一个星期更难熬"。

杰夫懊丧地拍了拍硬邦邦的石膏，叹了口气，"唉，别提了。真想把它给拆了，下来活动活动"。

丽莎忙安慰他说："别着急，我会使你愉快地度过这最后一个星期，让你一辈子也忘不了。"

杰夫感激地看着她："太好了，谢谢你。"

侍者打开酒瓶，递给杰夫，然后拿起保暖炉，准备走了。

丽莎忙说："噢，请等一等，卡尔。"她从钱包里取出一张钞票，塞在侍者里，"拿去吧，出租汽车费也在里面"。

侍者咧嘴一笑，"谢谢，弗里蒙特小姐。祝你们用餐满意，杰弗里斯先生"。

杰夫也朝他点了点头："谢谢，再见。"

侍者走了。

丽莎关好门，回到轮椅前坐下："唉，我这一天过得可真够可以的！"

杰夫把酒瓶递给她，关切地问："怎么，累了吗？"

丽莎一边往玻璃杯里倒酒，一边说："不是。我开了整整一个上午的销售会议，然后匆匆赶到沃尔多夫酒家，和迪弗雷纳夫人一起喝酒。她刚从巴黎回来，带来了不少时装信息。"她停下来喝了口酒，继续说，"接着，我又马不停蹄地赶到'21饭店'，在那儿和海波百货商店里的人一起吃午饭。我就是在那会儿订的这份晚餐。吃完饭，我又穿过二十多条马路，参加秋季时装展示会。后来，我又和利兰、斯利姆·海沃德等人一起喝了点鸡尾酒。我们正在设法说服海沃德举办一场新的时装表演呢。接下来，我便奔回家去换衣服。"她一口气说完，这才停了下来。

杰夫一直没说话，静静地听着丽莎滔滔不绝地讲下去。

丽莎清了清嗓子，又认真地对杰夫说："我想，也许有一天，你会把你的工作室搬到我们那儿去。"

杰夫忙抓紧时机，试探地问道："要是我到巴基斯坦去开一个摄影工作室，你说怎么样？"

丽莎立刻明白了他话里的意思。她放下酒杯，不满地说："杰夫，难道你不觉得现在应该安顿下来了吗？你完全可以另选一份差事来做一做的。"

杰夫摇了摇头，"我觉得没有什么合适我做的"。

"你选一个适合自己干的工作呀！"

杰夫盯着她，似乎无法相信她的话："你是说，我最好离开那个杂志社？"

丽莎肯定地点了点头："对。"

杰夫马上问："为什么？"

丽莎凑近杰夫，恳切地说："为了你，也为了我。我明天就可以给你找到十几份工作，比如时装店、图片社等。"她见杰夫笑了，觉得自己受到了冒犯。她一本正经地对杰夫说："你别笑，我说的是真心话。我真能做到。"

"这些都是我最害怕的事情。你能想象我脚蹬大皮靴，满脸胡茬儿，乘坐着吉普车，在时装大街招摇过市吗？这一定会引起轰动吧？”

丽莎毫不理会他的讥讽，拍着他的手臂继续劝他：“我觉得你非常适合穿深蓝色法兰绒西服，又漂亮又有派头，你一定能够……”

杰夫不耐烦地打断她的话，“行了，咱们别再胡扯了，好不好？”

丽莎一下子泄了气，她无奈地站了起来，“好吧。我想应该把晚饭端出来了。”说着，她向厨房走去。

杰夫叹了口气，如释重负，然后若有所思地看着自己的两条腿。他这样待了一会儿，然后像是要忘却自己的心事似的，抬头向对面大楼灯光明亮的各个窗口看去。

推销员的妻子索瓦尔德太太坐在床上，手里端一个盘子，正在吃东西。

一楼左边的房间住着一位30多岁的老姑娘。她的套房正好位于推销员的那套房子的楼下位置。此时，她正坐在梳妆台前轻施粉黛，顾镜自怜。化妆完毕后，她站起身，甩甩衣裙下摆，欣赏着镜中人。但是她的胸部平板，衣裙松松垮垮地悬垂下来，看不出有什么动人之处。她抬眼又看了看镜子中的自己，然后向起居室走去。

这个时候，不知谁家收音机打开了，一阵软绵绵、颤悠悠的歌声在空中飘荡。

杰夫看到她起身从厨房里取来酒瓶和玻璃杯，放在桌上，又点亮了一支小蜡烛。然后，她满意地环视了下屋子，用手理理头发，轻快地走到门口，拉开门。她低着头，略为羞涩地把自己想象中的客人让进屋，温柔地为“他”摘下帽子，脱去外衣。随后，她招呼“他”在桌边坐下，并给“他”斟了一杯酒。接着，她自己也倒了一杯酒，还不时微笑着对“他”说着什么。她似乎沉浸在无限幸福和喜悦中，双眸生辉，满面红光。她举起酒杯，和“他”碰了一下，小口小口地呷着。看来她是为自己将要做的事进行事先预演。

杰夫瞪大眼睛，惊奇地看着这一幕，心里暗自好笑。他看见她又举起了杯子，自己也不觉向她做了个“干杯”的姿势，像她一样一点儿一点儿慢慢呷着。

她含情脉脉地看着幻想中的“他”，频频举杯，娇声细语，兴奋得几乎不能自制……忽然，她猛地清醒过来，脸上的笑容一下子凝住了。她无力地垂下握着酒杯的手，绝望地看了一下空荡荡的屋子，忍不住伏在桌上号啕大哭起来。

杰夫同情地看着这个不幸的女人，情不自禁地叹了口气。忽然，他发现丽莎已摆好了晚饭，正站在他身后，生气地盯着他，似乎对他窥测别人的隐私十分不满。

杰夫忙解释道：“这是个老小姐，大家都叫她‘寂寞芳心’小姐。不过倒也乐得来去无牵挂。”

“这就是人们说的‘缺乏男人的忧郁症’。”

“至少你永远用不着为这种事担心。”

丽莎白了他一眼：“是吗？也许你从这儿还能看见我在63街上的房间吧？”

“唉，不。不过，我们这儿有个房间倒也和你那儿一样，门庭若市。还记得那位托索小姐吗？就是那位芭蕾舞演员。”说着，杰夫又向窗外看去。

丽莎随着杰夫的目光，看见托索正在殷勤地招待她的三位男客。她递烟倒酒，忙得不亦乐乎。

杰夫继续说道：“她像只蜂后，正在一群雄蜂中挑选伴侣呢。”

“我倒觉得她正在做一个女人最为难的事，与一群饿狼周旋。”

这时，一个男人走到托索身旁，不知说了句什么，然后来到外面阳台上。托索忙端着一杯酒跟出来，递给靠在阳台栏杆上的男人，然后踮起脚尖，在他脸上吻了一下。那个男的就势一把搂住托索，两人亲热地吻着。一会儿，托索挣脱出身，拉着他一同走进房间。

杰夫做了个鬼脸，“看，她选了个看上去最有钱的人”。

丽莎冷冷地说道：“她并不爱他。这三个人中，她一个也不爱。”

杰夫对丽莎的话感到奇怪，“你怎么知道？”

丽莎狡黠地对杰夫一笑：“你不是说，我们两人的房间很相似吗？”她意味深长地看了杰夫一眼，又向厨房走去。

杰夫笑了笑，继续看着窗外。

对面，只有那对新婚夫妇的窗口挂着厚厚的窗帘，遮住了里面的一切。杰夫若有所思地盯着他们的窗口看了一会儿，便把目光移向推销员索瓦尔德的房间。

索瓦尔德走进来，一言不发地把一个盘子放在妻子身旁。他妻子看也不看盘中食物，就对着他开始大声吼叫起来。索瓦尔德没有理会她。他一言不发，拿起个大枕头，垫在她身后。索瓦尔德太太又抓起床头柜上的一束花，狠狠地扔在床上。索瓦尔德终于忍不住了，一把抓过花束，高声叫骂起来……

过了一会儿，索瓦尔德气冲冲地走进隔壁起居间，关上门，拿起了电话。卧室里的女人吃了几口饭，便放下盘子，赤着脚悄悄溜到门边，偷听着丈夫打电话。

隔壁的索瓦尔德好像敏感地觉察到了什么，便放下话筒，走到门边，冷不防打开房门。索瓦尔德太太狼狈不堪，一边咒骂着，一边回到床上重新躺下。

索瓦尔德鄙夷地看着她，砰的一声使劲把门关上了。

杰夫看着这对冤家一般的夫妻，不觉摇了摇头，又向作曲家的房间望去。

作曲家的屋里高朋满座，主人正欲炫耀一下自己的新作品。他举起双手，灵活的十指在琴键上迅速地交错移动……一阵悠扬的琴声立刻飞出窗外。

杰夫歪着脑袋，静静地听着。这时，丽莎拿着几只碟子走了进来。她一下子被这音乐吸引住了，不禁问道："谁家在放这么美妙的音乐？"

杰夫随口答道："哦，一位作曲家住在那儿呢，他也是独身一人。也许曾经有过一段不幸的婚姻。"

丽莎把餐具放在椅子上，坐了下来，然后，她把餐巾递给杰夫，自己开始动手剥蛤蜊。"这音乐太动人了，简直就是专门为咱俩写的。"丽莎兴致很高地对杰夫说。

"是吗？怪不得它给他招来了那么多麻烦事呢。"

丽莎把剥好的一个个蛤蜊肉放在杰夫的盘子里，随口问道："这顿饭还可以吧？"

杰夫不禁咽了口唾沫，"那当然，和过去一样，没说的"。

丽莎笑盈盈地看了杰夫一眼，然后自己也铺上餐巾，两人吃了起来。

窗外，悠扬的钢琴曲仍在夜空中轻轻飘荡……

饭吃完了。丽莎收拾好餐具，重新回到了起居室，半躺在沙发上。两人脸色不悦，似乎是话不投机。

过了一会儿，还是丽莎先开口说道："我看人们的生活方式不可能有很大差别。我们都一样，吃饭、饮水、喝酒、穿衣、嬉笑……"

杰夫马上打断了她："你听我说，听我说……"

丽莎没理他，"如果你想对我隐瞒什么，而不让我去，那也许还能理解"。

杰夫急了，赶紧争辩道："我没有瞒你什么，只是……"

丽莎又打断了他的话："只是什么？这儿和那儿，或者和你去的其他地方有什么天大的差别，使得这儿的人到了那儿就活不下去了？"

"有的人当然能活下去。你听我解释……"

"如果你老是一个人来回奔波，不停地拍照，这算什么生活？好像一个没完没了度假的旅游者。"

杰夫一手指着丽莎，尽量耐心地说："好吧，这是你的看法，你完全有权说出来。现在，该我说说我的……"

丽莎又插了进来："好像只有你们少数几个特殊、神圣的人才能吃苦耐劳，真是荒唐。"

杰夫几乎找不到说一句完整话的机会，不觉有些生气：“你能不能闭一会儿嘴，让我把话说完？”

丽莎任性地回了他一句：“哼，要是你的话和你的态度一样粗鲁，我才不要听呢。”

杰夫变得有些不耐烦起来，“行了，行了，你冷静一点”。

丽莎又赌气地说：“照你的意思，像我这样的人，出生以后，只能乖乖地待在原地，直到老死。”

杰夫终于忍不住喝道：“闭嘴！”

丽莎也火了，她一下子坐了起来，刚要大声嚷嚷，忽地看见杰夫铁青着脸，正瞪着她。她不想引起一场大吵，便把话咽了回去，气呼呼地一扭头。

杰夫见她不吱声了，便缓了缓口气问：“你吃过鱼头和米饭吗？”

丽莎爱理不理地答道：“没有！”

“如果你非要跟我去，那你就得每天吞咽这些东西。你有没有尝过海拔1500米高原上，在零下20华氏度的严寒中是种什么滋味？”

丽莎马上应道：“当然尝过。我……”

杰夫不容她说下去，又紧接着问：“你有没有被枪击、追逐过？有没有过半夜醒来，发现满脸满身都是泥沙，因为你的照相机破坏了周围某个人的声誉？”他见丽莎无言以对，就越发来劲儿了，“你有没有……对了，还有你这些高跟鞋、尼龙衫以及那只有六盎司重的内衣，你能带着它们进森林吗？”

丽莎哼了一声，加重了口气说：“三盎司！”

杰夫点了一下头，“好吧，就算三盎司。要是你带着这些东西到芬兰去，待了一天还没有被冻死，那你一定会变成一个新闻人物”。

丽莎不服气地说：“哼，如果说我有什么一技之长，那就是懂得怎样穿适合周围环境的衣服。”

“那当然了。不过，你去试试，看看到巴西能不能买到件风雨衣。”他顿了顿，更加恳切地说，“丽莎，干我们这一行的，出门至多只能随身带一只皮箱，所谓的家也只不过是临时凑合的交通工具。没有充足的睡眠时间，更无法经常洗澡。而且，吃的食物都是那些未煮熟前你连看也不敢看的东西。”

丽莎继续用固执的眼神看着他，“杰夫，你不必故意把事情说得那么可怕，好像只有这样才能证明我错了似的”。

杰夫叫了起来：“什么？故意说得可怕？我还是在拣好听的说呢！丽莎，你必须正视现实，你不是过那种生活的人。”他加重了语气，“没有几个人能忍受得了这种生活”。

丽莎无奈地说：“你真顽固，简直不可理喻。”

“不是顽固，而是诚实。”

丽莎忍不住嘲讽道：“我当然知道，你是个诚实的人。否则，你一定会对我说，我们去度假吧，然后哄骗我跟你去，让我早晨醒来伤心，失望。”

这下杰夫又被激怒了，他正色地警告她：“你等一等，丽莎，如果你想进行恶语攻击，那我愿意奉陪。”

丽莎摇了摇头，“不，我才不愿和你相互攻击呢。”她站起来，走到杰夫面前，“好吧，我明白了。你不能不去，而我又不能跟你去。”

杰夫显出一种无可奈何的样子说：“这真是阴错阳差。”

可是丽莎仍然抱有一丝希望，她口气和缓地说：“我们能不能相互妥协一下？”

杰夫断然地说道：“眼下不行。”

丽莎知道再争也没有用了。她默默地看了杰夫一眼，走到桌前拿起一只手套，一边慢慢戴着，一边黯然地说：“我爱你，杰夫。为了生活，你随便干什么都行，我不在乎。我只是希望能成为你工作的一部分。”她又拿起另一只手套，“而现在，我所能干的只不过是订一份你们的杂志。也许，我把自己估计得太高了”。

丽莎真诚的表白使杰夫深受感动，他忙安慰她：“噢，这绝不是你的过错，丽莎。你干得很不错，已经把全城都控制住了。”

丽莎的情绪却不是他这一句安慰的话能够转变得了的，“看来还没有完全控制住。再见，杰夫。”她披上纱巾，拿起提包，朝门口走去。

杰夫忙问：“你是说明天见吗？”

丽莎头也不回地说道：“再见就是再见。”

杰夫见丽莎真的生气了，这才慌了神：“丽莎，我们……能不能使我们的关系维持现状？”

丽莎慢慢转过身，看着杰夫问：“一点不考虑将来？”

杰夫这下又无言以对了。

沉默了一会儿，他又问：“你什么时候再来？”

“要过很长一段时间。至少是明晚之前不会再来。”说着，她拉开门走了出去。

杰夫看着房门在丽莎身后轻轻关上，心情十分烦躁，他使劲摇了摇头，想暂时忘掉这场不愉快的谈话。

窗外，深沉的夜空中堆积着厚厚的云层，星星和月亮早已不知躲到哪儿去了。气压很低，空气十分燥热。

就在这时，对面大楼里突然传出一声女人的尖叫:“啊——”声音非常恐怖、凄厉，仿佛一个人被推下悬崖时发出的绝望惨叫。紧接着，又传出“咣当”一声，仿佛什么东西碰落在地上，粉碎了。

杰夫猛地从迷迷糊糊中惊醒过来。他竖起耳朵，瞪大眼睛朝每个窗口看去，想找出传出尖叫声的屋子。

大楼里毫无动静，好像人们都睡死过去一样。

窗外下起了沥沥细雨。一阵阵凉爽的微风驱散了空气中的燥热。

杰夫坐在轮椅上熟睡着，轻轻地打着鼾。忽然，他醒了。他发现细细的雨丝已变成了豆大的雨点，他忙朝对面那对喜欢在露天睡觉的夫妇望去。

阳台上，那个男的也惊醒了。他慌忙从垫子上爬起来，跨过妻子的身体，忙不迭地去解那个系在栏杆上的小闹钟。慌乱之中，他手一滑，解开的闹钟竟直坠下楼。

这时，雨越下越大。男的只得和睡得迷迷糊糊的妻子一起，手忙脚乱地把垫子拖进屋里。

杰夫望着这对狼狈不堪的夫妇，禁不住笑了。忽然，他发现推销员索瓦尔德的起居室灯光大亮，在这漆黑的夜里显得格外醒目。

杰夫眨了眨眼睛，盯着那个窗口看着。一会儿，他看见索瓦尔德穿着雨衣，提着一个铁皮箱子，开门走了出去。外面，雨仍在下着。索瓦尔德拎着沉甸甸的箱子，沿着楼梯走下大楼。不久，杰夫看见前面马路上驶来一辆出租汽车，在索瓦尔德跟前停了下来。索瓦尔德吃力地把箱子塞进汽车，随后自己也钻了进去。

杰夫不解地看着眼前发生的事，不禁低头看了一眼手表: 1 点 55 分。

半个多小时后，杰夫终于看见索瓦尔德在大楼外出现了。他走得很快，似乎手里提着的箱子轻了许多。他匆匆走上楼梯，开门走了进去。

杰夫注意地看着索瓦尔德的一举一动。

忽然，楼上作曲家的窗口也射出了灯光。杰夫抬头一看，只见作曲家垂头丧气地走进屋子，径直来到钢琴前。他盯着钢琴上一叠自己用心血谱成的乐曲，呆呆地看了一会儿，猛地用手把它们统统划拉到地板上。

杰夫惊奇地看着作曲家奇怪的举动。这时，他觉得索瓦尔德的屋里又出现了动静，便低头看去。

索瓦尔德又提着那个铁皮箱子，走了出去。

杰夫疑惑地看着。

索瓦尔德出了大楼，把雨衣的领子翻起，匆匆地走了。

不知过了多久，杰夫又慢慢地醒了过来。他像是猛然想起了什么，忙抬头朝对面望去。索瓦尔德的起居室依然亮着灯光，可是毫无动静。

杰夫端起身旁椅子上的酒杯，喝了一口，又放下杯子，继续盯着对面大楼。

一会儿，托索小姐屋子的灯光也亮了。她似乎刚刚幽会回来，正在使劲把送她回家的男友往外推："走吧，走吧，明天见！"那个小伙子一边嘟囔着，一边磨磨蹭蹭不肯走。托索急了，用力把他推了出去，然后从里面把门锁上了。

杰夫鄙夷地哼了一声。

忽然，他警觉地睁大了眼睛。原来，他发现索瓦尔德又提着箱子回来了。他进屋后，放下箱子，坐在沙发上沉思了一会儿，又站起身，背对着窗口，不知在干些什么。

渐渐地，他觉得两眼发酸，一阵睡意袭来，他又迷迷糊糊地睡着了。

托索吃完点心，也熄灯上床了。

过了一会儿，索瓦尔德起居室的灯光也灭了。黑暗中，隐隐约约可以看见他和一个女人一前一后走下楼梯，来到前面马路上，消失了……

新的一天又开始了。

三楼上，跳舞女郎托索正在合着音乐的节拍跳舞。作曲家也在谱写他的歌曲。

楼下院子里，赫林·艾德小姐坐在那张折叠椅上，正在专心致志地雕刻一件抽象派作品。

一个卖冰激凌的小贩推着小车慢慢走了过来，好奇地问道："太太，你在刻什么呀？"

赫林头也不抬地答道："饥饿。"

养鸟的妇女西弗勒斯太太正从五楼窗口上用绳子慢慢将一个柳条小篮吊下楼去。一只可爱的小哈巴狗乖乖地伏在小篮里，没等小篮落地，它就急不可耐地跳了下来，摇着尾巴，在院子里欢快地乱跑乱叫。西弗勒斯太太又把篮子拉上平台悬在台上。

杰夫光着上身躺在长沙发上，由斯特拉替他按摩。由于睡眠不足，他两眼布满了血丝，眼圈微微发黑。

斯特拉一边麻利地揉着杰夫背上的肌肉，一边不停地嘀咕："本来还以为下场雨会凉快下来，可是你看，这天气不但没凉快下来，反而又湿又热了，真让人受不了……”

斯特拉碰到了杰夫背上一处肌肉酸疼的地方，杰夫差点儿从床上跳起来。杰夫立刻指点着斯特拉按摩的位置：“对，就在这儿，这块发硬的肌肉。”

斯特拉揉着杰夫背上的这个痛点，又说道：“要是你躺在床上好好睡觉，而不是坐在轮椅上熬夜，那么保险公司知道了会更高兴。”

杰夫感到奇怪：“你怎么知道我是坐在轮椅上熬夜来着？”

“你这双眼睛告诉我的。一定是朝窗外连着看了好几个小时。”

杰夫知道自己瞒不住她，就承认了：“这倒是真的。”

斯特拉想了想，又说：“如果对面有人发现你在偷看他们，你怎么办？”

“那要看是谁了。比如说，要是托索小姐知道……”

斯特拉忙打断他：“你少打她的主意吧。”

杰夫用无所谓的口气说道：“我想她干吗？她只不过是个喜欢吃喝、无忧无虑的人罢了。她知道及时行乐，这挺自然的。”

斯特拉点着头，用满是讥讽的口吻说：“是呀，她总有一天会变成一个又胖又酗酒、下场凄惨的女人。”

“说到凄惨，我看那位‘寂寞芳心’小姐才可怜呢。昨晚，她又一个人喝得醉醺醺地睡了。”

斯特拉同情地说：“可怜的姑娘。不过，她总有一天会找到她的幸福的。”

杰夫不冷不热地说：“是呀，总会有个男人会因此失去他的幸福的。”

斯特拉关心地问道：“周围邻居中，有谁对她特别感兴趣吗？”

“不知道。”杰夫想了想，又说，“也许，那个推销员很快便可成为候选人了。”

斯特拉忙感兴趣地问：“是吗？他要和老婆离婚了？”

杰夫若有所思地说：“我也说不清楚。昨天晚上，他冒着大雨出去了好几回，还拎着他的铁皮箱子。”

斯特拉不以为然地说：“这有什么，他不是个推销员吗？”

杰夫反问道：“凌晨3点钟，他有什么好推销的？”

斯特拉用毛巾擦了擦手，扶杰夫站起来，说：“卖手电筒呀。还有夜光钟、夜光门牌号……都可以卖。”

杰夫仍在思索着，“我觉得不是那么回事。我看他是在往屋子外面倒腾东西，这点我有把握。”

斯特拉一边帮杰夫穿衣服，一边说：“那不关我们的事。”她又想起了那位“寂寞芳心”小姐，“她胆小害羞，所以他应该主动一点”。

杰夫点头称是，“是呀，有时候，坐着等不如去走着找嘛”。

斯特拉扶杰夫在轮椅上坐下，说：“不过，干这种屈身求爱的事，首先得放下男子汉的架子才行。他们两口子今天早上怎么样？有没有进一步发展？”

杰夫摇摇头：“不知道，他把窗帘放下了。”

斯特拉惊讶地问道：“是吗？这么热的天，居然还拉着窗帘？”说着，她朝窗外张望了一下，不觉叫道，“瞧，现在打开了。”

杰夫忙双手使劲转动着车轮，也来到了窗前。

他们看见对面的索瓦尔德站在起居室窗前。显然，他此刻并不是漫不经心地在向外看，而是长时间地仔细审视着他周围邻居家的每扇窗户。他从左向右看着，目光渐渐移到了杰夫家的窗口。

杰夫慌忙转动着轮椅往后退，嘴里不停地低声叫道：“快，往后退，别让他看见。”

斯特拉赶紧退到杰夫身后，看到他这么紧张，不禁有些莫名其妙，“你要我退到哪儿去？怎么啦？到底是怎么回事？”说着，她又欲往前走去。

杰夫着急地喊住了她：“回来！他正在朝外张望呢，你没看见？回来！他会看见你的。”

斯特拉停住脚步，不服气地说：“看见了又怎么样？我才不那么害羞呢！好多人都盯着我看过。”

杰夫眯着眼睛，凝视着这位行动异常的推销员，自言自语道：“他神色反常，好像害怕有人在注意他……”忽然，他惊异地睁大了眼睛，原来，他发现索瓦尔德一下子露出了惊恐万状的神色，呆呆地盯着楼下的院子。

杰夫忙往前移了移轮椅，朝楼下望去。

院子里，五楼放下来的那只小哈巴狗正晃动着尾巴，低着脑袋在那片小花圃里乱嗅乱刨，还不住地“汪汪”直叫。

这时，坐在一旁的赫林小姐见状，忙走了过来，把狗轰开，“走开，别待在这儿！看他下来揍你！快回家去。”

小狗怪叫了几声，很不情愿地朝另一处跑去了。

楼上，索瓦尔德惊魂未定，转身离开了窗口。

杰夫把这一切都看在眼里，默默地思索着。斯特拉收拾好东西，准备告辞了：“再见，杰弗里斯先生，明天见。”

杰夫心不在焉地应了一声，“嗯哼，再见”。

斯特拉有些不放心他似的说：“别再坐在轮椅上熬夜了。”

杰夫又“嗯哼”了一声。

斯特拉走到门前，又转身不满地说：“别老是‘嗯哼’‘嗯哼’地应付我。”

这时，杰夫突然扭过头，朝斯特拉急切地说：“斯特拉，快把架子上的那架望远镜递给我，快！”

斯特拉愣了一愣，身不由己地走到墙角放满东西的架子前，取下望远镜。“要出事了。我嗅得出来。真希望他们把石膏早点拆了，我就不用天天到这个是非之地来了。”她一边把望远镜递给杰夫，一边在嘴里嘀咕着说道。

杰夫顾不得斯特拉的唠叨，一把接过望远镜，对准索瓦尔德的窗口，全神贯注地看着对面房间里的一切。

望远镜里，杰夫清楚地看见索瓦尔德打开一个皮箱，把一些金银首饰、珠宝项链放进去。然后，他把箱子放在地上，起身朝窗口走来。

杰夫忙放下望远镜，朝后退了一点。

索瓦尔德走到窗前，又探出头来，朝楼下的院子看了看，然后缩了回去。

杰夫思索了一会儿，忽然心头一动。他把望远镜放在桌上，转动着轮椅来到架子跟前，从上面取下照相机和两个长焦距镜头。他把长焦距镜头装上相机，又回到窗前，举了起来……

索瓦尔德正站在厨房洗手池前，用一块布擦拭一把一尺多长的切肉刀和一把小钢锯，然后把它们包在一张报纸里。接着，他走回起居室，疲惫地打了个哈欠，重重地躺倒在长沙发上，再也不动了。

杰夫久久地坐着，百思不得其解。

傍晚。

大楼里，除了那对新婚夫妇外，几乎所有的后窗都敞开着，从那里射出明亮的灯光。

杰夫的房间里，这时没有开灯，屋子里一片昏暗。

丽莎下班后，又赶来了。此时，她半跪在地上，头靠在杰夫胸前，盯着杰夫的眼睛看了一会儿，委屈地说：“一个姑娘到底要苦等多久，才会引起你对她的注意？”

杰夫忙拉过丽莎，轻轻吻着她，“如果她长得如花似玉，那么根本不用等待，光是待在我身边就够了”。

丽莎反问他：“难道我还不够漂亮？你和我在一起怎么老是心神不定的？”

杰夫忙辩解说：“才不呢，我没有心不在焉呀。”

“我看你就是心不在焉。我不仅要你的人，而且也要你的心。”

杰夫定定地看着她，不禁问道：“你……你心里有没有过疙瘩？”

丽莎赌气地说：“当然有过。而且现在就有一个。”

杰夫深有同感地点了点头，“我也是这样”。

丽莎忙问：“告诉我，怎么回事？”

“一个人为什么要在半夜三更，冒着大雨，提着个铁皮箱子出门？而且连续进出儿次？”

丽莎开玩笑地说道：“他喜欢回家时妻子欢迎他的热情劲儿呗。”

杰夫摇摇头：“不！不！推销员的老婆可不是那种女人。对了，他为什么今天没去上班？”

“在家也可以上班，那样的话才更有趣呢。”

杰夫紧盯着她：“有趣？难道你觉得那些包在破报纸里的切肉刀和小钢锯会有趣？嗯？”

丽莎被杰夫的话吓了一跳，“哦！上帝，那可没什么好玩的。”

杰夫又问：“整整一天，他为什么一次都没有到他妻子的房里去过？”

丽莎站了起来，迟疑不定地说道：“这个问题，我可不敢回答。”

杰夫马上说道：“听着，丽莎，我来回答：一定是出了什么事。”

丽莎有点儿不耐烦了，“是吗？也许是我要出什么事了”。

杰夫好像没有听到丽莎的话，只管继续说：“几分钟前，他穿着衬衫出去了，到现在还没有回来。”

丽莎走到窗前，舒服地靠在沙发上，歪着脑袋朝外看。

丽莎看到托索津津有味地嚼着三明治的样子，不由得笑了。接着，她转过头来，看着神情严肃的杰夫，等待他继续往下说。

杰夫仍在苦苦思索，“你知道，这肯定很不容易……你说，怎样把一个人的尸体剁成碎块？”

丽莎又吓了一跳，连忙欠身打开身旁的一个台灯，“杰夫，你是不是存心吓唬我？”她见杰夫没理她，便尖着嗓子叫道：“杰夫，你听见没有？我害怕……”

突然，杰夫竖起食指，制止了她，“嘘——他回来了！”说着，他把轮椅悄悄往窗口移了移，丽莎也不由自主地跟着往前凑去。她看见索瓦尔德手里拎着一卷绳子，穿过厨房、起居室，走进挂着窗帘的卧室。

卧室里的灯亮了。索瓦尔德的身影印映在窗帘上，不停地活动着，不知他在干什么。

丽莎看了一会儿，觉得没什么名堂，便生气地把杰夫的轮椅一下子转了过来：“杰夫，你看你自己！”

杰夫还没反应过来：“我怎么啦？”

丽莎劈手夺过他手中的望远镜，生气地说：“你闲着无聊，坐在窗前往外看看，以此打发时间，倒也没什么，可你现在拿着望远镜随便乱看，还对一切鸡毛蒜皮的小事妄加评论，那简直是病态。”说完，她把望远镜重重地放在桌上。

“难道你认为我是在闹着玩？”

丽莎气冲冲地说：“我不知道你在干什么，不过，你再这样的话，我马上就走！”

杰夫不知如何解释才好：“你……什么？”

丽莎俯下身子，双手撑在杰夫轮椅的扶手上，恳切地问：“你到底想干什么？”

“我只不过是想搞清楚那个推销员的老婆是不是出事儿了，怎么，难道这也使你觉得我像个疯子？”

丽莎反问道：“你怎么知道推销员的老婆会出事？”

“有很多理由。她是个病人，离不开别人的照顾，可是整整一天，没有一个人到她的房里去过，包括她丈夫。这是为什么？”

丽莎烦躁地在屋里来回走动，“也许她死了”。

杰夫紧接着问：“死了？那么医生在哪儿？棺材又在哪儿？”

“也许她服用了镇静剂，睡着了。而且，她丈夫现在正在她房里呢，只是你看不见罢了。”

杰夫一听，又忙着把轮椅朝窗口转去。丽莎赶紧按住他不放。杰夫着急地拍了一下大腿：“一定是出什么事了。我都从窗口看见了。我看见他们夫妻经常反目，大吵大闹，看见他半夜三更神秘地外出，还看见他拿着刀子、锯子、绳子……可是从昨天傍晚以后，我就再也没有看见过他的老婆。你倒是说说，她现在在哪儿？在干什么？”

丽莎摇头说：“我不知道。”

杰夫固执地说道：“你说，她在哪儿？”

丽莎尽量耐心地说道：“也许他要和她离婚了。我不知道，也不想知道。杰夫，很多人家里都有刀子、锯子、绳子之类的东西，很多男人也常常整天整天不理睬自己的妻子，很多做妻子的同样喜欢唠叨，招来丈夫的憎恨，于是经常反目争吵……这都是司空见惯的，可很少有人会最后拿刀杀人。”

杰夫凝视着她，缓缓地说：“你也禁不住想到了‘杀人’这两个字，是不是？”

丽莎在杰夫面前的椅子上坐下，极力说服杰夫："你能看见他所做的一切，对不对？"

"当然对，我……"

丽莎不容他说下去，接着刚才的话又说道："你可以看见他的房间没挂窗帘，可以看见他在走廊上、大街旁、院子里的活动……"

杰夫忙插了一句："我还看见他在后院里种花。"

丽莎抬起头，盯着杰夫："杰夫，你真的觉得一个杀人犯会把一切都暴露在你的眼前？难道他不会放下窗帘，躲在里面？"

杰夫肯定地答道："这正是他的聪明之处。他是故意装得若无其事。"

丽莎充满不屑地说："这才是你的愚蠢之处呢！"

杰夫执拗地又重复了一下，说道："他是故意装得若无其事。"

"一个杀人犯绝不会故意打开窗子，向人们炫耀自己的罪行。"

"为什么不会？"

"为什么？因为……"忽然，她张着嘴停住了，不自觉地站起身，定定地望着窗外。

杰夫赶紧将轮椅掉了个方向，一把从桌上拿起望远镜，顺着丽莎的视线望去。

对面，索瓦尔德卧室的窗帘打开了。杰夫和丽莎清楚地看到，索瓦尔德太太的床上空空如也，被单不见了，床垫也被卷在一旁。索瓦尔德正在吃力地用绳子捆扎着一个皮箱，累得满头大汗……

夜。

杰夫坐在昏暗的室内。远处街道上的灯光投射在他脸上。他手里捧着电话机，独自一人坐在轮椅上，两眼一眨不眨地紧张地盯着窗外。

对面所有的窗户都没有亮灯。突然，一根火柴点着了，这是对面索瓦尔德漆黑一片的窗口，火柴的微光照射在他脸上，然后很快熄灭了。索瓦尔德正在使劲抽雪茄烟。

突然，电话铃响了。铃声在黑暗中显得格外响亮、刺耳，令人胆战心惊。杰夫忙抓起话筒："谁？"

里面传来丽莎同样压低的声音："二楼的信箱上写的是拉尔斯·索瓦尔德先生和太太。"

"这座公寓的门牌号码呢？"

"西9街125号。"

“好极了。谢谢你，亲爱的。”杰夫一边说，一边目不转睛地看着对面。

“不客气，长官。还有什么任务？”

杰夫十分干脆地说：“回家去。”

“好吧。哎，他现在在干什么？”

杰夫瞄了一眼那个黑糊糊的窗口，说：“他正坐在起居室里抽烟，灯也没开。他没再进过卧室。好啦，你回家吧，好好睡一觉。再见。”

他放下话筒，抹了一把额头上的汗珠。

对面的那个窗口仍是漆黑一团，只有索瓦尔德嘴里的雪茄像鬼火一样，不时地一闪一亮。

第二天白天。

斯特拉端着早点从厨房出来。她环视了一下乱糟糟的屋子，看了看正在全神贯注地打电话的杰夫，又朝索瓦尔德的房间谨慎地瞅了几眼。她担忧地叹了口气，又转身进了厨房。

杰夫一边打电话，仍一边目光在邻院里徘徊。“科耶尔，这事不能在电话里讲，你必须来一趟，亲眼看一看。”

科耶尔是警察局的侦探，他似乎对杰夫大清早打搅他极为不满，只听他在电话那头颇为不耐烦地问道：“到底怎么回事，杰夫？”

“事情也许并不重要……对面楼房里发生了起小小的谋杀案……仅此而已。不过说真格的，这里的确是发生了一起谋杀案。”

科耶尔好像不相信自己的耳朵似的问道：“什么？谋杀？你是说谋杀吗？”

杰夫口气肯定地说：“是的，谋杀案。”

科耶尔叹了口气：“唉，又来了！”

杰夫赶忙说：“科耶尔，我只不过是想给你找点儿事干。”

科耶尔懒洋洋地说：“多谢了！”

“我想，一个好的侦探一定是巴不得有这么一个破案的机会……”

科耶尔打断他说：“我现在不上班。”

杰夫一愣：“什么？”

“真不巧，今天我休息。”

杰夫马上说：“我那些最得意的照片，可都是在周末假时拍成的。”

科耶尔显然拗不过杰夫，只好应付道：“好吧，我一会儿顺便来看看。”

杰夫立刻高兴了起来：“太好了。科耶尔，快点来吧。”他放下电话，擦了擦满脸汗水。

他抬起头，正碰上斯特拉忧虑、不满的目光。她不知什么时候已经从厨房里走了出来，正盯着他看呢。

杰夫抱歉地笑了笑，端起斯特拉给他煮的咖啡，抓起一片涂满黄油、果酱的面包，大口大口地吃了起来。

斯特拉忙把餐巾递给他。杰夫一边嚼着，一边赞不绝口："哎，斯特拉，愿上帝保佑你！你饭菜做得这么好，还能细心照顾别人，难怪你丈夫仍然还爱着你呢。"

斯特拉没有接他的话茬儿："是警察吗？"

杰夫一愣："什么？"

"你打电话通知警察局了？"

"嗯，不完全是。我没有正式通知他们，只是告诉了一个朋友，是一个脾气很倔的朋友。"

斯特拉一面慢慢吃着一块面包，一面漫不经心地问道："你说，他是在哪儿把他妻子剁成碎块的？我看一定是在浴缸里。因为只有在那儿，才能把所有的血迹都冲走。"

杰夫夹起一块肉刚要往嘴里送，一听斯特拉的话，不由一阵恶心，赶紧放下肉，端起咖啡喝了一口。

斯特拉回头看了看对面，只见在索瓦尔德的卧室里，一个皮箱被捆扎得整整齐齐的，放在窗前。她转身朝厨房走去，一边好像是自言自语地说："他最好早点儿把这个皮箱弄出去，不然里面的血水可要渗出来了。"

杰夫把刚刚拿起的那块火腿才放到嘴边，一听到斯特拉这么说，只好又把它放回到碟子上。他不置可否地哼了一声，目光投向左方。

对面，跳舞女郎托索身着芭蕾舞装，正往晾衣绳上搭出几件洗好的内衣裤。她一边干这事，一边忙着踢腿。晾完衣服，她又走到屋子当中，做了几个飞快地旋转之后，忽地一个亮相站住。

六楼上，一脸倦容的新郎慢慢撩起窗帘，探出头来，贪婪地呼吸着早晨的新鲜空气。这时，里屋传来了新娘娇声娇气的呼唤："哈里，快来……"

新郎皱了皱眉头，无奈地缩回脑袋，重新放下窗帘。

看到这情景，杰夫几乎笑了出来。

突然，斯特拉在他身后急促地喊道："看，杰夫，快看！快看！"

杰夫忙把目光移向索瓦尔德的房间。

只见索瓦尔德正带着两个行李搬运工，径直走进卧室。他指了指窗前的皮箱，对搬运工吩咐了几句。一个搬运工点点头，然后把行李票递给他。

杰夫举起望远镜，仔细观察着。他看见索瓦尔德在行李票上签上名字，自己留了一份，把另一份递还给搬运工。接着，两个搬运工抬起皮箱，往外走去。

杰夫眼看着他们抬着皮箱，一步一步十分费力地走下楼梯。

见此情景，他不禁焦急地说："我以为科耶尔会在箱子运走前赶来，要不然我会报告警察的。这下可怎么办？箱子弄不到手了。"

斯特拉不知从哪儿来的勇气，拉开房门就要往外冲："我去截住他们！"

杰夫忙制止她："斯特拉，别干蠢事！"

斯特拉想了片刻，又生一计："那我下去从车上看看那家运输公司的名字。"

杰夫略一思索，便同意了："好吧，快去。我等着你。"

斯特拉转身奔了出去。

索瓦尔德正坐在起居室里的沙发上，手握电话，神色十分慌乱。

杰夫注视着索瓦尔德拨电话的手指，默默地自言自语道："是长途电话……"

索瓦尔德对着话筒急切地讲着什么。他一边说着，一边用另一只手拿过来一个酒瓶，用一只手拔出瓶塞，倒了满满的一杯酒。他和话务员说完，端起酒一饮而尽。

杰夫忙把望远镜放低，用裸眼看着巷口。只见斯特拉匆匆出现在楼下，正赶上那辆行李车轰响着开走。斯特拉冲着远去的车子一跺脚，又抬头朝杰夫双手一摊，懊丧地摇了摇头。

杰夫放下望远镜，一下子泄了气。

将近午间的时候，科耶尔终于来了。

此刻，他正举着望远镜，细细观察着索瓦尔德的屋子。杰夫仰头望着他，眼睛里充满着期待。

过了一会儿，科耶尔放下望远镜，走到沙发前坐下，慢吞吞地问杰夫："你既没有看见杀人的场面，又没有看见尸体，那你怎么知道那儿发生了一起谋杀案呢？"

杰夫忙双手比画着说："因为那个家伙的一举一动都让人生疑。半夜三更冒着大雨出门，还有那些刀子、锯子和捆扎得结结实实的行李。对了，而且他的妻子突然不见了。"

"我承认，这一连串的事情确实非常神秘，但这中间有各种各样的可能性，而谋杀的可能性最小。"

杰夫急了："唉，科耶尔，难道你想说，那个推销员是个魔术师，失了业，闲着无聊，变套戏法来愚弄别人？”

科耶尔依旧不慌不忙地说：“像这种杀人的方法未免太显眼、太愚蠢了吧。哪个傻瓜会敞开窗户杀人，而后悠闲地坐在沙发上抽烟，等待警察来抓他？”

杰夫不想再与他争执下去，忙催促道：“行了，警官大人，快履行你的职责吧。去把他抓起来！”

科耶尔哭笑不得。他把望远镜的背带绕在望远镜上，递还给杰夫，认真地对他说：“杰夫，看来你对杀人实在是一窍不通啊。你知道吗，那些疯子在杀人之前，都要花费很多时间来精心策划。连低能儿杀起人来都狡猾得很，少说也得动用一百多名训练有素的警察，绞尽脑汁，才可能破得了案子。这个推销员绝不会闲着没事，一下子把妻子打昏，然后塞进皮箱，找个地方去把箱子寄存起来……”

杰夫忙赌咒道：“我敢打赌，他的确是这么干的！”

科耶尔没答理他，继续按照自己的推理说下去：“那些杀了人的人，他们作案后一般都处在极度恐慌之中。而这个推销员居然能够继续待在家里，悠闲地抽烟，说明他并不恐慌。”

杰夫无法驳倒科耶尔，但仍然不服气地说：“照你这么说，这一切都是我编造出来的了？”

“不。我觉得，你确实是看见了一些事情，但是你看见的事能够得到很好的解释。”

杰夫忙问：“什么解释？”

“推销员的老婆出门旅行去了。”

杰夫立即表示异议，“可她是个卧床不起的病人呀！”

科耶尔一下子语塞了。他抬起手腕，看看表说：“好啦，杰夫，我该走了。我看不必把这事向局里报告了，还是由我私下做些调查吧。我看，你也犯不上把自己扯到这种事情里来，最后弄得个满城风雨。”

杰夫一听，立刻冷淡地说：“好吧，领情了。”

科耶尔想了想，又说：“嗯，你不是说推销员的老婆不在屋里吗？我去查一查，看看她到底在哪儿。”

杰夫忙催他：“那你快去吧！”

科耶尔登上几级台阶走到门前，戴上帽子。他的手搭在门把上，又止住了步子，关切地问：“你最近还头痛吗？”

杰夫有些生气地说：“反正你来之前，我一直是好好的。”

科耶尔轻轻笑了笑，“呃，过上一阵子就会好的。等你什么时候不再想入非非了，头痛症也就自然而然消失了。回头见”。他走出去，随手带了门。

杰夫没精打采地打了个告别的手势。

不等门完全关好，科耶尔把门又打开了，回身探着头问杰夫：“我说，你那条腿是怎么搞的？”

“我没走人行横道。”杰夫没好气地说。

“在哪条街上？”科耶尔还信以为真了。

杰夫做出一副若无其事的样子说：“印第安纳波利斯赛车场。”

科耶尔又把门带上了，他觉得杰夫说得入情入理。可是，门马上又打开了，科耶尔满面惊疑地伸进头来：“是赛车的时候吗？”

杰夫忍不住笑起来：“对喽！可真造成了交通阻塞。”

科耶尔挨了杰夫的耍，气得砰地把门关死。杰夫笑出了声来。他见科耶尔走了，这才转身朝楼下看去。

院子里，那只哈巴狗正晃动着小尾巴，围着索瓦尔德的那片小花圃转，还不住地用爪子乱刨地上的泥土。忽然，他看见索瓦尔德急匆匆地走进院子。他脸色苍白，走到花圃旁，蹲下身子，拍拍小狗的脑袋，然后一下子把它推开。

杰夫看到索瓦尔德对小狗的态度感到十分不解。

科耶尔在外面转了一大圈，又马不停蹄地回到杰夫的寓所。他靠在沿墙的柜子旁，手里举着一杯掺入苏打水的威士忌。

杰夫把轮椅掉转过来看着他。

“他房子的租期是六个月，他现在只住了五个半月多一点儿。”科耶尔一边说着，一边喝了一口酒，“他是个安分的人，喜欢喝点儿酒，但从来没有喝醉过。他按时付账，从不拖欠。钱都是他批发推销珠宝首饰赚来的。他们夫妻俩独往独来，和邻居们没什么交往。”

杰夫一边玩弄着手里的搔痒耙，一边说：“是呀，邻居们不和她来往，真是可惜了。”

“她足不出户……”

杰夫急切地问科耶尔：“可现在呢？她在哪儿？在冰箱里？”

科耶尔不动声色地继续说：“昨天清晨，她出去了。”

杰夫不相信：“什么时候？”

“6点。”

杰夫一愣，随即明白了：“早晨6点？唉，那正是我打瞌睡的时候呀！”

科耶尔见杰夫垂头丧气，便故意幸灾乐祸地说：“什么？睡着了？那太糟了！

索瓦尔德夫妇正是在那个时候离开屋子的。怎么样，觉得自己好笑吧？”

可是杰夫仍然固执地说：“不，暂时还没有。”他抬起头，看见科耶尔正饶有兴味地注视着对面的跳舞女郎托索小姐，便没头没脑地问：“你夫人好吗？”

科耶尔莫名其妙地看了杰夫一眼，随口答道：“她很好。”

杰夫想了想，又不甘心地问：“谁告诉你他们早晨6点离家的？”

科耶尔正注视着托索，被杰夫冷不丁一问，一时没反应过来，“谁？离开哪儿？”

杰夫盯着他：“索瓦尔德夫妇呀。你不是说他们早晨6点出门了吗？”

“噢，是大楼的管理员和另外两个房客说的。我一问，他们便不假思索地告诉了我。他们说，推销员夫妇俩到火车站去了。”

杰夫似乎发现了蛛丝马迹，紧紧追问：“我问你，汤姆，他们怎么知道他去火车站了？难道索瓦尔德的行李上贴着字条，上面写着‘去中央车站’吗？”

科耶尔冷静地答道：“索瓦尔德回来的时候，碰上了管理员，他告诉管理员，他送妻子上火车，到乡下去住一段日子。”

杰夫冷笑了一声：“我知道，这个管理员是个见风使舵的家伙。你查过他最近的银行账单没有？”

科耶尔不解地问杰夫：“什么意思？”

杰夫挥舞双手，激动地说：“他提供的这种消息有何用处？他只不过是鹦鹉学舌般地把杀人犯——索瓦尔德自己编造的故事又重复一遍罢了。”

科耶尔放下手中的杯子，略为恼怒地说：“好吧，杰夫。并非我故意使你难堪，不过既然你一口咬定她被谋杀了，那么请允许别人问一个同样的问题。”他往前凑了凑，一字一句地说：“请问，有谁，包括你，亲眼看见她被谋杀了？”

杰夫一下子语塞了：“这……你这是什么意思？你到底是想破案呢，还是想看我出洋相？”

科耶尔笑了笑：“如果可能，我都想。”

“好吧，那快去干你分内的工作吧！去搜查一下索瓦尔德的房间。你一定会发现到处都是证据。”

科耶尔两手一摊：“我不能这样做。”说完，他站起身，在屋里来回踱着步子。

杰夫极力劝说他：“我不是叫你立刻就去，而是等他离开屋子，比如说出去喝咖啡或买报纸等。反正他不知道，所以对他也无妨。”

科耶尔停住脚步，断然地说：“即使他不在家，我也不会去。”

杰夫一怔，随后气愤地问道：“怎么，难道他有一张警察局的特别优待证？”

科耶尔不耐烦了，“别惹我发火好不好？侦探不能随便闯入民宅进行搜查。如果我被当场抓获，那么十分钟之内，他们就会没收我的警察证章。”

杰夫却不以为然：“你别让人抓住不就行了吗？而且，如果你找到证据，抓住了杀人犯，他们也就不在乎那些规章制度了。再说，即使你找不到任何证据，不也就可以证实那个家伙清白无罪了吗？”

科耶尔一时不知如何回答，只得耐心地劝杰夫说：“杰夫，请允许我提醒你，别忘了国有国法。你首先必须有一张法官签发的搜查证，方可进入民宅。而且，那些把《人权法案》背得滚瓜烂熟的法官一定会要求你提出证据……”

杰夫不以为然地说：“那你就给他们证据呗。”

科耶尔又坐了下来，“是呀，我可以想象我会说些什么：‘法官大人，我有一位朋友，他是个业余侦探。有一天晚上，他饱餐一顿后……’我想不等我说完，那些法官便会把厚厚的《纽约州刑法》劈头盖脸地朝我扔过来了”。

杰夫仍然不死心，他用恳切的口气对科耶尔说：“科耶尔，到明天早晨，屋子里就再也找不到任何证据了。这你是知道的。”

“是呀，这是一个侦探最担心的事情。”

杰夫忙一连声地问：“那你为什么还不去搜查？还等什么？难道非要看到两行通往大门的血脚印不成？”

“你不要逼我好不好？你请我来帮忙，可你自己却像个纳税人，一连串地向我发问。想当年战争期间，我们俩在同一架飞机里待了三年，真不知是怎么过来的。”他看了看表，站起身准备走了，“好吧，我到火车站去，查一查索瓦尔德那天到底去车站了没有。”

杰夫忙说：“别管这件事了，还是赶紧去找那些行李吧！索瓦尔德太太就在里面呢。”

这时，科耶尔像是想起了什么，伸手在口袋里摸了摸。他掏出一张明信片，朝杰夫晃了晃。“哦，我差点忘了。这张明信片是在索瓦尔德的信箱里找到的。”他看着手中的纸，继续说，“是昨天下午3点半从一个叫梅里兹维勒的地方寄出的，那个地方离这儿有80英里，上面写着：‘平安到达。已感到病情减轻。爱你的，安娜。’”念毕，他带着几分窃喜看着杰夫。

杰夫顿时结巴了起来：“这……这个安娜就是那个女人吗？”

科耶尔收起明信片，平静地说：“就是索瓦尔德太太。”他的语气里流露出明显的得意扬扬的情绪。

杰夫愣住了，一只手下意识地用搔痒耙轻轻敲打着石膏腿。

科耶尔见状微微一笑，客气地问道："杰夫，还有什么要我帮忙的吗？"

杰夫冷静了下来，头也不回地说："给我找个称职的侦探来。"

科耶尔无声地笑笑，戴上帽子，走了。

日暮时分。

杰夫独自坐在窗前吃晚饭。晚饭很简单，只有三明治、色拉和咖啡。他一边吃，一边和往常一样，注意着对面的大楼。

杰夫看着对面，忽然发现索瓦尔德提着一个大包袱，匆匆向大楼走来。杰夫忙朝后退了退，拿起装着长焦距镜头的相机，用右腿支撑着，对准了索瓦尔德的房间。

一会儿，索瓦尔德进了起居室，又走进卧室。在他的床上，整整齐齐地放着几身套服和几件大衣。他走到五屉橱前，但他并不是往柜子里放东西，而是把抽屉里的衣服都取了出来。他把一些睡衣、衬衫和袜子都放到了床上。

杰夫心里一动，忙放下相机，拿起电话拨了个号："喂，是科耶尔太太吗？"

电话那边传来一个妇女的声音："是的。"

杰夫急切地问道："我是杰夫。汤姆回来了吗？"

"还没有呢，杰夫。"

"他往家里打过电话吗？"

"没有，杰夫，有什么要紧事吗？"

"是的，苔丝。"

科耶尔太太似乎也紧张了起来，赶快说："如果他给我来电话，我叫他立刻和你联系。"

杰夫忙说："不，不必了。你告诉他尽快赶到我这儿来就行了。看来，索瓦尔德今晚就要溜了。"

科耶尔太太感到莫名其妙："索尔瓦德是什么人？"

杰夫忙截住她的话："哦，你一提他就知道了。"他好像突然意识到了什么，忙补充道："放心吧，苔丝，这是个男人。"

话筒那边的科耶尔太太笑了，"好吧，再见，杰夫，你这个傻瓜。"

"再见。"他放下电话，连忙又拿起相机。

这时天色已黑。索瓦尔德从抽屉里取出一只鳄鱼皮的手提包。他若有所思地看着手提包。索瓦尔德拿着这只手提包，走进起居室开始拨号。

杰夫看着他拨号的次数，又自言自语地说："又是长途……"

索瓦尔德的电话接通了。他一边对着话筒讲，一边从手提包里取出几件珠宝首饰，其中有几只戒指、钻石手表、胸针、珍珠项链等等。他似乎把该说的都说了，满意地挂上了电话，然后把那些首饰放回到手提包里。

杰夫放下照相机，往窗口挪了挪，想试着听听索瓦尔德在说些什么。但作曲家套间里突然传来的声浪，使他绝望地朝那个套间的方向看过去。

只见作曲家的女朋友让进了四位客人。女客们见面时尖声地相互致意，男客们也兴高采烈地互致问候。作曲家在钢琴键上奏了几个和弦，表示对客人们的欢迎，然后，他起身为来客让酒。

杰夫把目光又收回到索瓦尔德这边。索瓦尔德已打完电话，拿着手提包走回了卧室。他走到床前的那堆衣服前，稍稍提了一下上面的两件大衣，把手提包扔到了大衣堆里面。

这时，杰夫的房门打开，丽莎轻轻地出现在门口。楼道里的灯光衬托着她美丽苗条的身影。她带着一股浓郁的香气悄悄走了进来。她一看杰夫正目不转睛地盯着对面，便关上门，走到他身边轻轻地喊了他一声："喂——"

杰夫头也没抬地问："你头上抹了什么发乳？"

"抹了点……"

没等她说完，杰夫就急忙打断她："看，快看那个推销员！他正准备逃之夭夭呢！"

丽莎放下旅行包，向外看去，只见索瓦尔德正坐在卧室里大口大口地饮酒。她不解地说："可他一点儿也不像着急的样子呀。"她边说边放下提包，慢慢脱去手套。

"他把所有的东西全部拿出来了，摊在床上：衬衣、外套、大衣、袜子等。还有他妻子的鳄鱼皮手提包。以前，她一般都把这个包挂在床头。"

丽莎忙问："现在呢？"

"被他藏在梳妆台的抽屉里。至少它刚才是在那儿。刚才，他取出手提包，把妻子的一些首饰放了进去，然后打了个长途电话。他显得忧心忡忡，好像在打电话征求什么人的意见。"

"什么人？会不会是他妻子？"

杰夫立刻摇了摇头，"不会。我从没见他征求过她的意见。她倒是常常对他指手画脚，可我从没见他主动问过什么"。

两人一起向对面看去。索瓦尔德放下没有喝完的酒，关上了起居室的灯走出门去。

丽莎顿时紧张了起来，“他到哪儿去？”

“不知道。”

“他要是不回来了呢？”

杰夫自信地摇摇头，“不，他会回来的。他的东西还在那儿呢。”

丽莎不由感到一阵害怕，忙把手伸向身旁的一个台灯，“唉，开灯吧，怪可怕的。”

杰夫连忙制止她，“等一等。”他仔细地透过长焦距镜头观察对面的楼梯和院子。丽莎把手指放在台灯开关上，等待着。

过了一会儿，杰夫松了口气，放下相机：“行了，你可以开灯了。他好像往右边走了。”

丽莎赶紧把屋里大大小小的台灯都打开，“整整一天，我就像掉了魂儿似的，上班时怎么也无法集中思想。”她一边开灯，一边对杰夫说道。

杰夫不禁笑了：“怎么，在想索瓦尔德？”

“对。还有你，和你的朋友科耶尔。对了，他走了之后，有什么消息吗？”

杰夫摇了摇头，“毫无音讯。他说他去火车站，查一下索瓦尔德是否去过那儿。可能还在那儿吧。”他见丽莎正在凝神思索着，便问：“你在想什么？”

“我觉得难以理解。”

“什么难以理解？”

丽莎缓缓地说：“一个女人绝不会那样没有头脑。”她把脱下的手套以及手提包一一整理好，放在桌上，继续说，“她有一个自己非常喜爱的手提包，天天把它挂在伸手可及的床头。然而有一天，她却把包留在家里，自己突然出门了。这怎么可能呢？”她盯着杰夫。

杰夫一字一句地说道：“因为她并不知道她要出门。而且，在她去的那个地方，根本用不着手提包。”

丽莎点点头，“是呀，这个谜只有她丈夫才能解开。还有那些首饰，我们女人从来不会把首饰都装在手提包里，听任它们互相缠结，磨损变形”。

“也不会藏在丈夫的衣服里吧？”

丽莎肯定地说：“不会的。而且，她们出门时绝不会忘记随身带走。除非上医院挂急诊，否则她们出门时总忘不了化化妆，佩戴好自己的首饰。”

杰夫听丽莎滔滔不绝地讲着，忍不住开玩笑说：“你是在现身说法，大谈你们女人的秘密吧？”他把相机递给她，“放到架子上去。”

丽莎放好相机，转身继续说：“这是女人的基本装备。她们不会将它们统统装进心爱的手提包里，然后扔进丈夫的抽屉。”

“对，亲爱的，我完全同意你的见解。可是科耶尔却说，他能找到答案。”

“他说索瓦尔德太太昨天早晨6点和丈夫一起出门了？”

杰夫点点头：“对，据说有人亲眼看见。”

“我一句话就可以把他驳倒。那个女人绝不可能是索瓦尔德太太。”

杰夫眉梢一挑：“哦？”

“我太了解女人了。”

“可是有人亲眼看见，这又怎么解释呢？”

丽莎十分自信地说：“我相信他们确实看见了一个女人，然而她不是索瓦尔德太太。”

杰夫笑了，“是吗？”他看着聪明的丽莎，情不自禁地向她伸出双手：“过来。”他一把拉过丽莎，将她的脑袋靠在自己胸前，亲昵地吻着她。

丽莎笑嘻嘻地说：“如果我们用这番话来反驳你的朋友，真不知道他会气成什么样呢。哎，听你所说，他根本不像个侦探。”

杰夫双手搂着她：“得了，不要太跟他过意不去，人家积极性挺高的。”他又吻了她一下，说：“真是的，他怎么还不来？”

丽莎舒适地伏在杰夫怀里，撒娇地说：“不着急，我们有一晚上的时间呢。”

杰夫一时没反应过来，“有什么？”

丽莎仰头吻了他一下，“有一晚上的时间。我今晚住在这儿”。

杰夫踌躇了一下，“那你得先跟房东打声招呼。”

丽莎一吻打断了他，“不急，我整个周末都没事”。

杰夫为难地说道：“那太好了。可是，我只有一张床呀。”

丽莎又用一吻打断了他，“你要是再说下去，那我明晚也待在这儿”。

杰夫又迟疑着说：“丽莎……我这儿也没有适合你穿的睡衣。”

丽莎笑着从杰夫怀里挣脱出来，走到桌边拿起自己带来的旅行包，“你不是说，我要学会只靠一个皮箱生活吗？这个包比你的皮箱还要小。”说着，她拉开了旅行包上的拉锁。

杰夫惊讶地看着她，问道：“这是皮箱吗？”

“是啊。这是马克·克罗斯牌的过夜包。微型的，可是结实，方便，一个人已经够用了。”她从包里取出一团薄膜似的东西，抖开，原来是一件睡裙。

“看来你是匆匆打点行装的。呵，把拖鞋也带来了。”

丽莎把一双粉色的拖鞋放在地上，“我们来做笔交易吧。我把我的直觉都告诉你，你呢，今晚把你的床让给我睡”。

杰夫无可奈何地答应了："好吧。"

丽莎高兴地把东西一一取出，放在桌上。忽然，窗外又传来了那首熟悉的钢琴曲。丽莎闻声，忙丢下旅行包，惊喜地朝窗口走去，“又是那首曲子”。

对面，作曲家的屋子里高朋满座，好几个人拥在钢琴旁边，入神地听着作曲家尚未完成的新作。

丽莎不禁由衷地赞叹说："他从哪儿获得了灵感，写出如此美妙的音乐？"

杰夫诙谐地说道："从房东太太那儿，一个月一次。"

丽莎完全陶醉了，自言自语道："真的是太美了。"她转过身对着杰夫说："要是我也这么富有创造力，那该多好！"

杰夫笑着逗她："你当然有，亲爱的。你具有制造麻烦的伟大天才。"

丽莎忙回头，笑盈盈地问杰夫："是吗？"

"当然。比如说，不邀自来，还赖着不走。"

丽莎坐在沙发床上靠近杰夫的地方，向他靠过去，“出其不意。这是进攻时最重要的元素。”她神秘地一笑，“再说，你对侦探文学钻研得可不够好。侦探一旦面临困境，总是会让他们的忠实的女友把他们从困境中解脱出来。”

"这忠实的女友是不是那个防止他落入诱人的歌舞女郎的圈套，又防止他落入热情过度的富家小姐掌握之中的人？"

"对，就是同一个忠实的女友。"

"但是到头来他并不能和她成婚。这就怪了。"

丽莎面无表情地站了起来。她假装生气地说："真古怪。你还有完没完？"她又回到桌边："我去换件舒服点的衣服。"

"请便。"

丽莎从旅行包里拿了件衣服，转身向隔壁卧室走去。走到屋子中，她回过头问杰夫："要不要煮点咖啡？"

"好的，再来点白兰地。"

丽莎答应一声，哼着窗外传来的作曲家那支歌的旋律，走进了厨房。

杰夫又转身向窗外看去。

这时，新婚夫妇房间的窗帘拉开了。年轻的新郎打开窗帘后，悠然地点起了一支香烟。

在他吐出一口烟的工夫，从屋子里又传来了新娘略带沙哑的声音："哈里——"

他呛住了，等他缓过气来，心烦地把烟往后院里一扔。他慢慢地拉下窗帘。

杰夫朝新郎撇了撇嘴，刚想把目光移开，忽然听见身后有动静。他忙扭头一看，原来是科耶尔来了，正在关门。杰夫喜出望外，忙掉转轮椅，期待地看着他。

科耶尔显得有些疲劳。他从口袋里掏出香烟，刚要往嘴里塞，猛听见厨房里传来一阵轻轻的歌声。他一愣，回头朝厨房看了一眼。这时，他又瞥见了桌上那件醒目的白色睡裙。他不动声色地看了看杰夫，点燃了香烟。

杰夫尴尬地笑笑。

科耶尔吐了一口烟，来到窗前，看着作曲家和他的客人们频频举杯，饮酒作乐。

楼下，索瓦尔德的房间灯光全灭，一片漆黑。

半晌，科耶尔终于转过头来问杰夫："对于这个索瓦尔德，你又有什么新的发现？"

杰夫急忙答道："多着呢。而且我担心要是你不及时赶来，我们就再也抓不到他了。"

"你是说他想离开这儿？"

杰夫急切地说："他把所有的东西都取了出来，摊在卧室里，正在打点行装呢。"

科耶尔刚想说什么，忽地看见丽莎端着一杯酒，从厨房走出来。他立刻住了口，上下打量着她。

丽莎脱去了一身时髦的夏装，换上了一件普通的碎花连衣裙，显得十分朴素，利索。她见科耶尔盯着她看，便大方地走到他跟前，笑着说："我正在备酒呢。你就是科耶尔先生吧？"说着，把一杯酒递给他。

科耶尔彬彬有礼地笑笑，接过酒杯。

杰夫忙介绍道："汤姆，这是丽莎·弗里蒙特小姐。"

科耶尔朝丽莎点点头："你好。"

丽莎又把另一杯酒递给杰夫，然后直截了当地说："我们认为索瓦尔德有罪。"说罢又向厨房走去。

科耶尔又看了看那件睡裙，用询问的目光盯着杰夫。

杰夫忙警告他："注意点，汤姆。"

这时，电话铃忽然响了。

杰夫忙抓起话筒："喂。"

电话里传来一个男人的声音："请科耶尔先生听电话。"

杰夫说道："请等一下。"他抬头不解地看着科耶尔，"你的电话。"

科耶尔上前接过话筒，"我是科耶尔。什么事？嗯……好的，我知道了，谢谢，再见。"他挂上了电话。

这时，丽莎又端着一杯酒走到起居室。她冲着杰夫说："咖啡一会儿就好。杰夫，你怎么还不把珠宝首饰的事告诉他？"

科耶尔纳闷地问道："珠宝首饰？"

杰夫赶紧解释说："是这么回事，他把妻子的珠宝首饰都藏在自己的衣服里，放在卧室。"

科耶尔悠然吐出一口口烟雾。他用疑惑的口气问道："你怎么知道这些首饰是他妻子的？"

杰夫一愣，丽莎忙代他答道："因为那些东西都放在她最心爱的手提包里。所以，科耶尔先生，我们只能得出一个结论。"

"什么结论？"

丽莎看看杰夫，示意他快说。杰夫便答道："昨天早晨，和他一起出门的不是索瓦尔德太太。"

科耶尔笑了，"哦？你研究过？"他问完，又扭头看着丽莎。

丽莎立刻说："是啊，这很简单嘛，一般来说，妇女出门时，绝不会忘记随身戴上项链和首饰。"

杰夫也肯定地说："不错。"他见科耶尔仍然无动于衷，不由急了，"行了，汤姆，你到底想不想了解这些情况？"

科耶尔朝杰夫笑了笑，同时又忍不住瞄了一眼桌上的旅行袋和睡衣，然后，他朝窗前走去，看着窗外说："老实说吧，我不感兴趣。索瓦尔德是清白的，就像你我一样。"

杰夫一听就急了："那么说，你能解释过去和现在发生的一切事情？"

科耶尔猛地转过身，表情显得冷酷无情地说："当然不能。你也同样无法解释。"他一边说，一边用手指了指窗外，"你所看到的是一个隐秘的私人的世界。人们在私下里做的许多事情，一般都是无法公开说明的"。

丽莎忍不住挖苦地插了一句："比如干掉自己的太太？"

科耶尔委婉地劝着他们："别老往谋杀那方面去想，不然你们会钻进牛角尖的。"

杰夫仍旧不服气："可是……那些刀子、钢锯又是怎么回事？"

科耶尔没有正面回答，而是反问道："你有没有钢锯？"

杰夫一下子又语塞了，“呃，好像有……不过都放在车库里。”

科耶尔进一步问道：“你用这些钢锯和以前使过的刀子一共杀了多少人？你的逻辑实在太荒唐了！”

丽莎见杰夫哑口无言，不由提高了嗓门：“可你不能无视索瓦尔德太太突然失踪这件事，还有那些行李、珠宝。”

科耶尔喝了口酒，尽量耐心地对两位固执己见的朋友说：“我去火车站查过了。他确实买了一张票，十分钟以后，把妻子送上了去梅里兹维勒的火车。证人有那么大一群呢。”他用手比画了一下。

丽莎马上说：“他可能送走了一个女人，但那不可能是索尔瓦德太太。那首饰……”

科耶尔走近丽莎，说：“要知道，弗里蒙特小姐，女性的直觉能使一种杂志畅销，但是在现实生活中，这还是一个神话故事。为了跟踪女人凭着自己的直觉提供的线索，这些年我不知道已经白白浪费了多少时间。”

杰夫不耐烦地挥挥手，“得了，我敢断定，你根本没有找到那个皮箱。你说的这些话都是老调重弹”。

“当然找到了。我离开这儿半小时以后，就找到了那个皮箱。”

杰夫讥讽地说：“你在皮箱里发现了什么？一封辱骂我的信？”

科耶尔不慌不忙地坐了下来，“索瓦尔德太太的衣服。洗得干干净净，而且叠得整整齐齐。虽说款式不时髦，可是也过得去。”

丽莎忙问：“你有没有把这些衣服送到化验室去化验一下？”

科耶尔摇摇头，“既然一切手续都合法，我就放行了”。

杰夫似乎又发现了漏洞，忙追问道：“她所有的衣服都在皮箱里吗？既然是短期旅行，为什么要带这么多东西？”

科耶尔朝丽莎一歪头：“这要去问问妇女心理学家了。”

丽莎冷冰冰地说：“我觉得这说明她不会再回来了。”

科耶尔接口说：“这就是所谓的家庭问题。”

杰夫使劲挥动着双手，有些激动：“如果说她不回来了，那他为什么不告诉房东？告诉你吧，他心里一定有鬼。”

科耶尔慢悠悠地喝了一口酒，又瞄了一眼桌上的白睡裙，冷冷地问：“那么，你是不是把一切都告诉房东了？”

杰夫一听，气哼哼地瞪了科耶尔一眼，“我跟你说过，讲话小心点，汤姆！”说罢，他愤愤然地转动着轮椅，朝旁边移去。

科耶尔自觉说漏了嘴，忙半开玩笑地说："唉，我这个人就是这样大大咧咧。当初战争年代，要是我在驾驶那架侦察机时稍微小心一点，你就不会有机会拍下那张照片。这张照片为你赢得奖牌、荣誉、金钱以及工作……"

"可是这一切都是我所憎恨的。"杰夫说道。

科耶尔看到杰夫的脸色稍稍缓和了一点儿，便起身走到他身边，说："我们还是坐下来安静、友好、舒舒服服地喝上两杯，聊一聊天儿，怎么样？不要再想这事儿了。我们可以谈谈战争年代度过的那段令人难忘的时光。"

丽莎白了他一眼："你是说，这个案子就算完了？"

"弗里蒙特小姐，本来就不存在什么案子。怎么样，喝酒吧？"

杰夫和丽莎冷冷地看着他，谁也没说话。

科耶尔尴尬地看着他们两人，"好吧，就算你们说得不错吧……不过，我也该回去好好睡一觉了。"说着，他仰起脖子，一口气喝干了杯子里的酒。他见杰夫和丽莎仍然毫无表示，便把杯子放在桌上，准备走了，"杰夫，如果你还需要帮忙的话，你自己查一查那本电话簿吧。"

这时，杰夫突然想起了什么，忙喊住了正朝门口走去的科耶尔："等一等。那个皮箱的收件人是谁？"

科耶尔回头看了他一眼："安娜·索瓦尔德。"

杰夫沉思着说："好吧，我们等着，看看究竟谁来取这个皮箱。"

科耶尔拍拍脑袋，似乎很无意地说："对了，我忘了刚才那个电话了。我把你的电话号码告诉了别人，你不会在意吧？"

"那要看是谁了。"

科耶尔淡淡地说："是梅里兹维勒的警察。刚才，他们在电话里告诉我，安娜·索瓦尔德刚刚取走了行李。"

杰夫顿时愣住了，他呆呆地看着科耶尔，什么话也说不出来。

科耶尔意味深长地笑了笑，"早点睡觉"。说完，他拉开门走了。

屋里只剩下杰夫和丽莎两人了。他们默默地相对而坐，谁也不说话。

外面传来一阵欢快的歌声。作曲家和客人们正在大声唱歌。

旁边屋里，托索又在刻苦地练功，累得满脸汗珠，头发一缕一缕地紧贴着脑门。

丽莎悄悄走到杰夫身后，轻轻地按摩着他的双肩。她先是看着索尔瓦德的套间，过了一会儿又把目光移到了楼下的那套房子。突然，她叫道："快看！"

杰夫吓一跳，"什么？"他顺着丽莎手指的方向看去。

"寂寞芳心"小姐家中亮起了一盏灯。他们没有想到的是，她这次带着一个油头粉面的男人回来了。一到屋子里，他就朝四下扫了一眼，然后向起居室走去。"寂寞芳心"小姐在厨房里停了一下，双手紧紧捂住胸口，好像要按住怦怦乱跳的心一样。

杰夫和丽莎不安地看着他们俩。

一会儿，"寂寞芳心"小姐拿了一瓶酒走进起居室，她笑着拔出瓶塞，倒了两杯酒。男的接过酒杯，又在"寂寞芳心"小姐的脸上亲吻了一下。

杰夫不觉皱了皱眉头，"他看上去比她年轻多了"。

这时，那男的突然放下酒杯，一把抓住"寂寞芳心"小姐，把她推倒在一旁的长沙发上。她使劲把他推开，赶紧站了起来。她顾不得整理一下凌乱的衣服，一步冲到那男的面前，狠狠打了他一个耳光。男人大吃一惊，下意识地朝门口退去。她指着门，愤怒地叫嚷着，似乎在命令他出去。那男人气急败坏地咒骂了几句，然后拉开门，逃也似的跑了出去。"寂寞芳心"小姐使劲将门关上，又回到起居室。她看看桌上两杯还没有喝光的酒，不由得感到一阵心酸，忍不住倒在长沙发上，伤心地抽泣起来……

杰夫和丽莎交换了一下同情的目光，深深叹了口气。丽莎慢慢将杰夫的轮椅转了过来，两人默默无语。他们知道自己看到了本来不应该看到的事情，不觉心里有些惭愧。

半晌，杰夫慢慢说："你知道，我一向对科耶尔的话不以为然，可是这次，也许他说得有道理……也许那儿所发生的一切事情，都纯属别人的私生活。"他见丽莎仍然默不作声，便又说："我不知道一个人拿着望远镜或长焦距镜头偷看别人是不是不道德。你说呢，丽莎？你说，即使我证明了他有罪，但这种做法是否道德？"

丽莎苦笑了一下："我没有研究过这门后窗道德学。"

杰夫又自我安慰地说："当然，如果他们愿意，他们也可以来看看我，就像观察玻璃板下面的一只臭虫。"

丽莎觉得屋里气氛太沉闷了，便忙故作轻松地说："杰夫，如果现在一个人走进这间屋子，你说他会不会大吃一惊？"

杰夫不明白她的意思："什么？"

丽莎笑着说："他会看见我们两人由于发现那个推销员没有杀妻，而绝望地拉长着脸，束手无策。唉，我们俩简直像一对儿前所未有的疯子！那个可怜的女人，说不定人家现在还好端端地活着呢，我们应该为她高兴才是！"说着，她走到杰夫身旁，俯身吻了他一下。

丽莎无限惆怅地说：“现在怎么再也听不到那句古老的话了，‘远亲不如近邻’？”

杰夫开玩笑地说：“是啊，真是今非昔比。不过，我要重振这种社会风尚，就从托索小姐开始。”

丽莎笑嘻嘻地站起身，走到窗前，慢慢将竹帘放下，“你做不到的。除非我搬到对面去，每天在窗前练芭蕾舞。行了，今晚的戏收场了。”她将四片竹帘全都放下，然后走到桌旁，拿起旅行包，“科耶尔没说我这个包是偷来的吧？”

“我想不至于吧。”

丽莎拎着包，走出了起居室。

当晚。

丽莎刚刚洗了澡，换上了那件半透明的白纱裙。裙子又薄又长，随着身体的移动轻摆着，飘然若仙。

杰夫不禁用异样的目光注视着楚楚动人的丽莎。

丽莎一抬头，见杰夫正呆看着她，便故意问道：“你在想什么？”

杰夫脸一红：“嗯，我……”

丽莎笑了。“我换一个方式提问吧。”她撩起裙子的一角，“喜欢这睡裙吗？”

杰夫点点头：“喜欢。”

就在这时，从窗外传来了一个女人凄厉的惊叫声，这叫声划破了夜空，接下来，便是一阵号啕大哭的声音。

丽莎不由得吃了一惊。她随即一步跨到窗前，飞快地拉开了竹帘。

杰夫双手用力转动着车轮，赶到丽莎身旁，向外望去。

外面，西弗勒斯太太一边恸哭着，一边跌跌撞撞地跑下楼梯，向院子奔去。她丈夫紧跟在后，连声问道：“怎么啦，出什么事了？”

只见西弗勒斯太太指着院子里的某个地方，哭得上气不接下气。“我的……”

楼上，几乎家家户户都被惊动了，连那对新婚夫妇也打开窗户，伸出头来张望着。人们纷纷挤到窗前，或站在阳台上，一边不安地往下看，一边相互询问：

“出什么事了？”

忽然，作曲家指着下面大声叫道：“看，那条小狗！”

院子里，那只曾经活蹦乱跳的小哈巴狗，此时正四爪朝天地躺在那片小花圃旁，一动不动，显然已经死了。

西弗勒斯太太奔到花圃旁，一把抱起僵硬的小狗，伤心地抽泣着："我的小狗……它死了！"

她丈夫站在一旁，焦急地搓着手，不知如何安慰悲痛万分的妻子。

这时，赫林和"寂寞芳心"小姐几乎同时奔出大楼，来到院子里。赫林一把搂住西弗勒斯太太，低声劝慰着她。"寂寞芳心"小姐接过小狗，仔细看了一下，惊叫道："它死了！是被掐死的，脖子被拧断了！"

西弗勒斯太太又忍不住放声大哭。她抬起泪眼，看着楼上一个个挤满人的窗口，悲愤地责问着："这是谁干的？谁害死了我的小狗？"

楼上，人们面面相觑，无言以答。

一会儿，西弗勒斯夫妇回到了五楼的房间。西弗勒斯先生来到窗前，默默地拉着系着小篮的绳子。

小篮离开地面，一点一点上升，慢慢经过一个个窗口。

看着眼前的场面，丽莎不禁叹了一口气，缓缓地转过身来。

杰夫往后退了退，看看眼圈微微发红的丽莎，神色庄重地说："你知道，刚才，我几乎已经被科耶尔说服，觉得是我错了。"

丽莎蹲下来，靠在杰夫身上："现在呢？"

杰夫抓住丽莎的手，激动地说："你看，刚才，周围只有一个窗口没有动静。看！"

他们朝对面索瓦尔德的窗口望去，只见那儿漆黑一团，只有一星烟火在隐隐约约地晃动。

第二天黄昏。

杰夫坐在离窗口稍远的轮椅里，用右腿支撑着长焦距镜头，密切注视着索瓦尔德的房间。

斯特拉和丽莎坐在杰夫两旁的小凳子上，神情也十分紧张。她们不时地还相互看上一眼。

对面，索瓦尔德正在浴室里，使劲擦拭着四周的墙壁。

一会儿，杰夫看得眼睛酸了，便放下相机，自言自语道："整整守了一天，难道就看到这些？"

丽莎忙问："他是不是在打扫房间？"

"他在冲洗浴室的墙壁。"

斯特拉自作聪明地说："一定是墙上沾满了血迹。"她见丽莎不满地瞪了她一眼，便不服气地说："肯定是这么回事。他在浴室里把她杀了，当然必须在逃跑之前擦净所有的痕迹……"

丽莎打断她，"斯特拉，你讲话稍微注意点儿"。

斯特拉哼了一声："说起杀人，还能有好听的？"

杰夫苦苦思索着。忽然，他似乎想起了什么，他推了推丽莎，说："丽莎，你看见墙角架子上那个黄色的小盒子吗？"

丽莎站了起来，"就是最上面的那个？"

"对，就是那个。快把它拿来，再去取一个观察镜来。"他接过丽莎递过来的盒子，把它打开，在里面一叠叠幻灯片中翻弄着，"嗯，我突然想起……这些都是两个星期前照的。好像除了女人的大腿以外，还应该有其他一些东西……在哪儿？"

丽莎不解地看着他："你到底在找什么？"

杰夫终于从盒子里挑出了一张幻灯片，将它插了进去，"就是它。如果我的判断没有错，那么，我就能解开它突然被杀的秘密"。

斯特拉没听明白，"谁？是索瓦尔德太太吗？"

"不，不是她，是那条狗。我想，现在我总算知道了，索瓦尔德为什么要杀死它。"他把观察镜递给丽莎，"你细细看一下，然后告诉我有没有发现什么名堂。"

丽莎忙凑近一看，只见幻灯片上清晰地映出了对面院子的景物：台阶、椅子、小狗、花圃……一切都历历在目。

丽莎看了一会儿，并没有发现有什么特殊之处，"呃……这不是下面那个院子吗？怎么啦？"她又把观察镜递给了斯特拉。

"对。院子里出现了一个重要的变化，就是索瓦尔德那些宝贝花儿。"

斯特拉放下观察镜说："你是说那条小狗曾经嗅过的那片花圃？"

杰夫点点头，"对，就是那天它乱嗅乱刨的地方。你看幻灯片上的那些花。"斯特拉忙又举起了观察镜。

"你看尽头那两棵黄色的百日草，它们以前比现在高多了。花怎么可能在两星期内越长越矮呢？"

斯特拉马上明白过来："一定是底下埋藏着什么东西。"

丽莎不禁叫道："是索瓦尔德太太！"

斯特拉放下观察镜，嗔怪地对丽莎说："我看你从来没有去过墓地吧？索瓦尔德根本不可能把妻子的尸体埋在几英尺见方的花圃里。当然，他可以将她头朝下地插进去，可这样他就不需要用那些刀子、钢锯了……不，我觉得他一定是把尸体分散处理了，比如说，把一条腿扔进东河……”

丽莎顿觉一阵恶心，忙叫道：“斯特拉，别说了！”

杰夫赶紧制止她们俩毫无意义的争论，“别争了！是这样，这些花曾经被连根拔出，然后又重新栽了进去”。

丽莎想了想，说：“也许下面埋着那把刀和锯子。”

杰夫赞同地点点头，“很可能”。

斯特拉着急了，“那快去叫科耶尔先生！”

丽莎不同意，“不，先别忙。等天黑了，我下去把那些东西挖出来”。

杰夫吃惊地看着她，“你敢去？你的脖子不被他拧断才怪呢！不，不能去。而且，在找到索瓦尔德太太的尸体之前，也不必惊动科耶尔。现在，我们必须设法进入他的房间……”

他正说着，冷不防斯特拉推推他，急切地说：“快看，他要溜了！”

杰夫抬头一看，见索瓦尔德正将一些物品胡乱塞进一个大皮包。

杰夫不禁着慌了，鼻尖上冒出了细细的汗珠。一会儿，他急中生智，忙说：“快把笔、信封和信纸拿来！”

丽莎忙奔到架子前，随手抓起一支铅笔，递给杰夫。斯特拉也拿来了信封和信纸，放在杰夫的腿上。

杰夫在信封上飞速写下“拉尔斯·索瓦尔德”几个字，然后略一思索，便在信纸上草草地写道：“你将她打发到哪儿去了？”写完后，他把字条塞进信封，递给丽莎……

几分钟以后，杰夫神色紧张地握着相机，盯着正在厨房里忙碌着的索瓦尔德。斯特拉站在他身旁，紧张不安地捏紧了拳头。

对面，丽莎悄悄地沿着楼梯来到索瓦尔德的房间外面，把手中的那封信从门底下塞进去，然后转身，迅速跑下楼梯。

索瓦尔德在厨房中一转身，无意中发现了外间地板上的信封，忙过去捡了起来。他取出信纸，刚看了一眼，脸就刷地白了。他把信捂在胸口，两眼直瞪瞪地盯着前方。一会儿，他快步走到窗前，向外张望。

杰夫看着正在楼下奔跑的丽莎，不禁暗暗着急，“丽莎，小心哪，他正在找你！”他低声在自言自语道。

就在索瓦尔德把头伸出窗外的一刹那，丽莎跑进了杰夫住的这幢大楼。

斯特拉余悸未消，一边揉着胸口一边说：“你不应该让她去！如果被他看见，哦，上帝！”

杰夫也长长松了口气，抹了把汗珠。

斯特拉问杰夫："我能喝点什么吗？"

"当然可以，随便喝。"杰夫说完，就又举起了相机，看着索瓦尔德，"不错，他是准备溜了。只是不知道他要去哪儿？"他看见索瓦尔德把信往旁边一扔，又埋头飞快地整理起皮包来。

斯特拉从厨房里取了饮料出来，往对面看了看，似乎发现了什么，忙走到杰夫身边，"能不能让我看一下？"

杰夫把相机递给她，"当然可以。不过，告诉我，你想看什么？"

从长焦距镜头里，斯特拉看见对面的"寂寞芳心"小姐正从抽屉里取出一个药瓶，将里面一粒粒红色的药片全部倒在桌上，然后向厨房走去。

斯特拉喃喃地说："奇怪……"

"奇怪什么？"

这时，"寂寞芳心"小姐从厨房里取来一杯水，放在药片旁。斯特拉忙说："'寂寞芳心'小姐好像把一些安眠药倒在了桌上。"

杰夫一惊："什么？你看清楚了没有？"

斯特拉肯定地说："在我们医院里，经常给病人服这种药片。"

杰夫担忧地说："她会不会服用过量……"

这时，"寂寞芳心"小姐手里捧着一本《圣经》，坐在桌旁。

斯特拉摇摇头，"不会吧，她也许是想早点入睡……"

正在这时，房门砰的一声被撞开了，丽莎汗涔涔地闯了进来，兴奋得满面通红："差点儿被他发现吧？怎么样，他反应如何？我是说，他看了信后，有什么反应？"

杰夫刚想开口，斯特拉抢先说道："他惊恐万状，好像大白天撞见了鬼一样。"

丽莎走到杰夫身边，伸长脖子朝对面看了看，忙推推杰夫的肩膀："杰夫，快看，那个手提包！"

杰夫忙从斯特拉那儿把相机拿了过来。

对面，索瓦尔德又把妻子的那个鳄鱼皮手提包取了出来，用手在里面摸索着。

杰夫眼睛紧贴着相机，"说不定索瓦尔德太太的结婚戒指也在包里的那堆首饰中呢。今天，他在打电话时，手里一共握着三枚戒指，其中两枚是嵌宝石戒指，一枚就是一个金圈"。

丽莎立刻说："她出门时绝不会忘记戴戒指。斯特拉，你有没有把戒指忘在家里过？"

斯特拉看了一眼左手无名指上的戒指，说：“除非把我的手指剁掉，否则谁也别想将它取下来。我们快下去吧，看看那个花圃底下究竟埋藏着什么。”

丽莎连忙表示赞同：“对。我正想见见那位索瓦尔德太太呢。”

杰夫吃惊地看着她俩：“你们在胡说些什么？”

斯特拉反问他：“有没有铁锹？”

“铁锹？没有。”

斯特拉于是又说：“下面地下室里可能有。”说罢，她转身欲走。

杰夫急声叫道：“等一等，别忙……”

丽莎忙安慰他：“杰夫，如果你担心神经受不了刺激，那就掉过头去别看好了。”

杰夫哭笑不得地说：“什么？受不了？我是怕你们俩像那条狗一样被活活掐死！”

此时，斯特拉早已对即将到来的冒险兴奋得摩拳擦掌，跃跃欲试了：“哎，弗里蒙特小姐，你说他在下面埋了什么东西？”

这时，杰夫突然心生一计。他冷静地放下相机，对丽莎说：“你们先听我说。你们不能抱着侥幸的心理去冒险。把那本电话簿递给我。”

丽莎从架子上拿下一本黄色的电话簿，交给杰夫，一边问：“干什么？”

杰夫飞快地翻着厚厚的电话簿，“我想引蛇出洞”。

斯特拉在一边说：“对，只需几分钟就够了。”

杰夫在快速地翻看着电话簿，“我看，说不定能争取到 15 分钟时间……看，在这儿，2-7099。”他往后退了一下，拿起电话，拨了号，然后把电话紧紧贴在耳朵上，盯着对面的索瓦尔德。

这时，正在卧室里的索瓦尔德突然听到电话铃响，不由吃惊地站了起来。他来到起居室，愣愣地看着响个不停的电话，欲接又止。

杰夫死死盯着他，咬着牙低声道：“接呀，索瓦尔德，别害怕。觉得奇怪吧，你在想是不是你的情妇打来的，就是你不惜为她杀妻的那个女人……”

索瓦尔德犹豫再三，终于下决心拿起了话筒：“喂？”

杰夫紧捏着话筒，压低嗓门问道：“收到我的信了吗？”

没有回音。杰夫又一次问道：“说，收到了没有？”

电话里又沉默了一会儿，然后，一个沙哑的声音反问道：“你是谁？”

“我会让你知道的。到艾伯特旅馆的酒吧来见我。现在就来。”

“什么事？”

“一点小事。商量一下如何处理你已故妻子的财产。”

电话里的声音一下子结巴了起来："我……我不懂你的意思。"

杰夫威胁道："别装蒜了，索瓦尔德。快来，不然，我把电话挂了，马上去叫警察。"

索瓦尔德马上软了下来，"我手头只有一百美元"。

"这仅仅是开头。我现在在艾伯特旅店。我等你。"说罢，他不等索瓦尔德再说什么，就立刻挂断了电话。丽莎和斯特拉紧张地站在杰夫身后，等待着。

他们看见索瓦尔德放下电话，呆呆地站着思索了一会儿，终于戴上帽子，转身出了门。

丽莎松了一口气，忙招呼斯特拉："快，斯特拉，我们走！"

杰夫忙叮嘱道："你们时刻注意我窗口的动静。要是他回来了，我会用手电筒给你们打信号。"

丽莎点点头，拉着斯特拉奔出门口。

没过多久，在冥冥夜色中，丽莎握着一把铁锹，和斯特拉一前一后出现在楼下。

她们猫着腰，迅速来到那片小花圃旁。斯特拉挥舞铁锹，奋力挖着花圃里那片似乎被踏得结结实实的泥土。丽莎站在一旁望风。她不时抬头，朝守在窗前的杰夫望一眼。

杰夫见一切正常，便稍稍放了心。他想了想，又拿起了电话："喂……"

电话里传来一个陌生的声音："这是科耶尔的寓所。请问找谁？"

"我叫杰弗里斯，是科耶尔的朋友。你是谁？"

"我是保姆。他们不在家。"

"噢，那请问他们什么时候回来？"

"不知道，我是临时雇来照看孩子的，到1点才能走。他们出去吃饭了，可能在夜总会吧。"

杰夫一边注意着下面在夜色中忙活着的丽莎和斯特拉，一边说："我知道了。如果他打电话回家，请告诉他立即和一个叫杰弗里斯的人联系，我有急事找他。"

保姆忙问："他知道你的电话吗，杰弗里斯先生？"

"当然知道。再见。"他挂断电话，又用右腿架起照相机，对准了对面的大楼。

那边，作曲家正和四五个朋友一人抱一个吉他，热烈交谈着。从他们的屋子里不时传出一阵阵笑声。

一楼，"寂寞芳心"小姐正伏在桌上，飞快地在一张纸上写着什么。旁边依然放着那些药片和一杯水。

杰夫不解地看了一会儿，便将视线移向院子。

院子里，斯特拉又使劲挖了几锹，便停了下来，转身朝杰夫这边摇了摇头。

杰夫失望地"唉"了一声，把相机放了下来。

这时，丽莎突然凑近斯特拉的耳朵说了句什么，同时指指索瓦尔德的房间。斯特拉大吃一惊，忙扔下铁锹，一把拉住她。丽莎用力甩开她的手，转身跑到通往索瓦尔德房间阳台的防火楼梯前，飞快地向上奔去。斯特拉急得直跺脚，无可奈何地朝杰夫耸耸肩，随后往回跑来。

杰夫吃惊地坐直了身子，心跳骤然加快。他用拳头狠狠砸了一下扶手，下意识地喊出了声："丽莎，你想干什么？别进去！"

只见丽莎翻上阳台，推了推门，门推不开，便小心地撩起裙子，从旁边的窗口爬了进去。她在屋里站定，四下打量了一下，便直奔卧室而去。

他看见丽莎奔到卧室的床前，一把抓过那个大皮包，拉开拉锁，在里面翻弄着。一会儿，她取出了那个手提包，高兴地朝杰夫这边晃了晃。她打开包，发现里面什么也没有，便失望地将它扔在一边，转身向梳妆台走去。

这时，斯特拉急匆匆地回来了。她喘着粗气说："她让你一看见索瓦尔德，就往他房间里打电话。"

杰夫忙抓起电话："我现在就打！"

斯特拉一把按住了他的手，"别，再给她两分钟时间。"

对面的丽莎飞快地拉开梳妆台的抽屉，仔细翻看着。

突然，斯特拉一声惊叫："快看'寂寞芳心'小姐！"

杰夫忙朝一楼看去，只见"寂寞芳心"小姐把写得满满的一张纸放在桌上，用台灯的底座压住一角，然后，她抓起一大把红色药片，端起了水杯。

斯特拉惊慌得声音都变了："快报告警察！"

杰夫忙用颤抖的手指开始拨电话，"接线员，快接警察局六分局……"

对面，"寂寞芳心"小姐刚要把药片往嘴里送，猛然左边楼上爆发出一阵欢快的笑声，她不觉一怔。接着，几把吉他奏起了节奏明快的乐曲，还夹着几个男中音浑厚、豪放的歌声……她呆呆地听了一会儿，抓着药片的手无力地垂了下来。她静静地坐着，泪流满面。

斯特拉在胸前画了个十字："谢天谢地，多亏这音乐救了她！"

杰夫赶紧朝丽莎那儿望去。猛地，他倒抽了一口凉气，脸一下子变得惨白。原来，他发现就在他和斯特拉集中注意"寂寞芳心"小姐的时候，索瓦尔德已经走上楼梯，来到门口，正在开门。

杰夫惊得呆若木鸡，喃喃地说："哦，丽莎！"

索瓦尔德走进房间，反手关上门。他来到起居间，突然发现屋里有异样的动静，不由疑惑地四下扫了一眼。接着，他的目光停留在卧室的门上。他一步一步走到眼前，猛地打开房门，看见丽莎正惊恐万状地呆立在那儿。

杰夫绝望地呻吟了一声："哦，丽莎！"

正在这时，电话接通了："这儿是六分局，我是奥尔古德警官。"

杰夫早已把"寂寞芳心"小姐忘得一干二净，颤抖着嗓音说："快，警官先生，在西 9 街 125 号，一名男子正在殴打一名妇女。快来！"

电话那边的警官问道："请问尊姓？"

"杰弗里斯。"

"电话？"

"2-5598"

"好。我们两分钟之内赶到。"

杰夫扔下电话，焦急万分地望着对面。

这时，丽莎已退到墙角，无路可退了。索瓦尔德一步扑上去，死死揪住她。丽莎面如死灰，语无伦次地解释着。索瓦尔德咬牙切齿，一个耳光把丽莎打倒在一旁的沙发上。

杰夫见状，痛苦地握紧了双拳。斯特拉紧紧抓住杰夫的双肩，浑身发抖。

索瓦尔德抓起一旁的手提包看了看，然后扔在地下，转身向丽莎逼问。

丽莎从沙发上挣扎起来，用右手从口袋里掏出一把珠宝和项链，交给索瓦尔德。索瓦尔德接过来，查看了一下，然后放在一边，又向丽莎伸出手。丽莎连连摇头。索瓦尔德又揪住丽莎，两人扭成了一团。丽莎一面拼命挣扎，一边绝望地冲着窗口大声呼救："杰夫，救救我！"

杰夫心如刀割，不由得闭上了眼睛。

杰夫茫然地望着束手无策的斯特拉："斯特拉，我们怎么办？"

对面，黑暗中隐隐约约传来打斗的声音，还不时飞出丽莎的呼叫："杰夫……杰夫！"突然，斯特拉惊喜地叫道："看，警察来了！"

杰夫忙睁眼一看，只见两个警察在房东夫妇的引导下，来到索瓦尔德的房间外，正用力敲门。

卧室里，电灯又亮了。索瓦尔德气咻咻地朝门口走去。丽莎从沙发上爬起来，顾不得伤痛，赶紧整理着凌乱的衣服和头发。

一会儿，索瓦尔德领着警察走进卧室。丽莎忙跑到警察身边。索瓦尔德拾起地上的手提包，指着丽莎，理直气壮地向警察诉说着。

斯特拉焦急地说道：“她怎么办？为什么不告发他？”

杰夫马上意识到是怎么回事了，“她是个聪明的姑娘”。

“聪明？她马上就要被抓起来了！”

杰夫镇静地说：“那倒也好，至少可以逃离虎口。”

对面，丽莎背对着窗口，一边急切地辩解着，一边悄悄地将双手放在背后，不住地晃动。

杰夫惊喜交加，脱口喊道：“看，那枚结婚戒指！”

原来丽莎一面回答警察的提问，一面在身后不住地晃动着左手戴着一枚戒指的无名指，朝杰夫示意。

这时，站在丽莎身旁的索瓦尔德忽然注意到了丽莎的异样举动，便疑惑地用眼角瞄了瞄丽莎身后的双手，一下子发现了那枚戒指。他暗吃一惊，不由得顺着丽莎手指示意的方向，慢慢转过身来……

正靠在窗前的杰夫慌忙放下相机，朝后退去：“快，往后退！把灯关灭，他看见我们了！”

斯特拉丢下望远镜，忙不迭地把灯全部关灭。

对面，索瓦尔德又慢慢转回身，再也不说话了。一会儿，两个警察带着丽莎向外走去。杰夫转动着轮椅，在黑黑的房间里转了一圈，不知所措：“斯特拉，你说，他还会在屋里待多久？”

斯特拉紧张地说：“反正不会待满租期，除非他是个头号傻瓜。”

杰夫说：“快把桌子抽屉里我的钱夹拿来。”

斯待拉摸索着取来了钱夹：“你要钱干什么？”

“把丽莎从监狱里保释出来。”他把钱夹里的钱全部取了出来，借着微弱的月光一张一张地数着，“只有 120 美元。”

“一共要多少？”

“保释一个初次行窃的犯人要 250 美元。”他无奈地看着斯特拉。

斯特拉忙说：“看看丽莎的包里有没有钱。”说着，她从一旁丽莎的手提包里取出钱包。

杰夫忙问：“有多少？”

斯特拉失望地说：“50 美分。”

“拿出来吧。”

斯特拉想了想，说：“我包里还有 20 元。”她接过杰夫手中的钱，继续说，“都给我吧，我这就去”。

杰夫着急地问：“那剩下的呢？上哪儿去找？”

斯特拉笑了：“只要丽莎一露面，那些警察肯定会一个个自动捐款的。”

杰夫朝她挥了挥手：“快去！”

正在这时，电话铃响了。

杰夫一把抓起电话：“请等一等。”他又扭头对斯特拉说：“越快越好！”斯特拉应声飞快地跑了出去，杰夫这才对着话筒说：“我是杰弗里斯。”

电话里，科耶尔不耐烦地说：“行了，又有什么事？”

杰夫激动地低声说：“科耶尔，我有了重大发现！”

“干吗一定要我回电话？杰夫，别再编造什么疯子杀人、皮箱藏尸之类的故事，搅得我整夜不得安宁！”

杰夫着急地说：“听着，听着！丽莎被逮捕了！正在监狱里。”

“丽莎？是你的那个丽莎吗？”

“对，就是，你见过。刚才，她闯进了索瓦尔德的房间，不料他突然回来了。我没办法，只好叫来了警察，才使她得以脱险。”

科耶尔一听，立刻生气地说：“我早和你说过……”

杰夫忙打断他：“我知道。她是进去找证据的，现在已经找到了。”

“什么证据？”

杰夫急切地说：“什么证据？索瓦尔德太太的结婚戒指！要是那个女人还活着，那她绝不会留下这枚戒指，对不对？”

科耶尔疑惑地说：“有可能。”

“仅仅有可能？这是事实！昨天晚上，他把那条狗杀死了，因为它老在他的花圃里乱嗅乱刨。你知道为什么吗？因为他在花圃的泥土下埋了什么东西，被那条狗嗅出来了！”

科耶尔没好气地说：“那里埋着老母猪的大腿骨？”

“我不知道索瓦尔德是否把他的妻子叫成是老母猪，不过我可以告诉你，那天晚上，他一连几次提着那个铁皮箱子出门，绝不是在转移他的财物，因为他所有的东西仍然在房间里。”

“看来那儿真的埋着老母猪的大腿骨呢。”

“对，他在分批把它们扔出去。对了，还有，他打的那些电话全是长途电话。在他妻子离开的那天，也就是说在她到达以后，他也打过一次。既然如此，她为什么还要给他寄张明信片，说她平安到达？为什么要多此一举？”

科耶尔似乎意识到了事情的严重性，忙严肃地问："丽莎现在在哪儿？"

"在六分局。我已派人去保她了。"

"也许不用你破费了。我这就去追查，杰夫。"

杰夫连声催他："好，快去吧，那个家伙已经知道有人在监视他了，不知什么时候就会溜掉。快去！"

"要是查出那枚戒指确实是索瓦尔德太太的，那么我们立即拘留索瓦尔德。再见，杰夫。"

"再见。"杰夫放下电话，抬头向对面望去。

索瓦尔德的房间仍然一团漆黑。杰夫努力睁大眼睛，观察着。突然，身旁的电话铃又急促地响了起来。杰夫以为又是科耶尔打来的，便抓起电话，问也不问对方是谁，就飞快地说："喂，汤姆，索瓦尔德好像已经溜了，我看不见……喂……"

电话里毫无声息。杰夫疑惑地看了看话筒，脑海中闪过一个不祥的念头。他抬起头，望了望对面索瓦尔德黑黑的窗口，禁不住打了个寒战，一阵恐惧从心头涌起。半晌，他突然醒悟过来，连忙使劲转动着轮椅，来到厨房。

厨房已被斯特拉收拾得干干净净，所有的器具都放进了高高的壁橱。杰夫转了一圈，什么家伙也没找到。这时，从门外透进来的那道亮光突然消失了，紧接着，门外响起了一阵轻微的脚步声。

杰夫下意识地伸手抓起桌上的照相机，紧紧握住。

这时，门无声地开了。一个高大的身影像幽灵一样闪了进来。

杰夫吓得大气也不敢出，死死盯着黑影。

屋里一片寂静。黑影关上门，向前走了几步，开口说："你想要什么？"

沉默。

黑影又问："你的朋友，就是那个姑娘，刚才为什么不向警察告发我？"

又是可怕的沉默。

黑影微微提高了沙哑的嗓门："你到底要什么？要大笔现金吗？我没有钱。"他见杰夫还是一声不吭，有点急了："说话呀！告诉我，你到底要什么？"

这时，杰夫已经摆脱了极度的恐惧，完全镇静了下来。他冷冷地盯着眼前的索瓦尔德，依然一言不发。

索瓦尔德又问："你能把戒指还给我吗？"

杰夫从牙缝里挤出两个字："不行！"

索瓦尔德咬牙切齿地低声吼道："叫她把戒指给我送回来！"

杰夫十分平静地说:“晚了。戒指已经在警察手里了。”

索瓦尔德顿时凶相毕露,朝杰夫扑去。

杰夫情急之中,慌忙举起相机,对准索瓦尔德一按闪光灯。索瓦尔德一下子眼花了,吓得不由得后退了一步。

杰夫一边不停地按着闪光灯,一面焦急地回头望望对面。

索瓦尔德双手举在眼前,企图挡住不断闪现的灯光,同时努力睁开发痛的眼睛,一步步向前逼去。

终于,对面索瓦尔德的窗口亮起了灯光,丽莎、斯特拉领着科耶尔和一群警察出现了。

杰夫忙冲着他们大声叫道:“丽莎!科耶尔!”

索瓦尔德挥手打掉杰夫手中的相机,朝他压了下去,紧紧掐住杰夫的脖子。

杰夫拼命反抗,双手使劲往后推着索瓦尔德,同时用一条能活动的腿乱踢。

对面,丽莎和科耶尔听见叫声,看到了这边的情形。他们大吃一惊,连忙沿着防火楼梯往下跑。

索瓦尔德见状不妙,便使劲把杰夫拖到窗口上,企图将他推下楼。

对面大楼里的人们也被惊动了。他们看到杰夫半个身子悬空挂在窗外,不由发出一声声惊叫。杰夫咬紧牙关,死死抓住窗沿不放。索瓦尔德一手掐住杰夫的脖子,一手使劲扳着他的手。

科耶尔带着警察跑到篱笆前,奋力跃了过去。他见情况紧急,便拔出手枪,向索瓦尔德瞄准。但窗口上两个身影交织在一起,他不敢开枪。

索瓦尔德望了望楼下越来越接近的人们,咬咬牙,使出全身力气,把杰夫狠命往外一推。杰夫终于支持不住,手一松,惨叫一声“科耶尔!”便重重地摔了下去。

正在这时,两个警察踢开房门冲了进来,扑向索瓦尔德,扭住了他。

楼下,杰夫直挺挺地躺在水泥地上,双目紧闭。警察们匆匆赶来,围着他。科耶尔蹲在他身旁,歉疚地说:“真对不起,杰夫,我一刻不停地赶来,还是晚了一步。”

丽莎和斯特拉气喘吁吁地拨开人群,挤了进来。丽莎一见杰夫脸色苍白,气息微弱,难过地扑上去,轻轻抱起了他的头。斯特拉慌忙叫道:“天哪,杰弗里斯先生!别碰他,快到楼上去把我的急救包拿来!”

杰夫艰难地睁开眼睛,朝丽莎勉强地笑笑:“丽莎,亲爱的,你没事吧?”

丽莎带着哭腔说:“别说话,我没事。”

“你真了不起……”杰夫看到了科耶尔，又说，“现在，你可以去搜查了吧？”

科耶尔忙说：“当然，杰夫。”

这时，楼上杰夫房间的窗口里，一个警察伸出头来朝楼下叫道：“科耶尔！”

科耶尔站了起来，抬头向楼上望着：“什么事？”

“他怎么样？”

“还活着。”

“索瓦尔德答应带我们到东河走一趟。”

“他有没有说出花圃底下的秘密？”

“说了。他说，那条狗的鼻子太灵了，所以他把那些东西挖了出来，现在藏在屋里的一个帽子盒中。”

科耶尔点点头。他又低下头来，正碰上斯特拉的目光，便对她说：“怎么样，一块儿去看看吧？”

斯特拉赶紧摇了摇头，说：“不，不。我不想看见她尸体的任何一个部分。”

几天以后。

作曲家手里拿着一张崭新的唱片，向坐在一旁的“寂寞芳心”小姐兴奋地说：“我想这首歌一定会引起轰动，这是第一次发行。”说着，他将唱片放到唱机上。

“寂寞芳心”小姐微笑着，感激地说：“我很喜欢这首歌。你不知道，它对我来说意味着什么。”

屋里响起了一个男中音浑厚的歌声：“丽莎，你的笑容如四月的水仙，你的双眸如夏夜的星辰……”

旁边，正在练功的托索小姐忽然停了下来，打开房门，惊喜地对门外一个身着军装的小伙子叫道：“斯坦利！哦，上帝，你参军后一下子长这么高了！”

军人一步跨了进来，“别说了，我饿坏了。冰箱里有什么好吃的吗？”

这时，美妙的歌声依旧在回响：“你的细语像小鸟呢喃，你的亲吻像火一样滚烫……”

楼上，西弗勒斯太太把一条新买来的小狗放进小篮，亲昵地拍拍它的脑袋，然后慢慢放下楼去。

“你轻轻地抚摩使我心潮波动，你像天使一样偎依着我，使我如入梦境……”

那对新婚夫妇的窗子打开了，传出两人激烈的争吵声。

只听新娘愤怒地说：“要是我早知道你已经辞职了，我才不会嫁给你呢！”

新郎自知理亏，哀求道：“唉，亲爱的，别生气……”

房间里，杰夫仍然躺在轮椅上，歪着脑袋熟睡着。他的两条腿都裹上了厚厚的石膏，僵硬地搁在轮椅上，像两根毫无知觉的石柱。

丽莎捧着一本书，斜靠在沙发上，正聚精会神地看着。她手中那本书的书名是《在高高的喜马拉雅山脉那边》。她脱去了时髦的长裙和高跟鞋，换上了紧身的牛仔裤和轻便的鹿皮鞋，仿佛变成了另一个人。

歌声仍然在轻柔地飘荡："我愿永远躺在你的怀里，长睡不醒。哦，丽莎……"

（梅峰）

# 精神病患者

美国亚利桑那州的凤凰城，夏季里炎热的一天。

此时正午刚过，炽热的骄阳悬在当空，把整个市区都晒得白晃晃的，看上去让人觉得有些刺目。

在旧城区，那些高大的白色商业建筑与周围整整齐齐组成几何形图案的居民住宅区搭配在一起，显得错落有致。这些建筑物前面，是一条条纵横交错的大道，放眼看去，只见烟囱林立，是繁华热闹的都市景象。在这里，每天都可能有各种奇迹发生。然而在这个闷热平静的午后，空气中却有一种让人抑郁而烦躁的东西。

街区旁边，有个蔬菜水果批发市场，这一带多是旧的市政建筑和无人问津的窄小空地。这里的环境会使人感到这是个滋生邪恶与犯罪的极好温床，在暗无天日和鬼影幢幢的气氛中，它会让偶尔的过客感到诡秘莫测，神魂不定。

这个毫不起眼的地段，坐落着一家老旧的蹩脚旅馆。在它表皮剥露的一面砖墙上，写着大幅广告："方便过往旅客，租金低廉，房间备有收音机。"

各层楼上，所有窗户都没挂窗帘，一扇扇敞开着，像一张张哑无声息的嘴巴，卑屈顺从，低三下四。旅馆这种外貌充分说明，这是那种可以干偷偷摸摸勾当的地方。

三层的一间客房里，一位年轻女子平躺在一张凌乱的床上，上身只穿着件白色胸罩，下身是条多褶的衬裙和袜子，没穿鞋。她往里躺着，舒展了下身躯，但在昏暗中看得出，她脸上露出紧张、忧虑、惶惑和矛盾不安的神情。

她叫玛丽恩·克兰，是个颇具魅力的姑娘，快有30岁的样子。她疲惫的眼神告诉人们，她现在遇到麻烦事了。

她到这里是来和男友幽会的，但两个人见面的欣喜和狂热过去后，这个龌龊、粗陋的小房间只能增加她的忧烦。她眼睛大而美丽，好像会说话似的，将她的内心暴露无遗。她慢慢地环顾了下屋子，好像要把这“最后一次”再深深体味下似的。

窄小的床上方吊着台电风扇，此刻正不紧不慢地嗡嗡作响。衣柜镜子上贴着一张旅馆章程。衣柜上有只关得严严实实的小提箱，旁边是只草编的上面开口的女用大提包。床头柜上有罐可口可乐和一只已经拆包但还没动过的鸡蛋色拉三明治。房间里没有收音机。

和她约会的那个男子站在床前，光着膀子，穿着长裤和袜子，他叫萨姆·卢米斯，是个风流潇洒、善于向女性献殷勤的男子。他体形修长，四肢敏捷，眼神热情并富于幽默感，还有一头乌发，眼珠深色，脸上时刻挂着副迷人的笑容。

他一边用一条薄毛巾擦脸和脖子，一边低头望着玛丽恩，嘴角泛出甜蜜的微笑。

玛丽恩好像害怕去看他似的，总是把脸背着他。

过了一会儿，萨姆放下毛巾，坐在床上，弯腰搂住玛丽恩。他紧紧抱住她，长时间热情地亲吻她。

一只不知趣儿的苍蝇在附近嗡嗡地飞着，干扰并最终打断了这一热吻。

萨姆笑了，他推开玛丽恩，让她再次靠着枕头放松一下，一边审视着她，对她的沉默不语表示不满。随后，他用低沉、亲昵和逗趣的声调对她说道：“你压根儿就没吃午饭，是不是？”

玛丽恩面对着他的笑脸，不得不点了点头。她把他拉到怀里亲吻着，深情地钩住他的脖子。但是，他没有发现，她一边吻着他的时候，一边把腿甩到床边，用脚尖摸索着她的鞋，穿上了。

最后她抽身坐起来，像是下了决心似的说道：“我还是回办公室去的好。午餐时间要是拖得太长了，会惹老板生气的。”

她起床，走到衣柜前，从手提包里取出一副小耳环戴上。她显得很匆忙，根本没心思去照镜子。她接着穿上了白衬衣，系好白腰带。

萨姆关切地观察着她，无法抑制他的愉悦、幽默和好兴致。他们一边穿衣、梳头，一边很随意地聊着天儿。

“打个电话对你的老板说，下午余下的时间你要休息。不管怎么说，今天是星期五……而且天气又热。”

“剩下的空余时间我干什么呢？陪你去机场？”玛丽恩的腔调中有点儿挖苦人的味道。

萨姆不在意地说：“我们可以在这儿多待一会儿嘛。”

“结账的时间是下午 3 点。这种旅馆对我们可不会讲什么客气的，只要时间一到，他们就……萨姆，我讨厌在这种地方和你会面。”

“我听那些已婚夫妇说，他们故意偶尔在这种廉价旅馆过上一夜，他们说这……”

玛丽恩立刻打断了他：“你婚后可以做的事情多着呢，只要你愿意。”

“你说起话来完全像个已婚女人。”

“萨姆！”玛丽恩突然生气了。

“对不起，玛丽恩。我的老爸常常说：‘当你不能改变环境时，最好是一笑置之。’没有比一笑置之更可笑的事了。”

“我已经失去少女时代的笑声了。”玛丽恩忧心忡忡地说。

“你失去的是少女唯一的东西。”

玛丽恩意味深长地保持沉默，好像在想着什么。过了一会儿，她下了很大决心似的说：“萨姆，这是最后一回了。”

这当头一棒实在使萨姆大为意外，他惊诧问道：“这究竟是怎么回事？”

玛丽恩理直气壮地说：“我讨厌这种事儿！偷偷摸摸和你幽会，这样为了不让人家知道！你出差时到这儿来一下，我们偷偷在午餐时间到这种地方来……我希望你以后别再来了。”

“好嘛！那我们干点儿什么呢，互相写缠绵的情书？”萨姆用嘲讽的口气说道。

玛丽恩差点要反驳他，可是她略一思忖，便换了一种口气说：“我没时间和你斗嘴。我是有工作的女人。”

“我是个有工作的男人！这就是普通工人阶级的悲剧！”他说着，竟然哈哈大笑起来。

玛丽恩点了点头，“这是悲剧性的！也许……要是咱们继续在破旧的旅馆幽会，你无论在什么时间都可以找个借口飞到这儿来……”

萨姆打断她，严肃地说：“你不该拿这种事开玩笑！”

“是啊！这就像是打歪了下巴还要咧嘴笑。”

听她这么一说，萨姆愣住了。他原先的欢乐情绪一扫而光。他阴沉着脸走到窗口，想拉起遮阳帘。它粘住了。他使劲拽了拽，让烈日射进房间，把室内的陈旧寒酸相暴露无遗。这好像证实了玛丽恩所说的话一点儿都不错。

不一会儿，萨姆又恢复了刚才的诙谐劲儿：“再说，你说我找个借口，这不是让我犯罪吗？”

玛丽恩忍不住笑起来，“即使你作了大孽也构不成罪犯”。

“但愿如此。我不是一个爱作恶的犯人，只是……一个有犯罪意图的好人。”说着，他走近玛丽恩，抚摩着她，“还是根本没有犯罪意图的好。”

“我得走了，萨姆。”她转身要走。

“下个星期我会来的。”萨姆看着她，赶紧说。

“别来。”她马上断然拒绝了。

“光来看看你，一起吃顿午饭也不行吗？”好脾气的萨姆有点儿可怜兮兮地恳求起来了。

“我们可以互相看望，甚至一起吃晚饭……可是要体体面面的。在我家里，对着壁炉架上我母亲的照片，吃我姐姐给我烧的够三个人吃的大牛排。”玛丽恩沉思着说。

“吃完牛排之后……我们送你姐姐去看电影。可是，我们还让你母亲的照片对着墙壁吗？”

“萨姆，不！”听到萨姆这么说，玛丽恩觉得受了伤害。

“那好吧！”萨姆无条件服从了，他知道这一切已经无可挽回了。

玛丽恩注视着他，弄不明白他为什么一下子就同意按照她的条件继续他们的关系。

萨姆再次肯定地对她笑了笑，文雅地搂住她的胳膊，用诚恳又温柔的口吻说：“玛丽恩，不管什么时候，只要有可能，不管有没有借口，我都要来看你。不管什么情况，我说到做到。”

“你把体面的事说得不体面了。”这回轮到玛丽恩说笑了。

“我是真心诚意的！这需要耐心，需要节制，还需要旷日持久的等待。然而，只要卖力气就行了。不过，只要我能见到你，甚至只要能够就像这样摸摸你，我也就心满意足了。”萨姆一口气说着，显得很高兴。可是不一会儿，他起身走开了，他的好兴致被他深感头疼的问题压垮了。

屋子里出现了片刻的沉寂。

过了一会儿，他才终于愤愤地说道：“我是在为那些和我毫不相干的人拼命干活儿，干得烦透了。我为清偿父亲的债务努力工作，可是他呢，早就安稳地躺在坟墓里了。我为付前妻的赡养费拼命干活儿，她却生活在世界上别的什么地方。”

“我也付钱。在旅馆房间里幽会的人也得付钱的。”玛丽恩听到他提起前妻，立刻用挖苦人的腔调说道。

可是萨姆好像没听到她的话，只管接着刚才的话说下去：“几年以后，我会还清这些债务。如果她再结婚，我就可以停止付赡养费……那样……”

“我还没结过一次婚呢！”玛丽恩心里突然感到有些委屈。

“是啊，不过你一结婚，就会改变心思的。”

听到这话，玛丽恩高兴起来了。她非常急切地说：“萨姆，咱们结婚吧。”她对他到底还是一往情深。而她提出的这个要求也让人听起来觉得合情合理。

“嗯，跟我住在费厄维尔一家五金店后面的贮藏室里。我们会有许多开心事儿可做呢！我给前妻寄钱的时候，你可以帮我舔邮票。”萨姆永远不会失去幽默感。

“那我就舔邮票吧。”玛丽恩有点绝望了。

他长时间地望着她，把她搂进怀里，轻轻吻着她，但是与此同时，眼睛却瞟向窗外，凝视着广阔的天空。“你知道我喜欢什么吗？万里无云的天空中……有一架飞机，我们坐在里面……我们最后飞到一个遥远隐秘的岛屿上，我们可以在那里……赤着脚跑呀跑的。可以买我喜欢的东西。”说着说着，他突然严肃起来了，“玛丽恩，你要和我断绝关系，另找一个合适的人吗？”

“我正在考虑。”这句话让萨姆听起来觉得她可能是认真的。

“你怎么能想到这种事儿呢？”

玛丽恩拎起提包，开始走向门口。她扭头看了一眼萨姆，不冷不热地说：“别误了你的飞机。”

“嗨，咱们可以一起走嘛，行吗？”

玛丽恩站在门口，冷冷地说：“我已经晚了，再说你还没穿上鞋呢。”她头也不回地迅速走出去，随手把门带上了。

萨姆低头望着两只光脚。原来这半天他只给自己穿了一件深色长袖衬衣。他立刻有些气恼。

玛丽恩走出旅馆，飞快地走到停在路边的一辆汽车前，登车，发动引擎，把汽车驶上大道。她这么匆忙，是为了尽快赶回洛厄里房地产公司去上班。

她所供职的公司坐落在繁华的商业区中，在一座现代化小型办公楼里。

玛丽恩把小汽车开到路边停下，然后下车，穿过人行道走到办公室门口。她走进办公室，穿行到卡罗琳——一个年龄在20岁上下的少女的办公桌前，柔声问道：“洛厄里先生吃完午饭回来了吗？”

卡罗琳是个非常活泼爽朗、聪明伶俐、爱讲话、带有含混的得克萨斯州口音的姑娘，她仰了仰脸，微笑着回答道：“他和买哈里斯大街房产的那个人一起去吃饭，你知道的，那个人油腔滑调的……所以他晚了。”

玛丽恩一听，马上放心了。她到自己办公桌前坐下，拿出粉盒补了点儿妆，又擦擦太阳穴。卡罗琳看着她的一举一动，关心地问道："你头痛吗？"

玛丽恩摇摇头："头痛就像忍痛下决心那样，事情一过，你就会把它忘掉。你有阿司匹林吗？"

"我有些别的药，不是阿司匹林，不过，是我母亲的医生在我结婚那天送给我的。特迪发现我吃镇静剂，大发雷霆！"卡罗琳从办公桌抽屉里拿出一瓶药，走到玛丽恩桌前。

玛丽恩又问："有电话吗？"

"特迪给我打过电话……我母亲来电话，问特迪是否来过电话。噢——你姐姐打电话来说，她要到特克逊买东西，整个周末都不在家。还有……"这时有人开门进来了，她便分了心，没再往下说。

这时，洛厄里先生和那个油腔滑调的客户汤姆·卡西迪先生走进了办公室。

洛厄里是这家房地产公司的老板，人在中年，但是已经开始谢顶了。他举止文雅，显得很有心计，个子高高的，多少带点儿傲气。卡西迪则身材臃肿，是个什么事情都喜欢招摇的人。看上去他午餐时没少喝，整个脸上都透出一种可怜的粗俗相。一进门，他就高声嚷道："呵！这里热得真像刚挤出来的牛奶一样！小姐们，应该让你们的老板安装空调机。他今天做成一笔好生意，买得起了。"

洛厄里对玛丽恩不好意思地淡淡一笑，设法把卡西迪让到自己办公室，一边对她说："玛丽恩，请你准备好卡西迪先生那份证书材料。"

卡西迪在玛丽恩桌旁稍稍逗留了一下，色迷迷地冲着玛丽恩笑着，"明天是个好日子！我可爱的小姑娘……"看到玛丽恩抬头望他，他更放肆起来，大笑着说，"我不是说你，是说我的女儿！一个小宝贝，明天，她将站在那里和她的心上人结婚，离开我啦！我让你看看我的小宝贝。"他一边说，一边掏出钱夹子，从里面翻出他女儿的照片，"18岁。多么年轻，从来没有一天不是幸福快活的！"说着，他就势一屁股坐在玛丽恩身边的椅子上。

玛丽恩瞥了一眼照片，没有一点儿兴致。她根本就不想和这个从心底里让她心烦的人寒暄，只是低头继续整理证书文件，设法避开从这个男人嘴里喷出的酒气。

洛厄里对卡西迪有点不以为然，但也不好得罪眼见着就能做成买卖的主顾。他一言不发，始终站在旁边观看。可是眼前的情景又实在让他看不下去，他开口为玛丽恩解围说："来吧，汤姆，我的办公室有空调。"

卡西迪没理会洛厄里，只管继续冲着玛丽恩说："你知道我怎么对付不高兴的事儿吗？我卖掉它！你不高兴吗？"

"有一点儿。"玛丽恩一边说，一边把证书文件放在卡西迪向她这边伸过来的手里。

“我买这所房子，是想把它作为结婚礼物，送给我的小宝贝儿。四万美金，现钞！这不是买高兴，而是卖掉不高兴！她嫁的可是个穷光蛋。可能是个好小伙子……就因为这个我恨他。”说完，他没来由地哈哈大笑起来，然后又低头审视证书，嘟囔着说：“对了！这里写着四万块……现钞付款！”说着，他从里面的口袋里掏出两扎崭新的百元钞票，扔在桌上。钱正好落在玛丽恩眼皮底下。

卡西迪俯身靠向玛丽恩，用手指轻轻弹了下钞票，不怀好意地笑起来。“我从来不带丢不起的钱！”说着，他色迷迷地往玛丽恩身上更挪近了些，“点一点！”

洛厄里看到眼前情景，吃了一惊，担心地说：“汤姆，这么大数目的现金交易！多半都是来路不明的……”

“什么？这可是我的私房钱！”他挤眉弄眼地笑笑，用胳膊肘捅了一下洛厄里，一边说，“现在，这是你的了。”

卡西迪放低声调说：“我有存下这笔钱的办法。”他放声大笑了。

洛厄里犹豫地插口说：“或许……我们应该先把钱放进保险柜，等到星期一早上你高兴的时候……”

“说到高兴！你刚才说你办公桌里藏的那瓶酒在哪儿？”卡西迪说着，哈哈大笑，仿佛这样揭露别人的秘密让他感到兴奋似的。他看到洛厄里面色有些难堪，马上又打圆场说：“不说了！相信我，我一般都能保守秘密！”说着，他拍了拍玛丽恩的胳臂，站起来，蹒跚地走向洛厄里办公室。走到中途，他又停下来，回过头，对玛丽恩别有用心地说：“我保证，我能保守任何秘密，任何隐私……”看到玛丽恩冷若冰霜的目光，他便马上截住了话头，往洛厄里办公室走，声称他快渴死了。

洛厄里走在他后面，停下来转向玛丽恩，低声说：“我不想在周末把钱留在办公室。把它放进银行保险柜里吧。玛丽恩，让他在星期一给我们换成支票。”

此时，卡西迪已走进洛厄里办公室，不耐烦地等着洛厄里。

当两个男人走开后，卡罗琳拿起一扎钞票，嫣然一笑，对玛丽恩说：“他在向你调情哪！我想他注意到我的结婚戒指了。”

玛丽恩没答理她，只管默不作声地把一扎钞票放进一个大信封，然后从卡罗琳手里拿起另一扎。她把钞票都装进信封后，便把信封放进手提包。这时，她注意到卡西迪留在桌上的证书，便把它拿起来，走到洛厄里办公室门口。

她敲了敲门。里面传来洛厄里的声音：“进来。”

玛丽恩推开门，望望里面。卡西迪正捧着一只平底大酒杯在喝酒，一见她进来，就开始对她挤眉弄眼。

玛丽恩在门口暂停片刻，随即走进去。她一边走向洛厄里办公桌，一边说："这是证书。洛厄里先生，要是可以的话，我想从银行直接回家。我有点儿……"

卡西迪一听，马上在一旁搭话道："你直接回家！我正打算和你的老板去喝一盅成交酒呢！对吧，洛厄里？"

洛厄里没理会卡西迪。他坐在自己桌前，看了一眼面容憔悴的玛丽恩，关切地说："当然可以。你觉得不舒服吗？"

"有点儿头痛。"

卡西迪又插嘴说："你需要到拉斯维加斯去过一个周末，那是世界乐园！"

"这个周末我得睡觉。"玛丽恩说完，便径自往外走。

卡西迪对洛厄里说："拉斯维加斯可是世界上最棒的娱乐场所！"

玛丽恩返身出来，走进外间办公室，把门关上。

她走到自己办公桌前，拿起手提包，检查了一下装钱的信封确实已经塞到提包底了。

卡罗琳这时问她："你要吃这药片吗？可以止痛的。"

玛丽恩摇摇头说："我不用吃止痛片，睡睡就好了。"她走向门口，露出笑脸。

玛丽恩现在想要做的事情可不是睡觉。她的心完全被一个疯狂的念头攫取了。

她没去银行，而是直接回到了住处。

这是一间洁净的单身公寓，房间不大，但设备还算齐全。屋子里的壁橱、办公桌、茶几、小沙发都摆放得秩序井然。屋子当中是张双人床，上面铺着雪白的床罩。

玛丽恩一进屋，就把装着四万现金的大信封从提包里拿出来，随手扔在了床上。她冲了个澡，换了身黑色内衣。然后，她从壁橱里拿出一只手提衣箱，又从衣柜和五斗橱抽屉里拣出几件衣服。她把这些衣服和另外几件内衣以及一双拖鞋，尽可能整齐地叠好，放在手提箱里。她又从壁橱里取出一套深色衣裙，套在身上。她照了照镜子，拉上衣服拉链。随后，她从壁橱里取出几件长袍，放在衣箱最上面。

玛丽恩的动作仓促紧张，仿佛是凭着一时冲动在行事。她好像不能够集中自己的注意力，整个人显得恍恍惚惚的。她看到手提箱已经装满，便用力一压，使劲儿把它关上了。

她抬眼环视房间，然后走到床头柜前，打开柜门，从里面拿出只黑色手提包放在床上。她把装钱的信封拿起来，伸手从抽屉里取出一只文件小封套。这是一种棕色的封套，能装重要文件、执照、证书和保险单之类的东西。她粗略地检查了一下里面的东西，拿出银行存折，扔在床上。然后，她把那只文件封套和存折都放进手提包。

她坐到床上沉思片刻，轻轻叹了口气，似乎下了最后的决心，迅速扫视了一眼房间。最后，她蹬上黑色高跟鞋，拎起手提箱和手提包，又抓起件风雨衣，走出门去。

她下了楼梯，走进车库。这是个可以停放两辆汽车的车房，一辆车已经开走，玛丽恩的黑色汽车停在车道上。

玛丽恩绕过汽车，走到后备厢跟前，想把手提箱放进去。可是，她马上又改变了主意，打开车门，把手提箱和手提包都放在了汽车前座上。

随后，她登上汽车，把车发动起来，慢慢倒出车道，小心翼翼地驶上大街。

此刻还没到周末下班时车流高峰，道路不算太拥挤。

玛丽恩心神不定，惶恐不安。她开得很小心，生怕为一点儿事停车。在一个主要路口的红灯前，她刹住了汽车。

突然，她看见洛厄里和卡西迪在她的汽车前穿过马路。她先是习惯性地对自己的上司点了点头，后来意识到自己的处境，才突然吓呆了。

卡西迪瞟了汽车一眼，看见玛丽恩，神采飞扬地呼叫了一声，并捅了捅身边的洛厄里。

洛厄里这时已经看见玛丽恩，高兴地笑了笑，然后拉着卡西迪继续往前走。玛丽恩呆呆地望着他们，露出惊慌之色。

在这里碰到玛丽恩，洛厄里也感到有些意外。他走到马路边时，脸上闪过一丝疑问。他记起来，玛丽恩这个周末打算“睡觉”。想到这儿，他好奇地回头望了望她，皱了下眉头。玛丽恩紧张极了。好在此时交通警鸣笛，玛丽恩把车子开走了。

没过多久，玛丽恩的汽车已经安然离开市区。她看上去没有先前那么紧张了，好像内心变得更坚定了一些。她看了下油量表，油快用光了。她皱皱眉头，开始在公路两旁寻找加油站。汽车又驶出一段后，终于看到前面有一个加油站。她把汽车开进去，那里没有别的汽车。加油站远离主要交通干线，服务员显然是在小屋里。玛丽恩并没有想到会遇上这种事儿。她有些惴惴不安，总是把脸避开小屋，不想让人看见她。

屋子里始终不见有人走出来。

玛丽恩略加思索，便决定继续往前赶路了。加油站上空无一人，这仿佛是个警告，是她必须听从的预兆。但是油箱快空了，她必须有所准备。

就在她打算离开的时候，一个年轻人从小屋里出来，走向她的汽车。几乎是与此同时，小屋里的电话响了起来。

服务员向玛丽恩的汽车走近几步，朝她做了个手势，表示他得回去接听电话。

“丁零零”不断的电话声使玛丽恩更加不安起来。她心里有鬼，慌忙发动汽车离开了。

那个服务员站在小屋门口，手里拿着电话，毫无表情地目送着玛丽恩的汽车离去。

太阳开始下山，暮色像水面上的一块沉沉的幕布，在天际浮起来。

当汽车驶进这阴沉的暮色并被它吞没时，玛丽恩的心中产生了一种难以名状的不祥感。

迎面驶来的汽车头灯刺痛了她的眼睛，令她难受。她觉得困倦，视力模糊。她的眼睛闭上后又不情愿地睁开。她使劲儿瞪大眼睛，几乎是在强迫它们睁开。她嘴里在默默地叨念着：“萨姆……萨姆。”

玛丽恩终于挺不住了。内疚、紧张和长途跋涉的疲劳把她压倒了。她只好把汽车停在公路边，把风雨衣披在身上，到后座躺下睡着了。

拂晓时刻，一个公路巡警驾驶一辆巡逻车从远处驶来。

他驶过玛丽恩的汽车，看不见司机，以为这是辆空车，便掉转车头，回到汽车尾部，探身望了望车窗里面。

他什么也没看到。他停下车，开门下来，走到玛丽恩的汽车旁。透过后座窗户，他看见里面有人在和衣酣睡。他用手指敲了敲车窗玻璃。

玛丽恩翻身坐起来，吓了一跳。看到外面的巡警，她更是紧张万分。好像是出于自然反应，她马上拉开车门下了车，又打开汽车前门，登上司机座，不由分说拧开打火装置，发动了汽车。

巡警吃了一惊，他马上举起手来说：“别动，待在这儿。”

玛丽恩啪地关掉发动机，竭力镇静下来。

巡警再次敲敲窗子，态度已经不再那么彬彬有礼了。

玛丽恩勉强摇下玻璃窗，但她不敢正眼看巡警。

巡警定睛审视了她片刻，然后问道："你很急？"

"是的。我原先没打算要睡这么久。昨天晚上我怕因为瞌睡出车祸，所以决定把车子停在路边……"

"你在这儿睡了一夜？"

"是的，我说过了，我睁不开眼睛。"她好像对巡警不相信自己的话而感到生气了。

"这附近有很多汽车旅店，你满可以……我的意思是，为了安全……"其实巡警并无恶意。

"我没打算睡通宵！我只不过想在路边稍稍休息一会儿。我违犯了什么规定了吗？"

"没有，小姐。"巡警客气地说。

"那么，我可以走了吗？"

她的行为举止中不知有什么东西总是让这位巡警感到有点儿不正常。可这又是一种让人难以名状的感觉。巡警略顿了下，审慎地问道："出什么岔子了吗？"

"当然没有！我的举止……像出了什么岔子吗？"

巡警几乎要笑出来，"坦白地说，是的"。

"劳驾，我想走了。"

"你有没有……"

不等对方把话说完，玛丽恩就抢着说道："什么有没有！我对你说过了，没出什么岔子。只不过我在赶路，而你在占用我的时间。"她一边说，一边理直气壮地再次发动了汽车。

巡警怎么看怎么不对劲儿，便坚决地打断她说："现在，你得等一会儿！请关掉你的发动机。"

玛丽恩几乎要反抗了。可她转念一想，还是就范的好，以免惹来更大麻烦。她关掉发动机。

巡警平心静气地问道："在我执行任务的时候，我可不会随便'占用'任何人的时间，无论是给予警告或是开条子，或是给予帮助！你应该相信这点，小姐。如果你现在情绪不好——那是另外一码事儿。不过，你的行为就像我要逮捕你似的。"

"我很抱歉。"玛丽恩故作镇定地说。

“不必道歉……”

玛丽恩发动汽车。她扭过脸去，就好像是她希望这件事已全部解决妥当，那巡警业已决定要走开似的。

可是这个巡警却不是那种只求一声道谢就完事儿的公务人员。他真的觉得她的态度有点太唐突。他说：“等一等！”

玛丽恩只觉得心烦：“现在又是什么事？”

巡警盯视她片刻，不动声色地说：“可以看看你的执照吗？”

“为什么？”

“请出示。”这可是巡警在调查中提出的最合情合理的要求。

玛丽恩从座位旁捡起手提包，伸手进去掏钱包，没找到。

巡警一直盯着她的一举一动。

她慌里慌张地瞟了他一眼，再往里掏。她发现必须得先掏出点儿东西来才能找到下面的钱包，不由得叹了口气。可是由于紧张，她的手指都有些微微地颤抖了。

她好不容易才定下神来，神经质地拿出手提包里装钱的信封、装重要文件的纸封套，先把它们放在座位上，然后伸手进去，才找到了她的钱包。她把它打开，递给巡警。

他看看钱包，又看看汽车，然后走到汽车前面，核对汽车牌照，又走回来，凝视车内，核对刻在驾驶盘上的注册号码。

一切都准确无误。巡警把钱包还给玛丽恩。

她接过钱包，不安地望了他一眼。他什么也没说。

玛丽恩迅速发动引擎，将车驶上了公路。

巡警目送着她走出去很远，这才走回到自己的汽车前。

玛丽恩确实受惊不浅。她越来越意识到，自己的行为可能会招致更大的麻烦。

她把自己置于不必要的危险境地。在负罪的压力下，任何人都无法表现得正常。她这样安慰自己，同时更加心神不安，既生气又胆怯。

她边开车边向后视镜看去，发现巡警驾着汽车在跟踪她，和她保持同等的速度在向前行驶。她打量了一下四周的环境，发现前面是另一条高速公路。

她突然改变方向，离开了公路。

她再看后视镜时，发现巡警不再跟随她了。他没有随她改变方向。

她舒了一口气，思索片刻，迅速做出决定。边开车边瞪大眼睛四处寻索，终于看到一块写着“加利福尼亚州，查理汽车乐园”的大招牌。

她非常利索地把车子开进车场，踩了刹车，然后走下汽车，望了望车场办公室。她又看了一眼车场上一排排各种式样的汽车。汽车上差不多全挂着加利福尼亚州的牌照。

车商看见她，忙从他的办公室里向她打招呼，一边高兴地说："马上就来！"

玛丽恩点了点头，在那些汽车前踱着步，仿佛在下决心。她瞥见车场外面的角落里有一个铁制自动售报机，便转过身去，似乎这样就不会发生她所害怕的事。然而她还是无法抑制自己的好奇心，为了满足自己一时的愿望，她走向售报机，往里面扔了一枚十分钱硬币，然后拿起一份洛杉矶时报。她一边慢慢走回车场，一边紧张地浏览着报纸的第一版。

她看报的时候，先前那个盘查过她的巡警从车场前面的马路上开车过来。他看见玛丽恩，便把警车停在马路边，自己下车来，倚在汽车旁，颇有心计地观看着车场。

玛丽恩边看报边走回车场，没看见巡警。

这时，车商已来到院子里。他站在那儿，等着玛丽恩。

她走过去时，仍在专心致志地埋头翻看手里的报纸。他莞尔一笑，算是打过招呼，接着他瞅了一眼不远处的巡警，压低声音说："我可不想找烦恼。"

听他这么说，玛丽恩不禁感到奇怪。她抬起头，问道："你说什么？"

车商心里其实挺高兴。他情绪高涨地说："俗话说，'一天之中，第一个顾客是最不好办的！'但是就像我刚才所说，我一点也不想找烦恼，所以我要非常公平而正大光明地接待你。这样，你也就没有任何正当理由跟我……"

玛丽恩弄不明白他为什么要和她啰唆这些。她开门见山地问："我可以把车开过来，开走另外一辆吗？"

"你可以做你想做的任何事——作为一位女士，你可以这样做！那是你的车吗？"

"是的，车子没毛病，我只不过……"

"不喜欢它的外观！好啊，你可以在这里参观一下，也许能看上什么东西，同时我可以让技工给你试试机件。想喝杯咖啡吗？我刚……"

"不，谢谢，我很忙，我只不过想换一辆车，开始……"她骤然打住话头，差不多是噎住了。她看见了那个巡警。他正在定睛看着她，脸色平静。

玛丽恩不得不强迫自己朝别处看，假装没看见他的样子。

车商没有注意到这个插曲，只是信心十足地说："人们买旧车时可别匆匆忙忙的。不过正像我刚才说的，这么好的天气，吵架太可惜了，我把你的汽车开到车间里去吧。”说着，他登上了玛丽恩的汽车，呼地一下便把车开走了。

玛丽恩几乎是手足无措地望着他。她如坐针毡，只担心那个巡警会干预过问她换车的事。她想着如何才能够脱身，担心一旦自己此时慌慌张张地离开，肯定只会再次引起巡警的疑心。如果她真的留在这里，那巡警也许反而会走开。所有这些揪心的事都涌上心头，确实让她感到束手无策。

车商已经把她的汽车开进车间，她站在空荡荡的院子里，觉得自己像个枪靶子似的孤立无援。她望了望汽车间，看到她的汽车停在里面。她认定，如果现在匆忙离开，反倒会招惹更多嫌疑。她忍不住再次悄悄望了望那巡警，发现他仍在观察她。她真是一筹莫展，只能怪自己运气不佳。

她在旁边一辆浅灰色的汽车前停下来。

这时，车商回来了，讨好地说：“这正好是我为你选的车。”

玛丽恩一点儿也不想浪费时间，开口便问：“多少钱？”

“来吧！开着它到街区四周转转吧。我敢肯定，你对机器这类玩意儿可一点儿也不在行。可是你可以凭感觉来判断，你能不能……这完全在于感觉，相信我，你到街区周围体会一下，这一辆……”他尽量让玛丽恩相信，自己的买卖公平无欺。

“它的外表不错，折上我的车，要花多少钱？”玛丽恩打量着这辆车，随口问道。

“你是说，你不需要花点儿时间考虑？一般人可是会用一天半时间来琢磨这种事儿呢。你很匆忙吧？有人在追踪你？”车商从来没见过这么爽快的主顾，便开了个玩笑。

“当然没有。开什么玩笑！”玛丽恩满脸的不悦。

“好。咳，这是我生平第一次看到顾客对售货员施加压力。我粗略估算了一下……”他装模作样地瞧瞧这辆车，又扭过头望了望汽车间，接着说，“你的汽车，再添上七百美元。”

“七百！”玛丽恩有些惊讶。

“啊哈！终于还有讨价还价的时间，哈哈……”车商的兴致很高，可惜玛丽恩没有一点儿好心情，她有些烦躁不安。这一点车商也隐约感觉到了。

“好吧。”玛丽恩下定了决心似的说。

当车商诧异地瞪着她时，她伸手到手提包里去摸那只装钱的信封，但是她又有些犹豫地停了下来。

车商此时对她产生了一点怀疑，大清早的，这么匆忙，又一点都不还价，便低声问道："我认为……你能证明这辆汽车是你的。我的意思是……呃，你应该有跨州出售的许可证和所有权证明……还应该有你的……"

"我想我有全部必需的文件。"玛丽恩突然表现得有些不耐烦，她打断了他，问道，"这里有女厕所吗？"

"房子里有。"车商用手向远处指点了一下，又继续悄悄盯着她。

玛丽恩快步走向房子，再次向巡警那边瞟了一眼。他依然站在那儿，汽车没有熄火，发出有节奏的"隆隆"声响。他的神情恬静安详。他目送着玛丽恩，看她走进办公室的房子。

玛丽恩一进女厕所就锁好了门，从手提包里拿出信封，抽出一扎钞票，数出七张，再把余下的钞票放进信封，然后把信封放进手提包。她好像忽然想起来了什么，拿出那个装着重要文件的封套，翻出几张和她的汽车有关的文件，把它们全部拿了出来。然后，她把那只封套放进手提包，把看了半截的报纸也塞进去，这才走出女厕所。

此时，车商已经把她挑选好的汽车开了出来，停在院子里的空地上。他喜出望外地说："我希望你最好先开上它兜几圈儿。我可不希望有人说一句加利福尼亚州查理的坏话。"他说得颇为认真，看来这是一个很看重商业信誉的男人。

"我真的不想去兜了，"玛丽恩沉吟着说道，"劳驾……我们能不能就定下来，然后……"

车商好像看出了她有什么难言之隐，马上说："我完全尊重你，小姐，不是我信不过你，可是……"

"可是什么？难道因为我行事果断一些，而且要简便一点儿，就会出什么大乱子吗？你以为我偷了……自己的车？"

"不是的，小姐，当然不是。我只是想说，我刚才派我的技工去试试你的车……就这么回事儿。"

玛丽恩把汽车所属权的文件和钞票都递给他，挺不满意地说："但愿在他回来的时候，全都已经准备妥当。"

"好的。能不能请你到这边儿来？"他说着，抬腿走向办公室。玛丽恩焦急地紧紧跟随在他身后。她抬起头，望见那位巡警仍然远远站在马路边儿。

等到他们二人都走进办公室后，巡警才登上警车，望望两边的车辆，开车横过马路，然后不慌不忙地把车开进了汽车场。他稍事停留，然后穿越车场，经过办公室，开到另一个出口处停下。

这时，技工正好把玛丽恩的汽车开回来了。技工刹住玛丽恩的汽车，跳下车来向巡警挥手致意。巡警也向他招手，并向前开了一小段，停在玛丽恩的汽车后面，望着办公室那边。

没过多久，玛丽恩走了出来。她快步走到她的新车前，登车发动机器。刚开出两三步，她便听到技工在身后喊叫："喂！小姐！"

玛丽恩停下，回眸先瞥见巡警，后看到技工。她的脸刷地变白了，不知是谁在叫她。随后，技工向她摆着手，拎着她的手提箱和风雨衣跑过来。

技工走到汽车前，玛丽恩马上发话道："就把它放在这儿吧，请放在我身边。"

技工微笑着，把手提箱扔进汽车。

玛丽恩迫不及待地驾车离去。技工、车商和巡警全部用好奇的神情在目送她。

玛丽恩开着她的新车，上了 99 号公路，她紧张地望望后视镜，与其说是感到高兴，不如说是吃了一惊。

她看不到巡警的踪影。

她转脸朝外望望公路，只见车辆川流如梭。

她再次看看后视镜，虽然她还是没有看见那位巡警，但是她仍没有感到安全，整个人还是没有放松下来。她不能肯定，自己是不是已经摆脱那个男人的监视和怀疑了。

她不会知道，她离开车场之后，那几个人马上就开始在身后议论起她来了。

车商看到她的车在远处消失的时候，高声笑起来，用既响亮又清晰的声音说："雷克长官，这可是我第一回遇上买主赶着付钱！肯定是有人在追踪她吧？"

巡警在玛丽恩离开后便进了屋子，听到车商这么说，他好像也在思忖这件事，"我最好还是看看那些文件，查理。"

"你觉得她像个不地道的人吗？哈，七百美元，还是付的现金！"名叫查理的车商感叹道。巡警摇了摇头，"可她的举止却的确有点儿像"。

听到巡警这么说，查理也不敢再吱声儿。

玛丽恩继续在开车。她眨巴着眼睛，拼命地摇摇头，仿佛想把脑子里的什么怪念头全部甩掉一样。

她望望后视镜。那个让她提心吊胆的巡警并没有出现。

她差不多已能做到让自己放松了，然而，她好像又被什么东西惊动，再次紧张起来。

她看到公路上有一辆警车。

她驶过它时，听到警车内的收音机传出含混不清的嗞嗞声。玛丽恩马上变了挡，嗖的一声让自己的汽车飞驰而过。

她容颜憔悴，由于精神紧张和长途驱车的劳顿，已经彻底累垮了，连眼皮都抬不起来。

一大早，玛丽恩所在公司办公室，此时正在发生着她无从想象的事。

卡罗琳看着焦虑不安的老板，用怯生生的口气说："是的，洛厄里先生，她还没来。"

洛厄里显得有些忧心忡忡："这是怎么回事儿呢？"

卡罗琳想安慰一下他，便说："没什么，洛厄里先生，她常常在星期一早上迟到一会儿。"

洛厄里想了一下说："她一到就通告我。立刻给她姐姐打电话！要是家里没有人接电话……"

"我给她姐姐打过电话了，洛厄里先生，打到她工作的地方——'作曲家音乐商店'，她和我们一样不知玛丽恩在哪儿。"卡罗琳无可奈何地说。

"你最好往她家跑一趟，她可能……接不了电话……"

卡罗琳有些担心地说："她姐姐正在赶回家。她和我们一样不放心。"

这时，电话铃猛地响了起来，把两个人都吓了一跳。

洛厄里摇晃着脑袋，心烦意乱地拿起话筒。电话是玛丽恩的姐姐打来的。

"不！我一点儿也不明白。我已经说过了，我最后看见你的妹妹是上星期五，她离开这个办公室，她说有点儿不舒服，想早点儿下班，我就同意了。这就是我最后看见她……噢，我记起来了。那天下午过了一个小时或再晚些时候，我确实看见她开着车……哎呀，我想你最好到我办公室来一趟，要快。"

洛厄里放下电话，又转脸对卡罗琳说："卡罗琳，给我接通卡西迪先生。"

电话一通，洛厄里又抓过了话筒。"是的，是的……总之，卡西迪，我对你说过，所有这些现金……我不能负责。噢，天晓得！一个为你工作过10年的小姐，你当然会无条件地信任她！这没什么可让人指责的。好吧，是的，你最好来一趟。"

电话那边的卡西迪这会儿还没有喝醉。他的声音因狂怒而变得尖厉了起来，"我可不打算白白地扔掉四万块钱！我要把它找回来，如果钱丢了，我要用她那身细皮嫩肉来换！我要抓到她，你相信我的话好了！"

洛厄里有些犹豫起来："等一等，卡西迪，我还是不能相信。谁也无法肯定是不是发生了无法解释的事儿，我不能……”

“你向银行核对过了吗，没有？他们从来不注意她，是吗？你还是信任她？这个臭娘儿们！我把钱掏出来的时候，她正好坐在那儿，连眼睛都不眨一下，真是老谋深算，而且……而且还假正经，也不向我卖俏！”

汽车向前急冲。有零星的雨点儿落到车窗玻璃上。

玛丽恩此时的神态显露出负罪和懊悔的痛苦之色。她闭了一下眼睛。

汽车这时已经开进加利福尼亚州的地界，因为是周末，过往的汽车显得分外地稠密起来了。迎面而来的汽车灯接二连三地照到玛丽恩汽车的挡风玻璃上，使心情焦虑的她更加眼花缭乱。她面部的肌肉更紧张，车也开得更快了。

此时天色已晚。

茫茫夜色中，公路两旁的饭馆和加油站的霓虹灯纷纷亮起来了。

黄昏时开始下的雨，不知不觉中已越下越密，已近滂沱。

玛丽恩拧开雨刷。

她通过模糊不清的挡风玻璃往外凝视，什么也看不清。在漫着雨水的公路上，汽车减低了速度。迎面来的车辆也稀疏了。

她不禁咬了一下嘴唇。她放慢车速，把车子开离了公路，一边四下张望着。

忽然，透过被雨水打湿的挡风玻璃，她模糊看到远处有个吸引人的霓虹灯招牌，上面有几个字。

玛丽恩眯起眼睛，隐约辨认出“汽车旅店、有空房间”几个大字。她略略摇下车窗，把汽车开进旅店院子。

那里只有一间屋子亮着灯，门上有“办公室”灯牌。

玛丽恩把车子停在办公室门口。她往里面瞧了瞧，可是什么也没有看到。那个招牌上写着“贝茨汽车旅店”以及“有空房间”几个字。

玛丽恩冒雨冲出汽车，跑到旅店办公室前面的游廊上。她在游廊上逗留片刻，试着推了一下办公室门，发现门没有上锁，便走了进去。

室内无人。玛丽恩走到柜台前打了一下铃，也没人答理。她既担忧又沮丧，用手擦擦前额，返身回到游廊上。

她望了望另一个方向。在旅店办公室前，有一条上坡的小径，通向一幢高处的二层楼房。楼上有两个窗户透出灯光，一个妇人走过窗口，停下往外凝视。透过薄薄的纱窗帘，能清晰地看见她的剪影。她好像看见了玛丽恩，旋即转身离开窗户。

玛丽恩看到那妇人之后，好像稍稍有些放心了。她站在游廊等候片刻，可是还不见有人来。她一时失去了耐心。她冒雨冲进她的汽车，打开边窗，连连揿了几下喇叭。

没过多久，一个青年男子打开那座房子的前门，犹豫了一下，随即走下小径。走了不多几步之后，他又转身返回房内。

玛丽恩离开她的汽车，奔到游廊的雨篷下。

那个年轻人转身回屋子，取了一把伞出来。看到玛丽恩跑向游廊，他便加快脚步，但并没有撑开伞。

一到游廊，他就停下来，望着玛丽恩，又望望拿在手上没派上用场的伞，然后又望望她。在他的举止和眼神中有点忧郁，甚至可以说是感人的东西。

玛丽恩不再急躁，莞尔一笑，这使他也笑了。他把她让进办公室，自己往后站，请她先走。

她走进办公室。

办公室里，柜台外侧的墙上挂着一面大镜子，柜台内侧的墙上则有两个竖排的小画框。

年轻人随着玛丽恩进入办公室，并关上了门，站在柜台内侧。他叫诺曼·贝茨，不到30岁，瘦高个儿，乌黑的头发和眼睛，说话声音十分柔和。

没等玛丽恩开口，他便主动说："晚上天气不好。"

玛丽恩没有接他的话茬儿，她并不想和他聊什么。"你有空房间吗？"她用尽可能冷淡的口气问道。

诺曼用单纯的几乎是高兴的语气说："我们有12个空房间。12个小房间，12个空房间。它们远离公路，很安静。"

"我想我已经离开大道了……"玛丽恩自嘲地说，但是她好像立刻意识到自己这么说是不谨慎的，便不再说什么了。

"我知道。除非人们离开大道，要不然，谁也不会在这里停留的。"他说着，往前推了推住客登记簿，"不过，我们在前面挂上了灯光招牌，并且按正规手续办事。请签字吧。"

玛丽恩把手提包放在柜台上。她拿过登记簿，提起钢笔，突然醒悟到她最好用一个化名。她慢慢在上面写下了名字，签的名字是"玛丽·萨缪尔斯"。

诺曼提醒说："你的家庭地址。哦，写上城市名称就行了。"

玛丽恩一眼看到手提包里露出一角的报纸，便自言自语地说："洛杉矶。"她意识到他并没要求她说出来，只要写下来就行，便嫣然一笑，在假名旁边写了"洛杉矶”。

诺曼淡淡一笑，不再感到窘迫。他主动向她介绍说：“1 号房间，离办公室近些，如果你需要什么东西时……”

他从墙上的钥匙板上取下 1 号房间的钥匙，那上边还留着另外一把。

“我最需要的是睡眠。可能，还想吃点东西。”玛丽恩这次说的倒是真心话。

“10 英里外有一家大餐馆，就在费厄维尔那边。”

“我离费厄维尔那么近了吗？”玛丽恩大喜过望，因为萨姆就住在那儿。她忽然有种如释重负的感觉。

“15 英里。我去把你的行李拿进来吧。”他说着，走到门口，把门打开。

雨已经变小了。他满意地笑笑。

玛丽恩也走到门口，在游廊等待，望着诺曼跑到汽车跟前，打开车门上了车，然后把它开到 1 号房间前的停车点上。

玛丽恩沿着游廊走到 1 号房间门口等待着。不一会儿，只见诺曼拎着手提箱和她的风雨衣下了汽车，跑到门口。他推开门，伸手进去拧开一盏灯。

玛丽恩走进房间，诺曼随着进去。诺曼把手提箱放在床上，走过去打开窗户，微风吹拂着洁白的窗帘。

“这里很闷热。好了，这个，呃……床垫是很软的，壁橱里有衣服架，印着‘贝茨汽车旅店’的名字，你回到家里之后，最好向你的朋友们吹嘘吹嘘。还有，那个……在那儿。”诺曼很不好意思地指了指浴室。

玛丽恩顺着他指的方向看了一眼，马上明白了：“浴室？”

诺曼匆匆点了点头，急急地就准备离去了，“我在办公室，如果你需要什么，敲敲墙壁就行”。他把门钥匙放在靠近门边的小茶几上。

“谢谢你，贝茨先生。”

“我叫诺曼·贝茨。”他在门口稍停，凝视着她。她笑了。他又开口了：“你有一种别的姑娘所没有的东西。”

“我有吗？”没有人能拒绝奉承。

“说不出是什么东西。就是有点儿什么，使人感到舒畅。”

“再次谢谢你。”诺曼的话很是让玛丽恩高兴。

“你不打算再开车出去吃饭了吧，是吗？”

“不去了。”玛丽恩应道。她实在没有精力了。

“那么能赏光在这儿吃晚饭吗？我刚才正好……我自己……除了三明治和热牛奶之外，没有什么东西。如果你肯到房子里去，我会很高兴的，而……我吃的并不讲究，不过……厨房里是非常舒适的。”这样说着的时候，诺曼好像变得很迟疑。

“我乐意去。”也没有人能拒绝献殷勤。

“那好，请把衣服挂起来，换掉湿鞋子，等你准备好，我立刻来接你。”诺曼在出门之前，又加了一句，“还有我那把可靠的雨伞。”他嘻嘻一笑，跑出门去了。

玛丽恩关好门，走到手提箱跟前，把它打开，取出一件衣服。她的手提包就在手提箱旁边。她低头看了它一眼，踌躇片刻，搁下衣服，探手到手提包里，拿出装着钞票的信封。她脸上又闪过一丝忧虑的神色，寻思着怎么把它藏起来。这样一想，她便开始找一个合适的隐藏处。她四下查看，走过去拉开小桌子、五斗橱和床头柜的抽屉，都觉得这些地方太显眼。她望到手提包里的报纸，便灵机一动，抽出那卷报纸，把它摊开，然后把信封里的两扎钱抽出来分开平放着。她丢掉信封，用报纸把钱卷起来，然后把它放在床头柜上，仿佛是为了待会儿看报顺手放在那儿似的。她为此琢磨了一会儿，决意就这么办。做好这件事后，她才最后走到手提箱前收拾东西。

突然，一个妇人恼火的刺耳的尖叫声打破了夜的寂静。

玛丽恩竖起耳朵，只听得妇人高声喊着：“不行，我说不行！”

玛丽恩缓步走到窗前，发现这个可怕的声音是从客房后面的大房子里传出来的。

此时雨过天晴，月亮出来了。时间应当是午夜。可楼上卧室的灯还亮着，声音是从那里发出来的。

玛丽恩抬起头，看见了先前见到的那个妇人的剪影。从那边又传来妇人的声音：“我不让你带什么奇奇怪怪的年轻姑娘来吃晚饭。在烛光下，我想年轻人的举止既下流又淫荡，脑子里想的也都是些下流淫荡的念头！”妇人的声音尖厉刺耳，让人一下子就听得出她对听话人的轻蔑和嘲笑。

只听诺曼低三下四地说：“妈妈，请你……”

还不等他说下去，妇人就把他的话打断了，“接下去是干什么呢？吃完饭听音乐？说悄悄话？”

“妈妈，她只不过是一个陌生人。她饿了，天气又这么不好……”

妇人马上模仿起诺曼的声音，并且学得惟妙惟肖，“妈妈，她只不过是一个陌生人！”接着，她再次用严厉残酷的声音吼叫道：“好像男人不要陌生人似的，好像……哦！我不说那些叫人恶心的事儿了，因为这使我作呕！你明白吗，孩子？去吧，去告诉她，不能用我的食物……或我的儿子，满足她可憎的欲望。难道因为你没有胆量，还得我亲自去对她说吗？啊，儿子？你有胆量吗，儿子？”

诺曼好像也生气了，用羞恼的口气说：“住嘴！住嘴！”

传来那个房间的门被十分用力地关上的声音。

玛丽恩站在窗前，越听越烦。对诺曼的处境，她既关心又怜悯。她转过脸来，愁眉不展地望着这个小小的空房间。不一会儿，她听见那房子的前门砰地被推开又关上了，随后，小径上传来了脚步声。

玛丽恩转身眺望窗外。她看见诺曼踏着小径走过来，端着一个盖着餐巾的托盘。大房子楼下也有几盏灯亮着。玛丽恩望了他片刻，然后迅速转身到门口，开门走进游廊，在门外站了一会儿，正打算往前走，诺曼已从房子那头儿过来，踏上了游廊。他走过办公室的门，径直走到她面前停下。看到她会意的眼神，他痛苦并难为情地盯着她。

玛丽恩抱歉地说：“我给你添了麻烦。”

诺曼假笑一声，试着用幽默的口吻掩饰自己的难堪，“我妈妈……常言道：‘她今天情绪欠佳。’我想她今天是这样。”

玛丽恩望着托盘，“你不该这么费心。我真的没有那么大的胃口”。

诺曼激灵了一下，意识到她已经听到他母亲提到关于欲望的那番话了，便歉疚地说：“我很抱歉……但愿……人们能替别人道歉。”

“别在意。可是，既然你已经为我们做好了晚饭，我们不妨吃吧，嗯？”玛丽恩善意地微笑着，而且她的确也有点儿饿了。

她返身走回房间。诺曼开始跟着走，可是他好像是想到了什么心事，就又踌躇不前了。给一位陌生女子端来一盘食物，这在母亲眼里已经是最大的不敬了。他好像正在为这事儿犯愁。他觉得此时不应该走进玛丽恩的房间，便说：“在办公室可能比较好些，那里会暖和些。”

还没容玛丽恩表示同意或不同意，他已经转身往办公室的方向走去了。

玛丽恩望着他的背影，脸上显出同情的神色。

办公室确实太小了。诺曼端着托盘，四处张望，发现没有可以吃晚饭的地方。他扭头瞥见玛丽恩站在门口，便微笑着说：“在办公室里吃饭，这对我来说也有点太一本正经了。后面有我一个休息室，假如你高兴的话……”

玛丽恩诚恳地向他点了点头。

诺曼走到柜台后面，进了一间漆黑的休息室。玛丽恩跟着他走进去。诺曼先把托盘放在桌上。玛丽恩走到门口站住了。诺曼直起身子，走到台灯那儿拧开了灯。

玛丽恩被这个房间里的摆设吓了一跳。即使借着昏暗的灯光，这个房间里别致非凡的陈设也立时暴露在她的眼前。

这是一个鸟的房间，到处都是鸟类标本，在任何一个角落里都有鸟，甚至有一只悬在旧式台灯流苏的阴影里。鸟的种类不同，大小也不一样，既有漂亮而又惹人喜欢的小鸟，也有可怕的让人生畏的猛禽。

玛丽恩吃惊地望着这些鸟类标本，感到有点儿毛骨悚然。

诺曼很客气地说："请坐。坐在沙发上。"他向她指指室内唯一的一把沙发。当他摆开面包和火腿并倒牛奶时，玛丽恩穿过房间，边走边观察那些鸟。她扫了一眼书架，发现那上面收藏了一些关于动物标本剥制技术的书。

她也注意到墙上的画，基本上都是裸体画，有许多带有暧昧的宗教色彩。玛丽恩最后走到沙发跟前坐下，望着他摆桌子，并说："你非常……客气。"

"这些都是为你准备的。我不饿。请吧。"

玛丽恩开始吃东西，她的态度有点紧张。她拿起一片面包，往上面抹了点儿黄油，掰下一小块儿放进嘴里，又叉起一小片火腿，咬了一小口。她吃东西的时候有点儿心不在焉。

诺曼目不转睛地看着她。他见她每次都咽下那么一小口，就笑出声来："你吃东西像小鸟儿一样。"

"你当然了解鸟。"

"并不很了解。人们形容吃东西少像只鸟，其实并不切合实际。我说它不切合实际，是因为鸟的食量大得惊人——哦，我一点儿也不了解鸟。我的爱好是剥制东西，剥制动物标本。而且，我想我宁愿剥制鸟。因为——喏，我讨厌野兽标本的模样，比如狼、黑猩猩和所有……有人甚至还剥制狗和猫儿，可是我不剥制。我认为只有鸟的标本是好看的，因为它们相当……驯服，开始干的时候，它们大部分……"说着说着，他好像就忘记了玛丽恩的存在。过了一会儿，他猛然意识到自己的失态，于是立刻恢复了先前的犹豫和忸怩。他那精力旺盛的样子也消失了。

玛丽恩观察他，略带同情地笑了笑，和气地说："这是一种新鲜的嗜好，我是说奇怪的嗜好。"

"我想是的。"

"这并不像你所想的要花很多钱。真的花不了多少钱。针、线、锯末……化学药品，全部开销也就是这些。"他不再说话，看上去有点儿不安。

"男人应当有嗜好。"玛丽恩又环视了一下这间让她感到奇怪的屋子。

"这不光是嗜好，有的时候，嗜好是为了消磨时光，而不是充实时光。"诺曼极其认真地说。

“你的日子就那么空虚吗？”

“噢，不！我经管办公室，照料房间和庭院，为母亲做点儿家务……做那些她允许而我又应该做的事儿。”说着说着，他仿佛又重新活跃起来，但有点儿勉强。

“你没有朋友吗？”

“朋友？谁需要朋友吗？”诺曼突然大笑起来，“小伙子最好的朋友是他的母亲。”说着，他不再笑了，又问，“你一生中从来没有感到空虚的时候，对吗？”

“难免也有。”

“你要上哪儿去？”诺曼好像突然意识到自己这样问显得太唐突，赶忙又说，“我不是有意试探你的……”

玛丽恩若有所思地一笑，“我去寻找一个隐秘的岛”。

“你也要逃避什么吗？”

“逃避？你干吗问这个呀？”她有点儿警惕起来。

“不为什么。人们什么也逃避不掉。”说到这儿，他突然话锋一转，“今天的雨没有下得太久——你知道我在想什么吗？我认为我们全都落在了自己设下的陷阱里，没有人能挣脱这个夹子，我们连抓带挠，不过抓的都是空气。要不就是互相抓，总的来说，我们寸步难移。”

“有的时候我们还是愿意落入那些陷阱的。”玛丽恩此刻想到的是自己的处境。

“我天生就是这个样子。我也不在乎了。”诺曼并不知道她说的是什么，只管自己说下去。

“你应当在乎。”

“噢，我是在乎的，不过我在嘴上说不在乎。”说着，他充满稚气地笑了笑。

玛丽恩定睛望着他，并摇了摇头：“如果有人用刚才你母亲对你的那种语气对我说话，我想，我可再也笑不出来了。”

“有时，她对我那样说话，我甚至想……骂，而且永远离开她！或者至少反抗她。”他似乎想尽量抑制住自己的怨恨，接着，他无可奈何地耸耸肩，说，“可是我不能，她有病。”

“她嚷起来的声音可不小。”

“我的意思是……有病。自从我父亲死后，她得独自抚养我，那时我才5岁，这肯定是个沉重的负担。哦，她不用去工作什么的，父亲留给我们一点儿东西。可是，几年前，母亲遇见了一个男人。他说服她盖了这个旅店。他在那个时候要是能说服她干点儿别的什么就好了。而现在，他也死了，她受的刺激太大了。而且他死的样子……”他突然意识到自己说这些不太合适，马上说：“我想在你吃饭的时候不该说起这些。无论如何，我母亲的损失太大了，她什么也没有了。”在说起这种让人不快的事时，他还时不时露个苦笑。

“可她还有你。”

“儿子比起情人来，只是可怜的替身。”说完，他扭过头去，仿佛不喜欢那个字眼儿。

“那你何不逃到一个隐秘的岛上去？”

“这对我来说已经太晚了，再说，谁来照顾她呢？她在那上面太孤独了，炉火会熄灭，又潮又冷，像座坟墓。当你爱一个人的时候，你不会这样对待他，哪怕你恨他。哦，我不恨她。我恨……变了样儿的她。我恨……那种病。”他动情地说着，那样子可真像是个孝子。

玛丽恩缓慢又小心谨慎地说：“要是你把她……送到什么地方……是不是会好一点儿？”

他马上用一种冷冷的眼光盯着她，“送到慈善机构？送到疯人院？人们常把疯人院叫作‘什么地方’。”他冷酷地模仿着她的语气说。

“对不起，我不是有意说得那么不负责任。”

诺曼立即由冷酷转为大怒：“你知道什么是负责任吗？你可曾见到那种地方吗？知道内情吗？嘲笑、眼泪和审视你的残酷目光。把我的母亲送到那儿？为什么？她害过你吗？她于人无害，就像这里的一只鸟类标本。”他越说越激动。

“很抱歉，我只是觉得……似乎她在伤害你。我是出于一种……”玛丽恩想为自己的话解释一下。

可是诺曼眼下好像已经失去理智了，他几乎是咬牙切齿地说：“好意？你是好意？人们总是出于好意，他们鼓起如簧之舌，摇头晃脑地提出一些如此巧妙的建议……”他说着，突然间换了一副腔调。刚才的狂怒突然出其不意而又完全彻底烟消云散了。他仰靠到椅背上，出现了短暂的安宁。

玛丽恩感到奇怪。她观察着这个困惑不安的男子，好像可以觉得出他那种由于发怒而在肉体上感到的痛楚。

可是诺曼很快就恢复了平静。他语调平和地说：“有人曾经建议过这件事。可是我联想一下都觉得讨厌。她需要我……而她并非……并非疯子……并非发疯。她只不过是……只不过是有时有点儿糊涂罢了。我们有时全都有点儿犯糊涂。你有过吗？”他说着，眼神中流露出诚恳和善意。

玛丽恩经过长时间的深思后，缓缓地说："有的，有一次就足够了。"她已吃完，站起来说："谢谢你。"

诺曼愉快地纠正她："谢谢你，诺曼。"

"诺曼。"

"你不打算……"诺曼想要说些什么，可是有些欲言又止，终于改口道，"已经准备回房间去啦？"

"我非常疲劳。明天还要开车赶路，老远地回凤凰城。"

"凤凰城？"诺曼对此好像很有兴趣。

"我在那儿踩进了一个神秘的陷阱，我要回去……设法把自己拔出来。要趁我来得及之前。"

"干吗不再多待会儿，聊聊天嘛。"诺曼还想挽留她。

"我愿意，可是……"玛丽恩委婉地拒绝了。

"好吧，明天早上见。我给你送早饭。你要在什么时间，我是说……"

不等诺曼把话说完，玛丽恩就明白了他的意思，"非常早，黎明吧"。

"好吧，小姐。"他已经忘记她的名字了。

"克兰。"

"是的。"他皱了皱眉头，仿佛是为了记不起她在登记簿上的名字而困惑。

"晚安。"她向他告别了，随后走出了休息室。

诺曼在身后望着她。她推开门，走入茫茫夜色中。

诺曼转身对着桌子，脸放着光，整个人显得坚决果断，信心十足。他着手收拾桌子。听见隔壁房间玛丽恩关门的声响时，他顿了一下。他一动不动，侧耳静听，然后走进办公室，查看着登记簿。登记簿上的名字是萨缪尔斯。

他满脸狐疑。他听到玛丽恩在她房间里活动的声音，声音轻柔，几乎与夜晚的静谧混为一体。诺曼扭头不听那声音，好像要抑制着自己的欲望。似乎在听这种行为以外，他的心里有更为隐秘的冲动……可是，他渐渐地被迫屈服于这种冲动了。只见他不由自主地走到墙边，把耳朵贴在墙上。

那边的声音又响起来了。

诺曼抬头望着一幅挂在墙上的画。他慢慢向它走去，伸出手摸到它，而且骤然把那个小画框从墙上摘掉了。原来画框后面的外墙上，有一块巴掌大的墙灰被人故意扒掉了，里面有个穿透墙的小圆洞，它直通1号客房。诺曼通过小洞目不转睛地凝视着。1号客房内玛丽恩的一举一动都映入了他的眼帘。

玛丽恩进了屋之后，随手锁上门。她解开腰带，脱掉连衣裙，只穿了件半身衬裙和文胸。她略微弯腰，伸手到背后解下她的文胸，马上又抓起一件绸质浴袍穿上，遮住她全裸的身体。

诺曼看到这一切，飞快而愤懑地扭转过脸。他脸上的表情真是瞬息万变。他好像拿定了主意，迅速而准确地把画框挂回到墙上，把那个小小的透出灯光的洞口给遮住了。他转身走出休息室，穿过办公室，来到了游廊上。他甚至没顾得上关好身后的门。他沿着游廊走向那座大房子。

走到小径上的时候，他迟疑了一下，急忙收住脚步，抬头望了望卧室窗户的灯光。然后，他又端正姿势，果断地阔步向前走去。他打开房子的大门，走了进去。

走到前厅楼梯时，他停住了，抬头望着楼上正对楼梯口的卧室门，似乎略有犹疑。他的决心和勇气顷刻间就消失了，他耷拉着肩膀，既伤心又沮丧。他经过楼梯，缓步走向过道尽头的厨房。进到里面后，他疲乏地跌坐到椅子上。

过了一会儿，他伸出一条腿，轻轻踢了下厨房门，把它关上了。

客房里，玛丽恩坐在小桌旁，正在全神贯注地在一个小记事本上计算着数字。这一天一夜的可怕经历让她的思想起了某些变化。她决定下一步采取实际的行动。

她把银行存折放在手边，细算着一笔账。她计划偿还从那笔钱中花掉的数目。她先写下 40000，扣除买车花掉的 700，还余 39300。她看了一眼存折，那上面的余额只有 624 元。她看看这个数字，不由得叹了一口气。但是她并不厌烦，反倒有几分满意，这是人们在懂得了如何不惜代价才能继续做正派人之后，所能感受到的最大的欣慰。

过了一会儿，她撕下记事本上的这张纸，站起来，把它撕成碎片。她本想把它扔进纸篓，可是一转念，又走进了浴室。她把碎纸扔进抽水马桶，放水冲掉了。然后，她关上浴室门，脱掉浴袍进入浴池，拧开喷头。

喷头的水很冲。玛丽恩抬起头，让温热的清水冲刷掉自己这一天多来的劳顿，也冲掉她一时的莽撞与轻率。她想体体面面地重新做人，这对她来说，可是一个获得重生的机会。

她抹上肥皂，转动脖子。尽管她的眼神中仍有几分惆怅，但总的看来，她显得宽心多了。

她想都不会想到的是，关得不够严实的浴室门，这时被缓缓推开，又缓慢而谨慎地被关严了。

玛丽恩对此浑然不觉。她正背对着塑料浴帘儿，耳朵里这会儿只能听见喷头里的水流哗哗的声音。

突然，玛丽恩好像听到了什么。她转过身来。透过雾气，她看到一个黑影正在向她靠近。她吓坏了。没等她反应过来，那个黑影已经猛地一把扯开了浴帘。这是一个披头散发的女人的身躯。她举起一把寒光闪闪的大匕首，狠命地冲玛丽恩扎去。

玛丽恩吓得魂飞魄散，她本能地伸出胳膊去抵挡，鲜血马上从她的手臂上流了下来。她张大了嘴，发出绝望的呼救声。可是在这个偏僻的小旅店，没有人会听到了。

到最后，她已经什么也喊不出来了。在这疯狂的砍杀中，她全身上下挨了无数刀。她哽咽着，慢慢地靠在了浴盆边的贴了瓷砖的白墙上，瘫倒在了那里。她的身体顺着墙壁一点一点地向下滑去，最后通的一声跌进浴池里。

这一切都是在一瞬间发生的。后来，一切都寂然无声了。

喷头的水还在哗哗地喷溅着水花儿，鲜血从玛丽恩身上流出来，一股股地和喷头流出的水汇在一起，然后打着旋儿，从下水口流走了。

浴帘儿被行凶者哗地拉上了。这是一个满脸疯狂相的女人，她披头散发，像戴了一个奇形怪状的发套。

浴室的门再次被打开，然后从前门那儿发出“乒乓”作响的声音——行凶者像一阵风似的消失了。

不一会儿，从大房子的窗户里传出诺曼胆怯和失魂落魄的声音，“妈妈！噢，上帝，什么……血，血……妈妈！”

沉寂良久之后，只见诺曼从前门狂奔出来，冲向通往旅店的小径。他快步奔上游廊，面有恐惧和怯懦之色，整个人显得行色匆匆，慌慌张张。他沿着游廊，直奔玛丽恩的房间。

在浴室门口，他惊恐万状地看到了玛丽恩的尸体，吓得身子一退缩，把浴室门外墙上的一幅鸟的加框画片撞掉在地上。

玛丽恩的尸体一半儿在浴池里，一半儿在浴池外。她的头部向下垂着，碰到了地面。她头发湿漉漉的，一双眼睛瞪大了，好像到死都没弄明白为什么这样的事会发生在自己身上。她的一只胳臂软绵绵地垂下，弄湿了花砖地。

诺曼看见浴池边的瓷砖上淌着许多道细细的又黑又稠的血流，登时感到恶心，他迟缓地，几乎是小心翼翼地举起双手，捂住了自己的眼睛。这一切太惨不忍睹。他掉转脸去。

过了一会儿，他走到了窗前。他望了望斜坡上自己家那幢房子。随后，他离开窗户，坐在床沿上。他按按眼睛，想找一个摆脱困境的办法。渐渐地，他似乎想出了一个解决方案。

一但决定，他的脸上便现出平静的神色。他站起身来，走到窗前，又向外瞧了瞧，果断地关上窗户，拉严了窗帘，随后走到对着游廊的前窗，把那儿的窗帘也拉严，这才关掉卧室的灯。

他打开前门，走了出去，然后回身谨慎地关好屋门。

他沿着游廊走向办公室，进去后先按电钮，熄掉了“有空房间”的灯光招牌。随后，旅店的灯光招牌也熄灭了。最后，他关掉了办公室里面的灯。

他提出一只水桶，走出办公室，关好门，然后向四处仔细地看了看，才提着水桶和墩布，沿着游廊走进玛丽恩的房间。

他关上门，在门边站了一会儿，然后打起精神，走进了浴室。他把水桶放在花砖地上，关掉喷水龙头，敏捷熟练地摘下浴帘，把它拿进卧室，铺在紧挨着浴室门的卧室地板上。他摊开浴帘。浴帘的一端翘起靠在浴室的门框上，并伸了一点进去。这时他重新进入浴室，谨慎小心地伸出双臂，缓缓地把玛丽恩的尸体拉出浴池，拖过花砖地。

他用了很大的力气，才把玛丽恩搬到了铺展在卧室里的塑料浴帘上。摆好尸体后，他站直身子，察看着自己的双手。他看到手上斑斑的血迹，便返回浴室，走到脸盆那边，拧开水龙头，把手上的血污冲走。

他用力甩掉手上的水，然后动手打扫浴室。他先是用墩布仔细地拖洗花砖地。

拖完地面后，他用毛巾擦抹浴池边和上面的墙壁，连挂浴帘的杆子也擦拭了一遍。然后，他拿起第二块毛巾擦第二遍，仔细地把水渍擦干。最后，他冲洗墩布，用力把它拧干，并倒掉桶里的水。他又十分认真地仔细地洗净浴池，这才走进卧室。

他绕开尸体，到了桌子旁，开始在玛丽恩的手提包里找汽车钥匙。忽然，他发现钥匙在桌上。那是在他替她停靠汽车回来后，她随手搁下的地方。他拿起钥匙，穿过房间走出门去。他在门前略略停顿了一下，细心察看着四周。在确定了没有什么危险之后，便快步跨过游廊，登上玛丽恩的汽车。

他发动汽车，掉转了车头，让汽车后备厢对着游廊，尽可能地靠近玛丽恩的房门。他从车上下来，走到汽车的后备厢边，用钥匙打开它，让后备厢盖敞着，便返回小屋。

他动手用浴帘包裹玛丽恩的尸体，然后抱起她走向门口。他用脚把门撑开，让门尽量大地敞开着。然后，他快步走过游廊，轻手轻脚地把尸体放进后备厢。

他合上后备厢盖，但并未上锁，接着返回房间，把门关严并打开灯。歇了半晌儿，他闭上了眼睛，想忘掉自己正在干的事，想把一切可怕的念头都抛到脑后。好像还真奏效。他继续仔细地干了起来。

屋里亮着灯。他现在要动手收拾玛丽恩的东西。玛丽恩的东西很简单，只有浴袍、高跟鞋、风雨衣、洗澡前摘下的耳环，还有小桌上的记事本，银行存折等。他细致地把它们收在一起，然后全都塞进了手提箱。最后，他还检查了所有的抽屉和壁橱，蹲下来察看床下和衣柜里会不会有漏掉的东西。最后，他又走进浴室再次察看了一遍。一切都收拾好了，没有留下任何痕迹。

他返回卧室，仔细巡视着。他看到了玛丽恩的手提包，便把它扔进手提箱。直到他认为已经把这位小姐的所有东西都从房间清除掉了以后，脸上才现出满意的神情。他关上玛丽恩的手提箱，把它拎起来，用另一只手提起那只水桶，里面放着墩布和用过的毛巾。他走到门口，用肩膀关掉电灯，开门走了出去。

在门口时，他忽然被过路汽车的前灯晃了一眼，好像被惊了一下。过了几秒钟，他才恢复刚才镇静的状态。他走到汽车后备厢前，用脚钩起它的盖儿，然后把手提箱和水桶都扔了进去，砰地把它给关上了。

他稍歇片刻，突然意识到还没有关掉玛丽恩房内浴室的灯，便又匆匆返回房间。他走进去，拿起报纸，再次扫视了一眼浴室，确信没什么可担心的了，他这才关上灯，回到游廊上。

他再次打开行李箱，把报纸丢进去，关上厢盖儿。他绕着车尾走到前边，跳上车，开动了引擎。雨后的地面没有卷起尘土，汽车很快消失在夜幕中……

诺曼把车子开到了不见人烟的沼泽地区。

这里非常安静，只有昆虫在夜间发出恼人的噪声。

诺曼贴着沼泽边停了车。他关掉车灯，从车里出来，让车门敞开着。他望了望沼泽，看样子是拿不准这沼泽能否淹没汽车。可是他别无选择。

他把半个身子探进车里，放开紧急闸，把汽车用力向前推去。

车的前半部开始滑进沼泽。突然，不知从远处什么地方传来了低沉的发动机的颤动声。诺曼屏息静气地听着。声音越来越响，诺曼发现有一架飞机正从上空飞过。

汽车已经急速滑进去了。诺曼赶紧脱开车身，并且砰地关上了车门。他神色紧张地站在沼泽边。

头顶上飞机的吼叫声更响了，诺曼抬头，没有看到飞机。

他放宽心了，只一心一意望着汽车。这时，汽车的大半部分已经沉入了沼泽。

可是有那么一刻，它停滞在那儿，不动了。

诺曼的心悬到了嗓子眼儿。后备厢好像悬在沙子和黏土上，不肯再沉下去。诺曼六神无主，急得直咬牙。他恨不得走过去，用脚踢它。

好在汽车迟疑了一下，好像是喘了一口气，在水面上咕咕地吐出了几个水泡，然后沉下去，直到从诺曼的视线中消失。

这时，水面上发出沉闷的扑通声，随后，又冒出了几个气泡。汽车这回是完全无踪无影了，沼泽又恢复了先前的宁静。

诺曼站在那儿，终于放心了。他一低头，发现车轮的痕迹在潮湿的沼泽边非常刺眼，便马上用脚踩踩着，想蹭掉这些痕迹。

回到旅店后，诺曼站在游廊上，倚着一根柱子。他眼望着夜空，那里有群星闪烁……他的样子好像是出了神。光是从外表，又可以让人看得出他性格中异常矜持的那一面。他的样子有些漫不经心、天真无邪，仿佛只是在静静地享受夜间清凉的空气。

过了一会儿，他用一条软管接了水龙头，开始冲刷玛丽恩房间外车轮的痕迹。

终于，车轮痕迹被彻底冲刷掉了。他走到软管接龙头处，把水关掉，并拧下软管。他边走边卷起手里的软管，并从那儿经过办公室，走向通往房子的小径。

他走上小径来到小楼门前，把卷好的软管扔到草坪上，登上台阶进了房子。

在楼梯下，他踌躇一下，才慢慢走上楼去。到了二楼，他在过道上停下脚步。他母亲的房门关着，门外的一堆杂物上有血迹斑斑的衣服和一双老妇人的鞋子。诺曼弯腰，把沾有血迹的衣服和鞋子捡起来。他用那件衣服裹住鞋子，然后把它夹在腋下，向楼下走去。

到了地下室，他把那些东西烧掉了。

从凤凰城回到费厄维尔后，萨姆的心里一直是七上八下。虽然玛丽恩声称要同他一刀两断，可是他心里一直放不下她。他给她打电话，可是没有人接。他觉得有些话可能用书信的方式更容易表达心意，便在他的五金店后面房间的写字台前给心上人写信。

下面就是他所写的内容。

最亲爱的、永远正确的玛丽恩：

我坐在这个小小的后屋里，它小得容不下咱们俩。但是突然间，我觉得它能容得下咱们俩。因此，即使我们穷苦无靠，身受限制，可怜巴巴，但至少我们是快乐的！假如你仍没有回心转意，仍然想……

这时，萨姆的助手鲍勃·萨默菲尔德站在柜台后面，正在耐心地接待一位过分挑剔的中年女顾客。只见她拿着一大罐杀虫剂，边看边自言自语地说："他们告诉你杀虫剂的成分如何，它如何保证能够消灭世界上的昆虫，但是他们不说它是否会引起疼痛。照我说，不管是昆虫还是人，死亡肯定是很疼的。"

一位迷人的小姐站在了店门外。她刚从一辆出租汽车里出来就推开了店门。她态度明确，让人一望便知，她来这里是很有目的性的。她拎了一只手提包和一只短途旅行用的小包。

她是玛丽恩的姐姐莱拉·克兰。她也是金发碧眼，只是体态略比妹妹丰盈。

鲍勃·萨默菲尔德已经注意到莱拉，愉快地冲她微笑，颔首示意"即刻就来"。莱拉却走向柜台，一直盯住鲍勃。

一到柜台边，她便低声问道："你是萨姆吗？"

"你要找萨姆吗？"鲍勃问。

"萨姆·卢米斯。"

萨默菲尔德向后面喊了一声："萨姆！一位女士找你！"

莱拉望望后屋。

那位女顾客继续细看灭虫剂罐上的蝇头小字。

萨姆走到房间门口，望了望从未谋面的莱拉。他迟疑片刻，才向她走去。

莱拉审视他时表情平静，但看得出她心事重重。

萨姆问来人："什么事？"

"我可以和你说几句话吗？"

"当然……"

莱拉瞧了一眼顾客和店员，转身走到店堂前部。萨姆站了片刻才随她走去。他走近她时，她转过身，专心致志地审视他，然后开口说："我是玛丽恩的姐姐。"

"是莱拉？"萨姆对她的出现有些奇怪。

"玛丽恩在这儿吗？"莱拉问得很急促。

萨姆被她问得莫名其妙。他注意到莱拉脸上焦灼不安且含有敌意的表情，于是一边默默地观察她，一边心存疑虑地问："发生什么麻烦事儿了吗？"

"我要知道我妹妹是否在这里。"莱拉的语气不太友好。

"这儿？"

“和你待在一起。”

“哪儿？”

“我不知道在哪儿。在你的铺子里，或者在你们镇上什么地方……任何地方。”

“怎么回事？”萨姆突然意识到事态的严重性了。

“你不知道吗？”

萨姆刚要开口说话时，那位女顾客走过他们身旁，边走边带着满意的笑容说：“我所能做的，也就是希望它不疼，而且效果快！”她说“快”时颇有点儿夸张。她高兴地点点头，走出商店。

萨姆忧心忡忡地盯住莱拉。

“我怎么会知道呢？”他说，感到莫名其妙。

“从头说吧。玛丽恩在哪儿，你知道吗？”

“不知道。你也不知道？有多久啦？”

“上星期五。她下了班回家……我在特克逊度周末……我没有她的消息，连个电话也没有。”

“你以为她上这儿来找我？要是这样，她有什么理由不给你打电话呢？”

“我想她有充分的理由。”

“那么你想的是什么？我们私奔了还是干了什么？或者是我们……姘居了，还……”萨姆显然被惹火了。

“卢米斯先生，你过分急于辩解了，甚至还不知道发生了什么最严重的事。玛丽恩失踪了。”

“我想到这点了！”

“你怎么知道的？”

“一无所知。你逼得我不得不筑一道防线。”

“瞧，如果你们俩一起卷入这件事，我倒不在乎，这事与我无关……可是我要见玛丽恩。我要她告诉我她好好的，而且这事与我无关。然后我会回凤凰城，同时……”她说不下去了。她竭力抑制心头的忧虑和惊恐，可是泪水已经涌上了眼眶。

萨姆凝视她片刻，转身喊道：“鲍勃，去吃午饭吧。”

“行啊，萨姆。我带回来吃吧。”

“出去吃。”

聪明的鲍勃立刻会意，从后门走了。

萨姆走近莱拉，温柔而严肃地说：“告诉我，出了什么事？”

“啊？”

“你以为我们俩能一起干出什么事来？”

莱拉歇了一会儿，才说：“我不喜欢哭。”她拿出手绢擦眼泪。

“是的。”

“那么她为什么不来找我，为什么不给我打电话？”

“你说说玛丽恩吧。”萨姆非常认真地说。

这时，一个悄悄溜进店堂的男子分散了他们的注意力。他一言不发，径自经过萨姆和莱拉身边，走到柜台后面。他拿下一个写着“午餐休息”的牌子，返身走到门口，把牌子挂在玻璃门上，关好门，并锁上。做完这些，他才转身，对着萨姆和莱拉，双手交叉抱在胸前，很不友好地微微一笑，开口道：“咱们一起谈谈玛丽恩吧。”

“你是什么人，老兄？”萨姆没好气地问。

“米尔特·阿博加斯特，私人侦探。”说着，他又扭过头问莱拉：“她在哪儿，克兰小姐？”

“我不认识你。”莱拉斜了他一眼。

“要是你认识我，我就不可能跟踪你了。”

“你对什么感兴趣？”

“钱。”这个人倒是开门见山。

三人沉默了好半晌。

萨姆忍不住发作起来，“最好有谁能告诉我，到底出了什么事儿，快点说！我忍受不住了，况且我……”

阿博加斯特打断他说：“你的女朋友偷了四万美元。”

萨姆极度震惊。他死死盯住阿博加斯特，问了一个在这种场合下显得古怪的问题：“为什么？”

阿博加斯特淡然一笑道：“肯定是需要钱呗！”

“你说些什么呀？”萨姆又扭头问莱拉，“是怎么回事儿呀？”

“上星期五，她的老板让她到银行去存这笔钱，她没有去。从那之后，就没有人再看见过她。”

萨姆急了，说道：“会不会是出了什么意外事故？我们到医院去查查，总会有人见到过她的。”

阿博加斯特望着萨姆，不冷不热地说：“有人见到过她，总有人看见一位小姐拿着四万美元。她是你的女朋友，是吗？”

莱拉马上说："他们不是要起诉，只不过是要回这笔钱。全是现金……"

阿博加斯特用卡西迪的话纠正她："现钞付款！"

莱拉还是急着给萨姆做解释，"要是她在这儿……"

"她不在这儿！"萨姆倒是希望玛丽恩此刻能在这儿。

莱拉的神情痛苦至极。

阿博加斯特注意到了，便对莱拉说："你是凭预感到这里来的吧，克兰小姐？再没别的？他没有……给你打过电话？你妹妹本人也没打过电话？"

莱拉凄然地说："连预感也没有，只不过抱着一点儿希望。"

侦探用公事公办的口气说："核实后我可以相信你。"

"你核实不核实我不在乎，我要见到玛丽恩，在她陷得更深之前。"莱拉已心焦如焚。

萨姆问阿博加斯特："凤凰城你查过了吗？……旅店……她可能出了什么意外……抢劫……"

阿博加斯特郑重其事地说："有人看见她开着自己的汽车离开市区。我应该再说一句，正好是她的受害人见到的。"

萨姆感到茫然，说道："我不相信。莱拉，你呢？"

"是的……我……相信……他们一告诉我……"

"你应该怀疑几分钟，你是她的姐姐嘛！"

莱拉掉转脸，脸上泛起懊悔之色。

阿博加斯特用颇为同情的目光望着她，说道："我们看到某人的行为诚实时，往往会立即起疑心。我认为她在这座城市里，克兰小姐。她在这儿有一个男朋友……"他放低声音，信心十足地笑笑，接着说，"她不会回到那里去碰钉子，不过，她肯定是在这镇上的什么地方。我会找到她的。"他点点头，又走到门口，伸手取下那个"午餐休息"的牌子，送回到柜台上。然后他大大咧咧地打开门，走到街上去了。

沉默了好一会儿后，莱拉说："我只不过是相信他们对我说的每一件事。他们说，'她偷了那笔钱'，'我们不会难为她的'，'不，别让警方插手'……"

"不向警方报告，这是她老板的意见吗？"

"不是，是那个被她偷了钱的男子，他说话飞快，声音又响。我应该报警。"

"他肯定有什么不可告人的勾当，不想让警方过问——全是现钞。"

"我该报警，现在就报！"看得出莱拉是个急性子的女人。她现在已经方寸大乱了。

“别。”萨姆想制止她。

“为什么不呢，萨姆？她是不是藏在这儿？你们俩打算带着钱逃跑吗？”

“我怎么可能逃跑呢？我自己还欠着债。如果她真的偷了那笔钱——很难相信她会偷钱，因为看不出来她为什么要那样干。除非是什么怪念头，认为那笔钱能帮我……我们……”

“她连电话都没有给你打？”

“我没有看见她，也没有她的消息！相信这点吧！”

“我需要……我需要信任。我试着去相信自己不理解的事，这对我来说是第一次。”

“你生活的圈子很小。”

“不，只是我认为……任何事情都可以解释清楚。可是玛丽恩做了那样的事，我不知道应该怎样处理。”

“也许我们可以一起去处理。”

“我飞到这里来，原以为能得到一些解释，也许她正设法和我家里取得联系，谁知道呢？我还是回家的好。”她苦笑了一下。

萨姆想了一下，马上说：“我想，她如果要和什么人联系的话，她会打电话给我的。你干吗不待在这儿？她会来的，或者会打电话，待在这儿吧。”

莱拉思索良久后，对他的怀疑冰消瓦解了，便说：“你要我留在这儿？”

“她会需要咱们俩的。”

“我能……待在哪儿呢？”

萨姆活跃起来了，“这儿有第一流的旅馆。就在马路那头儿，不远。来吧。”他伸手拿起“午餐休息”的牌子，一边又说，“我们办好住宿手续后，就去杂货铺给你买份三明治。然后我们回到这里来等着。”他把那块牌子挂在门上，让莱拉先出门，自己也跟出来，然后把门带上了。

他们从商店出来，步行到旅馆。

他们进门时，阿博加斯特正从一个车行里开出一辆白色福特牌轿车。他们瞧了他一眼，他报以嘲讽的一瞥。

阿博加斯特开车走访了好几家旅店，均一无所获。

到了黄昏，他来到贝茨旅店，在办公室前的游廊上，诺曼正坐在一把摇椅里，边看书边吃零食。他背后是那所高高矗立着的房子。在朦胧的黄昏光线中，隐约可见他的母亲坐在窗前的身影。一种冥冥的不祥之感笼罩着这里的平静与安宁。

诺曼听到汽车开近的声音，便抬头观望。他看着汽车一直开到院子里来。

阿博加斯特从车上下来。他敏捷地扫视了一下这个地方，定睛望着诺曼，然后就向他这边走来。从他的举止中可以看出，他是个因公务缠身而疲惫不堪的人。他在那么短的时间里看了那么多旅店，并向那么多的旅店老板提过各种各样的关于一个失踪女子的问题。可是，一切都令他失望。可是他并不气馁。

等到阿博加斯特走到跟前，诺曼才站起身来说："我总忘记点上招牌灯，不过我们真的有空房间，十二个房间都是空的。"

阿博加斯特愉快地说："这两天我去过好些旅店，这是我第一次见到仿佛是世外桃源般的旅店。"

"我不是真想弄掉那个灯光招牌，只不过看来它没什么用处，一般说来，这是一条重要的公路。要住下吗？请。"说完，他向办公室走去。

"请坐吧。我不想麻烦你，只是想问一下……"

诺曼马上接口说："不麻烦。今天是换床单的日子。我每周换一次床单，不管用没用过——发潮，我讨厌潮味儿。"

诺曼扶着门，让阿博加斯特进去，然后自己跟在他身后。

诺曼打开顶灯，走向放床单的壁橱。他突然停下来，转身察看阿博加斯特。只见后者仍站在门边。

"你是出来住旅店的吗？"诺曼问。

"不是。"

"你说过这两天来你到过好多家，你想打听什么？"

"我在找一个失踪的人。"阿博加斯特拿出皮夹，打开了递给诺曼看，接着又说，"我叫阿博加斯特，私人侦探。正在找一个失踪了大约一周的小姐，从凤凰城来的。这是一件私事，别人会原谅她，不会找她麻烦的。"说完，他还露出一丝微笑。

诺曼非但笑不出来，还显出惊慌之色。他根本没去看阿博加斯特递过来的钱夹，虽然那上面有来人的身份证明。

"我想警察不会去搜查一个从来不会招惹麻烦的人。"诺曼谨慎地说。

"我不是警察。"

"噢。"为了掩饰不安，诺曼打开了壁橱，开始数出床单和枕套，一直背对着阿博加斯特。阿博加斯特从钱夹中取出一张照片，走向诺曼说道："我们有理由认为，她往这边来，可能在这个地区停留过。"说完，他向诺曼递过照片。

但诺曼看都没看一眼。

他接着问："她在这儿住过吗？"

"没有。这儿有好几个星期都没人来住过了。"

"在你表态之前，难道不想看一眼这张照片吗？"

"表什么态呀？你说起话来像个警察。"

"请你看看这张照片。"

诺曼潦草地对照片瞧了一眼，便又转过身去，从架子上拿起床单和枕套，抱得紧紧的，很有点提防的架势。"不。至少我认不出来。"他冷淡地说。

"她可能用了个假名字，真名叫玛丽恩·克兰，不过，她可能在这里登过记……"

诺曼没等他说完，便急急打断，"我可不会去麻烦顾客登什么记。我意思是说，现在的一切已经不是那么正规了"。看到阿博加斯特听他说话时满脸笑容，他感到轻松了些。他又自嘲地说："其实我也用不着费事儿换什么床单儿，我看是习惯难改。这倒是提醒了我……"说着，他走向墙边，打开一个开关，又解释道，"这是有空房间的牌子，只是备用而已。那天晚上我们有两个客人说，要是没有点灯，他们会以为这是一个废旧的矿区城镇或别的什么地方"。

"哦，到底还有两位客人提醒过你该点上招牌上的灯，瞧你，这么轻易就把他们抛到脑后了？"

"什么？"诺曼马上变得警觉起来。

"你刚才说这几个星期里没人来住过。现在想想看，这位小姐有没有登记过呢？习惯难改嘛。能让我查一下吗，嗯？"

诺曼没说什么。

阿博加斯特走到桌前，拿过登记簿，翻了一两页。

诺曼只是呆呆地望着这个男子。

阿博加斯特轻声哼了哼，得意地翻了一页又一页，然后高兴地说："是的，先生！玛丽·塞缪尔斯，有趣的化名。"他从口袋里拿出一张纸，放在登记簿的签名旁，一直乐滋滋地点头微笑，好像这个发现同样会使诺曼高兴。接着他又说："不知道她从哪儿想出个'玛丽'，但是'萨缪尔斯'倒是有点儿来头。她的男朋友叫萨姆。她是不是乔装了？你要不要再看看照片？"他现在一本正经地不再笑了。

"我没有对你撒谎，我只不过是记不准时间了。"

阿博加斯特走到他面前，递过照片。

诺曼这回认真地看着照片，故意装出轻松地像是想起了什么似的样子说："啊，有点儿像。那天正下雨，她的头发不像照片上这个样子，我想是淋湿了的缘故。”

阿博加斯特马上兴奋起来，“告诉我有关她的一切。”

“她来的时候已经很晚了，又湿又饿，她很累，来了就去睡觉，一早就走了。”

“有多早？”

“非常早，天刚亮。”

“哪天早上？”

“第二天早上，星期天。”

“有人来看过她吗？”

“没有。”

“或者有人和她一起来？”

“没有。”

“她没给谁打过电话？哪怕是当地电话？”

诺曼又摇摇头，“没有。”

“你没有整宿和她待在一起吧，是吗？”

“没有！当然……”听对方这么说，诺曼显得有些尴尬。

“那你怎么知道她没有打过电话呢？”

“她很累了。她说她一大早还得继续走远路……是的，现在我记得很清楚了，因为我在描绘当时的情景。当你在脑子里描绘一件事的时候，你可以记起每个细节。她坐在那里靠着……不，她是站着，手里还拿着三明治。她说她得开车赶路。”不想说出真相的诺曼有点招架不住了，说起话来有点儿结结巴巴的。

“靠在哪儿？”

“你是什么意思？”

“你说她坐在那里靠着或是站着……”

“哦，在我自己的休息室里。她饿得厉害，所以我给她弄了点儿三明治，然后她去睡觉，清早就走了。她走的时候，我连看都没看见。”

“她怎么付的账？”

“什么？”

“付现金还是支票？付房钱……”

“付现金。”

“她走了以后，再也没回来？”

“她干吗要回来？对不起，我有活儿要干。先生，要是你不在意……”

“我可在意。玉不琢，不成器！这不是琢玉。”他抓到了线索，露出点笑脸。

诺曼现出一副糊涂的样子，“我不知道你想让我知道些什么……人们来来往往……”

“她不在这里了，是吗？”

“根本不在！”

“也许我要搜查一下全部12个房间，需要搜查证吗？”

诺曼外表上尽量表现出一副无所谓的样子，其实心里很生气，“瞧，要是你不相信我，查去吧。要是你高兴，还可以帮我铺床。来吧”。

说完，他就往外走去。

给他这么一说，阿博加斯特反而拿不定主意了。他一时被这年轻人的直率给蒙住了。

诺曼沿着游廊走去，在1号客房前犹豫了一下，又向2号客房挪了半步，停下来扭回头，看看阿博加斯特有没有跟着他。

阿博加斯特已经走到走廊上，但并未尾随诺曼。他走向游廊的另一头，站在那儿，望着那所旧房子。只见楼上的窗户漆黑一片，“旅店”和“有空房间”的灯光招牌闪着怪模怪样的光。

“改变主意啦？”诺曼故意高声问道。

阿博加斯特没有回答。

诺曼放心不下，强作镇静并假装高兴地走向阿博加斯特。

“我想我长着一张令人不能不信赖的脸。”

“有人在家吗？”阿博加斯特向他示意那座旧房。

“我住在那儿。一个人。”

“有人正坐在窗户里面嘛！”

“那是我母亲。”

阿博加斯特转过身，严肃地凝视这个不说实话的人。

诺曼明白了他眼神里的意思，马上说：“她有病，不出房门。我实际上是独居。”

“假如这个玛丽恩曾经来过这里，你没有理由要窝藏她，对吗？”阿博加斯特意味深长地说。

“当然……没有必要。”诺曼的口吃加重了。

“要是她给你很多的钱呢？”

“嘿，你……”诺曼现出一副生气的样子。

“如果她对你说，要勇敢地保护她，你会不会上当受骗？你会知道她只是想利用你，你会上当吗？”阿博加斯特按照自己的思路，穷追不舍地问下去。

“我不是傻瓜！我不会被人愚弄！女人也不行！”

阿博加斯特对他的话感到奇怪，“我无意藐视你的男子气概。对不起。”

“没关系。她可能糊弄得了我，可是她糊弄不了我的母亲。”诺曼此时已乱了阵脚，想用苦笑掩饰。

“你母亲见到她了？我可以和你母亲谈谈吗？”阿博加斯特发现有另一个机会在等着他，又有些兴奋起来。

“不行。我对你说过，不能让她出来。”诺曼严词拒绝。

“就出来一会儿。她可能会提醒你一些你已经忘掉了的线索。有病的老太太是很敏锐的。来吧，我不会打搅……”

“不行！就是不行！我也和别的男人一样，忍耐有个限度，信不信由你，我的耐性已经到头儿了。我忍受不了这么多的折磨，况且我认为……”诺曼已无退路，急起来了。

阿博加斯特边走向他的汽车，边说：“好吧！如果我能和你母亲谈谈，可以省掉我跑好些腿。为这事我是否也得有一个搜查证呀？”

诺曼不予理睬。

阿博加斯特登上汽车，发动马达。

诺曼抬头端详这个人的神情，内心变得有些惊慌失措起来。只见阿博加斯特慢条斯理地倒着车。他一边瞟着那所旧房子，一边瞟着2号客房亮着灯的窗户。当他把车子拐出去时，他的车前灯把游廊照得通亮。

诺曼站在那里等他开走，脸上闪过一丝得意的微笑。

阿博加斯特并不满足，他要找到玛丽恩和那四万块钱的下落。他打算继续追问诺曼，但觉得有必要先向焦急的莱拉通报一声，便把他的车停在路边电话亭前。

他没关掉发动机，便走进电话亭。他从口袋里取出个记事本，查电话号码，并把一枚硬币塞进收款槽，然后拨号码。

听到对方拿起话筒，他说：“请找克兰小姐，她没有留下电话号码吗？……谢谢。”他挂上电话，重新拨号，等听到萨姆接电话的声音后，便问：“莱拉在吗，卢米斯先生？我是阿博加斯特。莱拉在你那儿吗？……对，一定要和她说话……莱拉吗？你看，线索不太多，但会让你感到宽心些。玛丽恩曾经到过这里，星期六晚上在贝茨旅店过夜，就在旧公路附近。这是个年轻人开的旅店，他说玛丽恩在这里过了一夜，就走了。就这些！……我没有问他，相信我。我想我已经摸到门儿了，只是想从这里找出线索……好的。可能这就是我为什么没感到完全满意的原因。他有个生病的老妈妈，是不能出门的那种。我认为她见到过玛丽恩并和她说过话，可是他不让我见她。不让爱和陌生人说话的老太太出来……也太不像话了……我想到过。可是我想，我首先还是回到那家旅店去吧……不，你待着别动，莱拉。和卢米斯在一起。我在一小时之内准能回来……好吧，莱拉，你如果知道我在想什么，会感到高兴的。我认为，我们的朋友萨姆·卢米斯完全不知道玛丽恩曾经在这儿。一小时后见，也许更早些。”

他满脸笑意地走出电话亭，登车，然后掉转了车头。

他再次开回贝茨旅店时，看到大房子里楼上的窗户和楼下门厅都亮着灯。诺曼的办公室里也亮着一盏灯。

诺曼从办公室里出来，沿着游廊走向远处的客房，胳臂上搭着床单。他走进最后一间客房，拧亮电灯。

不多一会儿，那辆白色福特轿车开进旅店，停下了。

阿博加斯特下车，径直走向办公室。他推门进去，发现办公室里空无一人，便高声喊：“贝茨！”

没人答应。

他走向休息室门口，走了进去。他环视这间布满鸟类标本的房间，突然停下。他看到小型书架旁的墙角有只老式保险箱。他走向保险箱，发现它并没上锁。他飞速扫视四周，没看到什么人，于是他打开了保险箱。

里面空无一物。他站起来走开了。他又拉开写字台抽屉，没有发现什么线索，便随手关好。他走出办公室往外瞧，看到最后一间客房透出灯光，房门洞开着。他先望望最后一间客房那边，又扭头向旧房子方向张望，然后回头看最末一间客房。没有任何动静。他决意不去惊动贝茨，便径自轻捷迅速地走向通往房子的小径。

这是一座哥特式旧房子，尖尖的屋顶笔直地插入空中。在乌云密布的夜空的衬托下，楼上的一扇窗户和楼下的门厅透出幽幽的灯光，令人感到神秘莫测。

阿博加斯特三步并作两步，登上小径台阶朝房子走去。

他迈过前廊走到门口，扶住门把站了一会儿。他沉思了一下，决定不敲门了。他径直推门进去，随手把门关好。

在门厅里站立片刻，他开始四下打量这座阒无声息的房子。正对门口的，是登上二楼的楼梯，它的左侧有一条显然是通向厨房的过道，那儿没有灯光。楼梯右侧有扇关严的房门。阿博加斯特回头瞥了一眼大门，便开始小心谨慎地踏上楼梯，眼睛盯着楼上对着楼梯口的房门。他边观察边加快脚步，在半路上，再次回头观望大门，好像担心那里会有人突然闯进来。但是，他并未停下脚步。

母亲的房门微微开着一条缝儿。

等到阿博加斯特走近平台时，卧室门突然大开，母亲快步迈出门来。只见她一脸凶相，手里高举着一把极大的刀，刀刃在昏暗的灯光下闪着寒光。

阿博加斯特还没来得及呼喊，那把刀便猛地砍向他的面颊和脖子，鲜血顿时飞溅出来。这猝不及防的袭击使他失去了重心。他往后摇晃并踉踉跄跄地退下楼梯。当他往后退时，本能地伸手去摸索楼梯的栏杆。

那把令人生畏的刀不停地朝他乱砍着。他滚下了楼梯，仰面倒在地板上。还没等他起身，贝茨太太已经追了下来。她再次举起杀人凶器，一刀一刀地朝他身上砍去……

莱拉坐在五金店后面房间里，靠近电话机。她已经在那里纹丝未动地守候整整一个小时了。

萨姆在旁边踱着步，偶尔在窗前停住，望望窗外。

莱拉身边的烟灰碟已经满了。室内浓烟弥漫，充满紧张和忧虑的气氛，要不然，可以说小屋还是很舒适的。

萨姆在窗前平静地说："有时候在星期六晚上会听到孤独的声音。你注意过吗，莱拉？"

莱拉根本没兴致闲聊。她只担心一件事，那是玛丽恩。她答非所问地说："萨姆，他说的是一个小时，或者更早些。"

"已经三个小时了。"

"咱们就干坐在这里等吗？"

萨姆情绪并不坏，高兴地说："他会回来的。咱们坚持乖乖坐着等，好吗？"

"你的好习惯真了不起，萨姆。"

"我有数不清的好习惯！你最喜欢哪种？"

"每逢我开始想到可能发生可怕的事情时，你就挺直腰杆，还有你目光里那种'上帝保佑众人'的神情使我……觉得好受些。"莱拉说的都是真心话。

"你觉得好受，我也会觉得好受些。"萨姆总是讨人喜欢的。

莱拉沉默片刻，站起来，一边问道："旧公路离这儿有多远？"

"你想要赶到那儿去？突然出现在阿博加斯特和生病的老太太面前，把她吓着了，也许会把阿博加斯特在这三个小时内干的事情全都给搞糟的。"

“你说得有理。”

“这可不明智。”

可是莱拉还是做出了决定，“我们家的人都没有耐心。萨姆，我要到那儿去！”

“阿博加斯特说……”

“一个小时，也许更早！”莱拉说得很干脆。

萨姆目不转睛地望着她，看到她真的非常焦急，便皱皱眉头，走到电话旁，拨接线员。

“有旧公路旁贝茨汽车旅店的电话吗？”

“萨姆！我们要是能去，干吗要打电话呀？”莱拉焦急地说。

“没准儿我们会和阿博加斯特在路上错过去的。”等接线员告诉他电话号码之后，他又拨旅店的号码。隐隐约约地，他听到那头的电话铃声恼人地反复响，可是没人接。

莱拉不等他放下电话，就向外走去。

萨姆赶紧在她身后喊：“可能他正往回走呢。”

莱拉还是觉得情况不妙，“萨姆，我走了”。

萨姆赶紧挂掉电话，拿起外套紧随她出去，“你找不到的”。他在半路上停下来，拉住莱拉的胳膊，恳切地说：“你留在这里。”

“为什么我不能和你一起去呢？”

“咱们留一个人在这里，说不定阿博加斯特正在路上。”

莱拉着急起来，声音也提高了：“就在这儿等着？”

萨姆温厚地笑了：“瞧你，又想到可怕的事了。没事的，待在这儿吧。”说完，他便疾步走出门去。

莱拉孤零零地站在黑洞洞的店堂里，所有的五金制品看上去都是那么的奇形怪状、阴森可怕。她原不是一个胆小的人，可是，今天晚上的一切似乎都有点儿不同寻常。

萨姆开着小货车，很轻易就找到了贝茨旅店。

在他到达的时候，除了诺曼母亲房间外，所有的灯都熄灭了。透过玻璃窗，可以看到诺曼的母亲正背向窗户，舒坦地坐在一把高背椅子上。

萨姆关掉马达，下意识地灭掉前灯，迟迟疑疑地观察着这个一片漆黑、阒无人声的地方。他跳出驾驶室，快步走向办公室，敲了敲门。他等待有人来应门时，伸头看了一眼长长的游廊和黑洞洞的客房。

可是不见有人出来。

他又再次敲门，敲得响了些。他看着走廊另一端，看到房子和唯一有灯光的窗前映出的身影。

他注视了片刻，然后高声喊着："阿博加斯特？"

站在沼泽地边上的诺曼听到了这声音。这声音隐隐约约的，可他还是听到了。他脸上马上有阴云闪过。

萨姆再次呼唤阿博加斯特的声音传了过来。

诺曼缓缓地转过身，回首眺望自己家的那座房子。他鬼鬼祟祟地低下了头。

有好一会儿，四周不再有任何动静了。

少顷，诺曼又听到萨姆嘭嘭的敲门声……

此时，萨姆的五金店内一片漆黑，只有后房透进来一点亮光。心急如焚的莱拉孤单地在黑屋子里坐等。

突然，她听到汽车刹车的声音。她马上跳了起来，从后房通过五金店的甬道一路小跑，出去迎向开着货车回来的萨姆。

萨姆走进来，和莱拉交换了一个闪电式的眼色，问她道："他没有回这儿来？"

"萨姆。"她的心揪得更紧了。

"阿博加斯特不在，贝茨也不在。只有那个老人在家，一个连门都不能应的生病老太太……或者是……不愿意应门。"他皱皱眉头，心事重重地说。

"他能到哪儿去呢？"

"没准儿是得到了一些明确线索，就直接去……"萨姆遇事往往喜欢朝好处想。

"也不给我们打个电话？"

"急得顾不上呗。"

"刚才，在没有得到明确信息时，他尚且给我打过电话。你不觉得如果他真的出了什么事，应该会来电话？"

"是的。我想他会打的。"

莱拉一言不发。

萨姆开始走向后房，在门前停下，转过身去。

莱拉仍待在门口望着大街。她感觉到他已站住，便转过身去。他们在黑暗中互相对视了片刻。

"咱们去找艾尔·钱伯斯吧。"萨姆提议说。

"他是什么人？"莱拉觉得这是个很陌生的名字。

“他是这里的副司法官。”

这回她同意和他一起去。

司法官的住处在一条黑暗、静谧、绿树浓荫的街道上。在朦胧的月色中，他们看见一所小巧的房子。

萨姆的小货车从大街开过来，停在钱伯斯司法官家门前。

萨姆和莱拉在驾驶室内默默观察这所安静的房子。

萨姆低声说：“我们的副司法官睡了。”

“那怎么办？”

“没事儿。只不过——所有的灯都灭了，肯定睡着了。”

“这就是说我们不能……”莱拉感到特别沮丧。

“不。我只是说要多等一会儿，人们讨厌半夜三更的铃声。不过我们眼下没有别的办法。来吧。”说着，他下了车，绕到另一边去搀莱拉。

莱拉已经自己下车了。

他们踏上通往门口的小径。萨姆揿铃。这铃声与其说是门铃，还不如说像救火的警铃，他们几乎被房子里猛然传出来的清脆震耳铃声给吓了一跳。

“你看我还再按一下吗？”他想挤出个笑容，可是笑不出来。

莱拉连试都不想试。

就在这会儿，楼下门厅的灯亮了。顷刻之间，长着圆脸、好脾气的钱伯斯太太毫不犹豫地打开了门。她是个身材小巧、热情爽朗的女子，身穿白色厚法兰绒睡袍，一副好客的神态。

钱伯斯太太先是开了个门缝，看到是萨姆，不免意外：“哦？”

萨姆有礼地说：“很抱歉，钱伯斯太太。我不愿打搅你……”

“你没打搅！它是个万能铃。艾尔要保证半夜里不管是谁打铃，他都能听得见。无论如何，欢迎进来！”说着，她向莱拉嫣然一笑。

她把门开得大些。萨姆和莱拉进去了。

钱伯斯家的房子不算豪华，但也比较讲究。楼下的门厅的墙纸上布满含苞欲放的玫瑰花图案。楼梯上铺着地毯，灯光璀璨。休息室的穹门边，装着一部电话。

钱伯斯太太在楼梯口仰头喊道：“艾伯特！艾尔·钱伯斯！”

萨姆正要随手带门，钱伯斯太太却示意他不用关门。只见她快步走过门厅，探身出去揿门铃。

房子里的铃声更是响成一片。

她关上门，走向楼梯，听到楼上有动静后，才止了步。

不一会儿，钱伯斯司法官走下楼梯，身穿一件和太太的睡袍相配的睡袍。他身材高大，为人一丝不苟，气宇轩昂，像雕塑模特似的。他向萨姆点点头，眼神机警，好像任何人要是在他面前说瞎话，那肯定一下子就会给他看穿。

萨姆直入主题："钱伯斯先生，我们有了一点儿麻烦事。"

钱伯斯太太客气地对莱拉说："男人们说话的时候，咱们到后面喝杯可乐吧。"

莱拉回答道："不了，谢谢。这也是我的事。"

萨姆继续说："不知道从哪儿说起。从头说吧，莱拉？"

"好吧。"

萨姆于是给司法官介绍莱拉说："她是从凤凰城来的莱拉·克兰。她到这儿来找妹妹，已经好几天了。有一位私人侦探在帮忙……唔……今天晚上我们接到这位侦探打来的电话，说他正在追踪玛丽恩……"

钱伯斯太太在一旁插嘴："玛丽恩是莱拉的妹妹？"

"是的。那位侦探跟踪到旧公路旁的那家汽车旅店……"

钱伯斯太太提醒司法官说："是贝茨旅店。"然后又对莱拉说："他的脑子像架机器，你输送的信息越多……接着说吧，萨姆。"

"他跟踪到那儿，打电话告诉我们他要询问贝茨太太……"

站在一旁的钱伯斯太太惊喜地问："诺曼有妻子啦？"

"不，是个老太太，他的母亲。"他对钱伯斯太太说完，又回过头，急促地对司法官说："这是今天傍晚时发生的事。从那以后，我们再也没见到他，也没他的消息。我去过旅店，刚回来。办公室里没有人，而……"

莱拉打断他说："你能帮帮忙吗？我觉得那儿出了岔子！"

司法官思索片刻，然后问莱拉："噢，你妹妹失踪多久啦？"

"她上星期五离开凤凰城后，一直没有音讯，直到……"

"你和这位侦探是怎么找到费厄维尔来的呢？"

萨姆直言相告："他们以为她会来找我。"

"她是单独离开凤凰城的吗？"

莱拉回答说："是的。"

司法官稍顿后又问："她逃跑时没人觉察？"

"没有。"萨姆回答说。

司法官接着问："为什么要跑？"

莱拉瞧了萨姆一眼，硬着头皮说："她偷了一些钱。"

“很多钱？”

“四万美元。”

“难道警方未能……”

萨姆打断他说：“与这件事有关的人认为，如果有人能让她退回这笔钱，他们将不向警方告发。”

司法官换了个角度，又问道：“说说那位私人侦探的事吧。他追她到贝茨那里，他给你们打电话时究竟说了些什么？”

“他说，有天晚上玛丽恩到过那里，已经离开了。”莱拉说。

“带着四万美元？”

莱拉回答道：“他没提到那笔钱。他在电话里说的事并不重要，对吧？他打算同那位母亲谈话后返回来，可是他没回来！这是我来求你帮忙的原因！”说着，她又着起急来了。

“怎么个帮法？”

莱拉可是心直口快，“到那儿去！找人查问一下！……很抱歉，看来我过分着急了。我总是在想……有些事不对头。我必须知道出了什么事！”

司法官也如实相告：“我也认为是不大对头，不过和你想的不是一回事儿。我认为你的私人侦探有问题。先别反驳，我认为他摸到了重要的线索，例如你妹妹的去向——可能是从诺曼·贝茨那里知道的——然后打电话把你们稳住，他却去跟踪她和那笔钱。”

莱拉对私人侦探从没起过疑心，于是回话说：“他说他对自己的进展状况并不满意，而且说好要回来。”

听了他们这些对话，钱伯斯太太觉得可以出主意了，便对司法官说：“干吗不打个电话给诺曼，让他说说出了什么事。如果他真的告诉那个人一条重要线索，而那个人溜了……这样会让这位小姐感到安心些，艾伯特。”

“现在打？”

萨姆说：“我刚到那儿的时候他没在家。如果他回家的话，现在可能还没睡下。”

司法官却说：“你去的时候，他并没有外出，他只是和有的人一样，半夜里不愿意出来。这个家伙过得像个隐士。”

钱伯斯太太补了一句：“说得好听点，是个遁世者。”

司法官对萨姆说：“你一定记得那儿生意萧条的景况。大约十年前……”

莱拉又等不及了，打断了司法官的话开口说：“好吧！现在打电话！至少得打个电话！”

钱伯斯太太很是善解人意，她走向电话，拨接线员的号码。接通了以后，钱伯斯太太对接线员说：“弗洛莉，司法官让你接贝茨旅店的电话。”说罢，她把听筒递给司法官。

他勉强接过来，听着对方模糊的铃声。

片刻之后，司法官对话筒说：“是诺曼吗？我是钱伯斯司法官……很好，谢谢。听我说，我们这里出了点儿麻烦事。今天晚上你那里是不是去过一个男的？哦，这无论如何不是顾客，一个私人侦探，名叫……”

钱伯斯太太在一旁提醒他：“阿博加斯特。”

司法官接着说：“阿博加斯特……他走了以后呢？……不，没事，诺曼。你那儿的生意怎么样啊？……啊，我想你该把那个地方卖掉，到公路边开一家小一些的。你要知道……可是……很抱歉，把你吵起来，朋友。回去睡吧。好的，很乐意。”

他挂上电话，扭头对钱伯斯太太说：“他问候你。”

萨姆颇不满意：“就这些吗？”

“这位侦探已经走了。诺曼告诉他那位小姐的情况，侦探向他道了谢，然后马上就走掉了。”

莱拉不相信：“他再没回去？没去见他母亲吗？”

司法官久久望着莱拉，同情地摇摇头：“你发现你妹妹跑掉之后，应当立即给警方打电话。你不该去找私人侦探，用一些你根本不了解的人。”

莱拉还是不大服气：“这又有什么不同？”

司法官说：“你的侦探对你当面说瞎话。”

颇有同情心的钱伯斯太太也附和说：“真可耻。”

司法官还是按自己的思路去说服莱拉：“他对你说他不能立刻回来，是因为他要询问诺曼的母亲，对吗？”

“对的。”

司法官用非常平静的口气说出了一个让莱拉和萨姆大吃一惊的事实：“诺曼·贝茨的母亲十年前就死了，埋在青草地公墓！”

大家都怔住了，沉寂了许久。

大惑不解的萨姆和莱拉盯着司法官。

钱伯斯太太补充说：“是我帮诺曼挑选的她下葬的衣服。长春花蓝色的。”

司法官接着说：“这不仅在地区历史，萨姆，这也是费厄维尔地方志上唯一的一件谋杀与自杀案！贝茨太太毒死了与她有关系的男子，她发现他已有妻室，然后用同样的东西自杀了。死得好惨。”

钱伯斯太太接着补充说：“诺曼发现他们双双死在床上。”

萨姆还是没太明白，问道：“你的意思是，我看见坐在窗前的那个老太太不是诺曼·贝茨的母亲？”

钱伯斯太太忽然满怀希望，高兴地说：“可能你见到的是玛丽恩！”

萨姆摇摇头，断然说：“我能分得清是玛丽恩还是老太太。”

司法官觉得有什么地方不对头，他问道：“现在等等，萨姆，你肯定自己看到的是一个老太太？”

萨姆点点头，“是的！在旅店后面的房子里。我在那儿又敲门又叫喊，可是她就是不答理”。

“而你却告诉我你看见诺曼·贝茨的母亲。”

莱拉赶紧支持萨姆的说法：“肯定是那么回事儿。阿博加斯特也是这么说的。他说那个年轻人不让他去见她，说她有病！”

司法官定睛瞪住他们俩，当他终于开口说话时，声调里暗含嘲讽的意味：“好吧，如果楼上那个女人是贝茨太太的话，埋在青草地公墓里的那个女人是谁呢？”

这天晚上他们没想出什么好主意，大家在那里各按各的思路来猜测。可是真情究竟是怎样，那就谁也说不上来了。

诺曼接过电话后，呆坐在昏暗中，心里很不踏实。

司法官出面打听阿博加斯特，这件事让他很焦躁。他必须干点什么。他身边是电话，他的手仍挨着电话，仿佛他挂断电话后挪不开手了似的。

他抬起头，凝视着悬在台灯罩上的那只百舌鸟，脸上慢慢现出刚毅果断的表情。他嚯地站起来，急步夺门而出。出门之前，他伸手想去熄掉台灯，结果把那只鸟碰掉了。他望着它掉下来，却没有伸手去接住它。

鸟咚的一声坠地，标本里面的锯末撒了出来。

他伤心地瞧了一下，忙俯身去收拾地上的锯末，把它塞进脱线的缝里。随后，他捡起那只鸟，把它放进抽屉。做完这件事，他才又关掉灯，穿过黑洞洞的办公室，走到了外面。

他走出游廊，踏上小径，直奔房子。

开门进屋之后，他快步上楼，在他母亲房前稍停片刻，然后开门进去，让门大敞着。

过了一会儿，屋里传出诺曼低沉而平静的声音，但是听不清他在说些什么。然后，是他母亲突然爆发出的冷酷的嘲笑声。

“对不起，孩子！可是你向我发命令时真是显得荒唐透顶！”

“求求你，妈妈……”诺曼的声音越来越可怜。

可是母亲的声音依旧犀利，而且毫无笑意：“不！我不要藏在小地窖里！你以为我疯了，呃？我就待在这儿！这是我的房间，谁也不能把我拉出去……就是我那浑蛋儿子也不行！”她的声音严厉，冷酷，毫不留情。

诺曼也提高了嗓门，显然是着急了：“他们现在可全都来了，妈妈。他跟踪那个姑娘，现在有人要追她！你以为会待多久？妈妈，求求你，就待几天，我只是不想让他们发现你！”

母亲又开始学他的腔调了：“就待几天……”接着，她愤怒地吼叫起来，“在那个潮湿的小地窖里？我不去！你已经把我藏在那儿一回了，儿子，你不能再这么干！再也不能！现在滚开！我叫你滚开，儿子！诺曼！你以为你在干什么？别碰我！别！诺曼！”她停了一下，随后以哄骗的口吻说：“好吧，儿子，把我放下来，我去，我自己走着去。我可以自己走，不是吗？”说完，她开始哈哈大笑，声音可怕，令人从心底里感到恶心。

“我抱你下去，妈妈。”说着，诺曼从房间里出来了。只见他抱着自己的母亲，她的头搭在他的肩后。他抱她下楼梯，沿着楼下的平台走到地窖的台阶，然后下台阶进到了地下室。

这是一个多云的上午，但人人面带笑容。

费厄维尔长老会教堂礼拜仪式刚结束。人们从教堂里涌出来，向各处分散而去。人们脸上都略带一点“我上过教堂，沾了灵光”那种喜气洋洋的表情，看上去心满意足，平静而安定。

萨姆和莱拉在人群中等着找人，他们的脸上可没有满足和安定的神气。莱拉的模样好像是一宿没睡，形容憔悴。

这时，萨姆突然警觉起来。他挽起莱拉的胳膊，匆匆往教堂走去。他们走到司法官和钱伯斯太太跟前，停下了脚步。

司法官不无怜惜地望着莱拉。

穿着节日服装的钱伯斯太太笑容可掬。

萨姆直截了当地提出要求：“我们想，要是你们不介意的话，我们要和你们一起去那家旅店。”

钱伯斯太太笑着说："他已经去过了。"

司法官平静地说："做礼拜前就去过了。"

钱伯斯太太问："你们二位吃过早饭了吗？"

萨姆对司法官说："这么说……你没有发现什么情况。"

"没有。来，咱们让开这条道。"他朝一边走开，另外几个人跟随在他身后。他们走到马路边。

莱拉着急地问："你问起关于我妹妹的事了吗？"

"也就是他对你的侦探说过的那些事。她用了一个假名，我亲自过目了。我也看了全部地方，那小伙子单独过日子。"

"没有母亲？"萨姆马上问。

"你一定是看到了幻象，萨姆。啊，我知道你不是那种有幻觉的人，可是那里没有女人。我不相信鬼魂，就这么回事！"司法官的口气很自信。

莱拉心有不甘地说："我仍然觉得……"她有些说不下去了。

司法官看了她一眼，同情地说："看得出来，很抱歉，我不能令你安心些。你今天下午到我办公室里来报一个失踪，还有那件盗窃案。这就是你该做的事！你越早依靠法律，你就越早有希望找到你妹妹。这样做好吗？"依法办事是他的本行，他这番话让所有的人都觉得这是理所当然的。

可莱拉仍倔犟地说："我不知道。"

好客的钱伯斯太太说："今天是星期天，吃晚饭的时候到我家里来写报告。写得好一些。你也来，萨姆。"她眉开眼笑地说着，好像是邀请他们去参加当年的慈善舞会似的。说完，她挽起司法官的胳膊，走开了。

司法官走开时向他们点了点头。

现在，萨姆和莱拉孤零零地站在教堂前。他们在那儿愣了好一会儿，脸色成了和死气沉沉的天空相差无几的颜色。

萨姆呆呆地说："也许我是看到了幻象？"

"不会的。"莱拉给他打气说。

萨姆挽起她的胳膊，他们一起走向马路那头儿萨姆停靠小货车的地方。

"要我送你到那家旅馆吗？要不然就到店里去。"

莱拉没回答。

他们到了小货车前，萨姆搀她上车时，她双眼直勾勾地望着他，说出心里最后的想法：

"除非我亲自到那儿去，萨姆，不然总是感到不踏实。"

“我也有同感。”

他快步绕过小货车，登上司机座，把车子开走了。

开始他们谁也没说话，萨姆两眼紧盯住路面。莱拉的眼神里除了她内心的不安之外，空无一物。她忧心忡忡地说：“萨姆，我拿不准咱们能不能再见到玛丽恩了。”

萨姆的内心里也有这份担忧，但是他想尽量宽慰莱拉，只好说：“我们当然还能见到她，你别再胡思乱想了。”

莱拉闷闷地说了句：“她还活着。”她在为自己鼓劲。

萨姆想说点儿诙谐的话，说点让她高兴的事，可是他此刻一点心思也没有，什么话也没有说。

“我和玛丽恩从小生活在一起，一天早上醒来，发现我们已经成了孤儿，玛丽恩便不去上大学。她找了个工作，只有这样，我才能上大学。”莱拉心里一分钟也放不下唯一的妹妹玛丽恩。

“你在哪儿上的大学？”

“我没心思上学，我也找了份工作。我常常怀疑，是不是因为我没让她为我做出牺牲而伤过她的心？有的人非常愿意为你受苦，要是你不同意，他们会更难过。”一想到过去，莱拉就会从心底里感到难受。

萨姆自言自语地说：“她愿意舔邮票。”其实在他的心里，何尝不是每分每秒都在想他最爱的姑娘。

莱拉好奇地望着他，非常想追究他的意思，便往下说：“我现在回想，觉得她有许多事都叫人猜不透，她为什么从来没有对我提起过你？真怪，当你认为事事都该有个答案时，你还以为什么事都是解释得通的。”

“我们打算结婚，并且正在准备结婚。”

“你知道我是怎么发现你的吗？我发现了你的一封信——信写得很好，萨姆。”

“这就是那条旧公路了。”萨姆指给莱拉说。

可是莱拉还沉浸在刚才的话题里，“我想，当你能够娶她的时候，她会向我介绍你的，一切都会是光明正大而且体体面面。她过去总是想把事情办得体体面面的”。

“注意你说话的时态！”

“哦？”莱拉没注意她用的时态暗示说玛丽恩已经不在了。

萨姆改正说：“她一直都想把事情办得体体面面的。”

他把车子停下来，叹了一口气，随手点了支香烟。

莱拉不明白他的用意，着急地望着他，问道："你打算在这儿等着我？"

"我和你一起去。但是我们最好先商量好，我们进去说些什么，干些什么……"

"咱们去登记住下。最好是扮作夫妻，这样我们就会被带进一间客房，然后我们里里外外把所有地方都搜查遍。"她的主意听起来真不错。

"你不会相信，这……这是我第一次玩这种夫妻住宿的把戏。"萨姆微笑着说。

"我相信。"几个小时以来，莱拉第一次有了点儿笑容。她对萨姆有了更多了解。

贝茨旅店里阒无一人，静谧无声。房子在层云密布的天空的衬托下，显得格外清爽。

萨姆的小货车拐上车道停住了。

不多一会儿，萨姆和莱拉下了车。他们在小货车旁的游廊边会合，观察着旅店办公室和那一排房子以及远处那幢小楼。

窗户里没有人影，遮阳帘也拉严了。

萨姆走向办公室，朝里望了望。他敲敲门，推门入内。

莱拉还待在货车旁的车道上。

他们两人的一举一动，被躲在大房子二楼窗帘后的诺曼看得一清二楚。他用奇异的目光审视着莱拉孤单的身影。看到她正站在货车旁，抬起头朝自己这边看过来。诺曼仔细地瞧着她。

他害怕与她的目光相遇，便拉好窗帘，转过身去。他变得有些忐忑不安起来，心里顿生狐疑，脸上也闪过惊惶之色。阵阵疯癫的波涛涌上他的心头，他想奋力抑制自己。

萨姆这时走出空无一人的办公室，来到莱拉身边。他下意识地对莱拉悄悄细语道："不知道诺曼·贝茨隐居到哪儿去了。"

"那扇窗户里有人。我看见窗帘动了。"莱拉是个细心人。

萨姆挽起莱拉的胳膊，"来吧"。

他们一起走向通往楼房的小径。当他们拐过办公室时，猛地看见诺曼正在小径上，迎着他们走过来。

他们站住了。

诺曼也站住了。他面无笑容，也没开腔说话，往日待客的友好态度都无影无踪了，只有陌生和冷淡。

萨姆倒好像见到老朋友似的，用一副神采飞扬的口气说："下面没有人。我们刚要上去打铃找你呢。"

诺曼没有理会萨姆的笑脸，继续一边往前走，一边说："我想你们是想要个房间吧。"

"我们原来是想直接去旧金山的，可是，我们不喜欢这种天气，好像要变天了，是吧？"萨姆看起来很有城府。

诺曼走过萨姆，丢给他一个已经看穿他没说老实话的不信任的眼色，径自登上游廊，进了办公室。

萨姆和莱拉尾随而入。

诺曼走到柜台后面，二话没说，便从钥匙板上取下第12号客房钥匙。

此时萨姆和莱拉已经进来，快到柜台前了。

诺曼直截了当地说："我领你们去。"

萨姆拿出一副公事公办的模样，大声说："我们还是先登记的好，我们还没登记吧？"他细看柜台，好像是寻找登记簿。

"没必要了吧。"

"呃，呃！我的老板要付这次旅行的费用——百分之九十是为了公事——他要正式的收据。我最好登个记，然后要一张收据。"萨姆的语调里毫无恶意，只有开朗和坦诚。

诺曼瞪着萨姆，仿佛想对他嚷嚷，说他是个骗子。可是他克制住了自己，并没有这么干。他从柜台下面拿出登记簿。

在这简短的两三分钟里，闲着的莱拉一直在用那双明亮的大眼睛逐一审视这间小小办公室的一切，包括钥匙牌，墙上挂的画，桌上的铃，柜上的灯，等等。

这时她凑近柜台。在萨姆登记时，她细细察看着登记簿。

萨姆慢慢地写上了"约翰逊先生和太太"几个字，同时清晰地看到，在他的签名往上数第三个人，签着的是"玛丽·萨缪尔斯"名字和城市名。他立刻确认，这是玛丽恩的笔迹。他看到后面注明的是1号房间。

萨姆登记完，合上登记簿，把它递给诺曼。诺曼没有接，而是急匆匆地从柜台后面走出来，说道："我去拿你们的行李。"

萨姆干巴巴地说："没有行李。"

诺曼瞟了他一眼，说："那我领你们去客房。"他走向门口时，萨姆哈哈大笑。诺曼立刻止住步子，回头望着他。

萨姆开玩笑似的对莱拉说："我第一次见到这种事，在这个国家里没带行李住店，还要先付款。”他笑眯眯地从口袋里拿出一张钞票。

诺曼冷冰冰地说：“十块钱。”然后回过身来，收下萨姆递过来的钞票，打算再往外走。

“收据呢？”萨姆问。

诺曼十分勉强地回到柜台后，取下第12号客房钥匙，在柜台下面的抽屉里拿出收据本，开始写起来。

急性子的莱拉走到柜台前，拿起那把钥匙，就扭头快步往外走去。她一边走一边对萨姆说了一声：“我先去了。”

诺曼抬头，用奇怪的眼光一直目送她走出门外。

莱拉顺着游廊走，在1号客房前稍稍停了片刻。她伸手试了试门，发现它没上锁。她听到萨姆和诺曼从办公室出来的脚步声，便立即关上门，继续沿着游廊向前走去。

萨姆则表现得没有这么鲁莽。出了办公室，他就对身后的诺曼客气地说：“不用麻烦你了，我们能找到的。”他一直往前走，快步追上莱拉。这时她正好走到了12号客房门前。

诺曼依然站在办公室门口，若有所思地目送着萨姆和莱拉。他的神色依然警惕，但不再冷漠无情了。

他待了一会儿，等他们关上门后，才走向小货车。他研究着这辆小货车，从司机的窗户探身进去，翻动登记牌，仔细地看着。这上面有萨姆·卢米斯的真名和地址。诺曼抽回身子，再次望望12号客房，然后望望那所旧房子。

他的怀疑得到了证实。

现在，他脸上显露出如释重负的松弛神色。他意志坚定地吸了一口气，转过身，大步流星地走过小径，登上房子前廊，打开门走了进去。

莱拉站在客房的后窗，朝外引颈眺望着那所老房子。可是，从这间客房的窗户一点儿也看不见。

她转过身来，既沮丧又焦急。

萨姆站在床边，望着平展展的床罩，凄楚地紧锁着双眉。

莱拉开口说：“我们该要1号客房，玛丽恩住过的那间。”

萨姆却说：“我倒高兴我们没要那个房间。”他是不忍心看玛丽恩可能遇到不测的现场。他移开视线，走到桌前，伤心地坐下来，点了一支烟。

莱拉望了他一小会儿，立刻产生了怜悯之心。她走过去，坐到床边，再次转过脸望着萨姆的背影说道："我们必须去那间客房搜查一下，萨姆，不管我们看到什么，也不管可能会多么痛苦，我们都得这么做。"

"我明白。你认为如果发生了什么，会是在那边发生的吗？"

"萨姆，如果你有一家这样没生意的旅店——可能连卖都卖不掉——你想到别的地方另做一个新的生意时，需要什么呢？四万美元？"她的分析是合乎情理的，可是，任何人都没想到过，那桩命案和金钱根本无关。诺曼根本没看到那四万美元。

萨姆无可奈何地笑了笑，说："我们怎么能证明，啊，如果他在新公路旁开一家新旅店……就说从现在起一年……"

"现在肯定会有物证！有某些可以证明他从玛丽恩那里弄走那笔钱的东西——用某种手段！"

"你怎么能说得那么肯定？"

"阿博加斯特！萨姆，他喜欢我——或者怜惜我——他开始觉得你也是这样。我从他打电话给我的语气中听得出来……有关怀之意。他不会跑到别处去，或者不跟我们打声招呼就做什么事儿。除非他被人挡住。他是被人挡住了，所以他肯定已经找到了什么东西！"

萨姆细想片刻，点头表示她言之有理。他站起来，决心已定地说："那么我们从1号客房开始。"

他走到门口，先打开一条缝儿往外窥视着，然后回头对莱拉说："如果他看见我们，我们就说要透透空气。"

莱拉走到门边时，他周到地扶着门，让她先出去。萨姆随后关上门，牵着莱拉的手，他们双双沿着走廊，朝1号客房走去。他们在1号客房门前稍作停顿。萨姆示意莱拉静待片刻，然后他走到办公室，打开门喊道："贝茨？"

他等着，没人回答。他走进去，旋即便出来了。他关上门，来到莱拉面前。

这时，性急的莱拉已经推开1号客房的门，开始往里走了。

房子里光线很暗。遮阳帘拉得严严实实的，所以室内几乎和夜间一样黑。

萨姆随着莱拉入内，带上了门。片刻之间，他们只是凝视这个房间，仿佛希望它能告诉他们一点令人满意的情节。

随后，他们蹑手蹑脚地开始摸黑搜查，彻底查遍所有的抽屉、壁橱、桌子、床底和黑暗的角落。他们自己也不知道想要找到什么，然而他们期望能找到点儿东西。

莱拉发现屋里还有一个门，打开门才知道，那是浴室。

她走了进去。

这个没窗户的房间非常黑。她打开灯，萨姆也向浴室走去，几乎是跟着莱拉的后脚进去的。当他发现这是个什么地方时，便自动收住脚步，退了出来，赶忙说："对不起。"

莱拉没太在乎，只是说："这里干净得像医院。"

"什么？"

"看这里多干净。我们客房里的浴室也挺干净的，可是这里简直像是无菌病房子。"

萨姆也走进去，并且打量着四周。他点头表示同意。

莱拉查看药柜，里面除了一只杯子和两小块肥皂外，一无所有。萨姆倚在门框上，察看浴池和上面的喷水管。他仍在凝视，突然之间，他的注意力更集中了，好像被什么不对头而他又无法掌握的事分了心。他接着察看挂浴帘的杆子，发现没有浴帘。

他皱起眉头正想开腔，莱拉打断了他。

他转过身，看到莱拉正蹲在马桶边，她的右手食指尖上粘着一小片湿纸。她把它举到灯光下看了看。

"这是什么？"

"一小块碎纸片，没把这个冲掉。这是在计算数目，有人把它撕了想扔掉，从四万……加上或者减掉什么数……"她向萨姆伸出手指。

萨姆取下她指尖上的小纸片，看了一下，把它塞进他的皮夹里，放回口袋。

莱拉认真地说："这是玛丽恩到过这里的物证！"

萨姆提醒她说："贝茨从来没有否认玛丽恩来过这里。"

"噢，是的。不过这可能证明贝茨发现了那笔钱。"她还是很关注那笔钱。

"咱们可以直截了当地问他，他把钱藏在哪儿了。"

"萨姆，那个老太太，不管她是谁，我认为她告诉了阿博加斯特一点情况！我想让她也告诉我们那些事。"她走出浴室，萨姆拉住她的胳膊阻止了她。

"你不能到上面去。"

"为什么不行？"

"贝茨。"

"我们去找他，我们俩一个人去缠住他，另一个人去找那个女人。"莱拉有最安全的手段。

"如果他不想被缠住的话，你就缠不住他。我也不愿意让你单独走进那座房子，莱拉。”萨姆非常不放心。

“我想我能对付一个生病的老太太。”

她认为自己能对付老太太，可是万万没想到的是，更难对付的是诺曼。此时，诺曼又故伎重演，他透过墙上的洞，窥视到萨姆和莱拉在1号客房里的一举一动。

萨姆觉得莱拉有理，便说：“好吧，我去找贝茨，缠住他，至少得试一试。”

莱拉这时打算走出去，萨姆拦住了她，嘱咐她说：“等一会儿。如果你从他母亲那里探听出点儿什么，你能找到回镇上去的路吗？”看到莱拉点头表示能，他才感到放心了，便说：“如果你听到什么，不用留下来告诉我。”

莱拉急促地点了点头。萨姆比她抢先到了门口。他打开一条门缝儿，朝外扫了一眼，然后又把门开大了一点儿，刚好能容莱拉和自己溜出去。

莱拉出门转向左面，径直走向12号客房。

萨姆在门口稍候，转向右面小径。他经过办公室时，看到诺曼正好站在敞开的门内，不禁大为诧异。

诺曼尽量用正常声音问：“找我吗？”

萨姆点了点头，“是的，真的是找你。妻子要睡午觉，我从来做不到不出一点儿声，所以我想，我还是来找你聊聊天儿”。他尽量友好地笑笑。

“对你们的房间满意吗？”

“好极了。”

萨姆举步到办公室，就在进门之前，他用眼梢瞄了一眼游廊的那头，瞥见莱拉站在12号客房门外，便给她做了一个“解除警报”的手势。

莱拉目送萨姆进入办公室，直到听见关门声，她才开始寻找另一条通往房子的路。

她在呈拐把形的客房尽头发现了一条夹道，便往那儿走去。这个陌生又有点恐怖的环境让她有点犹犹豫豫的。她边走边朝前张望。她前面的老房子矗立着，背后是多云的天空。

莱拉走过诺曼休息室的背面墙，朝四下里悄悄看了一眼，又继续往前走。

房子虽旧，但前廊和门脸都还保持得相当好，看得出是有人仔细照料的。莱拉在房前站住，仰望片刻，扭头观望了一下客房那边的动静，下定最后的决心，拾级走上前廊。

她在大门口站住，径自伸手推开门，进入门厅后，马上就把门给关上了。她在门旁稍候，侧耳细听，没有听到任何声音。她仔细观察门厅，这里的设计简朴无华，窗上都挂着双层窗帘，显得干净整齐。

她扭过头，看见经过门厅向右，是饭厅，左边通向客厅，门厅尽头是厨房，门敞开着，里面没有动静。她注意到通向地下室的阶梯，看了它一眼，便抬头观察通向二楼的楼梯。

她向前迈了几步，仿佛要去察看客厅和饭厅，但是她马上改变了主意，径直登上楼梯。虽然楼梯上有地毯，但她还是尽量放轻了脚步，以免吓着有病的老太太，但旧楼梯木板还是发出吱吱嘎嘎的响声。她加倍小心地往上走，走到楼梯顶端时，稍稍歇了一下。

在她右侧的房门是关严的，左侧的另一扇门却是半开半掩的，正对着她的第三扇门也是关着的。她用了好一会儿，判断哪个房间里的窗户对着前院，最后断定是右侧那个房间。

她走过去，轻轻敲门，同时柔声细气地叫了声："贝茨太太？" 喊了两声，还是没人答理。她便轻轻推开门，站在门口打量着这个房间。她感到有些紧张，浑身冒着凉气。她的表情显示出她巴不得马上关上门，并永远离开这个房间。可惜她别无选择，只得硬着头皮走了进去。

房间内装饰华丽，桃花木的家具，显得厚实，温暖又舒适。不成套的家具和上个世纪的小摆设纵横杂陈。墙边有一只干净的洗脸池，自来水龙头的开关还是带花饰的。屋子靠墙处有一张桃花木的双人床；梳妆台十分华丽，上面铺着带荷叶边的缎罩；一只大五斗柜，正对着门有个有门的衣柜，上面有椭圆形的全身穿衣镜；一顶缎子软帽，窗前有一把配着垫子的扶手椅；一个白色大理石壁炉，炉膛里没有火但有厚厚的灰烬。

这个房间无疑是有人住的，虽然眼下没有人，但是，显然在不久前还有一个人在这里待过。莱拉望着那张床。床上的东西凌乱不堪，锦缎床罩已揭开，有一个人形的压痕。

莱拉盯视片刻，忍不住伸手去摸了摸，似乎想测度一下刚走开的人的温度。她走到梳妆台前，那上面凌乱地放着盛化妆品和冷霜等的瓶子和盒子，有刚施过粉的痕迹，一只未盖盖儿的瓶子，也许是香水瓶，一把粘着头发的刷子，还有一个双手交叠的模型，显然是一双丰满的妇人的玉手，上面涂了金粉。

莱拉继续移步，在穿衣镜前照了一下，不禁吓了一跳。她转身走到五斗柜前，差点要拉开一只抽屉，眼角瞥见那只穿衣柜，便又犹犹豫豫地走向那儿。她打开柜门，看到里面挂着鲜艳、干净、细心熨烫过的妇人衣服。莱拉打开另一扇柜门，那里挂着大衣、衫裙和长袍，都没有做防蛀处理，有几只贮存箱，还有一条仔细刷过的狐狸皮领。衣柜的地上摆着一溜干净、上过油的皮鞋。

莱拉看了看，随手关好柜门，转身再次扫视整个房间后，才悄悄地走了出去。

莱拉走出这个房间，随手带上门。她望了望楼梯下面，然后穿过了楼厅，走到半掩着门的房间。

屋子里的遮阳帘全部拉严了，房间里很黑。莱拉在门口略略迟疑，才走了进去，在墙上摸到电灯开关。她打开灯，先是站在门洞观察这个房间，立刻感到恶心和沮丧。

这间屋子和老太太干净整齐的房间毫不般配，而且房间稀奇古怪，像孩童的梦境。她好奇地走了进去。

这是个小房间，墙上涂着很多调皮的图画。屋子里的地板上随处扔着陈旧的玩具。床很小，远远装不下诺曼的身量，然而，凌乱的床单、不大干净的被子都表明诺曼就是睡在这儿的。床边有一个老式的玩具箱，箱盖上有一盏鸟笼式样的台灯、一本平装书，还有一只积满烟蒂和烟灰的烟灰缸。

在一个孩子用的衣架上，挂着一件成年人的衬衣，显然是诺曼的。墙边有一只窄小的高书架，摆满了供成年人阅读的厚本书。在带有白色抽屉的小柜上，有一架旧的小孩儿用的留声机，转盘敞着，上面放着唱片，近看是贝多芬的《英雄》交响曲。

莱拉研究着这个房间，既惊讶又反感。她望望书架，走进房间，从书架上抽出一本厚而大的平装书。她翻开书，吓得瞪圆了眼睛。这是令人恶心的书。她砰地合上书，把它放下。她心烦意乱，几乎恶心得要吐，没有想到关灯，便走出了诺曼的房间。

她看见楼梯对面还有另一扇门，便走过去，推开门，发现那是浴室，便又把门关上了。

莱拉一无所获，悻悻然地站在楼梯顶端，希望能听到一点儿人声，希望躲在什么地方的贝茨太太能发出什么声音。

可是她什么也没听到。她有些失望，开始沮丧地走下楼来。

莱拉在上面时，萨姆正想方设法把诺曼堵在办公室。

萨姆故作悠闲地坐进诺曼示意他坐的唯一的沙发。

诺曼站在柜台后面，凝视着萨姆，自己则是一副防卫的架势，好像柜台是一堵防御工事，能抵挡来自于外界的威胁。

萨姆神采奕奕地，好像是有意沉默之后才慢腾腾地开口说道："似乎总是我在讲话，是吗？"

“是的。”诺曼冷冷地说。

“我总以为，孤独的人一旦有机会便会说个没完。然而你老是听！你一个人住在这儿，是吗？换了我是会被逼疯的！”

诺曼沉吟一下才说：“这种反应有点极端了，不是吗？”

萨姆轻松地说：“不过是说说而已。我刚才的意思是，我宁愿干什么都行，只要能离开这里。你愿意吗？”他这样说，口气极为认真。这时他站起来，走到柜台旁，继续说：“我的意思不是说你是否满意。我想，你假如看到有机会能离开这里，你完全可以卖掉这个地方……”

诺曼突然之间发起火来，激动地说：“这个地方！这是仅存的‘一个地方’，这是我唯一的天地。我在后面那房子里长大，以前我是个快乐的孩子，我母亲和我……我们那时还不止是快乐。”由于激动，他的声音都有些发颤了。

“这么说，现在你的母亲死了？”

诺曼向他飞速投去一个嫌恶的眼色：“我母亲没有死！”

“我没想到。”萨姆做出感到意外的样子，态度很温和。

柜台后面的诺曼靠到墙上，表示了对客人的厌烦。

萨姆身子微向前倾，眼睛死死盯住诺曼的脸。

此时，诺曼的脸在绝望中变得扭曲。

萨姆施压道：“你在害怕。是我说了什么可怕的事吗？”

“我不知道你说了些什么。”

“我是说你的母亲——说到你的旅店，你有什么打算呀？”

“干什么？”

“买一个新的！在一个新的城镇！在那儿你不用把母亲藏起来！”

“住嘴！”诺曼吼叫起来，他不许别人提到他的母亲。

“你从哪儿弄钱办这件事呀，贝茨？也许你已经弄到钱了，储存了……一大笔钱……”

“你走开！”诺曼几乎是恶狠狠地说。

“四万美元！”

“走开！”

现在，诺曼几乎要发疯了。他飞速转过身，冲进他自己的休息室。

萨姆快步走过柜台，跟在他身后。

诺曼听到萨姆跟着他，想跑开。他再也不想让这个男人靠近他了。他穿过这个房间，走到了后窗前，仿佛能从这里飞出去似的。

萨姆走进房间后站住了。

诺曼转过身来，背靠着窗户，就像那些关着的飞不出去的鸟类标本一样。

萨姆看到这些鸟时，脸上略现惊奇之色，但继续严厉盯住诺曼，严厉地说："我敢打赌，你知道那笔钱藏在哪儿。你是怎样弄到的，我想她会告诉我们的。"萨姆胸有成竹、充满信心的声调使诺曼增加了新的惶惑与警惕。他扭过头，透过窗户望望那座老房子，然后又回头看着萨姆。

"那位小姐在哪儿？和你一起来的小姐！她在哪儿？"

萨姆不予回答，似笑非笑地转身去察看一只鹰的标本。诺曼又回头看那座房屋。他猛然看见自己的小房间露出了灯光，他发出可怕的吼声："啊，天呀！"

他抄起手边的一只银烛台，使劲向萨姆的脑袋扔过去。

萨姆哎呀喊了一声，倒在了地上。他其实并没有受伤，只是故意趴在地板上，面朝下不动弹了。在他的脑袋旁边，烛台还在晃动着，好像是刚刚着地。他听到诺曼的脚步声，他还看到他夺路跑出办公室时一晃而过的身影。

此时莱拉已下了一半楼梯，正思忖下一步该怎么办。就在这时，从大门上的玻璃窗，她望见诺曼跑过来了。一时间，莱拉急疯了，随即疾步走下楼梯，又不能走向前门，她猛然记得后面还有一道台阶，便扭头奔往那边。

诺曼在小径上咚咚的脚步声清晰可闻。

莱拉扭身，蹲到了通往地下室的台阶上，悄悄缩在那儿。

诺曼进入门厅，轻手轻脚地关上门。他侧耳细听了一下，瞟了一眼通往地下室的台阶，似乎要咧嘴笑。突然间，他的脸上又变得毫无表情了。他穿过门厅，快步登上楼梯。

莱拉仍旧蹲在通向地下室的台阶上，听着诺曼的动静。紧跟着他上楼的声音之后，她听见他迅速打开几扇门的声音和在一个房间里快速穿行的声音。她确信他在楼上搜查她，便决定找个脱身的机会。

她开始往前走，快拐到门厅时，瞥见地下室有一线灯光。那点儿亮光是从没完全关严的地窖的门缝里漏出来的。

楼上仍传来诺曼快速穿行的声音。莱拉心里七上八下，知道她应该趁现在的有利时机离开这座房子，但又抵挡不住要去检查下面那个隐秘房间的冲动。在绝望中，她相信这个房间里肯定有关于玛丽恩出了什么事的答案。

她毅然转身，飞快走下台阶。

莱拉来到地下室，停下来仔细倾听着动静。她听到楼梯板在沉重的脚步压力下吱嘎作响。她估计了一下，便回身拉开地窖的门，往里瞧了一眼。

她看见有个女人背对着门，正坐在一张安乐椅上。她那枯黄的头发胡乱地挽了一个简单的发髻。

莱拉心惊胆战地尖声轻轻叫了一声："贝茨太太？"

没有半点回声。莱拉以为老太太耳背，便走进房间。她先走过去摸摸椅子。这一触惊动了那个躯体，它开始缓慢地、僵直地顺时针方向转过来。

莱拉见状不禁魂飞魄散。这是一个死了好久的女人的身体。只见尸体的皮肤干瘪，嘴角向两边抽缩，牙齿完全暴露了出来，好像是一张骷髅的笑脸。妇人的眼珠已经没有了，鼻梁儿塌陷，头发干枯，乱蓬蓬的，脸颊也坍了下来，棕色皮肤敷过粉和胭脂，显得怪模怪样的。她身上穿着一件干净、熨过的高领衣服，分明是刚洗过，用手工熨好的。

这个填塞过的，但保护得不好的尸体慢慢转过来，这个动作仿佛在回答莱拉的招呼和触摸，动作优雅，效果可怖。

莱拉目瞪口呆，吓得魂不附体。她开始狂呼起来，那是一声响亮、感人肺腑的尖叫。与此同时，她身后的门边也响起了另一个吼叫声，这个声音更为恐怖，令人胆战。那是诺曼的声音："我……是诺曼·贝茨……"

莱拉忽地转过身来，她看到面前的诺曼面容扭曲变形。他头戴一个乱蓬蓬的，假扮女人的发套，身穿一件高领长衫，像他母亲尸体上穿的那件一样，手持一把长面包刀，高高举起，要向莱拉扑来。

莱拉吓得张口结舌，竟然作声不得，可是眼神却像在发出强烈的呼叫。

诺曼正要往前扑时，及时赶到的萨姆冲进门来，有力地抓住诺曼高举的手腕，死死拽住，把他的胳膊扭到背后，同时像打橄榄球似的，用身体猛撞诺曼。

诺曼和萨姆都在挣扎。诺曼的脸上呈现狂怒相，他用最恶毒的语言咒骂，声音里充满疯狂劲儿。萨姆可是一副誓死决战的可怕表情，用全身力气制伏诺曼，莱拉则一动不动地呆望着眼前发生的这可怕的一幕。

那个填塞起来的贝茨太太无动于衷地看着这一幕，她的眼眶深陷，龇牙咧嘴。诺曼在挣扎中发出尖厉的嚷叫声，最后，他终于被强壮的萨姆制伏了。

开庭审判诺曼的那天，法庭外的台阶上人头攒动。人们既好奇又关切，还感到毛骨悚然。

有几辆报馆的汽车停在路旁，在那儿还停着两三辆警车。另有一组当地电视台派出的流动车都停在法庭前。

法庭前人声鼎沸，有人提问，有人回答，加上汽车声、电视设备搬进法庭准备现场播放的声音，还有警察设法让人们让开道的严厉吆喝声，所有这一切都乱成一片。

一名警察想为电视台的人员开道，不断对围观的人说："往后靠，往后靠。"

一名电视台的工作人员携带一件设备走进门去。

法庭前厅里也聚集着人群，包括警察、记者和电视台的工作人员，刚才进来的电视台工作人员站在一名警察身边，他问警察："你认为他们会把他从那里押送出去吗？"

警察望望等候的人群，耸耸肩说："可能是从这里走，再说，纳税人不喜欢有什么事背着他们。"

走廊上，在警长办公室门口，一个年轻人端着一个托盘，上面装满盛着咖啡的纸杯，匆匆走了过来。

莱拉此时正坐在警长办公室里的一把椅子上，萨姆站在她附近不远的地方，司法官钱伯斯正在和警长低声议论，在场的还有县司法官和地区律师。送咖啡的小伙子站在门口，萨姆走过去，从盒子里取出一杯咖啡端给莱拉，边走边撕开盖子上的标记，殷勤地悄声问："这是普通的，行吗？"

莱拉点了点头："我接受得了普通的东西。"她的心情十分沮丧，根本没情绪顾及这些方面的事情。

钱伯斯司法官递了一杯咖啡给萨姆。

萨姆接过咖啡，颔首表示感谢。他们谁也没说话。莱拉一脸受惊过度的样子。萨姆的头发蓬松，但态度从容不迫。

钱伯斯开口道："你们二位要是愿意的话，可以回家。写那份报告可得花差不多一个晚上的时间哪。"看得出他非常同情他们，特别是莱拉。

萨姆问莱拉："想回去吗？"

"不想。把全部事情弄清楚后，我会感到好受些，如果能做到的话。"

萨姆以询问的眼光望望钱伯斯司法官，钱伯斯没把握地耸耸肩，说道："假如现在有谁能得出答案的话，就是和他谈话的那位精神分析家。连我也不能和诺曼接触，他认识我。你不冷吧，小姐？"他看到莱拉时不时扯一下薄大衣的前襟捂住心口，便关心地问她，实际上她的心悸甚于身冷。

莱拉正要回答时，瞥见有人走进房间，便焦急地站起来。

萨姆和钱伯斯司法官随着她的视线转过身去，只见一个严肃的、紧皱双眉的年轻人走进警长办公室。他就是精神分析家里奇曼博士。他拿起一杯咖啡。

地区律师一见到他，马上问道："他和你说话了吗？"

“没有。我了解到全部情节。不过不是他说的，我是从他母亲那里知道的。”

所有的人都疑惑地盯住他。

他一边揭开咖啡杯的盖子，一边说：“诺曼·贝茨已不存在了。他开头只存在一半，眼下，另外一半也不在了。可能一直都是这样的。”

莱拉忍了好半天才问：“是他杀害了我的妹妹吗？”

里奇曼思索着说：“是他杀的……也不是他杀的。”

地区律师给弄糊涂了：“瞧，如果你为辩护这类案子摆出一大堆精神病学的大道理，这个家伙会获……”

里奇曼打断他说：“精神分析家并不是摆什么大道理，他只是设法解释它。”

“可是我的妹妹是……”莱拉欲言又止。

里奇曼看着她，抱歉地说：“是的，我很遗憾。”他扭头对钱伯斯说：“那个私人侦探也是同样的情况。假如你们去挖旅店附近的沼泽地——呃，警长，你记录中有没有未破的失踪案呀？”

警长马上说：“有。两起。”

里奇曼又问：“是年轻姑娘吗？”

警长点点头，大吃一惊，随即问：“他有没有承认……”

里奇曼不紧不慢地说：“我刚才说过，那个母亲，就像我从那个母亲那里听到和了解到的那样去理解这件事。就是说，从诺曼头脑中他母亲的那一半来解释，咱们得回到十年前，也就是诺曼谋杀他母亲及其情人的那个时候。自从他父亲去世后，他已经受到极度的折磨。他的母亲是一个对人纠缠不休、处处要求别人依从的女人，多年来，他们形影孤单地生活，后来，她遇到一个男子，在诺曼看来，她为了这个男子把他‘抛弃’了。这迫使他铤而走险，把他们俩杀了。弑母是所有罪行中人们最不能容忍的，犯了这种罪行的儿子自己也承受不了，因此他必须抹掉这个罪行，至少在自己的思想里把它抹掉。他偷了她的尸体，另埋了一个装了东西的棺材。他把尸体藏在地窖里，甚至尽量把它‘处理’得很好。这还不够，她在那儿，但是仅仅是个尸体，因此他替她想事，替她说话，把他的一半生命交给她，比如说话。有时他能作为两方面的人格，互相对话，另一些时候，作为母亲的那一半占完全的优势。现在，他再也不是完整的诺曼了，况且他常常只当母亲。由于他那么病态地嫉妒她，因此就认为她也同样嫉妒他。于是，如果他感到被别的女子所吸引，他身上的‘母亲一方’便会发狂。莱拉，当诺曼见到你妹妹时，他倾心于她，被激起欲望。他要她，这使他那‘嫉妒的母亲’出动了，‘母亲杀死了姑娘’。谋杀之后，诺曼恍若从沉醉中醒来，像一个守规矩的儿子，擦掉他深信是他母亲所犯罪行的一切痕迹。”

萨姆有些不明白，于是开口问道：“那他为什么要……装扮成这样呢？”

地区律师插嘴说：“他有易装癖！”

里奇曼摇摇头说：“啊，也不完全是。一个男子穿上女装的目的是要达到性别改变，或者是一种满足感，那才是易装癖。但就诺曼的情况而言，他所做的每一件事，只是为了维持使他母亲活着的幻想，一旦不得不面对现实，当危险或欲望威胁到那个幻想时，他便穿戴起来，甚至戴上他买的廉价发套在房子里走来走去，坐在母亲的椅子上，用她的腔调说话。他想做他的母亲，现在他就是那个样子。这就是为什么我刚才说，我是从他母亲那里了解到详情的原因。她认为诺曼已因所犯的罪被带走了，她坚持说他什么也没干。诺曼之所以承认全部罪行，只是为了不让别人发现她。她说这话时，甚至还卖弄地笑了一下。当然，她感到很糟糕，但也有点释然，正如她说的，至少是把诺曼放了。当头脑里存在两个人格时，往往会发生斗争和冲突。在诺曼这方面说来，斗争结束了，而占统治地位的那个人格得胜了。”

听到这里，莱拉开始唏嘘饮泣，为了玛丽恩，也为了阿博加斯特。

县司法官好像想起了一个所有人都已经忘记了的问题，开口道：“那么，那四万美元呢，谁得了？”

“在沼泽里。”里奇曼说，“这是发作时实施的犯罪，诺曼这样做并不是为了什么钱财……”

此时一名看守进屋，向里奇曼走过来。

“他觉得有点儿凉，我可以给他拿一条毯子吗？”看守问。

“当然可以。”里奇曼点了点头。

警长也同意了。

看守拿着毛毯走出门去。他走到由另一个看守守卫着的房间门口，后者推门让他进去。

从小房间里面传来诺曼的声音：“谢谢。”

这个房间里有一种恍若隔世的静谧。

看守把毯子放在诺曼的膝上。

诺曼拿起毯子，抖开它。他虽然没戴假发，脸上也未化妆，但此刻看上去，却明显有某种女性的气质。

诺曼安详地把毯子披在肩上，好像它是一条开司米披肩。诺曼披好毯子，把自己安顿下来。在他心里，清晰地响起自己母亲的声音。很难说这声音是另一个人的，但是它又确实不是他的想法。心里那个控制一切的声音一旦出现，他自己的想法就再也不会起一点儿作用了，“这是令人伤心的，当一个做母亲的要说谴责的话时。但是我不允许他们相信我会犯谋杀罪。他们现在会把他扔掉，就像我几年前应当做的一样。他总是很坏。到头来，他会去告诉他们说，是我杀掉这几个姑娘，又杀了那个男人的，好像我不仅仅只和他的鸟类标本一样坐着待着，还能什么事儿都干得出来。然而，他们知道，我连手指头都动弹不了。我不会杀人。我只不过坐在这里，一动也不动。如果他们真的怀疑我，他们很可能正在观察我，好吧，让他们看好了。让他们看看我是一个什么样的人。”

这时有一只苍蝇停在诺曼的手上。

母亲的声音顿了一下，随后又响起来了：“我不打算打死那只苍蝇。我希望人们能够了解真相，会看到……会知道……他们会说，‘你们看，她甚至不去伤害一只苍蝇’……”

诺曼两眼直直地看着前方，但那眼神是虚空的。他什么也没有看见。他不再是从前的那个诺曼了。他继续望着空处，一脸执著和茫然……

（林瑞颐）

# 群　鸟

鸟儿成群结队地在天空中飞翔，黑压压的一片，数以千万计。举目望去，已经看不到单只的鸟振翅翱翔。暴雨即将来临，一大片厚重的乌云在天空中蔓延着，随风扩散开来，不断侵蚀原有的蓝天白云，遮蔽了金色的太阳，天空中只留下一点惨白的余晖。鸟群在空中飞舞盘旋着，只听到杂乱刺耳的鸣叫和鸟儿扑打翅膀的声音。

旧金山格兰特大街上，人群熙来攘往，电车在轨道上不停地来回穿梭。梅兰妮远远地出现在街道的拐角处，她穿过拥挤的马路，然后在人行道上站住了，惊讶地望着城市上空盘旋回转的鸟群。她凝神遥望着天上的奇观，随即转身走进路旁的一家宠物商店。与此同时，一个男人牵着两条白狗从里面走出来，只听见店内各种各样的动物叽叽喳喳，吵闹不休。梅兰妮进到商店后，朝楼梯口走去，然后上了楼梯，直接走向柜台后面的麦格鲁德太太。

"你好，麦格鲁德太太。"

"啊，你好，丹尼尔斯小姐。"

"你以前见过那么多海鸥吗？"梅兰妮一边脱手套，一边问道，"你想，这到底是怎么回事呢？天空中黑压压地来了这么一大群鸟，难道要出什么乱子？"

"肯定是海上出现了风暴气候。要知道，只有那样才会将海鸥赶上岸来。"麦格鲁德太太说道，"没想到你会这么早就到了，我还以为你会稍晚点才来，你看，你要的东西还没到呢。"

"可你说的是 3 点钟，现在不正好吗？"

"对，我知道，我知道！整个上午我都在打电话。但是你想象不到每次客户会给我们预订什么，我们都得四处去搜索打听。它们也不好找，得趁它们还是雏鸟的时候，到印度去弄。”

“这只不会是雏鸟吧，对吗？”

“哦，当然不是。哦，不是，当然不是！这一只是完全长大的八哥儿——成熟的鸟。”

“它会说话吗？”

“哦，会说，它当然会说……哦，不过你要教它说——对不起，我该打电话了。他们说的是 3 点钟。可能是路上堵车——我先打个电话，你可以等一下吗？”

“要是时间长的话，唔，也许还是由你们送来的好。我给你留个地址吧。”

麦格鲁德太太一边从柜台下面取出一个记事本，一边说道：“哦，好的，可以。不过我敢肯定，他们已经在路上了——我打电话你不在意吧？”

“没事儿，你打吧。”

麦格鲁德太太走出柜台。梅兰妮脱下了手套，拿起笔，开始在记事本上留下自己的地址。

这时候，米奇，我们故事的男主人公，出现在商店门口。他走进商店，被一阵叽叽喳喳的叫声所扰，环顾了一下四周，然后登上楼梯，到了营业厅。

梅兰妮还在柜台旁边低头写字。

米奇看见她，开口问道：“不知道你能不能帮我个忙？”

“什么？”梅兰妮抬了一下眼睛。

“我是说，你可不可以帮我一个忙？”

梅兰妮直起身子走过来，招呼道：“说吧，你要买什么，先生？”

“爱情鸟。”

“爱情鸟，先生？”

“是的，我知道有许多不同的品种，对吗？”

“哦，对，是有好多种类。”

“我是为我妹妹买的，作为她的生日礼物。你看，她才 11 岁，我……我不想要一对儿……感情太外露的鸟。”

“我完全明白了，先生。”梅兰妮意味深长地点了点头，她觉得眼前的这个年轻人很奇怪。

“同……同时，我也不想要那种太冷漠无情的。”

“这个当然。”

“我想问一下，你手头有一对儿相处得很好的鸟儿吗？”

“应该有的吧，现在让我帮你看看。”

梅兰妮仔细地四处搜索着，扫视着摆在店里的每一个鸟笼。米奇跟着她来回巡视，指着前面说：“那些是爱情鸟吗？”

他们走上前去，只见一个大鸟笼里有几只带红色羽毛的金翅鸟。梅兰妮端详了一会儿，回答道：“不，那些不是，它们是红鸟。”他们并肩在那里站了一会儿，然后，梅兰妮像是在沙漠中发现了闪光的金子似的，非常惊喜地喊出了声：“你看，它们在那儿呢，这些可爱的爱情鸟。”

米奇定睛细看了一番，然后严肃地说：“那些是金丝鸟。嘿，你不觉得很难受吗？”他关切地望着那些活蹦乱跳的动物，有些于心不忍。

梅兰妮还没有完全感悟到他的情绪。在她爱闹、爱开玩笑的心思里，根本没有想到在适当的时候，一个人可以通过观察别人的眼神来了解他们的内心活动。此刻，因为摸不着边际，她也就无从体谅米奇的内心在瞬间所发生的变化。“什么东西让我感到难受？”她脱口问道。

米奇的眼睛正好迎上梅兰妮的目光，可是他并不理会她，而是凝视着被限制了自由的小东西：“难道把这些可怜的、小巧玲珑的、充满活力而又无辜的小生命关在笼子里，你就没有什么不舒服的感觉吗？”

“这个嘛，你要知道，我们总不能让它们漫无目的地在房间里乱飞呀。”

“不能，我想是不行——有没有一种鸟类学的依据，说是应该将它们用笼子关起来呢？”米奇不无嘲讽地说道，“似乎人们做一件事情的时候，总有一定的准则和根据。”

梅兰妮也明白了他言语里的讥讽，但是还是故作姿态地继续自圆其说道：“哦，当然，这样特别地关起来，可以保护鸟的品种。”

米奇似乎想到了别的什么事情，顺承着她的意思说：“是的，这样做也很重要，特别是在换羽毛的季节。”

“对，那是个特别危险的时期。”梅兰妮为对方认可自己的说法而得意扬扬。

米奇冷不防转换了问话的角度：“它们现在换毛吗？”

梅兰妮有点惊慌，感到思维逻辑上有些脱轨，但她不想让对方看出来，目光看着别处，轻声说：“有一些在换。”

米奇紧追不舍地问：“你怎么能辨别得出呢？”

梅兰妮一言不发，沿着笼子踱起步来。米奇紧跟着她。当梅兰妮绕到一个小笼子前面停下来的时候，米奇站在她对面，直接注视着她的眼睛。面对直射而来的目光，梅兰妮躲闪不及，只好转移话题，以便结束寂然无声时的尴尬：“喏，你瞧，它们都有点垂头丧气的样子，不知怎么振作不了精神，刚才还是兴高采烈，热闹非凡。”

米奇笑着说：“是的，我明白了……看看那些爱情鸟怎么样啊？”

梅兰妮还是故作镇静，嫣然一笑道：“你真的不愿意看看这些金丝鸟吗？这星期我们会进一些非常好的金丝鸟品种。”

米奇佯装不知地笑着回答说：“好啊，我可以看看吗？”

梅兰妮把手上的铅笔插在头发里，伸手到笼子里不断往前探着手，而且挥舞着，终于够着了一只金丝鸟，但是没抓住，鸟儿机灵地从打开的小门飞出来，在天花板上蹿着叫着，不知道是脱离了束缚而感到喜悦，还是因出现意想不到的袭击而惊慌失措。梅兰妮慌忙中伸手往上探，想要抓回鸟，她狠命地踮起脚，双手乱舞，然后上蹿下跳，动作夸张而狼狈。米奇微笑着翘首观望，看着热闹。店里的鸟叫得更是欢快，仿佛都在看着梅兰妮的笑话。

不知什么时候，麦格鲁德太太出现在他们身后。

她迅速地跑到柜台前，叫嚷道：“出什么事啦？噢，真糟糕！”

金丝鸟在天花板上扑腾着，飞来飞去。梅兰妮和麦格鲁德太太两个人都直直地伸出手去，但就是逮不着。鸟儿像是游戏够了，轻快地飞开，稳稳地落在柜台上的一个大磁盘里。

米奇一直在旁边观望着，就在两位女士毫无办法、乱作一团的时候，他蹑手蹑脚地走到柜台边，用手中的帽子往上面一扣，稳稳地把鸟儿罩在了里边。

米奇一只手按住帽子，一只手伸到帽子底下掏金丝鸟：“逮着啦！”梅兰妮和麦格鲁德太太两人都松了一口气，齐声欢呼：“太好了！真棒！”

米奇抓住鸟，然后小心翼翼地捧着，走向鸟笼，将它放了回去。“回到你那镀金的笼子里去吧！梅兰妮·丹尼尔斯！”

梅兰妮一下子敛容变色，甚是诧异。她很想探个究竟，于是把双臂交叉在胸前，装出一副从容不迫的样子：“你说什么来着？”

米奇拿起桌上的帽子，走到两位女士面前说道：“我只不过是画了一条平行线，在你和鸟儿之间做了个比喻，丹尼尔斯小姐。”

“可是你怎么知道我的名字呢？”梅兰妮追问道。

麦格鲁德太太见没自己的事，也就走开了。米奇向梅兰妮躬身致意，然后又对远处的麦格鲁德太太打了个招呼，显得周全而礼貌，一副绅士派头，但又不是那么急着回答对方提出的问题，只是在要离开时，又收住了脚，对梅兰妮眨了一下眼睛，以刚才那种半开玩笑的口气说道：“一只小鸟告诉我的。再见！丹尼尔斯小姐！”

梅兰妮开始沉不住气，慌里慌张地跟过来，“嗨，等一等！我并不认识你呀！”这种效果似乎正是米奇想要达到的。他悠然地说：“啊，这没什么关系，可是我认识你。”他故意在后面拖着尾音，同时关注着她的反应。

“怎么认识的？”梅兰妮意识到急切地暴露个人情绪对自己的不利，所以又恢复了刚才不以为然的口气。

“我们曾在法庭上见过。”米奇为自己的主动位置而有些得意，进一步刺激着梅兰妮的记忆。

“我们从来没在法庭或者别的什么地方见过。”梅兰妮对别人洞悉自己的一切，而自己对对方无从琢磨而感到惊恐，不知对方是不是居心叵测，禁不住又流露出了急切的心情。

米奇还是不紧不慢。他看到梅兰妮的情绪这么外露，不禁觉得有些好笑。“哦，这是真的。我明确地告诉你，我在法庭上见过你。”

“什么时候？”梅兰妮听到这番确认以后，猛地收缩了一下身子，努力地在记忆里搜寻，但片刻的反应之后，留在脸上的只是迷茫一片，云里雾里，摸不着边际。

“看来你的恶作剧很多，对过去的事情都没印象了。记不记得有一次恶作剧，结果砸碎了一扇窗户的玻璃？”

“我没有砸碎那扇玻璃窗！”梅兰妮好像想起来了什么，立刻反驳道。

米奇故作严肃地说：“是的，你可以那样说，但那是因为你的小恶作剧导致了玻璃的破碎。法官应该把你关进监牢！”

梅兰妮一下子变得迟疑，她有些欲言又止地问：“你是干什么的？……警察？”

米奇望着眼前可爱小姐的情绪起落，觉得颇为有趣，不忍心再继续下去，于是说道：“我只不过相信法律，丹尼尔斯小姐。而且，告诉你吧，我不怎么喜欢搞恶作剧的人。”

梅兰妮不服气地打断了他：“哦，开始教训起人来了。你那个爱情鸟的故事算是什么呢？假如不是恶作剧的话。”

“你错了，我可是真要爱情鸟。”

梅兰妮恍然大悟：“啊，这下我明白了，你本来就知道我并不在这里工作！你故意……”

“没错！我刚一进来就认出你来了。只不过我想，你过去那么喜欢恶作剧，也可能会喜欢知道被作弄的一方会是什么样子。”看见梅兰妮有些情绪低落，米奇中途停顿了下来，放弃了刚才责备的语气，而换了一副关切的口吻说，“你觉得怎么样呀？”

梅兰妮气鼓鼓地说：“我觉得你是一个不受欢迎的人。”

“我是的！再见，丹尼尔斯小姐……太太。”他在离开时，再次躬身向她们致意告别，似乎刚才的明知故问只不过是一次游戏而已，而与人打交道时还是要维持着绅士的周全和礼貌。梅兰妮注视着他的背影：“我很高兴你没找到你的爱情鸟！”

米奇已走过了一排排的鸟笼，此时下到楼梯上了。听到她这么一说，他回转头来，还是以刚才那副不以为然的样子和口气说道：“啊，这你不用担心，我会找到别的东西！再见！”

梅兰妮转身走向在柜台上写东西的麦格鲁德太太，问道：“这个人是谁啊？”

“我也不认识。”麦格鲁德太太抬起头来回答说。

梅兰妮迅速走到楼梯口，疾步下楼，然后跑到商店门口，急切地放眼四下里张望，有辆小汽车正要开走，她盯住汽车后面的牌照，上面写着“WJH003”的字样。

很快地，汽车就驶入了车流中，在前面的拐角处消失了。

梅兰妮默记着汽车牌照的号码，然后回到店里的柜台旁，拿起笔将它记在了记事本子上。周围的小鸟还是叽叽喳喳地吵闹不休。这时麦格鲁德太太出现在楼上的栏杆旁，对着楼下的梅兰妮说道：“真对不起，他们说那只八哥儿今天下午迟些时候才能到，假如你到时愿意回来的话。”

梅兰妮回答说：“不，还是麻烦你送去最好。我可以用这个电话吗？”她说着，就向旁边的电话走过去。

“当然可以，你尽管用吧。”麦格鲁德太太回应道。

梅兰妮转向电话，开始拨号。“喂，《每日新闻》吗？……我是梅兰妮·丹尼尔斯。请给我接采访部好吗？嗨，是查理吗？我是梅兰妮……求你帮个忙……不，这次是件小事情……逼你？可别这样说……查理，亲爱的，我哪能逼你呀？你能给我打个电话到汽车交通部门，查一下‘WJH003’这个汽车牌照是谁的吗？对，是加利福尼亚的牌照。爸爸在办公室吗？……不用了，我不想打断他的会议。告诉他我待会儿再去看他……谢谢你，查理……”她挂上电话，在记事本上迅速地写下刚才听到的，同时大声喊了一句：“麦格鲁德太太，”然后笑眯眯地对着楼上问：“你有爱情鸟吗？”

麦格鲁德太太走到楼梯边缘：“啊，没有，我们店里没有，可是我可以帮你订货。”

梅兰妮暗自觉得好笑，接着问道：“最快什么时间？”

麦格鲁德太太想到了刚才八哥儿的事，有些犹豫不绝地说：“哦……哦……你什么时候要呀？”

“马上要。”

“恐怕没那么快，我看，可能要到明天早上才能弄到这儿来。那样行吗？”

梅兰妮点点头：“只好如此了。”

第二天早晨，梅兰妮提着鸟笼走在大街上，笼子里面的一对爱情鸟在婉转地啁啾啼叫。她走进一间屋子的大门，然后穿过长长的门厅，走进电梯。旁边一位陌生的男子好奇地看着提鸟笼的梅兰妮，又看了看笼中叫个不停的爱情鸟。

不一会儿，电梯到了。梅兰妮提着鸟笼先出去。陌生的男子跟着也出来。只见梅兰妮在一间房门口停下来，把鸟笼放在地上，然后蹲下来从提包里取出一封信，把它别在鸟笼上，上面写着“给米奇·布伦纳先生”。

就在梅兰妮准备转身离去时，陌生男子开口说：“小姐，这是给米奇·布伦纳先生的吗？”梅兰妮停下来，回答说：“是的，有什么问题吗？”

“他不在家。”

“那没关系，我可以把东西留在这儿。”

“哦，问题是他星期一之前不会回来。我的意思是，如果那些鸟是给他的话……”陌生男子说着指了指那对安静的小鸟。

梅兰妮有些不知如何是好，双手插在貂皮大衣口袋里，嘀咕着：“星期一？”

陌生男子非常热情地继续说：“是的，我想，这样一来，鸟儿在笼子里就不能待那么长时间，对吧？”

梅兰妮一筹莫展，焦虑地问道：“那……你知道他上哪儿去了吗？”

陌生男子此时已走到自己家门口，他侧脸看了一下梅兰妮说：“保迪迦湾。他每个周末都去那里。”

“保迪迦湾？在哪儿？”

陌生男子不厌其烦地继续说：“如果沿着海湾走，离这里大约60英里。”

梅兰妮感到有些难办，“60英里……”她嘀咕着，心里在揣摩这个数字和自己的时间。

“从高速公路走要一个半小时。要是走海边公路，得两个小时。”陌生男子露出友善的微笑，“我倒是愿意照看它们，可是我也要出门，非常遗憾。”

梅兰妮站在那里若有所思，只听见开门的声音和鸟的叫声，似乎主人忘了致谢，鸟儿分担了这个责任。

梅兰妮坐在小汽车里，一脚踩上油门，汽车箭一般地冲了出去。两只爱情鸟静静地待在鸟笼里。就在前面街道的拐角处，响起汽车轮胎刹车时的尖叫声。

梅兰妮望着眼前崎岖蜿蜒的公路。每次汽车拐弯时，那对爱情鸟都要随着惯性侧侧身子，像是对发生的一切也要探个究竟。梅兰妮加大油门，在大海的波涛和金色阳光的陪伴下，飞驰在海湾如画的风景里。

不一会儿，汽车到了一个小镇上。镇上的居民和周围的车辆来往穿梭，一派繁华热闹的景象。梅兰妮刹住车，在一家邮局停下来。她打开车门，一边梳理着头发，一边登上邮局门前的台阶。大厅里面堆满了货物，拥挤着许多顾客。

梅兰妮径直走到栏杆后邮局办事员面前，他正在分拣信件。

“早上好！”

办事员抬起头来，友好地回了声：“早上好！”

“你能帮我一个忙吗？”

“我尽力……”这时门外又进来几个人，办事员瞥了一眼，继续说，“我尽量效劳。”

“我要找一个叫米奇·布伦纳的人，你认识他吗？”

“是的，我认识。”

“他住在什么地方？”

“就在这儿，保迪迦湾。”

“这个我知道，可是……在哪儿呢？”

“就在海湾对岸。”

“哪儿？”

办事员放下手中的信件，走到能看见大门的地方，用手指着说：“喏，就在那边。”

梅兰妮迷惑地摇着头。

办事员只好走出门来。他走到前廊，指着远处的几片屋舍说：“现在看到我指的地方了吗？”

“看到了，非常感谢！”

“看见海湾对岸的两棵大树了吗？还有那幢白色的房子。”

“对，是的，看到了。”

“那就是布伦纳家住的地方。”

梅兰妮点了点头，可是心里马上闪过一丝疑惑。她又问道：“布伦纳家？是布伦纳先生和太太吗？”

办事员微笑着说："哦，不是，只是莉迪亚和两个孩子。"

"两个孩子？"梅兰妮在疑惑中增添了某些担忧。

"是啊，米奇和那小姑娘。"

梅兰妮这才恍然大悟，会心地笑了："我明白了！我怎么到那边去呢？"

办事员耐心地用手比画着说："你顺着这条大路，沿着海湾，跟过去就能到他家前门。"

"前门？可以走到后门吗？"

"后门？"这回是办事员有些迷惑，他摇了摇头说，"不能，那是唯一的一条路。"

看到他那种不解的神情，梅兰妮解释说："是这样的，我想让他们惊喜一下，所以不想还没到前门就被他们发现了。"

"哦，明白了，"办事员也是会心地一笑，"给他们一个意外！"

"你看，这是一件意想不到的事。"梅兰妮继续解释说。

办事员想了一会儿，然后说："那你可以去弄一条船，直接横越海湾到码头。"

"我到哪儿可以弄到船呢？"

"到下面泰迪丝饭店那儿。问题是，你以前是否开过在船尾装马达的船？"

"开过，这个不用担心。"

"那么，要我给你订一条船吗？"

梅兰妮高兴地说："那太好了，谢谢你！"

办事员往回走的时候，又停下来："你贵姓？"

"丹尼尔斯。"

"好吧，就这样。"他打开大门，回去了。

梅兰妮站在那儿，凝望着海湾对岸米奇的家。

此时，海水波涛澎湃，此起彼伏，波浪冲击着海滨。梅兰妮喜气洋洋地回到邮局的栏杆旁。办事员正在那里拨打电话，拿起话筒等待回音。

梅兰妮倚靠在柜台旁，问道："不知道你能不能告诉我……"

办事员对着话筒说："对不起 。请稍等片刻。"然后捂住话筒："你是说布伦纳家的小姑娘？"

"是的。"

"哦，我想是叫艾丽斯什么的。"办事员往旁边探了探头，喊了声："喂，哈里，布伦纳家的小姑娘叫什么来着？"

只听见一个人回答说："叫露易丝。"

办事员一下子糊涂起来，好像觉得自己的记忆是对的，就转身对梅兰妮说："叫艾丽斯！" 梅兰妮也听到了另外一个人不同的回答，关注地问道："你有把握吗？"

疑虑一旦再次提出，办事员又变得摇摆不定，他吞吞吐吐地说："哦……这个，我不敢确定，如果你打算要十分确切的名字的话……"

梅兰妮有点着急，打断了办事员的犹豫，希望自己急切的要求能使他回忆起来那个小姑娘的名字，"你看，我要她确切的名字"。

办事员对着话筒说："噢，实在对不起，请再等等——要是非得那么确切，我倒想起了点什么。我告诉你吧，你一直走，穿过镇子，你会看见一家小旅馆，然后再往右拐。明白了吗？"

梅兰妮附和了一声："是的，明白，你继续说。"

"快到山顶的时候，你会发现有一所学校。再往上一点儿，你会看到一所门前有红色信箱的房子，那是学校教师安妮·海沃斯住的地方，她对布伦纳家的小姑娘了解得十分清楚。"

"好！太谢谢你了！"

"其实你用不着费那么大的事——我敢说，她就叫艾丽斯！"

梅兰妮还是执意要去问个清楚。她马上又问起船的事："我能在20分钟之内弄到船吗？"

友善的办事员点点头。

梅兰妮又问："打电话要多少钱？"

"噢，不用付钱。"

梅兰妮粲然一笑："多谢！"然后就先出去了。

办事员目送她的背影离去，然后拿起听筒，交代好租船的事。

梅兰妮走出邮局，就直接坐到自己的车上去。她发动汽车马达，然后驱车去找安妮问个究竟。

她远远地看见了一个醒目的红色信箱，料想就是这里了，于是把车停下。她迅速地走下车，登上台阶，来到门前。

一阵门铃响过之后，只听见某个地方传来问话声："谁呀？"

"是我。"梅兰妮侧身扫视了一下四周。

"你是谁呀？"梅兰妮循声穿过前廊走到栏杆处，正在找这位看不见的谈话对象时，安妮·海沃斯戴着手套，提着种花工具，从一堆灌木林中绕着走出来。

“是海沃斯小姐吗？”

“是的。”

“我是梅兰妮·丹尼尔斯。”

安妮登上台阶，走近梅兰妮。

梅兰妮继续说：“十分抱歉打扰你，可是……”

“有什么事吗？”安妮果断地打断了她的客气。

“邮局里的一个人让我来的，他说你能告诉我布伦纳家小姑娘的名字。”

安妮停下脚步，脱去手套。梅兰妮走到她身边。

“你说的是凯茜吗？”

“就是住在海湾对岸那所白房子里的那个吗？”

安妮从口袋里拿出一包香烟，同时说道：“是的，就是那个凯茜·勃朗宁。”

“他们好像管她叫艾丽斯或露易丝什么的。”

“怪不得这个镇上的信件永远送不对地方！噢，对不起，你抽烟吗？”说着，她把香烟向梅兰妮递过去。

梅兰妮取了一根，说了声：“谢谢。”

安妮拿出打火机，替她点上，同时问道：“你……有什么事要找凯茜吗？”随后安妮自己点上香烟。两人悠闲地喷吐着烟雾。

“怎么说呢？不完全是。”

“哦，那你是米奇的朋友吗？”

梅兰妮往旁边踱开了一步，似乎对方向她提及这个问题，让她觉得有些不自在。

“不，算不上是朋友。”

安妮这时转向梅兰妮，手里拿着香烟。也许她已经能够猜到了是什么样的情况，于是故意岔开话题，说点儿别的什么，“你不知道，20分钟前我就想抽烟。只是觉得停下手来有些过意不去。这种给自己找点事干的想法，有时候还能变成一种强制力，让你专心去做点什么，分散一些孤独和焦虑”。

“你那么精心料理，难怪花园如此漂亮。”

“谢谢，听到别人的夸奖，让我感到十分快乐。哦，只是让人在业余时间有点事干，在保迪迦湾的业余时间够多的了。你打算待很长时间吗？”她眼望着别处，似乎在沉思内心的事情。

“不，只待几个小时。”

安妮回过头来，望着梅兰妮，有些难以置信地说：“噢，是吗？那么你看过凯茜之后就走？”

“大概是这样。”看着安妮不解的样子，梅兰妮感觉到自己的不明朗实在是不应该，于是解释说，“对不起，我不是故意要把事情说得那么神秘。”

“没关系，其实这也不关我什么事。”安妮说过这话之后，显出轻松自在的情绪。

“那，我还是走吧。”

两个女人面对着前廊。梅兰妮开始走下台阶，安妮目送她离去。

“非常感谢你。”梅兰妮边走边说，同时用脚踩灭自己抽剩的香烟。

安妮似乎还想知道点什么，就跟过来，问道：“你是从旧金山沿着海边开车来的吗？”

“是的。”

“这条路不错。”安妮说着，倚在红色信箱上。

“一路上的景色非常美丽，而且空气清新。”

“你是在旧金山遇见米奇的吗？”

“是的。”梅兰妮简洁地回答道，从她的本能里，她意识到了安妮的某种情结。

“我猜想，人人都是在那儿遇见他的。”

梅兰妮坐进汽车，砰的一声关上车门。她抬起头，关注着安妮的反应，“这会儿，听上去是你让人觉得神秘了，海沃斯小姐。”

安妮徐徐走向前，笑眯眯地看着车上的那对鸟，漫不经心地说：“哈！是吗？我不是有意的。实际上我是一本打开的书，恐怕我……或者还不如说是一本合上的书。”安妮说着俯身下去，“啊！真漂亮！这是什么鸟？”

笼中的鸟儿欢快地叫着，不知是明白了安妮的称赞，还是催促着梅兰妮去见它们的新主人。

“爱情鸟。”

“我明白了。祝你走运，丹尼尔斯小姐。”

梅兰妮发动汽车，同时说道：“谢谢你。我可以走这条路吗？”

“往右边走，你就能走到大道上。”

“谢谢你。”梅兰妮挂上车挡，驱车而去。

安妮久久地凝视远去的汽车和梅兰妮渐小的身影，脸上现出一种无可奈何与凄凉伤感的神色。

梅兰妮把车开到离米奇家不远的海滨停下来，旁边是泰迪斯饭店。她掏出笔和信封，在上面写着“给凯茜”，就把东西放回手提包。她打开车门，提着鸟笼走下来。

梅兰妮来到码头边上，一个渔民正在那里候着。

“请问，有一条丹尼尔斯小姐预订的船吗？”

“哦，是的，小姐。下面那条就是。”

梅兰妮把鸟笼递给渔民，自己小心翼翼地攀着铁梯子往下走。

渔民好奇地看着笼中的爱情鸟，然后又看了看梅兰妮，站直了身子，摇了摇头，跟着她一起下到船上来。

梅兰妮坐在小船上，渔民下了梯子走到船上，把鸟笼搁在梅兰妮身旁，然后发动小船上的马达，接着又沿着梯子回到了岸上。

马达突突作响，梅兰妮十分熟练地解下系在木墩上的缆绳，开船走了。渔民站在码头上，眼望着小船离去。

梅兰妮一手抓着操纵杆，同时遥望着海湾对岸。

海水在船头撞开浪花，再往两边分洒而去。虽然这片宁静的港湾景色十分迷人，但梅兰妮的心思全不在这上面，她急切地关注着对岸的动静。

突然，她远远看见米奇、莉迪亚和凯茜走向停在汽车道上的小货车。等比较靠近对岸的时候，梅兰妮关上了引擎，让小船原地待着。布伦纳全家走到小货车跟前，开始上车。

梅兰妮微笑着观察着这家人的情况，心中洋溢着莫名的喜悦。远远传来汽车的马达声，只见小货车缓缓开动，米奇跟着它跑了一阵，同时挥舞着双手。小货车走了以后，米奇打开谷仓门进去了。梅兰妮拿起放在船上的桨，开始往前面划去。对面岸上静悄悄的，悄无声息，只听见船桨划水和波涛轻碰岸边的声音。

梅兰妮把船划到码头，抓住木头搭建的小桥，然后把缆绳系好，提起鸟笼登上码头。她轻快地走上岸，谷仓门大开着。她料想米奇一时不会出来，而家人又都出去了，于是向他们家住宅走去，春风满面的样子。

她悄悄来到门前，用手试了试，房门并没有锁。她小心翼翼地推开门，径直走了进去。进入起居室以后，她停下来，环顾了一下四周，一边把鸟笼搁在矮脚凳上，一边继续扫视着屋里的格局。

她打开提包，伸手去拿东西。梅兰妮从里面掏出两个信封，把写着“给凯茜”的那个放在鸟笼前，接着撕掉写着“给米奇·布伦纳”的那个，把碎纸片放进提包。她东张西望了一番之后，就走到餐厅窗户前往外眺望。她拉开窗帘，只见谷仓门依然敞开着，但听不到米奇在里面的动静。

梅兰妮迅速走回大门，在门口探望了一下，见没什么动静，就走出门去。出来的时候，她再次盯了一眼谷仓，然后飞快地走向码头，下了台阶，过了小木桥，就上到船上去了。

她登上船，拾起桨，用力推了一下小木桥，然后解开缆绳，再次凝望着静悄悄的谷仓，把船往回划。等划得比较远了，她放下桨，转身趴在船上，调皮地笑了，同时遥望着远处布伦纳家。

米奇这时走出谷仓门，走到家门口。他在擦脚垫上擦了擦鞋子，然后进去了。

梅兰妮自得其乐地眺望着布伦纳家，那里静悄悄的，毫无反应。

不一会儿，米奇从房子里跑出来，往右跑向汽车道，停下来，似乎在找寻什么东西，接着返身回来，朝海上望来。梅兰妮突然警觉起来，俯身躲了起来。米奇又跑回屋去。

梅兰妮迅速坐起，设法开动马达，只听见发动机闷声闷气打不着火的声音。

米奇拿着望远镜，走到小木桥边上，同时把望远镜举到眼前。

不知什么时候，一群海鸥在天空盘旋。

这时梅兰妮已经给发动机点着了火。马达的突突声与海鸥的啁啾声交织在一起，显得很不协调。

梅兰妮为自己送鸟时没有被发现而沾沾自喜，等对方有所察觉时，她已经起船离开了。

可是这一切都被米奇在望远镜里看了个一清二楚。米奇放下望远镜，满脸堆笑地迅速跑向他的小汽车。梅兰妮此时已经开着小船往回走。米奇跳上车，沿着海湾追过来。梅兰妮得意地望着岸上飞驰的汽车。

米奇比梅兰妮先到出发的码头。他从车上跳下来，跑步到码头边上，伫立等待。他今天穿着一件白色的毛衣，脖子上围着黑色的围巾，显得格外英俊潇洒。梅兰妮喜气洋洋，从容自得地驾驶着小船，慢慢驶进码头。

就在她抬头观望时，一只白色的海鸥疾飞过来，在她头上猛地啄了一下，然后飞快地咻咻啼叫着而去。

梅兰妮止住了绽放的笑容，用手捂住被啄痛的部位。

米奇站在岸上，悠然自得地等着神秘拜访过布伦纳家的客人，可是眼前的情景着实让他吃了一惊。他看到海鸥袭击梅兰妮，赶紧跑过来。梅兰妮抱住头，又放下手来，看看她的白色手套，已经染上红色血迹。米奇迅捷地从码头跳到渔船上，然后抓住快艇的边缘，把它拖近岸上，把缆绳系好。

“你没事吧？”米奇关切地问道。

梅兰妮依旧抱着被啄痛的头，往后靠在船尾上，回答说："没事，我想不碍事的……怎么会发生这样的事情呢？"

米奇把她搀扶上岸，"我从来没有见过这么糟糕的事情！它好像是故意突然对你袭击。"米奇小心翼翼地把她搀到码头梯子前，梅兰妮缓缓拾级而上，"噢，你都流血了。让我看看……还行吗？真是个好姑娘……来吧，能忍受得了吧？"

梅兰妮捂着头，鲜血顺着脸颊流下来。这时过来一个男人，充满关切地问道："出什么事啦，米奇？"

"一只海鸥啄了她。"

"海鸥？！要紧吗？怎么会有这样的事？"

米奇扶着梅兰妮继续往前走，他们走近一家商店门前，看到门上写着"外出午餐"。他们只好继续往前走。

"我们到前面饭店试试，好吗？"米奇十分担忧地注视着梅兰妮，"可能需要打一剂防破伤风的针。"

"不用担心，上个月出国的时候我注射过防疫针。"

米奇搀着梅兰妮走上坡，向泰迪斯饭店门口走去。

饭店大门敞开着，只听见里面闹哄哄的。大家一边吃着喝着，一边好奇地注视着进来的这一对儿。

店主德基·卡特从后面酒吧向他们走过来。

米奇让梅兰妮在一张桌子旁坐下，同时小心地察看她的头发。德基走过来，关切地问道："出什么事了？需要帮忙吗？"

为了避免不必要的盘问和注意，米奇回答说："你好，德基，没什么事，这位小姐自己碰了一下。"

"要我去找医生吗？"

"我觉得没那么严重，先让我瞧瞧。"

米奇仔细地察看伤口。

梅兰妮摘下手套，放进提包，同时取出手帕和小镜子，对着镜子把脸颊上的血迹擦干。

这时，店主妻子海伦走过来。德基招呼道："海伦，去拿点……哦，棉花和消毒纱布来。"然后他又回转身来，继续问道："你在外面自己弄破的吗？"

"噢，不用担心，德基。她在船上弄的。"

德基可能也感觉到自己过分的关心所引起的一些不便，于是解释说："啊，有一回，我遇到一个人，他在停车场绊了一跤，我还没来得及眨一下眼睛，对方就说要控告我。”

梅兰妮一直默不作声，米奇成了她的代言人，“我不认为丹尼尔斯小姐需要控告任何人。”他说。

海伦拿着双氧水和棉花走过来，递给德基，德基又递给米奇：“好，你是律师，你来照顾发生的一切吧。”

“谢谢。”米奇接过来，准备往梅兰妮伤口上涂。

梅兰妮有点疑虑，问道：“那是什么？”

“只不过是双氧水，可以洗洗伤口，消消毒。”

德基见没什么事，就离开了。他对旁边好奇的顾客们打了个手势，示意没什么事，这些人才走开，开始继续各自的吃喝谈笑。

梅兰妮抬起头来，望着米奇，说道：“这么说，你是个律师？”

“是的，我常常为民众辩护，丹尼尔斯小姐，可是如果我要提起公诉的话……”

没等他把话说完，梅兰妮就插言道：“你在这里开业？”

米奇一边给她往头上涂双氧水，一边回答说：“哦，不，在旧金山。你在这儿干什么？”

梅兰妮并不想直接回答他的中途插问，而是继续问道：“哪方面的法律？”

“刑法。”

“就是因为这个原因，你想看到大家都被关进监狱吗？”梅兰妮突然变得尖刻起来，语气仓促而严厉。

米奇被快如闪电的问话一下子难住了，一时不知如何回答。他觉得梅兰妮此时是个需要关心和照顾的人，没必要像对法庭上被指控的对象那样严肃。他结结巴巴地回答说：“不是……不是每个人，丹尼尔斯小姐。”

梅兰妮见他一时气短，禁不住高兴起来，忘了自己受了伤，不无嘲笑地说：“只是针对违法和搞恶作剧的人。”

“对了。”米奇似乎也明白了她报复的口气里夹杂的玩笑，同时继续在她伤口上涂双氧水。

梅兰妮得意忘形的时刻也痛得皱起了眉头：“噢！”她惊呼一声，向后缩了缩身子。

“啊，对不起！”米奇更加小心，停了一会儿，他继续问刚才的那个问题：“你在这里干什么？”

梅兰妮为自己的神秘有些喜不自禁：“你没看见那对爱情鸟吗？”

“噢，噢，你是说你……你是特意老远地上这儿来给我送这些鸟的喽？”米奇有些难以置信，但口气里充满了某种难言的喜悦。

“是给你妹妹送的。你不是说她要过生日？再说，我反正有事要往这边来。”梅兰妮又开始了她习以为常的玩笑和恶作剧。

“哦，来干什么？”米奇还是弄痛了她的伤口。

“小心。”梅兰妮痛得再次皱起了眉头，“我来看一个过去的朋友。”

“抱歉，我想知道你的朋友是哪位？”

“安妮·海沃斯，”梅兰妮小心地投放自己的测试炸弹，“就是学校的教员。”因为她凭直觉感到，刚才安妮谈话时流露的情绪背后隐藏着某些东西。

果然米奇有点不同寻常的反应，但他还是将信将疑，“是安妮·海沃斯。啊，世界真是小……”他低声说。

“对啊，看来人们的感受都相类似。”

“你怎么认识她的？”

梅兰妮有点暗自窃笑，继续发挥着自己的构思：“我们——一起上过学——大学。”

“是吗？噢，可以想象！你要在这儿待多久？”

“就周末吧。”

米奇没再追问下去，略微有点失落。但是很快地，他把话题扯到别的上面去了，“好了，我认为血差不多已经止住了。你可以自己用手压住消毒棉花”。

梅兰妮接过手，按住伤口。

米奇从桌子旁拉出一把椅子，在她身旁坐下，犹豫了一下，才说：“这么说，你是来看安妮的，对吧？”

“是的。”

“我还以为你是来看我的呢。”米奇自我解嘲地说道。

“啊，为什么会那样认为？那么多的人，我为什么单单来看你？”梅兰妮口气中略带打击的意味。

“我不知道。可是你肯定已经费了好大的周折才打听到我是什么人，我住在什么地方。”米奇装出一副缺乏自信心的样子。

梅兰妮心里乐滋滋的，不以为然地说道：“噢，其实那根本费不了什么事。我只不过是给父亲的报社打了个电话。”她似乎意识到自己不该透露那么多，于是停下来，接着说，“再说，反正我要来，这我已经告诉过你了。”

米奇似乎看出了她在绕弯子，于是直截了当地陈述自己的观点：“你是真的喜欢我，对吧？”

梅兰妮一时没想到他会改变自己说话的方式，就气鼓鼓地说："我讨厌你！你没礼貌，妄自尊大，又爱逞能，又……"情急之下，她一时语短，等她接上话时，又变成了另外一层意思了，"事实上，我给你写了一封信说过这些，可是我把信撕了。"

"信上说了什么？"米奇笑嘻嘻地倚在自己的胳膊肘上。

梅兰妮为自己再次跌为被动感到气恼，"这不关你的事。我不会说我很喜欢你们的海鸥。我大老远跑到这儿来，为的是送什么……"

"可是你本来就打算来的，记得吗？"

梅兰妮正想说些什么的时候，忽然觉得身边有什么异样的动静。她扭过头来，只见莉迪亚正朝他们走过来。

米奇跟着她转过身去。

"米奇？"莉迪亚走到他们跟前，显出十分惊讶的样子说，"我看见你的汽车停在外面，我还奇怪你到镇上来干什么。"

米奇显得有些不安，但马上就恢复了镇定，笑着说："我必须答谢一个送货……"

莉迪亚看了看旁边的梅兰妮，觉得事情有些蹊跷，"一个什么？"她皱着眉头问。

"对了，妈妈，我给你介绍一下，这是梅兰妮·丹尼尔斯，就叫丹尼尔斯小姐吧。"然后米奇又转过来说："这是我的母亲。"

梅兰妮望着神情严肃的母亲，勉强地打了个招呼："你好！"

莉迪亚还是不见笑容，简单地回了声："你好，丹尼尔斯小姐。"说完，又转向米奇，紧跟着刚才的问题不放，问道："答谢什么？"

"送货。丹尼尔斯小姐从旧金山给我们带来一些鸟。"

"噢。"莉迪亚打量着眼前这位年轻而又漂亮的姑娘，任何人都可以看得出来，莉迪亚和梅兰妮长得很相似，她们都梳着短的盘发，前面留着一点儿刘海，只不过是一个年轻，一个年老而已。

"是给凯茜的。为了凯茜的生日。她现在在哪儿？"

莉迪亚依旧神情严肃地说："在布林克梅耶家。"

"实际上，丹尼尔斯小姐要在这里过周末，所以我已经……哦，已经邀请她今天晚上来吃晚饭。"米奇抓住时机解释说。

米奇如此紧张而且小心措辞的态度让梅兰妮感到意外，再说，他刚才并没有邀请她，却突然撒了个谎。

莉迪亚怀着一丝警戒，望着坐在那儿一动不动的梅兰妮。

米奇继续有说有笑，他把脸转向梅兰妮："啊，你为送那些鸟真是不辞辛劳。"

"噢，我不可能留下！"梅兰妮马上说。

莉迪亚对她留不留下仿佛丝毫不感兴趣，只是对米奇说："你刚才说的是鸟。"

"是的，爱情鸟。"米奇还来不及对梅兰妮的反应做出回答，就被母亲的话打断了。

"噢，我明白了。"莉迪亚对梅兰妮的反应毫不关心，米奇倒是热情高涨、乐呵呵的样子。这使得梅兰妮觉着有点尴尬，不知道自己要是留下来，是否会受到欢迎。

米奇看出了她的为难，于是再次表示出盛情："要知道，我们不能不表示一下我们的感谢。再说，你还没有见到凯茜，况且你原来也是打算在这里过周末……"

"噢，是的，可是……"

"啊，你是要留下了，对吗？"

"当然是的，只是……"

"那好，全都安排妥当了。"

梅兰妮的犹犹豫豫总是被米奇似火的热情所打断。这下倒让莉迪亚在旁边受了冷落。米奇十分高兴地问母亲："什么时间吃晚饭，妈妈？"

"7点，和往常一样。"米奇没有先征求她的同意，就让一名陌生的女子到家中来吃饭，这使得莉迪亚感觉不自在。

"我会去接你的。你会在哪儿呢？"米奇转脸问梅兰妮。

"当然是和安妮在一起。"

"噢，当然是这样，我多傻呀！7点差一刻行吗？"

"安妮可能会有别的安排。我得看情况。再说，我自己能找到地方的。"

"你有把握吗？要不要租一条船或者别的？"米奇话音里暗示着她的不速之访。

梅兰妮也立刻领会了他的含义。他们彼此心领神会，相视而笑。

"那么7点吧？"

"说不定。"梅兰妮还是摇摆不定。

莉迪亚对他们的推来推去实在有些不明白，况且，她也不怎么欢迎儿子完全沉迷于满足这位女郎的要求，似乎他只会一门心思顺着她的意思来行事似的。

"我们等你。你的头感觉怎么样啦？"米奇又关切地问梅兰妮。

“噢，好多了。谢谢你。”梅兰妮暗自察觉到莉迪亚在一旁越来越阴暗的表情，也装着不知道地解释了一句，好借此缓解一下三人在一起，两人谈得过多，一人遭受冷落的局面，“一只海鸥啄了我，布伦纳太太，就这么回事。”

莉迪亚这才有所回应地点了点头。

然后，大家分手告别了。

梅兰妮捧着一只纸袋子登上有红色信箱的房子的台阶，她又回到安妮住的地方。她按了按门铃，然后照着门上的玻璃整理了一下自己的头发。

不一会儿，安妮开门探身出来。

“噢，你好！找到他们家没有？”她一见梅兰妮，就开口问道。

“是的，找到了。我在考虑……你窗户上那张招贴。”她们都望向贴着“出租房屋”的广告，“你看，我能不能租你的房间住一晚上。”

“哦，你是说那个。我原先计划长时间出租……”

“噢，我会很感激你的，”梅兰妮迫不及待地说，“我在镇上问了好几家旅馆，它们全都住满了。”

“既然这样，那好吧！你的行李在汽车上吗？”

梅兰妮举了举手中的纸袋子。

安妮开始显得出乎意料，然后笑着说：“啊哈……可以说这是最实在而且方便的办法了。”此举为人欣赏也是一件值得高兴的事情。梅兰妮笑着说：“我只是从百货商店拣几样过夜的东西。你看，我没打算待多久。”

安妮让出门道，转身往屋里走，边走边说：“是的，我知道。有没有发生意想不到的事情？”

梅兰妮跟进来了，观察了一下房间，随口说道：“是的。我可以用一下你的电话吗？我得给家里打个电话。”

安妮示意她往里面走，梅兰妮穿过门走了进去。

“我刚才在炉子上煮了点咖啡。”安妮说。

这时，外面传来海鸥的啼叫声。安妮不无厌烦地说：“难道它们就永远没完没了地迁移，却又始终不想走？”

梅兰妮心有余悸地望向窗外。鸟群在天空中飞着，几乎阻断了窗外的视野。她们都有些困惑不解。

梅兰妮打完电话，估摸着快到7点了，给安妮打了个招呼就出去了。

梅兰妮驱车沿着海湾驶向布伦纳家，一路上潮起潮落，风景如画。梅兰妮无心顾及这些。

不一会儿，就到了。她找了个地方停下车，掏出小粉盒和镜子，整理了一下自己的仪容，然后下了汽车，关上车门，走上屋前的台阶，接着按了按门铃。

但是没有人回应。梅兰妮正暗自奇怪，忽然听到有人吃吃笑的声音，于是转过身来，立于前廊的一端。只见迎面走来说说笑笑的米奇和凯茜，接着莉迪亚也出现了。

梅兰妮朝他们挥舞着手臂，喊了声："嗨——"

凯茜离开哥哥和母亲，问了声："是丹尼尔斯小姐吗？"然后飞快地跑过来。她跑上台阶，一把抱住梅兰妮，非常高兴："啊！它们真美丽！正好是我想要的那种！是一只公的，一只母的吗？可我分不清哪只是哪只。"

莉迪亚默默地感受着女儿同梅兰妮的亲热。看得出来家中很久没有来过客人了。

"我想是很难区分。"

"你好！安妮没有别的安排吗？"米奇微笑着走过来。

"没有。"

莉迪亚和米奇登上台阶走向凯茜。

"很好。我们非常高兴你能来，你饿了吗？"米奇问道。

他们几个人在一起时，只有莉迪亚脸上冷冰冰的。

"也该饿了。"

"晚饭刚准备好。我们去饲养场看鸡回来，它们好像在闹什么毛病。"

莉迪亚一直抑郁不满，此刻正好有了说出反对意见的机会，"小鸡没什么毛病，米奇。我现在就给弗雷德·布林克梅耶打电话。"说完，她就直接进屋去了。

"那有什么用啊？"米奇望着她的背影，然后又压低了声音说，"那些小鸡不吃东西。"说完，他引着梅兰妮进屋去。

莉迪亚还在发着牢骚："饲料是他给我们买的，他就应该承担一定的责任，不是吗？"她径直走到电话桌旁，开始拨号。

米奇帮着梅兰妮脱下外面的罩衣，一边说："妈妈，买时可应该谨防上当！"

"你站在谁的一边呀？"

"只是依照法律，自己在选择时就要注意。"

"不用管法律。"这时电话已经接通，莉迪亚转过身来，招呼说："不用等很久，丹尼尔斯小姐。噢，是弗雷德吗？……我是莉迪亚·布伦纳。我没打搅你吃晚饭吧？"

凯茜走到屋子一角，同他们保持一定的距离，她似乎不喜欢家里出现这么多琐碎的事情。

米奇把梅兰妮的衣服挂好后，问她道："要喝点酒吗？"

"谢谢，最好喝一杯。"

"马提尼怎么样？"

"太好了！"梅兰妮在屋里踱着步，四处打量着。墙上的一幅画引起了她的注意。她抬起头注视着画像。

莉迪亚忙着打她的电话："弗雷德，你卖给我的饲料不好……小鸡饲料，对，它们就是不好，小鸡吃也不吃……它们应该饿了……我回家之后给它们打开一袋，它们碰也不碰……现在，你知道，小鸡和我一模一样，它们不吃东西的时候，就说明喂给它们的东西不对劲儿。就这么回事……不，它们并不挑食……谁？……这跟他有什么相干？……"

米奇拿着酒杯过来，走到梅兰妮身旁，递给她一杯。梅兰妮指着画像问："那是你父亲吗？"

"呃哼。请坐。"米奇向她指了指旁边的沙发。

他们两人在沙发上坐下来，相互碰杯。他们就这样静坐着，听莉迪亚打电话。

"弗雷德，我不管你卖给他多少袋饲料。我的小鸡……噢，我知道了，丹·福西特？今天下午？好，这正好证明我说的话……你卖给我的饲料是……噢！……好，我最好去找他……你不觉得这会有什么不妥吗？是吗？……永远不会！不！弗雷德，它们根本不像生病的样子。……它们只是不吃……好吧，我想办法去找他……好的，谢谢你！"

凯茜从厨房里把汤端到桌上。莉迪亚这时把电话挂上，然后走到餐桌边上，说："他说福西特不久前给他打了个电话，他的小鸡也不吃东西。"

"就像你刚才说的，妈妈，布林克梅耶先生家的饲料不好。"凯茜一边上着菜，一边说道。

"不是，凯茜，他说福西特先生买的是另一种牌子的，你不认为它们是有病吧，是吗，米奇？"她也不顾及有客人在家，显出一副忧心忡忡的样子。

吃完晚饭后。梅兰妮走到钢琴旁，掀起琴盖，弹奏起悠扬的乐曲。站在一旁的凯茜完全沉醉在乐声中。米奇帮着母亲收拾餐桌。

凯茜开始说话了："我还是不明白，你怎么会知道我喜欢爱情鸟呢？"

"是你哥哥告诉我的。"

“那么你是在旧金山认识他的？”

梅兰妮一边悠闲地演奏着钢琴，一边从钢琴上的烟灰碟上拿起香烟，吸了一口，然后又把香烟放回。“不，不完全是。”

“米奇在旧金山认识很多人。不过，他们大部分都是流氓和罪犯。”

莉迪亚递了个制止的眼色，说道：“凯茜！”

“不，妈妈，是他自己承认的。他每天都要在法庭的拘留室里花半天的时间。”

莉迪亚端着一摞用过的餐具，在经过她们身边时说道：“在一个民主的国家里，凯茜，每一个人都有权利得到公正的审问……”乐曲声还在继续，莉迪亚还在没完没了地讲下去，“你哥哥的业务……”

“啊，妈妈，劳驾！我知道那些民主的花招！可那些人还是流氓！”

莉迪亚走出来，瞥了她一眼。

其他两人都默不作声。

凯茜很不服气地辩解说：“他现在有一个委托人，向妻子的头部开了六枪。六枪！你能想象得到吗？我的意思是，两枪已经足够……这未免太过分了，你说呢？”

“他为什么开枪打她？”梅兰妮脸上露出不解的神色。

“他在看电视里的球赛。”米奇接过话说。

“什么？”

“他的妻子换掉了那个频道！”

他们几个人听后面面相觑。米奇帮着母亲把东西搬到厨房。

还是凯茜打破沉默说：“你明天来参加我的茶会吗？”

“我不去了，我得回旧金山。”

凯茜有些闷闷不乐：“你不喜欢我们吗？”

“噢，当然不是。我很喜欢你，亲爱的。”梅兰妮劝慰道。

“你喜欢保迪迦湾吗？”

“这个我还不知道。”

“米奇非常喜欢。他每个周末都来，”凯茜欢快地说道，“虽然他在城里有自己的公寓，但他说和这儿比起来，旧金山就像个在桥墩下的蚂蚁窝。”

“噢，是的。我想这个城市是有些闹哄哄的。”梅兰妮点头称是。

“啊，要是你决定来，别说是我告诉你的。这应该是个叫人意料不到的茶会。”凯茜极力争取，她边说边解释道，“你看，他们已经把整个事情都安排好了。我下午应该去米歇尔家，米歇尔的母亲装出头疼的样子，她问我，如果她把我打发回家，我会不会非常在意。她想先让我失望，然后等我到家时，所有的小孩子都会蹦出来。啊……你会来吗？……请你来，好吗？”

“我想我是不会来的。”梅兰妮说了很勉强的话，凯茜觉得十分失望。

厨房里，莉迪亚也在和米奇轻声交谈着。

“她是个很可爱的姑娘，是吗，米奇？”

“唔，是的。”米奇谨慎地回答说。

“她真的是很漂亮。”

“呃哼。”

“你认识她多久啦？”

“啊，我告诉过你，妈妈。我们昨天才见面。”

“在一家鸟店？”

“是的。就在一家鸟店。”

“她在卖鸟？”莉迪亚催促着米奇继续讲下去。

“噢，不，不，我……我只是让她相信我真的把她当成了是卖鸟的人。你看，然后嘛……这事说来非常复杂。”

“可是她真的买了爱情鸟，然后大老远地开车送到这儿来。”

“妈妈！”

“什么事？”

米奇有些生气，他斜视了一下莉迪亚：“你在哪个法律学校上的课？”

莉迪亚停下来洗碗，转过身来说：“请原谅。我想，我只不过是天生对那样的姑娘好奇。她很有钱，是吗？”

“是啊，我想是这样。她父亲是旧金山一家大报社的老板。”米奇虽然有些不耐烦，但还是坚持陪在母亲身旁。

“你应该想到，他父亲是可以不让她的名字见报的。可闲话栏里常常见到她的报道，米奇。”

“是的，我知道。”

“她就是夏天在罗马跳进喷泉的那个人，是吗？”

“是的。”米奇勉强地应对着。

“我想，我是旧派的人……”莉迪亚小心地审视着儿子情绪的变化，“我知道在那儿可能是非常暖和的……可是……啊，事实上，报上说她一丝不挂！”

“是的，我知道，妈妈。”米奇尽量维护着母亲的意见，做出不反对听取她建议的样子。

“当然，这不关我的事，不过，你带这样的一个姑娘……”

“妈妈……”米奇抬起头来，希望母亲不要再说下去了，“我认为，我自己能应付梅兰妮·丹尼尔斯。”

“那好，只要你知道自己面临的是怎样的情况就行，无须我的提醒。”

米奇凑过来，吻吻母亲的脸：“我完全知道自己处于什么样的境地。”

当他们从厨房出来时，梅兰妮打算要走了。凯茜还有些恋恋不舍。

米奇走出来，送梅兰妮到汽车旁，给她打开车门：“能找到回去的路吗？”

“找得到。”梅兰妮坐进汽车里。米奇替她关上车门，他们互相脉脉含情地望着。

“能再见到你吗？”米奇问道。

“旧金山离这儿远着呢。”

“我每星期有五天在旧金山，而且有很多自己支配的时间。我愿意去看你。”米奇继续说，“也许我们可以去游泳，或者干点儿别的什么。妈妈告诉我说，你很喜欢游泳。”

“你母亲怎么知道我爱干什么的呀？”

“我猜想是我们看了同样的闲话栏。”

“噢，那是在罗马。”

米奇凭直觉感到，在谈到过去的事情时，梅兰妮有些难言的苦衷。看到她把脸转到另一边，米奇马上换了一种口气，笑着说：“我真的是喜爱游泳。我想，我们可能……相处得非常好。”

梅兰妮稳住了自己的情绪，又掉过头来，并不回避他的目光，接着说：“假如你想知道实情的话，我可以现在告诉你，我是被人推到那个喷泉里的。”

“什么都没穿？”

“穿戴齐全。登这条消息的报纸正巧是我父亲的对头……”

“你只不过是这种情况下的一个可怜的、天真的受害者，对吗？”

“我可不是你想象的那样可怜，也不天真，可是这件事的实情是……”

“实情就是你和一帮爱胡闹的人来往！对不对？”

“啊，对，这是实情，不过我是被推到水里了，这也是实情！”

米奇也不想在这个问题上纠缠不休，毕竟这是认识她之前发生的事情。此时他倒是有一个问题想要问一问，于是停顿了一会儿，接着说：“哦，你真的认识安妮·海沃斯吗？”

梅兰妮再次将脸扭过去，她结巴着说：“不……至少在我来这里之前是不认识的。”

“那么，你们没在一起上过学？”

“没有。”梅兰妮低下了头。

“你不是来这里看她的？”

“不是！”

“你原来是在撒谎？”米奇用他职业的敏感和尖锐一点一点地逼着梅兰妮说出事情的真相。

“是的，我撒了谎。”梅兰妮简单地回答后，就一声不吭了。

“那么你给我写信的事，也是个谎言吗？”

“不，不是，我是写信了。”

“好，信上说了些什么？”米奇步步紧逼。

“信上说：‘亲爱的布伦纳先生，我想你毕竟需要爱情鸟。它们会有助于你的个性……’就是这样。”

“可是你把它撕了，为什么？”

梅兰妮欲言又止，她觉得表白自己让她有些难以启齿，于是扭过头去，不情愿地说：“因为那样看起来傻头傻脑的……”

“就像在罗马跳进喷泉那样？！”米奇禁不住笑出声来。

梅兰妮回过头来，凝视着他，怯怯地说：“我已经跟你说过那是怎么回事了！”

“你别指望我会相信……那……”

梅兰妮不想理睬他，伸手去够发动机。她有些生气地埋怨道：“我才不在乎你相信什么呢！”这时马达已经轰鸣作响。

米奇不急不恼地笑着说：“我还是想去看望你！”

“为什么？”梅兰妮停下来。

“我想会挺有意思的。”

“啊，在罗马可能会有些意思，可是现在什么意思都没有！”

“在我看来有意思。”

“可是在我看来没意思。”

“你需要的是什么？”米奇正色地问道。

“我想你已经知道了！我需要的就是这样度过一生——光着身子跳进喷泉！再见！”她挂上挡，不等米奇有什么反应，汽车就飞快地开走了。

米奇目送着汽车渐渐远去。他回转身。

这时，已是暮色苍茫时分，只听见远处有鸟群在发出咕咕鸣叫的声音。他抬起头来，看见几百只海鸥密密匝匝地栖息在电线杆上。他若有所思，接着就回屋里去了。

安妮坐在家里的沙发上看报纸，梅兰妮轻轻地推门进来了。她开始脱去外衣。安妮叠起手中的报纸，问道："是你吗，丹尼尔斯小姐？"

"是的。"她从阴暗中走到灯下。

安妮抬头望着她，见她面有厌烦之色，于是关切地问道："嗨，出什么事啦？是不是伤口开始有问题了呀？"

"不，不是伤口的问题。"

"喝点儿白兰地好吗？"安妮说着，从沙发上站起来。

梅兰妮摘掉手套，果断地点了点头道："要是有的话，我愿意喝点儿。"

"我去拿。干吗不坐下，丹尼尔斯小姐？你要一件毛衣还是别的什么东西？一条被子？"安妮笑着，一边走一边说。

梅兰妮摘下围巾，在沙发旁边的椅子上坐下，一边说道："不，不用，谢谢！"她把围巾放在桌上，接着说，"你叫我梅兰妮好吗？"

"好吧。"安妮拿着酒杯和酒瓶，走到梅兰妮身旁的桌子前，倒好酒，递给梅兰妮，又把酒瓶盖上。

"谢谢。"

"这里晚上有点儿凉，尤其是如果你沿着海湾——"她望着梅兰妮，突然想起了什么，于是问道，"唔，晚上过得怎么样？你看见莉迪亚了吗？"

梅兰妮未置可否地耸了耸肩，显得有些郁闷。

"或者你愿意换一个话题？"

"换个话题吧。"

安妮以主人的优雅，微笑着说："好。你喜欢我们这个小村庄吗？"

"我看不上它！"

安妮突然哈哈大笑起来："哦，我猜想它对漫不经心的客人没提供太多的东西。除非你特别喜欢山腰上那堆棚屋，这可得花一点儿时间才能适应下来。"她说着拿起桌上的香烟和打火机。

"你原先是从哪儿来的呀？"

安妮点着了香烟，说："从旧金山。"

梅兰妮好奇地抬起头，凝视着安妮，觉得实在有些意外："你怎么会到这儿来的呢？”

安妮关上打火机，放到桌上，然后悠闲地吐出一口烟雾，好像要说起来会有很长一段故事似的，“噢，很久以前，有个朋友请我到这儿来过周末。你瞧，这也没什么不好意思的，是米奇·布伦纳。我猜想，不管怎么说，你已经知道了。”

“噢，我猜想是这么回事儿。”梅兰妮显出不安的样子。

安妮觉察到了梅兰妮情绪的变化，于是说：“你不用担心。这是很久以前就已经了结的事了。”

“安妮，布伦纳先生和我之间没什么事。”梅兰妮变得大度起来。

“没有？……好，可能没有。可能米奇和任何女孩子之间从来就没有过什么事情。”

梅兰妮困惑不解，关切地问道：“你这是什么意思呀？”

安妮缓缓从桌边站起来，走到沙发前，坐下，接着说：“我想，我要再喝点儿这个——我在旧金山多次见到他。然后，有一个周末，他请我到这儿来见莉迪亚。”

“这是什么时候的事儿？”

安妮坐在沙发上，打开酒瓶，往玻璃杯里斟酒，继续说：“那是四年之前——他父亲去世不久。当然，现在的情形可能不一样了。”

“什么不一样？”

“和莉迪亚。她看上去是不是有些冷淡呀？”

“有点儿。”

“那么，情况可能还是差不多。你知道，她的态度几乎要把我逼疯。我回到旧金山之后，花了好些日子设法弄明白，我到底做了什么使她不高兴的事儿。”

“你干了些什么呢？”

安妮无可奈何地摇了摇头，“没有。我仅仅是存在……所以，答案是什么？一个好嫉妒的女人，你明白吗？……一个缠人的、有着极强占有欲的母亲……错了！尽管我那么专注俄狄浦斯情结分析法，可我并不认为这一切都是因为这个原因。”说着，她又喝下了一大口白兰地。

“那是为什么呢？”

安妮耸耸肩，“你也许无法理解。莉迪亚喜欢我——怪就怪在这里，我不再是个威胁之后，我们反而成了非常要好的朋友”。

“那么她为什么不赞成呢？”

安妮放下白兰地，不无失落地说：“因为她害怕。”

“怕你得到米奇？”

安妮站起来，开始不安地在屋子里走来走去，“害怕我会给予米奇爱情。”

“我不明白。”梅兰妮瞪大了眼睛。

“害怕任何能给予米奇爱情的女人。因为这是莉迪亚所能给予米奇的唯一的东西。”

“这样归结起来，她就成了一个爱嫉妒、占有欲强的女人。”

安妮转过身来，面对着梅兰妮，认真地分析道：“不，我不这样想。你看，她并不怕失去米奇，她只是害怕被抛弃。”

“应该有人告诉她，米奇要是有了心上人，那对她来说，不过是得到了一个女儿。”梅兰妮沉吟着说。

安妮说完心里的那番话后，心情平稳了许多，这时她走到沙发前坐下，“不行，她已经有一个女儿了”。

“那米奇怎么样？他对这件事一点儿也不表态吗？”

“哦，我能理解他的处境。父亲去世不久，他好不容易才和莉迪亚应付过来。他不想再冒一次险。”

“我明白了。”

“于是事情就这样结束了，当然不是直截了当的。我们回到旧金山，时不时地见上一面，可是，我们都知道，已经结束了。大家也不再提起过去的这些事儿了。”

安妮倾诉了一番心里话之后，似乎轻松了许多。

梅兰妮这时从手提包里掏出香烟，她开始有些莫名的焦躁和不安，“那么，你待在保迪迦湾干什么呢？”

“我要挨米奇近些。不过，这一切都已经过去了，而且全完了，我也知道，可是我依然想离他近些，你看，我还是非常喜欢他，而且我不想失掉这个友谊，永远也不想。”

安妮在倾诉衷肠的时候，梅兰妮拼命地抽着香烟，而且手指略微有些颤抖。就在两人相对无言的时候，电话铃突然响起来。安妮走过房间，去接起了电话。

“喂……喂，不，我没睡觉……是的，才不多一会儿……可以，你等会儿……”她说着转过身来，对梅兰妮说：“是米奇，打给你的。”

梅兰妮从椅子上站起来，走过去，接过话筒：“喂……是的。很好，不，一点都不费事儿，我只不过是顺着路走。……你太客气了。不……我没生气……哦，我不能。我必须回旧金山……不，我不愿意让凯茜失望。可是……我知道了。好吧，好的，我会去的……晚安，米奇。”梅兰妮挂上电话，对安妮说：“他要我参加明天下午凯茜的生日茶会，我说我会去的。”

“那会很有趣的。我也要去帮忙。”

“噢，好像没什么意义。我想我要去睡了，忙了一天了！”梅兰妮走到过厅，拿起纸袋再走回来，从里面拉出一件宽大的棉布衣，把它拉在自己身上比量着，说道：“这是我的行装。”

“挺漂亮的！你在哪儿买的呀？在布林克梅耶的铺子里吗？”

梅兰妮点点头，放下衣服，半靠在墙上，犹豫地问道：“你觉得我应该去吗？”

“噢，这得由你来决定。”

“不，实际上这是由莉迪亚决定的，对吗？”从梅兰妮的语气里让人马上可以感到她的不安。

安妮探身过来说：“不用管莉迪亚，说说你自己想不想去吧。”

“想去。”

“那就去吧。”

梅兰妮站直了身子，说了声：“谢谢你，安妮！”

这时外面传来有人撞门的声音。

安妮觉得奇怪，她放下香烟，站起来，走到门口将门打开。两人朝外面看了看，然后低头望着地面。

“瞧，一只死海鸥！”

“可怜的东西，可能在黑暗中迷了路。”

梅兰妮抬头看了看天空，又看着安妮说：“可是，天不太黑，今晚又是满月。”

她们相互摇着头，不知作何解释，只好关门回去休息了。

布伦纳家的草坪上传来一阵戏耍欢叫声。凯茜和她的成年朋友在做游戏。

“凯茜，这样很好，就这样，我们开始啦！老鹰捉老鼠……”只听见安妮兴高采烈地在宣布着游戏的规则。

梅兰妮和米奇这时登上了附近的一座山峰，他们各自拿着一杯酒，米奇还提着一只细颈瓶。他们走过草丛，来到山顶。从他们这儿，还可以听见山下人嬉闹的声音：“准备好……别让他逮着你！”

他们转过身，放眼望去，只见远处山峦连绵，在极远处，海与蓝天相交接。蔚蓝的大海，一层层的波涛在汹涌起伏。

米奇举起细颈瓶，要给梅兰妮斟酒。梅兰妮摇摇头。

“不了，我真的不该喝了。我还要开车呢。”

“说实话，我想留你吃晚饭，还有许多烤牛肉。”

“不，我不可能留下。我……我必须回去。”

他们碰了碰杯子。米奇也不好再勉强，说了声：“好吧，祝你健康！”

“祝你健康！”

“真的，你为什么必须往回赶呢？旧金山有什么重要事情吗？”

“是的，我明天早上得去工作。”

“你有工作？”

“我有好几种工作。”

“你干什么？”

“在不同的日子里我干不同的事。”

“能具体地说一说吗？”米奇急切地想知道她更多的情况。

“每星期一和星期三，我在机场协助旅游工作。”

“帮助游客？”

“不，正相反，是把他们往错路上引。我想你已经看透了我的个性……”看到米奇微笑着不置可否的样子，她继续说：“每星期二，我到伯克利上普通语义学，学点骂人的词儿。哦，当然这算不上工作，可是……”

“你是说，你不用写下来？”

“每星期四，我有我的会议和午餐会。”

“我想是在下流社会吧？”

“可惜你没有猜中。我们正在供一个朝鲜小男孩儿上学。我们真的正在为这件事儿筹款。”

米奇感到诧异，对她说的话半信半疑。

“你瞧，罗马那个夏天我什么都没干，在那里很容易无所事事，所以当我回来之后，我想我该开始干点儿什么了。我也不知道找些什么事儿来干，因此每星期一到星期四，我都尽量让自己忙起来。”

“星期五呢？”

“星期五吗？是空闲日子。我有时候在这天去鸟店。”

“我非常高兴你去了。美好纯朴的一天。”

梅兰妮喝了口酒，让自己喘息了一下。

“噢，对了。我有一个性格古板的姑姑。她非常拘谨，而且一本正经。她从欧洲回来的时候，我打算送她一只八哥儿——八哥儿会说话，你知道——等到这只八哥儿会说我从伯克利学到的一两个字眼的时候，你等着瞧，我那位古板姑姑会出现什么表情吧。”说到这里，梅兰妮觉得特别好玩儿，露出一副稚气未脱的样子。

“你需要母亲的管教，我的小娃娃！”米奇在一旁打击着她的自以为是。

梅兰妮露出不屑一顾的表情。她一边从米奇身边走开，一边说道：“我可不需要什么母亲的管教。”

米奇意识到了她话中有话，也没想到她会如此反应，于是主动说了声：“噢，对不起。”

梅兰妮回转头来，说出了让米奇意想不到的话：“你有什么必要道歉呢？我的母亲？别再浪费时间了！当我11岁的时候，她就抛弃了我们，在东部和一个开旅馆的人跑了。你知道什么是母爱吗？”

“是的，我知道。”

“难道被抛弃更好吗？”

“不，我想得到爱更好。可是你从来没去看过她？”

梅兰妮随着山顶上的绿草移动，时不时眺望一下远方，以便消解心中的忧愁和迷茫。

“我不知道她在哪里。”

米奇很难过地垂下了头。山顶上的风吹拂着，他们的思绪都迷失在群山的绵延中。

“噢，也许我该和孩子们在一起。”她说着，就往山坡下走去。米奇在后面跟着。

他们下来的时候，安妮和几个小孩以及几个成年人在开开心心地玩着游戏。

“咱们开始！一——二——三——”安妮扶着蒙上眼睛的凯茜，同时数着数儿，“现在该你走了。”

孩子们叫喊着，跳跃着。

安妮看着缓缓走过来的一对儿，心中若有所思。

就在这时，莉迪亚捧着生日蛋糕过来了，她也凝望着米奇和梅兰妮出神。孩子们叫喊着：“看呀！看呀！”

这时，几只海鸥从低空中猛扑下来，鸟翼扑打之声十分强劲。它们在蒙住眼睛的凯茜和孩子们玩耍的地方穿越飞扑。一只海鸥向着凯茜的头俯冲过来。

“嗨，不许碰头的！”凯茜叫唤着。这时海鸥啼叫声四起，不断袭击着孩子们。几个男孩俯身躲避，还有的尖叫着四处乱逃。

安妮见状不好，马上跑过来，想解开凯茜蒙在眼睛上的头巾。可是还没够到，自己就摔倒了。

越来越多的海鸥飞过来，冲击着慌乱的目标。孩子们在四面八方尖叫着。那些海鸥鼓动着翅膀，毫无方向地飞扑乱窜。

两个母亲迅速从坐着的地方站起来，她们被眼前的情景吓呆了，都下意识地伸手捂住了张大的嘴巴。

一只海鸥在追逐着一个小男孩，更多的尖叫声不绝于耳。莉迪亚惊愕地抬头观望，不知所措。米奇闻声，扔掉手中的杯子和细颈瓶，飞速跑过来。

海鸥疯狂出击，啄破了挂在四周的气球。一只海鸥向站在那里发呆的莉迪亚俯冲过来，她及时地闪避开了。

一个母亲领着两个孩子往前飞奔，但望着迎面飞过来的鸟群，吓得止住了脚步。海鸥从她们身旁掠过时，她们弯腰躲避。

米奇和梅兰妮飞跑过来，直奔向趴在地上的凯茜和莉迪亚。梅兰妮把蒙眼睛的东西推到脖子后，这时，几只海鸥从她旁边闪了过去。凯茜吓得往别处跑，几只海鸥扑向她的后背。海鸥四处穿梭，又啄破了几个气球。

一只海鸥追逐着一个小男孩，他吓得情急之下匍匐在桌子底下。

安妮、米奇和梅兰妮四处张望，不知如何是好。

“帮我把孩子们领到屋子里去！”安妮叫喊道。这时，好几只凶猛的鸟袭击着一个小姑娘，吓得她大哭大闹。当她冲向山坡，往上爬的时候，海鸥啄着她的脖子不放。

米奇跑过来，抓住海鸥，将它扔向空中，然后把孩子抱起往回跑。梅兰妮也帮一个女孩解了围。她把外套脱了，向鸟群狠狠地甩去，终于把鸟给吓跑了。然后，她俯身照料跌在地上的小姑娘。

莉迪亚和凯茜急急忙忙往房子里奔。梅兰妮和安妮都分别领着保护对象往房子里跑。母亲们在米奇的招呼下，也跟着跑过来。

米奇放下手中的女孩，又赶去救援别的人。此时屋外群鸟飞过，尖声啼叫。等大家都找到了安全的地方放松下来，莉迪亚问道：“它们走了没有，米奇？”

“我想是走了，”米奇说道，“有人受伤了吗？”

“噢，珍妮的脖子被抓了一下，不过不要紧。”一个母亲回答说。

“这是第三次了。”安妮说道。

梅兰妮走向门边的米奇，问道：“这种事并不常见，对吗？昨天我在船上，那只海鸥……昨儿晚上在安妮那儿，而现在……”

“昨天晚上？你指什么？”

“一只海鸥猛撞安妮的前门。是在闹什么事吗，米奇？”

“我……我……我不知道！你是不是必须回到安妮那儿呀？”

“不，我的东西都在汽车上。”

“你走之前，留下来吃点东西吧，好吗？这样我就会安心多了。”

听到米奇这么说，梅兰妮心底不禁生出一种被人关怀的温馨和甜蜜之情。她看了一眼坐在旁边的小女孩，她们大多满脸泪痕，一个用手帕擦拭被抓破的脸，另一个则忧心忡忡地仰望着窗外的天空。

莉迪亚在自家的窗户前面眺望外面的天空，满脸愁容。

米奇正在餐桌上切牛肉。他一边忙着手里的活儿，一边问梅兰妮：“喜欢在牛肉上浇点芥末吗？”

“不要，谢谢！”

凯茜端着咖啡走过来，边走边说：“安妮为什么不留下来吃晚饭呢？”

“哦，她说要回家接姐姐从东部打来的电话。”米奇回应道。

爱情鸟在笼中叽叽喳喳地欢叫着。凯茜走到鸟笼前站住：“它们是怎么回事呀？”

莉迪亚走过去，用一块布盖住了鸟笼：“所有的鸟儿都不知道是怎么了！”

凯茜问米奇：“你愿意在哪儿喝咖啡呀？”

“就在这张桌子上，宝贝儿。”米奇指指桌边。

“快点儿喝吧，米奇。我肯定丹尼尔斯小姐要上路了。”莉迪亚在一旁催促着。

凯茜赶着说：“我觉得你该留下来过夜，梅兰妮。我们在楼上有多余的房间，东西都齐全，用不着担心不方便。”

莉迪亚端着餐具和盘子走进厨房。

米奇看着梅兰妮，也挽留说：“你知道，那条路晚上也是挺糟糕的。”

过了一会儿，莉迪亚从厨房出来，坐在远处的沙发上。

“如果我穿过圣塔罗莎，可以早点上高速公路，对吗？”梅兰妮问道。

“对的，高速公路要快得多。”莉迪亚插言回答说。

“是啊，可是那条公路会挤满返回旧金山的汽车的。”

接下来，大家都不再说话了。

梅兰妮低着头，一副若有所思的样子。突然，她瞥见一只黑色的雨燕站在壁炉前。就在她凝神未定，还没有回过神来，不知眼前的鸟是从何处飞来的时候，又有几十只鸟已从壁炉里飞出来，涌入房间。它们叽叽喳喳地乱叫着，又扑哧扑哧地拍打着翅膀。

大家都惊呆了。

不断有鸟群涌入，他们几个人都弯下腰，避让着这些鸟，谨防着它们可能发起的攻击。

米奇和梅兰妮站起来，扑赶着鸟群，不让它们聚集。坐在长沙发上的莉迪亚挥手想把鸟赶开，然而鸟越来越多，她只好站起来，设法离开这群鸟。

鸟群不断地啾啾啼叫。

“挡住你们的脸！挡住你们的眼睛！”米奇拉开窗帘，打开落地窗，猛赶鸟群，轰它们飞出去。但是从壁炉里不停地涌进更多的鸟，它们开始在屋子里乱飞乱窜。

凯茜吓坏了。梅兰妮将她紧紧地搂在怀里，她们坐在长沙发上赶鸟。

莉迪亚不断挥赶着落在头上的鸟，而在壁炉周围已经群集了一堆鸟。

米奇撤下爱情鸟笼上的布，左右扑打着，清出一条通向壁炉的路。他抓起一张桌子，把它搬到壁炉前面，这时已经有很多鸟在啄他的手。米奇用桌子挡住壁炉，又从长沙发上拿起几只靠垫，把它们塞住壁炉的入口。好几只鸟在他身旁徘徊，他继续努力把鸟群往敞开的窗户驱赶。

鸟群在屋里喳喳地尖叫，挣扎着、抗拒着，这景象真是恐怖。

莉迪亚、梅兰妮和凯茜缩在坐的地方，无力地挥赶着拥挤的鸟群。只有米奇在屋子里来回艰难地穿梭，轰赶着鸟群。

梅兰妮环顾了一下四周，瞅着了开着一条缝的卧室门。她缓缓站起来，搂着凯茜往门边挪去，同时还探过身来，牵起莉迪亚的手。梅兰妮打开靠近长窗的门，米奇还在不停地轰鸟。等到她们三人都进到另一个房间去的时候，他也跟着进了卧室。

屋里的大厅满是鸟，它们把屋子接管了，也不再尖声啼叫。过了好一阵子，汇集的鸟群纷纷散去。

米奇叫通了警察局的电话，警官马隆答应过来看一下。

没让他们等多久，马隆就赶到了。

三个女人都静静地一声不响。凯茜疲软无力地坐在沙发上，梅兰妮和莉迪亚经过这番恐慌之后，警觉地站着。

马隆在屋子里来回走了几遭。他捡起地上的一只死鸟，漫不经心地说：“这是一只麻雀，没错。”

显然，刚才惊心动魄的一幕是他无从感受得到的。

“我们知道是麻雀，艾尔。”米奇对他不冷不热的反应颇为不满。

“你们有没有点着火或者别的什么？”

“哦，有的。可是……不会从烟囱里漏出多少亮光。”

莉迪亚俯身去收拾地上摔破的瓷器和餐具。

“你知道，鸟会被光吸引。这的确是一件奇怪的事。”马隆在房间里来回地踱着步子。莉迪亚站起来，把收集起来的垃圾和碎片端到厨房里去。

“是的。无论如何，我们必须对这种情况采取点措施。”

“我不明白你的意思，米奇。采取什么措施呢？”

“喏，这些鸟袭击房子。”米奇回答道。

马隆还是不以为然，轻描淡写地说：“倒不如说它们是碰巧飞进房间的，只是有点惊慌失措而已。”

“好吧，你要是说在一个封闭的房间里，一只鸟会惊慌失措，这我会同意。可是它们不是偶然飞进来的。”米奇说得有些激动，抑制不住自己的情绪，“它们是从烟囱里直接闯进来的。”

马隆接着说：“有一回，我妻子在汽车后座上发现一只鸟……”

“告诉他茶会上发生的事情吧。”莉迪亚禁不住插言道。她继续收拾着刚才米奇把桌子掀翻时留下的残局。

“对了，今天下午，我们举行了一个茶会，是为了庆祝凯茜的生日。在这中间……”

“她多大了？”马隆扯到一个不相关的话题上去。

“噢，11岁了。在茶会进行的当口，一些海鸥猛扑孩子们。就在昨天，丹尼尔斯小姐还被海鸥啄过。”

“是啊！孩子们招惹了那些鸟，或者是因为他们干了别的什么。是这样的，如果你干扰了它们，那么，它们就会追逐你。”

莉迪亚按捺不住自己的脾气，对马隆不着边际的话十分不满，于是说道：“艾尔，孩子们正在玩游戏，那些海鸥没来由地就发起进攻了！”

梅兰妮在一旁听着，一言不发。

马隆还是固执己见，“噢，莉迪亚，‘进攻’这个词太过分了，你不觉得吗？我的意思是，鸟群不会无缘无故攻击人，你明白我的意思吗？孩子们可能惊着它们了。就这么回事儿。”

莉迪亚正跪在地上捡东西，听到马隆这么说，她一时抑制不住地站起来说：

“这些鸟，它们是发起进攻了！”

“你们这里弄得乱七八糟的——这点我也承认！”马隆望着大家不满的眼神，迟疑了一下，接着说，“你们得弄些什么东西罩住你们的烟囱顶吧。”这时，从烟囱里掉下一只死鸟，吓得莉迪亚倒吸了口凉气。

马隆关切地问了声：“需要帮忙打扫吗？”

米奇不高兴地回答说：“不用了，我会收拾的，这活儿不算太多。”

莉迪亚站在壁炉旁，对掉在钢琴上的死鸟皱了皱眉头。

梅兰妮注视着眼前发生的一切，看到凯茜已是疲惫不堪，于是说道：“我送凯茜上去睡觉。我想我应当留下，你说呢？”

“要是你能留下，那真是太好了！”米奇回答说。

梅兰妮转过身来，搂着凯茜说：“我的东西在汽车里，你要和我一起去拿吗？”

“好的。”终于有件让凯茜高兴的事了。说着，她们就走出去了。

莉迪亚望着她们，然后又注视着马隆。

马隆说：“好吧，还有什么需要我做的吗？”

“没有了，谢谢，艾尔。我们会收拾好的。”

“再见，莉迪亚。”马隆向门口走去。

莉迪亚若有所思，没答理他。米奇送他出去。

临走时，马隆感叹了一句：“真是怪事！”

第二天，米奇提着死鸟到宅子外面埋了。铁铲不时发出撞在岩石上的铿锵声。梅兰妮穿着睡衣坐在楼上卧室的镜子前面涂口红。莉迪亚急匆匆地走出来，喊道：“米奇！米奇！米奇！”梅兰妮闻声走到窗口，往下望着。

“我要送凯茜去学校，还可能到福西特农场去。”

“好吧。”米奇停下手中的活儿，还以为又发生了什么事。

莉迪亚和凯茜坐在小货车上，不一会儿就响起了马达的轰鸣声。小货车行走在海湾大道上，渐渐远去。

梅兰妮从窗口回到镜子旁。

小货车慢慢驶进农场，拐了几个弯，停在摆弄拖拉机的农场工人身边。莉迪亚下了车，关上车门，然后向那个工人走去。

“早上好！”那个人先打着招呼。

“早上好！福西特先生在家吗？”莉迪亚边走边问道。

“我想他在，今天早上还没有见到他，可是他该在家的。”

莉迪亚走上门廊，咚咚地敲着门，等了一阵子，居然没有动静。她从窗户往里面探视了一下，也没听到声响，于是推开纱门走了进去。

“丹，在家吗？”她进去的时候，十分惊讶地看着悬挂在碗架上的破杯子。她有些惶惶然地继续往里面走。她走到厨房，东张西望了一番，没见到什么，于是缓步走到过厅，看见左边房间的门敞开着，就停在门口站住了，望望房间里面。

屋子里的情景着实吓了她一大跳。只见一只海鸥的头正卡在窗户外面，身子扎在玻璃碴上。屋子里乱糟糟的，像是经过了一场生死搏斗的战场。房子里满是打碎的物件，桌子四脚朝天地仰面倒在地面。地板上有已经死去了的黑鸟，海鸥的羽毛飘洒得到处都是。

莉迪亚惊呆了，半天才回过神来，急急地去找福西特先生。

莉迪亚胆战心惊地走进门道，看到福西特躺在地上，一动不动。他的睡衣已经被啄成碎片，腿上布满一道道血痕。

莉迪亚大惊失色。她看到福西特背倚着墙，倒卧在地上，血从他那对被啄空的眼窝里流到脸上。那副样子真是令人惨不忍睹。

莉迪亚转身夺门而出，砰的一声把门关在身后。跑出来的时候，她的钱包和手套都掉落在地上。她失魂落魄，不顾一切地往外面跑，希望快点儿离开这个可怕的地方。她边跑边“啊——啊——”地叫唤，却说不出一句话来。

旁边修理拖拉机的工人见到她这副样子，只感到莫名其妙。

她也顾不上打招呼，直接奔到小货车上，疯也似的发动汽车开走了。小货车从福西特农场飞速疾驰，发出惊人的吼声。

莉迪亚惊恐万状地开着车，很快地就开回到自己家的房子前。

米奇和梅兰妮惊奇地看着飞奔而来的汽车，只见它后面掀起高高飞扬的黄色尘土。小货车拐进停车场时戛然而止。惊魂未定的莉迪亚几乎是从车里掉出来的，她倚在车旁，呜呜哭起来，禁不住跌坐在地上。

米奇和梅兰妮连忙跑上前去。

“妈妈，怎么啦？妈妈，怎么回事？”

莉迪亚推开他们两人，径直跑到家门口，走进门去。米奇紧跟着跑了过去。

不一会儿，米奇穿上外套，走到梅兰妮旁边说道：“艾尔·马隆，那个警长刚打来电话，要我到福西特那里去一趟。圣塔罗莎侦探也要去。你能行吗？”随后他向她简单讲述了发生的事情。

"没问题，我给你母亲端点茶过去。"

米奇吻了一下她的后颈，梅兰妮转身拥抱他，他们情不自禁地热吻起来。但只一会儿，米奇就停下来。

"噢，你小心点儿。"梅兰妮关切地提醒道。

"你也要小心！"

梅兰妮目送他离去。随后，她转身走进厨房，把茶具放在托盘上，然后来到莉迪亚门前，轻声地敲着门。

"是米奇吗？"屋子里传来莉迪亚有气无力的问话声。

"不，是我，布伦纳太太。我想，你可能想喝点儿茶。"

"噢，谢谢你。米奇在哪儿？"

"艾尔·马隆要他到福西特农场去。"

"为什么？艾尔·马隆不相信我告诉他的事儿？"

梅兰妮斟上茶，把它递给莉迪亚，一边说道："他是从农场打电话来的。"

"那么，他看见了发生的一切？"

"当然，他肯定已经知道发生了什么。他还叫来圣塔罗莎侦探。"

莉迪亚接过茶，小啜了一口，然后说："他们能干出什么好事来？——你认为凯茜在学校没问题吧？"

梅兰妮眺望窗外，然后放下窗帘，她知道莉迪亚连着遭受刺激，需要的是安静的休息。"不用担心，她会好的。"

"你是不是觉得我说话傻乎乎的？我总想着丹的那张可怕的脸。凯茜学校的窗户那么大，可以飞进去的鸟更多。丹那个小窗户……玻璃全碎了！"

"别再想那么多了，尽量让自己放松一下。"

莉迪亚又喝了一口茶，说："但愿我是一个意志坚强的人。你知道，四年前我失去了丈夫——要是依靠别人，那实在是件糟糕的事——就怕自己一下子什么力量都消失殆尽，而你就成了一个孤独的人……"莉迪亚把茶杯递给梅兰妮，躺在床上，头往后靠，凄凉地闭上眼睛，然后又害怕地睁开，仿佛一闭上眼，所有那些她不愿想起的事都会浮现在她的脑海似的，她接着说，"有的时候我也渴望放松一下，我要是能睡着就好了——你认为凯茜没问题吧？"

"安妮在那儿，她不会有什么事的。"

莉迪亚点点头，"我平常不是这样的，你知道。不，不常常这样……我不为孩子们烦恼或大惊小怪……弗兰克死后……你看，他了解孩子，他真的了解他们，他有进入他们内心的诀窍，成为他们的一部分。这是难得的天才。"

“是的。”梅兰妮对她突然讲起这些事感到奇怪，她也不便多说什么，只能成为她倾诉衷肠的对象。

“噢，但愿，但愿我能像他一样！我想念他！”莉迪亚接过梅兰妮送上前来的茶，又喝了一口，然后继续说，“有时候，甚至是现在，我早上醒来的时候会想到，我必须给弗兰克做早饭了。我就起床，这是起床的最好理由。凯茜还小，而米奇……米奇有自己的生活。我很高兴他今天没走，留在这里了。我……只要他在这儿，我就会觉得十分安全。”

“你现在想休息吗？”

“不，别走。我觉得仿佛一点儿也不了解你，而我……又非常想了解。”

“为什么，布伦纳太太？”

“因为我的儿子好像非常喜欢你。我拿不准自己对这件事是什么感觉，我甚至不知道喜不喜欢你。”

“你喜不喜欢有那么重要吗？”

“噢，是的，我想是的。米奇对我很重要。我应该喜欢他看上的女孩子。”

“也许。要是你不喜欢呢？”

“啊，那么我认为除了我之外，对别人都没有什么关系了。”

“噢，我不这样想，我认为对米奇也应当是有关系的。”

莉迪亚摇摇头，说：“米奇总是按照自己的意愿办事儿。可是，你知道，我不愿意被孤零零地留下……我想，我受不了被孤零零地留下的感觉。”她说着，竟坐起来，用一只手捂住脸，呜呜地哭出声来。

梅兰妮耐心地等着。她走到莉迪亚的床边，拿起茶具，把它们放在旁边的小桌上，然后坐下来，把手放在莉迪亚身上，安慰她。

“哦，请原谅我！这都是因为那些鸟使我心烦意乱。如果米奇不在，我真不知道该怎么办。”

“你为什么不想法睡一觉呢，布伦纳太太？”这样说着，梅兰妮便服侍她躺下，并给她盖好被子。

“但愿我能坚强些。”莉迪亚一双泪汪汪的眼睛注视着梅兰妮，好像希望从她那里获得什么力量，“你认为凯茜没问题吗？你看她在学校不会有事吧？”

“你愿意我去看看她吗？”

“噢，我不能要求这个！”

“我不在乎，真的！”

“你肯去吗？那我就放心多了。”莉迪亚第一次流露出感激的神情。

梅兰妮微笑着说:“我现在就去。”

莉迪亚也破涕为笑，她闭上眼睛，叹了一口气，然后放心地睁开眼睛。梅兰妮见她略微松弛下来，才转身端起茶托，准备离开。

“梅兰妮，”听到莉迪亚如此亲近的称呼，梅兰妮停住脚步，回身望去，看到的是莉迪亚舒展的笑容，“谢谢你的茶。”她说完，放心地闭上了眼睛。

梅兰妮走出房间，马上驾驶着汽车向学校驶去。

不一会儿，她就在学校附近的空地上停下车。当她开门下车，走上学校台阶的时候，听到了孩子们整齐而嘹亮的歌声。她沿着走廊循声而去，来到教室前面，试着推开教室的门，往里面小心地窥探着。

孩子们坐在教室里唱着歌，安妮在讲台上领唱，她看见了梅兰妮。

梅兰妮以口型示意道:“我能跟你说句话吗？”

安妮看看手表，示意她稍微等一下。有几个小孩随着视线的牵引扭头看了看梅兰妮，凯茜还咧嘴笑了。

梅兰妮向安妮表示她能等，就关上门。

她从教室的走廊出来，观察了一下四周的景色，然后走上台阶。她先是下了一个台阶停下来，左顾右盼，接着才举步再次向前，远远地可以看见安妮带红色信箱的房子。她走到栅栏旁的长凳上坐下，接着打开手提包，取出烟盒。

就在此时，一只乌鸦从她身后飞过去，停在游戏场上的攀登架上。她取出香烟，又拿出打火机点上火，一边喷烟，一边往后背上靠。现在已经有四只乌鸦栖息在攀登架上了。

梅兰妮静静地坐在那里抽着烟，对身后的事情丝毫没有察觉。随后，第五只乌鸦飞过来，加入到原来的队伍行列里。梅兰妮边吸烟边等待，不时朝两旁张望，同时不断有乌鸦加入进来。

她抬起头来，仰望天空，看到群鸦在上空盘旋。

梅兰妮对此大吃一惊，随着它们的飞翔而转动头，这才注意到身后的攀登架上已经停满了乌鸦。不一会儿，又有两只加入进来。

梅兰妮站起身，瞪着黑压压的一片乌鸦，吓得不寒而栗。她一边往后退，一边望着攀登架上的鸟群，生怕此刻就会惊动它们。她竭力控制住自己的惊慌，慢慢地往学校台阶前移动。等上了台阶，鸟群逐渐消失在视野中，她才飞也似的沿着走廊跑过来。

这时，孩子们刚唱完歌，只听见安妮的说话声:“好了，孩子们。现在请你们把歌本儿放到一边，起来站在桌旁，等大家准备好之后，我们马上出去休息……”

梅兰妮跌跌撞撞地闯进来。

安妮还在继续说：“一直要等到每个人都安静下来，我们才到操场上去……”听到门被撞开的声音，安妮停下来。孩子们或坐或站，因为突然失去指挥，而显得不知所措。他们开始叽叽喳喳地各自说着想说的话，仿佛唱歌让他们憋了好长时间，现在都忍无可忍了。

梅兰妮张大着嘴，从孩子们身边穿过，指着打开的前门，吆喝道：“关上那扇门！快！”

安妮十分不解地问道：“什么？”

“求求你，快些吧！”

安妮转身将门关上，同时有些莫名其妙地问道：“出了什么事？”

梅兰妮指着窗户外面说：“看！我们必须把孩子们送出去。”

透过窗户，只见攀登架上一动不动黑压压的一片乌鸦，像是夏天暴雨将至的天空，积压着厚厚一层乌云似的，不断积累叠加，就等着顷刻间的爆发。仔细看来，每只乌鸦都好像是弦上蓄势待发的利箭，一张张尖而长的利喙，不时在自己或同伴身上擦磨着。

眼前的可怕情景也让安妮不寒而栗。她迅速转过身来，对着孩子们拍拍手，同时尽量压低了嗓音说道：“嘘——孩子们，现在大家安静一会儿，大家务必安静下来。有位新来的客人，丹尼尔斯小姐想要看看我们在防火训练中的表现如何。”

大家一下子都安静下来，想要听听有什么新的玩法儿，但得知又是什么表演和训练时，大家都有些不满：“防火训练？可现在应该是玩儿的时间……”大家七嘴八舌地争论着，吵闹不休。

安妮觉得场面不好控制，但又一时对他们讲不清，于是灵机一动，想出一个办法。她赶紧说道：“我希望你们能让客人看到，你们能够在假定的危险中表现得如何安静，而且多么守纪律。好了，我们现在就准备走出学校。”

孩子们大惑不解，“离开学校？”下面又是一阵叽叽喳喳的窃窃私语。

梅兰妮担忧地望着窗外，随后又扫视着这群天真活泼的孩子，心里暗自祷告，希望今天的事能平安度过。

安妮招呼说：“你们离家近的，可以直接回家，就当是有紧急情况。我想，大家在今天的实际表现中，一定都能很好地按规定的去做。”

“回家？！”孩子们更加弄不明白是怎么回事儿了。不过，有的孩子显然已经把它当作一次秘密行动，而且觉着好玩。他们因而兴奋地拍起掌来。

"大家在整个行动中一定要安静。其余家离得远的，你们就跑到山坡下的旅馆。现在大家都明白了吗？"

"明白了，海沃斯小姐。"

梅兰妮从窗户走到教室另一端安妮那边，她们两人一起走向前门。孩子们的目光都随着她们移动。那堆黑压压的乌鸦就像是马上要降临人世的死神，让她们觉得眼前的情景绝不是什么好兆头。

安妮见孩子们一个个回头，以怀疑的目光盯着她们。为了驱散大家内心因好奇而可能产生的忧虑，她便说道："我要求你们尽量安静地走，不出一点儿声，直到我叫你们跑，然后尽量快跑。现在，每个人都清楚了吗？"

"清楚了，海沃斯小姐！"大家几乎是异口同声地应道。

"好，约翰，你带路。"

梅兰妮引着大家开始在教室里有秩序地移动。他们走出教室门的时候，发出整齐的咚咚的踏步声。安妮急忙发出嘘嘘的警告，提醒他们不要出声。孩子们越加觉得惊奇好玩儿。

聚集在攀登架上的乌鸦原本都是懒洋洋的样子，听到孩子们的脚步声，立刻变得警觉起来。一部分开始拍翅腾飞，其他的跟着叽叽喳喳地乱叫，像是临战前的号声。紧接着，更多的鸟开始在空中飞翔，有的已经积聚了足够的力量，向低空俯冲下来。

安妮和梅兰妮带着孩子急急忙忙奔向斜坡，乌鸦掠过他们的头顶。孩子们跑得越快，乌鸦跟得越紧，拍打着羽翼直扑过来。胆小的孩子开始尖叫。一时大家都吓坏了，齐声哭闹起来。

这时，乌鸦的鸣叫和拍打翅膀的声音混杂在一起，一时场面大乱。大家各顾各地跑散开来，只恨自己腿短跑得慢。

在低空翱翔的鸟群飞过来狠啄孩子们的脖子，一个小女孩设法拉开她颈后的鸟。有些胆子大一些的孩子，就胡乱抓住鸟使劲儿往地上扔。一个男孩子与啄他后颈的乌鸦搏斗着……孩子们都拼命往前逃。

一个姑娘扭头来看，乌鸦趁势扑上，她厉声尖叫。鸟又扑向前面的孩子，孩子们且战且退。有的挥舞着胳膊，一次次击退鸟儿的进攻。几个小姑娘携着手，边跑边赶鸟群，其中一个被鸟啄了，其余的纷纷夺路逃跑。无论跑在前面的还是跑在后面的，都有鸟群左右夹击地骚扰他们，有的鸟就停落在孩子们的脖子上或是头发里，连续不断地袭击着他们。

梅兰妮牵着几个孩子跑到小路上去，逃脱了鸟群的追逐，但仍不敢停留，继续奔跑着。

一个小姑娘边跑边用手推开落在头发上的鸟；一只鸟啄了一个男孩的脸，他顿时满脸是血，哭了起来；一个男孩赶开鸟，跑进树林；一个女孩被鸟撞倒在地上，一群鸟儿从她头上、身边掠过。

一个女孩的脸被啄过之后，大声叫唤道："凯茜！凯茜！"

凯茜闻声止步，转过身，往回跑。梅兰妮看到眼前发生的意外情况，赶快回头过来帮忙。凯茜和梅兰妮联手将停在那个女孩身上的乌鸦轰走。等她们将她扶起的时候，她已经是泣不成声，一边擦眼泪，一边用手抚摩着疼痛的地方。

梅兰妮这时看到路边停着一辆旅游轿车，她示意她们一起跑过去。她们三人跌跌撞撞地跑到轿车前面，用力搬了一下门把，钻进了汽车。梅兰妮下意识地伸手到口袋去摸钥匙，但是没有。就在她们惊魂未定的时候，许多鸟儿落在汽车挡风玻璃上，有的带有俯冲的威力，撞击着车窗玻璃。梅兰妮惊恐万状，情不自禁地按响了喇叭。乌鸦似乎也被吓住了。梅兰妮继续拼命地按着喇叭。但还是有许多乌鸦冲撞过来，在玻璃窗上扑腾着翅膀。梅兰妮很不安地把头摆来摆去，以为鸟儿都是直接冲着她来的。两个小孩转过头去，透过后面的窗口，望着还在奔跑、挣扎的小孩。

这时，汽车前面的鸟群开始陆续散去，鸟的鸣叫和拍打翅膀的声音渐渐远去了，梅兰妮这才舒了一口气，低头伏在方向盘上休息。两个小女孩还在呜咽不止。其他的小孩也都找到了避难的场所，他们一边哭着，一边大口地喘着气。

梅兰妮把车开到泰迪斯饭店，餐厅里面挤满了人，人们在议论纷纷。她开始拨打电话。店主德基倚在她身边的酒吧台上倾听着她的谈话。

"噢，爸爸，太可怕了！有好几百只……不，我不是歇斯底里，也不是一时冲动。我尽量以平静的态度告诉你我所经历的有多么……"有几个男人靠过来，一边要东西，一边注视着梅兰妮。她继续打电话："爸爸，是的，爸爸……好的，就是刚才，还不到15分钟……在学校。不，我不是……等会儿……学校叫什么名字？"

海伦和一个女招待在窃窃私语着什么。一个母亲领着两个孩子坐在她们旁边。还是德基回答了她："就叫保迪迦湾学校。"

"就叫保迪迦湾学校……哦，我不知道有多少个孩子……我想想，三四十个吧？不，孩子们一走到学校外面，鸟群就开始袭击他们……"

德基见到一个年纪较大的太太推门进来了，而且直接走到柜台前。他连忙站直了，迎候她的到来："能为你效劳吗，邦迪太太？"

"我要一些零钱，卡特先生。"邦迪太太说着，把一张大额的钞票递过去。

梅兰妮继续打着电话："我认为是乌鸦，我不知道，爸爸。黑鸟与乌鸦有区别吗？"

邦迪太太瞟了一眼梅兰妮。

德基这时把换好的零钱找给邦迪太太。她忍不住插了一句："这两种鸟的差别是非常明显的，小姐！"

"谢谢你！"梅兰妮离开话筒说了一声。邦迪太太拿着零钱走开了，然后她继续打电话："它们是不同的，爸爸……我想，这些是乌鸦……是的，有好几百只……是的，它们袭击了孩子……是的，情况非常严重……"

邦迪太太走向自动出售香烟机，塞了一些硬币进去，然后取了一包香烟就回来了。她边走边撕开包抽出一支。

"可是目前我实在不能离开，爸爸……好吧……好的，我知道……再见。"

邦迪太太走到酒吧柜台前面，她把那包香烟放进皮包，啪的一声关上了。然后，她拿起火柴，慢条斯理地点上，一边说道："它们当然都是木栖鸟，但属于完全不同的类别。这里常见的乌鸦是短嘴鸦，而黑色的鸟是蓝头黑鹂。"

"谢谢你。"梅兰妮说着转过身面对德基，问道，"你有福西特农场的电话吗？"

德基从柜台下面拿出电话簿，递给梅兰妮说："就在这里，小姐。"然后，德基有些不解地问道："我看不出有什么区别，邦迪太太，不管是乌鸦还是黑鸟，只要是学校受到攻击，事情就相当严重了。"

梅兰妮翻阅电话簿，找到名字，就开始拨号。邦迪太太没有点上香烟，就把火柴吹灭，开始颇有兴致地发表自己的看法："很难想象它们中的哪一种，有足够的智慧去发动一次群体袭击。啊，它们的脑子还没有大到能去……"

"我刚从学校来，太太。我一点也不了解它们的脑子，可是我亲眼看到……"梅兰妮打断她继续说下去。

邦迪太太划着另一根火柴，举在手上，忍不住继续说道："啊，我了解，我真的了解。鸟类学正好是我的业余爱好。鸟类不是爱寻衅闹事的，它们是如此轻盈优雅，永远都是和平和自由的象征，小姐，它们给世界带来美……"她意识到火柴要烧到手了，马上点燃香烟。

海伦在一边招呼客人的点菜："三份南方炸鸡……都要带烤土豆的。"

此时梅兰妮的电话已经接通，她对着话筒说："……是的，请找米奇·布伦纳先生听电话……好的，我等着……”

邦迪太太继续说着：“不如说是人类使这个世界的生命愈来愈难以生存。噢，现在不光是鸟的问题……”

德基打断了她不切实际的感慨，说道：“邦迪太太，你似乎还不明白。这位小姐说，学校里发生了鸟类袭击小孩的事件。”

“不可能！”邦迪太太果断地说。

“噢，米奇吗？”梅兰妮打着电话，“找到你真是太让人高兴了，发生了一些可怕的事情……”

一个坐在饭厅角落的醉汉举起胳膊，在空中挥舞比画着说：“世界末日到了！”

“学校里到底发生了什么事情，德基？”海伦也禁不住产生了兴趣，但同时还在招呼着客人：“两份番茄汁混合酒。”

人们的眼光都开始集中瞥向这边。

德基环顾了一下四周，说：“一群乌鸦袭击了学校的孩子。”

“世界末日到了！要听主耶和华的话，主耶和华对大山、小岗……”那个醉汉狂呼乱语道，“水沟、山谷如此说，我必使刀剑临到你们，也必毁灭你们的祭坛。你们的祭坛必然荒凉，我要你们中被杀的人倒在你们的偶像面前。”

梅兰妮继续打电话：“我以为，它们是无害的……”

“《圣经》里的《以西结书》第六章说……”醉汉说着呷了一口酒。

只听见梅兰妮的声音：“它们突然团团包围住我们……”

“《以赛亚书》，第五章。世界末日到了！”

“真是灾祸！那些人一大清早起来，就只知道喝酒，”海伦发出感慨说，“那些流连到深夜，甚至因酒发烧的人。”

“好的，好的，我会在这里等你的。”梅兰妮说完咔嗒挂上了电话。

邦迪太太说道：“我想象不出来，几只鸟就会带来世界末日！”

“不是几只鸟！”梅兰妮马上纠正她说。

德基也觉得不可理解，皱着眉头说：“我以前不知道保迪迦湾在这个时候会有这么多的乌鸦。”

“在乌鸦分布的地区里，它们是固定不迁移的。事实上，我们记录下了——我们在圣诞节时统计过大概的数字。”

“你数过有多少只海鸥，邦迪太太？”船夫肖尔斯不知什么时候从人们的身后钻了出来。

“哪种海鸥呀，肖尔斯先生？有很多种呢。”

“在我的渔船上捣鬼的那种！”

梅兰妮、德基几个人都面面相觑，几乎同时问道：“海鸥也惹过你的麻烦吗？”

肖尔斯坐在后面凳子上吃东西，说道：“上星期，我的一条船遇到麻烦了。”

“可是这位小姐星期六刚被海鸥啄过。”德基诧异地提及道。

海伦这时站在母亲和孩子们的桌边，颇为不耐烦地催促道：“德基，我还在等着番茄汁混合酒呢！”

“马上就好！”

那位母亲抬头望望海伦，请求道：“能不能请你要求他们小声点？他们会把孩子们给吓坏的。”

肖尔斯端着喝的东西开始来回走，嘴里还说着：“有一整群海鸥打翻了我的船，并且把船长的胳膊扯掉了……”

海伦走过来，拍着他的肩膀说：“你把孩子们吓着了！小声点！”

“好吧。”

德基接过话头，小声地说：“你把我也给吓坏了！你是想把这些事都说成……不，听起来是不可能的，肖尔斯先生。”

“瞧，德基，我只不过是把我的一条船上发生的经历告诉你们而已。”

邦迪太太转身对着肖尔斯说道：“海鸥是冲着你的鱼去的，肖尔斯先生。真的，让我们把这件事想得合乎逻辑一些！”

“乌鸦冲着学校的什么东西去呢？”梅兰妮反问道。

邦迪太太只得又转回来，好像她正好处于一个被提问者前后夹击的位置，因而成了大家反对的目标。她还口道：“你认为它们是冲着什么去的呢，小姐，呃？”

“我叫丹尼尔斯。我想它们是冲着孩子们去的。”

“为了什么目的？”原来博学的邦迪太太现在成了问题太太，对讨论的现象摸不着方向了。

“为了杀害他们！”梅兰妮冷冷地说出这样的话，饭厅里的人听了都大为吃惊。

“这又是为什么？”

梅兰妮转身对着大家，语气平静地说：“我也不知道为什么。”

邦迪太太立刻反驳说：“我想不是的，丹尼尔斯小姐。从始祖鸟开始，鸟在这个星球上已经……有一亿四千多万年了。它们等上这么长的时间才向人类发动战争，你难道不觉得奇怪吗？”

“没人说那是一场战争！”

“你和肖尔斯先生似乎在暗示同样的意思。”

“谁提到过战争呀？我所说的只是一些海鸥。”肖尔斯立刻反驳道。

海伦走过来，问道：“还要咖啡吗？”

“不，”肖尔斯继续说，“它们飞到我的船上来。好，可能它们像你说的那样，是冲着鱼来的。”

“你要的鸡。”一个店员吆喝道。他也按捺不住寂寞，加入到讨论的队伍中来，发表着自己的看法说：“你的船长该开枪打死它们。”

肖尔斯敏捷地转过头来，循着说话的声音望去，一边讥讽地嘀咕道：“哦，是吗？”

那个店员继续发表着个人的高见：“不管怎么说，海鸥是以吃腐烂动物为生的，大多数鸟都是。你们自己就应该拿起枪，把它们从地球上抹去。”

饭厅里的人哈哈大笑，都被他一本正经的玩笑逗乐了。

“这是不可能的！”邦迪太太固守着自己的立场。

“为什么不可能，邦迪太太？”德基也是针锋相对。他觉得她太自以为是了。

“因为全世界目前有8650种鸟，卡特先生。在美国，估计会有……57.5亿只鸟。全世界五大洲……”

“把它们杀光！不要它们，肮脏的动物！”店员越来越义愤满腔，说话的方式也越来越偏激。

邦迪太太也是一个执拗的老顽固，她根本听不进别人在说什么，只顾接着自己的话说下去：“可能……总共有上千亿只鸟。”

醉汉乘机重复着咒语般的言辞：“世界末日到了！”

肖尔斯说道：“那些鸟肯定是冲着鱼来的。”

母亲一声不响，在桌旁聆听着众人你一句我一句地争来争去。

终于有人赞同邦迪太太的假设。邦迪太太得意地点着头，马上把对方引为知音。“当然喽。”她看了一眼那个对她的意见表示赞许的人。

“妈妈，那些鸟会来吃我们吗？”孩子听得入了神，也开始提出质疑。

母亲摇摇头，催促说：“快点，孩子们，快把饭吃完！”

肖尔斯愁眉不展，有些犹疑地开了口：“可能我们都被这件事闹得有些昏头昏脑了。应当承认，有几只鸟确实行为古怪，但是没有理由去相信……”

“我一直强调说不是几只鸟！而是海鸥和乌鸦……”梅兰妮坚持着自己的看法。

但是没有人肯听她的话。现在的争论已进入火热状态，大家都容不得别人把话讲完就强行打断。

只听邦迪太太插口道："我从来没有听说过不同种类的鸟会汇集到一起，甚至这种概念都是不可想象的。假如发生了这样的事，我们根本就没法逃脱！我们怎么能够打得过他们呢？"

母亲和孩子们都听得目瞪口呆。

肖尔斯附和道："我们是打不过。你说得对，你说得对……"

这时又一个食客进来了，他叫萨姆。看到酒吧里的人谈得这么热火朝天，他不禁好奇地问道："怎么回事呀？这儿发生了什么事情吗？"

"我们在打一场战争呢，萨姆。"

"战争？打谁呀？"

"打鸟！"肖尔斯回答说。

母亲开始激动不安。她沉思了片刻，终于直截了当地站出来说话了："我很高兴你们全都觉得这种事儿十分有趣，可你们把孩子吓得有点神经错乱了。如果这位小姐说她看见了学校那场袭击，你们为什么不相信她呢？"说完，她把目光投向梅兰妮。

萨姆越加糊涂了。他看了看周围的人，问："什么袭击？谁袭击了学校？"

母亲继续说："鸟群袭击了学校，乌鸦——你们全都坐在这里辩论，你们还想让它们下一步做出什么更可怕的事情来吗？让它们从那扇窗户撞进来？"

"妈妈！"小女孩吓得大叫一声，扎入母亲的怀抱。

"别慌，穿上你的外衣。你们为什么不全都回家去？关上门窗——从哪条路回旧金山最近呀？"

"走高速公路最快，太太。"德基回答道。

"怎样才能找到高速公路？"

店员插话说："我也走那条路，太太。你可以跟我一起走。"

"那好，我们现在就走吧！"母亲把两个孩子拉到怀里。

"我还没喝完酒呢。"店员示意她稍等片刻。

母亲无可奈何地站在一旁等待。

就在这时，饭厅的门再次打开了。众人抬起头，看见米奇进来了，后面跟着马隆。他们一起走向酒吧。

米奇看到梅兰妮，边走边说："我是尽快赶到这里来的。凯茜在哪儿？"

"她和安妮在一起，她没事儿。"

萨姆大致弄明白是怎么回事了，但还是在询问："艾尔，学校遭到袭击时，你为什么不到那儿去呀？”

“因为我正好从丹·福西特那里回来，就这个原因。”马隆回答说。

“昨天晚上他被群鸟杀死了！”米奇解释道。

大家听了都惊呆了，一张张嘴张得老大。

“什么？”萨姆简直不敢相信自己的耳朵。

“现在别说了，米奇！你还不知道事情的真相。”

“事实真相是什么呢，马隆先生？”邦迪太太追问道。

“圣塔罗莎的警察们认为这是一件恶性谋杀案。他们认为是一个强盗夜里闯进去杀了他。”

“那么，你怎么解释满地的死鸟呢？”米奇不满地说。

“喔，这个嘛，圣塔罗莎的警察们估计它们是那老人被杀之后才进去的。”

此时母亲站在桌子旁不动了。孩子们虽然害怕，但是又无法控制自己的好奇心。他们竖起耳朵，聚精会神地听着这种让他们觉得奇妙的故事。

母亲这时又插话了：“圣塔罗莎的警察们今天在学校吗？”她不想继续问什么，看着店员的酒基本上喝完了，马上把孩子搂起来，急切地说，“可以走了吗？”

“别紧张，太太，眼前一只鸟也没有嘛！”店员劝慰她说。

醉汉举起双臂，高呼道：“你们看天上的飞鸟，也不种，也不收。你们的天父尚且养活它。”

店员接着说：“嗨，去年在圣塔克鲁兹也发生过类似的事情。那个镇子铺天盖地的都是海鸥，简直无法想象。”

母亲给两个孩子穿上外衣，显然有些着急，好像是想了一下，她才委婉地对店员说道：“请你把酒喝完，好吗？”

邦迪太太似乎记起了什么，迫不及待地脱口而出道：“是那样，先生，我想起来了。一大群海鸥在雾中迷失了方向，便飞进镇子——那里的灯都亮着。”

店员继续说：“它们搅和得乱七八糟，撞坏了房屋和一切东西，它们就是这样不管一切，不顾后果。”

“问题是，似乎没有什么人为此而恼火。它们在第二天早晨都飞走了，就好像没有发生什么事情一样。可怜的小东西。”邦迪太太居然变得伤感起来。

母亲实在忍受不了这里的一切，那种毫无意义的争论让她觉得异常压抑。她知道孩子听多了这种事晚上只会做噩梦，精神也会恍恍惚惚。她下定了决心，不管有没有人照顾，也要立刻出发了。“我要走了，你来吗？”

店员把酒喝完，放下杯子，一边说着："好的！好的！我希望你们能把这件事琢磨出来。"

他们一起朝门口走去。

醉汉还在口中喃喃自语着："世界末日到了！"

肖尔斯站了起来。米奇走到他身边。

"喔，我还是回罐头厂吧。德基，我该付多少钱？"肖尔斯一边伸手摸口袋里的钱，一边问道。

米奇这时开口道："塞巴斯蒂安，等一会儿。"

肖尔斯回头看了他一眼，"嗯？"

"你知道，我可不想做一个危言耸听的人，可是……"米奇迟疑着说。

肖尔斯马上说："哎，从来就没有人说你是嘛，米奇！"

"我认为我们真的是遇上麻烦了。我自己也不知道这一切是怎么开始的或者是什么原因造成的，可是我知道它就在眼前，我们如果置之不理，那就显得太愚蠢了。"米奇颇为慎重地说。

邦迪太太对米奇的话有些不解："置之不理什么？鸟群之战？"

米奇点了点头，"是的，鸟群之战，鸟群的袭击……你怎么说都可以。它们正在某个地方汇集着，它们肯定还会回来的。你们可以等着"。

邦迪太太马上摇起了头，尖声说道："奇谈怪论！"

米奇引着肖尔斯向前走了两步。梅兰妮紧跟在他们身后。"上这儿来。除非我们立即采取点措施……我们得让保迪迦湾的人们行动起来。"米奇说。

肖尔斯用听起来是劝慰的口吻说道："你看，米奇，就算……就算你说的一切都是真的，甚至说，假设这些鸟……"

"你不相信这些是真的吗？"米奇问他。

"不信，米奇。坦白地说，我觉得没有什么理由，我……"

"可是，事情的确发生了。难道这不是一个理由吗？"

"我和别人都喜欢这个地方，可是……"

"好极了，那么，帮助我。你在这个镇子上是个重要人物，如果你肯帮助我，他们全都会愿意的。"

"怎么个帮助法？你想要干什么？"肖尔斯不解地问。

这时，从外面传来了海鸥的声音。梅兰妮向窗外张望着。

米奇继续说道："邦迪太太说了些关于圣塔克鲁兹的事。她说到海鸥在雾中迷了路，然后飞向灯光。"

肖尔斯马上纠正他说："这个季节我们这里没有雾，米奇。"

米奇继续说："我们制造……自己的雾。"

"你打算怎么做这件事呢？"

"我们可以利用烟罐，就像军队用的那样。"

这时，梅兰妮看见两只海鸥直直地向泰迪斯加油站飞来。她不禁喊出了声："快看！"

听到她的声音，米奇和肖尔斯马上走到窗前，他们一起向窗外看去。

只见加油站的一位工作人员正在给汽车加油。海鸥径直向他凶狠地飞过去，他一下子被撞倒在地，咣当一声碰翻了一个汽油罐。

站在窗后看到这一切的人们不禁都大惊失色。米奇离开窗子，向门口跑去。梅兰妮紧随其后。米奇回头看了她一眼："它们又发起袭击了。梅兰妮，你留在这儿！"

梅兰妮站住了，又回到窗前。

店里的人们纷纷离开自己的座位跑到窗前，他们看着眼前的一幕，七嘴八舌地议论着。那些海鸥乱纷纷地拍打着翅膀，同时发出尖厉的鸣叫。

米奇出了门，跑到倒在地上的加油站工人旁边，向他俯下了身子。

这时，汽油从掉在地上的管口淌到地面上，淙淙有声。几个人过来帮米奇的忙，可是，他们好像谁也没有发现汽油在渗漏。

梅兰妮看到这一切，心都悬在嗓子眼儿了。这个时候，一个男子走出停在加油站旁边的一辆汽车，伸手点着一根火柴去燃嘴上的香烟。梅兰妮立刻叫了起来，"看那汽油，那个人在点烟！"

众人立刻紧张起来。他们看见了那个男人手里划着的火柴。

梅兰妮和旁边的几个人立刻打开了窗户，他们几乎同时喊道："你！小心！别扔火柴！别！"

点烟的男人不解地朝远处向他叫喊的人群看了一眼，好像意识到了什么。可是，这时火柴烫着了他的手指，他下意识地抖了一下手。

萨姆和梅兰妮几乎同时喊道："留神！火！"

人们被接下来发生的这一切惊呆了。

只见汽油轰的一声着了火，霎时间，火苗把那男子给裹住了。人们都听到了他发出的惊恐、绝望的喊叫。整个加油站都燃烧了起来，呼呼的火焰声清晰可闻。附近的人们四处奔逃。梅兰妮吓得面无人色。熊熊的烈火顺着汽油从左边往右边蔓延着。

梅兰妮下意识地去找米奇，这时他和另外几个人已把那个受伤的工作人员扶到了安全的地方。

这时，火龙碰到加油站，停放在那里的一排汽车尾部一下子着了火，然后砰地爆炸了，发出轰隆轰隆的声音。烟与火遮天蔽日。

这时，越来越多的海鸥飞向小镇，发出聒噪声和扑打翅膀声。躲在泰迪斯饭店里的人们这时也开始向外跑。鸟群一见，就立刻向他们俯冲过来。

梅兰妮也跑了出来。她看到不远处的街角有一个电话亭，就向那儿跑过去。她一边跑，一边弯腰躲着向她扑来的海鸥。

一进电话亭，她就赶紧把门关上了。她喘了一口气，望着前方。几只海鸥死劲儿地啄着电话亭的门和玻璃。梅兰妮看见远处的鸟群扑向了浓烟滚滚的加油站。米奇站在一边，对鸟群挥动着救火龙头。又有几只鸟儿向梅兰妮的电话亭飞来，猛扑着玻璃。梅兰妮在里面不安地转动着身子，挥舞着双手，好像是要赶走亭外啄玻璃的鸟。

远处，黑压压的鸟群在向下飞扑着，袭击着四下奔逃的人们。

梅兰妮惶恐地看着这个可怖的场面。突然，她看到不远处一辆汽车开过来，鸟群马上又开始袭击那个开车的男人。这辆汽车的窗子没有关好，鸟群就从敞开的窗户袭击他。梅兰妮惊骇地看着开车的人。只见那个男人惊慌失措，他急速地转着方向盘。汽车在平滑的地面上突然打了个转儿，撞着了另一辆停在路边已经开始燃烧的汽车。

梅兰妮见状，目瞪口呆。这辆汽车马上也开始燃烧起来，开车的男人连忙逃下了车。立刻就有海鸥落在了他的脖子上，他挥舞着双手，没命地向远处跑去。

梅兰妮在电话亭里看得都有些发呆了。在鸟啄她身后的玻璃时，她转过身，想把门打开。但是，马上就有别的鸟从四面飞来。她感到十分害怕，忙又把门关上了。她紧紧地抓着门把手，惊魂未定地看着外面。

这时，高声鸣笛的救火车从远处开了过来。车一停，救火队员就拿起水龙头，开始拼命地救火。突然，梅兰妮看见有一个消防队员躺在地上打滚儿，几乎全身都裹在了火苗中。梅兰妮瞪着眼睛，好像一时还没有反应过来。她看见那只救火龙头也掉在地上，像蛇一样在地上打着圈儿，喷着水。别的消防队员仍在奋力扑火。

海鸥四处乱飞，又有几只朝着梅兰妮待着的电话亭扑过来。梅兰妮方寸大乱，下意识地举起两只胳膊，好像不这样，那些鸟就会啄到她似的。

这时，一辆没有人驾驶的马车从远处冲过来。它不知什么时候已经掉了一个轮子，拉车的马显然已经受了惊，它一边嘶鸣，一边奔逃。鸟群突然开始袭击拉车的马，那匹马跑得更快了。

梅兰妮转过身，看见一个男子从不远处向她这边跑过来，一只鸟正在啄他的头。他奋力赶开鸟，可是脸上已经是血迹斑斑了。梅兰妮看到这情景，差点儿晕了过去。那个男人从电话亭旁边跑了过去，一边跑一边用手驱赶着袭击他的那些鸟。

男人们还在那儿救火。梅兰妮看到米奇离开众人，向她这个方向跑过来。他发现了她。她马上打开了电话亭的门。可是，马上就有几只鸟过来啄她的手。她用力推开手上的鸟，再次把门关上了。

鸟群猛力地撞击玻璃，竟然把电话亭的玻璃给撞碎了。梅兰妮大惊失色，无力地坐到地上。这时米奇已经赶到了。

他打开门，把她扶起来，护着她的头穿过鸟群，把她领到了泰迪斯饭店的门口。他把饭店的门打开，两个人先后走了进去。

饭店里空空荡荡的，透过大厅的玻璃，能看见数也数不清的海鸥在窗外翻飞。米奇和梅兰妮站在窗前，默默地向外看着。他们显然是惊魂未定。米奇感觉到梅兰妮在颤抖。他握住了她的手，两个人一起走到酒吧的尽头。

看到他们走过来，酒吧里的女招待、海伦、那位母亲和两个小孩都转过身来看着他们。这些人站在酒吧过道的两旁，表情严肃，神情戒备。

米奇和梅兰妮感到茫然不解，他们显然感觉出身旁这些人对他们的敌意。这种气氛让他们深感不安，米奇的脸上露出反感的神色。

那位母亲紧紧搂住自己的两个小孩，抬头直直地看着他们。她站了起来，大声地问道："它们为什么这么干？啊？它们为什么要这么干？"

梅兰妮感到意外。母亲抱住了自己的孩子，继续说："他们说，自从你来到这儿之后，整个事情就开始了。"

梅兰妮一听，泪水禁不住流下来。

那位母亲显然不想就这么轻易放过她。她向前跨了一步，继续大声质问道："你是什么人？你是干什么的？你是从哪儿来的？我想你就是这一切的起因。你身上有魔鬼！"

梅兰妮的悲伤变成了愤怒。她怒不可遏，往前迈了一步。

"魔鬼！"那个母亲有些歇斯底里地叫道。

梅兰妮伸出胳膊，啪的一声，狠狠地给了她一记耳光。对方显然没有预料到梅兰妮会做出这样的举动，她双手掩面，喘起了粗气。

梅兰妮对自己的举动也感到很震惊。她不知道自己为什么要做出这么过激的行为。她看着那位双手捧着脸，呆呆地看着自己母亲的小孩，一时间也有些无所适从了。

米奇把梅兰妮搂到自己面前，用胳膊环抱住她。

这时，德基从门外跑进来，站在他们面前："那些鸟儿已经飞走了。"他气喘吁吁地说完，又转身离开，随即走到窗前，静静地向外眺望着。

众人也一起扭头看着窗外，他们看到，可怕的鸟群已经飞走了。

米奇看了一眼梅兰妮："我们现在可以到安妮那儿接凯茜去了。"他们紧靠在一起，慢慢向门口走去。

米奇和梅兰妮一起跑到通往学校的斜坡上时，眼前的情景把他们惊呆了。

他们不由得放慢了脚步。

只见远处校舍的房顶上和电线上，密密麻麻地落满了黑压压的一群乌鸦。

他们站住了。

"又是乌鸦！"梅兰妮低声对米奇说。

"嘘——"米奇示意她不要说话。

他们看到校园空地供学生们游戏的攀登架上，也落满了乌鸦。在后面的围栏上，乌鸦更是密密匝匝的。它们此时还未受惊动，都挤在一处，发出咕咕呱呱的啼叫声。

梅兰妮和米奇立刻有所警惕。

米奇低声说："快走。"他们小心翼翼地向前走去。

他们一起走到平地上，发现校舍前面的空地上也落满了黑压压的一群乌鸦。他们继续往前走着。

安妮的房子前也聚集了数也数不清的乌鸦。他们慢慢走到安妮房子前的篱笆边，突然看见了安妮摊开手脚躺在前廊台阶下的尸体。

梅兰妮和米奇惊骇不已。倒是米奇反应还快一些，他马上对梅兰妮说："别动！待在这儿！"说完，他就向前跑去。

梅兰妮下意识地跟着他跑。

米奇跑到尸体前，梅兰妮在篱笆前站住了。她打了个冷战，双手捂住心口，把身子转了过来。她一只手捂住脸，轻轻抽泣起来。

米奇回头看了看梅兰妮，又看了看倒在台阶下的安妮。他弯下身子，伸手掩住了安妮血迹斑斑的脸。米奇又回头看了一眼远处的梅兰妮。

“凯茜！”梅兰妮突然喊了一声。

米奇马上抬起头，四下张望着。

“凯茜在哪儿？”梅兰妮问。

米奇回过头看着安妮的屋子，突然看到凯茜拉开了窗帘，站在屋子里哭着。米奇站起身，跑上台阶，打开门。

“来吧，凯茜！”他紧紧搂住凯茜，护着她朝外面走。凯茜依偎在他胸前，一边喘着气，一边呜咽抽泣。米奇扶着凯茜走过前廊，下了台阶，走到梅兰妮的身边。米奇抱起凯茜，把她递给篱笆那边的梅兰妮。凯茜紧紧地搂住了梅兰妮。

米奇四下里观察了一下。

乌鸦在前廊屋顶上发出厉声的鸣叫。米奇弯下腰，伸手到地上捡起一块石头。他向前跑了两步，用石头瞄着远处的鸟。

梅兰妮见状，忙抓住了他的胳膊，“米奇！别！”

米奇停住手，垂下了胳膊。他拍了拍凯茜的脸蛋儿，然后离开了她们，走到安妮的尸体旁。他脱下外衣，弯下腰，用外衣盖住了她的脸。

梅兰妮搂住凯茜，把脸转过去，“别……别把她留在这儿，米奇！”她急促地对米奇说道。

米奇跪在安妮身边。她看了一眼梅兰妮，开始用手挪动安妮的尸体。他费力地把安妮抱起来，走上台阶，进了屋子。没过多久，他走了出来。他来到梅兰妮和凯茜身边，捡起梅兰妮的提包递给她，示意她们一起离开。他们刚走了几步，就同时站住了。

眼前的情景真是让人感到窒息。

在学校的操场上也落着满地的乌鸦。米奇和梅兰妮满腔悲愤。凯茜和梅兰妮都不由得哭出了声。

“嘘——”米奇示意她们压低声音，千万不要惊动那群乌鸦。他们三个人慢慢地移到汽车旁。米奇立刻动手拉上了汽车篷。梅兰妮伸手摸到门把，打开门，扶着凯茜进了车。米奇这时已经把车篷盖紧了。凯茜一边坐进汽车，一边还在呜呜啼哭。梅兰妮坐在左边，米奇坐在右边驾驶座上。他一坐好，就马上锁上了车篷。梅兰妮伸手抚慰着凯茜。米奇这时用力把车门关上，随即发动了汽车。

凯茜一边抽泣，一边说：“当……当我们送米歇尔到家再回来之后，我们……我们听到爆炸声……我们走……走出去看看是怎么回事……突然，到处都是乌鸦……她一下子把我推回到屋里。它们马上就劈头盖脸地把她给围住了！安妮……她把我推进了屋里……”

梅兰妮紧紧地搂住她。米奇也伸出手，轻轻拍了拍她的头。

一到家，他们所有的人就动起手，开始用木板条把所有窗户和通风口都封起来。“嘭嘭”的敲击声在屋子里回荡着。

米奇站在一架木梯的顶端，正在把一块木板钉到旁边的窗户上。梅兰妮在他的下面给他递着木板。

“再给我一块，亲爱的。”米奇对梅兰妮说道。他接过她递给他的木板，在那儿停了下来。

从那扇高高的窗子看出去，可以看到海湾上停满了海鸥。再远处，就是那座小镇。

梅兰妮手里拿着一块木板，眼睛望着前方：“它们在这儿聚集了多久了？”

“大约十五分钟吧。”米奇说着，转身往木板上钉进了一枚钉子。他又停下手来，望了一眼远处的海湾，然后才伸手到下面要木板。“看起来有个规律了，是不是？”他问梅兰妮。

梅兰妮又取了一块木板递给他。他接过去，把它放在窗子上：“它们进攻，然后失踪，接着重新开始汇集……”

梅兰妮看着远处的海湾。米奇把木板钉在窗户上，钉完之后，他走下了梯子，站在梅兰妮身边。

他们两人一起眺望远处的海湾，只见有更多的海鸥飞了起来。

米奇接着刚才的话又说：“看起来没有什么大的变化，是不是？除了镇上还飘着一点余烟之外。”停了一下，他又说，“要不要再试试给你父亲挂个电话？”

“不了。刚才我试过了，电话不通。”梅兰妮说道。

“我们有电，是吧？”

“有。”梅兰妮点了点头。

“米奇，我在收音机里听到一些消息。”不远处传来莉迪亚的声音。

“来吧。”米奇对梅兰妮说。他们一起转身走向门廊，进了屋子。

屋子里，莉迪亚正在忙着摆弄收音机。凯茜和她在一起。

“我听不到当地的电台，”莉迪亚见他们进来，马上说，“我想这可能是旧金山的电台。”

米奇停下了脚步，仔细地听着广播。梅兰妮坐到屋子当中大沙发的扶手上。他们谁也不再说话，收听着电波中传来的消息，只听播音员说道：“……可是，纳尔逊特派员今天说，他敢肯定那些窃贼是互相勾结的，他们肯定是同谋犯。今天早晨，一大群乌鸦在保迪迦湾袭击了一群进行防火演习时离开学校的孩子。一个小女孩受重伤，现已被送到了圣塔罗沙医院。幸运的是，大部分孩子都安然无恙。据我们所知，该镇别处也遭到了袭击，但是情况不详。到目前为止，还没有得到那里更详细的遭到袭击的情况……今天的国内新闻……华盛顿……”听到这儿，米奇有些失望地说：“哎，就这些吗？”

收音机仍在广播，但是已经没有人在听了。米奇从梅兰妮坐着的沙发边走过去，一直走到壁炉前。他俯下身看着炉膛，一边说：“我必须多弄一些木柴来。不能让这火灭了。”

莉迪亚也走过来。她来到壁炉前，站在米奇身边，“你把阁楼窗户都钉上了吗？”她问米奇。

米奇点了点头，“是的，全都钉完了，亲爱的。”他离开壁炉，慢步在房间里走来走去。

莉迪亚站在他面前。米奇停下了脚步，“你估计它们什么时候会来呢？”莉迪亚问米奇。

“我不知道。”米奇摇了摇头。

“要是有大一点的鸟，米奇，它们会闯进屋子里来的。”

“那么，我们就得碰运气了。”米奇若有所思地说。

莉迪亚又说：“我们也许应该离开这里。”

米奇马上摇了摇头，“不行，现在不行。不能在它们汇集的时候走！”米奇说着，走到凯茜身边，伸手搂住了她。

“那我们什么时候走？”莉迪亚担心地问。

“那……得看情况。”

“我们能上哪儿去呢？”莉迪亚显得有些惴惴不安起来。

“我……我也不知道。我认为眼下我们在这里是安全的。我们把木柴搬进来吧。”米奇说着就准备向外走。

梅兰妮也从沙发上站起身，打算和他一起出去。

“要是我们断了木柴，那可怎么办呀？”莉迪亚显得有些心神不定。

听她这么一说，米奇和梅兰妮都停下了步子，“我不知道。我们拆家具好了。”米奇说。

莉迪亚走到米奇面前，“你不知道！你不知道！你什么时候才会知道！”她怒气冲冲地瞪着米奇，“要到我们都死光了你才知道？……就像安妮那样？”

凯茜听到安妮的名字，又开始低声啜泣起来，“妈妈！”她不想再听妈妈说下去了。

莉迪亚并不理会她，“要是你父亲还在就好了”。

米奇的神情有些烦躁，可是又不好发作。凯茜又呜呜地哭起来。莉迪亚感到自己的话说得有些过分，忙说：“对不起，我很抱歉，米奇。”

米奇把一只胳膊搭在莉迪亚肩上：“你自己弄杯咖啡喝吧，嗯？”

莉迪亚搂住了凯茜。米奇走向梅兰妮，打开了门，让莉迪亚和凯茜出去。他们走出屋子，望着远处。

“它们这是往哪儿飞呢？”看到空中那些向远处飞去的鸟，梅兰妮不解地问道。

“可能是飞到某个岛上吧。”米奇说。

“到圣塔罗沙？”梅兰妮又问。

“可能吧。”米奇点了点头，“快点，咱们搬木柴吧。”

梅兰妮不安地看着眼前的一切，好像有种不祥的预感。

晚上，家里所有的人聚在一起。莉迪亚坐在椅子上，梅兰妮和凯茜坐在长沙发上。米奇也没闲着，他在用木板堵落地窗。堵好后，他用力推了推，看是否牢固。然后他关好了门。

莉迪亚在他身后，可她的目光一直落在他的身上。米奇走过莉迪亚，瞥了她一眼，继续检查着别处。

“米奇！”凯茜喊了他一声。他转过身看着她，“我能把那对爱情鸟拿到这里来吗？”

还没等米奇开口，莉迪亚就干脆地说：“不行！！”

凯茜又说：“可是，妈妈，它们是在笼子里啊。”

“它们是鸟，不是吗？”莉迪亚反问道。

看到母亲一脸严肃的样子，凯茜不敢再开口了。

看到这情景，米奇开口说：“咱们把爱情鸟留在厨房吧，啊，宝贝儿？”可是凯茜和梅兰妮都坐在长沙发上一言不发。米奇看了一眼莉迪亚，然后向厨房走去。

进了厨房，米奇又检查了一下遮阳帘后面的木板，摇了摇那些堆起来的家具，最后他又看了看门是否已经锁好了。做完这些，他才走到关着那两只爱情鸟的笼子前。那两只鸟安安静静地待在里面，发觉有人靠近，它们只是动了动身子。米奇四下看了一眼，随即走出了厨房。

看见他出来，凯茜又开了口，“米奇，它们为什么这样干呀？那些鸟？”

“我们不知道啊，宝贝儿。”

“它们为什么想方设法祸害人啊？”凯茜又问。

“我要是能说上来就好了。”米奇无可奈何地说。

这时，莉迪亚站了起来。她走到桌上的咖啡具旁，把杯子摞在托盘上，然后端起托盘走进厨房。别的人都望着她，等着她。过了一会儿，莉迪亚从厨房出来，返身回到了原来的位置上。

屋子里一下子安静了下来，所有的人都一言不发，他们悄无声息地坐着，好像在倾听着什么。梅兰妮搂着凯茜，不安而又警觉地向四周看了一眼。凯茜又轻声地呜咽起来。梅兰妮拍着她的肩膀，在安慰她。莉迪亚见此情景，觉得心里很不是滋味。

“我……我恶心，梅兰妮，”凯茜低声说，“我要去……”她用手捂住嘴，好像是要呕吐。

梅兰妮马上说：“我和你一起去。”她扶起凯茜，快步向洗手间走去。

听到洗手间里传来的凯茜的呕吐声，莉迪亚显得有些心神不定。

过了一会儿，梅兰妮搂着凯茜出来了。她们走到长沙发前，又坐了下来。

米奇和莉迪亚关切地看着她们。梅兰妮搂住凯茜，把一块毛巾敷在她的前额上。

突然，不知从什么地方传来鸟鸣声以及它们用力扑打翅膀的声音。屋子里的气氛一下子变得恐怖起来。每个人几乎同时直起了身子，警觉地竖起了耳朵。

莉迪亚缓缓站起来，手扶着墙，其他人也都慢慢地站起来。凯茜惊恐地跑到了莉迪亚身边。

米奇看了看莉迪亚和凯茜，然后走到壁炉前，弯下腰张望着。莉迪亚紧紧搂住凯茜，紧张不安地退到了墙边。梅兰妮也下意识地向后面退去，她坐到了沙发上，不安地看着米奇。

米奇往炉膛里扔了几根木柴。

梅兰妮胆怯地把双脚缩到沙发上，整个身体都蜷缩在沙发的一边角落里。莉迪亚和凯茜互相搂抱着，慢慢地走到厨房门前。

米奇投完木柴，直起身子跑到窗前。他伸手去拉开了窗帘，突然看到海鸥的头已经钻进了窗户。它们挤在一起，发出刺耳的尖声鸣叫。米奇慌忙把鸟推出去，在窗户的窟窿中用力地打那只已经挤进了脑袋的鸟。

在屋子的门上，外面的鸟已经把木门啄碎了好几处。

梅兰妮从沙发上跳了起来。

米奇还在窗前打鸟，终于把它给轰了出去。他用手把鸟推到窗外，手伸到外面，可是那只鸟啄着他的衣服不放，他只好用力地甩着胳膊，但是马上就有很多鸟向他的胳膊飞来，这些海鸥拼命地啄着他裸露在外的皮肤。米奇用力地和它们搏斗着，可是，他的胳膊已经有好几处被啄伤了。鲜血一点一点地渗了出来，他的手变得血迹斑斑。他一边伸手去拉百叶窗，一边回过身来，目光搜索着可以捆住百叶窗的东西。他看到身边不远处那只闪闪发亮的台灯。他突然松开按住百叶窗的手，拔掉灯的插座。灯灭了，他使劲儿扯着电线，使它脱离了底座。就在这时，一只海鸥撞破了玻璃，哗啦一下冲了进来，米奇赶紧一把抓住了它。

眼前的情景把壁炉旁边的梅兰妮吓得魂不附体。

米奇奋力地把海鸥推了出去，马上关上了百叶窗，开始着手用电线捆住窗户。

梅兰妮心惊胆战地靠在了壁炉架上。莉迪亚和凯茜走到了书架边的角落里，凯茜一边呜咽，一边向后面蜷缩着。莉迪亚始终在看着米奇的一举一动。

米奇想把电线绑在窗闩上，但是试了试，没有成功。他担心地看了看屋子里的其他人。只见凯茜紧紧抓着莉迪亚的胳膊，她们两人都坐在书架前的地上，凯茜还在不停地哭着，莉迪亚则板着脸。米奇走到莉迪亚和凯茜跟前，俯身把她们扶起来。他把凯茜扶着坐到椅子上，又让莉迪亚坐在她身边。他刚想走开，莉迪亚一下子抓住了他的胳膊。他挣脱开，温柔地抚摸着她的脸，然后，他走到梅兰妮跟前。

梅兰妮想给他包扎伤口，但他让她坐下，从她手里拿过布，自己裹住渗血的胳膊。他看了梅兰妮一眼，然后走到了左边的房间里。

一进去，他就听到了鸟啄门时发出的咔嚓声。米奇这才意识到了问题的严重性。外面不知有多少海鸥在拼命地啄着门，只见一块块的木屑正不断地掉在地上。鸟喙几乎把门啄透了，门上已经有了一个洞，足够让一只海鸥伸进头来了。

米奇赶紧跑到门前，用身体顶着门。他转身走到门厅里，抬起穿衣镜的大木架去顶门。此时，门外的海鸥仍继续把一个洞啄得更大。米奇用镜架子顶住门，然后奔到右边的屋子，找来了锤子和一把钉子。

这时，梅兰妮已经站在他身后了。米奇走到门前，开始把镜子架钉到门上。屋子里马上响起了咚咚的锤打声。钉好了之后，米奇回过身，经过梅兰妮的身边，向起居室走去。

梅兰妮紧紧地跟在他身后。

室内的灯已经全灭了。

凯茜和莉迪亚坐在椅子上，听着外面传来海鸥的厉声尖叫。米奇拍了拍梅兰妮的肩，走进了厨房。他从厨房里找出一只手电筒，黑黑的屋子里立刻亮起了一道光。他拿着电筒又回到了起居室，然后用电筒照着墙壁和窗户。梅兰妮看着他。

米奇发现在用木板挡住的落地窗后面，也有很多海鸥在啄木头，只见木屑一点一点正在往下落着。

这时，米奇和梅兰妮都感到屋外鸟群的动静有些异样，鸟群活动的声音渐渐减弱下去了。

米奇来回在屋子里走动着，侧耳细听。

“它们飞走了。”米奇说。

梅兰妮走到米奇身边，竖起耳朵听着外面的声音。莉迪亚也不安地站了起来。米奇过去搂住了凯茜。他们静静地听着。鸟群的声音一点点消失了。

这时，壁炉里柴火熊熊，木柴哔剥作响。

莉迪亚颓然坐在椅子上，耷拉着头。梅兰妮坐在长沙发的一头，凯茜坐在沙发的另一头，身上盖着毯子。米奇这时也坐到了壁炉旁边的椅子上休息，他用受伤的手托着头。

桌上的一盏煤油提灯发出昏黄的光。

不知过了多久。

突然，外面又传来了鸟群扑打翅膀的声音。梅兰妮马上看了看米奇，对这种声音感到纳闷。她打量着四周，然后俯身向前，“米奇……”她轻唤着他。

米奇已经在椅子上睡着了。

梅兰妮又侧耳细听着屋子外面的声音，一边四下里张望着。她伸手到桌上，摸到了手电筒，然后站起身，用手电筒照着屋子的窗户。

那里并没有什么异样。

她换了个方向，电筒照到了安静地待在笼子里的那对爱情鸟。

梅兰妮穿过屋子，走向通往二楼的楼梯。手电筒的光在楼梯上跳动着。她尽量放轻了脚步。走到中间，她停下了步子，抬眼看了看楼梯顶端。然后，她又继续往前走了。

到了门口，她摸到门把手。她抬起头四下里看了看，用手转动着门把手，慢慢打开门。

她走进房间，抬头看着房顶。让她惊愕不已的是，房顶已经破了一个洞，从那里可以看见外面的天色已经微明了。

她有点慌张，开始喘气。她举起手电筒朝屋子左边照去，只见鸟群聚集在房间中央的床上，一见灯光射来，马上向她飞来，发出扇动翅膀的巨大声响。

梅兰妮被眼前的情景吓呆了。她大声地喘着气，飞速抽身，可是她已经来不及离开了。她背靠着门，抬手挡鸟。一下子不知有多少只鸟都向她冲了过来，它们降落到她的头上、脚上来啄她。

梅兰妮挥动着一只胳膊来赶鸟，同时用另一只胳膊来保护自己的脸不被啄伤。越来越多的鸟向她扑来，有一只鸟飞到了她的脖子上。梅兰妮下意识地马上用力把它推开。同时，她又伸手到身后去摸索门把手。她一边用手猛打鸟，一边用另一只手转动门把手，打开了门。鸟群向她飞扑着，她想驱散它们。这时，她的腿已经被啄得血迹斑斑了。一只鸟扑向她的脸，马上啄出了血。梅兰妮又用手去挡脸。她这样被袭击着，已经耗尽体力，无力招架了。她用手里的电筒去打鸟，脸上也已经在流血了。这时有一只乌鸦扑过来，落在她脸上。她一边赶开乌鸦，一边发出呻吟声。

她转过身，设法打开门，让门敞开，可是朝她袭击的鸟群不停地扑向她，把她推到门上，门又关上了。

那些鸟又对她发起了更凶狠的冲击，它们袭击她的腿，啄她的脸。她呼叫着米奇，可声音是那么微弱，谁也不可能听到。这样坚持了一会儿，她终于体力不支，昏倒在地上。她全身都血迹斑斑的，衣服也被撕破了。她躺在地上，还本能地驱赶着鸟群。

这时门外传来了米奇的声音:“她肯定在楼上！梅兰妮！梅兰妮！”他在外面大声喊她。

门被推动了，可是梅兰妮躺在那儿，他打不开。米奇开始用力，设法推开被梅兰妮的身体抵住的门。他用脚挤开了一个缝，随后可以伸进一只胳膊了。他侧进了一点身子，一边开始与袭击梅兰妮的鸟群搏斗，一边弯下身子去拉梅兰妮。

这样费了半天劲儿，他才挤进屋子。莉迪亚也跟在他后面进来了。她和米奇轰赶着鸟群。米奇抓着梅兰妮的衣服，想把她拖出去。可是鸟群仍然穷追不舍。米奇倒退着，打退了鸟的攻击。终于，他把梅兰妮的脚拖到了打开的门缝中，最后把她给救了出来。在他最后把门关上的时候，鸟群还在向门口冲飞着。

莉迪亚拎起提灯走在前面。米奇抱起他心爱的可是已经血迹斑斑的梅兰妮，一点一点地向楼下走去。

莉迪亚一边走，一边说："噢，可怜的人！可怜的人！"

"听我说，弄点水、绷带和消毒纱布。快！"米奇抱着梅兰妮，喘着气说。

"绷带！可怕！"莉迪亚焦虑地看了一眼梅兰妮，走开了。

米奇把梅兰妮慢慢放到起居室的长沙发上，抬头望了望站在一边的凯茜，"凯茜，快去拿点白兰地！"说完，他心急如焚地低头看着梅兰妮，又看了看远处的凯茜。

凯茜拿着酒瓶跑到米奇跟前，把酒递给他。他打开了瓶盖。

梅兰妮这时从昏厥中惊醒了。她满脸是血，睁着惊恐的两眼，开始扑打想象中的鸟。凯茜见此情景，转过了身子。她眼里满是泪水，不忍心再看下去。米奇抓住梅兰妮的胳膊，设法让她平静下来。

"不，不，不！现在没事了！"他轻声说。梅兰妮把米奇的手打开，继续挥动着双手。"没事了，现在没事了。没事了……"在米奇的安慰下，梅兰妮渐渐平静下来，也不再喘息了。米奇轻轻抚摸着她的额头，一边深情地望着梅兰妮，一边轻声说着："没事了——嘘！——嘘！"

米奇回头看了看背转身子啼哭的凯茜，又伸手倒了一杯白兰地，拿着酒过去扶起梅兰妮的头。他扶着她的头，她直直地盯着他。他用另一只手把白兰地凑到她唇边，几乎是硬把酒灌进了她的嘴里。

莉迪亚这时走到桌前，手里拿着急救用的东西和水盆。米奇扭头看了看站在一边的凯茜，"凯茜，把灯拿来"。

凯茜把灯拿到桌上，然后走开了。

米奇扶起梅兰妮，让她坐起来。他低头看着她。莉迪亚给她慢慢地小心擦着伤口。

"我们应该把她送到医院。"米奇说。

"我们办不到，米奇。我们没有地方可去。"莉迪亚绝望地说。

"我们可以去旧金山嘛！"

"我们根本到不了那儿。"

"我们必须试试。如果我们从贝希尔路走，就不必穿过镇子，"米奇说着，一边低头看着梅兰妮，"我们不能待在这儿，她需要治疗。"

莉迪亚清洗着梅兰妮受伤的手。随后，她拿着纱布，向梅兰妮俯下身子。"我吓破胆了。真的害怕得要命。"她说着，用纱布包扎梅兰妮的头。梅兰妮的眼睛失神地看着远处某个虚无的地方。

莉迪亚怜惜地看着她，又说："我……我不知道外面是什么情况。"

“我们最好在另一次袭击之前动身。我们开梅兰妮的汽车走，这比小货车快，你能包完绷带吗？”

莉迪亚点了点头，“我想法包完。”

米奇站起来，绕过凯茜走到门口，停在门前。

莉迪亚在他身后说：“米奇，你看能不能从汽车的收音机里听到什么消息。”

米奇伸手拉了一下被鸟啄破的门，把它慢慢打开，然后探出头张望了一下。他看见大道和房子前面的整个地区漫天遍野地布满了鸟。好在他还没有被这恐怖的情景给吓回去。他万分警惕地走到门外，把门带好。

鸟群在地面上到处转悠。米奇慢慢地在它们之间穿行。见他走来，他身边的那些鸟儿吱吱嘎嘎地开始叫起来。米奇越发小心了。他停下来，仰头看了一下天空。他光顾向上看，在伸手去摸信箱时没注意到围栏顶端的乌鸦。在他的手碰到乌鸦时，乌鸦狠命地啄他的手，并呱呱乱叫。米奇马上缩回手，走下台阶，慢慢走过乌鸦群，来到汽车房的边门。在他开门的时候，他脚边的鸟在啄他的脚踝。米奇保持着镇静，徐徐打开车库的门。开了门之后，他偷偷往里面瞧了瞧。

梅兰妮的那辆车就停在眼前。他又往前看了看，发现车库的窗前落得满满的都是鸟。

米奇莞尔一笑。他走到那辆车前，打开门上了车。他向右边伸手，扭开了收音机开关，然后旋转着调谐器。

马上就有一个电台的声音传来：“……同时，鸟群的袭击眼下已经平息。从萨巴斯托普受到较轻的袭击和圣塔罗沙受到些微袭击的报道看，保迪迦湾看来处在袭击事件的中心。在保迪迦湾，已用路障设了警戒线。镇上的居民大部分已经撤离。但是那里仍有一些孤立地区的人。目前还未得知下一步怎么办，但曾经讨论过是否要派军队去。看得出来，鸟群的袭击像潮水一般，间隔时间较长。似乎还没弄清楚这个事件的原因……”

听到这儿，米奇把收音机关掉了，然后走出了汽车。他走到车库的大门旁，侧耳细听门外的动静，然后才把门打开。

只见门外的地面上也守着许多鸟。

米奇观察了一下，马上回到汽车边，登车并发动机器。他慢慢地把车开出来。汽车的前轮在落满鸟群的道路中间穿行，它们看到这个庞然大物，都纷纷让开了道。

米奇在房子前把车停下，同时拉上了紧急制动闸。他打开车门，下了车。在关上车门的时候，他又低头看了看脚边的鸟群。他用脚轻轻拨出一条稍宽的路，地面上的鸟马上就开始啄他的脚。

米奇绕过汽车后身，穿越地上和前廊台阶上的鸟群，慢慢走向房门，悄悄地走进门去，然后小心地把门关上了。

屋子里，莉迪亚坐在沙发上，旁边躺着梅兰妮，她的眼睛睁得大大的，显然整个人还处在惊厥之中。她头上缠着绷带。她们都穿好了大衣，已经做好了出门的准备。凯茜站在她们右边，她一边茫然地望着梅兰妮，一边慢慢地穿大衣。

米奇走到梅兰妮身边，俯下身，摸了摸她的下巴。

“你在收音机里听到了些什么？”莉迪亚问他。

“没什么新鲜的。我们走吧。”他和莉迪亚一起把梅兰妮搀扶起来，慢慢地往外面走去。

凯茜静静地跟在他们身后。

米奇把门打开，微明的晨光照在他们身上。已经是黎明了。鸟群发出咕咕的鸣叫。远处的云层若隐若现。

他们走下台阶，向院子里的汽车走去。梅兰妮看到脚边有那么多的鸟，一下子又变得紧张起来。她一边向后退着，嘴里一边喃喃地说：“不！不！不！！”

“嘘——嘘——”米奇在一边安慰着她。他和莉迪亚交换了一下眼色，继续小心翼翼地向前走着。莉迪亚此刻看上去也是万分紧张，整个人都有些失魂落魄。米奇一边走，一边瞅了瞅远处，只见门廊围栏上全落满了乌鸦。那情景真叫人心里发虚。

他们走到车门前，米奇伸手打开车门，莉迪亚先上了车，米奇随即扶梅兰妮上车。

“米奇！”米奇突然听到凯茜在喊自己。他一扭头，发现凯茜一动不动地站在廊下台阶上，没有走过来。

“嘘——待在那儿别动。”他慢慢走回到前廊，向凯茜做了个“往前来”的手势。

凯茜还是没有动地方。她看着米奇，问道：“我可以带上爱情鸟吗，米奇？它们没伤害任何人。”

米奇点了点头，“可以，宝贝儿！”

凯茜转身走进房子。过了一会儿她走了出来，手里提着盖上罩子的爱情鸟的笼子。米奇从她手里接过鸟笼，牵了凯茜的手，把她带到汽车边，开门让她也上了车，然后把爱情鸟的笼子放在她身边的位置上。

关好车门后，米奇看了看远处，显得有些忧心忡忡。

在汽车后座上，梅兰妮用缠着绷带的手紧紧地握着莉迪亚的手。莉迪亚关切地看着她。梅兰妮对莉迪亚笑了笑，表示还能认得她。莉迪亚也放心地笑了，她伸出手，把梅兰妮抱得更紧了。梅兰妮紧紧依偎在莉迪亚怀里，闭上眼睛。

米奇这时绕过汽车前面，也开门上了车。他看了看前面的路，又扭过头望了一下后车窗，然后发动了汽车。

为了不惊动院子里的鸟，米奇开始把汽车开得很慢。汽车缓缓地驶出了院子，行上大路，向前开去。这时，米奇换了车速。

汽车直奔远方而去，将可怖的群鸟远远抛在了后边……

（梅峰）

# 电话谋杀案

打网球出身的托尼·温蒂斯一贯以反应灵敏、遇事果断自诩，就像在赛场上处理回球时，最忌讳没完没了地思量。但是，现实生活的难题却迫使他不得不绞尽脑汁权衡利弊，因为他做出的决定事关重大。

如果说一年前刚刚发现妻子红杏出墙的迹象时他还不知所措的话，此时此刻的他已是成竹在胸。就在这时，报上一则题为《玛丽皇后号即将抵达》的消息恰似万事俱备后袭来的一缕“东风”，因为其中有这样一句对温蒂斯夫妇来说都至关重要的话：“……美国著名推理小说作家马克·霍利迪同船抵达。”所以，当托尼·温蒂斯把登载着这条短讯的那份报纸放在早餐桌上时，他心里明白，考虑的阶段已经结束，接下来该将计划付诸实施了。

一年前，当玛戈·温蒂斯夫人与马克·霍利迪先生相遇时，温蒂斯先生正处于辉煌的运动生涯行将结束而新的事业尚举步维艰的过渡阶段。如果说网球场地就那么大，新人必定会把老将挤开，这也是客观规律的话，那么新事业的开创如此之难则另有原因。说到底，温蒂斯夫人继承的9万英镑遗产是令温蒂斯先生缺乏紧迫感的主要原因之一，起码他不像在运动场上那样为赢得冠军而扑救险球时那么竭尽全力。相反，他比以往更频繁地出入赌场和那些以闲谈为主要内容的社交聚会。夫妇共处的时间减少还不是最可怕的，关键在于两人不再有以前那么多为一件共同关心的事而彼此挂念的担待。所以，当玛戈刚刚把由此而生的烦恼向霍利迪先生略有流露时，善解人意的作家立刻给予了莫大的同情。而且，那些让人听来顺耳舒心的话穿插在风趣幽默的小故事中，虽然讲的是别人的事，但却令听讲者无形中得到宽慰。

这大概就是听阅历丰富的人说话的好处吧。就这样，多见一次面就多享受一次谈话的乐趣；想得到这样的乐趣就要多见面。慢慢地，他们之间的交流，如果不是从量上就是从质上，已经超出夫妇之间的沟通。两人之间的相互了解由浅入深，话也由温变暖，待到变成烫人的浇开心中块垒的熔岩时，他们无可挽回地相爱了。分别也不能使这高温冷却，岩浆在大洋两岸迸发，凝成炽热的字句相互投寄。对玛戈来说，马克的来信是世界上最美的文字，百看不厌。但为了不被丈夫发现，她还是不情愿地把它们都销毁了。只有一封，玛戈实在不忍立刻将其付之一炬，偷偷在手提包里多保存了几天。谁能想到，就是这一次犹豫铸成了大错：一次与丈夫一起去乡下朋友处度周末，在维多利亚火车站候车时，手提包被盗，后来，包虽找回，但里面的东西全不见了，包括那封信。

不久，玛戈收到一封匿名信，内称，如果玛戈想收回那封信，必须向指定地点汇去50英镑，否则的话，信将落在她丈夫手上。玛戈不敢怠慢，迅速照办。但是，霍利迪的那封情书并未见寄还。之后，同样内容的信又来过一封。玛戈亲自到所谓“指定地点”查找过，当然一无所获。奇怪的是，自从丢信后，丈夫托尼发生了很大变化，变得比以往任何时候都温柔体贴，而且还表示要放弃网球，认真投入新的工作。这不禁使本已准备向丈夫摊牌的玛戈又犹豫起来。尤其是当她向丈夫提议，想请马克·霍利迪先生到家里来做客，得到热情的响应时，玛戈的心情变得更加复杂起来。托尼还说要预定三张音乐会的票，届时三人一同前往观看。

马克·霍利迪准时叩响了温蒂斯家的房门。一个久别重逢的吻过后，玛戈一边给马克倒酒，一边急不可耐地向他解释丢信之后被敲诈以及发生在丈夫身上的变化。马克要来两封敲诈信仔细看过，征得玛戈同意后放进自己前胸口袋里，同时也轻轻地责怪玛戈：“为什么不早点让我知道呢？”

“我还以为自己能把这事处理好。”玛戈说。

马克·霍利迪沉默一阵，叹息道：“要是当初早点向托尼摊牌就好了。迁延时日并没有使难以启齿的事变得容易。”

“可是，托尼他真的改变了许多……”玛戈似乎还有话要说，但又打住了。

看出玛戈的动摇，马克将她拥入怀抱，正想以一个深情的吻来表明心迹时，门外传来楼门打开后的一串脚步声。两人迅速分开。

门锁转动，托尼·温蒂斯推门而入，“对不起，亲爱的，我回来晚了”。

“托尼，我来介绍，这位是我提到过的美国作家马克·霍利迪先生。”

两个男人的手紧紧地握在了一起。略作寒暄后，托尼·温蒂斯用充满歉意的声音说道："我要再次请求你们的原谅。因为有一份重要的报告要起草，今晚的音乐会我恐怕不能去了。"

"噢，亲爱的，为什么不能等明天……"

"不行，亲爱的。报告必须在明天一早交到老板手上。真遗憾，这也是没有办法。"托尼用手势止住还想说什么的玛戈，接着说："只好你们两个人去了。时间快到了，现在就动身吧。"

在玛戈进里屋去更衣这会儿工夫，托尼·温蒂斯对客人说："明天正好有一个为我的朋友送行的晚宴，是一个男人的聚会，如果你肯赏光的话，我将非常荣幸。"

"可我对网球可以说是一无所知。"马克·霍利迪说。

"这一点儿关系都没有。我和其他人都将以你的出席为荣。"托尼·温蒂斯非常热情。

马克·霍利迪也被这热情感动了，"那好吧。"他说。

"太好了。就这么定了！"托尼·温蒂斯高兴地说。

两人虽然流露出这样的意思——把他留在家里工作而他们自己却出去玩儿，多少有些不过意，但还是被托尼推出了家门。就在他们要出公寓大门时，托尼又探出身来补上一句："马克，把那张多余的票退掉，给自己买杯酒喝！"

关上自家房门，托尼·温蒂斯稍稍稳定一下情绪，随即走到写字台前，拿起电话机的听筒，开始拨号。那边铃响两声后传来一个男人的声音："喂？"

"晚上好，是莱斯上尉吗？"

"是我，能为你做些什么吗？"

"听说你有车要卖，是这样吗？"

"是啊，而且价钱不错，只要1100英镑，如果你——对不起，请问先生怎么称呼？"

"叫我费沙好了。"

"如果你真感兴趣，费沙先生，咱们见面谈谈看。明天下午如何？"

"不巧，明天我要出差。如果可能的话，今晚就请到舍下坐坐，怎么样？也许咱们还可以喝一杯。我是因为脚疼，不便于行动。"

"喝一杯我不反对，但我不会因此而降价的。"

"我的地址是查林顿街……"

托尼·温蒂斯面带微笑地放下话筒，开始有条不紊地布置起来。他先拿出一副轻薄的手套放在沙发靠背上。然后，他又找出一根手杖，试着像脚疼的人那样，拄着它走了几步。想想再没有什么可准备的了，他坐下来，开始静静地等待客人的光临。

托尼·温蒂斯在打开房门的同时，从客人的目光中捕捉到一丝受惊的神色。其实，这也早在他预料之中。果然，几句客套话过后，客人发问了："我们好像在哪里见过面吧？"

"是呀，我也在想，从你一进门起我就有这种感觉——等一下，"托尼·温蒂斯先是做思索状，然后像是猛然醒悟似的接着说，"莱斯，不，不是莱斯，应该是C.A.斯旺。你是C.A.斯旺，对吧？"

"比我记得还清楚，"客人并不热心，"费沙先生，那我们肯定是见过面的喽？那是在什么地方呢？"

"在剑桥大学。"

"剑桥？"

"是的，我是你的学弟，20年前的事了。"

客人抬了抬眉毛，"噢，这可真是巧遇，值得为此干一杯"。

趁主人去倒酒的当口儿，来访者打量了一下房间里的陈设，"费沙先生，我觉得咱们最近一次见面是不久前的事"。

"会不会是在温布尔登网球赛的现场？"

"网球？"客人的表情证明他真的是想起了什么，"噢，你是托尼·温蒂斯，温布尔登网球赛的冠军。为什么要化名费沙？"

"那你又为什么化名莱斯呢？"不等对方回答，托尼·温蒂斯话锋一转，"要不要抽支雪茄？"

"不，我抽烟斗。"客人说着从自己口袋里取出烟荷包。

"这么说，口味改变喽——"见客人面露不解之色，他起身从门旁墙壁上取下一个镜框，拿给客人，"这是同学会现场拍的一张合影，这位叼着雪茄烟的仁兄不就是你吗？看上去多像一个职业杀手啊。"温蒂斯像是陷入对往事的回忆中。过了一会儿，他又接着说："我还记得大学时的舞会，你不是当司库来着吗？"

"那只是挂名而已，何况我还经常会算错账。"

"有一次门票收入丢了个精光。"

"是啊，我放在屋里的保险箱不翼而飞，里面有100英镑呢。"

"听说是守卫拿的？"

"是阿尔弗雷德。他拿去赌马了。"

“也就是说，钱就这么没有了。”

“是啊，20年前的事啦。”

“那么，”托尼·温蒂斯再次转了话题，“你现在做什么工作？”

“房地产，”客人意识到自己回答得太多了，于是转守为攻，“你呢，不打网球了？”

“不打了。生活的侧重点变了，何况我已经拿了两次世界大赛的奖杯。”

“工作呢？”

“卖运动器材，有很多时间可以自己掌握。”

静默片刻后，客人对房间作出了职业性的评价：“你的房子很不错嘛。”

“我承认。这是因为我太太很有钱。不然的话，花1000英镑买一部车就太贵了。”

“不，不是1000英镑，是1100英镑。”客人在纠正出价人的口误时也透出商人特有的精明。不过，讲价归讲价，恭维话还是要跟上：“我最羡慕你们这些有钱人，可以随心所欲地生活，可我就经常要为衣食担忧。”

“那你也可以娶个有钱的太太嘛。”

“好主意！”

“反正我已经试过了。”从语气上听不出说话人是后悔还是得意。

“噢，结果不错吧。你是怎么成功的？”客人似乎很有兴趣。

“我曾经是一个网球明星啊！”

“可你不打网球后她也没有离开你呀！”

“没有。结婚后，我的运动生涯仍旧持续了一段时间。是她不愿意我再打下去了。在相互沟通和相互妥协的过程中，我曾只身前往美国参赛，可等我回来，发现后院已经起火。比如说我一进家门，她立刻就把正在打的电话挂断，以前的一些朋友也经常和她出去密谈。有一次，我们正在争论我该不该去参赛，突然来了个电话，好像很紧急。放下电话后，她的态度发生了变化，她甚至催我赶紧去参赛。而我前脚离家她后脚也出了门。我兜了个小圈子，又回到离家门不远处观察她的动静。她叫了辆出租车，去了她朋友家。我跟过去，隔窗一看，他们正在一起做意大利面条吃，俨然夫妻一般。这使我确信：她已经不再爱我了。”

略作停顿，托尼·温蒂斯接着说：“我也想过，如果和她分手会怎么样。结果我意识到这是不可能的。首先，吃饭都会成问题。我已经过惯了奢侈的生活。离婚不但意味着失去一个老婆，而且还会失去已有的一切。想到这个，我觉得天都要塌下来了。于是我陷入了深深的苦闷之中。我整天泡在酒馆里，坐在角落里冥思苦想。我想的是怎样把那个男的亲手干掉，或是怎样杀了我那个不忠的老婆。”注意到客人惊讶的表情，他又故作轻松地补充一句：“——后者似乎更合乎情理些。但是，后来，我看到和听到的某些情况改变了我的想法……”

客人正听得起劲，托尼·温蒂斯起身到壁炉跟前转了个小圈儿，然后才接着说：“我并没有去参加那场比赛。我拿着球拍回到家里。我老婆就坐在你现在坐的这个位置上。我诚恳地对她说，我以后不再打网球了，我要专心去工作，去开创事业。看得出来，她被我深深地感动了。很快她就与情人分手了，那个男的也回纽约去了。”

“噢，是个美国人？”

“是的。应该说，事态好转了。我们过得很愉快。但是，他们仍然保持通信。对方的来信，我老婆看后总是烧掉的。但是，只有其中的一封，她长时间地放在手提包中。我实在是太想看看信的内容了。于是……”

“你偷了那封信？”

“是的，那真是一封非常有意思的信。我将它暂时保管起来，并且给我老婆发了一封恐吓信。”

“噢，为什么？”

“因为我预想她会来找我商量怎么办。”

说到这里，托尼·温蒂斯从外套的内袋中掏出皮夹，故意让里面夹着的那封信掉落在地，而自己却装得浑然不觉。果然，客人俯身将信拾起，看着信封上的字迹问道：“可你为什么要把这个故事告诉我呢？”

“因为你是我唯一可以信任的人。”

闻听此言，客人的眉毛不易觉察地向上挑了一下。

托尼·温蒂斯则面带微笑地继续说道：“总之，自打那以后，她的情人就不再来信了。我们开始过平静的日子。但是，说老实话，当时在酒馆里的想法却像生了根一样在我脑子里萦绕，挥之不去。这主要是因为当初我听到和看到的那些事。也就是说事情还可以有另外的办法——”

“噢，你到底看到了什么呢？”

“我看到了你。”

客人正转过身去磕打烟灰，这句话让他愣住了。他缓缓扭过头来，疑惑地注视着笑望着他的托尼·温蒂斯：“我和此事有什么关系？”

“在那个星期里，”托尼·温蒂斯不紧不慢地说，“我在同学会听到了不少关于你的传言。他们说，你在战时曾被判处过一年的刑期。而且，从学生时代到现在，总有一些解释不清的事与你有牵连。其实大家心里都明白，舞会丢钱的事就是你干的，是你监守自盗。"

如果说刚才客人只是身体绷直的话，现在则是脸也拉长了。沉吟片刻，他磕掉烟斗里的烟灰，喝掉杯中的残酒，离座站起。

"谢谢你的酒，还有你老婆的事也很有趣。但我也看出来了，你并不想买什么车。"

说话间，他来到门前，拿起自己的大衣，去意明显。

"你就不想知道我为什么把你叫来吗？"托尼·温蒂斯稳坐原位问道。

客人放下大衣，又往主人这边走了几步，"当然，愿闻其详"。

"听说了那些关于你的事以后，我有了一个新的创意。"托尼·温蒂斯站起身，把手杖放在沙发扶手上，一点儿不瘸地走到门旁，一边用手绢擦拭刚被客人触摸过的镜框和杯子之类的物品，同时，嘴也不停，"这以前，我和我老婆已达成过协议并且立下遗嘱，假若我们两人中有谁遭遇意外，就把财产留给另一方——顺便提一句，她有 9 万英镑的财产——如果她死了，死于非命，那么警方首先就会怀疑我，所以我需要她死时我不在现场的确凿证明。恰在此时我看到了你。我想知道，一个蹲过监狱的人会是什么样呢？我很感兴趣。他靠什么生活？有没有朋友？所以我就跟踪你，一直跟到你住处。以后的几天里，天天如此。"

"为什么？"

"为的是发现你的一切隐私，以便……"

"以便来威胁我。"

托尼·温蒂斯就像什么也没听到一样继续说下去："我跟了你两个星期，就为了了解你的全面情况，真是颇费周折。"

"看来咱们有相同的嗜好。"

"不错，很多事情都是深入了解之后才觉得实在有趣。我还发现你我有许多相同的爱好，比如常去赛狗场小小地赌一把。你在那类场合经常用亚当这个名字。"

"这不行吗？"

"当然可以。但是总也抓不住你的狐狸尾巴，真让我着急。终于有一天，你从原来的住处消失了，我打电话给你的房东，声称要向你借点儿钱。对方气愤地对我说，亚当先生欠了六周房租后销声匿迹了。多好的一个人啊，我真替他难过。"

"是啊，"此时，客人已不像刚才那么局促不安，"世事就是这么难料。"说着他又伸手去拿托尼·温蒂斯擦拭过的酒瓶和酒杯。

“再喝酒的话请戴上那个。”托尼·温蒂斯指指早已放在沙发靠背上的那副手套。

“后来，”托尼·温蒂斯又接着说，“我再次在赛狗场见到你。不过，这时你已化名威尔逊了——又开辟了一个新天地，对吗？——认识了华莱士小姐，她也被你迷人的外表所惑，心甘情愿地让你拖欠房租。可你呢，再次重演金蝉脱壳的故伎。多可怜的女人呀。”

“很有趣，接着说下去。”客人不动声色。

“7、8、9这三个月，你住在卡拉公寓里，房东是班多太太，她丈夫已经故去，把旅馆和公寓留给她谋生。真是千载难逢的好机会。但是，要想博得她的欢心，需要金钱的投入。于是你想到把她的车卖掉。”

“我是受她之托。”

“但她只要求卖到800英镑。我已经先与她通过电话了。”托尼·温蒂斯微笑着说道。

客人斜眼瞟着主人，迈出右脚将身体挪开一些，问道：“附近的警察局在什么地方？”

“就在教堂对过儿。”

“我想我该去那里走一遭。”

“想好说什么了吗？”

“所有的一切。”

“一切？也包括亚当和威尔逊先生干的那些事吗？”

“我就说你恐吓我，逼迫我……”

“干什么？”

“去杀了你太太。”

托尼·温蒂斯把头低下，不让客人看到他脸上的讥笑，“这话要让我老婆听到，一定会让她笑疼肚子的”。

“你可能已经忘记了你都对我说了些什么吧？”

“比如说……”

“你跟踪你太太，还看他们做意大利面条。这些警察就不感兴趣吗？”

“会的。但他们会认为那全是你干的事。”

“我为什么要干那些事呢？”

“因为是你偷了她的钱包，过后又向她发出恐吓信。”

“警察怎么会相信你的话呢？”

“我就说我们是校友，你跑来借钱未果，然后，你就提到了信的事。我让你把信卖给我。于是我在付钱之后拿到了信，而这信上，”托尼·温蒂斯再次从胸前口袋里掏出皮夹，打开，亮出那封信，“刚好留下了你的指纹。”

托尼·温蒂斯停下来，再次欣赏写在客人脸上的复杂表情。

“你还威胁我不可报警，”托尼·温蒂斯接着说，“否则就杀了我老婆。”

停下来让对方想一想，然后，他总结道：“无论如何你已处在非常不利的境地。如果你的照片见报，那些房东们还不找来？华莱士小姐的事还能保密吗？而我知道你是非常想把这件事做得尽量隐蔽的。你们以前也都是在很清净的地方见面的，比如小巷深处的咖啡店。她与班多太太不同，不是吗？她并不知道你还有那么多女朋友。如果我没有猜错的话，这次你是想与她建立婚姻关系的，对吧？”

“你是聪明人。”

“我只是为你着想一下罢了。主要是我有信心：你一定会帮我这个忙的。”

“何以见得呢？”

“重赏之下，必有勇夫。”

“重赏？”

“对，1000 英镑现金。”

“杀人费？”

“放心吧，一切我都已安排妥当，不会有任何闪失。何况比这难办得多的案子你也做过了，不是吗？”

“你指什么？”

“比如那位服药过量而死的中年妇女。也许我们不知道那些药的秘密，但也许可以让华莱士小姐去翻阅一下有关资料。可怜的华莱士小姐。”

“你提到的 1000 英镑在哪儿？”

“我存放在某处的保险箱里。”

“在哪儿？”

“在伦敦。我们不会再见面了。事情办妥后，我会把开保险箱的钥匙寄给你。现在我先付你 100 镑。”托尼·温蒂斯从抽屉里拿出厚厚一叠钞票，扔到客人身边那个沙发上。

眼睛盯着钞票，客人说话了：“警察会从钞票的号码找到你的。”

“不会。我每周去领 20 镑，而且要的都是面额一镑的零钱。”

“把支票簿给我看看。”客人要求道。

"当然可以。"托尼·温蒂斯再次打开抽屉，把支票簿取出，放在写字台的桌面上。客人凑过来，伸手要翻，被主人制止了。

"不要碰。"他自己亲手为客人翻到最近写过的一页。

"往前翻一页，"客人要求，"你在一年内取出了1000英镑，这你怎么向警方解释呢？"

"我就说都拿去赌马了。"

"他们会去核对的。"

"我是在酒馆里下的注。满意了吧？"

沉默了一阵之后，客人再问："什么时候动手？"

"明天晚上！"

说者轻轻一句，听者却高声大叫："什么？明天晚上？这怎么能成？我得慎重考虑一下。"

托尼·温蒂斯示意他把声音压低一些。

"我已经安排好了，必须是在明晚。"

"在什么地方动手？"

"就在你现在站立的地方。"

客人低头看看，自己正站在写字台与座椅之间。

"具体怎么做？"

托尼·温蒂斯向起居室中间走了几步，说："明晚我将和他的美国男友一起去参加一个晚宴，她将一个人在家。届时她将躺在床上听收音机，这是她的习惯。你应该在晚上10点57分从大门进来……"

"这扇大门吗？"客人指指通向公寓楼梯间的那扇门。

"是的，钥匙我会放在——"托尼·温蒂斯打开门，探身出去，指了指楼梯第五层台阶踏面与地毯之间的缝隙，"这里。"

再把门关上，他接着说："你进来后，直接到写字台后面通往阳台的落地窗跟前，藏在窗帘后面。11点整，我会和同席的人说我要和我的老板通一下电话，而实际上我先拨通家里的号码。我老婆听到铃响就会起床。这时起居室里应该是很暗的，而她打开的卧室的灯，会把她走向写字台的路照得很清楚。这时你千万不要动，容她走到写字台后面，她会背对着你接电话。然后就看你的了。问题解决之后，你对着话筒吹口哨，然后挂断电话。这样，咱们一句话也不用说。我听到口哨声，也挂断电话，再重新拨通老板家里，说完要说的话后就回到席上。"在确认对方没有什么疑问之后，他再接着说，"还有，在你离开之前，把这个装着衣服的皮箱放在这里，”托尼·温蒂斯拎着皮箱走到壁炉前，把它扔在地上，“随手扔几件衣服到地上，然后把这些壁炉架上的奖杯放进箱子里，盖上箱盖，但不要上锁。”

“仓皇而逃？”

“对！”托尼·温蒂斯又走到写字台后通阳台的落地窗前，“再有就是这扇通向院子的门，记得走时一定要确保它是没有上锁的，而且你不能从这扇门出去。你仍然要走大门。最重要的是，不要忘记把钥匙还放回原处。”

“还放在楼梯地毯下面？”

“对！”

“然后呢？你怎么做？”

“我要让警察以为是溜门撬锁的从阳台进来，想随便偷走点儿什么，我老婆听到起居室里有动静，从卧室来到这里，偷东西的袭击了她，意识到出了人命，立刻慌不择路地逃走了。”

“等一下，如果我是从大门进来的，为什么阳台的门是开着的呢？”

“不用担心。我老婆有睡前到院子里散步的习惯，她经常忘记把门重新锁上。这一点很容易令警察相信。”

“可你老婆会说她并没有忘记上锁。”

沉默了一会儿，托尼·温蒂斯背对着客人说道：

“她应该是不会再说什么了，难道不是吗？”

“好吧，”客人说，“如果我是从公寓门进来的，完事后我再从大门出去时大门已经锁上了，那我该怎么办呢？”

“整个公寓大楼的门是从来不锁的。”

“你会在什么时候回来？”

“大约 12 点。我老婆的美国男朋友会同我一起回来，成为现场的第一目击者。而我始终和他在一起，也就有了案发时不在现场的铁证。”

客人若有所思地走到门前，推开门向外看看，然后关上门，转回身来，“你忘了一件事。”他说。

“什么？”

“你们从外面回来时怎么进来呢？”

“用我自己的钥匙。”

“可它不是放在楼梯上吗？你去拿的时候不就被同行的人看到了吗？”

“不，那是我老婆的那一把，我出门前会把她的那一把悄悄地从她的手提包里取出。不管是取出来时还是事后放回去，都不会让任何人看到的。”

“到底有几把钥匙？”

“只有这两把。”

两人面对面地站着直视对方，一时无话。

这时电话铃声响起。托尼·温蒂斯去接电话，是玛戈打来的。她想知道丈夫是不是已经完成了那份报告，如果现在赶去，起码还能看上音乐会的下半场或者一起在外面吃饭。在夫妻俩对话时，客人开始在屋里走动，看看卧室，又回到起居室，开开灯，又关上。看得出来，他是想把这里的环境摸清楚。但是这次他主动把放在沙发靠背上的手套戴上了。等到托尼·温蒂斯挂上电话，客人已面对他站在沙发旁边，那一叠100英镑的钞票就躺在沙发座面上。已经不用再说什么，客人把一叠钞票拿起来随手翻看了几页，揣进了贴身的口袋里。

第二天下午，温蒂斯家的起居室里洋溢着一派祥和的气氛。作家马克·霍利迪手捧玛戈的剪贴本坐在沙发上翻阅，而玛戈正在热心地为他寻找一些有用的资料。与这两个人的轻松愉快形成对照的是站在酒柜前的男主人。由于背对着沙发上的两个人，他并没有刻意掩饰心事重重的样子。他不由自主地在做最后的核对，看看计划中还有没有破绽。直到玛戈提醒他调好的马提尼酒不用再搅动时，他才猛醒过来：现在这个时候还想来想去的，有什么意义呢？

马克和玛戈正在议论一位社交界名人。先是提到他的富有，然后又扯到他的视力，近视得有多么厉害，最后提到了网球。作家随口说道：“看来我应该写一本有关网球的书。”

玛戈立刻给予热烈的响应，还说托尼可以合作：“这也许是第一本网球推理小说。”

托尼·温蒂斯将调好的马提尼酒端上来，也参与到话题中：“内容是关于什么的呢，完美的犯罪吗？”

“这主意不错。”马克·霍利迪说。

“那该怎样谋篇布局呢？”托尼·温蒂斯问。

“首先要站在犯罪者的立场为他着想，”作家说，“然后才能考虑具体的实施办法。”

“噢，那一定很有趣。”托尼·温蒂斯说。

“是啊，可以在不犯罪的前提下体验到犯罪者的心理。”

“你真的在构思一部新作，关于完美的犯罪？”玛戈问道。

“是的，有此计划，而且酝酿得差不多了。”作家稍顿一下，语气一转，“不过这也只是想想而已，离真去干还有很大距离。想与做是两回事。”

“噢？”托尼·温蒂斯饶有兴味地问道，“为什么？”

“因为不管干什么，总不能像计划一样完美。就像我们打桥牌，随时随地都会出现新的情况，而且多是出乎意料的。有时会犯很低级的错误……”

“好吧，”托尼·温蒂斯打断正要打开话匣子的作家，“我看咱们该走啦！”

“明天你有什么安排吗，马克？”玛戈站起身来的同时问道。

“没有什么特别的安排。”马克·霍利迪答道。

“那我建议咱们去温沙城堡吧。”玛戈说。

“好啊，”托尼·温蒂斯对马克说，“明天，你可以稍早一点儿过来。不过也可能太早不了，因为咱们今晚都有可能喝醉。”

“上午11点怎么样？”

“很好，咱们可以共进午餐。”

“在城堡里吗？”玛戈兴奋地问。

“不，还是在城外吧。”

就在马克和玛戈讨论正欢时，托尼·温蒂斯突然说道：“亲爱的，我的钥匙不见了，会不会在你的提包里？”

“我去看看。”玛戈说着走进卧室。出来时，她一边翻着提包一边说，“没有啊，亲爱的。会不会在你大衣口袋里？”

“我找过了，没有。这样吧，先把你的借我用一用。”

“这可不好办了。”玛戈·温蒂斯太太为难地说。

“为什么？”

“我也要出去呀。”

托尼·温蒂斯讶异地扬起了眉毛，“你是说，今晚？”

“是啊，也许去看场电影。我可不想一个人留在家里。”

“往常你不是都待在家里听广播吗？”

“我会比你们先回来的。”

“但我们回来得可能太晚。那时再把你叫醒就不好了……”

作家插进来说的一句话让托尼·温蒂斯更加不安起来：“玛戈可以把她的钥匙放在门口的地毯下面。”

托尼·温蒂斯当机立断：“啊，我找到了，原来在我的手套里。”

“太好了。”玛戈松了一口气。

“你想去看什么电影？”托尼·温蒂斯问他妻子。

“反正是好看的呗。”

“今天是周末，人会很多的。”

“反正我得去逛逛。我不想一个人看家。”

“你有许多事可以做。佩吉的邀请函回复了没有？另外，你也可以整理一下你的剪贴簿呀。”

“你们就别管我了。”说着，玛戈往沙发上一躺，“你们出去玩得高兴，留我一个人在家整理什么剪贴簿……”

“这么说，你并不乐意让我们出去。那我就不去参加什么晚宴了。”

“你这是干什么？”

“既然你不高兴，那我就留下来陪你打扑克吧。”

“噢，托尼，不要这样。”

“我这就打电话过去，取消原计划。”

说着，托尼·温蒂斯真的拿起话筒，开始拨号。

玛戈跟过去，压低声音说道：“别孩子气了。”见丈夫没有停下来的意思，她无可奈何地一转身，说道：“好吧，好吧。我留在家里整理剪贴簿就是啦。”

托尼·温蒂斯这才停止拨号，侧身对妻子说：“你不必勉强自己做不愿去做的事，亲爱的。”

“不，我确实愿意。”

话筒终于被放回原处。

“我去叫出租车。”马克·霍利迪说完先出去了。

托尼·温蒂斯开始为玛戈找那些整理剪贴簿需要的工具。

“糨糊在哪儿？”

“抽屉里。”

“剪刀呢？”

“针线箱里。”

托尼·温蒂斯从写字台后走到壁炉前，从针线箱里的一双丝袜下面把剪刀取出来。返回写字台时，他的目光一直落在玛戈装门钥匙的手提包上。玛戈接过剪刀后，托尼·温蒂斯转身向搁手提包的茶几走去。

“亲爱的，我从你的包里拿点儿零钱好付车费。”

说话间，他已把包拿在自己手上。

玛戈赶紧奔过来。托尼·温蒂斯则把包藏在身后。

“嘿，不要动我的包。你要多少我给你拿。”

看到妻子并没有真的生气，他用自己的身体挡住妻子的扑抓，用逗趣的口气说：“那要看你有多少了。”

与此同时，背后的两只手紧张地忙活着，终于把包里的那把钥匙找了出来，这才把包还给她。

握着这把决定命运的钥匙，托尼·温蒂斯把大衣搭在左臂上，走到门前。

恰在此时，刚刚出去叫出租车的马克·霍利迪又回来了。

“车已经等在外面了。”说完，他站在楼梯旁边不动了，刚好挡住了托尼·温蒂斯准备放钥匙的第五层台阶。

一时没了办法的托尼·温蒂斯只好硬着头皮往外走，同时脑子里飞快地转着……

终于，在即将走出公寓大门的那一刻，他站住了。

“玛戈，”他慢慢地转回身又走回到家门前，看似不经心地把手往第五层台阶上一搭，对着闻声又从屋里探出头来的玛戈说，“我忘了提醒你，如果我的老板打电话来，告诉他晚宴现场的电话号码。”

“号码呢？”

“在记事本上。”

“好的。”

已经转身要走的托尼·温蒂斯又返身回来，在妻子的唇上留下一个不长不短的吻。

看得出来，玛戈对这个吻多少有些困惑。

时钟走到10点57分。晚宴现场，托尼和马克所在的一桌，四五个男人聊得正欢。与此同时，在温蒂斯家门外，闪出一个瘦长男人的身影。抬起左手，借助路灯的光亮，他看了看腕上的表，然后走上公寓台阶。进到里面后，他走到楼梯旁，从第五级台阶地毯下摸出钥匙，打开温蒂斯家的门锁……

晚宴现场，温蒂斯先生已经不是第一次看手表了，当他意识到这次看到的表针还停留在上次看到的原位时，他猛然醒悟：自己的表停了。出了一身冷汗的他，急忙问身边坐着的人此刻准确的时间。得知已经是11点过3分时，他说了一声要给老板打个电话，便匆匆离席而去。

温蒂斯家里，藏身于窗帘后面的人再次看表，犹犹豫豫地走出来。看样子，他是想离开了。

晚宴现场。托尼·温蒂斯先生正站在公用电话亭外，焦急地等待里面正在通话的人赶紧把话说完。

温蒂斯家。那个已经打开屋门、一半屋里一半屋外的身影被骤然响起的铃声定在了门道上。在第二声铃响时卧室的灯亮了。这一点，从卧室的门缝里可以清楚地看出来。

玛戈走进起居室，来到写字台前，拿起话筒。

“喂？”

没有回答。

她一次又一次地呼叫，还碰了碰话筒上的插簧，可线路那一头仍然是死一般的寂静。连着试了几次之后，她终于要放弃了。就在她要把话筒重新放回插簧上，还没放稳的一刹那，眼前忽地闪过一道黑影，喉咙处感到一紧，整个身体被一股强大的力量向后上方拉起。在极度的恐惧和惊吓之中，她从一阵粗重的呼吸声判断出，从后面勒住自己脖子的是一个男人。最初被吓得脑子里一片空白的阶段很快就过去了，她已经能清楚地意识和感觉到来者不善，如果不反抗，那只有死路一条了。也不知哪儿来的力量，她一扭身，竟然与身后的人正面相对了。但对方太高，她没能看到对方的脸。这时，从勒在脖子上的“绞索”可以感觉到力量在加大，她已被仰面朝天摁倒在写字台的桌面上。她的脚离开了地面。本来就力微气弱，现在更没了支点，想翻身已是万难。绝望中，她突然想起整理剪贴簿时用过的那把剪刀，但愿还在桌面上。她把右手尽量向写字台那一头伸去。没有。就在她收回右手时却碰到了她要找的东西。感谢上帝。她紧紧攥住剪刀把手，把身上所有力气都倾注在右手上，向压在自己身上的那个人的后背刺去。

随着一声憋在嗓子眼儿里的惊叫，身上的重量没有了。玛戈起身一看，一个身着大衣的高个子男人正痛苦地痉挛着，喉咙里发出咝咝的声音。少顷，整个人像一截朽木一样，颓然垮塌。由于是仰倒在地，背上的那把剪刀更深地插进体内。之后就再没有动静了。

电话亭里，一直手持话筒的托尼·温蒂斯听到了搏斗的全过程。时间像过去了一个世纪。一种不祥的预感攫住了他的心：明明听到了男人的惨叫声，但他不愿相信自己的耳朵。他一心等待的是一声口哨。遗憾的是，他听到了此时最不愿听到的妻子的声音：“快报警！快报警……”

没有什么可怀疑的了，这就是玛戈的声音。

没有什么可犹豫的了，他不能不说话了。

“是玛戈吗？”他问。

“你是谁？”玛戈颤抖着问。

“亲爱的，是我啊。”

“噢，托尼，是你，快回来，快！”虽然是哭着说的，但玛戈的声音里分明又有几分欣慰。

“出了什么事？”托尼·温蒂斯在线路那头问道。

“我说不清楚。你快回来吧！”

“亲爱的，不要慌，慢慢说。”

“一个男人从后面勒住我的脖子……”玛戈已泣不成声。

“他走了吗？”

“不，他死了。”玛戈本来是半蹲半坐着说话的，现在她用尽全身力气站起来。“托尼，你还在听吗？”

“玛戈，你听我说，不要挪动任何东西，我马上赶回去。”

“我不会动的。”

“在我到家之前，不要把这事告诉任何人。”

“好的。”

“说好啦，不要告诉任何人。”

“你快回来吧。”

挂断电话后，玛戈来到阳台上，深深地透了一口气。她没有意识到，凶手绕在她脖子上充当绞索的东西从她身上掉落在阳台门前。当她在回到起居室时，用余光扫了一眼躺在地上的死尸，立刻干呕起来……

晚宴现场，匆匆返席的托尼·温蒂斯对马克·霍利迪说玛戈不太舒服，此刻他要赶回去看看。马克表示要跟他一起回去，被托尼·温蒂斯坚决地谢绝了。

在往家赶的出租车里，托尼·温蒂斯怎么也想不明白，为什么会出现这样一种局面。如果说在路上他还心存疑问的话，到他刚一推开家门，第一眼看到的就是那位学长的尸体时，他不得不彻底接受这样一个简单的事实：失败了。难道真应了作家那句话吗，“不管干什么，总不会像计划的一样完美？”

把哭着扑进自己怀中的玛戈抱住，托尼·温蒂斯心里充满苦涩。天知道，也许他的心里同样在哭泣，为自己的千辛万苦全都付诸东流。不管心里怎么想，他嘴里说的是：“别担心，亲爱的，有我在这里。现在告诉我发生的一切。”

“他用丝巾之类的东西猛勒我的脖子。我正在接电话，天知道他是从哪儿钻出来的。就在我快要窒息时，我摸到了那把剪刀……”玛戈一边抽泣一边说，“等我再看到他时，他晃了两下就倒在地上了。”

托尼·温蒂斯轻轻把妻子推开，走到尸体旁蹲下，先看了看背上深深插入的剪刀，再粗略翻了翻衣服口袋。

“血流得并不多。”

等他扭头再看妻子时吓得他差点儿跳起来：她正在自己的手提包里翻找着什么。莫非她发现自己的钥匙不见了？

“你在找什么，玛戈？”

“阿司匹林，我的头疼得要裂开了。”

趁玛戈进卧室去吃药，托尼·温蒂斯迅速从死人衣兜里找出一把钥匙，急忙起身，就在玛戈回到起居室的前一秒中，把钥匙放回到她的包中。

“你要什么？”玛戈问走向卧室的丈夫。

“找条毯子把尸体盖上。”

尸体被蒙住后，只穿着睡衣的玛戈感到了凉意。

“把阳台的门关上吧。”她对丈夫说。

托尼·温蒂斯向阳台走去。

“这个小偷想必是从这扇门进来的，”托尼·温蒂斯说，“可他想偷什么呢？难道是那些奖杯吗？”

玛戈对此不感兴趣。

“警察什么时候到？”她问。

“你报警了吗？”

“当然没有。你说谁也不要告诉的。”

见丈夫仍望着地板发愣，她催促道：“快报警吧！”

“对。”托尼·温蒂斯拿起话筒拨号。

玛戈抽空问道：“马克呢？”

“我跟他打了个招呼就回来了，”托尼·温蒂斯刚对妻子说完又对着话筒说，“请给我接警察局。”

“你告诉他了吗？”玛戈再次插空问道。

“我只说你身体不舒服。”

警察局接通了。

“警察局吗？”托尼·温蒂斯对着话筒说，“我家里出了大事。”

“什么样的大事？”接电话的警察问。

“一个男人被杀了。”

“请报上你的姓名。”

“托尼·温蒂斯。”

“住址？”

“查林顿公寓。查林顿街 793 号。”

“是意外事故吗？”

警察的这个问题大概是激发了托尼·温蒂斯的灵感，脑筋急速地一个转弯，他意味深长地望着妻子，对着话筒说：“这我可说不好。”

“说不好？你意思是说可能是蓄意谋杀？”

“我不敢肯定。”

“你认为会是什么人杀的？”

托尼·温蒂斯仍眼望着妻子，有几秒钟一言不发。

“这个等你们来了再说吧。你们要多长时间能到？”

“几分钟后吧。千万不要动现场！”

“不会的。那么一会儿见。”

一直在旁听着的玛戈见丈夫放下话筒，转身向卧室走去。

“我去穿衣服。”她说。

“为什么？”

“不是说警察要来吗？”

“他们不是来看你的。”

“可他们肯定会提问题的。”

“让他们等明天吧，今天先由我来接待。”

托尼·温蒂斯轻轻吻了一下妻子面颊，让她进卧室休息。

“托尼，亲爱的，”已经走向卧室的玛戈又返身回来，“你怎么会打电话回来的？”

“什么？”毫无思想准备，托尼·温蒂斯一时不知该怎么回答，“这个咱们以后再说吧。”想想，他又反问妻子一句：“你提到的那个用来勒你脖子的东西呢？”

“说不好是什么，肯定能找到的。”

“好了，你去休息吧。”

把她送进卧室后，托尼·温蒂斯随手把门带上。

现在，起居室里只有他一个人了。他开始寻找那条被用来当绞索的东西。屋里全找遍了，没有。他出了通向阳台的那扇门，向院子里看。这么黑，什么也看不清。当他回身准备再回到屋里去时，他的余光发现脚下似乎有什么东西。弯下腰，拾起来一看，是中间打着结的一条丝袜。毫无疑问，这就是他要找的东西。

有了它，托尼·温蒂斯心里也就有了底。另一个计划成型了。另一个决定也作出来了。

他毫不迟疑地来到壁炉跟前，往丝袜上浇了些酒，将其丢进余烬未熄的炉膛。转眼之间，那丝质的东西就化为乌有了。他不放心，又拿起火筷，拨了拨火。放下火筷，他快步走到尸体旁蹲下，撩开毯子，从自己胸前口袋里取出皮夹，另一只手用手绢垫着，从皮夹里捏出那封马克·霍利迪写给玛戈的信，塞进死者胸前的口袋里，重新把毯子盖好。他又回到壁炉前，从针线箱中拿出另一双丝袜，一边向阳台走，一边在其中的一只丝袜上打结。出了阳台的门，他把打过结的那一只丢在地上，拿着另一只，回到起居室，想了想，把写字台上的垫子掀起来，将另一只袜子放在垫子底下。做完这一切，他环顾室内，慢慢走回壁炉跟前，再次用火筷拨了拨炉膛里的火。然后，他坐进沙发里，拿出一支香烟点燃，深深地吸了一口。

几分钟后，温蒂斯家已经挤满了人，公寓大门内外则站着荷枪实弹的警察。刑警队长带着他的手下紧张而有条不紊地工作着。

忙活了一阵之后，托尼·温蒂斯端着一个大托盘从厨房进到起居室。

“先生们，请用茶吧。”

当他把托盘的一角放在桌面上时，有意识地让它顶住垫子的一端往里推，让那只丝袜露出一截来。他从桌旁走开没有几步，听到一个声音叫道：“队长，这里有一只丝袜！”

第二天上午，温蒂斯夫妇喝了两杯咖啡就算吃过早餐了。玛戈回到卧室去更衣，托尼·温蒂斯开始在起居室里转悠。表面上看似乎是漫无目的，实际上他正把昨天做的那些事重新在心里走一遍。看看这里再看看那里，无非是想检查一下有没有漏洞。

当玛戈从卧室里出来时，他立刻迎了上去。

“昨晚警察曾问起过‘为什么不立刻报警’……”托尼·温蒂斯说。

“这你应该知道，”玛戈说，“是你告诉我先别对任何人讲的，等你回来以后再说。”

“这我知道。可我不是这么对他们说的。”

“为什么？”

“我说的是，我叫你立刻报警，而你却没有那么做。”

“为什么要那么说呢？”

“因为这样比较合理。更重要的是，一旦他们知道咱们故意拖延，势必会提出很多烦人的问题。”

“所以说，咱们先要口径一致？”

“我的确认为有这个必要，因为他们一定会向你提相同的问题……”

这时，门铃响了。

“准是马克来了，”托尼·温蒂斯说，“你去开门吧。”

门开后，站在门口的是一位衣着整洁的老绅士，年纪在50岁上下，很有风度的样子。

“早上好，”他很有礼貌地脱下帽子对玛戈说，“是温蒂斯夫人吗？我是警察，可不可以……”

“请进，”玛戈将来者让进门，“我去叫我丈夫出来。”

只剩下警察一个人后，他开始以职业的眼光检视这个房间。他首先看到的是写字台前的一块小地毯，那想必是昨夜尸体所处的位置。当他走到写字台的一侧，手搭在电话机话筒上时，从卧室方向传来一阵脚步声和一声问候。

“早上好！”

警察转过身来做自我介绍：“你好。我是负责刑事案的哈伯特警长。”

“我昨晚已经和贵处的队长谈过了。”托尼·温蒂斯说。

“是啊，报告我已经看过，但还有几件事要当面请教一下。”警长说着从后裤兜里拿出一个小记事本和一支铅笔。“队长还没有机会和你谈一谈，温蒂斯夫人。”警长又对玛戈说。

“我太太受到很大惊吓，到现在也还没有完全恢复过来。”托尼·温蒂斯接过话头说。

“完全可以理解。那场面实在是太恐怖了。”警长说，“我能不能看看其他房间？”

“当然。”托尼·温蒂斯伸手示意，让警长随他来，“这里是卧室和浴室。”

警长跟着男主人进了卧室，又亲手推开浴室的门往里面看了看。关上门转身往外走时，他像是自言自语地说：“不可能从浴室进来。”

重新穿过起居室，托尼·温蒂斯又带着警长来到厨房门口，“厨房的窗子上也安装了栅栏。”

关上厨房的门，托尼·温蒂斯面对阳台说：“有可能是从这扇门进来的。”

“事情发生时你并不在家，对吧？”警长问。

“是的，我在饭店出席一个晚宴。她遭到袭击时我刚好打电话回家。”

“当时是几点？”

“我记不太清了。当时我的手表停了。”

警长转身去问女主人：“你记得吗，夫人？”

“不，我也不记得了。”玛戈回答。

“坐下慢慢谈吧，警长。”托尼·温蒂斯建议。

“谢谢。”警长坐在沙发上翻看自己的小本子，有一会儿没有说话。

玛戈犹豫了一下，问道：“查出他的身份了吗？”

警长像是走神儿了，抬起头来愣了一下，“噢，只查出了他的现住址。他的姓名嘛——还不敢肯定。我是说，他的真名。他使用着好几个名字”。

“你以前见过那个男人吗？”警长突然话锋一转，问道。

“没有，当然没有。”玛戈回答。

但警长还是把一张照片递了过去，“你看是他吗？”

玛戈看了照片，但没有说话。

“没有任何印象？”

“没有。从没见过。”

“一丁点儿印象都没有吗？”

“没有。就是在昨天夜里我也没看清他的脸，因为他是从后面袭击我的，而且当时屋里的光线很暗。”

“可在我给你看照片之前你就说没见过，而且昨天夜里你也没看清他的脸，怎么能如此肯定没见过？”

“她只是凭直觉这样说罢了。”托尼·温蒂斯插话。

“是这样吗？”警长问玛戈。

“是吧。”玛戈回答。

“那么，你呢，温蒂斯先生？你以前见过他吗？”警长问走过来坐在妻子身边的男主人，同时也把刚给玛戈看过的照片递过去。

“没有。”托尼·温蒂斯说。

在看第二张照片时，他明显地迟疑了一下，“不过，在大学时有个同学跟他长得很像，可也说不准，20年前的事了。他叫什么？”

“你听听看，”警长拿起记事本，开始念名字。

“莱斯？”

“不是。”

“威尔逊？”

“不是。”

“斯旺？”

“不——”托尼·温蒂斯骤然停住，“等一下，斯旺？对啦，是叫这个名字：斯旺。”

说着，他把警长递给他的照片放下，起身走到门边，从墙上摘下一个镜框，回到警长身边，指着框内的照片说：“这是我们同学会时拍的合影。你看，坐在这儿的就是他。”

“噢，真难以置信，”警长说，“你们是好朋友吗？”

“不，他是我的学长。”

“后来你们就没有再聚过吗？”

“没有。”

托尼·温蒂斯说到这里又好像想起了什么。

“不过，前一阵子好像在什么地方碰到过。”

“在哪儿？”

“大概半年前，在维多利亚火车站。他似乎没有什么大变化，只是胡子——”

“那时他留胡子吗？”警长问。

托尼·温蒂斯想了想说：“没有。”

“好吧，”警长又拿起记事本，“温蒂斯夫人，如果可以的话，请你把昨晚的情况再描述一遍，好吗？”

玛戈抓住丈夫的胳膊，“托尼，”她小声说，“非得再讲一次吗？”

“讲吧。”做丈夫的轻轻拍了拍妻子的手。

玛戈站起来，走到起居室中间站住，“我在卧室睡觉，听到电话铃响，就起床到这个房间来接电话。”

“你开灯了吗？”

“没有。”

“当时你站在什么位置接电话？”

玛戈一步一步走到写字台与座椅之间。

“我站在这里拿起话筒——”

“等一下，”警长也走过来，“你是背对着落地窗吗？”

“是的。”

“为什么？”

“什么为什么？”

“我是说，”警长笑道，“为什么你要走到写字台与座椅之间才拿起话筒？从你走过来的路径看，你完全可以在写字台的这一侧就停下来拿起话筒说话呀。”

“这个，”玛戈考虑了一下，“我还真没考虑过。也许是为了记点什么方便吧。”

警长闻言，略作思忖。“我知道了，”他说，“对不起，请继续讲下去。”

“我拿起话筒说话，他从后面蹿出来袭击我，用什么东西勒住了我的脖子——”

“什么东西？请说具体一点儿？”

“我想大概是丝袜吧。”

“明白了，”警长说，“然后呢？”

“他把我压在桌子上……我摸到一把剪刀——”

“那把剪刀平时放在什么地方？”

“针线箱。昨天整理完剪贴簿后，忘记收回去了。”

警长顺着玛戈手指的方向看看，发现了针线箱的位置，收回目光，又接着问，“何以见得他是躲在窗帘后面的？”

“因为窗帘是拉上的。”

“是你亲手拉上的吗？”

“不，警长，”托尼·温蒂斯说，“是我拉上的。”

“那你是不是上了锁呢？”

“是的。”

“你能肯定吗？”

“能。我拉上窗帘前都要锁门的。”

趁警长停下来记着什么，托尼·温蒂斯问道：“你认为那个人是怎么进来的？”

“闯进来的吧。”警长答道。

“可是门锁并没有被撬开呀！”托尼·温蒂斯说。

警长没有再回答男主人的问题，而是转身去问女主人。

“夫人，你为什么没有立刻报警？”

玛戈看看丈夫，迟疑了片刻。

“在电话里，我把情况跟我丈夫说了，”玛戈慢慢说，好像在期待着被打断，“我以为他会去报警的。”

“你没有想到叫救护车或医生来？”

“没有。”

“为什么没有？”

“因为他已经死了。”

“你怎么知道他已经死了？”

“我……这是明摆着的。”

“你摸了他的脉搏吗？”

“那倒没有。可当时谁看了都不会怀疑这一点的。他的脸色……”说到这里，玛戈的情绪明显地激动起来，声音也提高了很多。

“既然我太太不认识他，”托尼·温蒂斯再次插话，“他怎么可能进得了门呢？”

警长并不立刻回答，而是缓缓走向通向走廊的大门，一边把门打开一边用肯定的语气说：“他是从这扇门进来的。”

“可是在锁并没有被破坏的情况下他应该是进不来的，”托尼·温蒂斯说，“玛戈，我们走后你出去过吗？”

“没有。”

“大门有几把钥匙？”警长问。

“只有两把，”玛戈回答，“我的那把在我的手提包里。”

“公寓管理员呢？”

“他没有。”

“清洁工呢？”

“她只在我们在家时进来干活儿。”

“你根据什么认为他是从大门进来的？”托尼·温蒂斯问。

“从他的鞋子。”

“噢？”

警长踱到阳台门前，说：“外面的地很湿，如果他真从院子里来，这儿的现场应该有泥巴才对，然而没有。他从街门进到公寓里来时，在擦垫上蹭过鞋底。所以，他的鞋底有那个擦脚垫的纤维，连油渍也和擦脚垫上的一样。所以，这一点绝对错不了。”

“等一下，”托尼·温蒂斯说，“我想起来了，”他问自己的妻子，“你上次不是把手提包丢了吗？”

“怎么了？”

“当时钥匙是不是在包里？”

“在呀。不过后来不是都找回来了吗？”

警长一直在注意夫妻间的对话，显出很有兴趣的样子。

“等一下，请慢慢说。我想知道，”他问，“在什么地方丢了个什么样的包？”

“小的手提包，”托尼·温蒂斯说，“在维多利亚火车站。”

“两周后找回来了。”玛戈说。

“少了什么东西吗？”警长问。

“没有。”玛戈的声音很低。

“你肯定吗？”

“是的。”玛戈的声音更低了。

“手提包丢失时钥匙在里面吗？”

“在。但后来和包一起被送回来了。”

“也许，”托尼·温蒂斯说，“他又配制了一把。”

“后来，”警长问，“手提包是从哪儿找回来的？”

“维多利亚火车站。”玛戈回答。

警长这时转向托尼·温蒂斯，“你刚才说的在车站碰到的那个人就是斯旺吗？”

“我记得我们当时是去看望佩吉，”托尼·温蒂斯说，“没错，他当时也在我们用餐的那间餐厅里。”

“手提包就是在餐厅里丢的吗？”

“是的。”一直来回走动的托尼·温蒂斯这会儿已经坐下了，他问自己的妻子，“你还记得吧，我当时还跟你说，我碰到了一个剑桥的老同学？”

此时开始走来走去的是玛戈了。她随口说了一句：“我不记得了。”

“肯定是他，”托尼·温蒂斯坚持自己的看法，“又去配了一把钥匙……”

“我先问一问，”警长阻断温蒂斯的话头儿，“斯旺怎么能随随便便就进了临街的公寓大门呢？”

“街门从来不锁的。”

“噢，这就难怪了。也许他真的去配了一把钥匙，所以，他可以进来。”警长沉吟片刻，又说，“不过，这里面还是有说不通的地方。”

“什么？”

“如果是那样，”警长说，“死者身上应该有一把钥匙才对，可是我们没有发现。”

托尼·温蒂斯的目光落在了妻子的手提包上。如果时间倒退回去，自己还会把钥匙再放回斯旺的口袋里吗？

“那岂不是说，一切都要从头开始了吗？”托尼·温蒂斯问。

“倒也未必。”

“那该怎么做呢？”

“做调查，写报告，询问，笔录……总之，希望你们大力协助。”说着话，警长向门口走去，拿起自己的帽子，“现在，我要回局里……”

他的话被门铃声打断，警长顺手打开了温蒂斯家的大门。

进来的是马克·霍利迪。一进来，他就要向玛戈说什么，当他发现为他开门的是一个陌生人时，欲言又止。

“这位是马克·霍利迪。这位是哈伯特警长。”托尼·温蒂斯介绍道，“他昨晚一直和我在一起。”

“那你也可以帮我们一点儿忙，”警长又返身进屋，重新从裤兜里拿出小本子和铅笔，“你还记得他是什么时候去打电话的吗？”

“11 点过 3 分。”马克回答。

“怎么记得这么清楚？”

“因为他的表停了，是我们告诉他当时准确的时间的。”

“在电话响起的同一时间，温蒂斯夫人受到袭击。”警长似乎又在自言自语了。

马克转脸问托尼·温蒂斯：“你不是说要给你的老板打电话吗？”

“是啊，托尼，你还没告诉我，昨晚你为什么会打电话回来？”玛戈问丈夫。

托尼·温蒂斯刚要开口，警长说话了：“等一下，还是由我来提出问题。”

警长对托尼·温蒂斯发问：“11 点过 3 分，你去给老板打电话，对吧？”

“是的，在饭店大堂的公用电话间。”

“在你打电话回家之前，你和你的老板说了多久？”警长再问。

“说实话，我并没有和老板通上话。我忘了他的号码，所以我才往家里打电话，想问问我妻子……”

托尼·温蒂斯的话还没说完，玛戈不满地插了进来：“就为了问一个号码你把我从床上叫起来？”

“他今天一大早就要出差到外地，所以那个电话必须当时打。”

“为什么不去查电话号码簿？”警长问。

“那上面没有他乡下别墅的号码。”

“可后来你也没有打呀。”

“家里发生了这么大的事，我当然就不打了。”托尼·温蒂斯回答得毫不迟疑。

警长低头想了想，抬起头来说：“还是请你们跟我到局里去一趟。还有你，”他指的是马克·霍利迪，“请留下你的住址，也许有事要和你联系。”

趁警长与马克交谈，温蒂斯夫妇去更衣做出门的准备。马克·霍利迪把自己现在的住址和电话号码写在警长的小本子上。警长一边看着他写一边随口问道：“你以前来过这里吧？”

“是的，”马克回答，“一年前来过。”

“温蒂斯先生，”警长接过马克还给他的小本子，说，“门口还有看热闹的人，我想咱们从院门出去比较好些。你能不能先去把院门打开？”

“当然可以。”托尼·温蒂斯从阳台的门出去了。

警长转过脸来，正对着马克·霍利迪，问道：“他知道你们俩的事吗？”

“你在说什么？”马克警惕地问道。

“我们在死者的口袋里找到了你写给她的信。不过，我并没有告诉温蒂斯先生。你有什么线索可以提供吗？”

“没有。”马克·霍利迪冷冷地说。

这时玛戈从卧室中出来了。

“托尼呢？”她问。

“在院子里。”马克回答。

“你丢失手提包时还丢了一封信，对吧？”警长出其不意地问道。

玛戈下巴一沉，刚说了一声“没有”，立刻又瞥了一眼马克。

马克·霍利迪压低声音说：“玛戈，那封信在死去的那个男人身上。”

玛戈·温蒂斯的目光垂了下来。

“你不再重新回答一次我提出的问题吗？”警长用温和的语气问道。

“对，是的。”

“可我刚才问的时候……”

“我丈夫对这件事还一无所知。”玛戈解释道。

“你曾被那个男人勒索过吗？”警长问。

不等玛戈说话，马克·霍利迪已把手伸进胸前的内兜，“警长，那封信丢失以后，又收到了这两封信——”

玛戈想阻止，已经来不及了，两封恐吓信已经落在警长手上，“你见过这个男人几次，温蒂斯夫人？”

“我从没见过他。”玛戈一字一顿地说。

“那就请你们都到局里去一趟吧。”警长说，“温蒂斯夫人，我必须提醒你，警察局里还有其他警官，你所说的一切都将作为呈堂证供记录在案。到现在为止，你以前说过的话都可以不算数，而从现在开始，请你谨言慎行。如果再隐情不报，一切严重的后果都将由你自己承担。”

“这是怎么了，警长？你的口气好像……”马克已先于玛戈不安起来。

“你说你是正当防卫，”警长不理会马克·霍利迪，继续对玛戈说，“可那只是你的一面之词，没有任何人可以为你做出充分的证明……”

“可我在电话里听到了。”从院子里回来的托尼·温蒂斯站在阳台门口说。

“你听到了什么？”警长问。

“搏斗的声音。”

“你肯定那是搏斗的声音吗？”

“我听到的声音证明我太太说的是实情。”托尼·温蒂斯坚定地说。

“但你现在了解的都是从你太太那里知道的。”警长又转向玛戈，说，“你说他是闯入，可是没有证据。相反，现在倒有你被敲诈勒索的证据。”

“敲诈？！”这是托尼·温蒂斯深感震惊的声音。

“那个人并不是从窗子钻进来的，而是从大门走进来的。”警长的语气不像是在推测。

“大门锁得好好的，他进不来！”玛戈的语气也很坚定，“两把钥匙，一把在我丈夫手里，另一把在我包里。”

“那就是你为他打开的门。”

“你是说我太太开门让他进来的？”托尼·温蒂斯更加惊愕的声音。

“现在看来这种可能性最大。”

“你在说些什么呀！我是受害者，”玛戈的声音说明她已不仅仅是不满，而且还有气愤，“我的脖子上还有伤。”

“那可能是你自己弄上去的。”警长不动声色地说。他走向写字台，问：“我们在阳台上找到一只丝袜。你看它是干什么用的？”

“想必是用来勒我的脖子的。”玛戈毫不迟疑地说。

“可我们又在写字台这里发现了另外一只。你能解释得清凶手为什么要这样做吗？而且，那双丝袜是你的吧？”

“不是。”

“可是我们肯定那是你的，因为它后跟处的补线来自你针线箱中的同一种线。”

玛戈跑到针线箱前，打开它，大惑不解。

“托尼，这里面的那双丝袜不见了。”

托尼·温蒂斯望着地板考虑了一会儿，然后，迈着坚定的步伐走向写字台，一边拿起话筒一边说：“这些全是你们警察造的假……”

玛戈也追过来，“托尼，这里已经有警察了，你还要给谁打电话？”

“街门脚垫的事也是你们伪造的。”托尼·温蒂斯只管说下去。

电话那端有人说话了。

“是你吗，罗杰？你在家？太好了。我是托尼。我太太昨晚在家中受到歹徒袭击……”

“玛戈？！”电话那端的声音非常高，“她受伤了吗？”

“没有。可那个歹徒却死了。现在，警察局的人在这里说玛戈是蓄意谋杀……”

警长往这边走了几步，“我可没那么说”。

“你看，这不是很荒唐吗！你现在能到警察局来一下吗？”得到肯定的回答后他放下了电话。转过身来，他面对深受感动的妻子，握住她的手说，“不用担心了，亲爱的。罗杰马上就到。”

“温蒂斯先生，我建议你……”

警长的话还没说完就被托尼·温蒂斯截断：“在我的律师来到之前，我不想再谈了。”他的态度也很坚决。

警长只好作罢。他去门口的椅背上拿自己的大衣，拿在手里后又觉得不对劲儿。他用目光征询马克·霍利迪，后者表示那不是他的。警长这才反应过来，手里这件是男主人的，两件非常像罢了。他放下主人的那件，拿起自己的，搭在手臂上，向阳台门走去，走过托尼·温蒂斯身边时发现他还在发愣。

“你还有什么事吗？”他问。

“啊？”托尼·温蒂斯猛醒道，“没有。你以为我会有什么事吗？”

警长轻轻一笑，“说的也是”。

接下来的6个月里，玛戈·温蒂斯经历了平生最黑暗的春夏两个季节。原以为到警察局说明一下情况就可以回家，万万没想到的是，当天她就被宣布刑事拘留。由此，形势急转直下，所有的情况汇总起来都证明一点：她与死去的那个男人有着千丝万缕的联系。最要命的一条是，死者身上有马克·霍利迪写给她的那封信。到了庭审阶段，当法官和公诉人就这封信以及她与死者的关系提问时，她一概拿不出有力的反证。在庭上，听到了什么，自己又说了些什么，她全都记不清了，只有判决那天，法官问陪审团“有罪还是无罪”时，陪审团代表回答的那两个字——“有罪。”她听得清清楚楚。再后来，当法官当庭宣布死刑判决书时，她听起来像是在说别人的事，和自己没有关系似的。

与此相反，这几个月来，托尼·温蒂斯却异常忙碌。不管干什么都是行色匆匆，连自己的家都很少回。这在旁人看来也很自然：一位为救爱妻的生命而奔走的丈夫当然要抓紧时间。所以，当马克·霍利迪带着自己考虑成熟的能救玛戈于不死的方案来找托尼·温蒂斯商量时，他从出租车前窗看到要找的人恰好刚从外面回来，正三步并作两步地跨上公寓门前的台阶，他为自己这一趟不会再扑空而感到庆幸。

托尼·温蒂斯刚把自己随身带进门的一个手提箱放在卧室床上，就听到门铃声。一惊之下，他急忙拉过被子一角，把箱子盖住，转身出卧室，来到门前。

“马克，是你？！”这实在出乎托尼·温蒂斯的意料。

马克·霍利迪也多少有些尴尬，但很快也就过去了。进得门来，他先把这间发生过重大变故的屋子扫了一眼。

“收到通知了吧？”马克问。

托尼·温蒂斯没有搭腔，只是从上衣口袋里拿出一张折叠着的文书递给对方。

马克读过文件，抬起头来：“这么说，明天就行刑？”

还是无话，托尼·温蒂斯只是痛苦地皱着眉头。

“听我说，托尼，”马克转身踱开，但话没停，“咱们应该做些什么来救玛戈。”

“怎么做？能做的都已经做了。”

“不，还有办法。我也是想了好久才想出来的。这是咱们唯一的机会了。”

“那你说说看。”

“没有人相信玛戈的辩解，包括陪审团在内。但对她不利的证据无非是这么三个——我写给她的信、丝袜，还有就是斯旺身上没有钥匙，因此他们认定是玛戈让他进的家门。”

托尼·温蒂斯听了这个开头就已经没了兴趣，“算了吧，别再说了”。

“不，你听我把话说完，”马克坚持说下去，“你去跟警察讲另外一个故事，和以前的版本完全不一样，只要证明她没有说谎就行。”

“他们不会相信的。”

“听我的，我是一个推理小说家，我已经从头至尾地想过了。现在，让我一步一步说给你听。首先，玛戈说不是她让那个男人进来的。那么实际情况就该是这样，”马克走向大门，把它打开，“门是那个男人自己开的。那么你可以告诉警察，是你把钥匙放在了一个他也知道的地方，比如在门口附近……”

“他怎么知道我放在哪儿？”

“你告诉他的。”

“可我们已经快20年没见面了。”

“反正斯旺已死，可以任由你怎么说。你可以说你们在事前见过面，谈过话。”

“谈些什么？就说让他那天夜里来向玛戈进行敲诈吗？”托尼·温蒂斯语含讥诮，脸上的表情有些不自然。

“不，”马克·霍利迪沉着地说，“让他来杀她！”

“杀谁？杀玛戈？”

“对！”

“为什么？”

“因为她说了，那个男人从窗帘后面蹿出来勒住她的脖子。这不就简单了嘛，你只要证明她说的是实话就行了。”马克照着自己的思路一股劲儿地说下去。

“可你那封信又作何解释呢？斯旺会把他可能诈出钱财的对象杀死吗？”托尼·温蒂斯以为只要这一句就可以让马克闭上嘴巴。

“我也想过这个问题，想了好久，后来终于想通了。你可以说玛戈的皮包是你偷的。”

“我为什么要那么做？”

“因为你想看我写给她的信，而且你看后异常气愤。于是，你想报复。恐吓信也是你写的。你还可以改口说，根本没有在车站见到过斯旺。以前那么说只是想把事情都推到他身上。”

“可你那封精彩的信，的确是在他身上。”

“那是你放进去的。”

“什么时候？”

“你报警之后，警察到来之前。”马克·霍利迪走向写字台，指着桌面说，“那双丝袜也是你藏在这里的。”

“可我为什么要杀玛戈呢？”托尼·温蒂斯决心把对方的想法都套出来。

“是啊，”马克·霍利迪低下了头，“我明白，咱们都很爱玛戈。可是，如果不找出一个说得过去的理由就没办法救她的命。”

马克·霍利迪顿了顿，从写字台后面走到托尼·温蒂斯跟前。

“这个理由也许过于古老了，但也许仍然适用于今天。”见托尼·温蒂斯没有反应，他接着说，“玛戈立过遗嘱没有？”

“当然立过。”

“那她的财产继承人是谁？”

“还能有谁？我是她丈夫呀。”

“这就对了！”马克·霍利迪兴奋地叫起来。

“什么叫‘这就对了’？”托尼·温蒂斯气愤地叫道，“这是顺理成章的事。再说，谁会那么傻，相信你编的这套假话。他们一听就明白，我那么说肯定是为了救她。”

“但是值得一试。杀人预谋不是死罪，顶多被判个几年。”听马克的口气，好像“被判个几年”和“去玩几天”没有什么差别。

“谢谢你的好意吧！”托尼·温蒂斯冷笑道。

马克并不死心，“这样做可以救她的性命。”他说。

“如果没有你也不会发生这种事。正是因为这里面有你的存在，陪审团才情绪化地不愿相信玛戈。”

见马克一时无言以对，托尼·温蒂斯继续说道：“只要是为了救玛戈的命，我什么都愿意去做，但是要合乎情理。斯旺没有理由答应为我去杀玛戈。”

“你给了他钱。”

“我哪儿有钱给他？”

“玛戈有啊！”

“可那得等玛戈死后我才能支配。有人愿意先杀人再拿钱吗？”托尼·温蒂斯转身走开几步，“这个计划行不通。我知道你也是好意，你是想帮忙，但是，没有人会相信的。”

“我相信能行。只要你愿意试一试。”

“你跟我一起去吗？”

“他们都知道我是写推理小说的。我……”

这时，街门响了，有人进了公寓的大门。话刚说到一半的马克·霍利迪抓起了自己的帽子。两人一起听着脚步声从公寓的街门径直走到温蒂斯家门前。门铃响了。托尼·温蒂斯打开门，“噢，是警长。”托尼·温蒂斯惊讶地看到警长正站在自己面前。

马克·霍利迪像兔子一样迅速溜进卧室，把门掩上。

“是为我太太的事来的吧，警长？”托尼·温蒂斯问道。

“不是。”警长答。

“那是为什么呢？”

“是关于两周前发生的一起抢劫案，”警长说，“想问你几个问题。”

“非得要现在吗？”

“我能理解你此刻的心情，并且也很同情你，但我这也是履行公务……”

“好吧，好吧。可我又能为你做些什么呢？”

“是这样，有一家工厂的财务部门被抢，好几百英镑就这么没了……”

“这和我有什么关系？”

“我们对最近大笔花钱的人都要问一问。”

“我明白了。”

“你最近有没有因为卖了什么东西而收入大笔的现金？”

“为什么问这个？”

“我们在调查威尔车厂时发现，你把欠的钱都还清了，大约是——”警长拿出记事本，“60英镑。”

“这又怎么样呢？我也会偶尔有些收入的。”

“是从银行领出来的吗？”

看得出来，托尼·温蒂斯很注意这句话。

“这么说，”他拉长声音问，“你们去查过我的银行户头？”

“老实说，是去查过，但银行的人什么也不说。”

“你们可以直接来问我本人嘛。”

“打扰你，我们并不情愿。”警长看着托尼·温蒂斯走到门边，在一把椅子上坐下，见他并没有要说点儿什么的意思，这才直接问道，“那么你的现金是从哪儿来的？”

“我非回答不可吗？”托尼·温蒂斯爱答不理地说。

“那么多钱被抢，职责要求我们必须调查，”警长说，“你在意我抽口烟吗？”

“请吧，”托尼·温蒂斯说，“难道你真的以为我与那起抢劫案有关吗？”

“如果你拒绝讲清那笔现金来自何处，那可就难说了。”警长为缓和语气，还笑了笑，“你的钱如果来自某个陌生人，那他就很有可能是嫌疑犯。”

警长说着话，偷偷从自己的裤兜里掏出一把钥匙，慢慢弯下腰去做拣拾状，再直起身来时，他举着那把钥匙问托尼·温蒂斯："这是你的吗？"

"什么？"

"一把钥匙，怎么会掉在地上的？"

托尼·温蒂斯起身来到门口，在自己的大衣口袋里摸了摸，掏出一把钥匙亮给警长看，"不是我的，我的在这儿。"

警长推开温蒂斯家的大门，用他手里的那把钥匙插进锁孔中拧了拧，拔下来，说："不是你的，那就可能是我的。"他从椅背上拿起自己的大衣，手伸进兜里摸了摸，"噢，果然是我的。这衣兜里有个洞，它是从那里掉出来的。真烦人，这些钥匙看起来都很像。"

看得出来，托尼·温蒂斯对这个话题一点兴趣都没有，警长问道："对不起，你刚才说什么啦？"

"我？什么也没说。"

"噢，是关于那笔现金。你是从哪儿得来的？ 100 英镑不是个小数目。"

"你刚才说的是 60 英镑。"

"是吗？我们的队长已经调查过，说你还付清了服装店和酒馆的账。"

"又让你们受累了，"托尼·温蒂斯挖苦道，"直接来问我岂不更省事吗？告诉你吧，我是赌狗赢的。"

"赢了 100 英镑？"

"是的，而且这不是第一次了。"

"你怎么想通要说实话了？"

"其实，"托尼·温蒂斯稍微停顿了一下，"这也没有什么好隐瞒的。我只是觉得，在我太太要被判死刑时让人知道我还去赌狗，这多少有些说不过去。"

"也好理解，排解一下心中的郁闷嘛！"警长大度地说，"好啦！这时候也不好再絮烦你了，我告辞了。"

托尼·温蒂斯并不掩饰急于送客的欣慰，但嘴上说的还是客气话，"没什么，随时愿意为你效劳。"他面带微笑地说。

收拾好自己的东西，警长走过男主人早已为他打开的大门。突然，已经出了门口的警长又转回身来，说："还有一件事，你是不是有一个深蓝色的手提箱？"

"你们找到了？"

"怎么，你把它丢了？"

"今天下午我把它遗忘在出租车里了。"

"噢，这可得找回来。"说着，警长又重新回到屋里，把东西放下。

托尼·温蒂斯的不耐烦已经全写在了脸上，但纵有千条不满也无从发作。

警长问道：“你在什么地方叫的出租车？”

“半小时前在海德公园。”托尼·温蒂斯回答。

“箱子里有什么重要物品吗？”

“没有，只有几本书。”

“有钱吗？”

“只有两三镑。”

“不是两三百镑吧？”

“不是。”托尼·温蒂斯好奇地反问警长，“你怎么会问起我的那只手提箱呢？”

“是酒馆老板提起的。就连车厂和服装店的人也都提到你有那样一个手提箱。”

“是啊。我常用。”

“我想出租车司机会把手提箱送还给你的。”警长说着再次收拾好东西，向门口走去。

“警长，”另一个男人的声音在他身后响起，“先别着急走，也许温蒂斯先生还有话要对你说。”

警长回头一看，是马克·霍利迪正站在温蒂斯夫妇的卧室门口，严肃地望着他。

“是这样吗？”警长扭头问愣在那里的托尼·温蒂斯。

“这里有件东西你应该看看。”马克·霍利迪说。

警长走进卧室，顺着马克手指的方向看去：床上是一个敞着盖子的、装满钞票的深蓝色的手提箱。

马克·霍利迪对跟进来的托尼·温蒂斯说：“难怪你不住在这里了。”

“这少说也有500英镑。”警长随手从箱子里拿出几叠钞票，看了看面额，回头问箱子的主人，“这些钱又是从哪儿来的呢？”

托尼·温蒂斯把头一侧，正要开口，马克·霍利迪抢过话头说：“我就可以告诉你，警长。这是原本准备付给斯旺的杀人酬劳，而现在不用付了，正好名正言顺地落入自己的腰包。”

“温蒂斯先生？”警长催促道。

“这个人到这里来是要求我去做伪证的，”托尼·温蒂斯说，“是我教唆斯旺来杀我太太，对吧，马克？为的是谋取她的财产。还有，他写给我太太的信也不是斯旺偷的，而是我偷的，恐吓信也是我写的，我把他那封情书放进斯旺的口袋……”

“还有丝袜的事。”

“噢，对啦。还是我来说吧。真像是在招供。”托尼·温蒂斯鼻子里哼了一声，“是我把丝袜换过，换成我太太的那双。然后——然后怎么回事来着，马克？”

马克·霍利迪终于等到了说话的机会。

“他先把钥匙藏好，”马克从卧室回到起居室，还像刚才那样，一边说一边演示，“可能是放在这里，”他打开大门，跨出一步，回身，指指门框上边，“斯旺用钥匙开门进来，然后钻到窗帘里藏起来。这时，他打来的电话响了……”

“等一等，”警长打断马克·霍利迪的话头儿，“如果像你说的那样，斯旺身上应该有你说的那把钥匙。否则事后温蒂斯先生从饭店回来怎么进门呢？”

“他从饭店回来是玛戈给他开的门。斯旺身上的钥匙……”

警长打断他：“可我们已经证实，他是用自己的钥匙开的门。”

“接下来怎么样啦，马克？”托尼·温蒂斯从卧室跟出来，问道。

马克·霍利迪再次把门打开，仍然是边说边演示：“斯旺从门框上拿到钥匙，打开门锁，然后又把钥匙放回原处……”

“你说的挺有趣，但还是无法解开我的疑点。”警长说。

“这可是生死攸关的大事。”

“我只关心那笔钱的来历。”说着话，警长已走到写字台跟前。他接下来的动作令温蒂斯紧张起来：他打开了抽屉，取出了支票簿。

马克·霍利迪激动地跟过来，竟伸手与警长抢起支票簿来。警长用胳膊架开霍利迪的手，但仍然不失风度地说：“请等一下。”然后，慢条斯理地翻看起来。刚翻到最新的一页，还是被心急的霍利迪抢了过去。警长无可奈何地摇了摇头。

马克·霍利迪则只管说自己的：“你看，最近一次支取现金是今年的3月26日。这不就是事发的前一天吗？”

警长拿过支票簿，坐下，逐页仔细翻看，再抬头时说：“他没有支取过大笔的现金。”为强调自己的话，他还用手指关节敲了敲刚看过的支票簿。

“可他每周都去支钱。你看，35镑、40镑、45镑、50镑，积少成多就是啦。”马克·霍利迪翻动着支票簿的纸页，很有把握地说。

“如果真像你说的那样……”托尼·温蒂斯话没说完，再次被马克·霍利迪打断。

“难道事实不是这样吗？”

“是的，但原因并不一定像你想象的那样。”托尼·温蒂斯说。

“那好，你说是怎么回事！”

“真的想听吗，马克？我可要事先警告你，听过后你未必会高兴的。”

“你说吧。”

“那我就告诉你们，”托尼·温蒂斯像是做出了一个痛苦的决定，“那天夜里我回到家，看到她正在搜死者的口袋。她说死者拿了她的东西。我看她已处于半疯狂状态，再让她和警察对话肯定是不合适的，于是我就让她去休息。第二天早晨她给我看这些钱，她让我替她掩饰。在她被捕后，我把钱装进手提箱，找个地方存放起来。后来又换过地方。我知道，如果这些钱被发现，她就更没希望了。你们想必也听明白了：她是为了这些钱杀了斯旺。”

“谁相信你这些鬼话。”马克·霍利迪不屑地说。

“噢，是吗？你看呢，警长？”

警长正望着桌面发愣，听到问话才抬起头来说：“是啊，我也正在琢磨呢。”

“可她明天就要被处死了。”马克·霍利迪急躁地说。

已经在写字台后稳坐多时的警长向椅背上一靠，用事不关己的语气说：“那就不归我管了。”

“你当然没事啦，只是抓了个替罪羊！”怨气冲天的马克早已顾不得礼貌，冒犯谁也在所不惜了。

“我看你还是快打道回府吧！”托尼·温蒂斯说着走到门口，把门打开。

“我走，”霍利迪走到温蒂斯跟前停住，“你犯了一个大错。如果玛戈听到你这样污辱并且栽赃她，一定会更改遗嘱。那样你就全都白忙了，托尼。”说完，他扬长而去。

关上门，托尼·温蒂斯问警长：“哈伯特先生，你相信他让我编的那套假话吗？”

“不相信。作为死囚的朋友嘛，想出这样的怪招也可以理解。我想你一定很烦这个人吧？”警长关切地问道。

“我是不想有人在她死前再给她增添烦恼，”托尼·温蒂斯试探地问，“他们不会让他见玛戈吧？”

“律师会阻止他的，”警长说着也向门口走去，“那么多钱最好存进银行。”

“谢谢，”托尼·温蒂斯说，“我会的。”

警长把门开了个缝儿，向外窥探一下，回过头来对温蒂斯说：“我怕他会在门外等我，而我实在不想再听他那一套了。你能不能在窗口那里给我看看，他是不是还在街上？”

“没问题。”温蒂斯说着进到里屋去了。

哈伯特警长用最短的时间把自己的大衣跟温蒂斯的那件调换过来。他刚把温蒂斯的那件搭在自己的手臂上，温蒂斯就回到了起居室。

“他已经走了。”

“噢，对啦。你太太还有一些东西在警察局，”警长说，“你不妨走一趟把它们取回来。”

“什么东西？”

“几本书，手提包什么的。”

“你是说明天以后的什么时间吧？”

“今天就可以，就在传达室领一下即可。”警长伸出手来握别，“好吧，你自己保重。我真诚地希望以后不用再见面了。多谢你的合作。”

送走这两个难缠的客人，关上家门，托尼·温蒂斯在原地站了好一会儿，才深深地呼出一口长气，然后走到酒柜跟前，为自己斟了一杯酒，一口喝干。放下酒杯，进到卧室，他把箱子里的钱分别装进几个衣袋，走到门旁，顺手拿起大衣，关上灯，走出家门。

与此同时，从公寓楼梯上走下来哈伯特警长。他一边向一层的温蒂斯家走去，一边从手臂上的大衣口袋里取出钥匙。门锁很顺利地被打开了，他再次进入刚离开没多久的这间屋子。他没有开灯，而是从胸前的口袋里拿出一个小手电筒，打开，借助它发出的光亮，直奔写字台。他拿起桌上的电话开始拨号。待那边有了应答之后，警长用命令的口气说：“给我接通队长，快！”少顷，他又接着说，“我是哈伯特警长，我现在又回到了温蒂斯家里，现在开始行动！”

放下电话，警长刚走到门边，门铃声就响了。警长没有出声，只是贴门而立，直到门外的人开口说话：“是我，警长，我是马克。”

警长开门，伸手把霍利迪拽进屋内。

“你来干什么？”

“那你呢？”

警长回答：“我在办案。”

“我没看出来。”

“你目前要做的不是看出什么来，而是赶快离开这里。”警长严厉地说。见霍利迪还要争辩，他改用命令的口气说：“要想救她，那就一切听我的！”

警长的话没说完，门外传来几声汽车喇叭响。警长把手搭在霍利迪肩上，示意他噤声。自己则进入卧室，从窗口向街门外望去。他看到队长的车停在门外，车门打开，玛戈·温蒂斯夫人走下车来。警长回到起居室，走到大门旁停下，侧耳倾听。先是公寓大门打开的声音，一阵脚步声过后，门锁上响起插进钥匙的响动。但是，门并没有被打开。随后，门铃响起。马克·霍利迪把脸紧贴在门上，慑于警长威严的目光，他不敢出声。他们又听到了脚步声，是向公寓的大门走去。警长再次进入卧室，隔窗窥望。温蒂斯夫人正与送她回来的警察说着什么。然后她又向院门走去。

警长从卧室出来，穿过起居室，走向通阳台的门。

马克·霍利迪实在忍不住了，“这到底是怎么回事？”他问。

“这意思就是说，欺骗警察不是那么容易的。”警长无所顾忌地高声说着，推开了通向院子的阳台门。

回过身来，他又对霍利迪说：“看着吧，你会大吃一惊的。”说毕，他隔着写字台对着阳台门，站定不动了。

几乎同时，温蒂斯夫人出现在门口。尽管门是敞开的，可她并没有直接往门里走。当她看清站在屋里望着她的是哈伯特警长时，她转身做离开状。这时马克·霍利迪的声音响起：“玛戈。”

温蒂斯夫人停住了脚步，“是你吗，马克？”她走进屋来问道，“托尼呢，他不在家吗？”

“他——”霍利迪看看警长欲言又止，“他出去了。”

“刚才是你按门铃吗？”警长跨前一步问道。

“是的，”玛戈轻声回答，“为什么不开门让我进来？”

“你不是有钥匙吗？”

“可是打不开门锁。”

“那你知道为什么吗？”

“不知道，也许锁换过了。”

“可以把你的手提包给我吗？”

玛戈·温蒂斯把包递给他。警长打开手提包，找出那把钥匙，举在手上问，“这是谁的钥匙？”

“我想是我的。可是……我也不知道这是为什么。”

警长转身进了卧室，再出来时，手里拿着那只深蓝色的手提箱。“你丈夫已经把这件事跟我们讲了。”他说。

玛戈看着箱子说：“我不知道你指的是什么。”

“我也不相信你会那样做的。”警长的脸上绽开了慈祥的笑容。他放下箱子，把钥匙重新放回手提包，把等在门外的同事叫进来，嘱咐他把包送回局里，另外，记得把车开走。他们一边说话一边走出阳台门。

马克·霍利迪趁机问道:“玛戈，你怎么能回来的？”

“我也不清楚。看守说要带我回家，于是我就被带回来了。我想开门进来，可钥匙不管用。”玛戈顿了顿，转问道，“托尼呢，他去了哪儿？他倒是说了，今天上午不能来看我了。难道他出了什么事儿吗？”

“不，别瞎猜了。”马克·霍利迪转向回到屋里来的哈伯特警长，“警长，告诉她到底是怎么回事吧！”

“温蒂斯夫人，听了我的话你也许不相信自己的耳朵：你丈夫试图谋杀你！”

玛戈·温蒂斯不由自主地向前跨了一步，但并没有说出什么来。

“托尼雇用斯旺来杀你。”马克·霍利迪补充道。

这时，温蒂斯夫人才缓缓地坐进一把椅子里。同时很平静地问道:“你们是什么时候知道的？”

“怎么，你早有预感吗？”

“不，没有。”玛戈过了一会儿，又说，“这是怎么回事，马克？我听了这话，一点儿感觉都没有。真是奇怪。”

马克·霍利迪上前揽住玛戈的肩膀，“我猜你还是受到了很大的打击。不过，不要紧，几天之后就过去了。”他又抬头问警长:“你是什么时候发现的？”

“其实也很偶然，”警长对温蒂斯夫人说，“你丈夫最近几个月开始大量花钱。在你被捕后，他花了不下300英镑。我在局里也查看了你的手提包，由此想到抽屉里的支票簿。那上面的情况虽然也说明问题，但真正让我茅塞顿开的是你包里的那把钥匙。当我趁你丈夫不在来查看支票簿时，发现你们家的钥匙竟然打不开你们家的大门。这意味着什么呢？”

这时楼上传来咚咚的跺脚声。警长推开大门，冲楼上问道:“什么事，威廉？”

“温蒂斯回来了。”楼上答道。

警长关上门，快步走进卧室，通过窗口向街上望去。确实是托尼·温蒂斯。他已经走到了街门口，正把手伸进大衣口袋里找什么。很显然，他感觉到有什么不对劲儿，停住脚步思量，之后，露出恍然大悟的神色。他转身离开了。

回到起居室，警长走向写字台，在拿起话筒前兴奋地宣布:“现在，只剩下最关键的一步了。”

电话接通后他说:“他已经发现大衣拿错了，进不了门。他现在肯定会回到局里去取手提包。我想那个手提包已经送到了吧？”得到肯定的答复后他接着说，“那好，把包交给他，另外，一定要打开包，让他看到那把钥匙，甚至可以让他检查一下包里的东西。如果他提出要找我换回大衣，就说我不在就行了。有什么疑问吗？那好，等他一走出警察局，立刻打电话通知我。”

警长放下电话，正看到马克·霍利迪开门去查看门框。“这回该明白啦？”他问。

“不明白，”马克·霍利迪承认，“玛戈的那把钥匙哪儿去了呢？”

警长开门，跨出一步，伸手从楼梯的第五层台阶的地毯下捏出一把钥匙，把它举在面前说：“我也是花了半个小时才找到的。”

“它为什么还在这里呢？”马克·霍利迪不解地问。

警长把钥匙放回原处，回到屋里，把门关上，说：“因为他以为这把钥匙在他妻子的手提包里。其实你刚才的推理是对的：托尼·温蒂斯告诉斯旺钥匙放在什么地方，并且要求他完事后把它放回原处。但是，斯旺死了，而温蒂斯想当然地以为钥匙仍在斯旺身上。可他错了，因为斯旺正像你说的，把门锁打开后又把钥匙放回了原处……”

“这么说，温蒂斯从斯旺身上拿出的钥匙又放回到玛戈的手提包里，可是这把钥匙究竟是谁的呢？”

“是斯旺自己的！”警长停下来，容两人消化一下他刚说的这句话，“最初我也想不通这是怎么回事。可斯旺身上一把钥匙都没有，这不大符合常情。于是，我带着那把不知所属的钥匙去斯旺女友的家，一试，门锁打开了。”

“为什么要把我带到这里来？”玛戈问。

“因为楼梯上的钥匙也有可能是你放的。如果是那样，你打不开门就会想到去拿。”

玛戈·温蒂斯并没有通过测试后的庆幸或喜悦：“所以说，你们——”

“事实证明你不知道。”警长倒现出很欣慰的样子。

“马克，”玛戈叫道，“我这会儿倒真觉得很虚弱。”话没说完她已瘫坐在椅子上了。马克·霍利迪把手放在她肩上，安慰她。

电话铃又响了。警长拿起话筒，屋里静得连电话那边的声音都听得一清二楚：“温蒂斯已经走出警察局。”

警长放下电话，走到紧紧依偎的两人身边：“再坚持一会儿就真相大白了。”说完，他推开门，冲守在楼上的助手说：“威廉，温蒂斯已出了警察局，他到后，一切照计划行事。”

马克·霍利迪问回到屋里来的警长：“然后会怎么样？”

“他现在再回来，手里只有手提包里那一把钥匙。如果开不了门，他就应该想到楼梯上那一把。”

“那要是他不去楼梯上取那把钥匙，就证明他无罪喽？”马克问道。

“正是这样。相反，如果他打开门走进来，那就是最终的结局。”

“怎么讲？”

“内政大臣正在等我的电话。”

“玛戈会怎样？”

“当然是无罪释放。”

“听到了吧，玛戈？一会儿就好了。”

楼上又传来跺地板的声音。

警长举起手来示意：保持肃静。

托尼·温蒂斯一脸疲惫地走进公寓大门。手提包已被他夹在腋下，而他的手里正握着那把钥匙。他把钥匙插进锁孔，拧了拧，拧不动。带着满脸疑惑，他转身又从原路退回去。

马克和玛戈身体绷直，一动不动。警长踮着脚进到卧室，掀开窗帘的一角，观察回到街上的温蒂斯。搂着玛戈站在原地的马克压低声音问：“警长，他在干什么？”

警长轻声说：“他想不明白。噢，他居然走了。看来我错了。等一下，他又停住了。再次查看那把钥匙。他想起来了！他走回来了！”

心情激动的警长回到起居室。

公寓的街门再次被打开，脚步声。几秒钟后，门锁上没出什么声音，门已被轻轻地推开了。托尼·温蒂斯闪身进来，从锁眼儿上把钥匙拔下，再把随身带的东西放在门边的椅子上，转过身来。这时他才猛然意识到屋里有人，不禁一惊。直到认出是玛戈和马克并排站在自己面前时，他的惊异程度已接近顶点，再发现警长也站在写字台后面望着他时，他彻底地乱了方寸。他下意识地迅速打开大门，但威廉已山一样地挡在了门外。

这回，温蒂斯的身体反倒松弛下来。他缓缓地关上门，转过身来，走到酒柜前，从容地拿起一瓶酒。

“算你说对了，马克。”来到写字台前，他又对警长说，“也恭喜你，警长。对了，这个还你。”说着，他从裤兜里拿出警长的钥匙，放在写字台的桌面上。他为自己满满地斟了一杯之后，又对妻子说：“玛戈，你也来一杯吧？”

"当然。"玛戈的声音低得几乎听不见。

"你呢，马克？"

"我也要。"

"警长正在当班，恐怕——"托尼·温蒂斯抬头望去，警长已拨完要拨的号码，一手拿着话筒，等着对方来接听，另一只手用烟斗柄梳理着自己的小胡子。

（李小刚）